本書出版得到國家古籍整理出版專項經費資助

後村先生大全集

第七冊

宋·劉克莊 撰
王蓉貴 向以鮮 校點
刁忠民 審訂

四川大學出版社

後村先生大全集卷之一百四十一

神道碑

丁給事

寶、紹間一相擅國，所拔之士非鄞則婺，其言曰閩人難保。尤惡莆士，如陳宓、鄭寅之流，皆掃影滅迹，於是朝無莆人。丁公柏桂以循守朝辭，相一見，曰「是異於莆人者」，留提轄雜賣場。人謂公立貴顯矣，公旅揖外未嘗一詣相府。

辛卯火，應詔曰〔一〕：「比年大風顛木〔二〕，巨浸成淵，雷發先春，日乘背氣，虎出平藪，龍鬬近畿，疫氣流行，妖星伏見，恬不之悟，天安得而不怒？怒則激，激則烈矣。宗廟爲墟，神御驚動。車駕當臨奉，廟哭當舉行〔三〕，罪己之詔當哀痛，然猶避忌回互。殿、步二帥知有陛下宮室，知有大臣私第，而不知有宗廟，非所以忠陛下、愛大臣也。夫有大感悟必大更張。今貪酷之吏滿天下，皆曰權勢庇之〔四〕，苞苴啓之。參選者伸縮於吏胥之手，干堂者奔走於厮役之門〔五〕，大臣知之否乎？」壬辰輪對曰：「一春多寒，二月暴雪，流星晝隕，太白經天，浙江東湖，旱勢綿闊，近畿得雨，復慮浸淫。在我既無決裂更革之規模，在天在人亦有遲回未解之證應。」又言：「開闢以來有常道，進賢退不肖、賞功罰罪是也。今進退賞罰一切反常，宜盡拔臺萊之士布滿周行，毋植蕭艾；盡遣皇鳳之彥參錯方岳〔六〕，毋用虎狼。如邇者起忠鯁，斥苛俗，孰敢不伏？」爲真公、袁尹發也。

時在廷喑嘿，二疏出，如鳳之鳴陽、韶之聞齊焉。同輩多已超擢，公獨久次，積六歲纔爲博士。癸巳十月相甏，舊學爰立，公輪對首乞去臺諫副封，勉宰執同心，令中外薦剡得自舉，復近臣宴見、百官集議舊制。次言居憂者汲汲起復，舉世無孝子；注闕者汲汲奏辟，舉世皆奪士；嗜進者往往因輿臺以通權要，舉世無知廉恥之人，宜作而新之。上既攬威柄，親擢不附相者寄以耳目。先用洪公咨夔、王公遂，明年改元端平，復以公及李公宗勉爲監察御史，然後相之私黨悉去，弊事一清，端平之盛，幾及元祐。至今尚論當時之名臺諫，公必預焉。

公擢嘉泰三年進士第，自永春尉注寧德丞，改定海縣三石橋酒庫，教授梅州，知南海縣，通判肇慶府，知循州。未上，自市轄遷官告院、太常寺簿、宗學博士、樞密院編修官。初入臺，北事動，公極諫曰：「故相當國二十七年，於法當敗，所以不敗者，用兵一事猶能謹重，必迫而後動，故雖敗而猶存。暮年輕信兒子，交韃滅金，其謬甚矣。今更化未數月，而遽欲收古人七年即戎、十年生聚教訓、百年勝殘去殺之功，謬不愈甚乎！宜脩沿江守備，增一重藩籬，戒三帥常退思却顧。」疏夜入，詰旦上袖示大臣。三京告捷，公方監太學解試，考官欲以「長安復見官軍」命題，公曰：「吾方累疏諫止，君等乃以一題從臾乎！」未信宿，報三帥返旆矣。

公懷不自已，言：「輕舉之誤小，遂非之誤大。今移兩淮糧械於邳、徐、唐、鄧等州，猶循危轍，冀雪前恥。昔斜川之退，孔明責己；枋頭之辱，桓溫遷怒。愈變愈差，不可不慮，盍移戰力爲守謀。」又論時事曰：「故相久病楮幣窮而不變，羽書急而不報，注擬壅而不行，一旦更張。內則委一樞臣，倏忽之頃，空內府累世金寶百萬之藏，而楮錢自若；外則八陵之圖甫南馳，而三帥之旆已北指矣。矧收召廣，進用驟，有一月而數遷者。前日之病在於緩，今日之病在於速矣。」

二年貢舉敕榜有「不取訐怪」之語〔七〕，公奏：「訐爲今日大患，怪不足慮，恐有以直爲怪者，乞詔主司專黜訐佞。」又言：「元祐轉爲紹聖，尚待八年；嘉定變局，開禧小人終身屏迹，十年之後方見不克終之漸。今改紘未再期，已疑爲善之迂，用賢之無益。臣謂北事違衆而動，是賢者之言未用也；真某賫志而没，是賢者之志未行也。然則將取其不賢者而用之〔八〕，不善者而行之歟！」自禁旅閒閧〔九〕，言人主歎治效不進〔一〇〕，思舊人未已。公爭曰：「慶曆初盜起東南，西兵未解，仁宗之所選任不過杜、范、韓、富，有如竦輩，豈復到念〔一一〕！」又曰：「昔王安石變法，先結張若水、藍元振輩以爲腹心。及上遣二人視府界所行青苗，皆云民便樂之。今小人不過用安石故智，奈何在其術中乎！」又言：「陛下待遇定策之臣，不爲文、宣二帝之少恩足矣，今札諭群臣，曰『朕欲保持，汝毋捃摭』〔一二〕，不亦異乎！尊崇本生之親，一遵英、孝二祖之故典足矣，今營繕甲第，高大寢園，不亦異乎！宦寺窟穴不窒〔一三〕，左道出入無間，小官鹽賞，至煩御封，道宮事目，上達天聽，此尤異也。孟子曰『惟大人爲能格君心之非』，獨不能如先正對中使焚内批乎！或使之回奏，曰臣某以爲不可乎！」近臣或薦某人有才者，公曰：「自古小人自持一論，自爲一黨，今能爲君子之言，締君子之交，蓋有君子而庇小人者矣。」在言路三年，諫疏盈篋，皆力扶世道之命脈，切中時賢之膏肓〔一四〕，余著其大旨如此。

其冬除祕書少監，三年遷監，遂爲起居舍人，兼直舍人院、起居郎、中書舍人。嘉熙初元，除權吏部侍郎，遷給事中。由御史八遷，皆兼史職。公雖出臺，然歲中轉對一，直前奏事三，進己見二，其於宮禁言動、廟堂除授、賢佞去留、否泰消長之際，指陳愈峻，論建深廣。韃比歲入寇〔一五〕，公言：「大臣操舟主病者也，若先徬徨動色，同舟同室之人將若之何？宜凝定志慮以應事變。」時迫禋祀，乞邊報非時奏御，且引宣和恐妨恭謝事以諷。蒇事之夕〔一六〕，大雷雨，公曰：「陛下本以好賢受諫聞天下，近者言官忤旨，至形詞色，疏多留中，易置諫官御史如弈棋，此致異之大者。」丁酉火〔一七〕，公歷數時弊，尤切於辛卯之疏。

在詞掖，韓休除節度使致仕，公封還曰：「比日后家一門雙節〔一八〕，議者猶謂曷不移此募戰士，以取韃酋之首。今休一賓贊之臣爾，畀以旄鉞，如祖宗舊典何！」命遂寢。閻美人進封，親屬加恩者一百餘人，公諫俟三邊稍寧然後舉行〔一九〕。在贊闥〔二〇〕，余天錫召且大用，近臣多先通殷勤，公駁論曰：「閩樂土，以處天錫足矣，召之徒使陛下有私故人之名，言者必起而攻之，非所以愛天錫也。」疏入，喬丞相以槧導上意，趣書讀。公已疾，堅執如初。越數日卒，七月十有一日也，年六十七。遺表聞，自朝議大夫贈通議大夫。前碩人林氏，知賓州竇儉之女；繼莊氏，知化州竭之女。一子，南叟，承務郎、新監泉州市舶務。二年十二月朔，葬公於石室祖塋，兩碩人先後祔焉。丁氏自固始遷莆。曾大父履。大父士睦。父瑶成〔二一〕，贈奉直大夫，母葉宜人。公字元暉，上有六兄，皆負俊聲，而公尤工聲律，傳誦入人骨髓〔二二〕。然素清修，不以藝掩德。親喪，廬居三年乃歸。既中春官，臨奉大對，聞兄訃，慨然馳歸，曰：「進身之始，詎可爲欺！」雖材兼數人〔二三〕，場屋自課一卷而已，曰：「吾平生無悖人，亦未嘗芸人也。」既仕，薦書皆人求公，非公求人。方其在韋布燈窗之下，米鹽簿書之間，固已珪璧元身、冰蘗細行矣。至於自重不掃光範之門，中立不陷牛李之黨。居風憲，他人畏之搖手不及者〔二四〕，必奉白簡以聞；任封駁，他人當之運筆如飛者，必曰臣不敢奉詔。植立之高，奮發之勇，自其平日之有所不爲、有所不取者基之也。嗟乎！彼相之智曾不足以量莆士，烏足以量公哉！余疇昔厚公，宰上之碑蓋已心許，至是南叟彙奏藁來曰：「石室之木拱矣，銘不可以復需矣。」銘曰：

皇初元之解瑟兮，闢久塞之言路。揭杲日於中天兮，散冰山之趨附。蓋枚卜而得公兮，乃親拔以自助。偉百奏之剴切兮，信千齡之會遇。孰不云治若端平兮〔二五〕，視元祐其殆庶幾。拊往事而太息兮，有余心所未喻。考蔡司空之碑兮，倍前代之黨錮。質元城翁之論兮，曰全人之有數。自嘉熙之建號兮，懷向背之異趣。中人翕吻而改化兮，賢者亦一來而一去。惟公屹其間兮，障黄流之奔注。前見疏於荆舒兮，後未嘗密於馬吕。人莫不有所主兮，臣所主者君父〔二六〕。運方際於風雲兮，疾忽罹於霜露。彼浮榮奚足算兮，獨令名之不腐。余將書道旁之碣兮〔二七〕，嗚呼端平全人丁公之墓〔二八〕。

〔一〕句首原有「炎」字，據翁校本删。
〔二〕比：原作「此」，據翁校本改。
〔三〕舉：原作「與」，據翁校本改。
〔四〕庇：原作「疵」，據翁校本改。
〔五〕干：原作「手」，據翁校本改。
〔六〕皇：原作「星」，據翁校本改。
〔七〕取：原作「敢」，據翁校本改。
〔八〕用：原作「困」，據翁校本改。
〔九〕間閡：原倒，據翁校本乙。
〔一〇〕主：原作「上」，據翁校本改。
〔一一〕豈：原作「起」，據翁校本改。
〔一二〕摭：原作「撫」，據翁校本改。

〔一三〕室：原作「室」，據翁校本改。
〔一四〕肓：原作「育」，據翁校本改。
〔一五〕比：原作「北」，據翁校本改。
〔一六〕蕆：原作「藏」，據翁校本改。
〔一七〕火：原作「大」，據翁校本改。
〔一八〕比：原作「此」，據翁校本改。
〔一九〕諫俟：原作「諸侯」，據翁校本改。
〔二〇〕贊：原作「瓚」，據翁校本改。
〔二一〕瑤：似當作「珤」，古文「寶」字也。
〔二二〕入：原作「人」，據翁校本改。
〔二三〕材：原作「村」，徑改。
〔二四〕不：原作「忽」，據翁校本改。
〔二五〕治若：原缺，據翁校本補。
〔二六〕主：原作「圭」，據翁校本改。
〔二七〕兮：原作「乎」，據翁校本改。
〔二八〕平：原作「乎」，據翁校本改。

杜尚書

公諱杲，字子昕。曾大父圯，提舉江西常平。大父鐸，知萬載縣，贈大中大夫。父穎〔一〕，刑部郎中，贈開府儀同三司；母陳宜人，贈吉國夫人。杜氏本京兆萬年，至提舉公始居邵武。公少與兄東、弟耒場屋齊名〔二〕，而獨見遺於禮部〔三〕。以父任待通州海門買納鹽場闕，潘提舉友文檄攝建陽尉。秤提法行，公面責潘曰：「公奉新書太過，八郡騷動矣。」潘愧謝，稍弛其禁。陳提刑彭壽檄攝閩尉。甲子死，誣乙殺之，公驗屍於髮中得砂，視甲舍傍有池砂類髮中者，鞫問，子果溺死，乙乃得釋。至海門謁鹽使豐公有俊，曰：「小官惟冒於貨者當譴責，情可矜、力不逮者〔四〕，教之可也，奈何皆臨之以威乎！」豐公悚然，遂爲知己。

李公珏制置江淮，羅致幕下。滁受兵，檄公與同幕王好生提偏師往援。甫至，民蔽野隔壕哀鳴，求入避。滁守固拒，公啓鑰納之。虜圍城數重，公登陴〔五〕，中二矢，益自奮厲，士氣百倍。虜技窮去，犯齊安。李公會合援兵幾十萬，未至，虜解去。兵在道不相統壹，且潰亂，李公曰非子昕無可行者，公求制劄二十道以行。先以帥命喝犒，擇諸將尤桀黠者出一劄抽回，踰時又抽一軍〔六〕，不二日諸軍悉回，無敢譁者。李公累奏公援滁功，不報。公從李公，與之終始，豐公建西閫，辟梁縣，胡公榥總西餉，辟鳳臺酒官，皆力辭。海門秩滿，調江山丞。畿漕朱公在辟監崇明鎮。崇明改隸東總，與岳總領珂議不合，慨然引去。岳出文書一卷，曰：「京劾也。」公曰：「比而得禽獸，雖若邱陵弗爲。」岳怒，公曰：「可劾者文林，不可强者杜某。」岳遂以欠蘆錢劾，朝廷察蘆錢無虧，二劾皆寢。西閫曾公式中辟廬州節推。浮光兵變，公單騎往，戮止渠魁。守將爭餉金幣，公封貯一室，將行，屬郡丞鄭準悉返之。安豐守告成將扇摇軍情，且爲變，帥欲討之。公曰是激使叛也，請與兩卒往，呼將諭之曰：「而果無它，可持吾書詣制府。」將即日行，一軍帖然。知六安縣，新社壇、學宫，罷元夕燈。歲歉，諭富家曰：「吾不損米直，若但出糶，吾依市直爲民代償三之一。」全活者衆。邑有劇盗二，設賞獲之。帥方姑息，盗竊語曰：「吾不失在制置帳下。」公命杖死縣庭，而以專殺自劾。民有嬖其妾者，治命與二子均分，二子謂妾無分法，公書其牘云：「《傳》曰『子從父令』，律曰『違父教令』，是父之言爲令也，父令子違，不可以訓。然妾守志則可常享，或去或終，當歸二子。」季提舉衍覽之，擊節曰：「九州三十三縣令之最也！」知安遠縣，考舉及格，免班引改通直郎〔七〕。

逆全犯邊，季公時已帥廬，辟公濠倅。上以公久習邊事，擢知濠州。趙大使善湘謀復盱眙〔八〕，密以訪公，公曰：「賊恃外援，當斷盱泗浮梁以困之。」卒用公策成功。女真數萬厚齎駐榆林阜請降，或請誘而圖之，公曰殺降不仁，奪貨不義，納之則有後患，諭遣其衆。秩滿，令奏事。端平初元，過廬謁全帥子才曰：「北伐不可止矣，公必有以堅凝其後者〔九〕。」全曰「以淮西兵守潼關，以淮東兵守黄河」，公始爲之隱憂。除主管官告院，知安豐軍。三帥出師，除公淮西運判，公曰：

「昔張魏公督師，以趙開主計，今日諸公無愧於先正，趙開之任，僕豈其人！」詔廷紳邊臣各條戰守，公封上曰：「沿淮旱蝗，不任征役，中原赤立，無糧可因，若虚内事外，移南實北，腹心之地必有可慮。」方草奏，客曰：「今歲當任子〔一〇〕，不爲賢郎地乎？」公笑不答。大使括舟載糧，公曰師遵陸而糧用舟，緩急必相差池，請以夫運，大使許之。既而劾公調夫煩擾，沮撓軍事，削兩秩罷。時在外諫北伐者惟公一人，及鋒衄洛陽，退師保境，兵釁遂開，不可復合，人始伏公先見。

奉崇道祠，復元官再知濠州。未行，改安豐。韃謀入寇，公曰此虜常先取一城爲家基寨，然後深入，順昌爲豐、壽屏蔽，而負在淮北，兵寡餉艱，使虜得之，二州危矣。以白制司，命幕客沈先庚遷其軍民士庶，航錢粟迓之。虜果大至，我舟已盡泊南岸。崔文舉、范用吉二叛憤吒，以俚語詈公曰：「吾欲取此城，乃爲老賊所先，休看他城子矣。」順昌軍民駐壽陽，復運米二萬斛、楮七萬餉之，衆感慨〔一一〕，忘其遷焉。又謂兩城相望，其間當有小城以接聲援，益繕安豐縣城，使沈先庚戍之。虜來攻不克〔一二〕，殺其將塗金朱袍者二人。虜去縣圍郡城，公使聶斌布重兵守禦，趙諒提輕騎攻劫，四隅設伏，城中晝無人聲。虜登高望之，莫能測。公出其不意，開關鏖擊，虜麾其下曰：「南兵狠，速返勿留。」赤老國王者大掠淮東，厚裝而歸，公曰是可擊也，命順昌守樊辛率死士劫虜帳，俘獲萬計，奪馬四百匹。亂屍中有腰木牌書「皇弟國王」者，虜法貴木牌，在金銀牌之右。夕劫二寨皆中，醜類潰散，猶以番書求亡馬五百。公六世祖待制公杞守慶州，元昊求降人孟香，報曰：「償所掠則返孟香。」夏人不肯償，我亦不與孟香。北人謂我爲憨，爾爲您，公用待制公遺意，效北音檄答之云：「您還鹵掠，憨還您馬〔一三〕，您不還時，憨也不還您。」虜遁去，端平丙申冬也。

明年嘉熙改元，公益爲備，浚舊濠，築外郭。其冬虜必欲得城，掃地而至，大設攻具，以火炮焚樓櫓，公隨壞隨補。以八都魯硬軍斫排杈木，八都魯者皆死囚〔一四〕，使之攻城自贖。所披甲以牛革十餘重爲之〔一五〕，設面簾以障矢。公募善射，用小箭專射其目，盡殪之。虜又填濠爲二十七壩〔一六〕，公分兵扼壩〔一七〕。虜乘東南風縱燎，公禱天求助，俄而反風，雨雪驟至。公謂古人多乘風雪破賊，而四面圍合，乃募猛士，奪壩路出兵。將士皆奮躍死戰，殺紫泥金團龍袍者，降人云葉國大王也。焚虜砲座攻具，至明日皆盡。先是城閉，援師前却，惟池帥吕文德突圍入〔一八〕，叶力捍禦。庚牌調盱眙守余公玠及趙東、夏皐赴援，濠倅趙希瀞監夏、趙軍，公以蠟書約夾攻。虜潰去〔一九〕。

捷奏至，二年春矣，君相動色相賀。擢軍器監，進三秩。御札云〔二〇〕：「朕聞安豐被兵，不皇寢食，知卿守禦勞苦，指畫有方，朕爲少寬。今援兵已集，其賈率諸將，掃蕩寇攘，以安淮右。賜卿金器，諸將各金椀一，在城將士及淮東援兵以京會三十萬支犒。」公率三軍拜詔感泣。壽春守張可大惎公，百計撼摇。吴公潛素奇公，適在都曹，主之力；陳檢詳力終始同在圍中〔二一〕，至是亦昌言公勳勞於朝；丞相李公宗勉、參政徐公榮叟皆有「賞未酬勞」之語。會謀西帥，咸曰毋以易杜某，詔以安撫兼廬州，擢太府卿、淮西制置副使〔二二〕，兼漕。

虜使王檝來續和議，公曰：「虜將察罕有言：『撒花自撒花，厮殺自厮殺。』和可恃耶！」督帥史嵩之主和，怒形辭色。虜縱董堯臣歸〔二三〕，督府以擒獲聞，公抗章非之。諜言虜下令三年毋南牧，嵩之信之，謂：「八月未動〔二四〕，真不來矣。」公曰：「是將欺我，其來必速。」九月，察罕果率十七項人馬，號八十萬，挾叛賊范用吉輩傅城下，約先破廬，然後造舟巢湖以窺江。於壕外築土城，周六十餘里，穿兩壕，攻具皆數倍於犯安豐者。公與客登城，四郊鐵騎極目無際，客股慄。公曰：「吾必破此虜。」衆欲備金雞嘴，公曰宜先舒城門。虜果來攻，却之。公欲增一重防托，亦於城内爲土城。虜日夕用攢砲攻打，我恃串樓爲固〔二五〕。虜築壩乃高於樓，城危甚，宿將有涕出者。公以油灌草，即壩下燎之，頃刻與樓高者皆爲煨燼。又於串樓内立雁翅七層。俄砲中壩上一酋，衆賊扶去，曰王子也。乘勝出戰，虜不能支，追躡數十里，骸骨縱横〔二六〕，器械委積〔二七〕。臣謂劉錡順昌、吳玠和尚原之捷不是過也〔二八〕。御札云：「卿却敵全城，勛勞懋著。」擢兵部侍郎〔二九〕，陞使名漕副〔三〇〕，賜對衣金帶，進三秩。有回回來降，云虜初用女真、漢軍不勝〔三一〕，用回回又不勝，乃用真韃，亦折三十餘人。初，二城圍閉累月，内外隔絶，傳説萬端，謂公必蹈徐禧、李稷之禍，雖素所親善亦憂其爲張睢陽、南八矣。一旦奏凱全壁，出人意表，識公者舉杯相慶，未識者亦願爲之執鞭。

虜攻城專恃砲爲長技，以數百人拽一砲，中樓櫓立碎。壕梁深者運木石不足，驅人填之。公始用順昌倅王安策，作串樓以禦砲。其法用栗棗榆槐堅木一二三尺圍者列壕岸〔三二〕，入土五六尺，高丈餘，上施横木，中設箭窗，下繚以羊馬墻。凡圍樓方樓一砲即毁，惟串樓可支三砲。率先造千百間，隨虜所攻施之，壞則易。王安者，先在河北城守，皆以串樓自全。公又以古防城戎器多不應手，創造鵝梨砲、三弓弩〔三三〕，砲可手用，弩可及千步。爲平底船，載勁卒勦填壕者。公着數每先於虜〔三四〕，計畫常周於事，賊技一不得施。

二城既捷，於安豐得虜屍萬七千，於廬得虜屍一萬六千，獲虜砲車、雲梯、弓弩、器甲不可計。公每上功，必曰：「安豐之役，吕文德、聶斌功也；廬之役，將帥王鑑、聶斌、參佐黄夢桂、趙希瀞功也，臣何力焉！」又終始爲王安論串樓功，他將校寸勞必旌，因公取爵賞者甚衆。

公勳名日盛，人心所向，惟嵩之以所遣援兵失期，又恥前言不驗，至是調曹順、聶斌，各以五千人斷賊歸路。公曰虜回戈則城危矣，摘四千人付曹順而留聶斌不遣，且言曹順必敗公事〔三五〕。嵩之劾公擁兵自衛，以嬰城自守爲是，以野戰爲非。公奏云：「此賊驍捷衆多，臣實不敢以野戰爲是。」且言：「督府近遣祝邦達援廬，未戰而潰，僅以身免。又聚兵援滁，僅達宣化，往往失伍，委械而去。淮西精兵有限，即野戰不如人意，何以收救？」嵩之令參議官丁仁來調兵，公曰：「督相昔欲和，今欲戰，何也？」丁曰：「和自是上意。」公曰：「善則稱君，奈何歸過於上！」因抗疏乞罷。上諭公安職，毋費朝廷區處。曹順者遇虜安豐境内，全軍覆没，悉如公言。三年〔三六〕，累疏請老，御札曰：「卿老成忠實，寬朕顧憂，宜爲勉留，以副注倚。」臺臣承風旨論公挑釁致寇，公待罪，詔書諄諭而止。

虜將大舉刷前恥，廟堂問策，公曰：「必破之！」督府曰：「去歲韃敗歸，不肯追擊，今傾國來，謂必破之，何也？」公曰：「兵家之數，不可先傳，患賊不來，衆非所懼〔三七〕。」乃練舟師扼淮河，遣庶監呂文德、聶斌軍，伏精鋭於要害，虜所至遇伏〔三八〕，我師二十七捷。大戰於朱皐四塚，俘馘無數〔三九〕，獲酋妻、黄金、鎧甲、駝馬。或問公何以策其必敗，公曰：「力守淮河，所以汙其道也；彼自信陽至此已半月，糧盡力憊，宜爲我禽。」捷奏至，御札曰：「羽書來上，謂韃旦徧淮右矣〔四〇〕，朕懷抱不怡，慼見顔面。未幾督府以卿牘聞，朕且喜且疑，吾兵何神耶！徐考捷奏，守堅壁之令〔四一〕，行招降之策，用襲擊之師，卿可謂差强人意矣。朕臨軒不覺失喜，再三嘉歎。」擢權刑部尚書，賜衣帶鞍馬。

四年，以疾乞去〔四二〕，不允。歲饑，公告糴江右，米艘銜尾而至。淳祐改元，乞去愈力，擢工部尚書，賜鞍馬衣帶，仍佩魚。公念久去鄉國，扁舟徑歸，而嵩之入相，知劉晉之於公有憾，薦爲御史，使甘心於公。晉之首上疏誣詆〔四三〕，以直學士奉祠〔四四〕。或言虜謀自安南斡腹，上欲起公帥桂〔四五〕，嵩之風臺臣重劾，御槧宣諭曰：「杜某兩有守城功，若脱兵權，便有後禍，則朕何以使人？」二年，差知太平州，辭至六七〔四六〕。上愈欲用公〔四七〕，命貂璫諭晉之〔四八〕。擢華文閣學士、沿江制置使、知建康府、行宫留守〔四九〕，節制安慶、和、無爲三郡。罷楊林堡，以其費備歷陽，淮民寓沙上者護以舟師〔五〇〕。謁程淳公祠〔五一〕。總所即南軒榷酒，公曰此張宣公講學地也，陳像設，撥田祀焉，置貢士莊，蠲民租二萬八千石。

虜哨儀真，東閫不能援〔五二〕，詔公勿以秦越爲心。公朝被旨，午戒器，越宿至，令庶與聶斌提兵八千入城〔五三〕。虜見公名旗，曰：「此安豐、廬州杜制置耶〔五四〕！」黎明解去，追擊敗之。進敷文閣學士，以庶知真州。公曰：「上畀汝邊郡，宜勇往，緩急吾親提兵援汝〔五五〕，勉之！」三年，中使鄧喬年傳宣撫問，賜纈羅、牙笏、金帶、香茶。四年，除刑部尚書，辭免，不許。公念仕三十餘年，列從槖亦七載，未得一瞻天表，不敢辭〔五六〕。内引，玉音奬勞云：「卿累任邊閫，宣勞不易。」公奏四事：一曰才難而知兵之才尤難，宜素儲不可猝求；二曰屯兵勞，州兵逸，然州兵月廩四倍，宜稍補助屯戍兵，而存州兵半額，別收精鋭屬之密院；三曰賞典太嚴；四曰去盜當於其微，宜選尉寨卒長滿三年能捕獲者與補授〔五七〕。上問淮事，又詢邊頭諸將，皆以實對，因乞放歸山林，以全晚節。上曰：「説未到此。」公乃就職，兼詳定勑令。一日以獄讞，廟堂始難之，卒如公議。兼吏部尚書，時注授艱阻〔五八〕，公隨資格稍通其礙，銓綜爲清。每坐曹，吏部主令抱牘儳進，公曰銓法一定，刑辟人命所係，命刑部先之。梁成大子賂當國求銓試，公曰：「昔沈繼祖論朱文公，成大亦論真文忠公，皆得罪名教者，子孫宜廢錮，安得仕！」嵩之遣給使道意，公峻拒之。御書三堂扁，曰「安淮」，曰「嘉喜」，曰「教忠」，命左璫持賜，奎墨猶濕，榮動一時。朝家更化，議以公建閫護諸將〔五九〕。嵩黨胡某猶在朝，三疏論公，上不得已，進徽猷閣學士奉祠。胡後遷宗少，徐舍人元杰封還除目〔六〇〕，曰：「侍從名臣，妄加論列〔六一〕！」其爲公議所予如此。

公歸治小圃，日與客按行松菊，瀹茗清談，曰：「吾今而後知閑居之樂。」六年請老，詔不允。

再疏，進一秩，陞寶文閣學士致仕。郡憂潦，公發私廩，具告糴於盱江。明年春穀貴，公下其直以偈〔六二〕。營卒舊有月借，郡貧不予，貸以私錢。今師相鄭公當軸，知公忠實，樞參吳公潛念公勞舊〔六三〕，擢庶守邕，且將召公。或者危之，公亦不欲出矣。

八年三月，得痺下疾，自筮得《離》之噬嗑，其繇曰：「日昃之離，不鼓缶而歌，則大耋之嗟，凶。」曰：「吾不起矣。」自草遺表，豫言以深衣斂，毋用緇黄。公待外甥任明之如子，命以遺表恩奏。肦賜金於内外親戚。郡有貢士莊，薄甚〔六四〕，公欲助私田未果，以屬二子。所貸營卒錢百萬，令勿償。疾革，謂二子曰：「此曾元執燭，曾子易簀之際。」其夕薨，六月二十七日也，年七十六〔六五〕。積官光禄大夫，爵揚子縣開國子。公昔於舍後手植二梧，茂盛，將薨之月，一自枯，一拔於風，人謂木摧哲萎之驗。上方思公前功，進龍圖閣學士，而公已薨。遺表聞，上震悼〔六六〕，贈開府儀同三司，賻疋兩三百。

娶季氏〔六七〕，紹興侍郎陵之孫，先公三十八歲薨，贈渤海郡夫人。子二人：庶，奉直大夫，改差知潮州；廡，奉直大夫、江西安撫司幹官。女二人，長適文林郎、崇安尉趙崇林，次未行，皆已卒。孫三人：蕃、蟠、番，俱承務郎。以其年臘月二十九日葬公於城東秀野之原。

公淹貫經史，博記多能，孫吳、申韓、岐扁、嚴李之學，靡不研究。爲文初不抒思，俄頃成章，皆麗密峻潔，無一字陳腐。五七言精深，四六高簡，散語尤古雅。善行草急就章，有晉、宋間人風韻，寸紙隻字，得者寶玩。歲晚掃空言語文字，專治關洛諸老之書。語其子曰：「吾於兵間無悖謀，無左畫，皆得於四書。」其臨敵常裹藥備不測，曰：「萬一嗟跌，當以死報君父。」手握重兵，然未嘗妄僇一人。雖大敵在前，戈甲耀日，矢石如雨，公意氣愈閑暇，無窘遽容。武侯麾軍，謝傅鎮物，無以加也。其論和戰屢與權要矛盾〔六八〕，嵩之排根挫抑於上，言者撼摇毁訾於下，賴上照知孤忠，保全勞臣，故公得以功名終始。

初，公與余同幕金陵，後余爲樞掾，數言公於鄭、喬兩丞相，公遂起廢。其立功於二城也，余已斥居田里，公歲中必一再遣帳騎至山中候余安否。余問騎曰：「杜公何爲？」曰：「與諸將樂飲，議防秋爾。」余曰：「視前後三數公孰優？」曰：「寇至，公與將帥分畫既定，常先登陴，諸將繼之。既上則不復下，寢食矢石之傍，猶燕居也。寇去，乘陴者皆下公乃下。以小人觀之，杜公爲優〔六九〕。」余仲弟守樵，亦言安豐迓兵至樵，公厚犒而客禮之，雖小校卑卒亦拊以恩。肩輿止用村夫，曰：「彼皆戰士，不可私役也。」烏虖，公所以能得人之死力，能爲國家建功立事，有以也夫！余觀他人寸長微勞必自夸詡，公昔與余書叙城守事，但言暴客相訪，久而不去，頗費應酬而已。余問守備，答曰：「向以城守城，今以人守城，君無憂。」其言雍容整暇如此，非僥倖成事者。

既葬，二子致公遺命，屬銘於余，且以閫帥趙公希瀞所作行述來。趙公與公皆陷重圍，同死生患難者，所載詳實，抑余於公之薨有感慨焉。嘗平破羌已七十餘，衛公渡遼踰八十矣，古人事業多在晚歲。公雖得謝，老謀宿望，使之卧護，猶羆當道、虎在山也。今其已矣，誰爲陛下寬北顧者，悲夫！公唐相宣獻公黄裳之後，世系詳見於公顯考之碑，不復出也。銘曰：

韃行中原，磨牙洊食，戰無勍敵，攻無堅壁。不論書生，雖有韓、白，猝然遇之，敗撓奔北。近而光、滁，遠則荆、益，朝猶金湯，暮已瓦礫。開闢以來，未覩斯賊，譬之猰貐，莫與角力。顯允杜公，眇然逢掖，其守二城，危在旦夕。鐵騎數重，攢砲千百，公甚整暇，登陴指畫。某捍樓櫓，某劫寨柵，椎牛釃酒，輦金輿帛。以我忠赤，當彼矢石，公猶暴露，孰敢顧惜。虜氣衰竭〔七〇〕，公乘其隙，忽雷萬鼓，四面出擊。名王横屍，權帝敗績〔七一〕，所獲駝馬，器甲山積。露布至京，朝野動色，然後華人，知韃可敵。然後異類，知憚中國。然後邊臣，知守疆埸〔七二〕。公身遠外，公性孤直。大使督相，巧詆重劾。淳祐聖人，卓然不惑。奎墨昭回，曰卿忠實。梟方狺吠，上獨卵翼。晚思識公，召以常伯。公來何遲，公去何亟〔七三〕！手開緑野，清談永日。自方喬松，人比召畢。妖星忽隕，壯士驚唶。過江百年，非無人物，畏虜二字，膏肓之疾。昔在典午，僅推琨、逖，爰及炎、紹，復有綱、澤〔七四〕。皆以儒帥，守固戰克。繼者誰歟，杜公其匹。惜余老矣，涸硯燥筆，事偉詞卑，不究勳德。

〔一〕父穎：原脱，據翁校本補。

〔二〕弟耒：原作「第來」，據本集卷一五〇《杜郎中墓誌銘》改。

〔三〕遺：原作「禮」，據翁校本改。

〔四〕逮：原作「建」，據翁校本改。

〔五〕陴：原作「俾」，據翁校本改。

〔六〕踰：原作「喻」，據翁校本改。

〔七〕引：原作「幸」，據翁校本改。

〔八〕眙：原作「昭」，據翁校本改。

〔九〕堅：原作「監」，據翁校本改。

〔一〇〕今：原作「内」，據翁校本改。

〔一一〕慨：原作「悗」，據翁校本改。然據字形、文意，似當作「悦」，於義更勝。

〔一二〕來：原作「未」，據翁校本改。

〔一三〕「悠」下原有「憨」字，據翁校本删。

〔一四〕者：原作「公」，據翁校本改。

〔一五〕披：原作「破」，據翁校本改。

〔一六〕又：原作「者」，據翁校本改。

〔一七〕公分：原倒，據翁校本乙。

〔一八〕池：原作「地」，據翁校本改。

〔一九〕去：原作「至」，據翁校本改。

〔二〇〕札：原作「杞」，據翁校本改。

〔二一〕終：原作「修」，據翁校本改。
〔二二〕擢：原作「推」，據翁校本改。
〔二三〕董：原作「重」，據翁校本改。
〔二四〕謂：原作「調」，據翁校本改。
〔二五〕恃：原作「特」，據翁校本改。
〔二六〕骨：原作「背」，據翁校本改。
〔二七〕積：原作「臺」，據翁校本改。
〔二八〕也：原作「地」，據翁校本改。
〔二九〕兵：原作「吳」，據翁校本改。
〔三〇〕陛：原作「陛」，徑改。
〔三一〕虜：原作「慮」，據翁校本改。
〔三二〕法用：原倒，據翁校本乙。
〔三三〕「創」下原有「智」字，據翁校本删。
〔三四〕着：原作「著」，據翁校本改。
〔三五〕且：原作「旦」，據翁校本改。
〔三六〕年：原作「軍」，據翁校本改。

〔三七〕所懼：原作「擢所」，據翁校本改。
〔三八〕至：原作「主」，據翁校本改。
〔三九〕戡：原作「醎」，據翁校本改。
〔四〇〕旦：原作「且」，據翁校本改。
〔四一〕令：原作「今」，據翁校本改。
〔四二〕乞：原作「已」，據翁校本改。
〔四三〕疏：原作「流」，據翁校本改。
〔四四〕直：原作「真」，據《宋史·杜杲傳》改。
〔四五〕帥：原作「師」，據翁校本改。
〔四六〕「辭」原作「辫」，「六」下原有「十」字，據翁校本删改。
〔四七〕公：原無，據翁校本補。
〔四八〕諭：原作「論」，徑改。
〔四九〕留：原作「晉」，據翁校本改。
〔五〇〕護：原作「獲」，據文意改。
〔五一〕淳：原作「浮」，據翁校本改。
〔五二〕援：原作「授」，據翁校本改。

〔五三〕令：原作「令」，據翁校本改。

〔五四〕盧：原作「盧」，據翁校本改。

〔五五〕緩：原作「綾」，據翁校本改。

〔五六〕辭：原作「舜」，據翁校本改。

〔五七〕補：原作「捕」，據文意改。

〔五八〕艱阻：原作「難但」，據翁校本改。

〔五九〕諸：原作「詩」，據翁校本改。

〔六〇〕目：原作「日」，據翁校本改。

〔六一〕「妄」原作「妄」，「論」原作「諭」，據文意改。

〔六二〕偈：似當作「遏」。

〔六三〕樞：原作「柩」，據翁校本改。

〔六四〕薄：原作「簿」，據翁校本改。

〔六五〕年：原作「卒」，據翁校本改。

〔六六〕震悼：原作「方思」，據翁校本改。

〔六七〕季：原作「李」，據翁校本改。

〔六八〕屢：原作「屨」，據翁校本改。

〔六九〕爲：原作「猶」，據翁校本改。
〔七〇〕「衰」下原有「力」字，據翁校本删。
〔七一〕績：原作「續」，據翁校本改。
〔七二〕知：原作「固」，據翁校本改。
〔七三〕函：原作「函」，據翁校本改。
〔七四〕綱：原作「規」，據翁校本改。

後村先生大全集卷之一百四十二

神道碑

寶學趙尚書

淳祐壬子八月丁丑，寶章閣直學士、知建寧府趙公卒於府治。訃聞，朝野嗟惜，詔進真學士，贈四官，爲正議大夫。喪歸，寶祐改元五月庚寅，葬於某縣某里金峰寺之原〔一〕。公諱性夫，字仁老，魏王八世孫。於訓武郎暐之爲曾祖，承信郎公建爲祖，贈朝議大夫彦晦爲父。少擢嘉泰壬戌第，歷南海尉、樂昌令、高州判官、封州推官、知龍巖縣、通判汀州、知新州、提舉廣東常平茶鹽，兩易江西，陞提點刑獄，刑部右曹郎官，直秘閣提點浙東刑獄，攝帥，直華文閣因任，直徽猷閣浙東安撫，大理少卿，直寶文閣任知紹興府，宗正少卿，權刑部侍郎，爲真，兼修《玉牒》，中書門下省檢正諸房公事，權工部尚書，權吏部尚書，除職出牧。

公初筮仕〔二〕，獲盜應格，歎曰：「以人命易京秩乎！」棄不就。當關陞，亦不自列，繫修職郎垂三十年。樂昌荒遠，公進其士而教之，秋賦策名者五人。嘗攝邕筦，上邊市馬，察姦剗弊〔三〕，費省馬良。龍巖瓜熟，盜起寧化，旁邑令當上者皆憚往，公奔問官守，據險築柵。寇大至，公令老幼登柵，自率丁壯拒戰。隅官黃才富與賊通〔四〕，公梟才富等四人於陣。賊敗去，招捕使陳公韡上其功。建卒戍汀久，桀傲，憚公攝郡，不敢反側。廣鹽號脂膏地，公潔清〔五〕，不以低估市倉銀。浙左水旱，蠲賦勸分，汲汲鮮歡。始末四載，兵厨無餘〔六〕，璽書奬諭者三。

爲從橐，所進故事切中時病。嘗舉召公敬德之言發祈天永命之旨，曰：「狃於苟且，汩於嗜慾，鋭始而怠終，矜持於外而縱弛於内，皆非所以敬德也。」諫土木疏云：「仁宗營寶相殿，韓琦以爲無名之役，不急之務，乞行停寢，況今國殫民敝乎！」又言：「穿山掘地，害及昆蟲，運木輦石，嗟形道路，斬伐不遺於邱塚，躪蹂徧及於田禾。昔魏起太華殿，唐作洛陽宫，納高允、張元素之諫而止。陛下有帝王之資，顧出二君下乎！」又言：「代宗爲太后立章敬寺，布衣高郢上書箴切。爲太后祈福，布衣且諫，臣若箝結，寧不愧郢！」上爲感動。詔兼給事中，是日公有密奏論事，疏入命寢。兩御史以論時宰去，公乞留之，因辭檢正，不允。

其去國而牧建也，倦遊，雅不欲往，聞建罹水禍，由雪峰道疾馳，至則城夷爲沼。公握空拳拊遺黎，掩漂骼，掀泥淖，繕井竈，日不暇給。已病猶自力，屬纊條郡政累二千言，戒子孫清白，神識不亂。年七十七。娶劉氏，先卒，贈碩人。二子：時僬，迪功郎、上杭尉；時僠，監閩安鎮。二女，王角孫、承奉郎主管福建安撫司機宜文字許俊其婿也。二孫女，尚幼。

公友愛，俸入與弟妹共之。嫁碩人弟鎮孤女。居烏石山下，號烏石翁。雖貴，身後宅一區、田百畝而已。公據科第，妙詞翰，而踐履平實，無表襮之累。官二品，年八袠〔七〕，而接扶晚後無貴倨之氣。造膝甚忠而未嘗漏言於外，律身極嚴而不暇求備於人。惟天子知其爲清白吏，爲常人吉士，自方伯擢法從蓋出聖意。都曹摹畫，數與相忤，而不知者乃疑由相而進。予惟前輩風流篤厚，横渠聞二程談《易》，撤去臯比，坡公見淳夫奏疏，曰軾文字失之過當，服善也。徂徠爲明復執杖屨，文、富扳温公入社〔八〕，公年六十四，以晚進辭，後長也。道鄉没二十年諫書始出〔九〕，惡其傳也。李竹溪送胡邦衡南遷，曰名節之士未知道，勉其進也。了翁則沈《後尊堯》之作，責己也。程子曰故人情厚不敢疑，恕人也〔一〇〕。其後俗薄，有欲以蕪詞惡札蓋他人之長、凉德稚齒加父兄之上矣〔一一〕。疏未至道鄉，謬竊直聲；禍未如邦衡，自矜名節矣。不修身、不齊家而欲禁切人主，不反己、不進德而妄裁量人物矣〔一二〕。然則公不求世之知，世亦知公不盡，無惑也。夫事出於譎者可僞，惟發於真者不容揜。瑣闥有封駁權，識者居之，以無大論執爲恥，或姑以報小恩怨爲快，公寧失夕拜而不苟合，孰譎而孰真乎！某監司希時好，發某事，欲擠其人於相怒既闌之後，公請留其人於相怒方炎之初，孰譎而孰真乎！

予嘗患士大夫口銜清議者多，足蹈實地者寡。嘉熙使粤，辱公授印。退閲故牘，見公之來也不妄費一錢，其去也返例卷若干條，因等而上之，乃知數十年間廉使者惟公與丘卿迪嘉爾。二公皆予故人，歲晚銘丘之墨未乾，而又銘公，可悲也夫！銘曰：

先賢蓄德，深厚莫窺。善則稱君，清畏人知。懷諼盗名，乃德之衰。公早留落，老始論思。後留豸冠，前失瑣扉。又諫營繕，箴砭迭施。入而告猷〔一三〕，出也詭辭。人露布者，公匵藏之。及擁節麾，玉雪自持。究公首末，無一可疵。視夸毗子，外飾螭栀，彼有漏露，公無損虧。以死勤官，以清遺兒。耆舊往矣，孰知我悲。

〔一〕「里」下原有「杜埋」二字，據翁校本删。
〔二〕仕：原無，據翁校本補。
〔三〕察：原作「杞」，據翁校本改。
〔四〕賊：原作「賦」，據翁校本改。
〔五〕潔：原作「過」，據翁校本改。
〔六〕餘：原作「乃」，據翁校本改。
〔七〕衷：原作「喪」，據翁校本改。
〔八〕社：原作「杜」，據翁校本改。
〔九〕道鄉：原作「道卿」，據文意改。後同。按，道鄉者，鄒浩也。
〔一〇〕恕：原作「庶」，據翁校本改。
〔一一〕稚：原作「雅」，據翁校本改。
〔一二〕反：原作「及」，據翁校本改。

〔一三〕入：原作「人」，據翁校本改。

焕學尚書黄公

豫章之黄皆出金華，隱君子諱遇和者，居豐城縣之沆江，始爲儒家，馬公存誌其墓。是生表，表生得禮，擢元祐第，終柳州推官，贈朝議大夫。生彦輔，擢政和第，爲了翁所敬，終吉水令，婦翁李公朴誌其墓。是生去華，贈太中大夫，配淑人周氏。生公，諱疇若，字伯庸。甫晬而孤，外祖母杜夫人奇之，曰兒必貴，誨以學。擢淳熙戊戌第，歷祁陽主簿、柳州教授、靈川令、知廬陵縣。堂審，監進奏院、太府寺簿、將作丞，兼皇弟吳興郡王府教授、太府丞、祕書丞，兼禮部郎官、兼資善堂説書、著作郎、監察御史。嘉定初元，擢殿中侍御史，兼侍講，權户部侍郎，華文閣待制、知成都府、成都路安撫使。以父諱辭，改寶謨閣。三年至蜀，進龍圖閣待制、華文閣直學士再任。復以諱辭，改寶謨閣。七年，召對延和殿，權兵部尚書、太子右庶子，兼同修國史〔一〕，落權陞左庶子、太子詹事。十年春知貢舉，試禮部尚書。請外，以焕章閣學士知福州。辭，提舉南京鴻慶宮。臺疏，落職罷祠，俄提舉鳳翔府上清宮。足疾告老，復職致仕。十五年正月癸亥薨於寢，年六十九。階通議大夫，爵豫章郡侯，食邑一千五百户。遺表聞，贈宣奉大夫。淑人范氏，處士子明之女。子男五人：長策，故某官；次簡，某官；次籍，某官；次節，朝奉大夫、新知賀州；次某，某官。女五人，某官楊必復、歐陽棠，某官劉成李、馮禧，某官相烓，其婿也。孫男若干人，曾孫男若干人，女若干人。薨之明年臘月壬申，葬於故里之桐谷。

既葬三十年，節奉公奏議、遺文及李侍郎劉所述行狀，請於前史官劉某曰：「先公遠矣，節諸昆長以毀卒，仲以病廢，叔遠宦，宰上之木已拱，道旁之碣未立，節爲此懼。」其詞甚哀。予先君子與公同以江右邑最登朝，於公言論風旨耳目覩記，雖老猶歷歷未忘。

初，京丞相當軸，尤援鄉曲，公寧仕嶺海，不一傍修門。祁陽與馬提刑大同爭疑獄，馬公爲詘。吉守六月督畸零欠，公以縣用錢三千緡代輸，禁吏預借。飾學增畬，日召諸生講論，衆建生祠，公止之，去日送者傾郡。其在王邸、資善也，據經析理，榘範凝重，吳興、景獻見必加敬。茂陵由此眷公，將擢臺察。侂胄詗知，因會館閣，廣坐語公：「某不知公乃山谷後。」以所藏《宜州家乘》真蹟爲遺。公既居言責，首乞天子擇宰相，宰相擇監司，毋令天下以賄議朝廷。再疏言：「善爲相者，必日以危亡災異奏於上。」又謂：「鼠食牛角，角盡而牛不知，口甘故也。」韓、陳始怒，奏格不行。俄而二姦敗，黨人皆去，上批公奏：「朕知卿忠，更化之初，正資讜論。」於是鄧友龍、陳景俊除名遠徙，內侍李益不許入國門，丘公密起爲江淮制置大使，行公疏也。

虜請和，欲函致侂胄首，公以副端預集議，謂函首失國體。退率同列乞令虜先歸關隘，我後與歲幣〔二〕，卒如公言。又言增幣約和，國胡以支，欲專創一局，共議撙節以紓國，遂置安邊所，命公同户部侍郎沈詵條具合節省拘催者。公奏內諸司宜委一大璫〔三〕，外廷委公府掾，六曹委長貳，各限半月條奏。又乞椿官房廊、激賞庫、侂胄萬畝莊歲入。進講面奏，乞力行此事，勿爲近習所摇。既而它議多格，獨得諸權姦簿録貲及白地錢等五項〔四〕，爲緡九百一十三萬，又没官産，歲可得七十一萬五千。公曰：「是亦可爲矣！」其後所積益多，迄今賴之。

都城貴糴，淮浙流民紛集，詔發粟十萬石糶濟。京尹籍流移僅五千口，期三月麥熟後止。公奏此實驅之去爾，乞令願歸者勿問，其未能歸者展期，詔至六月結局。旱、蝗、星變，公言：「天子視朝而宰相不奏事，國忌行香而宰執無一人，則其贊理萬幾者可知已。」風毁前湖門、暗門，公言：「楚爲禍首楚門壞，吴將乏食魚門傾。二門乃車駕行幸之路，宜戒佚游。」在版曹，言嚴秤提而楮愈輕，宜寬新書，行之以漸。

蜀自制閫移治興元，事權偏重，茂陵輟公以往。入辭，玉音云：「兵革後當一意拊摩。」又有旨，凡四蜀軍民利病、吏治臧否，並許諮訪密奏。兩宮錫賚甚厚。至則首蠲諸邑積欠九萬餘緡，罷遣非敕命而辟攝者。舊俗頗崇侈飾游，公革以儉。先是天聖間，就邛、蜀、彭、漢、永康、成都六郡産布處，每下户俵錢三百輸布一疋〔五〕，熙寧敷及上五等。建炎軍興，始取布估疋二貫五百有奇，關外諸軍糴本仰焉。公奏：「往趙汝愚念民力困，減爲一貫五百，歲減五萬六百緡，本府代輸五年。今蜀民重困，臣涖鎮歲餘，庫錢比舊稍增，遂於汝愚已減外疋再減二百，止理一貫三百。已椿錢二十五萬三千緡代輸，亦五年止。」併寬他賦尤重者。諭降沈黎蠻，擊走董蠻，制梟兩司謀大舉蕩蠻〔六〕，公不答。大使師出東路，梟亦調兵，兩路震動，公移書兩軍還師守險。詔公兼制叙州兵甲，鑾降，公進一秩。以成都城久圮，儲錢四十萬緡備版築。出蜀，送車系路，人以方范石湖。

入對，言謀蜀帥當擇有文武威風、知大體者〔七〕，薦蜀士范子長、許沆、魏了翁，乞城興元、成都。歲旱求直言，公乞還坐虧楮價者没入之貲。年甫六十三，援范公景仁故事乞歸。得請，朝士祖帳都門外，皆榮其行。治第豫章城中，自號竹坡。公文律高，丞相周公稱其正大恢閎，詳雅温醇。誠齋楊公見公詩，以爲得山谷單傳。然公貫穿百家，融液衆體，不但以元和脚、江西派爲重。考宏詞，得真、留二公。有《竹坡集》四十卷、奏議三十卷、講學十卷、進故事十二卷。公承當家文獻，故風韻勝；接諸老緒論〔八〕，故心事平。隆、乾以來，衆芳翕集，臺閣多賢。至慶元錮黨攻僞，邪説横流，言事者非搏噬餘干相君所厚，則粉黛考亭先生門人，公密扶善類，素尊理學，奏篇無一語差。辛巳而後，四朝生聚，東南極盛，至開禧挑虜，禍形始露〔九〕。用事者方且厚斂民足用，多造楮紓急〔一〇〕，公一則曰蠲弛，二則曰節縮。向使以其置安邊所者推而廣之内廷，減市估者放而行之諸道，仁言儒效，豈淺鮮哉！

余讀公書有云：「以無德之人而運才智之鋒，幾何而不斲天下之朴？」又云：「言利之臣必不得其死，好利之君必不得其用。」爲之掩卷而作曰：「此有德者之言，反本之論也！」公入蜀僅帥成都一路，兵事皆屬大閫，其後關外軍潰，言者論公遺蜀患。於是公出蜀八年矣，亦怡然不辨。始公欲以奏稿屬真公爲序，不果。予受學真公者，追誌公墓，系以銘曰：

遠矣黄氏，望於豫章。至太史公，詩瓊軼香。雙井一支，分秀沇江。是爲竹坡，雄翰墨場。鼓朱絃瑟，織雲錦裳。曳履禁中，執簡帝傍。縻公弗留，引身高翔。出授齋鉞，井絡之方。流涕牋天，蜀民殘創。一時權宜，百年弓張。臣請弛之，以帑金償。視兩忠定，先後相望。我不識公，獲交諸郎。早誦奏篇，晚窺家藏。齒宿意新，辭婉味長。公不可作，騎驎翳皇。廬陵二老，過江歐陽。手持衡尺，親加裁量。延之宗派，列之循良。一語品題，千載耿光。謂余不信，質之周、楊。

〔一〕國：原作「閣」，據翁校本改。
〔二〕幣：原作「弊」，據翁校本改。下同。
〔三〕璫：原作「當」，據翁校本改。
〔四〕項：原作「頊」，據翁校本改。
〔五〕錢：原作「儀」，據翁校本改。
〔六〕梟：原作「梟」，據翁校本改。
〔七〕知：原作「和」，據翁校本改。
〔八〕緒：原作「諸」，據翁校本改。
〔九〕句首原有「首」字，據翁校本删。
〔一〇〕楮：原作「褚」，據翁校本改。

虛齋資政趙公

自官制行，資政亞觀文一等，非嘗歷二府不輕授。上臨御久，尤遴其選，惟以寵李翰林詔。至是虛齋趙公諗疾告老，上嗟惜，自正奉進光禄大夫，自端明進資政殿學士致仕，異恩也。遺表聞，贈開府儀同三司。

公諱以夫，字用父，魏王之後。王四傳至建國公叔戌，建公生武經郎雋之。武經生朝請郎公填，山東亂離，由鄆負其母金夫人避地長樂。朝請生少保公彥括，乾道進士，望臨一時而年不及中壽，官至尚書郎。五子，公於次第四。母福國徐夫人。少保將終，顧公曰：「吾雖貧，有善和書遺汝。」公方九歲，泣誦遺言，勵志苦學。門蔭調諸暨尉〔一〕，内艱改瑞金尉，未上改象州户録。楊守炎正疑公年少，每具獄上，引因參問，始大歎伏。方漕信孺羅致之幕。鑠廳魁廣西漕薦，中嘉定丁丑第，歷江陵府監利縣令。邑通淮廣，姦民多盜販邕馬以資敵，公設方略掩禽群盜，獲馬百疋，俘獻於府。制檄調夫，封、劍督趣，民聽驚惑，及見公單馬急裝先發，皆踴躍以從。前帥趙公方、後帥陳公晐皆器重。用薦者改秩知南豐縣，增永惠倉粟千斛，廣學田三百畝。始至養士纔二十員，比去至八十員。里中譁而善訟、悍而梗化者，皆知姓名，他日聽訟摘語之，曰此非某人之筆乎，皆頓首願改過，兩造無翻愬者。

代歸，求主管西外睦宗院。盜起汀、邵〔二〕，帥王公居安檄兼參議。會詔起抑齋陳公韡守兩劍，爲福建招捕使，陳公請於朝，以公通判州事，兼主管招捕司機宜文字。陳公提師臨賊巢穴，公主留務，内撫循，外供億，人以爲難。賊平凱旋，劍人祠陳公而公侑之。時淮西兵駐邵武，下瞿諸峒陸梁，建、泰飢人相食。陳公請以公攝郡事，乞鹽招糴以活餓孚，生獲楊、李二酋〔三〕，餘賊殲盡。俄爲真。郡焚燬，無寸椽隻瓦，僅存夫子廟殿。公剪荆棘，重創郡治，規模鉅麗，繕泮宮〔四〕，建北橋，踰年而官舍民廬皆復舊。前守創添忠武軍七百人，多游手無賴，禁卒亦乘時桀驁，公厚撫而峻繩之。以悼亡再乞祠，主管武夷山冲佑觀。

明年冬，史丞相彌遠薨，起知漳州。陳三槍餘黨猶出没郡境〔五〕，公至，生擒張魔王者，盜平。奏罷計口敷鹽，以廢刹歲入代民輸丁錢歲萬七十緡，立石通衢記焉。除提舉江南西路常平茶鹽公事〔六〕。楮法初變，廷議民間市賤楮輸納爲虧官，令別納補虧錢。公抗疏曰〔七〕：「昔輸一千，今增五百，是令不信也；輸於民者有補納，出於官者無貼支，是名不正也。」上悟，從中可其奏，由是知公。又著《原弊》《救弊》二論〔八〕，其後出十八界，收十六界，卒如公策。

除大理丞。未至，除左曹郎官，兼權樞密院檢詳諸房文字。入對，條備邊十策，次論故相除吏，怙權廢法，大綱已紊，小小節目猶能持守，今悉蕩然，乞清中書，還銓法。除直寶謨閣、兩浙轉運判官。上既用公言罷履畝，平江守臣於下令後猶催至三十萬，公劾去之。除右曹郎官，兼左司，繼兼檢正，遂爲左司郎中，兼提領安邊所。京城火，求直言，公極論致火之由，乞改葬故王以弭天譴。安邊所殘燬，一新之。論對，乞合江淮，出内帑。俄以太府少卿兼左司，遷直焕章閣、樞密副都承旨。直前言光州危急，宜合淮東、京湖二閫兵力極援之。衆未以爲然，果失守。兼右司、國史院編修官、實録院檢討官，除宗正少卿，兼副承旨、提領安邊所如故。論軍賞冒濫〔九〕，始行制司背批之令。

鄞卒失伍，擢右文殿修撰、樞密都承旨知慶元府、沿海制置。陛辭，力攻和議，又言：「先帝創安邊所以佐邊費，今取其錢粟供賜賚營繕，非先帝本志。」集英殿修撰以行〔一〇〕，俄陞副使。前制臣陳晐已去，寓公趙善湘攝閫，散帑庾以市恩，卒愈驕，謀拒命。公單車用迓卒導從入城，衆投戈迎拜。善湘遁入山，公具交承禮招之。郡既赤立，乃糴白米支軍糧，而自食倉粟之殘腐者。趙監軍瀠夫挾善湘勢擅斬禁卒，激使爲變。公素得諸校心，以其謀告，公械其人付鄞宰趙時詁訊之，盡得姓名。衆約三鼓舉事，公使緩漏籌，與客對奕示閒暇，而密召水軍入城，掩捕皆獲，梟首三十餘，鏁外寨者百餘，它貸勿問。遲明，城中始知。將召歸，郡人乞留，詔因任。

以太常少卿召，改樞密都承旨。楮法又變，以一易五。令下，公未去鄞，疏五不可，乞寢新令。又言：「必欲行法，乞坐臣沮格之罪，於追竄上更置重典。」右揆怒，議詘責，左揆李文清公止之。公徑歸，久之仍舊職知建寧府，辭；改泉州，辭；復改建寧府，亦辭。以葉賁疏提舉江州太平興國宮〔一一〕。

公自四明歸，益專精講學，率對卷至夜分，諸經箋注〔一二〕，始有端緒。右揆去，公與王伯大、徐鹿卿同召，而公除權刑部侍郎，俄落權。自初登朝，每對必言國本，内引所言尤力，且録嘉祐、紹興建儲始末及諸臣諫疏舉行次第以進。上曰：「宮中已有人。」薦趙汝騰、劉克莊、湯中、黄自然、鄭逢辰、楊棟、宋慈、包恢、許致祥、姚希得，又薦林公遇，乞賜逸民處士之號，上嘉納。除寶章閣待制、沿江制置使，兼知建康府、行宮留守、江東安撫使兼和州無爲軍安慶府屯田使。陛辭，援張浚、岳飛事，乞早定儲。

江表苦旱，公至金山默禱而雨。以御賜金帛頒將士，補尺籍〔一三〕，增寨屋，造多槳船，繕器甲。虜入巢、和〔一四〕，公先調馬汝海、鄺進等入巢。賊至，城内兵出，敗之。和州圍迫，公檄三城兵叶力劫寨，虜敗去。又料虜必報忿，豫增無爲戍，伏楊林舟師，築土堡。虜果至〔一五〕，諸將夾攻，走之。遣偏師援儀真，躬督舟師巡江至采石，入和州視城壁，至裕溪乃歸。賜御札，陞華文閣待制，韃將察罕以著來獻。盗劫毗陵蔡少卿家，不獲，俄爲金陵緝捕所得，誅之，由是沿江無盗。

除寶章閣直學士知平江府，免牘未下，改權刑部尚書。引對緝熙殿，上拊之曰：「卿二年宣勞。」公奏：「皆陛下威德，臣無毫髪之功。」論弭變定儲甚切。時大旱，江湖俱涸，公言：「湯以六事自責，陛下自省於此六事有耶無耶？名曰去姦而通密奏、進奇玩，名曰崇儉而建龍翔、祠感生，苞苴宮室自若也。忠直次第引去，嬖倖出入簸弄，讒夫女謁如故也。」上悚然。因及所進《易通》，翌日御筆令投進。俄兼侍讀，兼修玉牒，有旨以《易通》間備進讀。一日經筵問月呂蔑思所議何如，公言：「韃不通華言，使至但謂來投拜，非謂來議和也，主此議者幾何不賣國與人！臣嘗問月呂蔑思來意，其人致酋語，極不遜，臣實痛憤，奈何復遣之去！」上嘉納，賜公「用易堂」、「虛齋」、「東平藝文世家」十一大字。兼權吏部尚書，兼檢正，除刑部尚書。手抄《無逸》、《立政》講義以規切任事者。兼權給事中，屢辭不允。會拜某公右揆，史宅之僉樞，公因論二除目非是〔一六〕，改禮部尚書，仍兼玉牒。公謂不得其言當去，盡遣家人，自留待罪。月餘，上命徐清叟、陸德輿宣諭，令供職。除吏部尚書、侍講，兼玉牒史職，御筆令任責史事。詳定殿試，奬直抑佞，文魁得方逢辰，武魁得陳億子。時讀《易通》終篇，再進《義例》、《卦論》、《圖説》凡三十冊，降詔褒美，賜御製詩。所進本留内閣，上常覽閲，後降出，丁未本冊末皆有小璽。進光、寧二朝《寶訓》，上曰：「此書皆卿力。」公既受上殊知，論建寖廣。嘗進《家人卦疏義》，指宫媪官人〔一七〕。鄭丞相初善公，冀其助己，公方昌言建督括田之非，又進《離》《節》二卦疏義，攻聚斂之臣，又歷言政、宣間弊事由大臣有奉承無正救所致，又奏留潘凱、吴燧、董槐，鄭公積不樂，愬於上曰：「侍從之臣以臣方京、黼。」賴上照知，除端明殿學士提舉佑神觀，兼侍讀。

史館初，上趣史事，擢公史館修撰，余同修撰，而余先逐，公專史筆。及陳公薨，以公提舉祕書省。公方與尤焴及新史官高斯得、牟子材、李獻可分任撰述，瑣闥因論「史屬詆公以醜語，名曰借黄」，又言公改國史以激上怒。丐去，以本職知隆興府。公嘗乞校定國史誤字，亟取校本繳進。上悟，出御筆罷史館而程督史官，然公不可留矣。辭郡，知西外宗正事凡三年，朔旦必升講席，發明經旨，復學職生員額，同姓益勸於學。

寶祐乙卯秋召，俄除禮部尚書，兼侍讀。上必欲致公，下州郡津遣，辭至四五，詔與郡。尋依舊職因任西邸，而公疾已篤，丙辰二月甲申薨於里第，年六十八。前淑人劉氏，後淑人韓氏，南澗尚書之孫，皆前卒。子時奚，宣教郎，力學工詞翰，由藉田令乞祠歸養〔一八〕。孫若眉，承務郎，亦孝謹善繼。以其年六月庚申，葬於長樂縣善政鄉溪上山之原，豫爲棺槨，規宅兆，不以累子孫。公氣稟實〔一九〕，存養深，前知數終，屏去醫藥〔二〇〕，訓時奚處己待人以厚。又語若眉等，家事稟聽於叔。悉召親故訣別，夷然而逝。公友愛〔二一〕，事兄如父，拊兄子女如己出。承務郎、玉山丞時淬，仲兄子也；將仕郎若稔，伯兄孫也，皆命以官。貧者爲市田宅，未嫁者與貲。

公立身有本末，上爲君父倚信，下爲士大夫親附。惟瑣闥始相與號莫逆交，晚爲仇敵，則有不可解者。或言吻士間之，或言當軸之意。初，陳垓以攻善類爲己任，世所唾罵，瑣闥因謂公黨垓。然垓嘗論某朝士《易》學肆臆説而背師旨，又論陳玠冒奏補，語侵吏部，皆以撼公。公前丐去，後待罪以避之。垓彈文已具，天語宣諭乃止。後除修撰也，余力辭，公亦獨銜乞改屬尤焴、希埜、汝騰。若此之類，皆有證驗，可詳考也。若瑣闥云云，別無按據〔二二〕，焉可厚誣也！烏虖，公實忤鄭丞相而有善鄭之疑，實爲垓排根而蒙助桀之謗，實卷卷吾黨而獲射羿之報，悲夫！

公温良有好賢之名，謙毖無取甚之道，其所以致謗有二：主眷也，經學也。公雖去，上思之，謂輔臣曰：「以夫久在經筵，有所咨必援古證今爲答，宗姓中不易得。」又曰：「以夫曾説清之、與篪，謂之黨人可乎？」公爲他人言《易通》輒不省，惟上重其書。余每見縉紳竊議之者，必謹對曰：「君能別爲一書以掊擊之，理到之言，虛齋必服。」然竟未有作書者。夫未嘗用功於《易》而公風非望之書，過矣。公位偪而有主眷，才高而有經學，意者謗甚之所由生歟！

曩余與公同奉詔纂史，貴人或語余曰：「後村乃助人作史耶！」余遜謝曰〔二三〕：「上使克莊副趙公，爲人之佐而短其長，人將不食吾餘矣。」未幾俱去，甚者猶以詆公爲未快，併詆公所厚者，牽聯及於余焉。公有《易通》、《詩、書傳》、《莊子解》、奏議、進故事、《易疏義》、雜著各若干卷。晚於《詩》學尤深，惟《國風》自《衛》以後未斷手，以遺稿付若稔，俾緒成之。湯祕書漢見公《莊子解》，太息謂余：「某與公皆不能及。」其爲世所重如此。公好士，士常滿門。晚稍引去，惟同郡曾震受死生患難之托，記公言行纖悉不遺。莆人鄭與言受公《易》學，得其要旨，爲公服緦，誄之甚哀。策名南歸，迂道重趼，吊廬哭墓，談者以曾比任安、鄭方侯芭云。

公徧歷公府掾、六曹長貳，外更數郡，三節二閫。其持論欲尊主庇民，損上益下，不喜尖新鍥薄之説，爲政務愛人利物，奉法循理，不求擊斷操切之名。綜理微密，計慮精審，人方躁擾，公愈靜定。量敵籌事，瞭若蓍蔡。數履危難，卒成勛業。所至威愛相濟，軍民懷之。經學外，於天文、地理、曆書、丹經皆研究，雖小藝鄙事亦精絶。度曲要眇，奕高無對。楷法逼《黄庭經》、《樂毅論》〔二四〕，嘗自札奏狀，上命謄本付外而真蹟留禁中。與人尺牘皆可寶玩。

屬纊前三日，留書與抑齋陳公及余訣，且以宰上之題爲託。將葬，時奚奉家傳、年譜來請銘。

嗚呼，年輩前於余者往往銘之矣，公小余二歲〔二五〕，奈何又銘公耶！若余者，真蒙叟所謂不祥人耶〔二六〕！銘曰：

古之重任，必屬儒者，以學淺深，爲材高下。在周分陝，旦、奭之倫，爰及晉、漢，曰穀與遵。虚齋恂恂，退然逢掖，可以卿士，亦可牧伯〔二七〕。出建旗鼓，宣國之威；入侍旃厦，格君之非。他人以材，虚齋以學，群迷相承，獨智先覺。見諸事業，特公之粗，以其精者，著之爲書。士有一焉，足以駭世，公乃兼之，寧不見甚！上於群臣，灼知佞賢，人或誣公，上曰不然。勢炎力鉅，人者暫勝；事久論公，天者常定。公書固存，公未嘗亡，持此較彼，孰爲短長！遺音琅琅，託我以死，乃譔次之，以告太史。

〔一〕尉：原作「慰」，據翁校本改。
〔二〕邵：原作「郡」，據翁校本改。
〔三〕酋：原作「酉」，據翁校本改。
〔四〕宮：原作「官」，徑改。
〔五〕槍：原作「搶」，據《宋史·許應龍傳》改。
〔六〕常：原無，據文意補。
〔七〕曰：原作「四」，據翁校本改。

〔八〕著：原作「着」，據翁校本改。

〔九〕論：原作「諭」，據翁校本改。

〔一〇〕集：原作「某」，據文意改。又此上似脱一字。

〔一一〕宫：原作「營」，據翁校本改。

〔一二〕注：原作「窪」，據翁校本改。

〔一三〕尺：原作「足」，據翁校本改。

〔一四〕和：原作「知」，據翁校本改。

〔一五〕果：原作「泉」，據翁校本改。

〔一六〕論：原作「諭」，徑改。

〔一七〕官：似當作「宦」。

〔一八〕田：原作「由」，據翁校本改。

〔一九〕實：原作「寶」，據翁校本改。

〔二〇〕藥：原作「樂」，據翁校本改。

〔二一〕公：原缺，據翁校本補。

〔二二〕據：原作「裾」，據翁校本改。

〔二三〕日：原作「日」，據翁校本改。

〔二四〕楷：原作「精」，據翁校本改。

〔二五〕公：原無，據翁校本補。

〔二六〕句首原有「公」字，據翁校本刪。

〔二七〕「可」下原有「以」字，據翁校本刪。

後村先生大全集卷之一百四十三

神道碑

孟少保 奉敕撰

孟氏之先自絳徙唐，後徙隨之棗陽〔一〕。公諱珙，字璞玉。高大父安，嘗從岳王飛軍。曾大父立，累贈太子太保；妣胡氏，絳郡夫人。大父林，贈太子太傅；妣白氏，太寧郡夫人。父宗政，右武大夫、鄂州江陵府都統制，兼知棗陽軍，累贈太師、永國公，謚忠毅，廟壯烈；妣馬氏，冀國夫人；郭氏，唐國夫人。公冀國所出，忠毅第四子也。

國家自辛巳後，東南久安。開禧初，邊事始動，然將材亦出。二十年間，出奇賈勇，守固戰克，蔽遮國之西門，繄忠毅之功。公幼從父兵間，出入必俱。嘉定戊寅，虜寇襄陽，帥檄忠毅禦之。公料虜必窺樊城，請布陣羅家渡以待。虜至伏發，死者大半。帥又檄援棗陽，嘗父子相失，公望胡騎中有素袍白馬者，識其爲忠毅也，急麾騎軍突陣，陣開而忠毅脱〔二〕。以功補授初品。己卯，虜聚糧械於湖陽，忠毅命公攻拔之。辛巳，辟光化尉。癸未，忠毅公薨於棗陽。今上寶慶乙西，差峽州兵馬監押。丁亥，辟京西第五副將，權神勁軍統制，權管忠順軍。蓋忠毅所招唐、鄧、蔡三郡壯士二萬餘人，江海總之，衆不安，制司以公代海。公分其軍爲三，衆乃帖然。

紹定戊子，公申制閫〔三〕，創平虜堰於棗陽，溉田十萬頃，立十莊三轄〔四〕，使軍民分屯。是年收十萬石。又命忠順軍家自蓄馬，官給藁穀，孳生不計，馬益蕃息。己丑，陞京西第五正將、棗陽軍駐劄，總轄本軍、屯駐、忠順三軍。庚寅，差京西兵馬都監。丁唐國憂，明年起復京西兵馬鈐轄、棗陽軍駐劄，仍總制三軍。壬辰，以閫檄討武天錫，平之。癸巳，韃將那樂倴盞追完顔守緒，逼蔡，制閫慮其侵軼，檄公戍鄧。虜至，敗之；追至青塚、吕堰，又敗之。以閫檄討武仙，克之。天錫者，鄧人，乘虜亂，聚衆二十萬爲邊患。公逼其壘，一鼓拔之，其麾下斬天錫首以獻。仙，真定人，聚衆亦二十萬，後受金虜招，爲唐鄧行省，與天錫、鄧守移剌袁相倚角，爲金盡力，欲迎守緒入蜀，犯光化，鋒剽甚。聞公進兵，轉而西，移剌爰以鄧州〔五〕、張林以申州降，仙將楊聚、劉儀降。公以仙虛實問儀，儀言大寨在石穴山，以馬蹬、沙窩、岵山三寨爲保障，又言必先破離金寨、王子山寨，則沙窩孤立矣。公用其策，盡破諸寨，直擣石穴，夷其衆。仙遁去，或言其能隱形二〔六〕。除鄂州江陵府副都統制，賜金帶。其冬，以閫檄伐金。

初，韃使王檝約共攻蔡，且求兵糧，請師期。或謂金垂亡，宜執讎耻，或言韃貪，宜防後患，議不決〔七〕。帥以訪公〔八〕，公言：「倘國家事力有餘則兵糧可勿與，其次當權以濟事，不然金滅無厭，將及我矣。」帥曰：「善！吾計決矣，用兵幾何？」公請二萬，帥曰：「大將非公不可。」

命公盡護諸將，以米千石餉韃軍。倴盞使人來迓，公與射獵割鮮而飲，遣先歸，輕騎直造其帳。倴盞喜，取馬乳酹之，且頻酌以飲公曰：「你殺得武仙，賽因。」賽因者，華言極好也。得蔡降人，言城中飢，公曰虜已窘矣，當晝地而守，以防突圍，我得東南，韃得西北。公語倴盞：「已戒南軍毋入北營，汝亦當戒北軍毋入南寨。」倴盞諾，令其萬户張柔領八都魯五十人踰濠突城。城中鉤二人以往，柔亦罣鈎，公麾兵救之。池深，飛劍斫鈎，挾柔以出，遂逼柴潭立柵。蔡城恃潭爲固〔九〕，外即汝河，潭高於河五六尺，城上金字號樓伏巨弩，相傳云岸下有伏龍，人不敢近，將士疑畏。公召麾下飲再行，曰：「柴潭非天造地設，樓上伏弩能及遠而不可射近，彼所恃此水，決而注之，涸可立待。」皆曰堤堅未易鑿，公曰：「所謂堅者，止築兩堤首耳，鑿其兩翼可也。」潭果決，實以薪葦過師。端平甲午正月，圍蔡踰兩月矣，御札勉諭將士，衆感激思奮。公之先鋒向南門，至金字樓，列雲梯，令諸軍聞鼓則進。馬義先登，趙榮繼之，公麾萬衆畢登，殺僞元帥高家奴。使人視西北，則金、韃尚相持於土門水上。乃開西門，下吊橋，邀倴盞入。江海執僞參政張天綱以歸，公問守緒所在，天綱曰：「先覩西北城危，即輿金璧置小竹屋〔一〇〕，環以薪草。又往觀兵，退而號泣自經，曰死便火我。連日兵交未克斂，城破始火之。」時竹屋烟焰猶未絶，公與倴盞拾其骨中分之，得僞武元皇帝謚寶一，玉帶一，金銀銅印、金銀牌各有差。

全師而歸，擢建康府副都統制，俄授主管侍衛馬軍行司公事〔一一〕。閫檄護太常寺簿朱揚祖、閤門看班祗候林拓朝八陵〔一二〕，諜云虜中傳南朝來争河南府，哨馬已及孟津，陝府、潼關、河南皆增屯設伏，又聞淮閫刻日進師，衆疑畏不前。公曰：「淮東之師由淮泗泝汴，非旬餘不達，吾選騎疾馳，不十日可竣事。逮師至東京〔一三〕，吾已歸矣。」於是宵征至龍門齋宿，至於奉先縣陵下，與二使奉宣御表。時久旱，望陵上雲氣五色，風雷大作，一雨沛然，數十里外元無雨也。成禮而歸，前既除馬帥，而制閫奏留公襄陽，兼鎮北軍都統制。此軍乃公所招中原精鋭百戰之士〔一四〕，分漢北樊城、新野、唐、鄧間〔一五〕，凡萬五千餘人。俄令赴樞密院稟議，除帶御器械。

乙未，兼主管侍衛馬軍行司公事，時暫黄州駐劄。朝辭，上言：「卿名將之子，破蔡滅金，功績昭著。」公曰：「此宗社威靈，陛下聖德，三軍將士之勞，臣何力之有！」上問恢復，奏云：「願陛下寬民力，蓄人材，以俟機會。」其夏兼知光州，冬兼知黄州。丙申春，韃寇黄兩耳山，下瞰城中，公跨山爲城，綿亘西北，以護大城。慮軍民雜處，因高阜爲兩堡，曰齊安，曰鎮淮，以居諸軍民〔一六〕，後屢攻皆敗之。秋，節制黄、蘄、光、信陽四郡軍馬。冬，進兵解蘄州圍。韃寇荆時，襄陽失守，隨守張龜壽、荆門守朱揚祖、郢守喬士安皆委郡去，復守施子仁死，江陵危急，詔沿江淮西遣援，皆謂無踰公者。公至荆，虜拔柵去，分兩路：一攻復州，一散在枝江監利縣編筏窺江。公遣外弟趙武等與虜戰，躬往節度，破砦二十四，還被虜生口二萬。虜增兵來，又敗之，以火箭焚虜二千艘，虜不得逞而遁。

嘉熙丁酉，封隨縣開國男，擢高州刺史，進忠州團練使，兼知江陵府、京西湖北安撫副使。夏，乞告改葬忠毅公於大冶磁湖之間。御札牌趣赴江陵，仍令興國、壽昌守臣津發。秋，除鄂州諸軍都統制。冬，韃酋忒没解犯漢陽境，徘徊陽臺間。公至沌口，命諸將奮擊，虜出境去。韃酋口温不花入寇，蘄守張可大、舒守李士達各委郡，光守董堯臣以州降〔一七〕，韃合三郡人馬糧械攻黄，守王鑑、江帥萬文勝戰不利。公入城，軍民喜曰：「吾父來矣！」駐帳城樓，指畫戰守。虜刦民船千數，謀渡江，公命周鼎、葛懷以戰艦衝虜陣。虜亂，欲引船遁，鼎乘風揚帆薄北岸，四面合擊，獲舟二百艘。虜奪我東堤，公斬主將，叱池深，約移晷收復。深選壯士陷陣，諸軍踵之，遂復東堤。虜添回回河西兵，公夜遣劉全等分七路刼砦，虜驚擾，自相攻擊。虜晝夜穴城，公於城内築月城，又掘萬人坑，廣八十餘丈。虜焚團樓，城危甚，而士殊死戰。上朌親札曰：「卿等分提虎旅，共保齊安，却敵盡忠，朕心嘉尚。卿等宜一乃心力，早策雋功。賜卿等金椀各一。戰守將士天寒不易，今遣京會三十萬貫，等第支犒。」公益以白金朌之。歲暮，韃軍鬬死者、凍死者、遁歸者十七八。戊戌春，韃遣八都魯突城，入悉墮坑中。我軍自月城上砲擂俱下，虜不能支，解去。除寧遠軍承宣使，帶御器械、鄂州江陵府諸軍都統制。閫帥入奏，公兼留司事，依舊承宣使，除樞密副都承旨、京西湖北路安撫制置副使、兼知岳州、兼督視留府事。復郢州、荆門軍。己亥，復信陽軍、樊城、襄陽府，依舊承宣使，除樞密院都承旨，兼知鄂州。復光化軍，兼湖廣總領。冬，韃寇夔州，公策虜必道施、黔以透湖湘，分兵屯歸、峽、施。韃酋搭海圍哨開、達，公塞徑路，防灘淺。虜潛師夜渡萬州湖灘，公白督府〔一八〕，請自提兵西上。虜迫歸州大埡寨，知我有備而還。公駐兵岳陽，條上流備禦宜爲三層藩籬，乞創制副司及移闢外都統一軍於夔，任涪萬以下江面之責〔一九〕，爲第一層，備鼎、澧爲第二層，備辰、沅、靖、郴、桂爲第三層。請峽州、松滋各屯萬人，舟師隸焉，歸州屯三千人，鼎、澧、辰、靖各屯五千人，郴、桂各屯千人，如是則江面可保。又言：「四川帥臣賊未來則一意囊橐，賊一至則四散奔避，事甫定則連章請罪，捆載東下，雖置之嶺海猶不失其爲多貲安閒之客〔二〇〕。乞責敗事之人，以功贖過。」其論戰守大計如此。

庚子，進隨縣開國子，制拜寧武軍節度使、四川宣撫使兼知夔州，兼節度歸峽鼎澧見戍軍馬，進封漢東郡開國侯，兼京湖安撫制置使。公控辭者九，詔不允者三〔二一〕，賜御札者二，略曰：「韃寇坤維，帥相矛盾，不能却攘〔二二〕，師無紀律，反爲潰亂，虜得深入，迫我上流。欲得夷狄知姓名、兵將服智略者往鎮壓之，博采於衆，毋以踰卿，此豈尋常委寄之比！」又曰：「卿言蜀事之難，是固難矣，不難無以見人傑。卿宜勇於一行，詎可猶豫未決！三層之説，是見規摹素定，凡有邊機利害可奏來。」公不敢辭。九月，領宣撫使事，妙簡吳、蜀之彦參錯幕府。時四川制置使陳隆之、副使彭大雅不咸〔二三〕，公責之曰：「國事如此，勇於私鬭，獨不愧廉、藺之風乎！」二閫大慙。黎守閻師古申〔二四〕，大理國請道黎、雅入貢。公報，此玉斧所畫，大理自通邕、廣，不宜取道川蜀〔二五〕，却之。俄詔公留京湖，陥制蜀事，力辭。辛丑春，宣閫結局，依舊寧武軍節度使、京湖安撫制置大使，兼夔路制置大使，以夔路隸夔路制司，利、潼、成都三路隸四川制司。公曰蜀事病於事權之分，今罷副司，權既歸一，不當更分夔路。兼本路屯田大使。始至，軍無宿儲，公大興屯田，調夫築堰，募農給種，如昔行之棗陽者。縻錢四十六萬緡，粟三萬四千石〔二六〕，首秭歸，尾漢口，爲屯二千，爲莊百七十，爲頃十萬。起建閫迄壬寅，計收九十三萬石有奇。上屯田本末與所減券食之數，降詔獎諭。進師公安，築沙市城。江陵諸軍乞合祀趙公方及樊、劉、孟、扈四都統，孟即忠毅也，公泫然從之，作集忠廟。壬寅，建公安、南陽二書院。

拜檢校少保，依前寧武軍節度使、京湖安撫制置大使、夔路策應大使，進封漢東郡開國公。癸卯春，解夔路制置大使事。余玠宣諭四川，過松滋，公一見如舊。玠欲荆閫通融事力，公餉以屯田米十萬石。春還岳陽，秋進師江陵。甲辰春，兼知江陵府。公謂僚佐：「此着非也，彼若以兵綴我，上下流急，將若之何？」乙巳再乞祠，不允。既兼郡，歎曰：「江陵所恃三海，不知沮洳之地有變爲桑田者〔二七〕，虜一鳴鞭即至城外。」蓋自城以東，古嶺、先鋒渡直至三汊略無限隔，遂選僚屬修内隘十有一，別作十隘於外，有距城數十里者。沮、漳之水舊自城西入江，乃障而東之，俾繞城北入於漢，而三海遂通爲一。隨其高下，爲櫃蓄泄，三百里間渺然巨浸。土木之工百七十萬，民不知役。繪圖上之，御札稱獎。

公以身鎮江陵，兄璟帥武昌。故事無兄弟同處一路者，乞歸田，不允。二書院成，公奏：「襄、蜀蕩析，士無所歸，蜀士聚於公安，襄士聚於鄂渚。臣即兩處各屋六十間，以没官田屋地隸焉。公安田歲入二千石有奇，山澤間架之利可二百萬，歲養百二十員；鄂渚田歲入六千石有奇，山澤所入可四百萬，歲養百四十員。擇有學行者爲山長，貳以堂長，季試而旬課之，暇則習射，中者有賞。竊見江西宗濂精舍、鷺洲書院皆蒙聖恩錫以宸翰，臣敢援近比以請。」上洒奎墨以賜。丙午，自春迄秋五乞祠〔二八〕，不允。

初，公招鎮北軍，駐襄陽，李虎、王旻之鬩，軍亂，鎮北亦潰，韃每驅爲前鋒。公謂此輩去非其罪，乃以帛書金幣招之，降者不絕。至是河南行省范用吉密通降款，以所受僞告爲質〔二九〕。公白於朝，廟論難之。公歎曰：「三十年收拾中原人心，今志不克伸矣。」病遂革。九月乞休致，授檢校少師、寧武軍節度使致仕，漢東郡開國公〔三〇〕。以九月戊午終於江陵府治，年五十二。是月有大星隕於境内，聲如雷，薨之夕大風發屋折木。遺表聞，上震悼，輟視朝一日，賻銀絹一千疋兩，加五百疋兩，特贈少師。丁未，葬於壽昌軍武昌縣金紫山。

公官自一尉至三少，爵自男至郡公，封自三百户至三千四百户〔三一〕，實封八百户，皆以戰功自致。薨後三贈至太師，封吉國公，以子陞朝。配定襄郡夫人彭氏。二男：之經，左武大夫、濠州團練使、帶御器械、知辰州；之縉，以童子科〔三二〕，敕賜童子舉出身，今以通直郎、直秘閣新知寶慶府。二女，長適武功大夫、左領軍衛將軍、權發遣柳州王該，次後公六年卒。孫男七人，淵、澄、溥、浩、沆、潛，一未名。孫女二人。曾孫男一人。己酉，荆襄流寓父老請建廟議謚立碑，詔下其事太常，定廟額曰「威愛」，博士翁甫、考功郎官陳堅請謚曰「忠襄」。惟宰上之碑學士院久未克爲，公二子請不已，天子命詞臣克莊曰〔三三〕：「汝爲之。」乃按公年譜，參以耳目聞見，著其大者於碑，蓋嘗反復公平生而有感焉。

嗟夫！完顔氏之衰久矣〔三四〕。其失燕而徙汴也，議者尚欲存之以捍韃；及其盡失中原而栖於區區之蔡也，其勢與力不足以捍韃明矣，而前論猶未改〔三五〕。至公始明其爲國讎，提偏師，覆巢穴，夷種類，俘寶玉，獻於廟社，豈不足以雪粘斡亂華之恥、慰祖宗在天之靈哉！當完顏氏之存，邊患未嘗一日寬，謂韃始暴吾邊者非也。蓋炎、紹名將張俊勤王之勞大矣〔三六〕，晚有附和議之愧；劉錡順昌之功高矣，或有無英槩之評。公破蔡守黃，無愧張、劉〔三七〕，及上問和議，則曰「臣介冑之士，只當言戰，不當言和」，其英槩又如此。自昔將帥通患〔三八〕，貪功也，放利也，忌能也，慢士也。公先入蔡，開關納韃，北軍大掠，我師秋毫無犯。倴盞雖胡人，然與公共事七十餘日，獨知尊敬，豈非其器識德度有以折伏之歟！暮年援儒帥代己〔三九〕，闢精舍養士，則近世一人而已。公用兵先計後戰，故能必勝；乘陴見危致命〔四〇〕，故能堅守。至於料敵慮患，瞭如蓍蔡。謂成都非制帥駐足之地〔四一〕，宜徙重慶，謂虜必由間道涉湖南、江西之境，先事而言，其後皆驗。其鎮上游也，沿流風寒之處一一置屯，終公之身，邊人按堵。去之十年，後人始有吝費抽戍者〔四二〕，江防既撤，虜遂偷渡，荆楚之人至今思之。公幼不好弄，壯忠憤激發，晚澹泊灰槁，視聲色貨利如嚼蠟。所臨方面，參佐部曲白事獻策言人人殊，公徐以片語折衷，衆志皆愜。謁士游客〔四三〕，老校退卒，壹以恩意拊接〔四四〕。名位雖重，惟建鼓旗，將吏見而凜然〔四五〕。及退掃一室〔四六〕，則爐薰書卷，隱几危坐，若蕭然事外者。其學邃於《易》，六十四卦各係四句，名《警心易贊》。向使公不爲世務所汩〔四七〕，尋徵之功不減輔嗣矣。亦喜禪學，與名衲游，自號無庵，天子大書其扁。克莊念端平初與公同朝，及公以馬帥往戍淮右，猶及祖餞。歲晚奉詔，秉筆表阡，乃系以銘，銘曰：

當禧、嘉際，力扞隨、棗，爲國虎臣，實公嚴考。公髮未燥，從翁兵間，迄纘戎功，繼登將壇。有武有文，且戰且守。守緒熸死，不花潰走。雪戴天耻，全纍卵城〔四八〕。襄鄂底定，建閫江陵。分兵戍淮，船粟餉蜀，苟利社稷，如衞頭目。某地險隘，某處磧灘，布列砦艦，蔽遮風寒。踰八十年，猘不南吠，酋長相戒，曰彼有備。古有上醫，灼見病源，其人往矣，而方猶存。三層之説，究極標本，倘修其方，亦今盧扁。申甫之生，惟嶽降靈，諸葛之死〔四九〕，有星隕營〔五〇〕。曷不七十，繪麟閣像，曷不八十，載鴨渌上。武昌之柳，萬山之碑，豈無他人，二公之思。公視二公，其賢相類，孰爲此評，荆楚之士。公有美子，各乘朱輪，維忠維孝，以壽後人。

〔一〕棗陽：原作「華陽」，據《宋史》卷四一二《孟珙傳》改。
〔二〕脱：原作「晚」，據翁校本改。
〔三〕申：原作「曰」，據翁校本改。
〔四〕十：原作「十十」，據翁校本删。
〔五〕移剌爰：前作「移剌袁」，乃音譯之異，實爲一人。
〔六〕「二」字疑衍，或當作「云」。

〔七〕決：原作「央」，據翁校本改。
〔八〕帥：原作「師」，據翁校本改。
〔九〕蔡：原作「衛」，據翁校本改。
〔一〇〕壁：原作「壁」，據翁校本改。
〔一一〕「管」下原有「得」字，據翁校本删。又「公」原作「馬」，據《宋史·孟珙傳》改。
〔一二〕八：原作「入」，據翁校本改。
〔一三〕逮：原作「建」，據翁校本改。
〔一四〕戰：原作「載」，據翁校本改。
〔一五〕「分」原作「公」，「唐」原作「塘」，據《宋史·孟珙傳》改。
〔一六〕軍民：原缺，據翁校本補。
〔一七〕堯：原缺，據《宋史·孟珙傳》補。
〔一八〕白：原作「曰」，據文意改。
〔一九〕涪：原作「倍」，據翁校本改。
〔二〇〕間：原作「開」，據翁校本改。
〔二一〕詔：原作「韶」，據文意改。
〔二二〕却：原作「都」，據翁校本改。

〔二三〕陳：原作「楝」，據《宋史·孟珙傳》改。
〔二四〕闆：原作「闕」，據《宋史·孟珙傳》改。
〔二五〕川：原作「州」，據《宋史·孟珙傳》改。
〔二六〕「粟」字原在句末，據翁校本乙。
〔二七〕「有」下原有「愛」字，據翁校本刪。
〔二八〕秋：原重一「秋」字，據翁校本刪。
〔二九〕告：原作「吉」，據文意改。
〔三〇〕句首似脱一字。
〔三一〕「封」字原在上句「自」字下，據文意乙。
〔三二〕以：原作「紳」，據翁校本改。
〔三三〕句首原有「夫」字，據翁校本刪。
〔三四〕衰：原作「襄」，據文意改。
〔三五〕論：原作「諭」，據文意改。
〔三六〕王：原作「主」，據文意改。
〔三七〕愧：原作「晚」，據翁校本改。
〔三八〕帥：原作「師」，據翁校本改。

〔三九〕代：原作「伐」，據翁校本改。
〔四〇〕陴：原作「碑」，據翁校本改。
〔四一〕成：原作「城」，據翁校本改。
〔四二〕抽：原作「神」，據翁校本改。
〔四三〕客：原作「容」，據翁校本改。
〔四四〕拊：原作「附」，據翁校本改。
〔四五〕句首原有「銜」字，「見」原作「生」，「而」字原缺，據翁校本删、改、補。
〔四六〕及：原作「反」，據翁校本改。
〔四七〕汩：原作「泊」，據翁校本改。
〔四八〕曩卯：原作「參卯」，據翁校本改。
〔四九〕諸：原作「祖」，據張本改。
〔五〇〕營：原作「管」，據張本改。

寶學顔尚書

端平甲午，余始有列於朝，與員嶠顔公同升，尋皆去國。三十年間，出處聚散不常，然情好如一日。公小余一歲，先挂其冠，余以此愧公獨往，敬公高致。意公輕趙、孟之貴，必享松、喬之壽，俄而仙去。余告老得歸，則聞公將葬，既發書吊之，於是其孤興祖奉家傳來請銘。

公顏氏，諱頤仲，字景正，漳州龍溪人。曾祖實，贈正議大夫；妣陳淑人。祖師魯，寶文閣學士、通議大夫，贈光禄大夫，謚定肅；妣永嘉郡薛夫人。父徹，奉議郎、知永福縣，贈少傅；妣魏國鄭夫人。乾、淳間，侍從極天下選，定肅在其間尤號名臣。公幼英悟〔一〕，定肅鍾愛之〔二〕，以遺澤授通仕郎〔三〕。歷寧化尉。環邑皆溪峒，公與隅總約，不差孤卒下鄉〔四〕，非急遽不發文引，衆感悦〔五〕。劇盜廖竊嘯，公單馬迹捕，隅總助之，盡獲首從。論賞，班改承務郎，再轉爲西安丞。民有争水利死者，凶身逸去，蔓延平人，憲委公覈實。屏騎微服，訪知其人，捕論如法，疑獄遂決。某甲豪霸一方，衆訟之，公適攝縣，以屬吏。夕暴疾死，憲疑焉，移江山主簿，民遮道不散。憲詰之，皆曰：「我爲汝等留之。」憲聞其語，曰：「權縣爲我儂除害，適爲身累。」民懽迎公歸。

除知西安縣，創義役，立規約，至今行之。後每經從，父老必持酒食勞輿隸。丁魏國憂，調衡山縣。未上，兩浙轉運司幹辦公事〔六〕，遷通判臨安府，除將作監主簿，知嚴州。錢楮中半之令初行〔七〕，吏民震恐，公力争曰：「郡人納純用楮而責以見鏹，是强其所無也。」又曰：「忤旨獲戾，罪止一身，便文自營，害延千里。」朝廷不能奪，令用全楮解發。明年乙未，入爲司農丞，攝金部郎官，除直秘閣、兩浙轉運判官。禁旅失伍，都人不安，公行諸營，諭之曰：「輦轂之下，渠敢率

「爾聲喏！」一言樞掾行揀汰之嚴，廷紳靳御教之費，衆遂洶洶。公曰：「朝家當有處分，姑静以俟。」

衆肅然無譁。

除户部郎，兼知臨安府、浙西安撫。卒猶誶語，公曰：「昨者撫諭，從權弭變爾，今事定，宜討有罪，以尊國體。」密諭主帥物色鼓倡之尤者誅之。詔書褒美，略云：「爾將漕闕下，聲采奮厲。撫虎兕之出柙，知牛羊之求牧，兼組彈壓，都人安之，而國勢增鼎吕之重。」左曹輪對言〔八〕：「邇者火土交陵，金月相守，流星隕，太白見，訊諸占書，其言可畏，而君臣上下晏若平時，願嚴恭寅畏以弭變〔九〕。」又言：「紀綱者，國之命脉。二十年來，紀綱蕩然，宜絶宫中内降〔一〇〕，杜傍蹊私請，以救其弊。」進將作監，仍兼府事。輪對言：「今日兵驕楮賤〔一一〕，良由寛而不嚴致玩之漸，散而不斂積輕之源。」上曰：「軍民有争，當分曲直，不可姑息。」公奏：「敢不仰遵聖訓〔一二〕！」上又曰：「楮尚折閲。」公奏：「物少則貴，多則賤。近印造數多，知散而不知斂，臣謂約浮就實，全在節用。」又言中外弊事甚悉。每奏，上輒稱善。

明年丙申，進太府少卿，京尹如故。嘉熙改元，以直秘閣奉武夷祠。除廣西轉運判官，首奏乞罷海外四州熙、豐鹽本錢云：「四州鹽賤如泥，官不請於本司而有本錢之輸，民不苦於淡食而有敷買之擾，户口耗，盗賊繁〔一三〕，職此之由。百年弊法，徒以錢係上供，莫敢更變，乞求住罷，帥司願撙節爲四州補解。」又乞罷二十五州身丁錢云：「丁錢始於五季〔一四〕，每丁十文，既而加倍，至十倍百倍，米亦如之。遠民以有身爲患，有子爲累，竄於蠻徭，逸爲盗賊〔一五〕，實官吏驅之，乞併蠲免。」二事皆報。

三年，令赴行在奏事，言：「今日旱被數路，潮齧隄岸〔一六〕，民死於虜、死於盗、死於飢，而赤子不聊生。今年陷襄，明年失蜀，又明年破淮而長江爲邊面。國勢岌岌如此，乞下哀痛之詔，風厲有位，革舊圖新，以回天意。」除太府卿，兼敕令所删修官，遷司農卿兼左司。四年，兼權户部侍郎，以直寶謨閣知寧國府。其救荒行楮，寬征恤民，一如嚴陵之政。

淳祐改元，除浙東提刑，尋以舊職奉崇禧祠。公嘗援司馬公訓儉之語，乞賜御書「德美」二字以名其堂，至是宸奎揮賜，身雖退而上眷不忘如此。二年，起知泉州。三年，以秘閣修撰兼福建提刑。泉田少人稠，民賴廣米接濟〔一七〕，客舟至則就糴，倅主軍餉，亦就糴焉。姦駔射利，盡攬客舟於家，與倅吏相表裏。某舟合糴若干，率虛申妄喝，高下在口，米價益穹，客舟細民苦之。又創上溪和糴之名，且令諸刹抱糴輸官，産户寺院亦苦之。公素知其然，革去舊弊，歡聲雷動，爲浮屠事以報者數千人。他如貸租税，平槩量，禁和買，養孤老，掩骸骼，視公先定肅、王梅溪、真西山遺愛有光焉。去郡，攀卧者塞途。

四年與祠，起知温州。明年，遷右文殿修撰知慶元府、沿海制置副使。海鄉細民資砂岸營口腹，龍斷者以抱納微入啗官司而擅衆利，公奏「州郡豈較此數萬緡，坐視海民困苦而不救」，悉行蠲弛。桃花、定海兩渡，民旅樵牧必由之塗，歲納官錢萬計，監專篙梢誅求不與焉。公奏罷官渡從民便，錢隸它司者郡爲代輸。濬十里渠及慈溪、定海港堰。學宫書籍器服一新，飾齋宫、諸老祠，行鄉飲禮。六年，詔公職事修舉，陞集英殿修撰、制置使。七年，除寶章閣待制因任。歲旱，遣百餘艘往廣浙收糴，郡倉低價折納，甲户按籍勸分，計境内曰十萬六千口，排日賑糴，以官倉及俸米倡。不足，以甲户富商均認之數濟之。又不足，則以廣浙之米濟之。猶不足，奏乞常平二萬餘石，半濟半糴。詔俞其請，全活甚衆。新進思堂，御書其扁。八年，除兵部侍郎，以某職奉某祠。

十二年，以刑部侍郎召。内引奏事，言：「臣歷閩浙被水之郡，建爲甚，劍次之，衢、嚴又次之，願更加賑恤。」兼敕令所詳定官，除權兵部尚書，俄權刑書兼知臨安府。被旨入對，上曰：「卿再尹神臯，施行有序，朕甚嘉歎。」又曰：「近日破楮少否？」公奏：「檢點所賣酒以十分爲率，二分用破楮，税務亦行用。」因及大政，上曰：「卿措置極是。」將退，公言：「臣再尹天府，年邁及衰，時殊事異，恐無以副陛下之任使。」上曰：「卿勉旃職守。」公奏〔一八〕：「陛下主盟於上，庶幾小臣展布於下〔一九〕。」上曰：「宣諭有不可行者，回奏不妨。」都人素習公條教，坐以無事。明年冬，擢吏部尚書，以寶章閣學士提舉玉隆萬壽宫。

漳前輩李全州亨伯六十四而謝事，劉元城以比歐陽公永叔、范公景仁。公常慕其人，自天官歸〔二〇〕，甫稀年即抗章請老，與親朋杖履往還，若未嘗貴顯者。名其圃曰畝，示不忘憂愛之意。雖已退休，鬢髮雪如，然童顔秀眉〔二一〕，精采奕奕。居里强於爲善，凶年施義漿〔二二〕，比歲倡義試〔二三〕，爲桂莊以助計偕者。里中圮橋壞道皆募衆繕葺，耆儒勝士率子姪北面焉。晨起讀書内典數卷以爲常。屬疾初無甚苦，口授遺表。時方晴霽，雷起西北而公薨。表聞，贈四官，依條與致仕遺表恩，賻銀絹如格。

公生於淳熙戊申，殁於景定壬戌六月壬子。淑人趙氏，先十九年卒。男一人，興祖，承事郎、主管西外睦宗院。孫一人，一龍，承務郎。初，公葬淑人於郡東鶴鳴之原，至是興祖卜以其年十二月庚午奉公之柩合祔。余觀近之達官貴人，率自厚其身、潤其屋而已，公獨以尊祖合族爲心。弟圭仲，迪功郎、興寧令，姪輝祖，承務郎、監涵頭倉，象祖，迪功郎、賀州户曹，榮祖，承務郎、廣州鹽倉，姪孫泳，迪功郎、福州録參，皆公所任，常情以爲難者。又觀近之材臣能吏〔二四〕，不過爲上充府庫，爲國家興筦榷而已〔二五〕，公獨以民爲重。嚴之解全楮也，瓊、崖、儋、萬之蠲鹽本錢也，二十五州之脱身丁也〔二六〕，鄞之罷砂岸與二渡也，紓一方之痛，有百年之思，桑大夫之徒聞風可以愧矣。自昔隨世就功名之士，或希合時好而失節，或酣豢榮禄而忘返，公奏對每以内降撓外庭之權，宣諭掣臺府之肘爲諫〔二七〕。方進爲而遽退，既退不復進〔二八〕，其見於言論風旨、離合去就之際如此。家法尤嚴，以身帥先。晚作《訓子》、《諭族》二篇，上引聖經賢傳，次舉前言往行，鑿乎桑麻穀粟之言也〔二九〕。

公少與長公耆仲齊名，長公踵世科，仕至檢正、列卿，先卒〔三〇〕。公嘗以聲律魁江東漕薦，會擢京倅，有職於貢闈不得試，其才學有未究盡者。初，定肅公終於吏書，年七十五，公爵與壽皆與之同〔三一〕，時人榮之。員嶠，公自號云。銘曰：

世儒泥古，習見故常，投之肯綮，其刃缺芒。世吏趍時，自詭富强，譬諸刈蔡，其根必傷。偉哉顔公，知柔知剛，扣囊底智，出肘後方。入從出藩，赫赫煌煌。於睦於桂，於鄞於杭。賦中和政，熙然春陽；弭呼吸變，凛然風霜。都人説尹，至今不忘。其在上前，論事慨慷。宜肅紀律，宜存紀綱。蠲弛之奏，仁言琅琅。與國基祚，相爲久長。伯仲敬尊，奴隸孔、桑。晚避冰山，掩鼻褰裳。徑袖手板，還政事堂。北陌東阡，杖屨徜徉。松無曲枝，菊有晚香。教行於家，德熏於鄉。《訓子》《諭族》，詞嚴意莊。如萬石君，子孫其昌。惟公大節，終始有光。鶴鳴之阡，冠劍所藏。乃述斯銘，揭於高岡。安知異代，無蔡中郎。吾言可徵，公未嘗亡。

〔一〕悟：原作「晤」，據翁校本改。
〔二〕之：原缺，據翁校本補。
〔三〕仕：原作「任」，據翁校本改。
〔四〕鄉：原作「卿」，據翁校本改。
〔五〕悦：原作「俛」，據文意改。
〔六〕運：原作「達」，據翁校本改。又「兩」上似脱一字。
〔七〕令：原作「全」，據翁校本改。
〔八〕輪：原作「輸」，據文意改。

〔九〕畏：原作「威」，據翁校本改。

〔一〇〕内：原作「辦」，據翁校本改。

〔一一〕賤：原作「賊」，據翁校本改。

〔一二〕仰：原作「迎」，據翁校本改。

〔一三〕賊：原作「賤」，據翁校本改。

〔一四〕五：原作「伍」，據翁校本改。

〔一五〕賊：原作「賤」，據翁校本改。

〔一六〕「隄」上原有「而」字，據翁校本删。

〔一七〕接：原作「積」，據翁校本改。

〔一八〕「公」下原有「之」字，據翁校本删。

〔一九〕小：原作「少」，據翁校本改。

〔二〇〕官：原作「宫」，據翁校本改。

〔二一〕句首原有「忠」字，據翁校本删。

〔二二〕槳：原作「將」，據翁校本改。

〔二三〕比歲：原作「詔歲」，據翁校本改。

〔二四〕近：原作「進」，據翁校本改。

〔二五〕「上」字原缺，「榷」原作「權」，據翁校本補、改。
〔二六〕脱：原作「晚」，據文意改。翁校本改作「免」，亦通。
〔二七〕諭：原作「輸」，據翁校本改。
〔二八〕退：原作「遂」，據翁校本改。
〔二九〕「粟」下原有「今」字，據翁校本删。
〔三〇〕卒：原作「平」，據翁校本改。
〔三一〕與：原作「興」，據翁校本改。

後村先生大全集卷之一百四十四

神道碑

侍制徐侍郎

豫章徐氏皆本漢高士，至公五世祖簡始居豐城縣之歷山，曾祖文貴居縣之後泉。祖洪源。考琮，累贈朝散大夫；妣王氏、甘氏，並贈令人。

公諱鹿卿，字德夫〔一〕。幼强記能賦，長從鄉先生朱炳受業。經子皆手抄口誦，以己意折衷，諸史及前人論著〔二〕，各以類纂輯〔三〕。廣場揮翰如飛〔四〕，若不思索，自然藻麗，里中子弟皆師焉。擢嘉定十六年進士，廷對考中第二，詳定官摘語忌，欲抑之，初考官胡公夢昱争之不得，猶爲第十人，教授南安軍。公以是邦周、程講學之地，而無垢張公謫居最久，乃論次其言行與廷對，刻之學宫，與諸生講肄，時引其説。學租多在溪洞，公拊恤佃人，無逋租者。後盜發城外，屋皆燬，惟學獨存，曰是無撓我者。

紹定初，盜起汀、邵，公爲福建路安撫司幹辦公事，幕畫動中機會。州倉焚，公曰米未必俱燼，傍掃隙地，令曰：有能徙粟至此者擔予錢若干〔五〕。手批付帑吏取緡錢，吏疑非帥命，公曰：「即有罪，吾自當。」錢至，積米如山。帥大喜，既而曰：「露積，奈何！」公請會軍糧，各計月預借，一日散盡。都城災，公上封事言：「積陰之極爲火，竊意必有以陰召陰者。」勸上毋惑寵嬖，溺燕私。又言：「王陶以不押常朝班攻宰相，令養痾中書，久不面君。仇士良云人主不可使讀書。今嬪御之進，或謂大臣有力，皆自古所無。陛下宜進退大臣以禮，察天下可以爲相者相之，大臣不以去就異其心，察天下以爲可相者擧之，轉陰爲陽之機也。」西山真公見之，以書遺公曰：「謂火災起於陰盛，惟執事一人；論正氣平，不至忿激，又足見平日涵養之功。」

六年，改秩知南劍州尤溪縣。真公守泉，以南安久不治，乞公於朝，改知南安縣。端平初元視事，首明版籍，革預借。時真公已帥閩，得公申述，必以風厲屬縣。期歲境内大治。明年，召赴都堂審察。丁甘夫人憂。三年，詔起復赴樞密院稟議，公乞終喪，詔服闋稟議。履畝令下，公奏記廟堂：「楮弊之輕特國之一事，天下之心乃國之根本。救一獘而失天下之心，孰爲輕重？」除主管官告院。

嘉熙元年，幹辦行在諸司審計司，有自少司農除集撰、佑神觀，糧料院欲比附七寺少卿幫放米麥各六石。公言：「豈可爲一人變一法！佑神相家子，所少非米麥。爲少卿自有，爲殿撰奉祠自無。」識者是之。遷國子監主簿，面對言：「辛卯之火由不能裁抑權臣，丙申之雷雖能冊免一相，天怒未息，又爲丁酉之火，民間遂有疑謗。疑謂火始於廢宮遺址，延及椒房節鉞之第，越兩河趍某戚畹之家〔六〕。謗謂封駁留中，白簡節貼，除目每出則曰某貴人所薦，某近習所主，又邊報方急而增置妃嬪，未輟排當。因疑生謗，因謗生怒，惟陛下痛自刻厲而速改之。」除樞密院編修官，暫兼右司。臺臣論方大琮、劉克莊、王邁妄言倫紀，公以詩贈行，言者併劾公居下訕上，主管雲臺觀。

二年，除知建昌軍。崇教、龍會兩保與建黎原、鐵城之民交鬨，公至，開示禍福，皆帖伏。創百丈嶺寨，城屬邑。督府取本軍斛面米四千九百餘石以餉上流〔七〕，公愀然曰：「守可去，此事決不可行！」力爭之。郡民恐失賢守，請別輸面斛一。公笑曰：「吾民知爲太守計，守獨不爲民計乎！」反復申述，又貽書文靖史公極論。文靖爲言於督符，諸郡住催，然它郡多已輸，惟盱得免。漕司令郡用文思院鐵斛受輸，倉吏曰權易鐵斛，公曰：「易斛易爾，顧鐵斛可支軍糧乎？」即言：「本軍實用木斛，不敢欺誑。」漕不能奪。盜發南豐上石者，公討捕，誅爲首者二十人。

除度支郎官，兼右司。四年春，改吏部，兼敕令所删修官，兼左右司。轉對言：「二相並命，一老提綱，未免彼罷此行，彼用此舍。在上者莫適任患，在下者莫知適從。宜勉之以三后協心之義。」除右司郎官，兼玉牒所檢討官。時相面譽公宜要官〔八〕，公嘆曰：「此所謂牢籠也，某非謂宰相私人者。」以風聞罷，主管雲臺觀。除江東運判，江鄉大飢，金陵人相食，晡後市無行人。有告凶徒伏清凉寺側者〔九〕，公命掩捕。逃數卒，十數輩方膾人肝，而食盡，執而尸諸市，由是制臣不樂。出本司積米三千餘石，下市直之半賑糶，又出緡錢萬七千賑不能糴者。合祠前使者忠宣范公、文忠真公。時諸閫久擅鹽筴之利〔一〇〕，或請於當塗置司制置鹾茗〔一一〕，朝廷擢議者版書領其事，商旅不行，正鹽失陷〔一一〕。詔公檢覈，盡得其實以聞。天久不雨，公決滯獄，應時而雨。茶鹽所多文致富民罪，或以賑恤爲名没入其貲，有一家八十口收稻僅二千石，拘籍之餘，日食不給者。公謂此與殺人而食者無異，悉還所籍。其創行搉酤尤爲民患苦〔一三〕，公謂從橐出使雖非庶官可問，而守臣貪暴，監司豈容已。方疏其不法，會守罷去。淳祐元年，詔以公兼知太平州，暫領茶鹽司職事〔一四〕。宰相遺公書曰：「拘搉檢覈，洞見底蕴，不勝欽嘆。」岳肅之始自詭，後言皆不售，徒壞三務場鈔法，虧三監司領額，半年僅得三四百萬，得羊失牛，不下闕。

〔一〕字：原作「宗」，據翁校本改。
〔二〕論：原作「諭」，據翁校本改。
〔三〕各：原作「名」，據翁校本改。
〔四〕場：原作「陽」，據翁校本改。
〔五〕干：原作「于」，據翁校本改。
〔六〕越：原作「鉞」，據翁校本改。
〔七〕面：原作「而」，據翁校本改。
〔八〕時：原作「特」，據翁校本改。
〔九〕告：原作「吉」，據翁校本改。

〔一〇〕「時」下原有「調」字，據翁校本刪。
〔一一〕請：原作「諸」，據翁校本改。
〔一二〕正鹽：原作「止監」，據文意改。
〔一三〕推：原作「權者」，據翁校本刪改。
〔一四〕「司」下原有「制」字，據文意刪。

曹侍制幽神道碑〔一〕

前闕悉以命汝。公益感慨，言：「四十年間大火者三，辛酉、辛卯之火皆有兵禍，今兹之火安知非兵釁所伏！」勸上儲皇嗣、厚倫紀以弭變。七月，又言：「近内批數出，外廷執奏，寂然不報，談者揣摩，曰此由徑而得也。召某執政，留某侍從，物語不愜。妄男子上書補官，莫知所言何事，但見片紙從中而出。彼因景監而求見者，亦將包羞含愧而不皇安矣。」疏入，除起居郎。甫就職即引去，除權禮部侍郎，出關俟命，七疏求去〔二〕。時經筵徹章，上猶遣中使宣諭，賜御書詩及鞍馬。公拜賜，進古詩六章以諷。歸至括嶺，賦詩有「今朝嶺上衝風雪，猶勝藍關度嶺人」之句，可謂婉而成章矣。其冬以集英殿修撰知福州、福建安撫使。濱海漁業之民舊苦奇征〔三〕，公悉蠲之。據案決事，窶士細民人人得至前吐情實，公徐開諭以理，往往感吾，失所争而去。書判會情切理，父老至今傳誦。貴寓如鄭、陳兩元樞，趙、李二端明，皆相與甚歡。四年，以禮部侍郎召，有尼之者，提舉玉隆萬壽宮。五年，以工部侍郎召，尼者未已，提舉太平興國宮。公所居水深土厚，族多名士，客自遠來者皆勝友，以碁酒賦詠爲樂。歲時入城，士望而喜曰：「東甽公來矣！」人人如坐春風，不知其年位之兩高也〔四〕。

公素清健，因哭仲子始衰。九年，以疾告老，詔進一官，待制寶章閣。病，却藥，曰：「生死命也。」一日語家人曰：「余行矣！」遂卒，臘月辛亥也，年八十。遺表聞，特贈宣奉大夫。太常考功，定謚文恭，累某官。碩人沈氏，先十年卒〔五〕，贈某夫人。子男二人：怡老，朝請大夫、知興化軍；愉老，故承直郎、沿海制置司幹辦公事，戊戌甲科，先公四年卒。女一人，嫁某官吳舜龍。孫男三人：坡翁、紹翁、磻翁。東甽，公自號也，里人稱之曰東甽先生。十一年十一月甲寅，合葬於南奥之原。

余嘗謂本朝名争臣多矣，惟天聖之孔、范〔六〕，慶曆之歐、蔡，熙寧之吕、劉，建中之鄒、陳，至今猶有生氣。非以其能言也，以其能言人所不能言也。由端、嘉至淳祐，如洪舜俞、王去非、杜成己、徐直翁、李元善、方德潤、唐伯玉及公，此八君子言論風旨暴白於世〔七〕，豈非以江表之玉振續中朝之金聲歟！公居言責數日爾，曰北司怙寵，曰南陽害政，曰斜封恐啓倖門，曰火災宜繼絶世，前乎公者或沿是不合而去，公繼其後，持論愈勁，豈非能言人所不能言歟！公坦蕩無町畦，而内涇渭甚嚴。平居與人語若恐傷之，一旦立風霜之地，奮《春秋》之筆，不以一字假人。然白簡指陳，雅責而已，不巧詆也，雖受責者愧之而不敢怨。自洪至唐，皆余素友，公自吳中來奉天基壽觴，始識之於丁御史伯桂坐上〔八〕，傾倒如平生懽。惟余與鐵庵中座狂瞽〔九〕，屏居田里〔一〇〕，公來帥閩〔一一〕，書筒慰藉不絕。余使粵，與愉老同寅，於公父子有情好，故使君問銘於余。余曰行狀叔方陳公筆也，簡而有法，余何以加，諾之四年，耄荒不克爲。俄而使君出牧，泣謂余曰：「吾礱石久矣，先友惟君殿後，不可以復需矣。」乃書其大節於石。公遺藁若干卷，余所序也。曾祖道先，祖聞一，父鼒，三世隱德。父以公貴贈大中大夫，母金氏贈碩人。銘曰：

寶慶之相，負夾日功，一濡其沫，立致顯融。公獨掩鼻，不受牢籠。間因賜對，造膝輸忠。上既親政，簡在清衷。垂拜緊官，乃出觀風。福星迭照，澗西瀍東。公無遐心，帝有追鋒。擢登騎省，明良相逢。公感上知，蹇蹇匪躬。諫草一傳，紙貴洛中。非公之賢，惟帝之聰。及雷□欻，出晝雍容。歲晚兩召，眷注愈濃。或者嗾獒，其如冥鴻。全晚節香，抱明月終。嗚呼悲夫，人亡國空。不可泯者，奏篇民庸。後有良史〔一二〕，議論必公。余筆久禿，如關强弓〔一三〕。南粵之阡，肅肅萬松。敬述斯銘，以詔無窮。

〔一〕此文與前文之間原有缺頁，考以下文字，與《宋史》卷四一六《曹豳傳》相符，故別爲一篇。

〔二〕求：原作「尖」，據文意改。

〔三〕苦：原作「若」，據翁校本改。

〔四〕知：原作「如」，據翁校本改。
〔五〕「年」下原有「贈」字，據文意删。
〔六〕范：原作「危」，據翁校本改。
〔七〕此：原作「北」，據翁校本改。
〔八〕丁御史伯桂：「桂」字原缺，據本集卷一四一《丁給事神道碑》補。
〔九〕惟：原無，據翁校本補。
〔一〇〕「屏」下原有「各」字，據翁校本删。
〔一一〕帥：原作「師」，據翁校本改。
〔一二〕史：原作「使」，據文意改。
〔一三〕强：原作「疆」，據文意改。

後村先生大全集卷之一百四十五

神道碑

囿山林侍郎

莆著姓惟林氏尤蕃。太公之先居福之石井，國初徙莆〔一〕，中興後自游洋遷郡城。公諱彬之，字元質。曾祖隱君諱幹。祖修職郎采，貧而苦學，遺訓曰：「吾家貲薄，汝曹當以筆耕。」父贈朝請郎麟。妣余氏，繼李氏，並贈恭人。

公少有能賦聲，拔鄉薦，至端平乙未西山真公知舉，君年餘五十矣，始以詞賦第二人擢第。教授惠州，士風文律爲之一變。再調福建常平司幹官，時議榷閩鹽，與帥、漕書數千言，力争之曰：「果行此，山有紅巾、海有孫恩矣。」議遂寢。甲辰參選，衡文別院，除書庫官，遷武學諭，出通判福州，兼西外丞。安晚鄭公再當國，以國子監主簿召。九月，爲明禋舉冊官。及上親享，公讀祝冊，音節清亮，上嘉歎〔二〕，擢監察御史，兼崇政殿説書。上不次用公，公感激上知，首言天命、人才、民心，次言括田之害曰：「利之一字，自古爲人主心術之蠹。鞅以富强，弘羊以筦摧〔三〕，延齡，鑄以聚斂進，秦及漢、唐用其説，皆有禍。今世理財固爲急着，然非集衆思不可，乃主以一樞臣。彼生長富貴〔四〕，翼以羣小，臣恐利未興而害先及。」又言：「皇祐五年，太常博士張述請立皇嗣，時仁宗方四十四。陛下春秋過於仁宗，國本豈可緩？」又言：「彌遠用鄭損棄關，嵩之招北兵入城南，胎襄蜀之禍，兩淮生聚逃死沙洲。邊臣但以閉門自守爲上策，數千里蕭條，數十城孤立，運江浙米、竭大農財以餉兀坐之兵，守不耕之野，諉曰虜哨雖來〔五〕，糧盡自去，豈不中其減水困魚之計乎？」已酉春，又言：「雷雪大作，積陰彌月，寒如深冬。臣以天意觀之，必有召怨於民者。郡縣和糴，帥總漕各和糴，召怨一也；隨户掗鹽，增税取羨，絲粟升斗皆征其贏，召怨二也；近親權門之田不問，乃括民户世守之業爲官莊，召怨三也。民怨釋則天意回矣。」

四月朔日食，公言：「當崇陽抑陰〔六〕。今日用君子而其勢未固，去小人而其根尚蟠。曾、知白、大防、純仁雖在朝，而丁謂、楊畏在外窺伺未已，此天所以示變。」庚戌，遷左司諫〔七〕，兼侍講。仲冬雷，公言：「在《易》，洊雷震爲長子〔八〕，資善雖建，儲號未正。」上曰：「朕志已定。」辛亥九月，有密薦淳祐舊相者，公言：「竦去不復來而韓、富終始任用，此嘉祐之所以異於元祐也。」讀疏未畢，上曰：「嵩之斷不復用。」定國本，扼世卿，雖上英斷，公之力居多。

壬子，除殿中侍御史，仍侍講。宗臣尹京，以心計市寵，無敢言者，公首疏攻之曰：「陳恕定茶法，以中等爲可行〔九〕；張方平論鹽法，以再榷爲不可〔一〇〕。今攘酒課而幾漕不能支，斡牙契而天下倅不可爲。括鹽處處有場，榷酤在在有庫〔一一〕，以至醯醬薪炭，斡取不遺，長此安窮？」

疏入，束裝俟命，上使訥齋程公諭公〔一二〕。程公辭曰：「臣與之同臺，知其必力爭。」尹侍上眷，殊無去意，公録彈文，以臺牒趣之。上疑非舊典，或爲上言，紹定間袁韶以執政尹京，爲臺牒攻去。上釋然，出尹帥越，以余天任攝尹。公因講又言天任非才，密薦裕齋馬公，上首肯。俄而余晦尹京，以私意辱右庠之士，公率同列奏曰：「小司成蔡抗既去〔一三〕，諸學官亦求去，三學皆捲堂而去，何惜一晦而使紛紜如此！」晦遂罷。吴子明除大理丞，謝暨除知嚴州，公言：「子明以恩澤補右選，换文守郡，未及考内除，班列耻與噲伍。昔陳舜封以科第進，及爲評事，太宗聞其父爲伶人，責宰相不分流品，改授殿直。暨貴公子，未更事，豈可付以災傷之州？」遣内臣宣諭，許寢二命。且言子明倅荆南，兼機幕，執政經從，親得其安静廉勤之實，欲俟子明自請與外補，暨當爲别易，付還元奏，令易以進。公奏：「易疏是自辱臺綱也，臣不敢奉詔。」又言：「子明衆論不與，臣不敢附會執政之意〔一四〕。」

十月，除權工部侍郎。公徑出關，上命左璫勉留。公去意鋭甚，又遣都司諭旨，公不得已就職。内引，力求閑退，上曰：「卿未可去。」同修國史，實録院同修撰，兼權侍左侍郎，詳定殿試。公徧歷臺院，諫書暴白於世。其侍緝熙，每緣經義以規切君德，指陳時政〔一五〕，上必稱善。嘗講《車攻》，上曰：「《天保》以上治内，《采薇》以下治外，内外之治貴於兼舉〔一六〕。」公奏：「《天保》以上之詩六，《采薇》以下之詩三，文、武治内之意詳於治外。」講《鴻雁》，上曰：「宣王安集流離，以成中興。」公奏：「《采芑》一詩，所謂『其車三千，旂旐央央』，凡卒乘器甲皆取於新田畝之間，向使流離猶未安集，何以爲興復之資？近日流民，尤當加恤。」旃厦啓沃，不可殫紀〔一七〕，惟此二事見於手記，其謹密類此。素與時相瀆山謝公議不合，謝公建遣余晦諭蜀，公言晦不可遣，由是愈落落。丐外，以集英殿修撰知婺州。婺人來迎，公徑歸，五辭郡，提舉太平興國宫。乙卯，除知寧國府，又辭，右相訥齋以書勉公一出。

丙辰六月至郡，視圩田旱損高下蠲其租。郡酒課日入六千楮，拍户逃散，公減千楮，宣人便之。二貴寓部曲素横，一日幹辦府使臣乞黥某人，吏白舊例奉行惟謹，公折使臣曰：「罪未至此。相公無公移，豈可憑幹辦府申狀而黥平民者？」縱使去，一郡竦然。下車五閲月，庫吏言公一錢寸縑不妄取，自奉苦淡，邦人服其清儉。以監察御史吴衍疏褫罷，踰年復職與祠。今丞相賈公自江上凱旋衮歸，大明淑慝，每言當坛、滎仇疾忠良邪説横流之際，惟公持論正平。禋霈奏補吏，以正郎權從必隔郊，相特與奏行。人謂公必召用，然公已忘情斯世矣。

壬戌，百官班庭，奉天基萬年之觴，上當宁下周尊黄髪、漢事三老之詔〔一八〕，擢公寶章閣待制，仍舊祠，與端明陳公塏並命，皆以耆年不可致，旌異之也。公已先上章告老，命未至而卒。

公素謙厚，羣居若無同異者。及立乎朝，争辨是非，判别忠邪，則生面凛然，詞嚴氣勁。論獻羨曰：「希進之賞，濫及盜臣；括利之名，累及人主。」論新寺曰：「邊境多虞，國力已困，何不留此財以實邊？」皆人所難言者。余辛亥召入〔一九〕，見意一徐公於西府，問今臺臣何如，徐公曰：「他人吾不知，惟林元質中立無附麗。」退求公奏藁讀之，信然。

初，余恭人生公，九日而卒，公終身隱痛，事李恭人尤孝敬。所居老屋數丈，晚始增葺數椽。家故有樓，名囿山，因以自號。去國食祠者三，鰥居蕭然，治栖以一長鬚，服用如老書生。嘗曰：「吾始生，外祖夢有軒車入門，傳呼林侍郎，吾止於此矣。」易簀夷然，辛酉臘月二十六日也，得年七十有八，積階朝散大夫，贈中大夫。所著有《囿山集》若干卷。娶方氏，繼葉氏，並贈恭人。公先葬兩恭人於城西之原，至是以公合祔，壬戌臘月九日也。男三人：宗煥，迪功郎、浙西安撫司準遣；宗壽，迪功郎、新建昌軍南城簿；深甫，承務郎。女二人，漕貢進士龔鎮、鄉貢進士方夢發，其婿也。孫男五人：介翁，以遺表恩奏將仕郎〔二〇〕，嘉翁、宜翁、濟翁、慶翁。孫女五人。

初，余與方公德潤、王公實之及公少同里，晚同朝，方公長二公一歲，二公長余三歲。四人者仕之日少，止之日多，有把臂入林、尊酒論文之樂。不幸德潤、實之仙去，惟余與公相視皆七十餘，酒邊感慨，談諧道舊。年未及吾二人者或傀，必言戲之曰：「君方耳順，不宜躐等。」衆爲一笑。余辭禁從還里〔二一〕，謂可以尋前盟，公遂埋玉，前之躐等者今皆從心，而余年八十矣，銘德潤，銘實之，又銘公。嗚呼，人徒羨久生之可樂〔二二〕，而孰知後死之鮮懽也，悲夫！銘曰：

彼喙三尺，若能言者，及至上前，寒蟬喑馬。公外嘿然，不振觸人〔二三〕，一奮其勇，犯顏嬰鱗。力排世卿，密贊國本，繩恩澤侯，彈京兆尹。上或未悟，公執愈堅，臣非忤君，臣不辱官。聖度如天，擢置法從，榮進念輕，勇退名重。里敬老成，朝渴耆英〔二四〕，度不能致，候對西清。除目及門，公已蜕去，以此書棺，以此題墓。念平生友，曾不數人，歲晚零落，獨存病身。東路角巾，西州馬策，駕言出門，吾行安適！自唐以來，以誌爲訣〔二五〕，謂余不信，公有諫書。

〔一〕徙：原作「徒」，據翁校本改。
〔二〕上：原作「止」，據文意改。
〔三〕推：原作「推」，據翁校本改。
〔四〕彼：原作「被」，據翁校本改。
〔五〕來：原作「未」，據翁校本改。
〔六〕陽：原作「楊」，據翁校本改。
〔七〕左：原作「在」，據翁校本改。
〔八〕洊：原作「游」，據翁校本改。
〔九〕行：原作「法」，據翁校本改。
〔一〇〕推：原作「推」，據翁校本改。
〔一一〕推：原作「摧」，據翁校本改。
〔一二〕諭公：原作「辭諭」，據《竹溪鬳齋十一藁續集》卷二四《竹林行狀》改。
〔一三〕司：原作「可」，據翁校本改。

〔一四〕意：原作「雪」，據翁校本改。
〔一五〕時：原作「晦」，據翁校本改。
〔一六〕於：原作「子」，據翁校本改。
〔一七〕殫：原作「彈」，據翁校本改。
〔一八〕髮：原作「者」，據翁校本改。
〔一九〕入：原作「人」，據翁校本改。
〔二〇〕仕：原作「士」，據文意改。
〔二一〕從：原作「後」，據翁校本改。
〔二二〕「久」字原置「可」字下，據翁校本乙。
〔二三〕觴：原作「觴」，據翁校本改。
〔二四〕渴：原作「謁」，據翁校本改。
〔二五〕諛：原作「諛」，據翁校本改。

龍學余尚書

公諱嶸，字景瞻，故左相忠肅公之仲子，世居衢之龍游縣。生於紹興壬午。幼受學於耆英劉靖君愚。補國子生，尤專苦，雖同學兒不識其爲貴介公子。

淳熙癸卯，侍忠肅出疆。擢丁未第，調饒州安仁主簿。忠肅守金陵，改監兩浙運司華亭船場。抵官未幾，忠肅由西府登庸，監西京中嶽廟者再。忠肅判長沙，改江西轉運司幹辦公事〔一〕。擢第至是十有三載，惟華亭歲餘，餘皆侍忠肅臨方面之日。在漕幕，爲使者條十事，皆急政要務切當可行者。嘉泰辛酉，改秩知岳州臨湘縣。侍忠肅再判長沙。忠肅薨，跣護歸葬。服闋，甲子七月，除籍田令。開禧乙丑考省試，得杭相李文清公卷，擢冠本經。閏八月，除太府寺簿，劑局圓散一新，蠹弊清矣。開禧丙寅二月，除諸王宮大小學教授。四月，兼莊文府教授，五月，除太府寺丞。七月，除樞密院編修官。

時江氛甚惡，狂猘南吠，用事者無策，欲具海舟、浚水門河道以備南幸。十二月，公輪對言〔二〕：「應兵之道，氣勝則兵振而敵懾，氣衰則兵沮而敵驕。」因援景德却近臣楚蜀之議、紹興却或者閩中之議，當示欲進以作天下之氣，示欲爲以起天下之懦。公雖以嚴見憚，然權臣外猶牢籠，使參預李公壁諭意，欲擢公緊官。公力丐外，嘉定戊辰六月，差知南劍州〔三〕。七月陛辭，首言：「三邊解嚴，睦鄰繼好，如疾疢甫瘳，既當防護周密以杜風寒之侵，又當從容恬養以散藥石之毒。」次言：「中興以來，存留州郡十數闕，專充職事官補外，蓋以人情無彷徨顧慮之憂〔四〕，斯有雍容去就之美。」九月合符南劍，首蠲諸色欠負，爲緡錢二十六萬有奇。郡有攔河和糴，客舟過者率十糴一，公亟減其額。又有隨苗和糴七斗有奇〔五〕，初給以直，繼猶折鹽，久乃白取。公曰此與和買何異，又懼後來以乏事藉口，非可遽革，省縮浮費，度所積可支一歲，減所糴三之一，上其事於朝。建守聞之，曰：「鐔津豈獨爲君子乎！」亦奏蠲減〔六〕。繼至者又廣公意，復捐其半。龜山舊廬爲巨室所得〔七〕，交訟，公曰有司治此不過用交易法爾，以例卷錢百萬贖畀其孫，且爲立閟宮、訪遺稿焉。

庚子八月，除知大宗正丞，兼權金部郎官。辛未正月，除右曹郎官，面對，首言：「天下未治固當憂，其已安者不可恃。自古智略高世，有以消弭變故，而大本不立，不能保其日後之無虞〔八〕。逆而察之，民心窮愁，士風消弱，權綱沮撓，法令廢弛，人才衰靡，所恃以爲國者無以爲他日可久之道，是可畏也。」次言：「以資格爲守令，不問賢否，甚者罷軟衰耄、貪刻驕惰之人扳聯親故，交結權要，肆其貪虐。縱復敗露，類皆捨大而問小，蹔罷而倏起。」四月轉對言：「建炎南渡，權宜創置，增賦凡四千三百餘萬〔九〕，而供億於三衙與科截於四總所者無慮三千六十餘萬，其耗於養兵者幾十之六七。竭天下之力困於轉輸，謂宜士飽馬騰，而連營菜色，剛心勇氣銷鑠殆盡，何望其投石越距而慷慨激揚乎！豈非形格勢禁，彼此判截而揣摩利害，迄未得其要領耶？臣嘗觀漢胡建援《兵法》曰：『正亡屬將軍，將軍有罪，以聞。』注謂『軍正不屬將軍，將軍有罪過，得表奏之。』未嘗不嘆古人防慮之深密。夫事從中御固非委任將帥之術，然顓倚爪牙而略無耳目之助〔一〇〕，亦非維持統攝之道。唐置監軍，法是人非。厥今總餉，職非不重，顧王人之尊自有常體，戎務項尾似難盡究，不若別置一官，軍事鉅細咸俾與聞，此疏達壅弊之長策也〔一一〕。」

六月，充金國賀生辰使。盱眙對境，須洞接伴，對展詞語加順，館舍饔餼，比舊尤整。抵涿州定興縣，鈴聲迅急，驛馬交馳，潰軍纍纍，號泣言韃靼到宣德縣，去此只三四百里。羣胡垂首喪氣，馬嘶車行夜不絶，吏卒相視失色〔一二〕。公慨然以義命勉之曰：「國家大讎未報，天其或者假手外夷以斃此虜〔一三〕，若目見破敗俘執，何快如之！況韃靼於我無釁，宿昔曠隔難通之情未必不因是可達。萬一不幸，身淪異域，亦命也，安之勿憹〔一四〕。」因裂黄繒爲宋使旗藏之。俄有使傳虜旨遣回，公請留以俟，往復再四。虜意惶窘，讀纔終紙，公借觀，徑奪置懷中，虜不能拒。

十月，公至闕下，面奏：「臣臨淮而聞其紛擾之〔刑〕〔形〕，過江而見其虚耗之實，調役騷動，公私無馬，三節始盡用車。」上曰：「馬皆北邊去。」又奏：「今韃靼堅鋭，即女真崛起之初；而金人沮喪銷耎，有舊遼滅亡之勢。方讎虜疲憊之餘，適國家閒暇之日。孝宗皇帝規恢之念無一日忘，自符離未捷〔一五〕，不復出師，蓋無機會之可乘，初非委置而不問，此君臣上下所當痛心疾首、是究是圖者也。欲望陛下深詔大臣〔一六〕，講求所以備邊自治者。漢有汲黯，淮南爲之寢謀，則人材不可不儲；唐有李勣，突厥不敢南犯，則守將不可不擇；充國積穀破羌，則屯田不可不行；晁錯募粟實塞，則積貯不可不廣。」昔富弼當仁宗朝銜命使虜，既堅盟好，方且拳拳以修政備邊爲言；公有《使燕録》一卷，紀金、韃情狀尤詳。十一月，公奏言：「財賦散漫無統，請置總計使一員〔一七〕，視儀簽樞，宜擇禁從中諸曉財賦、風力素著者居之，是亦國初三司使之遺意也。」

壬申二月，除軍器監。六月，乞外補以便親養。七月，除浙西路提點刑獄〔一八〕。建臺兩期，五所行部〔一九〕，平冤決滯，鋤擊强梗〔二〇〕，風采凜然。甲戌八月，除大理少卿。時憸人有爲沽激好名之説以傾善類者，十一月公論對，謂：「人之才品難一，多以疑似失之。孤特者若崖異，讜直者若陵訐，老成者若遲鈍，沉毅者若顧望，剛勁者若褊隘，凡此疑似，不可不察。」復論棘寺四獘，深中事情。

乙亥三月，以越國疾丐祠，除知婺州。尋丁越國憂。丁丑六月禫除，十月令赴行在奏事，首言戰守大計，謂鑱鋭者多輕舉，玩愒者易苟安，戰無必勝之形，守無可恃之勢，同聲附和，隨事輒變，願如古集議，使人得盡言。除祕書少監，兼國史院編修官、實録院檢討官。十二月，兼權太常寺少卿。戊寅正月，除太常少卿。時科條繁興，或歸咎於絶幣納降〔二一〕，公爲宰執言〔二二〕：「若論失計，節目尤多，使諸賢爲之，必不至是。今當一新規模，持以堅忍，庶幾事尚可爲。」又奏記廟堂數百言，略謂：「反顧根本，固當舍戰而言守；深察流獘，似未免因守而爲和。昔之善謀國者，立於萬死百敗之地以成雋烈；今日之事未至於不可復爲，何至銷鑠慼縮而甘就下策乎！」都司或言今日甚得沈鐸、季先山東一項人力，公曰：「向以納降爲非，今藉其力，正論終不可誣。然此軍他日必難制，要須有一項勁兵以控馭之。」後卒如公言。六月，兼吏部侍郎。

七月，兼國子祭酒。時京尹方趨時好以沮士氣，小司成因此去官，諸生空學出，廟堂欲以公鎮之。公乞全小司成之去，懲府吏之罪，然後拜命。廟堂初難之，公力争，廟堂出尹於外，且勉諸生歸齋。

己卯二月，除權吏部侍郎、兼中書舍人、兼祭酒。內帑第監司守貳歲額登虧，中批或遷官，或削秩，或展磨勘。公言賞罰之權分於北司，末流之弊，不可救矣，爲三説以繳還。一謂：「內帑歲入巨萬〔二三〕，累朝所積，不知其幾〔二四〕，陛下儉約無妄費，何爲空竭至此？借曰外郡逋負，亦帑吏受賂隱欺所致，今捨吏不問而先譴監司守貳，人其謂何？」二謂：「天下財賦悉有一定窠名，逋慢乃爲曠職，供輸豈足言功？但此端既開〔二五〕，賞之不可勝賞，不賞無以酬勞，異時尚費處分。」三謂：「賞罰之行，當在中書，今若悉由中出而中書但務奉行，豈盛世事？」時某人方睥睨兩地，諸生欲舉幡攻之，其人祈公一言欵諸生，公固拒，某謀遂寢。

六月，陞兼同修國史、實録院同修撰。三乞祠，十一月除集英殿修撰、知建寧府以歸。庚辰十月，改太平州。辛巳春，虜犯蘄、黄，沿江戒嚴。八月，有旨以采石水軍聽守臣節制措置，公物色軍中積弊，盡剗除之，修戰艦，造戎器，閲射藝，旌旗壁壘，精采一新，有《須知》一卷。又別創防江新營，以厢禁溢額衣糧別募精鋭〔二六〕，紀律視大軍。撥錢二十萬緡爲防江庫，以備賞激，有《條約》一卷。壬午九月，除煥章閣待制、沿江制置使、兼知建康府、江東安撫使、兼行宫留守公事〔二七〕。公在當塗時，歲旱潦，皆一禱而應〔二八〕，至是江漲冒城郭，公精祈而潦縮。選官吏視災傷，家賑給有差，一如在當塗時。其遣醫療疫，家至户到，全活尤衆。潦後苦飢，發廩平糶〔二九〕，又不足則蠲税招販，無飢莩者。以撙節錢十五萬緡爲循環糴本，名曰平止。公經畫閫事，親至唐灣、靖安閲習舟師如采石軍。以三十萬緡創防江備用庫，他所興修數十，有《事目》一卷。自淮出溢口，何處發源，何處□江，委官相視，盡得南北要害。每謂行伍中人才多爲管軍所壓〔三〇〕，時時按行籍記，遇朝廷乏使，多以問，皆得其人。京河帥許國憚山東降附之横，欲耀兵誇之，大合諸軍閲山陽，移文沿江制司調發，公答以「千里赴教，且當冬寒，無故使士卒疲獘，恐軍氣不張，反爲北人所輕」。復密白於朝，不能止。會久雪，教閲之期屢展，士卒暴露胥怨，而北軍疑其將不利於己，卒致内變，人始服公遠慮。

公雖鼎貴，而自奉蕭然，如老書生。陪京號佳麗地，公以清約倡諸司，未嘗有夸嬉之宴。十月，除顯謨閣待制。寶慶乙酉二月，提舉安慶府真源萬壽宫。公憫鄉俗不舉子，置局三所，各給錢米藥餌。又以火葬之俗近夷，爲義阡四所，刻石表塋，種松成列，旁爲厚俗庵，守以僧，買田贍之。時宰與公同年，常言安得余景瞻來相助，公聞之不皇安。里居四載，無寒暄一字，相忽專書問勞，欲公出當事任，公謝不能。

紹定己丑，除知潭州、荆南路安撫使。時諸峒反側，事變方棘，公不敢辭。九月開閫，衡之酃縣沙甫峒、郴之桂東縣高垓峒相挺而起，已破酃縣，犯茶陵。公察致寇之由，首罷黜貪虐吏〔三一〕，檄諭禍福，且奏調鄂兵以張威聲。沙甫寇欲降未決，憲司檄有「會兵討捕」之文〔三二〕，寇愈驚疑。公移書勸力止〔三三〕，憲不聽，且設招格倍於帥司，寇愈玩侮，復破資興。時鄂兵未至，寇張甚，公截留飛虎戎兵數百守茶陵，以屬官王友莘、留子邁董之，又調蘇洪飛往茶陵，以死争險。鄂兵適至，諸將連捷，沙甫酋領詣行司束身歸罪，未高垓負固〔三四〕。公遣鄂兵抵耒陽扼其前，檄王友莘、留子邁以飛虎軍泊安仁掩其後。明年春，高垓寇相率赴軍前首降。衡之常寧世忠峒素有忿，閩内相攻，縣令偏有所主，遂犯省地。公撫定之，且賑活鄙，安仁、耒陽、資興諸邑被寇禍者。安仁、浦陽富室閉糴，有嘯聚强糴者，公遣古靈寨官率隅總收捕。衡山之孫家原，永興之大叉效顰蠭起，公立賞格，布方略，至忘寢食，以次蕩平，部内肅清。全守袁斂賈怨，營卒失伍，破吏家，掠市肆。公先劾貪守，檄前全倅王夢弼攝郡，除首亂者，餘勿問，一郡帖然。詔以夢弼知郡事。

辛卯正月，以平寇功除寶謨閣直學士，依舊任。公每謂湖湘莽爲盜區，郴、衡諸邑無城所致，請於資興縣程子叉築城以捍高垓之寇，茶陵縣築城以捍沙甫之寇。計費錢十萬緡、米萬石，願身任其費，不煩科降。資興寧縣仍移縣殘煅改名就城〔三五〕。茶陵古城基址猶存〔三六〕，今但增築二城。皆以辛卯九月經始，壬辰九月落成。又謂城必有兵，宜以飛虎二百人戍茶陵，一百人戍興寧，別椿錢四萬緡以備三年券食。其地控扼兩峒咽喉，郴、衡諸邑可高枕而卧矣。郡有惠民倉，前帥曾公從龍所創，豐歉不常，寖虧舊額。公樁錢五萬緡創庫，收其息以補虧。始至，師旅飢饉，軍府赤立，而公平鄙寇，繕城池，築險要，防溪峒，事力沛然。復以錢三十萬緡置備用庫，爲緩急之防。新建貢院、傳舍、亭臺之類，屢書不一書，若天雨鬼輸者。去日帑有餘積。閱府縣版籍，爲下户畸零税代輸。舊委右選部餫，虧二萬餘斛，縲繫數十家，公爲償逋，且資其銓調，皆泣拜而去。公嘗自言，叨守四郡，非有生財之術，惟吏不得欺而無滲漏，己無苟取而不敢妄費。他人管蠡小智，錐刀微勤，必誇詡鋪説，公於國有大勳勞，其辭謙厚如此〔三七〕，故詳著之。

端平元年正月，除敷文閣直學士、依舊任。乞休致〔三八〕，四月，除華文閣學士、沿海制置使、兼知慶元府。六月，進封信安郡開國侯。再乞休致，七月召赴行在。公祈閑愈力，除寶謨閣學士、提舉江州太平興國宫。逾年，上命陳公卓移書問安否意向〔三九〕，且除公兵書。公在長沙積勞，體中有微恙，然神明不衰，屢上免牘，陳義慨然。上嘉歎，除焕章閣學士，依舊祠。丙申十一月，御筆遷工書，累辭不允。嘉熙丁酉夏杪，疾甚〔四〇〕，七月戊寅晦，呼子孫戒曰：「我與忠肅世荷國恩，清約無厚蓄，汝等當强學繼志。」隨閲遺表，更數字，釋筆定而薨，享年七十有六。上震悼，特授龍圖閣學士、光禄大夫致仕，贈開府儀同三司，贈卹如儀。

龍游之余，遠有世序。曾祖鐸，贈太師、益國公；妣傅氏，益國夫人。祖繪，贈太師、蜀國公；妣虞氏，燕國夫人。父端禮，特進、左丞相，贈太師，封衛國公，謚忠肅；妣葉氏，越國夫人。公娶徐氏，先四十年卒，繼應氏，先二十二年卒，皆贈郡夫人。子男四人：道申、道永，早世；球，奉議郎、知潯州桂平縣，先公六年卒；璪，某官。孫男三人：垕，某官；垓，承議郎、添差通判紹興軍府事；槩，登仕郎，早卒。孫女一人，朝散郎、大理寺主簿王同祖其婿也。初，公自卜葬於忠肅公墓域之側石壁之原，孤璪以次年二月二十日奉柩安厝，從治命也。

余惟忠肅公紹熙顧命大臣，援立寧考，慶元相業，其保全定策國老、平亭僞學禁錮，功在社稷，號爲南渡名宰。公接緒言而傳心印，其告吾君必曰任賢去邪，其告大臣必曰開誠布公，其言財利必曰損上益下，其語和戰必曰斬使焚幣〔四一〕，其論紀綱必曰不可使中人預政令，不可以中批行賞罰。孤直行一意，終始持一説，立朝如陽城、孔戡，臨邊如羊祜、杜預。近世名卿將，捨公指不多屈，西山真公、復齋陳公尤敬重。

公葬三十一年而垓奉木石尤公所作行狀請銘於予〔四二〕，予先君昔與公同爲樞掾，情好如兄弟〔四三〕，但姓不同耳。某甫冠〔四四〕，受教於公。先人棄諸孤，時公方奉使畿内，遣吏士撫孤嫠〔四五〕，使先君返骨首丘，而一門百口生還故里者，公力也，某終身不敢忘。木石公亦余故人，昔俱被遇穆陵，同時爲史官〔四六〕，爲詞臣。鄭樞載伯之薨，某狀其行而木石公銘之，今木石公狀公之行而某銘之，不敢以荒落辭。木石公所已載者，不復出也。公所著書有《周易啓蒙》、《毛詩説略》〔四七〕、《春秋大旨》、《戴記序發略》、《掖垣類藁》〔四八〕、《肯堂賓談隨筆》、《肯堂職業》及雜記録各若干卷，藏於家。銘曰：

本朝名公卿，家庭俱貂蟬。仲儀於文正，子頤於忠宣。東都事遠矣，姑述近者焉。福公有復齋，紫巖有南軒。皆以子淑後〔四九〕，豈惟翁拜前。卓哉肯堂公，忠肅之嫡傳。追懷慶元初，隻手扶廈顛。迓續天命永，矯揉國論偏〔五〇〕。色線用不盡，一券付象賢。及雷密輸忠〔五一〕，授鉞勞籌邊。平生仁義諫，丹青累百篇。居中每不久，去若箭離弦。防江垂四期，鎮湘亦六年。念昔坐春風，琅琅聞雜言。長慟閟一丘〔五二〕，孰能起九原。斯文屬後死，雖耄猶勉旃。幸與木石老，附名石壁阡。

〔一〕辨：原作「辨」，據翁校本改。
〔二〕公：原作「分」，據翁校本改。
〔三〕知：原作「和」，據文意改。
〔四〕彷：原作「徊」，據翁校本改。
〔五〕苗：原作「留」，據翁校本改。
〔六〕滅：原作「滅」，據翁校本改。
〔七〕巨：原作「臣」，據翁校本改。
〔八〕後：原作「復」，據翁校本改。
〔九〕餘：原作「外」，據翁校本改。
〔一〇〕而：原作「面」，據翁校本改。
〔一一〕此：原作「其」，據翁校本改。
〔一二〕卒：原作「平」，據翁校本改。
〔一三〕假手：原作「假守」，據文意改。
〔一四〕勿：原作「物」，據文意改。
〔一五〕捷：原作「犍」，據翁校本改。
〔一六〕望：原作「皇」，據翁校本改。

〔一七〕請：原作「謂」，據翁校本改。
〔一八〕浙：原置下句「五所」下，據文意乙。
〔一九〕五所行部：似當作「五行所部」。
〔二〇〕梗：原無，據翁校本補。
〔二一〕幣：原作「獘」，據翁校本改。
〔二二〕公：原無，據翁校本補。
〔二三〕帑：原作「獘」，據翁校本改。
〔二四〕幾：原作「機」，據翁校本改。
〔二五〕端：原無，據翁校本補。
〔二六〕額：原作「頭」，據翁校本改。
〔二七〕安：原無，據翁校本補。
〔二八〕「皆」下原有「有」字，據翁校本刪。
〔二九〕平：原作「乎」，據翁校本改。
〔三〇〕才：原作「財」，據翁校本改。
〔三一〕虐：原作「雪」，據文意改。
〔三二〕檄：原作「邀」，據張本改。

〔三三〕勸：原作「功」，據翁校本改。

〔三四〕未：似當作「惟」。

〔三五〕資興寧縣仍移縣殘煆改名就城：此句甚不可解，似當作「資興改名興寧縣，仍移縣殘煆就城」。考《宋史》卷八八《地理志》四郴州條，於「興寧」下有注云：「嘉定二年，析郴縣資興、程水二鄉置資興縣，後改今名。」可知興寧確爲資興改名，然未明言所改爲何時。本句之前尚云「請於資興縣稈子爻築城」，其後則云「壬辰九月落成」，壬辰爲紹定五年，又其後則云宜以「一百人戍興寧」。可見紹定五年，資興改名興寧而移治新城。

〔三六〕茶陵：原倒，據前後文乙。又句首原有一「多」字，據翁校本删。

〔三七〕句首原有「之」字，據翁校本删。又，似當改「之」爲「而」，於義更勝。

〔三八〕休：原作「体」，據翁校本改。

〔三九〕上：原作「十」，據翁校本改。

〔四〇〕甚：原無，據翁校本補。

〔四一〕幣：原作「獘」，據翁校本改。

〔四二〕木石尤公：原作「木公尤」，據翁校本乙補。

〔四三〕好如：原倒，據翁校本乙。

〔四四〕冠：原作「寇」，據翁校本改。

〔四五〕燅：原作「燅」，據翁校本改。
〔四六〕史：原作「吏」，據翁校本改。
〔四七〕毛詩説略：原作「詩説略毛」，據翁校本乙。
〔四八〕垣：原作「坦」，據翁校本改。
〔四九〕子：原作「於」，據翁校本改。
〔五〇〕偏：原作「徧」，據翁校本改。
〔五一〕雷：原作「霄」，據翁校本改。
〔五二〕閟：原作「悶」，據翁校本改。

後村先生大全集卷之一百四十六

神道碑

忠肅陳觀文

公陳氏，諱韡，字子華。曾大父諱僖，贈太傅，有陰德；母華國夫人黃氏。大父諱衡，通直郎，賜緋，贈太傅；母婺國夫人黃氏。墓皆朱公所銘，文公書法嚴，不以一字假人，然稱太傅重厚長者，自謂淺之乎爲人，知之不盡。父諱孔碩，中大夫、祕閣修撰，贈太師；母福國夫人田氏、邢國夫人鄭氏。太師少受學於朱、吕二先生，仕歷兩朝，名重一世，號北山先生。

公生十日而福國亡，鞠於祖母。婺國崇釋教，偶談佛有捨身餧虎者，公猶髫齓，獨曰：「奈何飽此惡物！」婺國異之，曰：「佛化虎，使不爲暴耳。」未冠，袖贄見淡軒楊先生方，淡軒覽而奇之，賀北山公曰：「眞英物也。」北山性剛嚴，公左右承順無違。事繼母盡孝，遜父郊恩與弟翸。始應舉，擢開禧乙丑第，授江州湖口尉。時乾、淳諸老惟水心葉公殿後，公往師焉，水心爲下一榻，期之甚遠。

嘉定三年，侍北山公使海陵，叛寇胡海挾虜驟至，公募死士合鹽軍迎擊於青垛〔一〕，破之。六年，之官湖口，當路交薦。九年秩滿，再調南劍州録事參軍。丁鄭夫人憂，十三年服除，差監行在編估打套（扃）〔局〕門。十四年，淮閫忠肅賈公辟京東河北節制司幹辦公事〔二〕，公謂山東、河北遺民歸我，宜使歸耕其土〔三〕，給以耕牛農具，分配以内郡之貸死者，此晁錯實塞、趙充國留屯之策也。然後三分齊地，張林、李全各處其一，又其一以待有功者，以分其權。河南首領以三兩州歸附者與節度，一州者守其土，忠義人盡還北，然後括淮甸閑田，倣韓魏公河北義勇法募民爲兵，給田而薄征之，擇土豪統率。通、泰鹽販又別廪爲一軍。此第二重藩籬也。

十五年，淮西告警，公策：「虜必專向安豐而分兵綴諸郡，使我備多力分〔四〕，使卞整、張惠、李汝舟、范成進各以其兵屯廬州以待之。虜將盧鼓搥新勝韃於潼關，乘鋭急戰，當持久困之，不過十日必遁，設伏邀擊，必可勝。又使時青、夏全候虜深入〔五〕，以輕兵掠其巢穴，亦一策也。」其後虜果犯安豐，公奉檄如盱眙犒時青軍。改淮西制置司幹辦公事〔六〕，再如盱眙見劉倬，調卞整、張惠、范成進、夏全諸軍應援擣虚〔七〕，皆行公策，遂有堂門之捷，俘四駙馬。

公赴都堂稟議，未至，改宣教郎，陞淮東制置司幹辦公事。史丞相延見，置酒。酒行，輒探懷中紙，俾籌之，凡十事。公立剖決，丞相悉奏行之。除將作監丞，陞制司參議，兼通判楚州。十六年四月，忠肅公以疾入奏，委公暫攝。忠肅公訃至，爲位哭之哀。權閫丘侍郎壽雋尤敬公。公自以受知忠肅〔八〕，力求解罷，又以新帥鄭損、許國與賈宿憾〔九〕，乞避之。居閫幕三載，以公廉恩信得衆。李全爵位寖穹，公每折以理，輒聳動，衆恃以安。初易帥，北軍譟曰：「願得陳制參爲制置。」公叱曰：「若朝廷頓一束草在制使廳上，汝輩亦當敬事。妄言者斬。」李全與趙拱評南朝人物，謂若有三五個陳制參，中原不足平也。全妻楊氏每戒全無失禮於公。

十七年，赴行在奏事，北人泣送。二月，除太府寺丞，奏：「今爲邊患者三：有垂亡之金，有新造之韃，有歸附之忠義。金、韃存亡未分，忠義叛服難保，一二年後，雖欲安坐固守不可得也。宜早夜以克復激厲中外之心，不可以自守沮抑將士之氣，士氣一惰，作之實難。忠義外附已久，邊境有急輒爲先鋒，功不可掩；若謂其真可保，十萬之衆豈皆忠臣孝子。」因獻三策：一、儲人材以爲邊境之用；二、廣屯田以省漕運之費；三、練南兵以防偏重之勢。三月，差公考試〔二〇〕。五月，主管華州雲臺觀。

寶慶改元，真文忠公舉公應詔，稱其「自少英發，有志功名，博觀古今〔二一〕，慨慕賢傑。於用兵籌邊之略尤喜討論，同時在邊之人，多言其忼慨推誠，能得忠義之心，豈可使之久閑？」二年七月，令赴密院禀議。辭，乞終養。差知興化軍。三年春甫下車，四月移知真州，去而莆人既思至今。未至，除淮東提刑，尋直寶章閣，依舊提刑，兼知寶應州。八月，除大宗正丞兼工部郎官，改倉部郎官。奏事言：「今人心懈而賢能隱〔二二〕，吏治汙而民生困，國計匱而兵力弱，興起振刷在陛下一念間耳。」又論馭將之失四，制兵之弊六，皆切中時病膏肓。十一月，蜀帥言韃欲和，公言：「聞李全自稱山東河南行省，部領韃兵至山陽，聲言爲我決和議。外間誤其甘言〔二三〕，竊爲憂之。全斃許國，疑隙既深，青社被圍，怨我不救，甘言正是誘我。」又言：「朝廷倚重時青以亢全，今解仇合從，與韃爲一。若朝廷謂時青真可倚〔一四〕，韃人真欲和，李全真悔過，三孽相因，恐貽無窮之憂。」與時議不合，丐祠，不報。

紹定改元三月〔一五〕，時青爲李全所戕，其將王海閉關拒全。公言：「獨有命王海管時青軍，使不折而從李，然後聲全之罪致討，不然國家無寧日矣。」再請祠，不報。五月，太師公訃至，奔喪亟歸。二年四月，葬太師公。十二月，盜發於汀、劍、邵，群盜蠭起，殘建寧、寧化、清流、泰寧、將樂諸邑，閩中危急。帥王侍郎居安請公提督四隅保甲〔一六〕，公辭之。漕使陳汶、倉使史彌忠告急於朝，謂非公莫辦此賊〔一七〕，起復知南劍州。辭不獲，遂行。三年正月至郡，籍士民丁壯爲一軍。沙縣紫雲臺告捷，公重賞之。州兵至縣少劍〔一八〕，死者數十人，公厚拊其家，勵其衆曰：「始若輩望風而遁，今知進而不知退，雖未勝而勝勢已見。」斬覘賊白旗不用命者〔一九〕。沙縣破，賊由間道趨城〔二〇〕，忠勇軍破之於高橋〔二一〕，賊乃趨邵武。尋除直寶章閣，起復知南劍州，提舉汀邵兵甲公事、福建路兵馬鈐轄〔二二〕。時賊愈熾，尚有倡當招不當捕者。公言：「始者賊僅百計，王侍郎招而不捕，養之至千；程内翰招而不捕，養之至萬。今復養之，將至於無算。求淮西兵五千人，可圖萬全。」賊破邵武，詔公兼本路招捕使。賊急攻汀州，淮西帥曾卿式中調精兵三千五百人適至，公調五百人由泉、漳間道入汀。五月，擊賊於順昌，勝之。六月，兵大合。除直寶謨閣、福建路提點刑獄公事，兼知南劍州，充招捕使。七月，公親提兵至沙、順昌、將樂、清流、寧化山前督捕〔二三〕，又申密院，乞下江西防賊走路，所至尅捷。九月，分兵進討。十月，進攻五賊營寨〔二四〕，平之。十一月，破潭飛磜賊起之地，夷其巢穴。十二月，誅汀州城叛卒〔二五〕，諭降連城七十二寨，汀境皆平。

四年正月，遣將破下瞿張原寨。二月，躬往邵武山前督捕。餘寇沮水未渡，公褰衣大呼，諸軍和之，響裂山谷。賊有晏彪迎降，公以其罪不可赦，力屈乃降，後卒誅之。進右文殿修撰。五月，特轉三官兼知建寧府。公乞持餘服，不允。南劍民相率祠公，名曰「千秋報德愛仰堂」，真公作記。七月至建，時衢寇汪徐、來二破常山、開化，張甚，殿步旅數千未敢進。公命淮將李大聲提兵七百，出賊不意，夜薄其寨。賊出迎戰，見算子旗，驚曰：「此陳招捕兵也！」皆大哭。急擊之，衢賊亦平。

五年六月丐祠，不許。九月，兼福建安撫〔二六〕。十月，至福州閱武。十一月，還建。六年五月，除寶章閣待制、知隆興府、江西安撫使，辭，不許。八月交印，贛賊陳三槍據松梓山寨〔二七〕，出没江西、廣東，所至屠殘。公遣官吏諭降，賊輒殺之，决策進討。道盱〔二八〕，密訪前害守臣營卒姓名，晝游麻姑，夜禽十卒，斬以徇。奏寬十一州上供綱銀及蠲隆興米綱積欠。九月抵豫章，以盜賊起於貪吏，奏劾贛守姚鏞、興國守王相〔二九〕，御筆各降五官安置，且降詔獎諭。又曰江西寇盜稽誅，皆臣下欺誕、事權涣散所致，若決計蕩除，數月可辦。十一月，節制江西、廣東、福建三路捕寇軍馬。公奏遣將劉師直扼梅州，齊敏扼循州，自提淮西兵及帳下親兵擣賊巢穴。十二月，兼知贛州。諸將破下平、小平四寨及百丈賊峒〔三〇〕。

端平元年正月，開三路幕府，苗秀榮軍至，分屯平固、百丈〔三一〕。陞華文閣待制。二月抵贛，斬將士張皇賊勢及掠人物者。廣東憲司申張魔王、經略司申陳三槍皆已出降，公奏其欺罔。已而齊敏、李大聲所至剋捷，諸屯日有俘獲，公謂截髮刺字之人皆脅從者，給印據使散歸其家。三月，分兵守大石堡截賊道，遂破松梓山，三槍與餘黨縋崖而遁。初，江、廣群盜皆聽命於三槍，服飾僭擬，蹂踐十餘郡，數千里無炊烟。公親督諸將，乘春瘴未生薄松梓山。賊悉精鋭下山迎敵〔三二〕，旗幟服色甚盛。我軍步騎夾擊，又縱火焚之，士皆攀崖而上，賊巢蕩爲烟埃。張魔王自焚，梟賊千五百級，擒將十二，得所虜婦女、牛馬及僭僞服物各數百計。三槍中箭，適與齊敏軍遇〔三三〕，鏖擊敗之，賊遁。翌日，追及於下黄，又敗之。餘衆尚千餘，薙獮略盡。三槍僅以數十人遁，至興寧就擒，檻車載三槍等六人至隆興斬之。賊跨三路數州六十寨凡七載，公自出師至凱旋不四閲月，兵士死者僅數十人，近古平寇未有如此神速者，然一以忠實行之。

奏解三路節制司，仍祠，除權工部侍郎、兼江西安撫使、知隆興府。六月入府視事，時三槍已誅，有小張魔王者未獲。循州解張八官，云即其人。公言廣東屢言三槍已擒已殺，後殊不然，此豈可信，卒不奏。詔落權，賜金帶。丐祠，不許。除依舊工侍、兼江東安撫使、知建康府、行宮留守、沿江制置使。十月抵建康，仍舊節制和州駐劄寧淮軍。先是，議者謂金滅韃興，鋭意進取，以公威望日隆，欲付此事。公奏：「謀國譬如弈棋，凡欲殺敵，必先自活。今盗賊已平，當且息民務農，阜財積穀，汲汲固圉。若竭東南之力以事西北，徇虚名而受實禍矣。」至是得旨，帶職奏事。二年正月賜對緝熙殿，公拜疏略如前奏，謂：「去歲偏師失律，人固憂之，臣以爲若使僥倖而捷，勝負相尋〔三四〕，其憂更大。願思天戒可畏，察國力已殫，毋誘於外，先固其內。」又言：「國初命郭進守邢、洺，李漢超守滄、景，李謙溥守隰，賀惟忠守易，皆十餘年不易。太原可攻而不攻，燕薊可取而不取。當時契丹方强，雖不與之校以逞威，亦不急於和以示弱。藝祖禦戎之策如此。」又言：「前代立國於南如孫權，陸遜以識虚實、知形勢而安，諸葛恪以狃勝而敗，孫皓以貪地而亡。」又言：「庾翼、褚裒、殷浩之舉非〔三五〕，蔡謨、王羲之、孫綽之言是。」上嘉納，賜坐，使畢其説。二月再内引，條上十四事。公久去闕庭，一旦見天子，傾倒肺肝，所言有端平諸臣所未言者，由是與廟謨枘鑿矣。

辭，還建康，奏孟珙不當驟爲馬帥，夏全降不可輕信。五月，丐祠。采石軍將盧宣拒追殺龔元，奏案上，丞相欲貸其死，公斬之〔三六〕。六月再乞祠，謂：「自嘉定以來，閫臣率用宰相私人，臣本書生，直道而行，與今丞相素不相接，冒當閫寄，孤立無援。乞撥鄰路錢助建康，已報可而中寢，和糴米舊輸建康〔三七〕，今撥隸平江，併欲與轉般倉廢之，是財穀爲臣所累而儲積不豐。將佐有罪詰問，遽呼稟議，有勞申辟，沮抑不行，是將佐爲臣所累而黜陟不明。昔子蘭讒屈，延賞怨晟，臣實懼焉。」疏入不報。是月，鎮江防江水軍蔡福興等入城縱掠。先是殿旅失伍，因而撫之，其子弟在軍中者謀爲變，覬黄榜招安得厚賞，托言軍吏減尅以怨衆，從者千六百人。制閫、總餉、郡守皆主招安〔三八〕，公謂此策若行，何以爲國，調四統制王明等由水路，張仙等由陸路，李大聲由間道出賊背。賊入句容茅山，四將會攻，賊乘高迎戰。將士撤居民門扉蒙之而進，力戰大破之，生擒七百餘人。蔡福興走至金壇，捕斬之，拊定其在寨者。摧鋒軍將曾忠戍惠州，以不更戍叛，犯廣州。公遣陳萬等討之，所謂不滿八百人，賊知爲招捕司兵，亦請降。

公力丐祠至三〔三九〕，上遣中使宣諭，密賜器幣香茶。公奏謝，請益力。會密劄抽回拆洗戍兵，淮東制閫怒斬馬司副將韓璋，公殊不能平。上命近輔移書諭解，東閫亦以書來謝過。御筆獎諭：「卿以儒知兵，閱熟義理，必能恢休休有容之量以大所受，廉、藺、寇、賈之事，其深念焉。」且賜金器等物。公因奏謝，復温前請，御筆除權工部尚書、沿江制置使、江東安撫使、知建康府。辭，降詔不允。時諸路數有軍變，上降詔罪己，公以上方罪己而臣子偃然受賞，力辭至四。同知鄭性之以所得公五書達乙覽〔四〇〕，乃可其奏。十月，堂帖委履畝輸楮，辭之。

十一月，御筆除刑部尚書，加大使，往來巡視江鄂〔四一〕，措置捍禦。公言：「六朝都金陵，置揚州〔四二〕，其東二百里置徐州於京口〔四三〕，其西三百里置豫州於姑孰，皆宿重兵。其上流則就武昌置江州，就江陵置荆州，溢浦、襄陽皆在所統。相去皆不過六七百里，蓋有以荆兼江州者矣，未有以揚、豫兼江州者。唐鄂、岳、宣、潤亦分三鎮。今臣所統兼晉豫、徐、揚三州，唐宣、潤二鎮，自許浦至池之東流已千四五百里，復兼江鄂泝流幾二千里，形勢不接。況江、鄂將士隸副閫，又隸京湖制司，今又隸沿江大使司〔四四〕，十羊九牧，反以害事〔四五〕。」奏入，上從之。時已命曾樞使從龍督視江淮，魏僉樞了翁督視京湖，公與鄭同知書言：「韃以虚聲揺我，我當以虚氣吞之〔四六〕。」鄭闔心有慊，氣先奪，語多張皇。時左相諭上意，欲令公開宣幕，公言宣、督皆虚費無益，乃止。

三年，五辭刑書、大使之命。三月〔四七〕，斬裨將崔福。福驍勇而悍戾〔四八〕，數犯軍律，公切切教戒。及是遣從王鑑往上流，諜報韃兵深入，福托言葬女徑歸，遂伏誅。公言：「中興以江爲堂奥，淮爲藩籬，中更趙、張諸相，韓、岳諸將，講求區畫，分屯列戍，參錯要害。累聖相承，未之有改，雖檜主和、侂擅權而不敢變。故相初年尚仍舊貫，晚私姻族，使當兵寄，然後兵有偏聚之勢，炎、紹備禦之深意於是大壞，今莫若修復舊規。」因請巡視江面。陞寶謨閣學士。時趙尚書〔以犯〕〔范以〕襄陽之變，臺論乞遠竄，公請還職名，爲贖罪，〔犯〕〔范〕遂得内徙。九月巡江〔四九〕，合教諸軍萬二千人於采石，會淮東趙制置於儀真，趙始感服。十月，詔應援兩淮，公奏：「已與臣葵定約〔五〇〕，協心共濟，如臣范之罪既沾禋霈，宜許自便，使得就葵與臣共籌兵事。」

十一月，韃將軍華國大王以七萬衆破固始，犯淮，公命王海、李仙、李雄、廖雷提兵往援〔五一〕。十二月，連戰獲捷〔五二〕，軍於宣化。公料韃必興忿兵，屢趣淮東出師，卒不如約，諸將獨當虜重兵。公又調房真等千人往，阻風未濟，真先登死焉。是夕韃以所攻六合生兵奄至，圍我師數重，諸將殊死戰三晝夜，皆死之。陳萬以其軍突圍出，韃不能亢，皆驚相語，自與金人交兵，未有此戰。後得降人高虎兒，言韃士馬死數倍，頭目凹烏勃野殪於陣，華國大王中鎗，舁歸至藕塘斃。公奏：「臣在兵間十年，隨行將士不過二千，與共甘苦，不啻子弟。比承聖訓援淮，臣忠憤所激，悉其所有，冀紓國難。白刃在前，將士人人效命，不愛其死，臣何所憾！然十年收聚，一旦失之，朝夕悲思，遂發狂疾。」乞生前致仕，且繳納前後告敕〔五三〕，上手詔勉諭。自爲文祭戰死者，詞旨甚哀。擇吉地封而表之，曰「忠臣義士盡節之塚」。又差次賜賞，請於朝行之。轉兩官，焕章閣學士，依舊任，淮西制置使史嵩之除京湖制置使、兼沿江制副，趙葵依舊淮東制置使，各轉兩官，陞閣學，並命焉〔五四〕。

韃兵歸，道命合肥制司贈以金幣，且留其使王檝與計事，公欲伺便殺之不果。得旨以便宜行事，益修邊備，刊建炎提刑謝貺《勸虜文》以勵戰士。遂發建康，巡視和、廬、安豐、無爲城壁，選豐、濠、壽、光强壯二千爲游擊軍。親至寧淮軍死事家，拊其妻子〔五五〕。令馬汝海部千騎哨探。八月，令王忠援蘄、黄，吕文德援安慶。九月，韃犯安豐。十月，光州告急，調安豐、壽春精鋭五千赴援。有旨令趙葵調猛將精兵間道趨淮西夾擊，又令江州都統萬文勝以所部入黄州，同王鑑捍禦。安豐告捷，殺韃酋圖嵩大王。十一月，韃陷定城，圍光州，調東四趙千人往援〔五六〕。公奏：「□州城堅兵精，韃攻之不遺餘力，必破而後已。」且以御兵無策自劾。密劄下京湖、淮東，各調萬人赴援，□已失守，公待罪。十二月，御筆以光、黄、蘄、舒隸嵩之，□濠、和、壽隸葵，召公赴行在。公即渡江南歸，臺疏，貶秩職〔五七〕。

三年正月，復元官職。三月，召赴行在。六月，除工部尚書，皆辭。十二月，御筆趣覲，固辭。四年四月趣行，又辭〔五八〕。五月，改刑部尚書。淳祐元年四月趣行，辭益力。六月，除徽猷閣學士、知潭州、湖南安撫使。公奏：「半體弦緩，已成廢人。況湖湘風寒之衝，見任人董槐洞達事宜，合令久任。」詔不許。二年，依舊職提舉隆興府玉隆萬壽宮。五年正月朔，召除兵部尚書，左相范公鍾諭旨趣覲。時嵩之已去，杜公範拜右相，五年趣行〔五九〕，復五辭。杜公手書勸至，令福州通判勸勉赴闕。除禮部尚書，辭，乞改畀閣職京祠，以備顧問。繼趣行至四五，八月造朝，論五事言：「臣觀今用人，以一人譽而進擢，未幾以一人毀而斥去〔六〇〕。又觀立政造事，以一人建明而遽行，以一人沮撓而隨罷。豈非聖斷動有牽制而於發强剛毅以有執者猶未能勉强而力行乎！」二言：「古今維持其國，曰教化，曰人材。今上無教，下無學，士離襁褓即習科舉，苟竊一命，沈酣利慾，望其以道事君，以義徇國，豈不難哉！臣意巖穴之間、鄉黨之内，必有篤學好古、孝弟忠信之人，宜命中外臣僚博訪精擇。」三言：「今兵財窠底，兩淮流移幾數十萬，彼方各有土豪，使一土豪募二百人，不過得百土豪則二萬兵談笑可辦〔六一〕。或言何以廩之，臣思之，尚有一策。諸郡禁卒本是禁衛，使駐泊外郡就糧爾。今不分廂禁，皆謂之郡兵，欲除帥府外，大中下郡於舊額中各減三分之一，以所減衣糧解廩兵之司〔六二〕，如此則無增兵之費。」四：欲旌死節。如陳隆之、曹友聞，皆蜀書生死事，恤典未行。又丙申援淮兵將，恩録其後，其家日守部門，今亦未下。五：祠事不肅。上皆嘉納。緝熙宣引，給扶，後遂爲例。薦蔡範等十八人，密奏繼絶世、裁濫恩。兼侍讀，修史，又言銅鑼漏洩外國之患〔六三〕。

十月，繳進《三經要語》、《歷年國》〔六四〕。十一月冬至，除端明殿學士〔六五〕、同簽書樞密院事、同提舉編修《經武要略》。公言：「宰相入堂，不得過閤，既不通情，安能協濟，此必侂胄以來意欲獨運，遂成此風，不可不革。」上然之，而范相意已不樂。同提舉編修勑令。御筆：「强兵之事葵治之，裕財之計韓治之，各擇乃屬，一相總大綱而中持衡焉。」公奉詔條上事宜〔六六〕，詔以京尹趙與⿱竹意兼提領國用所。六年正月辛卯朔日食，公乞解機政〔六七〕，不許，詔同與⿱竹意赴緝熙殿奏事。公奏：「户部列在六卿，下執政一等，都司庶官尚可總國計，奔走堂吏，而尚書反不可耶〔六八〕？臣爲執政，被命主財，以尚書爲副貳，亦猶執政爲督視，用尚書、侍郎參贊爾。今擬用一參詳官，臺論已及。臣投老一出，非求富貴，實欲忠主報國爾。天章筆札之對未上，金陵條例之謗已□。方用一人已逐去之，誰敢爲陛下任責者？」三月再計國用事，又奏乞代董槐使廣西，又屢乞罷進，上皆不許。六月，除参知政事，兼同知樞密。辭，不允。賜宸翰六軸：曰白雲山，曰放生池，曰于麓，曰爲山，曰晚香，曰□□，從所請也。八月，和御製《紀夢》詩三十韻。以天變奏乞罷政，御批其後還之。是日殿院章琰、正言李昴英交章論公〔六九〕，逮晚，御筆：琰、昴英並與在外差遣。二人言公庇嵩之，摇國本，不知上嘗問嵩之罪，公奏罪莫大於不孝。又嘗密請遂建〔七〇〕，上問：「卿欲誰立？」公奏：「昔□□以此問包拯，拯對『臣年七十，非邀後福者』。臣亦年七十矣。」二事皆上所知而章、李不攷實，以觸上怒。琰素爲潛豢養〔七一〕，昴英激汀卒之變，公嘗欲劾之，皆不悦於公〔七二〕，又欲爲潛開路。上既出二臣，公待罪不和塔〔七三〕，宣押赴堂〔七四〕，手詔：「卿之出處，皎然日月，焉可厚誣！」雖勉留甚至，而公去意決矣。後筵。

七年正月上壽稱賀訖，出梵天寺。集英殿大宴，後幄奏事乞罷政〔七五〕，前筵畢即出，宣押赴後筵。繼五疏乞去，皆不許。自是深居謝客，罕預朝會，論丞相元樞亦罕入堂〔七六〕。四月，從駕朝獻景靈宫。公入奏，出浙江亭，連入三疏，詔封還之。諸公既立門庭，分黨與，鼎味失和，幾務久曠，上始有改絃之意。游公冊免〔七七〕，趙公葵督視江淮京湖，公知樞密院、湖南安撫大使、兼知潭州，同提舉編修《經武要略》，而鄭公清之再相，王伯大、吴潛並僉樞。内引，上諭欲出湖廣宣撫使之命，公奏：「如此又費一項犒軍錢，不若止以安撫爲名。」上然之，御筆令依舊宣司體例，廣西權聽節制。尋内引。朝辭，錫宴，御書《驄馬行》及賜金器香藥纈羅。條奏行府事宜、辟置僚屬，皆報可。五月就道。以大程官沈玘向隨魏樞督視〔七八〕，所至搔擾，不謂經營隨司，遂下之獄，所至肅然。八月抵潭州，密奏提刑宋慈所言大理諸蠻事宜〔七九〕。九月，都試飛虎軍，抽摘諸州兵拍試。御筆問四事，公言：「斡腹之説，此實過疑，有備無患，自治上策，要之先事之備貴於無迹。目下安平，忽爾汲汲軍事，傜峒安南必且疑懼，不若愛惜民力，拊輯蠻傜。恩信既孚，却用團結洞丁舊法，止作州縣常事行之，庶民聽不驚，根本自壯。」御筆又云：「朕日夜以思，姑述所見報卿，更宜深長慮之。」公奏：「遠交大理，不如近結諸蠻。」因奏茶陵知縣黄端卿死節，七甲總首扶榮祖陣没，及土豪平寇功賞，并措置邕、宜、融三州事宜。湖湘之俗，信巫尚鬼，如慶曆之黄捉鬼、南渡之鍾相，皆始於造妖惑衆。遂嚴爲禁防，毁郡縣淫祠，修崇南嶽祠、炎帝陵廟、屈大夫、賈太傅祠，由是楚俗一變。八年，奏乞解罷知樞密院事。蜀閫報韃侵威、茂，南丹、思、播往往謁傳相恐，公一鎮以静。朝廷頗爲所動，公奏：「臣訪之蜀人，威、茂之外皆夷也，夷人相攻擊，無歲無之〔八〇〕。」且劄報廣西，如果有警，當使當用狄武襄故事。仍令二閫及下宜州，以重賞募蠻，生擒韃賊解來審問之，皆虚傳也。五月，御筆奬諭，特轉一官〔八一〕。奏乞録張彦質之後。十一月，奏來歲七十，乞致仕。

九年正月，上□引年至三四。閏二月，除觀文殿學士、福建安撫大使、知福州，辭。六月，還抵於麓里第。七月，六辭鄉閫，仍以密奏苦辭，詔依舊觀文殿學士、提舉臨安府洞霄宫。自是閑居十年，無歲不乞休致。開慶元年二月，特轉一官〔八二〕，依所乞致仕。九月，虜偷渡鄂渚，丁大全冊免〔八三〕，吴潛代之。十一月，召赴行在。十二月，落致仕，依舊提舉佑神觀、兼侍讀，力辭。

景定元年四月，吴潛冊免，御筆公轉一官，福建路安撫大使。自全、永、臨、瑞殘破，内地震動，朝議藉公重望，鎮壓全閩，久格不可，潛去乃肦命。公度不可辭，七月起視事〔八四〕。閩中僧刹千五百區〔八五〕，舊例住持入納，以十年爲限，謂之實封，官府科需皆僧任之，不以病民。近以州用不足，減爲七年，或五年，甚者不一歲，托以詞訟數易置，由是困獘。公首命罷之。營卒有前政譁譟犯於階級者，公捕斬之。累年未獲之盜，皆擒戮其首惡及窩家，山行海宿，如履家舍矣。九月乞休致，二年正月，特轉一官〔八六〕，仍舊職致仕。

五月，公徧謁先塋，以初度日飯僧於方廣巖。還第却葷茹，絶粒屏藥，自言無所苦，但日覺清虚耳〔八七〕。六月戊申初夜，有星火如盤杅飛墜里第之後圃，已而公薨，享年八十二。七月以遺表奏，上震悼，輟朝，贈少師。中闕。國事須是抑齋。湯侍郎中論：「諸公互有短長〔八八〕，至於一片至公血誠，抑齋外難屈第二指。」其爲當世慕仰如此。先帝訪詞臣於公〔八九〕，公奏：「先臣孔碩評今文人〔九〇〕，惟克莊尤老蒼。」後忝扉掖，預聞大典冊，公力也。公門生故吏滿天下，今存者無幾，銘非後死者之責乎！銘曰：

良輔隆準，靖翊虬鬚，史稱其學，出於孫吴。忠肅父師，乾淳大儒，方其未貴，嘗遇於塗。敗笈蕭然，發以示余，朱張《語》《孟》，了無它書。一旦起而，畫策矢謨，謂紅衲襖，舊虜新胡，三患不治，必爲癰疽。方布恩信，大爲模規，遽以艱棘，浮湛里閭。盜震於鄰，急詔起廬，以一逢掖，當萬狼貙。身先將士，鼓行直趍，掀翻獠穴，蕩滌鬼區。全活脅從，薙獮魁渠。東南再安，誰之力與！功崇業廣，茸藂麟符。盱潤尺籍，脱巾狂呼。衆議姑息，公決勦除。以順討逆，如探卵雛。與韃對壘，麈尾唾壺。彼哨無時，此備有餘。大龍虎戰，小蛟蛇毆。氈裘相戒，晉未可圖。自丁丑後，至庚申初，天步屢危，以隻手扶。先帝知公，付以鈞樞。公與思堂，志念素孚，及籌國事，氣直論孤。每曰吾非，伴食之徒。帝察公忠，眷禮特殊，以見執政，開幕重湖。暫建鄉閫，復懸其車，公再來游，人戲閻浮。廊廟非貴，山澤非癯，或騎箕星，或跨鯨魚。人鑑亡矣，梁木壞乎。疇昔敬公，近代所無。故鄉歸老，古疏丈夫。新亭收泣，今管夷吾。追隨四紀，熏炙染濡。帝訪詞臣，公詞於虚。今也耄矣，才竭思枯。二子礱石，問銘於愚。李世評乂〔九一〕，以瑕掩瑜，謂魏收穢，謂韓子諛。引將勒之，螭首龜趺，又將上之，東觀石渠。一字不實，公其吐諸。

〔一〕擊：原作「繫」，據翁校本改。
〔二〕「闖」原作「困」，「辨」原作「辦」，據翁校本改。
〔三〕宜：原作「直」，據翁校本改。
〔四〕分：原作「公」，據翁校本改。
〔五〕入：原作「人」，據翁校本改。
〔六〕辦：原作「辨」，據翁校本改。
〔七〕范：原作「呂」，據翁校本及《宋史》卷四一九《陳韡傳》改。
〔八〕公：原無，據翁校本補。
〔九〕帥：原作「師」，據翁校本改。
〔一〇〕公考：原倒，據翁校本乙。
〔一一〕古：原作「右」，據翁校本改。
〔一二〕而：原作「之」，據翁校本改。
〔一三〕間誤：原作「聞訹」，據翁校本改。

〔一四〕倚：原作「以」，據翁校本改。
〔一五〕月：原作「年」，據前後文改。
〔一六〕隅：原作「隔」，據《宋史·陳韡傳》改。
〔一七〕辦：原作「辨」，據翁校本改。
〔一八〕州：原作「川」，據翁校本改。
〔一九〕賊：原作「賤」，據文意改。
〔二〇〕賊：原作「賤」，據《宋史·陳韡傳》改。
〔二一〕勇：原作「虜」，據《宋史·陳韡傳》改。
〔二二〕鈐：原作「鈴」，據翁校本改。
〔二三〕「將樂」上原有「燕」字，據《宋史·陳韡傳》刪。
〔二四〕攻：原作「功」，據翁校本改。
〔二五〕誅：原作「除」，據《宋史·陳韡傳》改。
〔二六〕撫：原作「府」，據文意改。
〔二七〕槍：原作「搶」，據《宋史·陳韡傳》改。
〔二八〕「道」下原有「行」字，據翁校本刪。
〔二九〕劾：原無，據文意補。

〔三〇〕丈：原作「大」，據翁校本改。

〔三一〕「屯」下原有「田」字，據翁校本刪。

〔三二〕句首原有「賤」字，據翁校本刪。

〔三三〕遇：原作「過」，據翁校本改。

〔三四〕負：原在下句句首，據翁校本乙。

〔三五〕之舉非：原作「非舉之」，據翁校本乙。

〔三六〕「斬」字原在上句「其」下，據文意乙。

〔三七〕米：原作「未」，據翁校本改。

〔三八〕守：原作「安」，據文意改。

〔三九〕「丐」下原有「調」字，據文意刪。

〔四〇〕「五」原在「以」下，據翁校本乙。

〔四一〕巡：原作「逆」，據翁校本改。

〔四二〕句首原有「其」字，據翁校本刪。

〔四三〕「里」下原有「地」字，據翁校本刪。

〔四四〕沿江：原倒，據文意乙。

〔四五〕反：原作「及」，據翁校本改。

〔四六〕吞：原作「蚕」，據翁校本改。
〔四七〕「三月」上原有「從」字，據翁校本刪。
〔四八〕福：原無，據翁校本補。
〔四九〕九月：原倒，據翁校本乙。
〔五〇〕葵：原作「蔡」，據翁校本改。
〔五一〕句首原有「事」字，據翁校本刪。
〔五二〕自本句「戰獲捷」至「二千爲游擊軍」凡四百字，原誤入後文「以備顧問繼」與「趣行至四五」之間，據文意移正。
〔五三〕敕：原與下句「上」字互倒，據翁校本乙。
〔五四〕命焉：原倒，據翁校本乙。
〔五五〕拊：原缺，據翁校本補。
〔五六〕本句文字疑有誤。
〔五七〕秩：原作「秋」，據翁校本改。
〔五八〕「又」下原有「行」字，據翁校本刪。
〔五九〕五年：誤，似當作「五詔」、「五令」、「五書」之類。
〔六〇〕句首原有「一」字，據翁校本刪。

〔六一〕辯：原作「辨」，據翁校本改。
〔六二〕「衣」下原有「服」字，據翁校本删。
〔六三〕浅：原作「淺」，據文意改。
〔六四〕國：似當作「圖」。
〔六五〕明：原作「平」，據《宋史·陳韡傳》改。
〔六六〕奉：原作「奏」，據文意改。
〔六七〕乞：原在上句「日」字下，據翁校本乙。
〔六八〕反：原作「及」，據翁校本改。
〔六九〕「正言」上原有「李」字，據文意删。
〔七〇〕遂建：此二字文意不明，據下文所述爲立皇子事，此當改作「建儲」。
〔七一〕琰：原缺，據翁校本補。
〔七二〕悦：原缺，據翁校本補。
〔七三〕不和塔：似當作「六和塔」。
〔七四〕宣：原缺，據文意補。
〔七五〕乞：原作「訖」，據翁校本改。政：原作「致」，據文意改。
〔七六〕論：疑誤。

〔七七〕免：原作「勉」，據文意改。
〔七八〕官：原缺，據翁校本補。
〔七九〕「所」下原有「害」字，據文意删。
〔八〇〕無歲：原作「每歲」，據翁校本改。
〔八一〕特：原作「持」，據翁校本改。
〔八二〕特轉：原作「轉持」，據翁校本乙改。
〔八三〕大：原作「六」，據翁校本改。
〔八四〕七月起：原作「起七月」，據翁校本乙。
〔八五〕千：原作「十」，據翁校本改。
〔八六〕特：原作「持」，據翁校本改。
〔八七〕耳：原作「之」，據翁校本改。
〔八八〕有短長：原作「短長有」，據翁校本乙。
〔八九〕詞：原作「調」，據文意改。
〔九〇〕先：原作「光」，據翁校本改。
〔九一〕李世評乂：似當作「季世評人」。

後村先生大全集卷之一百四十七

神道碑

警齋吴侍郎

理宗皇帝在位四十一年，景定甲子九月，召前禮部侍郎吴公赴行在。未至，踰月而帝上賓。新天子繼志述事，公首擢兵部侍郎，然公已屬疾，拜疏乞挂冠矣。天下聞而哀之，詔與遺表致仕恩。公諱燧，字茂新〔一〕，先世自晉江遷同安。曾大父璉〔二〕，大父宗，皆里耆儒。父檜，三偕計吏〔三〕，擢慶元己未第，爲尚書程文簡公之客，僅教授柳州、僉判鬱林州而終，贈朝議大夫〔四〕。妣恭人王氏〔五〕。

公自髫丱，語出驚人。紹定戊子鄉薦，擢己丑乙科，授從事郎、威武軍節度推官。内艱服闋，授惠州推官。陳三槍犯潮、廣，抑齋陳公韡方督三路饋餉，公躬部送往返。廣卒叛，郡寮或遁去，公獨佐趙侯希竾捍禦。秩滿入都，袖文謁梅亭李公劉，薦於朝堂，差教授福州。士多挾貴寓求學職，公專以課試定去留。儲學廪之贏，葺廟學，刊《通鑑綱目》。臺閫如王公伯大、曹公豳、李公大同、徐公清叟皆以京削薦。李公韶貳春官，爲合潁，班改宣教郎、知潭州攸縣。葺豐積倉，補亡粟，繕邑庠，作高門。舊貢士莊尤薄，倡大姓協助。郴寇震鄰，公總扼要害〔六〕，境内肅然。二考，抑齋由元樞建閫〔七〕，辟機宜文字，事必咨焉。結局增秩。

淳祐庚戌謁光範，忠定鄭公恨見之晚〔八〕。衡文南省，揭曉，除書庫官，遷太學博士。踰月除監察御史，兼崇政殿説書。奏疏以正紀綱、通言路爲第一義，抨彈所及多貴要親昵，不少回互。冬至雷變，與同臺御史潘公凱交章論：「舊學初相端平，人以小元祐目之。比及再相，内降潁出〔九〕，不聞杜衍之封還；大計未定〔一〇〕，不聞韓琦之力請。以陳力不能之時，昧知足不辱之戒。丙申之雷，引咎策免，今兹之雷，不聞辭位，是君臣皆以天變爲不足畏矣。臣謂其咎過於張禹，臣願自比於朱雲，宜俾奉冊就第，而登庸有德望、宦官宫妾不知名者代之。」上方禮貌師傅，疏入報聞，二公皆求罷，詔以大理少卿留公，不拜而去。夕郎董公槐封還詞頭，亦去。都人士祖餞，四學作爲誦詩，直聲塞穹壤矣。

踰年，上思之，除直秘閣、廣東提刑。盛夏南轅，所至洗冤澤物。臬臺節制摧鋒，公恩威相濟，將士悦服，溪洞懷畏。每曰是邦乃張曲江故里，周濂溪、楊誠齋舊治，慨然想其遺風，闢相江書院，重建講堂，扁曰「道立」〔一一〕，文風一變。期年而召，道除秘書少監，兼國史院編修官、實録院檢討官。入對言：「今和糴擾民，征榷困民〔一二〕，抄籍奪民，科敷病民，怨氣極矣。淮蜀連歲被兵，尤可哀痛，而上下祟粉飾爲承平，事祕密爲暇豫。願畏帝眷靡常，憂禍至無日，絶内降，裁私恩，聚忠賢，抑嬖倖，節不急之費，去不良之牧。《傳》曰『知懼如是〔一三〕，斯不亡矣』。」上欣然開納，擢殿中侍御史，兼侍講。時盛夏猶寒，公言宜崇陽抑陰〔一四〕，又演其説云：「塞倖門使宮闈之陰不得干外朝之陽〔一五〕，屏邪佞使小人之陰不得勝君子之陽，固封守使夷狄之陰不得犯中國之陽。」又言蜀危，乞命重臣建閫及治余玠賓客程逢友、朱申、李卓等之罪〔一六〕。又言玠子如孫稛載蜀寶貨東下，宜下於理，没入所竊以餉軍。又言余晦敗事遁歸，宜奪從臣恩數。時戚畹寺人稍有聲聞，公因黄霧淫雨，言：「仁宗斬一通事舍人不與〔一七〕，高宗易邢焕待制爲觀察使〔一八〕，英宗重韓琦之權，押空頭勑還任守忠〔一九〕，孝宗□陳源外祠，陛下獨不能乎？未能抑之而又長之，未能去之而又縱之，此天意之所以未回也。」西太乙宫新建，駕將欵謁，公陳三不可，略曰：「名爲祈謝〔二〇〕，迹類游觀。況馳道越在關外，支犒重費國力。」上悚然中輟。它建明彈擊不勝書。

上訪宜冠豸者，公薦洪公天錫，首論戚官董宋臣等三人之罪。上使公諭洪易疏〔二一〕，洪抗論愈峻，公奏乞行天賜之言，又奏：「臣不能順指，甘受誅殛。」洪改太常少卿，不拜；公改禮部侍郎，亦不能安矣。瑣闥因而傾之，遂與洪公相踵而去。開慶改元，除集英殿修撰提舉江州太平興國宫。未幾，後省言其前論蜀守之悮，奪職罷祠。年餘復祠。先帝末命予環，今上初政，召持槖而公薨矣〔二二〕，嗚呼悲夫！

公生於慶元庚申，得年六十有五，贈通議大夫。配陳氏，瀧水丞孝仁之女，贈恭人。男一人，基，承德郎。女一人，早世。孫男一人。初，公葬陳恭人於積善里文圃山之麓，咸淳乙丑十二月某日〔二三〕，基以公合葬而問銘於余。余論次公平生而有感焉。自昔人主有性不喜人諫者，有追仇盡言者，理宗皇帝則不然。公始論舊學而去，人曰攖龍鱗矣，然未幾而衣繡，又未幾而召拜拾遺、執法。後忤左璫而去，人曰捋虎鬚矣，然至於將憑玉几〔二四〕，尚盼銀信。自古及今，聖度如天，容受直言，愈久而愈見思，未有如吾理宗之懿也。公與忠定鄭公非素交，鄭公於公擢之如此之驟也，公於鄭公繩之如此其嚴也〔二五〕。使遇李林甫、秦會之，必陰中偃月堂之毒、大書於格天閣之下矣〔二六〕。而鄭公終始含洪，公與潘、董各優游閒燕〔二七〕，豈特理宗之德不可思議，若鄭公之量亦豈易及哉！

公文章温潤典雅，各有體裁，凡數十卷。惟奏議三大帙，皆通達國體，切當帝心，宜別爲集。雖憤世嫉邪，誼形於色〔二八〕，然於善類極拳拳。嘗薦三十人，多知名士。白簡指陳，皆老姦宿贓、腐夫憸人自絶於清議者，非若近世淺丈夫屑屑於兒女恩怨也〔二九〕。晚使粤〔三〇〕，卜築城中〔三一〕，爲三堂一齋，曰桂堂以合族，曰師貽以奉先，曰學林以藏書，齋曰警齋，皆宸翰也。暇日與里社諸公觴咏其間。余居鄰郡，公時以詩筒往復，世故不復挂口。公在臺霜稜鐵面，然與鄉里人處恂恂如也。待族姻朋舊極委曲，爲鄉相蘇魏公請謚正簡〔三二〕。謝審計圖南、王太博南一皆邑耆艾，極力推挽。撫愛弟龍溪主簿煓如子，郊恩首及之〔三三〕。余交游多矣，公相知深而相於久〔三四〕。方公炎炎時〔三五〕，余絶不通問，後公出而余入〔三六〕，間得書，常諷余早退，庶幾古道誼之交者，銘公非余而誰？銘曰：

昔麓叟兮有言，立初節易兮保晚節難。迹前修兮究觀，若子方兮志完〔三七〕。其始進也，壯哉瑶華宫之諫兮，燈籠錦之彈；其重來也，李悔送行之詩兮，田發染絲之歎。豈不以其妍華於春熙兮摇落於歲寒，有美一人兮節高而名全。前攻安昌博山而斥兮，後忤癰疽與瘠環。又荐豸兮助雜端，奮螳臂兮犯龍顔。與豸俱去兮退而考槃，千仞而墜兮十期之間。林密兮山深，髮白兮心丹。搶永穆陵之環召兮〔三八〕，辭新天子之櫜班。哀人生之奄忽兮，奉訃問而汍瀾。亂曰〔三九〕：馳萬馬於畏涂兮，昔心憂乎税駕；飛雙鶴於華表兮，今事定於闔棺。幸諫草之不朽兮，必見采於史官。

〔一〕新：原與下句「先」字互倒，據翁校本乙。
〔二〕曾大父：原作「大夫」，據翁校本改、補。
〔三〕偕：原作「階」，據文意改。
〔四〕議：原作「儀」，據翁校本改。
〔五〕「妣」下原有「宫」字，據張本删。
〔六〕公：原作「合隔」，據翁校本删改。
〔七〕齋：原作「齊」，據翁校本改。
〔八〕定：原作「定定」，據翁校本删。

〔九〕穎：似當作「頻」。
〔一〇〕計：原作「討」，據翁校本改。
〔一一〕扁：原作「偏」，據翁校本改。
〔一二〕囷：原作「因」，據翁校本改。
〔一三〕如：原作「知」，據翁校本改。
〔一四〕句首原有一「江」字，據翁校本删。
〔一五〕干：原作「於」，據翁校本改。
〔一六〕友：原作「反」，據翁校本改。
〔一七〕靳：原作「斬」，據文意改。
〔一八〕「邢」原作「刑」，「待」原作「侍」，「覿」原作「現」，據翁校本改。
〔一九〕還任：原作「遂在」，據翁校本改。
〔二〇〕祈：原作「所」，據翁校本改。
〔二一〕諭：原作「踰」，徑改。
〔二二〕召：原無，據翁校本補。
〔二三〕咸淳：原作「咸熙」，按宋年號無咸熙，此参前後所述改。
〔二四〕几：原作「凡」，據翁校本改。

〔二五〕「於」原作「與」，「此」字原無，據翁校本改、補。
〔二六〕「大」下原有「害」字，據翁校本删。
〔二七〕潘：原作「藩」，徑改。按「潘」即前述「同臺御史潘公凱」也。
〔二八〕形：原作「刑」，據翁校本改。
〔二九〕淺：原作「賤」，據翁校本改。
〔三〇〕「晚」下原有「空」字，據翁校本删。
〔三一〕句首原有「裝」字，據翁校本删。
〔三二〕鄉：原作「卿」，據翁校本改。
〔三三〕郊：原作「交」，據翁校本改。
〔三四〕於：原無，據翁校本補。
〔三五〕公：原作「矣」，據翁校本改。
〔三六〕「余」下原有「之」字，據翁校本删。
〔三七〕方兮：原倒，據翁校本乙。
〔三八〕搶：似當作「愴」。
〔三九〕曰：原作「日」，據翁校本改。

毅齋鄭觀文〔一〕

開禧丁卯，茂陵既誅韓竄陳〔二〕，始親政。明年戊辰，改元嘉定，策士於廷。鄭公性之對策云：「回天下之勢易，定天下之勢難。」援古喻今，歷陳梁冀、五侯、元振、元載之事，皆當時貴近所諱聞，公空臆萬言。上覽而異之，擢冠多士，授承事郎，僉書平江軍節度判官廳公事。連丁內外艱。四年夏，新進士唱名，公被召，以未歷外任辭，差僉書奉國軍節度判官廳公事。府尹王公介以公倫魁，不責以吏事，公曰：「吾豈敢以幕府爲蘧廬乎！」益盡瘁奉公。

六年正月召，三月對，以崇聖學、教太子爲先，經筵講論，廷臣奏對，監觀古今，省覽奏牘，無往而非學也。又曰：「學而不思則罔，陛下之學固已博矣，亦嘗審之乎？臣謂紬繹出於聖意，咨訪發於王者，聞一言則必詰其言之是非，見一事則必窮其事之可否，進一賢必求其所以爲賢，退一不肖必求其所以爲不肖。至於出一令，發一政，亦必明辨反覆，參之成憲爲何如，察之民情，求之國體爲何如。以陛下之明聖而氈厦罕聞紬繹，公卿鮮垂咨訪，況遠而疏賤之士乎！皇太子仁孝夙聞，尊禮師儒，講論經理，屢奏徽章，其學不爲不勤。然知之非艱〔三〕，行之惟艱，知而不行，猶未知也。昔仁宗方就學，章聖命供奉官楊懷玉伴讀〔四〕，面戒不得堂中戲笑及進玩具，且使王親近僚友。是時王友有張士遜在焉〔五〕，章聖不以告士遜而諄諄於懷玉者，豈非以從容燕處，親近懷玉輩之時多乎！今宮僚皆天下之耆英〔六〕，儻更遴選親近儲宮之人，庶合古人侍御僕從必求正人之意。」次論人君之所以立國者在人才，人才之所以能立人之國者在氣節。「今開言路，擢端人，正論若少伸，然士氣不振，有大異於昔。間有班見對揚，指陳得失，上未嘗厭薄而言者已自疑畏，凛凛若不能以安其身。如是而欲使明理亂於未然，起國勢於積弱，萬萬無是理也。」時廟堂皆重望，言路多君子，而公之論如此。三論楮令邊事軍政，謂官吏行一切之政而斂怨公上，將士無可恃之道而望敵驚駭〔七〕。除祕書省正字。進《寧宗會要》，轉宣教郎。十二月，除校書郎。七年正月，磨勘轉奉議郎。九月，兼魏惠憲王府教授。

八年正月，除祕書郎，輪對首言明國論，强國勢，勵節義，重大帥之權，久邊守之任。「去歲遣使，通國譁然，以爲非便。然卒遣之者，其説曰吾軍政未修，一日絶幣〔八〕，兵連禍結，豈不甚於行李玉帛之費。然國人之論未嘗欲朝廷用兵，但願陛下勿忘國讎，勿憚亡虜。既而完顔氏自亡而不暇，豈復敢與我敵哉！若使我朕能自立〔九〕，盡殄群盗，西夏、韃靼之兵非數年未易解，此天啓我自治之時，奈何以兵端不可妄啓一切排抑，遂使議者疑朝廷特借生事之戒以蓋其怯畏之心，託待時之説以便其苟安之意！臣嘗論之，今日之憂不在於亡虜之□，在於新虜與中原崛起之豪傑〔一〇〕。蓋亡虜乃新虜與中原諸豪之所易，吾方奔走聽命於蔡州孤壘之餘燼，豈不大辱國體乎！炎、紹之初，汪、黄誤國，虜騎長驅，如蹈無人之境。及鼎、浚諸臣協贊聖斷，邦昌以僭誅，杜充、陳邦光、李悦以失守伏辜，南北之勢始定，社稷於今賴之。然則有天下國家，何可一日不勵名節也〔一一〕！邊事萬端，主相焦勞於上〔一二〕，未見有顯然安强之效者〔一三〕。昔種蠡相越而四方之外分以委人，蓋任之專則思之精，規模出於一則行之有成效。今惟當擇二三大帥。若未得其人，當急求之；若已得其人，則邊陲之事悉以付之，聽其所爲，不由中覆可也。邊守數易，不可者三，送迎之費不與焉。淮甸攻守之具，非三五年經理不能就，一不可也；縱能就緒，代非其人則易其舊規，棄其前功，二不可也；其人既不爲久計，數日待遷，諉其責於後人，三不可也。邊郡不過數十城，以天下之大，豈無數十忘身殉國、自奮功名之士可任乎〔一四〕！誠能精選而久任之，或四五年，或六七年，其績效顯著者使之建大將旗鼓〔一五〕，將見祜、預、琨、逖之流接踵而出矣〔一六〕。」次論：「人主舉國而聽大臣，大臣分其責於一二材智之士，與之謀畫。雖以孔明之英特，不能不參用州平、幼宰。及其久也，權之所在，謗之所歸，一二材智者始負天下之責矣。及觀孔明《出師表》〔一七〕，自向寵、費禕、董允、郭攸之見於表者如此，他謀臣如蔣琬、姜維、楊儀，名將如關、張、黄忠輩，則其親信不專於州平、幼宰矣。此豈非大臣參用群臣之法乎！」

七月，乞補外，不允。十二月再請，又不允，尋除著作佐郎。九年正月，兼權尚右郎官。八月丐補外，差知袁州。以崇化厚俗爲主，兩造勝負者，雖負者亦服公之明。母訟其子，公教諭之，遂爲母子如初。水旱精意禱祈，雨暘立應，去日民攀卧不忍捨。十年三月，磨勘轉承議郎。十一年六月，有旨入奏，丐祠不允。入對言：「天下之患莫大於廷臣之不和。今朝廷上下議論，有遜順而無齟齬，有協合而無乖異，猶謂之不和，何哉？和者，非苟同之謂也。人主屬國於大臣，又設參預以共圖之，侍從議論之所出也，臺諫耳目之所寄也。國有政事，謀之大臣，參之執政。既相與可否矣，苟猶有未至焉，則侍臣得以獻替，臺諫得以論列。謀或未盡，不厭其違覆；理之所在，何間乎異同！今國有大政，執政未必盡知，知之未必有所可否，此豈協心共濟之意哉！侍從之臣日請對者固多有之，然未免好同惡異。間有忠憤不能自已者，則或肆譏誚，或加中傷。昔司馬光當國，祖禹在言路，或謂光、祖禹必能協濟，光正色曰：『光有過，祖禹獨不言乎！』今大臣無欽若之譎、夷簡之詐，有光之公，然執政不能爲宗道，從官不能爲仲淹，臺諫不能爲祖禹，何耶？」

十二年四月，除侍左郎官，輪對言：「爲皇太子選妃宜擇用范祖禹納后四事，一族姓，二女德，三隆禮，四博議，與大臣議而行之。」次言：「淮東忠義雖曰區處得宜，然主客之勢不宜偏重。昔童貫欲處常勝軍，使其進有所依，退有所憚，固一時之良策，議者恨其不早爾〔一八〕，今宜取其策而戒其失。京口一軍自泗州失利之後，缺額極多，老弱大半，若覈實招補，擇將訓齊，則精神折衝，漸復舊觀。淮西闕隘命憲臣經理，頗見次第，或言其奏請率多扞格，謂宜假以事權，生其智勇。浮光守將前者垂去〔一九〕，後者未至，設有緩急，付之何人，則荆襄嘗爲諜者所誤，輕易調發，罔功而還，宜以爲戒。帥臣信義固不爲欺，但恐其爲下所欺，不自知之〔二〇〕。蜀得重帥，朝廷信任，不疑不貳，仰見陛下將將之道，然聞其每有申請，一切順從。昔郭子儀擬除州縣官一人，不報。或謂宰臣不知事體，子儀曰：『自兵興以來，姑息武將，求得欲從。今某除吏不行，是朝廷不以武臣見待也。』豈非今日待蜀帥之法乎？」又言：「祖宗用法寬厚，惟於贓吏獨嚴。近貪風復扇〔二一〕，苞苴公行。昔威王烹阿封墨而齊國大治〔二二〕，楊綰當朝，減聲樂、省騶從、撤第舍者有之，轉移在君相爾。」

十三年八月，磨勘轉朝奉郎。十二月，除將作監。時東宮虚位，中外皇皇，公乞早定大計，且以立長爲言，上嘉其請。十四年六月，進《孝宗寶訓》，推恩轉朝散郎。九月，除秘書少監。丐祠再，不允。十五年正月，璽赦轉朝請郎。四月，奏告寶璽，轉朝奉大夫。弟國子進士厚身亡〔二三〕，三丐祠，不允。九月，除起居舍人，控辭不允。十月，磨勘轉朝散大夫。十六年春，同知貢舉，不以掌文衡自居，時至考官房商搉去取〔二四〕，故多得名儒。蔣公重珍卷爲考官所黜〔二五〕，公奇其策而取之。三月，升起居郎，力辭不允。

未幾，諫議大夫朱端常以私憾論公〔二六〕，疏留中。公力丐歸，除職予郡，除右文殿修撰知贛州〔二七〕。公五上免章，不允。冬十二月，始之任。俗素剽悍，接連溪峒，公開府撫之以恩，御之以威，卒以帖息〔二八〕。盜發，臬使移文調兵〔二九〕，自詭討捕。公曰：「贛守以兵鈐繫銜〔三〇〕，討賊吾職也，豈敢以其責諉於監司乎！」潛設方略，與幕僚及寧都宰彭鉉密籌之。盜平，境内以安。郡當二水之會，久則城市泛溢，公俾登城而居，散粥以食之，潦縮則計户賑濟有差，贛人至今德之。

十七年秋八月，茂陵升遐，公帥僚屬哭盡哀〔三一〕。穆陵登極，公拜捧詔書，以昨該臚唱一字犯上潛邸舊名，乞以字代之，蓋公早以字行。始公受學於朱文公，詢其字，嘆曰：「好大名大字！」期公者遠矣〔三二〕。素與鄭公斯立友善，鄭以弘、公以毅名齋，取佩韋之義，皆客於度支鄭公肇之之塾，至是與弘齋及度支之子仲路同登。早定交於北山龍圖陳公孔碩，北山命抑齋元樞韓友焉。十二月，除集英殿修撰、知隆興府、江西安撫使〔三三〕。寶慶元年四月，該遇龍飛恩，轉朝請大夫。治洪之政與袁、贛同〔三四〕。雖位高權重，然一路休戚、民間隱瘼，下情皆得自通。處人父子骨肉爭訟之間，必委曲鐫曉，以還其天。南昌襟帶江湖，與淮右隔，一衣帶水。公募舟師千人，犒激練習，隱然爲江面屏蔽。

俄兼漕職，食少事煩〔三五〕，遂苦疾暈。丐祠，不允。三年五月，除寶章閣待制、陞安撫使仍舊任〔三六〕。八月，磨勘轉朝議大夫〔三七〕。累乞歸，紹定元年正月，提舉玉隆萬壽宮。公還里寓僧舍，角巾野服與親友自於水光山色之間〔三八〕。三年三月，有旨再任。九月，磨勘轉中奉大夫。四年四月，慶典轉中大夫。五年春祠滿，不復請。六年正月，除華文閣待制提舉鳳翔府上清太平宮。七月，陞敷文閣待制知建寧府，力辭不允，詔趣之任。未行間，十月召赴行在奏事，辭不允。

端平元年元日，除吏部侍郎。公未拜請對，四月內引，首言：「聞堯舜授受，不過執中之一語，又有人心道心危微精一之辨，豈聖人之費辭耶？中者，天下之正理，天地得之則陰陽和、寒暑平、萬物生，人得之則心正身修氣和體平而萬善備。蓋聖人與天地民物本同一體，吾心一正則天地定位，而民物各得其所矣。而其所以能執此中者，亦惟於人心道心之辨而致其謹焉〔三九〕。唐魏徵能致其君於貞觀而不能杜其晚節之窮黷，宋璟能致其君於開元而不能絕其末年之淫侈，裴度能佐其君平淮蔡而不能防其用聚斂之小人，蓋三臣者，知正君而不能格君。陛下方行堯舜之道，視唐三君蓋優爲之〔四〇〕。臣非不能高談皋、夔、稷、契而猶援三臣以諷陛下〔四一〕，亦區區陳善閉邪之意。」次劄言：「今聖斷赫然，忠邪賢佞固已判別，但君子待小人常失之恕，小人之仇君子必窮其毒。裴延齡沮陸贄大用，顯擠之也；盧杞薦真卿使希烈，陰禍之也。承璀薦李鄘，叔文薦杜佑，小人情狀，巧僞百出。古人鑄鼎象物，魑魅魍魎，各圖其狀。」且歷言元祐之盛，以馬、吕之賢而不能勝京、卞之姦，宜監往事以毖後患。

時荆襄圖上八陵，公言：「朝陵之使不可已，中原之機不可失，然治内治外，固有本末，柔遠能邇，亦有先後。自開禧用兵誤國，嘉定僅僅自守，規模不立，既不能制亡虜垂絶之命，何以遏彊寇方張之勢。韃人與我固無讎隙，猒心無厭，豈知逆順？頃犯襄蜀，既知我地利，後誘我夾攻，又知我無力。今小使未反，萬一突然其來，何以禦之？惟有守衛三邊，爲綢繆户牖之計，綏懷遺黎，示經略中原之漸。」

四月十四日，御筆除左諫議大夫，越十日兼侍讀，皆辭，不允。上殿首言：「近都堂集議，觀范、葵及子才論奏書牘，議論鋒生，氣吞四夷，豈天將混一宇宙，遂生斯人，爲時用耶！然兵重事，非可易言。臣退而端坐深思，終不得其説。今范改圖易謀，不膠前説，而葵氣愈鋭，謀愈決。昔勾踐生聚教訓，十年而後平吳；諸葛亮閉關絶棧，二十一年而後出師。葵帥淮東，甫及數月，而欲建規恢之功，古人何難，葵何易耶！臣方草此疏，得荆襄帥臣嵩之所申，言關河之未易守，且餉道尤難通。荆襄之失，議者罪其始謀之不審，而今者所奏則不可例以爲非。但嵩之則謂淮東沮其和議，葵則謂荆襄忌其成功。惟陛下取二帥臣之奏，則是非得失可以互知〔四二〕。」次言：「二臺臣交詆，臣叨諫長，罪實在臣。陛下奮發獨斷，擢其一言於西掖〔四三〕，然後天下知正論之必伸。然臺臣尚多缺員，宜拔直諒以充其選。」

又五月對首言：「故相當國垂三十年，雖無經綸而有把握，旁溪曲徑，一切塞絶，若不出其意則人主號令不可行於殿陛。然欲人主無好惡，而己之作好作惡則無所不私〔四四〕；欲外戚無僥倖，而己之親故意所欲予者則所求必得；欲宦官女子絶干請〔四五〕，而己之嬖奴寵妾則招權納賄。狼籍難掩，趦者瀾倒，知有私室而不知有公朝，知有權臣而不知有君父。臣願大權在人主而政本歸中書〔四六〕。蓋權在人主，下無專政之嫌；政由中書，則上無自用之私。君臣之間，兩盡其道。」次言：「陳璟爲御史，上問所以爲御史之道，對曰：『使臣拾遺補闕則可〔四七〕，使之掇拾臣下短長以沽直名則不能。』臣雖不敏，請事斯語。」又言：「范鎮謂備契丹當寬河東、河北之民，備靈夏當寬關陜之民。臣亦謂今日欲經理中原，則其勢當寬江淮之民。民之困於糴買、困於工役、困於夫運者〔四八〕，以臣所聞，沿邊郡縣官吏誅求殆盡，駸駸及於沿江之民矣。臣願陛下下霈然之詔，以先臣鎮之論風厲沿邊帥守及麾節之臣，稍寬科抑，爲國家愛惜根本，天下幸甚。」

六月〔四九〕，除端明殿學士簽書樞密院事。二年八月，陞同知樞密院事。十一月，兼權參知政事〔五〇〕。以目病，又以雷發非時，屢丐祠，不允。三年七月，除參知政事。以淫雨三乞待罪，上自引咎，眷留甚至。公益感奮，知無不言〔五一〕。屬議明堂，郎官陳康熙奏乞以太祖、太宗、寧宗並配，公搜檢祖宗典故及先朝諸臣王珪、錢公輔、孫抃、吕誨〔五二〕、張方平、吕大防、胡直儒等所議，條畫以奏曰：「唐饗明堂，皆由曲學誤引《孝經》『嚴父配天』之文〔五三〕。至我朝高宗皇帝聖見超絶〔五四〕，決於獨斷，以絀祖進父爲非，專用有周明堂之典，專奉太祖、太宗以配天，此萬世不易之禮也。」奏入，上從之。九月十七日，以雷雨左右相清之、行簡並冊免〔五五〕，是夕宣押喬公回，除侍講。二十一日，奉御筆兼同知樞密院事。續又奉御筆，命公與李公鳴復輪日當筆。力辭，併乞屏歸田里，降詔不允，繼頒御筆勉留。雖與李公協贊而事多取決於公。

察官唐璘嘗劾某士〔五六〕，某士蓋當時朝家倚以治賦者，上欲留之，公言不可。璘不知，反疑公庇之，遂劾公寬而無制，懦而多私。璘素出公門下，其改秩登畿皆用公薦疏入，朝論駭之。公言：「璘素孤直〔五七〕，所言深中臣罪。」璘遂出漕江東，俄擢廣帥。余與璘布衣交，晚使番禺，與璘語及公，璘未嘗不服公之雅量而自悔其輕發也。

公益求去，不獲請。其冬喬公再相。嘉熙元年二月一日，除知樞密院事兼參知政事。丞相每朝奏事，上輒顧公問曰：「卿以爲何如？」公具以實對，當軸者忌焉〔五八〕。有旨條具邊防，公言兩淮各宜招遊擊軍以爲諸城之援，公安置立重屯以爲江陵屏蔽，又欲於鼎、澧之間招萬兵〔五九〕，以制猺蠻，以防蜀道。又江西、湖南衝要處，皆宜增兵守備。喬公欲置籍考覈諸郡逋負版曹歲計者，公言朝廷當令宰相督責版曹，上作而下不應，當易其人。喬公終以公所言咈己爲不樂〔六〇〕。

六月，京城火災，宰執中獨公挺身出傳上旨，諭諸將士，皆用命，燎原之勢俄頃撲滅。先是，都人有黑龍傳令之謡，公生於辰，豈其讖與！杭相李文清公每見公論事，必曰：「平生但以公爲寬和長厚人，今親見乃如此。」深切歎服。是冬十一月，諫議大夫蔣峴觀望當軸論公事，章不付出。公乞罷機政，詔除資政殿大學士知紹興府、浙東安撫使。辭不拜，提舉臨安府洞霄宫。公既歸里第，治園池，植花竹，與族戚朋友相徉其間〔六一〕，仿洛社諸公爲真率集〔六二〕。城南五里瀕江有釣臺寺，乃公舊日講學之所，扁曰精舍，暇日漁釣，樂而忘返〔六三〕。遇水旱，必爲里人告地主，蠲賦役，議賑貸，雖樂人之樂而未嘗不憂人之憂。鄉人如竹湖李公、抑齋陳公，皆敬而愛之。

年甫七十乞掛冠，七疏然後得請，除觀文殿學士、通議大夫致仕。晚歲以「拱極」名樓，上書扁額以賜。公自還政以至納禄，獨備人間五福，然念及時事，必顰蹙而言，初不以出處進退爲間。寶祐三年五月，與客夜坐納凉，忽感脅痛，雖飲食寢少，然神明不衰。以六月二十四日薨於正寢，年八十四。聞者如喪親，哭於家者，哭於途者，望門而哭者，肩摩袂屬。遺表聞，上輟朝，贈少傳，謚文定。

公世爲福州侯官縣人，舊居清溪。曾祖可大，累贈太傅；妣陳氏，魯國夫人。祖奬，累贈太師、漢國公；妣陳氏，周國夫人。考汝永，累贈太師、齊國公；妣黄氏，越國夫人。娶潘氏，贈魯郡夫人，先公二十八年卒，公爲卜宅兆於長樂縣阮山。及公薨，啓視温潔如新〔六四〕，遂以其年十一月壬寅合葬焉。初，公與瓜山潘君柄同師紫陽翁，瓜山知公必貴，妻以兄子。公雖魁輔，潘雖四十，然世兩賢之，猶管幼安、華子魚，未可以貴賤判優劣也。子男一人，德起，擢嘉定癸未第，後改奏京秩。嘗列屬奉常，力辭莆壘，改奉玉局以便親養，故家中之原明、公休也。終於朝散大夫、主管華州雲臺觀。孫男一人，紹祖，承奉郎。

初，雲臺公請余論次阮山隧碑〔六五〕，余方屬藁，忽聞雲臺仙去，余哭之慟。承奉君以書來責前諾，余視前藁或倉猝未就緒，或簡短不盈幅，先發書弔承奉君，乃掩涕抑哀而秉筆焉，距公之薨與葬十有四年矣〔六六〕。公於孝友素隆，上世田廬悉推與弟〔六七〕，官其二子二孫〔六八〕；於二妹尤篤〔六九〕，奏薦及其二甥；視弟之女如己出。此雖細行，亦叔季所難也。有廷對策、奏議、詩文、雜著若干卷，藏於家。銘曰：

余周游斯世兮博考前載〔七〇〕，鄉俗之薄兮喟然深慨。有二士兮逢昭代，一攀龍兮一峨豸。受解衣之知兮，蒙割哀之愛。居則曰生死臨前兮不相負背〔七一〕，忽忘膠漆之情好兮怵毛髮之利害。其發也，如含沙之蜮兮人懷之蠆。聞者莫不瞿然兮疑而駭〔七二〕，受者若無所聞兮静以待。曰此孤直兮蹈禍不悔，所言簡切兮是臣之罪〔七三〕，與之終始兮更迭中外。嗚呼！此風惟魏公之容陶兮〔七四〕，與潞國之薦介。世豈無偉人兮，常病其德度之隘。李惡梅、曾之浮薄兮，范訝徂徠之怪。昔熙豐、元祐間兮，理亂消長之會。惟戆叟伯淳於此兮，乃瞭然如蓍蔡〔七五〕。□涑水之褊小兮〔七六〕，嘆韓、富之不在。孰能剖扃之鐍兮，納之於吾闔之內。余歷評群公兮，皆未若毅齋之大。鎮物如山兮容物如海，題之家上兮以俟南董氏之采。

〔一〕齋：原作「肅」，據翁校本改。
〔二〕韓：原作「翰」，徑改。「韓」也者，韓侂胄也。
〔三〕之非：原倒，據翁校本乙。
〔四〕章聖：原作「章信」，徑改。按：「章聖」即宋真宗。後文即作「章聖」。
〔五〕「張」字原在「王」字下，據翁校本乙。
〔六〕宮：原作「官」，據翁校本改。
〔七〕駭：原缺，據翁校本補。
〔八〕幣：原作「弊」，據翁校本改。
〔九〕「朕」字疑衍。
〔一〇〕新：原作「斯」，據翁校本改。
〔一一〕名：原作「其」，據翁校本改。
〔一二〕上：原作「土」，據翁校本改。
〔一三〕效：原作「郊」，據翁校本改。
〔一四〕「十」下原有「歲」字，據翁校本刪。
〔一五〕「績」下原有「數」字，據翁校本刪。

〔一六〕祜：原作「祐」，徑改。按：「祜」者，西晉名臣羊祜也。
〔一七〕觀：原無，據翁校本補。
〔一八〕「議」原作「試」，「恨」原作「限」，據翁校本改。
〔一九〕浮：原作「俘」，據翁校本改。
〔二〇〕自知：原倒，據翁校本乙。
〔二一〕扇：原作「有」，據翁校本改。
〔二二〕阿：原作「何」，據翁校本改。
〔二三〕身：原作「自」，據文意改。
〔二四〕推：原作「推」，據翁校本改。
〔二五〕珍：原脱，據《宋史·蔣重珍傳》補。
〔二六〕常：原作「嘗」，據《宋史·真德秀傳》改。
〔二七〕贛州：原作「戇州」，徑改。
〔二八〕卒以帖息：原作「卒之以怗息」，據翁校本删改。
〔二九〕文：原作「大」，據文意改。
〔三〇〕鈐：原作「鈐」，據翁校本改。
〔三一〕罘：原作「罘」，據翁校本改。

〔三二〕期：原作「欺」，據文意改。
〔三三〕隆興府：原作「龍興府」，據《宋史》卷八八《地理志四》改。又「使」字原無，據翁校本補。
〔三四〕贛：原作「戇」，據文意改。
〔三五〕煩：原作「還」，據翁校本改。
〔三六〕仍舊任：原作「任仍舊」，據翁校本乙。
〔三七〕議：原作「散」，據翁校本改。
〔三八〕「自」字誤，或當作「汩」。
〔三九〕焉：原無，據翁校本補。
〔四〇〕「蓋」下原有「儒」字，據翁校本刪。
〔四一〕皋：原作「畢」，據翁校本改。
〔四二〕知：原無，據翁校本補。
〔四三〕其一言：翁校本僅一「之」字。
〔四四〕而已之：原作「之已而」，據翁校本乙改。
〔四五〕干：原作「于」，據翁校本改。
〔四六〕「在」上原有「而」字，據翁校本刪。
〔四七〕闕：原作「關」，據翁校本改。

〔四八〕夫：原作「失」，據翁校本改。

〔四九〕月：原無，據翁校本補。

〔五〇〕權參：原倒，據文意乙。

〔五一〕言：原作「知」，據翁校本改。

〔五二〕誨：原作「海」，據《宋史・呂誨傳》改。

〔五三〕誤引：原倒，據翁校本乙。

〔五四〕朝：原無，據翁校本補。

〔五五〕句首原有「明堂」二字，「雷雨」下原有「作待罪」三字，并據翁校本删。

〔五六〕嘗：原作「當」，據文意改。

〔五七〕「素」下原有「公」字，據翁校本删。

〔五八〕軸：原作「局」，據翁校本改。

〔五九〕間：原作「問」，據翁校本改。

〔六〇〕己：原作「也」，據翁校本改。

〔六一〕佯：原缺，據翁校本補。

〔六二〕仿：原無，翁校本作「訪」，兹據文意補。

〔六三〕忘：原作「亡」，據翁校本改。

〔六四〕「啓」下原有「氏」字，據翁校本删。
〔六五〕隧：原作「遂」，據翁校本改。
〔六六〕「年」下原有「而卒」二字，據翁校本删。
〔六七〕與：原無，據翁校本補。
〔六八〕「其」下原有「於」字，據翁校本删。
〔六九〕於：原無，據翁校本補。
〔七〇〕博：原作「摶」，據翁校本改。
〔七一〕相：原作「想」，據翁校本改。
〔七二〕兮：原無，據翁校本補。
〔七三〕是臣之罪：原作「是忠臣罪」，據翁校本改。
〔七四〕容：原作「鎔」，據翁校本改。
〔七五〕乃、如：原無，據翁校本補。
〔七六〕□湅：原作「之悚」，據翁校本改。褊：原作「偏」，據文意改。褊，狹也。

後村先生大全集卷之一百四十八

墓誌銘

趙仲白

仲白諱庚夫，宗室潁川郡王之後〔一〕。曾大父某，知鄂州。大父某。父某，始爲閩人。仲白少玉立，風度如僊。書一覽默記，盡卷不脱一字。爲文章神速。兩試禮部不中，第用取應補官，久之不調。籤漕辟嘉興府海鹽縣酒務，府公王舍人介檄權青龍鎮。勢家或爲大商地，匿税鉅萬，仲白捕治之急，勢家誣訴於外臺，下吏鍜鍊成其罪，坐停官。王舍人抗論力争於朝，不報。

仲白既廢，杜門苦學，貫穿百氏，特邃於《老》《易》。喜緯書，坐一榻下籌布蓍不已，以爲世道隆替、人事成壞皆繫乎數。從方士受水丹心，獨神其術。談禪尤高，朋友莫能詰難〔二〕。其平生志業無所洩，一寓之詩，叢藁如山，和平冲澹之語可咀而味，憤悱悲壯之詞可愕而怒，流離顛沛之作可怨而泣也〔三〕。會中朝有知仲白前事寃者，得復元官，於是淮蜀交辟，而仲白死矣。

仲白性不妄交，與潘檉、趙師秀論詩，曾極論《參同契》，輒暗合。遇貴公張譏，廣座命題，衆賓方嚬呻營度，仲白已飛筆滿軸，神色自得。蓋其所挾高，未嘗蕲壓人而每出人上，故愛仲白者寖少〔四〕，嚴而忌之者衆矣。

仲白家貧，不屑治生，烏帽唐衣，自號山中翁。所居隙地纔丈許，而花竹水石之翫皆備。古梅一株，終日吟嘯其下。其歸自海鹽也〔五〕，新脱酷吏手，行李蕩失〔六〕，妻子奔踣藍縷，猶以兩夫舁一鶴自隨。晚客京城，聞鶴死，惋惜不食，賦詩甚哀，其情致風味如此。嗚呼！斯人不可復見矣。

予觀昔之文人若相如、李白，世稱薄命，然所爲文親蒙天子賞識，給札捧硯之事極一時之榮焉。近世林逋、魏野皆以匹夫名字流入禁中，數下詔書徵聘。仲白才追昔人，會開禧、嘉定間天下多事，三邊用武，君相所急多材健功名之士〔七〕，而山林特起之禮其廢已久，由是仲白阨窮終身，其文不達於天子，徒爲閑人退士、衲僧羽客誦咏歎息之具而已。

仲白卒於嘉定己卯二月壬戌，年四十七。十一月庚申，葬於城西七里甘露山。配顧氏，國子博士杞女，有高才，與仲白如賓友。男時願，女二人。時願哭謂予：「子幸銘吾先人！」念昔與仲白遊二十年，嘗約歲晚入山讀書，仲白棄予而夭，行而無所詣也，疑而無所訂也，瑕而莫予攻也，怠而莫予鞭也，嗚呼悲夫！仲白既明數，前知死日，訪其友寺丞方公信孺求棺〔八〕。及死，方公捐美櫝殮之。仲白詩最多，自刪取五百首。所著有《周易》《老子》註、《山中客語》、《青裳集》。予早知仲白，顧今學退才盡，銘其墓有媿色。至於拊其家〔九〕，教其孤，行其文字於世，方公責也。

銘曰：萬山四圍，君藏於斯。所埋者骨，不埋者詩。後千百年，陵谷或夷。讀君集者，必封崇之。

〔一〕潁：原作「穎」，據四庫本改。

〔二〕詰：原作「語」，據四庫本改。

〔三〕也：原無，據四庫本補。

〔四〕寖：原作「寑」，據宋刻本改。

〔五〕也：原無，據宋刻本、四庫本補。

〔六〕行李：原倒，據四庫本乙。

〔七〕健：原作「建」，據宋刻本改。

〔八〕孺：原作「儒」，據四庫本改。

〔九〕拊：原作「附」，據四庫本改。

林沅州

公諱誕〔一〕，字仲成。其先固始人，八世祖著作平遷福清〔二〕。曾祖諱伯材，三舉進士不第。祖諱格，特奏名，爲建州司理參軍，贈通議大夫。父諱遹，元符進士第四人，事高宗皇帝再爲中書舍人，終龍圖閣直學士，贈少師。母碩人范氏，贈齊國夫人；所生母劉氏，贈恭人。

公以父遺恩授承務郎〔三〕，監紹興府税、漳浦縣丞。親年高，求監南嶽廟。歷福建路提舉司幹辦公事，待江南西路轉運司主管文字闕。丁劉恭人憂。知潮陽縣，除提領户部犒賞所，知沅州。秩滿乞閑，主管雲臺觀，改冲佑觀，積階至奉直大夫，爵開國男。慶元丙辰八月十日卒，年六十九，葬縣境大湖山之原。累贈正奉大夫〔四〕。公蚤失父、母、兄，刻苦自勵，事所生母盡孝〔五〕，撫教孤姪，恩誼至篤。爲小官，數守職爭是非，不肯屈理以狗勢。潮陽時有旨造戰艦〔六〕，州不出一錢，符縣白科。公爲書條其不便，守怒，呵責愈峻。公藏州符不行，束擔欲去，會詔寢其事。潮州常賦外有成丁、船頭鹽錢〔七〕，民困苛取，公以撙節贏財代百姓兩年丁鹽之輸。酒所時，長官欲以利獻，公奮然曰：「諸庫方告匱，乃以酒本錢爲羨餘，是不爲明日計乎？」遂不果獻。嘗議欲以諸庫分隸諸郡而罷提領一司，後因陛對復言之。沅逼蠻猺，公之治以恩信爲主，而守備亦不廢，民夷晏然。諸臺上其治行，公力求祠歸，不復出矣。

公清謹嚴恪〔八〕，外和内剛，居家莅官，皆可師法，人莫敢干以私，終其身未嘗有求於人。自中年即倦仕進，及三子中第，喜曰：「可以遂吾志矣。」蓋食雲臺、冲佑之禄凡八年，故人有氣力者欲相推引，竟莫能致〔九〕。病革，猶整襟危坐，語家人曰：「吾平生無它憾，獨挂冠不蚤爾。」其止足無羡，堅凝有守，亦得之天性，非彊勉然也。

配宜人卓氏，孝慈勤儉，閨閫肅和，誨子尤嚴。先公三年卒，贈碩人。子男四人：璟，終從事郎、知靖安縣；環，今爲朝奉郎、主管鴻禧觀；瑑，朝奉大夫、主管崇禧觀，同登甲辰第；琮，終通直郎、知海豐縣。女三人，長適朝奉郎、通判臨江軍鄭元清，次適進士陳自立，次適宣教郎、知光澤縣潘梅。孫男九人：公慶，文林郎、新監鎮江府大軍倉門；公永；公奕，迪功郎、將樂縣主簿〔一〇〕；公遇、公衮、公選、公益、公凱、公泰。孫女二人，長適文林郎劉克莊，次適進士鄭元善。曾孫男女十三人。

初，中書公爲南渡名臣，登侍從，帥方面，貴顯矣。及卒，田廬蕭然，幾不足自存。公以孤童奮發，門户僨而復起，衣冠日盛，遂爲大族，然恬靖廉約之風累世不變。所居縣之石塘，言家法者皆宗石塘林氏云。公殁二十有八年，嘉定癸未，克莊始誌其墓而爲銘曰：

仕以蚤退爲賢，家以僅足爲豐。以此詒後，以此治功，庶幾於疏仲翁、邴曼容之風乎！大湖之阡，謖謖萬松，夸夫過之，必有怍容。丘夷谷堙，斯銘無窮。

〔一〕誕：宋刻本作「延」。
〔二〕著：原作「着」，據四庫本改。
〔三〕授：原作「受」，據四庫本改。
〔四〕正：原作「進」，據四庫本改。
〔五〕孝：原作「教」，據四庫本改。
〔六〕旨：原作「肯」，據四庫本改。
〔七〕有：原在「常」字下，據四庫本乙。
〔八〕清：原作「請」，據四庫本改。
〔九〕竟：原作「境」，據四庫本改。
〔一〇〕自「迪功」以下原脱，而誤將《林程卿墓誌銘》之後半接於此，兹據四庫本補正。

叔母方宜人坎誌〔一〕代作

先母宜人方氏，都官五世孫。嫁時先君故貧，曾祖母、祖母尚亡恙，伯叔父、姑妯娌皆聚廬合爨。先君素重氣義，仕所得禄賜奉親贍族外不私一黍〔二〕，雖器服急用有以空乏告者，輒推予之。先母未嘗少屑意，更自課麻枲箱筥之事，斂飾薄味，見者不識爲士大夫妻也。既嫠居，益勤生葺家。晝作夜息，寒暑無休時；僮汲婢紡，左右無惰人；伏臘祠祭，慶弔昏娶，中外無廢禮。蓋先君之緒業賴以存，其孤依以生，諸孫大者丱，小者抱。人謂先母憂勞癯瘁極矣，而康愉壽祉之報未艾也。嘉定元年三月壬辰，以疾終於寢，年六十。嗚呼，天於厚薄修短之理何如耶！將其孤不肖，天固奪之亟耶！明年三月甲申，合祔於先君石室墓原，因泣血書歲月於坎。

〔一〕此篇因前文之錯簡而脱漏，兹據四庫本次第補於此。
〔二〕不私一黍：宋刻本作「私室不覊一黍」。

林程鄉〔一〕

繇九牧而下世居澄渚，至尚書公徙齊谿，嗚呼，林氏之望於莆久矣！君諱沅，字伯東，贈正議大夫諱良翰之曾孫，吏部尚書諱大鼐之孫，朝請郎、知賓州諱寶儉之子。以賓州遺恩入仕，歷廉之法掾、廣之監倉〔二〕，用薦者循從事郎，綱賞循儒林郎、知梅州程鄉縣，嘉定璽赦循承直郎。卒，年五十八。

君少嗜學，與君同硯席者多擢第，君獨不偶。爲人坦夷，外若無異同，而内自重不苟合。初筮，丁母莊夫人憂，廉守使謂曰：「掾更旬日書第二考，吾爲掾周旋印歷，可乎？」君泣曰：「懷欺不忠，匿喪不孝，敢辭焉。」鹽倉胥腴聞天下，仕者貧往富歸以爲常，君取俸外錢別儲之，比去以輸公帑。外臺驚曰：「廉吏也！」交薦之。治程鄉尤有聲，蠲役錢八千緡。石壁寨奸民葉八聚衆販鹽剽掠，先時提刑捕逐不能得，君設重賞，禽送經略府，梟首者三人，境内清矣。浮橋壞，公輟俸營之。占者曰：「九良星在焉，不可。」君笑曰：「有是哉！」竟其役，遂屬疾不起。柩歸，邑人哭送。烏虖，占者之言然耶，君偶自死耶！昔邾子卜遷，史曰：「利於民，不利於君。」邾子曰：「苟利於民，孤之利也。」遷之。五月，邾文公卒，君子曰知命。君亦以民爲重，身爲輕，而不惑於吉凶禍福之説，使遇聖賢，必録之矣。

君前配趙氏，南恩守師讜之女；繼謝氏，肇慶府教授時之女。一男，慶老。前葬，來乞銘。余祖母令人，君之姑也。當尚書盛時，齊谿園池甲一郡，今朱門喬木儼然無恙，而耆舊凋落盡矣，不特興替榮悴之可悲也。銘曰：

癸未十月君卒，明年十月君窆。辛酉維日，甲庚維山。瀨谿之原，賓州之阡，葬書曰然，其繼必蕃。

〔一〕此篇底本自「君笑曰」句「笑」字以上原脱，殘存之後半段又誤入前《林沅州墓誌銘》，今全篇改用四庫本爲底本。

〔二〕監：宋刻本作「鹽」。

方武成

嘉定壬午冬，莆田寶謨方公卒，配葉、母林不幸繼卒。明年，君自官下來奔喪，盛暑營三窆，距家可三十里。余一日裹飯往勞役夫，見君苦痁疥，呻吟原頭，余曰：「君羸瘠已甚，即暍死，奈泉下何〔一〕？」君猶自力封壙而返〔二〕，疾遂不瘉，以八月朔卒。

君名左鉞，字武成，開敏有膽智，丱角拔廣東漕解。寶謨公使淮東，兵驟起，君窄衣習刀槊，喜馳射，益熟塞地事〔三〕，稍談兵。寶謨公既廢不用，益自放山水間，搜奇抉幽〔四〕，匹馬如飛，君策蹇驢隨其後，以登臨嘯詠爲樂。短褐高帽，風格散朗，見者皆曰真方孚若子也。璽赦，君伯父守梧，持其表入賀，補官授德慶府司法參軍。歿時年二十五〔五〕，娶尚書易公袚女，一子，肖鸞。

余游君父子間久〔六〕，尚未知君能詩，及瀑上精舍成，稍從余論質，余未嘗深剖，君亦不詳扣也。既而怒長突起，語出奇崛，如海鶻天驤，一奮千里，朋游皆披靡退舍矣〔七〕。葉公適嘗曰：「此郎句法天成，殆鬼神送與耶！」趙公汝談亦云：「武成詩如數十年用功者。」其見重如此。初，寶謨公有勞於國，暫斥且復用〔八〕，君尤俶儻疏儁，平居厭綺麗而嗜籃縷，棄安逸而習粗澀，固異於袴襦子弟矣，而天并奪之。上而國失才臣也，下而家喪鉅子也，哀哉！

甲申六月壬申，易氏祔葬君於安田洋祖母林夫人之墓。曾祖憲，陽江令。祖崧卿，京西轉運。

父信孺，寶謨公也。銘曰：

吾聞奇偉之士〔九〕，常在世間，太白、曼卿，不死而僊，信斯言也。峭壁之上，懸瀑之下，安知吾武成者不追雲逐月、來往而盤桓耶！不然，若斯人者，豈其奄奄而遂盡於九泉耶！悲夫！

〔一〕奈：原作「佘」，據四庫本改。
〔二〕自：原作「有」，據四庫本改。
〔三〕熟：原作「熱」，據四庫本改。
〔四〕抶：原作「扶」，據宋刻本改。
〔五〕句首原有「軍」字，據四庫本删。又似當作「君」。
〔六〕游：原作「論」，據四庫本改。
〔七〕披：原作「挾」，據四庫本改。
〔八〕斥：原作「升」，據四庫本改。
〔九〕偉：原作「律」，據四庫本改。

閣皁道士楊固卿〔一〕

固卿楊氏，名介如，豐城縣梅仙鄉人。父文廣〔二〕，母徐氏〔三〕。幼入閣皁山爲道士，寶慶元年卒，年六十八，葬南園之麓。固卿學通倫類，道書外，禪宗、方技之説皆探骨髓，聽者竦動。開禧間薄遊邊，畫冊不售，歸山不復出，拾墮薪煮三脚鐵鐺。或遺衣履，皆不受。嘗主清江相堂觀，一日諸文士集觀中倡酬，視固卿一黄冠師，蓬鬢垢衣，寘之坐隅，甚忽之。句至固卿，朗吟曰〔四〕：「酒量春吞海〔五〕，詩肩夜聳山〔六〕。」坐皆駭伏。有詩百餘，號《隱居集》。固卿無徒嗣〔七〕，弟伯椿、姪至質同學道山中。至質厚余，請銘其藏。余觀固卿介潔高遠，凍餓自守，樂而不改，殆黔婁、原憲之倫，惜其異學殊説〔八〕，詭世絶物，僅與彌明同傳而已。銘曰：

窮不求，吟不憂，歸兹丘。

〔一〕「皁」下，宋刻本有一「山」字。
〔二〕文：宋刻本作「名」。
〔三〕氏：原無，據四庫本補。
〔四〕朗：原作「郎」，據四庫本改。

〔五〕海：原缺，據四庫本補。
〔六〕詩：原缺，據四庫本補。
〔七〕無：原缺，據四庫本補。
〔八〕説：原作「飾」，據四庫本改。

卓推官

初，艾軒林公有重名，學子雲集，門下高弟甚衆。君居其間最幼，諸老生往往避席。十五拔鄉解，於斯時也，君志氣略如孫策下江東時，然南宫累戰不利。及奉紹熙癸丑廷對，四十餘矣。蓋流落州縣又四十年，年八十四，以紹定己丑二月某日卒。烏虖，命也夫，命也夫！

君卓氏，諱先，字進之。其先自扶風徙閩，居於莆。曾祖某，祖某。父某，從政郎；妣太安人鄭氏。君文高而氣直，據經是古，以此屢擯場屋。居官廉靖自守，無老人日莫途遠之態。爲龍溪縣主簿，歲旱疫，君施藥，多所全活〔一〕。太守傅公伯成閔雨，鬚髪爲白，檄君禱靈著廟，返命雨至。父老詣郡謝〔二〕，傅公曰：「此主簿雨也。」爲永慶軍節度推官，郡倚以治。太守欲畀京削，君曰：「吾素無榮望，故心平而氣和，一開其端，方寸擾擾，自此始矣。」因辭焉。爲增城縣丞，常可否邑事，長官賴以寡過。踰四考不得代，經略使辟新會令，君曰：「吾老矣，落南忘返，它日何以見魯衛之士？」復辭焉。用省罷法去爲建寧軍節度推官。亢旱，松溪、政和、建陽、浦城四邑仰食下流客米〔三〕，至是府禁米舟出城。公争曰：「四邑獨非建民乎？」太守史公彌堅不以爲忤，益重之，然君倦遊歸矣。

歲晚里居，食嶽祠之禄，貧無甔石，客至必命酒，歌聲出金石。遇空無時，留客清談乃去。中更祝融回禄之厄，圖史器服皆盡，人疑君不堪，君亦不改其度。夫人黄氏，賢而好施，先君二十年卒。嘉定甲申，君以夫人祔於興教里芹山先塋〔四〕，右爲壽壙。四子：用光；次用偉，早世；次用咼，後叔父允；次用龍。一女，適趙時儻。用光等以某年某月某日舉君之柩合葬，使來謁銘。

昔子貢問：「鄉人皆好之，何如？」子曰：「不如鄉人之善者好之。」君自重寡合，而崇禧陳侯宓、閩清鄭令君熻皆稱君不容口〔五〕，陳、鄭一鄉善士也。孟子曰：「觀遠臣以其所爲主。」君初筮爲傅公所知，傅公後貴顯，終身敬君不衰，傅公一代端人也。烏虖！君可以銘矣。抑余有感焉。世常謂才與名相須，位與年不相待，君有賈生、終童之才而少不策名，有公孫丞相、貢大夫之年而晚不得位〔六〕，然則君自處雖無恨，尚論人物者不能不爲君恨也。銘曰：

吁嗟君，少崛奇。既期頤〔七〕，不惰衰〔八〕。廉自持，吟自怡。吁嗟天，理難推。巢見焚，藁無遺。今不銘，後孰知〔九〕。

〔一〕活：原作「沽」，據四庫本改。

〔二〕郡：原作「郎」，據四庫本改。
〔三〕米：原作「来」，據四庫本改。
〔四〕于：原作「子」，據宋刻本改。
〔五〕稱：原作「彌」，據四庫本改。
〔六〕貢大夫：原作「貢夫人」，不知何人，且比擬不倫。按文當是「貢大夫」之誤，指西漢貢禹也。貢禹官御史大夫，年八十餘卒，見《漢書》本傳。又宋刻本正作「貢大夫」，因改。
〔七〕期：原缺，據四庫本補。
〔八〕情：原無，據四庫本補。
〔九〕後孰：原倒，又句末原有「之」字，據四庫本改。

臞菴敖先生

敖先生諱陶孫，字器之，福州福清縣人。曾祖某，祖某。父某，贈承事郎；母陳氏，孺人。少貧，以學自奮。嘗游於潮，潮人争執弟子禮。淳熙庚子鄉薦第一，律賦傳海内爲式。下第客吴中，吴士從者雲集，鉅家名族率虚講席競迎致〔一〕。已而入太學，中慶元己未第，主通州海門縣簿，教授漳州，辟酒所幹官，改廣東轉運司主管文字。用薦者改秩，僉書平海軍節度判官廳公事，兼南外宗正簿〔二〕。上登極，轉奉議郎，賜緋魚袋，主管華州西嶽廟，臺疏鐫一秩。寶慶三年十一月丁亥卒，年七十四。

先生内負摩雲銜斗之氣，而外自蟠屈，寖趨平夷，然長身厖眉，軒昂驚俗。與人交際，機疏語簡，知者以爲質〔三〕，不知者以爲亢，惟漳牧趙公汝譡、番禺帥楊公長孺尤敬愛〔四〕。趙詩律高，無對壘者，獨先生與倡酬；楊性峻，或面傌僚吏，見先生必改容。始不樂往温陵，州檄迫之行，竟謁告去。常平使者雅聞先生名，行部至州，恠先生已歸，因上言：「敖某可予祠矣。」先生起寒苦，涉憂患，明練世務，歷官多可書，而談者但目以名儒。自有載籍以來悉記覽，亂籤叢帙，披研鈔纂，奇字奥義〔五〕，穿抉呈露。諸文皆有氣骨，可行世傳遠，而天下獨誦其詩。

初，朱文公在經筵，以耆艾難立講，除外祠〔六〕。先生送篇有曰：「當年靈壽杖，止合扶孔光。」趙丞相謫死，先生爲《甲寅行》以哀之，語不涉權臣也。或爲律詩託先生以行〔七〕，京尹承望風旨，急逮捕，先生微服變姓名去〔八〕。當是時也，先生少壯忠憤，嗚號於郡邑衆大之區，幾不免矣，卒幸免。既退既老，佔畢於寂寞無人之濱，金璧易求，先生之隻字半句難致，然先生詩名益重，托先生以行者益衆，而《江湖集》出焉。會有詔毁集，先生卒不免。烏虖！前世以言語得罪者多矣，種豆觀桃，往哲深戒。至本朝列聖好文憐才，騷人雅士往往以文墨受知，簡齋、放翁詩嘗驗矣。先生之詩主乎忠孝不主乎刺譏〔九〕，送朱哀趙之作，發於情性義理之正，顧藏槀不輕出，真詩未爲先生之福，而贋詩每爲先生之禍，烏虖悲夫！

先生奉親孝，拊弟有恩意。娶崑山沈氏，夫婦相嚴如賓，室無妾媵，躬執炊爨，其清苦如此。晚稍有俸錢，即故山築宅一區，買田百畝。有詩文若干篇，未詮次。沈夫人先三年卒，祔東皋先塋。子農師以紹定二年四月庚申奉先生合葬，書來速銘。先生早游學四方，所交類當世聞人。白首還鄉，輩行將盡，名理幾熄，深居罕出，客至從户内摇手謝絶之，新學晚生少覿其面，至疑先生眉宇有異。獨喜與太學博士李君韶〔一〇〕、監南嶽廟林君公遇還往，若余者亦先生所素厚也。銘曰：

議郎之秩，華山之廟，既嗇於少，復奪之耄。卓哉臞翁，疇昔自號。揭之碑顏，以配貞曜。

〔一〕「率」原作「卒」，「競」原作「兢」，據四庫本改。
〔二〕宗：原作「崇」，據四庫本改。
〔三〕「者」下原有「也」字，據四庫本删。
〔四〕帥：原作「師」，據四庫本改。
〔五〕義：原作「美」，據四庫本改。
〔六〕祠：原作「詞」，據四庫本改。
〔七〕「爲」原作「謂」，「託」原作「記」，據四庫本改。
〔八〕徽：原作「徵」，據四庫本改。

〔九〕譏：原作「議」，據四庫本改。

〔一〇〕「與」原作「於」，「李」原作「孝」，據四庫本改。

方子默

淳熙庚戌，主司選補太學生，以「禮義廉耻謂四維」命題，莆田方君子默奏賦第一。自京師達嶺海，操筆之士、髫髦之童，莫不誦習摹擬，望君如天人，聲律遂擅天下。祭酒、司業每以得君爲榮，然禮部亦以失君爲媿。嘉定戊辰，始用甲子鄉舉恩奉大對，擢冠第二等，辟楚州鹽城尉、監泰州海安鎮。所至上官皆驚曰：「平生聞方子默，尚在州縣乎！」争薦之。僉書平海軍節度判官廳公事，兼南外宗簿，復僉書鎮南軍節度判官廳公事。

君負場屋盛名，白首筮仕〔一〕，勤民憂職，不以雅士勝流自居。鹽城兵飢，制置使下令賑濟〔二〕，州議半糶，君乞全濟。以檄行淮陰、寶應二縣，初置局縣市，君曰縣户三萬，市四千爾〔三〕，析局爲七，遐僻霑惠。爲冢十餘區以瘞暴骸。在泉，真公德秀爲守，李君方子爲僚，泉人賢真公，又賢二幕。君常言：「滅門刺史、破家縣令，此衰世事〔四〕，古人惟曰『愷悌君子〔五〕，民之父母』而已。」真公擊節。其賓主間議論風旨如此〔六〕。在洪，秫價偶平〔七〕，酒使獻策，令秋輸以秫代苗。君曰：「秫貴秔賤，常也。今俾權輸，後爲永例矣。」滕公强恕矍然罷之。先是，官令城中鹽肆各出鏹易楮〔八〕，鹽儈魏彬請括責南昌新建口岸三十處鹽肆如城中法〔九〕。君曰：「口岸異城市，小販非巨賈〔一〇〕，鏹將安出？」卒罷括責。始君改秩，以格不得入縣，既佐二府，又以格不得入倅，故真公每以仕晚用小爲君恨焉。

君號一世宿儒，而兢畏挹損特甚於他人，與童子言必誠必敬。性清儉〔一一〕，敝裘故褐終身不易，至居官則秋毫不苟取。將去海安，舉例券九千緡歸之有司，鹽使吴困歎伏。晚節倦游，兩奉叢祠，積階朝散郎，賜緋魚袋。年七十二，紹定元年十二月初八日以疾終於家。

君諱阜鳴。曾祖伯通，擢進士第，爲兵曹參軍。祖子實，獻書釋褐，終漳浦尉。父秉白，贈朝散大夫，所謂草堂先生者也〔一二〕。草堂當阜陵時，外臺以孝廉薦。傳家惟書數厨。君既仕，累俸金買祀田，事兄如父，拊姪如子。旬浹一會族黨，勺羹杯飯〔一三〕，常剖而食。娶田安人，先六年卒，墓於城西龜紋峰之陽。子棫，太學生；次真孫，次淮孫。將以明年十月某日奉柩合葬，棫哭求銘。余先君子與君同研席，君於衆兒中顧余獨異。余爲建陽令，廢學久矣，君自江右歸，方留錢十萬市坊書〔一四〕。烏虖！余壯而惰，君老而勤，可愧也夫。然受教四十餘年，情誼素篤，記河東之先友，傳襄陽之耆舊，固後死者之責，不容辭也。銘曰：

謂才學不足以發身兮，或英妙而奮飛；謂科目果足以得士兮，或華皓而栖遲。七秩非夭兮外郎非卑〔一五〕，其學山海兮所試髮絲。烏虖後人兮，徵此埋辭。

〔一〕仕：原作「士」，據四庫本改。
〔二〕賑：原作「脤」，據四庫本改。
〔三〕市：原作「布」，據四庫本改。
〔四〕衰：原作「哀」，據四庫本改。
〔五〕悌：原作「愷」，據四庫本改。
〔六〕風：原作「方」，據四庫本改。
〔七〕秫：原作「林」，據四庫本改。
〔八〕鏹：原作「繈」，據四庫本改。
〔九〕十：原作「千」，據四庫本改。
〔一〇〕貫：原作「價」，據四庫本改。
〔一一〕清：原作「情」，據四庫本改。
〔一二〕草：原作「革」，據四庫本改。
〔一三〕羹：原作「羙」，據四庫本改。
〔一四〕「十」原作「千」，「市」原作「布」，據四庫本改。
〔一五〕卑：原作「畢」，據四庫本改。

孺人鄭氏

故海陽陳令君諱垣之配孺人鄭氏，以紹定元年二月六日卒，年五十一。明年三月丁酉，合葬於令君之墓。子男二人：斑，修職郎、新吉州太和縣主簿；琯，將仕郎。孫男一人，渥，將仕郎。女五人，長適文林郎、潮州録事參軍趙汝腴，次適修職郎、新監臨安府排岸兼修船場公事梁均，餘在室。

孺人諱懿柔，少習經傳，至釋老諸書皆口誦心記，多識故家事。以元樞之女嬪相國之孫，門盛族大，而能盡敬極孝，尊於己者嚴之，卑於己者慈之，内外無間言，有婦道焉。令君歿，孺人作家舍靈巖山之東〔一〕，閉門自誓，閨闥肅然，有妻道焉。課男以絃誦，訓女以箴史，其持家以儉爲主，然伏臘冠昏率禮無違〔二〕，有母道焉。斑泣謂余：「子辱與吾先人游，今吾母將葬，盍銘乎！」余惟孺人席華腴之勢而無驕侈之累，履變故之地而有潔白之操，敬述其大槩於誌。若夫兩家爵里世系在太史氏，不復著也〔三〕。銘曰：

孺人母汪，端明之女，率我家法，作彼婦矩〔四〕。

〔一〕巖：原作「嚴」，據宋刻本改。

〔二〕 率：原作「卒」，據四庫本改。

〔三〕 著：原作「着」，據四庫本改。

〔四〕 作：原無，據四庫本補。

王翁源〔一〕

余友王必成字宗可，俊人也，有場屋聲，六上春官不中第，終於寧德令。其弟自成字志可，吉人也，未幾復終於翁源令，里巷嗟惜。翁源君將葬，孤時來乞銘。余曰：「銘必有據也，子之先人官薄而事軼，惡乎銘？」時袖書一卷，載君世出言行無毫粟漏失。余覽之，愀然曰：是可銘已！按君之先自泉徙莆。曾祖某。祖某，贈朝議大夫。父某，朝議大夫、知常德府。君以父任爲徽州黟尉，比去邑無盜。爲南劍理掾，俗狠刑繁，君至剖讞無滯，再考獄空，州人以爲異事。治翁源先教化，患邑少儒，捐俸葺學以倡厲之。立墟市，行保甲，通商弭盜〔二〕，獐俗甦息。不幸半載病卒，秩止從政郎，年五十三，嘉定十四年八月二十日也。後八年，紹定二年十月二日，葬於塘基井山之原〔三〕。前夫人方氏，先祔祖塋〔四〕，與君同山異壠。今夫人林氏。三子：嘉，早卒；次時；次鼎，鼎爲叔父後。三女，長適戴守中，次適蔡若公，次未行。

君樸茂寡言笑，居官尤不喜游飲〔五〕，僚友每曰：「王君在座，殊令人不樂。」尉有獲盜上州者，君鞫其獄，尉託郡僚懷黃金爲餉，君大驚謝絕之。尉懟曰：「理掾却吾金，敗吾賞矣。」獄上，尉論賞如格。初，徽守趙卿希遠、劍守朱公端常嘗以大小狀薦君，君自不汲汲，故莫有繼薦者。或爲移書求職司，君寘架上，書生塵，卒不取觀。時所記君遺事類如此，又曰：「吾父平生無它，廉退二字而已。」夫不受金，不覓舉，士之常事，非卓行也。揭常事爲卓行，烏虖，世變爲之也！若君之所自守，豈非澆薄之祥瑞、叔季之廉退歟！然而榮途華軌，夢想絕企，先疇舊廬，尺寸不增，老選調位不足達志，歿嶺表祿不足返喪，烏虖，廉退爲之也！銘曰：

吾嘗游君兄弟之間，長君彬彬，少君謙謙，然寧德無一名之遂〔六〕，翁源有終身之淹。嗟夫！畀不肖者常豐，予善人者常廉，莫致詰於茫昧，庶有光於幽潛〔七〕。

〔一〕源：原作「元」，據宋刻本改。該本題作「韶州翁源縣令從政王君墓誌銘」。
〔二〕商：原作「適」，據四庫本改。
〔三〕基：原作「墓」，據四庫本改。
〔四〕祔：原作「祔」，據四庫本改。
〔五〕喜：原作「善」，據四庫本改。
〔六〕寧德：原作「寧得」，按此指前文所謂寧德令王必成也，據改。
〔七〕「庶」下原有「乎」字，據四庫本刪。

亡室

福清林氏自南渡百年〔一〕，號禮法家。君曾祖遹〔二〕，龍圖閣直學士。祖埏，知沅州。父瑑，今爲朝請大夫、直秘閣。爲余妻十九年，余宦不遂，江湖嶺海，行路萬里，君不以遠近必俱。嘗覆舟嵩灘，十口從死獲生，告身橐裝漂失且盡，余方窘撓，君夷然如平時。又嘗泛灘江，柁折舟漩〔三〕，危在瞬息，君亦無怖容。余貧居之日多，君節縮營薪水，未嘗歎不足。即有禄米，君奉養服用一不改舊。蓋其儉至惜一錢，然於孤遺則抽簪脱珥無所吝；其仁至不呵叱奴婢，然家務劇易粗細不戒而集。余歷官行己，退休之念常勇於進爲，澹泊之味每醲於酣慁者，君佐之也。余調建陽令，君已胃弱惡食，抵官且愈矣，復感風痺，神色逾好，不類病人。余垂滿，君苦脾洩〔四〕，餌歲丹黄芽百粒不止。既亟〔五〕，父老薌炬環匝縣門，膜拜所謂佛者爲君祈安。既逝，邑人相吊，如喪親戚。既訃，鄉之賢士大夫皆唁余曰〔六〕：「孝敬慈順可爲内則者，今亡矣。」

君諱節，封孺人，生於庚戌十一月十七日，歿於戊子七月六日，年三十九。明年小祥之翌日壬申，葬於壽溪西劉之原。男曰昌，既冠；曰昇。女曰靖，曰蘩。昇與二女皆夭。庶生一男一女，尚幼。

初，秘閣公與黄宜人夫婦賢聞一時〔七〕，君清約似父，淑媛肖母。歸余之年，黄宜人卒，又三年，舅侍郎卒，執喪毀瘠，泣慕終身。事姑太碩人恭敬，處妯娌柔順，待族戚有恩意。故自返柩至封坎，六親之哭者皆哀〔八〕，而秘閣公與吾母之悲憤傷痛過時而未平焉。君有至性，忠孝大指皆暗與吾徒合。往年虜騎大入，余當從主帥督戰，君適患懸癰，呻呼聒鄰壁。余猶豫未發〔九〕，君曰：「婦病小撓〔一〇〕，虜入大恥，若之何以小妨大也？」余媿其言，即日渡江。臨絶尚惓惓姑父，又以昌屬余，不忍訣〔一一〕。余曰：「鰥余身，拊而子，不使君有遺恨也。」君頷之而暝。及是爲雙壙，復爲冢舍以讀書休息，而今而後可以修身俟命矣，乃納石藏中而銘曰〔一二〕：

黔婁、於陵仲子之妻遠矣，世之婦人鮮不以富貴利達望夫子也。君則異是，以廉退爲者好，以義命爲限止也。然彼健而此廢，彼壽而此夭者，則又何理也？嗟嗟乎君，行路之所哀，況恩誼與倫紀也！夫既無獲於彼，則宜有傳於此也。烏虖悲夫！

〔一〕渡：原作「度」，據四庫本改。

〔二〕君：原作「居」，據四庫本改。

〔三〕折：原作「析」，據四庫本改。

〔四〕洩：原作「淺」，據四庫本改。

〔五〕亟：原作「丞」，據四庫本改。

〔六〕唁：原作「言」，據四庫本改。

〔七〕人夫：原倒，據四庫本乙。

〔八〕皆：原無，據四庫本補。

〔九〕猶：原作「從」，據四庫本改。

〔一〇〕婦：原作「父」，據四庫本改。

〔一一〕訣：原作「諱」，據四庫本改。

〔一二〕而：原無，據四庫本補。

後村先生大全集卷之一百四十九

墓誌銘

巴陵通守方君

方氏皆本長官，爲莆鉅宗。長官六子，秘書少監仁岳者其後尤顯。傳六世至君之曾祖監，左承議郎、提舉廣東學事。祖廷實，左朝散郎、宗正少卿。兩世俱贈太中大夫。父盛，朝奉大夫、知南恩州，贈中大夫。

君以父任爲藤州鐔津尉，再調宜山丞。會族兄寶謨公信孺使虜軍前議和，請君輔行，遂以樞密督視行府準備差遣爲使屬。虜許寶謨公見堂上，餘班堂下，君苦争，虜不能奪。伴話者犯寧考嫌名〔一〕，君愠見責之〔二〕。又欲以佩刀易君劍〔三〕，君曰：「吾以所乘駒易子之馬，可乎？」虜曰：「官馬不可易。」君亦曰：「官劍也。」時君年二十六，往返者再，循三資爲惠州判官、循州長樂令。縣與汀、贛、潮、梅接壤，岡阜深阻，姦宄伏藏，君弛鹽禁而盜清〔四〕。黌舍庳隘，絃誦稀少，君作新學而士勸。改秩知玉山縣〔五〕。先是長官多以不治譴去，君至邑大治。

邊事起，市軍需，造戎器，江東西搔動。君才高，上無乏興，下不知擾，餘力新玉虹橋〔六〕。臺郡以治狀聞，通判雷州。丁母太令人鄭氏憂，服闋，主管仙都觀。通判岳州，民間有巨訟，州縣有難事，大官必曰非方通判不可。郡並洞庭，丁亥夏潦，民皆筏居。君適慮囚傍郡，所過行視水災，擅發常平米賑贍。常平使者董與幾聞而賢之，與提刑交薦，權州事。前守童壎拘抽客木未用也，總領檄取之，君曰木屬州，不屬總領，與半可矣，因言：「州頃被火，未復舊觀，盍留其半以葺州乎？」總領怒，誣奏君興土木，爲遊觀。君去不以罪，岳人追送，彩旗蔽路。於是四川辟萬州，廣西辟潯州，皆不報。嗚呼！善事上官，柔也；不畏强禦，剛也；挾貴征利，勢也；守職抗論，理也。國家於士大夫欲其剛不欲其柔，欲其徇理不欲其徇勢，而君之所遭如此，蓋剛不勝柔，理詘於勢，其來久矣，悲夫！

君仕宦三十年，常借僧屋以居，歸自巴陵，始葺舊廬。疾起脾胃，以紹定二年四月二日卒於寢，官至朝散郎，年四十九。配林氏，封安人。五子：長鈉、次鑛先卒，次鏽，次鑑〔七〕。以某年某月某日，葬文賦里北山吳坑之原〔八〕。君玉立美髯，風度蕭散，琴書猨鶴，不離左右。心悟筆法，大字勁拔，得《瘞鶴》之意；小楷遒媚，有《黃庭》之韻。詩律尤高，以後山爲師。故家之美子，吾黨之快士也。然爲人精練，不以清談自放。早孤苦貧，其歷官成家皆辛苦自致，不緣他人。使天假年，豈不爲材公卿，悲夫！君諱世京，字可大，自號可菴。銘曰：

宗卿仗節過故宮，手攀陵栢號悲風，還奏有淚濺衮龍。紹興、開禧時不同，祖主復讎孫和戎〔九〕。憤平耻歇耆舊空，反復前事思遺忠。

〔一〕「話」原作「詁」，「考」原作「可」，據四庫本改。
〔二〕愠、責之：原缺，據四庫本補。
〔三〕又：原缺，據四庫本補。
〔四〕弛鹽：原作「范監」，據四庫本改。
〔五〕秩：原作「秋」，據四庫本改。
〔六〕玉：原作「三」，據四庫本改。
〔七〕鑑：四庫本作「鏗」，未詳孰是。
〔八〕賦：四庫本作「斌」。
〔九〕祖：原作「相」，據四庫本改。

直秘閣林公

公諱瑑，字景良，福州福清縣人，將作監簿、贈通議大夫格之曾孫，龍圖閣直學士、贈少師遹之孫，知沅州、贈金紫光禄大夫埏之子〔一〕。少入太學，淳熙十一年與兄璟、環同擢進士第，公唱名第四。教授鄂州，始增學畬〔二〕，往時丐州家猪羊税錢助養士，公却不取。秩滿，差幹辦浙西路提刑司公事。丁金紫公憂，服闋，幹辦兩浙路轉運司公事。差幹辦江西路轉運司公事。丁母卓夫人憂，服闋，沈運使作賓名能吏，事一委公〔三〕，沈公畫諾而已。畿輔之訟多撓於勢，公介峭自立，門絶私禱。有旨與掌故，執政欲攙授，公謝不願。既歸，四年不通問，執政怒，超用他人，開禧末始除吏部架閣〔四〕。

嘉定初元，除國子正，遷武學博士、諸王宫大小學教授。輪對言：「臣待罪班行，更化前後皆所目擊，不知今日立政用人、建法施令有以異前日乎？廟堂除授未公，宫掖請謁不肅，孤士沉下僚，窮民茹怨氣。陛下真誠有餘〔五〕，剛斷不足，名更化而實不更化，始欲善治而終不可善治。」別疏言：「戰鬬流移、飢疫盗賊之餘，民生可哀。内帑積而不散，掖廷用而不會，戚里無勛勞而繼富，貂璫藉營繕而乾没，盍討論裁撙以裕民乎！」又言：「今天下之財盡歸贓吏，破數十贓吏之家可活數百萬之民矣。」

改國子博士。求去，出知興化軍。前守坐楮價罷，姦民動以減落訐良善〔六〕，持官吏。公出令曰：「詔書不云乎：『予者受者俱坐之〔七〕。』應交易已受錢而訐者，罪如詔書；未受錢者未爲行用〔八〕，止罪訐者。」民不復訐。監司按産高下配民藏楮，公曰民未户曉，請爲期，屢寬之。檢點官至，公又使吏摘語，民得爲備。比去，無一人犯令。郡多佛寺，鬻寺取財，名曰實封，逐僧没穀，名曰拘椿，公悉罷之，郡計反羡〔九〕。蠲三縣夏税，寺院五之一，第一第二等户三之一〔一〇〕，第三至第五等户半蠲之，一錢至六十錢户全蠲之，以撙節錢代輸。其治以惠利惻怛爲主，待吏民至誠無鈎距，然情僞皆得。未嘗拒人絶物，然非意相干者〔一一〕，見公風度往往忘言而去。自有郡以來，獨公遺愛者久而見思。知全州，治全如莆。未兩月，擢廣南西路提點刑獄公事，引疾辭不拜。全人惜奪公，有峒傜數輩黧老矣，相率造廷，願公毋去。改知袁州。疾愈，袁人將來輅，力請祠。兩任成都府玉局觀，改建康府崇禧觀、紹興府鴻禧觀。

今上訪落，召赴行在，再辭再不允。公拜疏不已，曰：「臣進無所補，退非爲高，以病臥家，不任朝謁，惟聖朝哀憐。」上知不可奪，除直秘閣主管亳州明道宫。訓詞云：「節身謹行，爲郡廉平者，朕眷眷如此；貪刻躁競之習，亦可少媿矣。」明道祠滿，有詔因任〔一二〕。視勇退如榮進，保閑冷如權位。舊廬略繕葺，小圃粗種藝。翫花木之芳潔，不酣賞也；愛風月之高爽，不嘲弄也。體中佳時，幅巾短褐，野眺露坐，悠然忘歸。每言「吾一生無求最樂」，又言「人不可有勢，不可有名」。不喜爲要官，曰勢之所在；不願交聞人，曰名之所在。舊患足瘍，時作時愈。紹定二年春疾動，涉秋不愈，食寢少，氣寖微，猶自力無惰容，對子孫無媮語，整襟拱手，以至於逝。九月晦日也，年七十一，積階至朝議大夫。

公弱冠擢高科〔一三〕，留滯二紀，纔爲掌故學官。中年去國，白首辭召，立身本末，世莫瑕疵。平日論著，晚悉焚藁〔一四〕，惟存《通鑑記纂》，其間精識多先賢所未及。楊震四知之論〔一五〕，自漢謂之名言，公曰：「震舉茂才而得懷金之人，是不知人也；此言之至於我，是不能使人知己也。」嗚呼，公賢於震遠矣！名理之外〔一六〕，他無嗜好。奉己雖嗇，親故待公而食者若干人，傾窘賑歉，買田贍宗。無柄而及物，不富而好施，人以爲難。性友愛，與容州使君少同登，老同退，秀眉黄髮，時論以方二疏。遺言：「無一事可恨，恐戚吾兄耳。」

配宜人黄氏，温陵人，通直郎輕之女。幼隨母聶夫人依簡肅林公，簡肅愛之如子。既嫁，公嚴之如賓。爲人有識量，達義趣，澹食素飾，相安隱約。先公二十年卒，葬清遠里福勝山之原。二子：公遇，迪功郎、監潭州南嶽廟；公選。孫男四人，覲、同、合、新。自宜人歿，二子朝夕侍公，跬步不離。家庭講肄，偶有會意，輒喜曰：「天下至樂不出閨門之内。」公遇始調寧化尉，不忍去其親，自乞嶽祠。孝謹恬退，家法然也。一女，適承議郎、新通判潮州軍州事劉克莊。不幸克莊悼亡，公始衰病，悲夫！

二子以十二月八日奉公合葬，哭謂克莊：「子宜爲銘！」公制行冲約有黄憲、陳寔之高，論諫明辨有賈誼、陸贄之通〔一七〕，治民豈弟有陽城、元結之恩，可以厚風俗、尊朝廷，而浮湛閭巷，積業不究，惜哉！自古及今，士之卷懷退處者多矣，主莫我知也，時莫我用也。若夫既知之矣，將用之矣，乃獨行其志〔一八〕，長往不返，豈非大《易》所謂「遯之無悶」、孔氏所謂「樂而不改」者歟！是不待銘而傳者也。雖然，不可不銘也，乃銘曰〔一九〕：

余欲揚公之善，公不近名；揭公之清，公畏人知。後無良史，公託銘詩。苟有名筆，卓行循吏，非公其誰？於乎後人，勿廢茲碑。

〔一〕埏：原作「珽」，據四庫本改。
〔二〕增：原作「贈」，據四庫本改。
〔三〕一：原作「亦」，據四庫本改。
〔四〕末：原作「未」，據四庫本改。
〔五〕真：原作「貢」，據四庫本改。
〔六〕減：原作「箴」，據四庫本改。
〔七〕俱：原作「供」，據四庫本改。
〔八〕者：原作「米」，據四庫本改。
〔九〕反：原作「交」，據四庫本改。
〔一〇〕等：原作「第」，據四庫本改。
〔一一〕者：原無，據四庫本補。
〔一二〕因：原作「曰」，據四庫本改。
〔一三〕擢高科：原作「據高聲」，據四庫本改。
〔一四〕焚：原無，據四庫本補。
〔一五〕「論」上原有「類」字，據四庫本删。

〔一六〕理：原作「利」，據四庫本改。
〔一七〕貫：原作「價」，據四庫本改。
〔一八〕行：原無，據四庫本補。
〔一九〕乃：原無，據四庫本補。

姚元泰

君姚氏，所居江上介興、福之間，籍占二郡。始名正夫，拔莆田解，開禧甲子易名元泰。福州首薦，考官真公德秀也。天下皆誦君賦。尤工策論，落筆千字〔一〕，辨麗條達〔二〕。累上春官，不第。今上登極，君當拜官，不就。卒，年五十有五。紹定庚寅正月乙酉〔三〕，與配黄氏合葬新興壠〔四〕。二子：悦，早世；榮。一女，適李某。

嗚呼！先行後藝，古也；行藝兼取，漢也；遺行取藝，唐也。壞取士之法自唐始，然當其時，主司得求士，陸贄、權德輿是也；先達得薦士，陸修、韓愈是也；士得自薦，行卷是也。論定於平素，而一日之工拙不與焉。至本朝文法益密，主司不敢求，先達不敢薦，士不敢自薦，糊名焉，置棘焉。歐公欲绌劉輝而得劉輝，蘇公欲取李廌而失李廌〔五〕。二公皆文擅當世，眼高四海，而抑揚去取之際如此，然則君之屢擯於春官無怪也。君博通經子，疏義音訓皆暗誦，入試用某事某事，出閱無一字差者〔六〕。銘曰：

昔孟氏有天爵人爵之論。嗟君平生，所欠一第，若其天爵，豈不素貴！勉哉後人，嗣訓勿墜。

〔一〕落：原無，據四庫本補。
〔二〕辨：原作「辧」，據四庫本改。
〔三〕「正」上原有「年」字，據四庫本刪。
〔四〕輿：原作「舆」，據四庫本改。
〔五〕鷹：原作「薦」，據四庫本改。
〔六〕者：原無，據四庫本補。

顧安人

安人顧氏，承奉郎致仕林公美中之配，承議郎清湘通守百嘉、特奏名百揆之母。年八十七，紹定二年十二月既望病卒，於是承奉公歿且三十年，明年十一月既望合葬於烏石山〔一〕。孫男五人。女一人，適方雷發。曾孫男女各一人。始安人歸林氏，夫貧子幼，賓敬誨育，情誼兩篤。承奉公厚德稱鄉閭，二子儒學奮科第，安人力也。未嘗觀書而是是非非皆中於理。通守成童，時誦《通鑑》，安人聞秦皇、漢祖事，以爲仁暴不同，興亡亦異。中年稍喜佛學，然不泥像教，自治心性而已。通守爲永春宰有惠政，則曰老人之教，邑人亦曰壽母之賜，相率禮所謂浮屠者屢矣。嘗言一日中須行一二方便事，以此自勵，亦以勵人。見里中好善者、爲惡者〔二〕，必曰：「若有天道，豈無罪福？」通守仕益久，家益薄，詣其居井臼蕭然，升其堂穉耋懽然。勤孟母之機，截陶親之髮，若千金之纍焉；負季路之米，烹茅容之雞，若三牲之養焉。其慈孝如此。

前葬，通守命克莊曰：「銘以幸子〔三〕。」謹考安人之先，自固始徙莆。祖時亨，清海軍觀察推官。父師顏。母林，本路茶使某之孫也〔四〕。銘曰：

一簞半菽，共安臞儒之貧；萬鍾五鼎，不待令子之貴。可悲也夫〔五〕！可悲也夫！

〔一〕石山：原倒，據四庫本乙。

〔二〕中：原無，據四庫本補。

〔三〕子：原作「幸」，據四庫本改。

〔四〕也：原無，據四庫本補。

〔五〕夫：原無，據四庫本補。

林龍溪

君林氏，名及之，字時可。以孝謹自操持，若嚴父哲師之臨其傍也；以禮度自檢責，若法家拂士之議其後也；發言主於謙厚，若恐其有振觸也〔一〕；制行歸於平實，若恐其涉矯亢也。爲人自幼至老，大概如此。

人知君粹然佳子弟而已，然貌訥而心敏，表和而裏剛，蓋人有所未知者。尉增城，豪吏湛渭挾巨資，倚長官，占營房，廣私舍，君白臺閫，毀居返侵。掾湖州，戚畹與濮、秀二邸在焉，先時諸貴月遺庫官錢三萬，兑俸無度，君却遺禁兑，諸貴皆曰司法清吏也，不敢怨。用增城獲盜賞改官丞永福，尤清苦，吏卒不勝飢，皆棄去，至自行文書。宰龍溪，壹意拊摩，以衒智立威爲耻，聽訟恕，督賦寬，曰：「寧得罪上官，無得罪細民；寧貧吾縣，無貧吾赤子。」雖被訶詰，終不改度。代歸，以紹定二年三月九日卒，年六十一，秩止宣義郎，賜緋魚袋。四年三月壬寅，葬於常泰里羊平山之原。夫人蔡氏。一子，友端。二孫，尚幼〔二〕。

初，君大父秘閣累更麾節〔三〕，父徽猷使閩、廣、江東、西〔四〕，皆名部，牧信、泉、明、福，皆大州，以清節聞天下，身後暫屋一區，田尤薄。君廉肖乎父祖而官減乎家世，里人多悲傷之。今夫驟貴者必暴富，本乏寸椽，俄美輪奂，舊無塊土，倏亘阡陌者〔五〕，皆是也。陽虎曰「爲仁不富」，優孟亦曰「貪吏死而家室富，廉吏死而妻子窮」，然則廉而仁不若貪而刻歟！噫，此爲人欲方勝、天理未定者言也，及定而勝，則于公之門大而楊震、袁安之世貴矣。

曾大父中大夫諱選，秘閣公諱孝澤，徽猷公諱枅〔六〕，母令人黄氏。吾母太淑人，君之從女兄也，乃叙而銘之。銘曰：

崛起而腴，素宧而臞〔七〕，猗君之家，其有後乎！

〔一〕其有：原倒，據宋刻本乙。
〔二〕尚幼：原作「尚年幼」，據宋刻本删。
〔三〕「累」原作「參」，「麾」原作「摩」，據四庫本改。
〔四〕父：原無，據宋刻本補。
〔五〕亘：原作「旦」，據四庫本改。
〔六〕枅：原作「析」，據四庫本改。
〔七〕宧：原作「官」，據宋刻本改。

李節婦

李氏，莆田士人王孝曾之妻也。嫁期月，孝曾死，里中慕其容德，争求娶。兄弟憐其少寡，將奪嫁。李曰：「夫死而背之，不義；姑老而棄之〔一〕，不孝。請勿復言，吾死王氏矣。」或曰：「如貧何？」李曰：「蔬食足矣。」或曰：「如無子何？」李曰：「絶者不可繼乎？」乃謀於姑，取姪之襁抱者爲子。

里人初聞而賢之，又疑之曰：「激於暫者每渝於久，令於始者未必不繆於終也。」既而李事姑誨子皆應禮法，持身如玉雪，非歲時祭享不飾容服，燕游俱削迹，妯娌希見面。蓋十年而姑歿，二十年而子娶，及見孫男二人，女三人，於是昔之疑者莫不悚伏敬歎，仰其人、高其節也。

初，王氏窶甚，至無以養生送死。李累積銖寸，遂成中産，冠昏喪祭未嘗求貸，悉舉三世菆寄之棺及其夫序葬於常泰里蓼洋山。復葬其姑黄夫人於保豐里唐基山，預坎其右，曰：「它日以我祔焉〔二〕。」然後里人不獨悚伏敬歎而高其節，顧其才亦不可及也。

紹定辛卯，李氏寡居二十有八年矣〔三〕，四月己卯病卒，年五十六。向之悚伏敬嘆者，又從而悲哀悼惜之也。

子宜續遵遺命，以明年三月壬午襄大事，介余友人李鋼來求銘。昔歐公書斷臂婦人，以媿五代之爲臣者，余録李氏之事，抑揚反復，非止可爲内則〔四〕，學士大夫覽之亦足以自儆也。彼其閨房婉變〔五〕，所立之卓如此，使爲男子，逢世變故必能抗夷、齊之志，受人付託必能任嬰、臼之事。嗚呼，可敬也夫！可敬也夫！李氏曾祖宗顔，通奉大夫。祖利正。父宣仲。銘曰：

言不出梱，足不越户，少不踰禮，老不改度。藏其未掩之骸，續其已絶之緒。是爲節婦李氏之墓。

〔一〕老：原作「死」，據四庫本改。

〔二〕祔：原作「拊」，據四庫本改。

〔三〕寡：原在「李」字上，據四庫本乙。

〔四〕可爲：原倒，據四庫本乙。

〔五〕孌：原作「變」，據四庫本改。

陳太孺人〔一〕

紹定辛卯仲冬壬寅，新安别駕方君符與弟籥祔其母夫人於父府君之墓，徵銘於克莊曰：「知吾家事者莫如吾子，願筆之。」方、劉鄰也，克莊之先君子於别駕君之諸父友也，敬諾不敢辭。

夫人陳氏。祖繹之，潮陽令。父某，早世無子。夫人鞠於叔父，及歸府君，姑曰：「恭謹有禮法，不當如吾婦乎？」族戚相語曰：「温良無忌刻，不當如某嫂乎？」母宋改適復寡，無所歸，夫人奉事之終身。女弟適吳穉年，亦寡，夫人經紀其幼孤無倦色。常以古語勵二子曰：「民生在勤，勤則不匱，我婦人不解書意，豈謂勤則事無可不爲耶！」別駕君果擢第，籥亦有聲場屋。夫人嫠居二紀，別駕君游宦四方，板輿必俱。佐懷安，人皆曰佳哉主簿；教京口，士皆曰賢哉博士；宰瀏陽，人又曰仁哉長官。母教也。別駕君仕寖顯，朱綬象板，娛侍里第。夫人遽以庚寅年十一月六日卒，年七十四。二子，符、籥。三婿，貢士黄龍應，進士林復之、樓穀。穀四明人。孫男曰子同，嘗拔江東漕解，曰斗孫。孫女二人。

昔者詩書圖史所載多閨門淑婉之事，共姜、伯姬以節，孟母以訓，曹娥以孝，蓋不可勝紀。至近世碑碣始詳於王公大人而略於婦人女子，若以爲無與於世教者。夫如是，則《列女》之傳不可復續而彤管廢矣。若夫人者，母之孝女，姑之順婦，夫之令妻，之子賢母也，與詩書圖畫所載皆合，銘其可已乎？銘曰：

林公立義，里之耆舊。其尹懷安，升堂拜母。夫人有規，令尹敬受。烏虖夫人，豈惟女婦。使爲男子，凛然節守。我銘匪誣，以訂不朽。

〔一〕人：原無，據四庫本補。

丁元有

莆無他丁，君之先自固始遷。校書郎諱彥先者，傳四世至君之先府君諱寶成〔一〕，是生八子，伯槐、伯林、伯樟皆貢於鄉，伯梅尤有聲場屋，伯桂擢己未第，今爲宗學博士。君諱伯杞，字元有，於次第二。慶元丙辰入太學，嘉定丙子監舉，庚辰内舍校定〔二〕。紹定己丑九月辛巳試上舍，方握筆屬思，暴得疾扶出，卒允蹈齋，年六十九。博士哭之慟，告於朝，乞護君喪還里，不報。孤南一奉柩歸莪北山，後五年癸巳十二月甲申，始克葬於豐城里後洋之原。

君在太學三十年，行藝絶出，屢挫益鋭。乙亥舍闈既定魁選〔三〕，以詩復韻絀，時御史劉公棠董試，爲之太息。今上龍飛，久於學者例得仕，君獨辭不拜。爲人於倫紀最篤，視親戚朋友急難勇狥之，忘其力之不足也。母葉宜人。配王氏。二子：南一拔漕解，南英後伯父。二婿，進士楊龍起、黄景宣。龍起者固烈士，聞君訃徒步赴喪，不幸亦客死。

初，府君刻意誨子，以詩禮名堂，艾軒林公爲篆其扁。君兄弟競爽，珠璧相映，人謂如荀氏八龍矣，既而多不得年，華而靡實，士林悼惜。存者惟博士與君，又弱一箇焉。嗟乎！積而報，種而獲，理也。以君觀之，理烏在焉？雖然，智力之營有限，而詩書之澤無窮。府君一布衣，以博士贈朝散大夫；君老不第，而南一克世其學。夫在其子猶在其身也，在其弟猶在其兄也，亦理也。

由前之論則爲善者惰，由後之論則力學者勸，南一勉諸。銘曰：

天下聲律尚莆體〔四〕，莆體發源自丁氏。君最先鳴唱諸季，吴融、徐寅斂衽避。惜哉舍法虧一簣，身不及試在厥嗣。

〔一〕寶：原作「瑶」，據四庫本改。
〔二〕舍：原作「捨」，據四庫本改。
〔三〕闈：原作「圍」，據四庫本改。
〔四〕尚：原作「南」，據四庫本改。

方子約

君方氏，諱符，字子約，少受學於叔父履齋。履齋者，諱大壯，字履之，朱公門人也，爲義理之學，終其身不應舉。君以鄉賦上春官，道考亭，拜文公於精舍。文公留語累夕，爲作《字説》。中慶元己未進士第，時方弱冠，文公喜，貽書賀履齋焉。歷懷安主簿，教授德慶府，監福州嶺口倉，教授潤、衢二州〔一〕，知瀏陽縣，通判徽州，賜緋。中罹祖母、府君、先夫人憂，在懷安不久，德慶、徽俱未上。

君爲人清苦自勵，其行修於家〔一〕，達於鄉而接於世，無可疵者焉；其學聞之師，質之友而措之民〔二〕，無未合者焉。爲令佐不鉤距以求情，然民莫得而欺也；爲師儒不牢籠以釣譽，然士莫得而毁也。自一第至改秩，自初筮至通守，窮達得喪，一委諸命〔四〕，未嘗加毫髮智巧於其間。自不求進，世又無能進君者，惟潭帥温陵曾公表其邑最〔五〕，潤守金華喬、葛二公獎其師道。三賢皆時鉅人，喬、葛繼升廊廟，君亦無翕翕趨附意。

紹定六年正月己未暴卒於寢，年五十八。前孺人黄氏，刑部侍郎艾之女〔六〕，後孺人林氏，皆無所字，庶生一女。遺命以弟籥次子斗孫爲嗣。其年十二月壬午，葬於保豐里丘澤山之原。

君處衆中，澹然冲退，形氣之清足以貴，嗜慾之薄足以壽〔七〕，而秩止議郎，年不滿一甲子。里之善士皆相唁曰：子約而止是乎！余曰：與君同時一輩生而富貴光寵有出於君〔八〕，殁而無善可書，有媿不瞑者多矣。今子約仕雖不大顯，然貴重其身如圭璧，全而歸之以見其先人於地下，復何憾耶！曾祖翼。祖耀卿。父由之〔九〕，贈宣教郎，母太孺人陳氏。銘曰：

吉士常人，古之所賢，季世反是，德後才先。君老於外，於理宜然，其人則全，復於斯阡。

〔一〕授：原無，據四庫本補。
〔二〕於：原作「其」，據四庫本改。

〔三〕措：原作「惜」，據四庫本改。
〔四〕命：原作「父」，據四庫本改。
〔五〕帥：原作「師」，據四庫本改。
〔六〕女：原作「妻」，據四庫本改。
〔七〕薄：原作「簿」，據四庫本改。
〔八〕於：原作「與」，據四庫本改。
〔九〕由：宋刻本作「申」。

柯孺人

夫人柯氏，承務郎温陵徐君奕之妻，年七十二，端平改元三月癸未卒，葬南安縣某里某山。子泰，閩清縣尉。女適人者，進士柯百朋、新臨安府教授黄鎮〔一〕、新古田縣主簿儲應祥〔二〕、前知福州侯官縣李洪宗、饒州永平監留元治其婿也〔三〕，餘爲尼〔四〕。初，承務君太夫人聶，嚴姑也，夫人事之而順；承務君疏財而好禮，貲不益而費滋廣，夫人處之而安。一子九女多側出，夫人拊之如一。晚得風痺疾，一日寢，驚寤曰：「吾夢一奇女持花來，今帷帳内異花無數。」即具盥易服，使侍疾者誦西方佛名〔五〕，奄然而化。

噫，六合之外果有所謂西方耶！若果有之，昔之聖賢死者多矣，未有至其方者，惟後世之匹夫匹婦變滅之頃，恍惚之中，皆曰吾往游焉，余未之信也。然而疾疢不能昏〔六〕，死亡不能怖，其視沉綿牀笫、貪生怛化者，豈不差賢矣哉！以夫人之聰明，使其嘗聞曳杖消揺之歌，易簀戰兢之言，雖無西方亦有以死矣。銘曰：

死生之變，豈不痛哉，達矣夫人，孰爲去來！

〔一〕鎮：四庫本作「縝」。
〔二〕儲：四庫本作「褚」。
〔三〕留：原作「昬」，據四庫本改。
〔四〕句首原有一「蘇」字，據四庫本删。
〔五〕疾：原作「疫」，據宋刻本改。
〔六〕疾：原缺，據四庫本補。

方東叔

君方氏，諱大東，字東叔。曾祖獻。祖庭輝。父履之，受業於朱文公，杜門自修，不踐場屋，扁其室曰履齋，里人因以稱焉〔一〕。君未冠，辭藻軼出，遇鄉先生課羣兒、郡博士試諸生，未嘗脱魁亞，蓋其技精手熟〔二〕，雖不靳中的而自不能外於的也。然秋賦輒不利。每主司失君，里中必唶唶歎息〔三〕，君曰是吾命也〔四〕，殊無沮挫意。端平甲午〔五〕，始與其二子涓孫、清孫同拔胄解，於是年五十矣。明年，同知貢舉、中書舍人洪公咨夔得策卷奇之，拆號則君也〔六〕。廷試復中乙科。旗鈴所至，同業者多爲君樂飲相慶，君亦無喜容。調泉州永春縣主簿，歸道建安，漕使姚公寶素聞其名〔七〕，檄攝甌寧尉、府學教授。會永春趣戍，君亦以疾求還里，至之日終於寢。前爲君樂飲相慶者，莫不顰蹙而相吊也。

君爲人豪爽，久困名場〔八〕，血益燥，形益癯，獨志氣堅悍不衰〔九〕。與人交有情誼，留建安數月爾，民曰廉尉也，士曰賢師也。其卒以丙申二月某日，葬以五月某日，與配林夫人同穴，墓在烏石山。三子：涓孫，國子進士；清孫，國學進士；洧孫，尚幼。

初，履齋辱與予先君游，君辱與余游，且死以銘見屬。余惟國家以科目取士，一名之中否，終身之通塞繫焉。故中則族戚朋友之倫皆爲之喜，否則戚，非其族戚朋友而爲之喜戚者鮮矣。若君之中否，則一國之人皆爲之喜戚。嗚呼！亦足以見君之藝果有以出乎人也，又足以見君之信於鄉、悦於衆，以行不專以藝也。古有所謂秀民譽士，蓋王朝卿大夫之選，君真其人歟！悲哉，命之不淑也！君晚攜涓、清偕入京，人謂一翁二季復出。屬纊顧謂二子曰：「汝在，我庶幾不死矣〔一〇〕。」銘曰：

五十策名，前則艾軒。君婿於林，解褐亦然。曷不冬卿，曷不掖垣。此夭且卑，彼貴以年。烏虖奈何，命制於天。其慶在後，二季勉旃。

〔一〕焉：原作「爲」，據四庫本改。

〔二〕技精：原倒，據宋刻本乙。

〔三〕里：原作「理」，據四庫本改。

〔四〕君：原無，據四庫本補。

〔五〕「甲午」下原有「年」字，據四庫本删。

〔六〕折：原作「折」，據四庫本改。

〔七〕寳：原作「瑶」，據四庫本改。

〔八〕場：原作「揚」，據四庫本改。

〔九〕堅：原作「竪」，據四庫本改。

〔一〇〕矣：原無，據四庫本補。

黄柳州 簡

朝請大夫黄公諱簡字德廉將葬，孤浚明奉《家傳》來乞銘。余瞿然曰：「公吾故人也，銘其可辭？」黄氏自固始遷閩，至八世祖校理公興自泉遷莆。曾祖璋。祖文炳，贈朝散大夫〔一〕。父艾，刑部侍郎，贈少師，爲紹熙名臣。公年十六，以胄子試春官不利，父任爲承務郎，歷鎮江府江口鎮税、休寧丞、知會稽豐城縣、通判嚴州、知賓柳二州。端平乙未閏七月丙寅卒於寢，年五十九。明年九月壬申，與宜人方氏、易氏合葬於城南小塘山。方，中散大夫勛之女；易，禮部尚書祓之女。一子，浚明，將仕郎。一女，適衢州文學陳楷。

公凝重静默，語笑容止皆中準程，出於自然〔二〕，律身居官尤嚴恪。初，少師公在諫垣，論擊辛卿棄疾，辛銜切骨。及尹鎮江，公已先去，猶鍛鍊吏卒，終不得毫毛罪。休寧有十四年不決之訟，公一閲得情。會稽繩貴游，雪獄冤；豐城築廢堤，修學政。猺攻賓州，公調土豪義丁夾擊，薙獮無遺，絶口不自言勞。州始貧，比去，帑庾皆實，柳之兵吏始按月支俸。南官有不幸者〔三〕，必經紀其家。然公所至剛峭自立〔四〕，嶷嶷有風稜，不肯隨世俯仰。其在潤、越皆以避仇去，在嚴以忤巨室去〔五〕，在柳以諫官誅賄不得去。同時污吏憸夫多據要劇，超顯美，公方閉關蕭然，食仙都、崇道之禄以老歲月。及天子親政，向爲權姦摧抑廢退之人稍見收用〔六〕，而公忽忽死矣。

公事母齊國方夫人盡敬，拊諸弟極愛。歲晚雁行凋零〔七〕，始衰多病。俄而季弟番禺通守篪復夭，公哭之慟，奏官其子欽明。易簀猶曰：「吾死無可恨，如諸孤幼何！」聞者悲傷其意焉。銘曰：

寶、紹之相，放利怙權。以賄少多，爲人否賢。富挈諸霄〔八〕，貧擠諸淵。嗟嗟黄公，白首瘴煙。端平反是，廉約者甄。公不少需，遽蜕而仙。前厄乎人，後制乎天。嗟嗟黄公，返於斯阡。

〔一〕贈：原重一「贈」字，據四庫本删。
〔二〕於：原無，據四庫本補。
〔三〕官：原作「宫」，據四庫本改。
〔四〕峭：原作「削」，據四庫本改。
〔五〕巨：原作「臣」，據四庫本改。
〔六〕摧：原作「推」，據四庫本改。
〔七〕零：原作「冷」，據宋刻本、翁校本改。
〔八〕挈：原作「絜」，據四庫本改。

周夫人

豐城熊君大經，忠孝人也。余令建陽，君爲主簿，常勉余以善，有過必面規不少恕。秩滿，别余曰：「吾歸養吾親矣。」既别，余逢人必問君所向，曰：「未嘗出也。」余甚賢之，猶意未必堅且久也。紹定己丑，君閒居五年矣。其年十一月朔，周夫人卒，起復吉州龍泉令，不行。免喪，猶不調官。余滋賢之。君書抵余曰：「子其銘吾母也。」蓋余居田里，守宜春，使番禺，君書歲至，至必速銘。余賢其子，又賢其母，乃序而銘之。

夫人邑之苦竹里人。父師古，母胡氏。年二十七，爲隱君子熊炳子著之妻〔一〕，三十有二年而寡，又二十有七年而卒，年八十有六。其少也，逮事祖姑、皇舅，尊者稱其孝；其壯也，獨當家事，嫁妻姑叔、字夫之庶弟，卑者懷其仁；及其晚也，家徙而愈豐，貨積而愈倍，鄉黨伏其智；子孫力學，文質彬彬，預計偕者七人，州邑推其義方。嗚呼，全矣！

明年九月壬寅，葬撫州臨川縣明賢鄉北山之原。五男子：大統；大經，從事郎、廣南西路提點刑獄司幹辦公事；大原，鄉貢進士；大模、大綱。二女子，嫁范汝翼、范伯震。統、原、綱、汝翼前卒。孫男九人：敏孫、莊孫、達孫、能孫、同孫、詠孫〔二〕，餘未名。孫女十人：嫁孫諒、胡叔子、范應麟、桂鼎來、范定子、皮巽、廖泉，餘未行。莊孫、達孫皆鄉貢進士，巽登第，為袁州萬載縣主簿〔三〕。

余不及升夫人之堂而辱友夫人之子，竊以為夫人賢如孟光，潔如陶母，成家如巴寡婦，合於圖史之載，而余筆力衰惰〔四〕，不能有以發也，將何以慰君之哀思乎！銘曰：

簡短一篇，寂寥數句，是惟劉子之文，揭諸熊母之墓。

〔一〕著：原作「着」，據四庫本改。

〔二〕訴：原作「詠」，據宋刻本、翁校本改。

〔三〕簿：原作「薄」，據四庫本改。

〔四〕惰：原作「隋」，據四庫本改。

後村先生大全集卷之一百五十

墓誌銘

杜郎中

杜氏自唐入本朝，世有鉅人。宣獻公爲元和名宰，傳五世至龍圖閣學士鎬，爲淳化、祥符醇儒。七世至天章閣待制杞，爲慶曆能臣。十一世至公，諱穎，字清老，於朝奉郎、贈正奉大夫炤爲曾大父，於右朝請大夫、江西提舉常平圯爲大父，於右通直郎、知萬載縣、累贈中大夫鐸爲父，令人黃氏，母也。

以祖澤爲尤溪主簿，革板籍欺隱，老吏駭伏。民有腰金夜出不還者，巡尉訪之無迹，公至其所，有叟誦經衆中，公叱從吏收縛，叟具服實殺此人取金，棄尸某所，如言而獲。或問奚自知之，公曰：「叟尾吾出郭，營營往來，吾固得之矣。」歷贛州觀察推官，太守施司諫元之繩吏急，一日緘片紙來云：「某吏方游飲，亟簿録其家。」公袖還之曰：「罪由邏發，懼者衆矣。」施公矍然，爲罷邏卒。去爲弋陽丞，攝令永豐。前此負課爲六邑殿，公約逋户自輸。吏請逮治違期者，公榜吏百，復爲寬期，民争輸恐後，更以最聞。及去，民相率詣州，謝得賢令。太守鄭侍郎汝諧歎息，具剡牘。公謝曰：「某未及格〔一〕，願遜同官。」鄭公曰：「某知薦賢，不計君用不用也。」改秩宰建之甌寧、吉之龍泉〔二〕。公以甌寧命脉在鹽，徒督賦無益，悉力漕鹽，民賴以寬。龍泉叅半豁峒，公拊以恩，皆相告曰：「官常欲薙獮我曹，今明府教我如子，謹勿負之。」相勸以奉要束〔三〕，出賦租。二邑皆號難治，公精敏絶人，午漏下即庭空無事。

主管淮西安撫司機宜文字，適佐武帥，帳下暴横，公隨事規切。邏將恃帥信任爲姦利，公發其罪，黥遠方。有旨薦士，從官以公應詔，擢知通州。瀕海多盗，官兵反與爲地，公奏斥懦貪，奬拔勇廉，下令得盗貲十予七，皆争自奮。始公未至，郡獲劇盗，吏受賄輕其辭奏，奏下當黥，已論決，復群劫，公命皆斷手以徇〔四〕。通歲發卒二百爲虜使挽舟，盗乘其間，公僦夫代卒，盗不得發。屬邑民或寫盗，殺捕吏，阻擊郵卒，公禽獲斬之。乃新學校，精課試，拔其俊秀，相與亢禮，士風一變。禱旱普照，水湧起澡瓶中高數尺，雨三日，歲大熟。

召爲太府寺丞。入對，乞於崇明、料角之間造大艘五十，募卒千〔五〕，分番更處，外備滄、景，内與黄魚、許浦聲勢相接。習海道者以公言爲然。左藏吏始不敢以敗惡物入府庫，惠民吏始不敢以貴細藥售權豪。遷户部郎中。諸路負版曹錢巨萬，郎官日押催符，其實操縱一出吏口。公始以季爲限，既期，所負十减六七。時興師北伐，公輪對言：「國家旰食自此始矣。」又乞詔朝臣皆得薦士。

丐外，除江西提點刑獄。募兵方急，諸郡希賞，至驅掠市人，吉、南安士民皇駭避匿，公黥數吏然後定。監司久不按吏〔六〕，所下文書多寢不報，公厲風采，嚴條約，尤惡饕墨。撫吏據民妻，使入州宅教歌舞，公逮捕流之海島，以妻還民。郡守以兄居臺憲，贓垢狼藉，公方劾治，俄與守俱得祠。再期，起知漳州。未上得疾〔七〕，以嘉定二年十二月某日卒，年六十八。三年六月甲申，祔於中大公墓次，治命也。娶陳氏，封宜人。子男五人：東，故某官；次采〔八〕，故迪功郎、新建縣主簿；次杲，見通議大夫、尚書刑部侍郎、淮西制置使、知廬州；次耒，故某官；次棐〔九〕。女適任應南、張標、黄大韶。孫男若干人，孫女若干人。

公内行孝謹，中大公卜葬香林，距家二十里，公徒步晨出治冢，暮歸省黄夫人，以爲常。歲時饗祭肅潔，雖老猶躬饋奠〔一〇〕。居官方介自守。在贛，辛提刑棄疾以私意劾贛守，郡僚皆恐。公蓋俱受其薦，慨然曰：「施公深知我。」事之益謹。施公扁舟先發，公徐護送其孥〔一一〕，而歸舉牒於辛公，辛有媿色，因屈入憲幕。在户部，淮西有魚池亘三百里，贍千家，爲權要所擅且十年，公奮筆奪還。郎歲得舉改官二員，臺官屢托某人，不許。其筆史自造舉詞來趣，公以狀白，臺外斥史以謝而内銜之〔一二〕，江西之歸蓋基於此。性沉審，有謀慮，將出按刑，力爲上言一路軍政宜汰冗怯，選精鋭，若憂在旦夕者。後二年而有峒寇之變。自少至老，言動容止皆有常度，初若嚴毅難犯，即之和氣盎然。於聲色貨利常推而遠之，室無吹彈，囊無蓄積。惟酷嗜書，手鈔《通鑑》，首末如一〔一三〕。屬文典實，詩師工部，深自晦匿，故少知者。訓子尤嚴，東字晦之，耒字子野〔一四〕，皆擢第，與侍郎各以詞翰擅天下，不幸晦之、子野早卒。

公於余先君開禧同朝，侍郎於余金陵同幕。嘉熙初元，余罷宜春郡歸山中，侍郎方守安豐，解重圍，貽書請銘公墓〔一五〕。余嘆曰：「孝哉子昕！」敬拜使者曰諾。其冬復被圍，虜竭攻械不得騁〔一六〕，又解去。天子擢子昕列卿，制置淮右。明年秋，復圍合肥，城中出兵奮擊，斬級三萬，虜又解去。天子擢子昕侍從，於是復來速銘。恭惟昭陵爲人物極盛之時，然先賢已有中外惟一杜杞之嘆，迨今時事益艱，人才益少，而侍郎出焉。於乎，杜氏之世德遠矣！公之義方善矣！公官至二品〔一七〕，宜立碑，侍郎功高位尊，宜屬筆顯人，乃眷眷於余〔一八〕，豈非以其相從久，有交誼，宦情薄，無諛筆，可以托不朽乎？乃叙而銘之。銘曰：

杜氏本出，京兆萬年。廣明避地，始居淮壖。後徙吹臺，今家樵川。待制以材，學士以賢。猗尚書郎，是遡是沿。少以剛聞，至耄不遷。其修於家，如處子然。忽勇而往，萬夫莫前。勤民孳孳，憂國惓惓。鏡情廋隱，燭事渺綿。挾持孤直，觝觸貴權。豈不顯融，志業未宣〔一九〕。既詘於人，宜伸於天。是生貳卿，仗鉞護邊。彼皆瓦裂，此獨璧全。宗澤、陳規，相望後先。人曰貳卿，忠塞天淵。貳卿謙謙〔二〇〕，翁之教焉。香林之原，府君之阡。我撰斯銘，以永厥傳。

〔一〕曰某未：原作「舉者」，據四庫本改。

〔二〕甌：原作「歐」，據四庫本改。後同。
〔三〕要束：原作「腰來」，據四庫本改。
〔四〕徇：原作「狗」，據四庫本改。
〔五〕千：原作「十」，據四庫本改。
〔六〕監：原作「鹽」，據四庫本改。
〔七〕上：原作「土」，據四庫本改。
〔八〕釆：原作「來」，據四庫本改。
〔九〕棐：原作「裴」，據四庫本改。
〔一〇〕猶躬：原作「獨窮」，據四庫本改。
〔一一〕「護」原作「獲」，「拏」原作「拏」，據四庫本改。
〔一二〕銜：原作「御」，據四庫本改。
〔一三〕末：原無，據四庫本補。
〔一四〕耒：原作「來」，據四庫本改。
〔一五〕貽：原作「貼」，據四庫本改。
〔一六〕騁：原作「聘」，據四庫本改。
〔一七〕二：原缺，據四庫本補。

〔一八〕眷眷：原作「脊脊」，據四庫本改。
〔一九〕未：原作「朱」，據四庫本改。
〔二〇〕謙謙：原脱一「謙」字，據四庫本補。

知常州寺丞陳公

故相正獻陳公有五丈夫子，其二季尤知名。復齋行誼師表一世〔一〕，論者以方原明、公休。公諱宿，字師道，復齋弟也。繇父任監福州海口鎮、泉州市舶務、知惠安縣、通判靖州、知德慶府，需道州次，改南劍州，擢大理寺丞，以親養辭，知惠州，未上。或言其滯，改常州，公方爲所生母吴恭人服心喪，不拜。終制，將進用矣，淳祐二年三月己酉晨起盥櫛，驟感疾卒，年七十，積階至朝議大夫。娶恭人聶氏。二子：增，奉議郎，前福州懷安丞；壁，從事郎、潮州海陽簿。一女，長適朝散大夫、主管冲佑觀鄭逄辰，次許適承直郎宋應先，未行而夭。其年八月壬申，增等葬公於南山之靈巖。

公内行素飭，事嫡母魏國聶夫人盡孝。魏國殁，事吴如嫡，事兄如父。官箴尤謹，管局務，齷琛不能涴；歷郡國，苞篚無私覿。家人非時需銖茗勺酒，帑吏憚公不敢與。在惠安與二州也，皆增其學廩，創病坊，繕廢橋〔二〕，雖厚費不少靳。爲人恥表襮，寡言笑，羣居鮮知之者；恬進取，拙交結，居中無援之者。白首留落，視新進少年捷出騰上，處之夷然。自號克齋，鶴山魏公爲作銘焉。

嘉定以來，柄臣擅天下事，自謂宰相子〔三〕，專用門閥取人，雅重復齋，將親之。嘗曰：「先太師厚正獻，何以助我？」於是復齋方勸寧皇攬威權，肅堂陛，柄臣嚴憚之，不敢害。故事，貴胄免試邑，公兄弟迭領民社。泉牧西山真公上公邑最，然復齋以直道去，不復召。公以復齋故不見用，仕五十年，委蛇寸進，蓋賓、紹推之使遠，端、嘉挽之不近，而公忽忽死矣，悲夫！公資長者，人忤之無愠容，終其身未嘗有傷人害物之事。初，正獻公營第，命梓人曰：「吾門扉當使姨媪輩可開闔者。」公晚即西偏闢子舍，規模益狹於舊。烏虖！謙厚者，公世德也；廉儉者，公家法也。余所書皆實録，其世系則見《國史》云。銘曰：

維古世家，源委可推。石以謹蕃，欒以忕隳。懿哉陳公，父兄是師。以儉爲訓，以厚爲基。積之勿替，韓、吕庶幾。吾銘可徵，一無媿辭。慰爾後人，霜露之思。

〔一〕師：原無，據四庫本補。

〔二〕橋：原作「槁」，據四庫本改。

〔三〕子：原無，據四庫本補。

賢首座

師名祖賢，撫之金谿人，俗姓饒，世業儒〔一〕。幼棄其家，依疏山寺。始遊諸方，求道甚苦，坐起顛倒，若追罔兩而捕景也。既至蔣山，忽有所悟，歌哭狂怪，若獲夜光而按劍也。夜造方丈叩癡鈍師，言下有省，流汗浹體〔二〕，方寸豁然矣。乙亥入閩，與同參僧嘉居囊山辟支巖。或强師北歸，至義江而返，取戒牒焚之，益上絶頂趺坐，日啖乾糧半掬，既盡，代以草根木實。樵者以爲鬼物，惟長老祖洪獨加敬。

久之，嘉舍去，洪亦去，繼者庸衲，内惎師〔三〕。遂來石室，衆買蓧塘廢庵以居之，僅容一榻，自奉如辟支時，學者輻輳。有欲崇象教求利益，師曰佛在心不在迹〔四〕；有欲斷俗緣禮名山，師曰佛在邇不在遠；有言今世發某願，來世覬某報，師曰勿妄想；有舉揚佛語、菩薩語、祖師話頭論難撑拄，師笑不答。示人簡捷，若可一蹴而至。余嘗詣師，聞其微言，退而嘆曰：「丹霞、趙州之流，是參徹千經萬論而付之一默，行遍五湖四海而歸於一室者〔五〕，簡捷云乎哉〔六〕！」郡以光孝囊山丈席屈致，師搖其首。居辟支六年，蓧塘山十九年，嘉熙己亥十月戊午示寂，年五十六，臘三十七。塔在菴東。

初，儒者陳公宓與師論持敬，師曰：「敬足矣，猶待於持，何也？」陳公不樂。余觀師志行堅確，滋味淡薄，窮不改變，老不退惰，所以持之者至矣。惟師而後可以爲此言，未至於師而爲此言者妄也。蓋與陳公之道暗合，又奚傷焉！余友林君希逸尤重師，誄之曰「六經之外，得此良友」，且以塔銘屬余。銘曰：

師未嘗蓄筆硯，一日拾炭煤、磨椀底而爲吾福國太夫人書所作《十不去偈》，其卒章曰：「十不去，即此便是詣佛土，假饒天使詔書來，向道不須生事故。」噫！師賢於种放、常秩輩遠矣。余述斯銘，以警其徒，亦以愧學士大夫。

〔一〕世：原作「也」，據四庫本改。
〔二〕浹：原作「洽」，據四庫本改。
〔三〕甚：原作「甚」，據四庫本改。
〔四〕心：原作「必」，據四庫本改。
〔五〕遍：原作「偏」，據四庫本改。
〔六〕捷：原作「節」，據四庫本改。

直煥章閣林公

端平改元，上始親政，擢賢俊〔一〕，禮耆艾，喬公行簡大耋奮庸，李公𡌴〔二〕、徐公僑、張公慮皆秀眉鮐背，接踵造庭，而璧帛之聘四出未已。江西曾三異〔三〕、金華杜旃各年八十餘，起布衣，入館閣。俄復以朝請郎、主管雲臺觀福清林公環爲軍器監主簿〔四〕，或言不可彊致，改知寶慶府，公頓首辭至再，除直秘閣、主管崇禧觀。又六年，淳祐改元，詔以公年八十有八，進直煥章閣、主管桃源萬壽宮。三年正月辛巳，卒於家，年九十。某月某日，與夏安人合葬於某山某原。子男三人：公永；公奕，通判泉州；某。孫男四人：式之，高安縣主簿；某、某，將以遺澤補授。

公字景温，少與兄璟、弟瑑同擢淳熙甲辰進士第。歷江山縣主簿、仙遊縣丞、教授沅州、知陽朔縣，改秩知萍鄉縣、通判静江府、知容州。在郡年餘乞祠，蓋退而任鴻禧者四、雲臺者再、崇禧者三，而終於桃源焉。公自爲小官，屢與當路有異同。衢州委視輸，以綿出剩餉錢五萬，公曰歲剩玖千兩以爲常〔五〕，官吏可以愧矣，力辭不受。沅州委撰錫宴樂語〔六〕，公曰：「此鄒浩所不肯爲也，然以臣子祝君父，某不敢辭，它作乞改屬能者。」自重而不苟悦，故三十餘年而後脱選。朝命下萍鄉，發常平粟七千斛，由醴陵入湘江以餉襄師，公争曰：「邑僅有綫流通醴陵，中間陂堰百餘所，當此亢乾，奪粟毁堰，本先撥矣。」臺郡以其語聞，詔免津發。和糴令下，萍鄉當一萬四千石，公又争曰：「邑四面阻山，舟車不至，七萬口自食其力，無粟可糴，雖有粟不可致。」郡爲鐫額。既復有旨，萍鄉所糴三千石聽樁留在縣，又奏記倉臺曰：「今州縣常平或數年不啓鑰，豈復有粟哉？爲法自獘，不宜膠執，請令州縣各上實數，歲豁一分爲耗折，所積不許過三年，所豁至三分止。」使者陳公貴誼奏行其説於諸路〔七〕。它與上官往復論辨甚衆。前爲容管者抑民市鹽，白米正耗外斛加二斗，公悉釐革以紓民力。其行事可概見者如此。

公徧通諸經，尤善屬辭，場屋之文歷一甲子機鍵如新，而平生恥以文名；精鍊世務，材臣能吏所不能及〔八〕，而居常語不出口。歷官不求人知。在萍鄉也，鄭公性之出守，察而異之，及得政遂有甲午之招。最後禮部李侍郎韶召對，言公高年清節，遂有辛丑之褒。時論賢公，亦以此賢鄭、李。公享上壽，視聽步履纔如中年，饋奠必躬，登覽却扶。宗戚慶吊必與，不以老宿自居。乾、淳輩行凋喪略盡，後生及門，忻然延接，或經時。謝客下帷隱几，嗒然默坐而已。仕至二千石，苦貧自若，衣惟裘褐，食惟魚菜，器惟陶漆，自奉如深谷一叟爾。前卒一歲，預言其期，屬纊顧猶子公遇曰：「身妄也，去則歸真矣。」公遇請其説〔九〕，公曰：「塞乎天地之間，通乎晝夜之道。」若公可謂豪傑之士矣。

或曰：「士之遇不遇，道之行不行繫焉，晚遇亦遇也。方端平初召彼故老，衆皤然而起，公往而不返，然歟？」余曰：侯霸、嚴光，舊也；華歆、管寧，友也。霸以諛獲譏，歆至死有愧，豈若布襦裙、羊裘而終身乎〔一〇〕！既而同時諸人或老死，或爲人貶議，惟公巋然獨存，上自朝廷，下達州里，翕然尊敬無異論。嗚呼，古有所謂舊人耆德，非公其誰！

曾祖格，將作監主簿，贈通議大夫。祖邈，中書舍人，贈少師。父埏，奉直大夫，贈金紫光祿大夫。銘曰：

公葬厥妃，因葺數椽。扁曰全庵，取曾子焉。在昔龔勝，豈不華顛。老父來吊，謂夭天年。公則異是，鵠舉鳳騫。視區區者，猶腐鼠然。甘藿如肉，以步易軒。曰與童冠，商論遺編。亦或婆娑，水涯山巔。年幾百齡，雪髯紅顏。談笑而終，有如蛻蟬。烏虖如公，乃可謂全。曒如斯銘，揭之於阡。

〔一〕俊：原作「後」，據四庫本改。
〔二〕臺：原作「惪」，據四庫本改。
〔三〕異：原作「冀」，據四庫本改。
〔四〕環：四庫本作「瓌」。
〔五〕曰：原作「田」，據四庫本改。
〔六〕語：原作「與」，據四庫本改。
〔七〕貴：原作「遺」，據四庫本改。
〔八〕能吏：原作「使能」，據四庫本改。

〔九〕遇：原作「預」，據四庫本改。
〔一〇〕裙：原作「屬」，據四庫本改。

林養直

余外舅直寶章閣林公年踰五十，仕至二千石，即謝病去。先皇帝予節，今天子賜環〔一〕，卒堅卧不拜。當嘉定、寶慶間，名重天下，人知公之賢，而不知公之所以能遂其去而堅其決者，亦以二子之賢焉。長寒齋，次君也。諱公選，字養直，小寒齋二歲，俱有至性。黄宜人殁，二子恐戚其父，服勤左右，跬步不離，夜闌燭盡，常未忍退，至老猶然。公仕無超遷〔二〕，貲無倍入〔三〕，二子安隱約，習苦淡。内修天爵，故山林臯壤有真樂〔四〕；外幹父蠱，故冠昏喪祭無闕禮。他人視其門庭蕭寂、井臼荒寒若不堪，君父子居之久而愈安。君事長上、接賓友謙謹特甚〔五〕，惟臨財則恢疏俶儻，絶不類其爲人。田園所入，會衣食外多以施予，富者化其廉，貧者懷其仁。歲晚弟兄世味益薄，一燈熒然，語必達旦，至言妙義，不緣師授，亦非言語文字可傳者，庶幾兩忘孔門之口耳，兼得少林之骨髓矣。初，寒齋當赴寧化尉、建安户曹，皆棄不就，君亦以父遺澤與其子觀。二君圭璧亢身，臭腐外物，其制行高，詣理深，高而深者余不能言，姑述其粗而有迹者如此。

淳祐改元〔六〕，君攜觀赴海陽尉，余見之，嗟曰：「君三十年不越户限，詎宜南轅哉！」明年夏，方舍人大琮帥番禺〔七〕，至潮〔八〕，拉君父子同載。余聞之驚曰：「君胃無穀氣，又宜深入哉！」既至，館於府治之東偏。俄而屬疾，預知將終，神識不亂。以壬寅五月丁未卒，年五十一。舍人哭之慟，拊觀曰：「返柩歸斈，於我乎費。」又明年七月丁酉，葬於清遠里田源山之原。配王氏，以賢稱。二子，曰觀，曰新。昔孟氏有賢父兄之言，至江左王、謝始立佳子弟之目。二者若易合而常難值。父欲退必牽衣挽留，父爲善必掣肘撓壞〔九〕，年耄矣而不使休息，眷衰矣而尚勸調護，多欲揜清德、崇侈敗素風者非一族也，豈獨熺與攸乎〔一〇〕？君世德遠矣。自中舍爲南渡名臣〔一一〕，沅州似中舍，寶章似沅州，二君似寶章，觀弟兄又甚似二君。烏虖，林氏未可量哉！余亡婦宜人，君女兄也，觀來速銘，乃書石納壙中，其世系已詳於外舅之碑。銘曰：

古有龐公，一門相高。余嘗評之，世外之豪。君則不然，尤篤倫紀。使及孔門，有二閔子。大綱大法，皆本吾儒。惟治心性，亦采彼書。君達死生，寧計去住？而我何爲，猶哭君墓。

〔一〕環：原作「還」，據四庫本改。

〔二〕仕：原作「事」，據四庫本改。

〔三〕倍：原作「悖」，據四庫本改。

〔四〕壤：原作「壞」，據四庫本改。

〔五〕「友」下原有「兼」字，「特」原作「持」，據四庫本删改。
〔六〕祐：原缺，據四庫本補。
〔七〕帥：原作「師」，據四庫本改。
〔八〕潮：原作「朝」，據宋刻本改。
〔九〕壞：原作「環」，據四庫本改。
〔一〇〕與：原作「歟」，據四庫本改。
〔一一〕渡：原作「度」，據四庫本改。

孫花翁

季蕃客死錢塘，妻子弟兄皆前卒，故人立齋杜公、節齋趙公與江湖士友葬之於西湖北山水仙王廟之側，自斂至葬皆出姚君垣手。姚，虚齋趙公婿也，録季蕃遺言，介婦翁徵銘於余。烏虖，吾亡友之命也，其敢以衰落辭？

季蕃孫氏，名惟信，季蕃字也。貫開封，曾祖昇，祖可，父頎，皆武爵。季蕃少受祖澤，調監當，不樂，棄去。始昏於婺，後去婺，游四方，而留蘇、杭最久。其言以家爲繫縲，以貨爲贅疣〔一〕，一身之外無他人，一榻之外無長物。居下竺廨院，躬爨而食，書無《乞米》之帖，集無

《逐貧》之賦，終其身如此。自號花翁，名重江浙，公卿間聞孫花翁至，爭倒屣。所談非山水風月一不挂口，長身緼袍，意度疏曠，見者疑爲俠客異人。其倚聲度曲，公瑾之妙；散髮横篴，野王之逸；奮袖起舞，越石之壯也。尤重氣義，嘗客孟良甫、方孚若家，孟死猶拳拳其子孫，孚若葬，徒步赴義。

其卒以淳祐三年九月壬寅，年六十五，葬以其年臘月乙卯。杜公輔臣〔二〕，趙公大京兆也，季蕃一布衣〔三〕，以死托二公，卒賴二公以葬〔四〕，且築室買田祠焉。天下兩賢之〔五〕。

季蕃長於詩，水心葉公所謂「千家錦機一手織，萬古戰場兩鋒直」者也。中遭詩禁，專以樂府行。余每規季蕃曰：「王介甫惜柳耆卿繆用其心，孫莘老譏少游放潑，得無似之乎？」季蕃笑曰：「彼踐實境，吾特寓言耳。」然則以詩没節，非知季蕃者；以詞没詩，其知季蕃也愈淺矣。初，季蕃與趙紫芝、仲白、曾景建、翁應叟諸人善，而余亦忝交遊。追念疇昔挽紫芝，季蕃同吟，銘仲白，季蕃書丹，誄孚若，季蕃會哭，已而景建、應叟俱死，今銘季蕃焉。稷下之談幾絶，鄴中之舊略盡，惟余歸老後村，左耳與臂遂偏廢矣，未知它日銘余而誄余者誰也，豈不悲哉！銘曰：

昔眉山公，欲以和靖，配水仙王，其論已定。余評季蕃，和靖之亞，儻分半席，無不可者。伯鸞要離，異世同調，盍不躋君，偕侑新廟。

〔一〕本句原在「他人」下，據四庫本乙。

〔二〕輔：原作「轉」，據四庫本改。
〔三〕季：原作「李」，據四庫本改。
〔四〕以：原作「已」，據四庫本改。
〔五〕賢：原作「覽」，據四庫本改。

林判官

初，余爲靖安縣主簿，問父老以故長官孰賢，皆曰福清林公。其人廉而仁，卒官下。始疾，比屋禱祠；屬纊，行路相吊〔一〕；歸柩，罷市祖送〔二〕，同僚至有遣子護視及閩而後返者。時距公殁且十年矣，人稱思之如此。長官名璟，君其子也，名公慶〔三〕，字養源。繇祖澤歷晉江尉、興化簿、漳州法掾、鎮江府大軍倉門、莆田丞、南劍州判官。中年嘗慨然欲挂其冠，余每勸止。端平乙未，既除母黄孺人之喪，不謀諸人，自乞休致，轉通直郎，賜緋，年纔六十一。

余聞而嘆曰：君於是不可及矣。昔邴丹戒子：若貧而仕，則循吏部資格，雖筦庫可無愧。蓋榮進分表也，常調券内也。分表才智之所騖，券内寒畯之所安，自漢以來然矣。君不惟無分表之念，併與其券内者而割棄之，不亦賢乎！君屢參侍郎選，率需遠戍。爲掾、丞時，上官屢欲論薦，輒巽謝不敢當〔四〕，終其身不識干堂覓舉爲何事〔五〕。既得謝，以家務傳子，深居默坐，或與諸季商論名理，無雜交；風日佳時，略至户外，無遠遊。淳祐壬寅秋，哭其仲子，十一月己卯，以微疾終於寢。配黄孺人，前卒。二子：豫、晉。二婿：從事郎、新監臨安府龍山税務黄孝勤，登仕郎姚圭。孫男五人，孫女四人。以甲辰三月丙午合葬於靈德里牛原山之原。

君曾祖適，建炎中書舍人。祖埏，知沅州。至君父子，僅止選調，或者嗟惜。余聞古之大門舊族守而勿失者曰家法，種而勿毁者曰世德，而窮達顯晦不與焉。紀、羣貴於父祖矣，當時乃有公慙卿、卿慙長之論；彦回榮於群從矣，識者方以爲門户之辱。豈古君子承家繼志以德不以爵、以仁不以富歟？烏虖，君有辭以白其先人矣！銘曰：

不着其鞭，而懸其車。彼通我窒，彼澤我臞。廉而仁者〔六〕，類如是歟！賢矣養源，從先大夫。

〔一〕相：原作「行」，據四庫本改。
〔二〕「祖」下原有「祠」字，據四庫本删。
〔三〕名公：原倒，據宋刻本、翁校本乙。
〔四〕巽：原作「選」，據四庫本改。
〔五〕干：原作「于」，據四庫本改。
〔六〕廉：原作「廣」，據宋刻本改。

承奉郎林君

林氏皆祖九牧，爲莆大姓，而居前埭者尤蕃。將作監主簿矩，君四世祖也。君諱傳，字叔寶〔一〕。蚤孤自立，場屋頓挫，乃盡力教子，塾致名師，榻迎嘉賓。諸子競力於學，君與朱孺人益勤生葺家，累分銖爲幅尺，拓磽瘠爲上腴。然他人爲之者或損譽喪德，君豐嗇適中，不以儉廢禮，有無相資，不以富害仁。窶人昏暮扣門，謁必有獲。蓋君資尨厚，而孺人又輔之以賢智，里中稱其長者。

紹定壬辰，以希孔入學霑恩封迪功郎。淳祐改元，希孔擢第，轉承奉郎。人謂君夫婦壽禄未艾也，不幸孺人先卒，甫祥禫而君病。初若無苦者，君前知將終，以家事傳子曰：「吾幸有薄田舊廬，汝輩能讀書寡過，吾目瞑矣。」卒以淳祐甲辰七月己亥，年六十七。三子：長希道；次希孔，迪功郎、福州長樂縣尉；次希言〔二〕。二女〔三〕：長適吏部侍郎劉公季子克永；次適文林郎方伯春，早卒。孫男一人，孫女三人。某年十二月壬申，諸孤奉二親合葬於北亭山之麓，從治命也。

初，佛者黄涅槃爲君鼻祖武衛公卜葬烏石峰，曰：「鳳凰展翼形也。」後君之宗上下數百年科第簪紱不絶，人以涅槃爲神，墓師必稽焉。以余所聞考之，有既葬而露其棺之前和者，有不知其墓者，然其後周公、孔子出焉，豈天生德不可以常人論歟〔四〕？抑其偶然歟？吾意涅槃復出，必曰：科第簪紱不絶，詩書之澤、積善之慶也。君葬處距武衛冢一牛鳴許，亦吉阡云。君曾祖天倫。祖伯成，迪功郎。父鸞。銘曰：

竇氏五桂義方力，王氏三槐由陰騭。君亦好善著州域，三秀煌煌燦珠璧。仲也策名探囊獲，勉哉聯翩季與伯，其祥不專在兆宅。

〔一〕竇：原作「瑶」，據四庫本改。

〔二〕言：四庫本作「吉」。

〔三〕女：原作「二」，據四庫本改。

〔四〕天：原作「夫」，據四庫本改。

趙孺人

余六任觀廟，而食祟禧之禄最久。屏居野外，人知余不復用，凡求名利而西者與得所求而南者鮮及余門〔一〕，徑草没膝。一日有新漳浦西尉丘君雙薦求謁，袖西山先生與其大父遺墨數幅〔二〕，俾余跋尾，意甚眷眷〔三〕。察君之色，若將有求於余者，叩之，踧踖而對曰：「吾婦趙氏將葬，丐子一銘，可乎？」余辭以老病不任。君抵温陵，以書來求益堅，余大兒與趙有連，亦纍纍言之。

按孺人名善意。曾祖仲忽，檢校少師，建節開封，判大宗正事，贈太師，謚簡獻。祖士㻐，承宣使，知南外宗正事，贈太師，謚忠靖。父不廳，右監門衛大將軍，果州防禦使，提舉明道宮，贈承宣使，新興郡公。母令人任氏。少孤，依兄。兄歿，依堂兄潮陽通守善隱秘燮，通守以歸丘君。人謂孺人門户貴盛，在前代爲翁主，在先朝爲族姬，非以貴下人者〔四〕。已而事夫順，處妯娌和，待妾媵嚴而慈，自以不逮舅姑，奉夫生母甚謹。丘君嘗薦於鄉，既姻濮邸，法當拜官，有沮格之者，將如京辨理〔五〕。孺人曰：「吾伯姊嫁吳中，久别思一面，盍偕行乎！」及丘君補授初品，孺人喜，又勉之曰：「士當自奮，毋徒爲恩澤僥也。」俄而丘君再薦於浙，孺人益喜，庶幾夫子之果成名也。是歲丘君挈其孥還里而返試禮闈〔六〕，孺人以疾終於家，年二十八，淳祐癸卯十二月丁亥也。明年十二月辛巳，葬於晉江縣興賢里三峰坑之原。男吕孫，尚幼。丘君愴孺人備四德之全而不偕一日之享，欲使孺人託余文以傳者。

或警余曰：「子禁綺語而操彤管乎？」余曰：「蒙叟不云乎：『既謂之人，烏得無情？』」余昔亦踐此境，每讀潘騎省、韋蘇州諸人悼亡之作，輒悲不自勝，猶謂久必消磨，今老矣，而其哀如新。以情度情，丘君有斷絃之痛而無鼓缶之歌也決矣。銘曰：

閟鼎貴兮胄神明，顏舜華兮德和平。方好合兮琴瑟鳴，忽變滅兮電雷驚。樂極兮哀生，事往兮迹陳。悲哉奈何兮，托之斯文。

〔一〕與得：原作「得歟」，據四庫本改。
〔二〕袖：原作「神」，據四庫本改。
〔三〕甚：原作「其」，據四庫本改。
〔四〕非：原作「一」，據四庫本改。
〔五〕辦：原作「辦」，據四庫本改。
〔六〕里：原作「理」，據四庫本改。

林處士

乾、淳間，莆之學者皆師艾軒，其高第曰林田，字叔曠。艾軒死，嗣爲鄉先生，席下常數十百人，經指授者多爲達材成德，而先生竟老死布衣。君，先生子也，名子恭，字安父，學先生之學，志先生之志，亦久幽不改其操以卒，年五十八。後十有三年，淳祐甲辰臘月甲申，子駒葬君於國清里湖頭之原，使來求銘曰：「吾祖吾父生不食其實，死又無以發其潛，駒爲弗子矣。」余聞其言而深悲之〔一〕。

昔張禹以《論語》、桓榮以《尚書》起家，皆身爲師傅，貴極人臣。禹諸子列九卿諸曹，榮子太常，孫太尉、列侯，二書無負於二子矣。先生學通禹、榮所不能通者，然而無二子之榮遇，有再世之不逢，豈其懸於天而無豫於人耶！夫天道逶迤而難見，儒效迂遠而不近。孔氏自考父至周末〔二〕，異代而夫子生焉；王氏自博士至銅川府君，六世而文中子生焉。修爲人也，遲速天也。況駒賢而文，安知非餘慶之所在乎？君二子，駒長也，次騏，後伯父。二女，嫁朱體誠、余國藺。孫男五人。銘曰：

吾先君子，學於叔疇，吾猶識君，揭於兹丘。

〔一〕之：原無，據四庫本補。
〔二〕自：原作「曰」，據四庫本改。

後村先生大全集卷之一百五十一

墓誌銘

王孺人

孺人王氏，新昌人。年二十，歸於新臨安府右司理參軍曾堅。生二子，男回，女嘉，俱夭。淳祐乙巳五月戊午，孺人卒，年三十四。明年三月甲寅，葬於山陰茶山。按王氏去烏衣入剡自武毅始，孺人於水心葉公所誌長潭公爲伯祖，於實齋王公所誌孝友公爲皇考，一門雍睦，江左舊族也。曾氏去章貢居越自文清始，參軍於文清爲高祖，於侍郎爲曾祖，奕世文獻，本朝名家也。孺人幼事父母極孝，既嫁，事夫之重親尤謹，以柔順處族戚，以慈恕待妾媵，以勤約持門户。舊患手痺，及葬孝友公，大雪視窆，毁慟屬疾，返舍不起。曾氏尊幼哭之者皆哀，而族戚州里聞之者，亦莫不失聲嗟惜焉。

余觀昔之名家舊族，有一再傳而忝厥紹，如歆異向，羣慙寔，超畔鑑，張許子弟不能通知二父之志者多矣。孺人一女子而能泝兩家氏族之源委，續百年慈孝之氣脉〔一〕，可謂賢已。初，棘卿、侍郎隆、乾間辱與余大父游，參軍伯父虁庵辱與余遊，於是虁菴將八十矣，以書來曰：「堅婦將葬，子宜銘。」孺人名幼平，母杜氏，孝友公名夢月，虁庵名黯。銘曰：

猗孝女，亦賢婦，石可泐，名不腐〔二〕。

〔一〕續：原作「績」，據四庫本改。

〔二〕名：原作「銘」，據四庫本改。

林寒齋

淳祐丙午，詔以迪功郎林公遇絶意干榮，杜門樂道，特改合入官，主管仙都觀，仍下福州給札，令條其所欲言者。守帥遣吏致上命，君頓首自言：素孱早衰，因而退處，本無高論，政爾偶然，不足當朝廷優禮。州以君巽牘上尚書，詔不允。君又言義無可取〔一〕，拙不能言〔二〕，惟有不取不言可以自明，願得瞑目爲山林之民。其年九月丁巳，以疾卒於家，年五十八。君世居福清之石塘。配陳氏前葬清遠里翁陂山之原，二子同〔三〕、合以其年十二月丙申奉君合葬。

初，寶章公當任子〔四〕，君不欲仕，公强之，調寧化尉。不忍去乃翁，乞奉南嶽祠。及寶章公服闋，或爲君外移，得建之户掾，辭不行。舍前有隙地，稍植竹樹，疏沼沚，築室其間，扁以「寒齋」，終其身不復出。君性本慈孝，晚尤温恭，然教行於家，子弟甥姪皆力於善，肅然若恐其檢責也。自修而已，未嘗律人，然行著於鄉，比閭族黨達於郡國，一有不善，惕然若恐其聞知也。親友仕而貴、倦而未歸者，必相儆曰：「得無爲寒齋之愧否！」有位者下一令，行一事，必却顧曰：「寒齋不以爲厲民否〔五〕！」君子立無同儕，野處無寸柄，而遠近翕然宗之，方山之南，蒜嶺之北，隱然有元夫鉅人在焉。李公韶佐春官，薦君榻前；方公大琮除次對，上君自代；趙公以夫召對，以遺逸舉；杜丞相範議召君，會薨不果；俄李公召，再薦。朝廷亦知君，遂有前詔。是數君子者，雖力相推挽，猶自謂不足以重君，而惟恐君之以爲浼己也。君終歲不出户，而商論世事，酬酢物態，裁量人品，毫黍不差。束書高閣，隱几永日〔六〕，而單辭半句流出肝肺者，字字可傳。素羸，自四十以後蕭然單栖，日或蔬食，取諸物者狹而望於天者嗇，視名與利猶臭腐，身與家猶旅泊也。

其學邃於性理，貫儒、釋，兼朱、陸，晚益精詣。所著有《求心録》、六記百詩，别藁存《窮士》、《貧女》二吟、雜詩文百餘篇〔七〕，餘悉焚去。屬纊留詩别其故人，遺言以隱服斂。昔揚雄、陶潛皆好恬静，不慕榮利，然雄係累世故，濡足不去〔八〕，潛超脱俗網，引身高翔。故先儒書二人之卒，於雄曰「莽大夫」，於潛曰「晉處士」，豈非出者危而處者安、留者損而去者全歟！然則書曰「處士林君之墓」者，非惟君之素志，亦吾儒之家法也。君弟養直〔九〕。其世系詳見寶章公之誌云。銘曰：

猗君所立，與天壤俱〔一〇〕。超乎畫前，復於性初。以爲釋耶，則踐乎實；以爲老耶，不放於虛。探千古之秘寶而獨得，叢一世之苦淡以自娱。余所述者，迹之區區，若君之心，不可擬摹，有欲求之，於君之書。

〔一〕無可：原倒，據四庫本乙。
〔二〕拙：原作「掘」，據四庫本改。
〔三〕子：原作「字」，據四庫本改。
〔四〕任：原作「壬」，據四庫本改。
〔五〕厲：原作「勵」，據四庫本改。
〔六〕几永：原作「冰几」，據四庫本改。
〔七〕雜：原作「離」，據四庫本改。
〔八〕濡足不去：原作「需足去下」，據四庫本改。
〔九〕君弟養直：原作「君子養正」，據四庫本改。
〔一〇〕與：原作「歟」，據四庫本改。

少奇

少奇劉氏，名偉甫，余仲弟無競之子。少頎晳，美風姿，機警善辭令。入而事王母、父母、諸父兄，怡然其順也；出而接姻族朋友、鄰里鄉黨，盎然其和也；幹家蠱，應世務，綽綽然餘裕也；記群書，評古事，纚纚然可聽也。爲律詩殊清麗。以父任補將仕郎〔一〕。淳祐甲辰，年三十矣，入京銓試，得瘺下疾，服藥灼艾不愈，以六月甲午卒於客邸，從兄强甫爲治棺殮。訃至，州里之人皆啨啨爲吾家惜，而吾母魏國太夫人聚族哭之盡哀。母宜人方氏，生母孟氏。娶妻朱氏，生巧女，今十四歲。繼顧氏，生男存僧，又庶生願女。存、願之生，少奇已不及見，俄皆夭。自喪歸至祥除，無競之悲痛如新，求解温陵郡紱歸營窆事。初，少奇葬朱氏於壽溪之陳倉，以丙午臘月某日合葬。

嗟夫！人患無子也，有子也未敢望其成長也，成長也未敢望其秀美也。若夫成長矣，秀美矣，望之如此之久，成之如此之難，奪之如此之速！智足以知吾家典刑文獻之傳而不使之嗣守，材足以在聖門言語政事之科而不得以展究，翳青春於長夜，埋白璧於黄壤，可悲也夫！

少奇嘗語强甫曰：「人脩短不可期，某它日儻得伯父誌乎？」强甫白其語，余爲一慟。無競名克遜，今爲朝散大夫、直秘閣、主管崇禧觀〔二〕。銘曰：

生而玉雪，在余目也。俄而電雹，去予速也。久而冰炭，攪予腹也。窆而松檟，近予麓也。悲夫哀哉〔三〕，命之不可續也！

〔一〕仕：原作「士」，據四庫本改。

〔二〕崇：原作「琮」，據四庫本改。

〔三〕哉：原作「我」，據四庫本改。

審淵弟

君名希深〔一〕，字審淵，年三十五，淳祐丙午九月甲子卒。配林氏。三子：吉甫、矩甫、南甫。南甫後伯兄都官〔二〕。二孫尚幼〔三〕。明年八月丁酉〔四〕，葬君於延壽山之原。大父諱朔，父諱起晦，仕皆止館閣，年皆不登五十，而在當世仁人志士之目。君素修潔，又習見家世舊事，故自重而寡諧。時人或以華藻發身〔五〕，君悔少作不爲；或以機巧成家，君無一錢悖入，故久幽而終窶。然余觀發身者多合世而離道，成家者類損物而喪德，以此賢君敬君，而於君之死尤致其悲焉。

初，兩麟臺公立節高，遺業薄，小麟臺公當任子輒先愛弟〔六〕，君遂終老布衣，談者至以廉遜爲迂。嗟夫！信斯言也，顏回有屢空之悔，夷齊抱失國之恨矣，彼戚君不遇而又迂君之父祖者，惡足以裁量吾家哉！君雖隱約以没，而吉甫與二季俱力於學，天將有時而定矣。銘曰：

昔在伯起，清白傳子，德公所遺，曰安而已。清猶近名，安則履常，余嘗論之，龐賢於揚。嗟乎審淵，斯人之徒，爾歸其全，吾銘不誣。

〔一〕名：原作「允」，據四庫本改。
〔二〕南甫：原無，據四庫本補。
〔三〕孫：原作「縣」，據四庫本改。
〔四〕「丁酉」下原有「某日」二字，據四庫本删。
〔五〕藻：原作「操」，據四庫本改。
〔六〕小：原缺，據四庫本補。

習静叔父

淳祐丙午七月壬午，習静劉先生卒，年八十二。明年丁未十月壬午，葬於芳林山之原。配徐，繼方。子男三人：宬，擢丙戌第，宣教郎、知古田縣；克家，克忱。克家前夭，宬執先生之喪以毁卒〔一〕。女三人。孫男六人：性甫、德甫，餘尚幼。

先生諱彌邵，字壽翁，著作公之季子。早孤苦貧，有手澤書數厨，先生與諸兄卧起其間，饑以充饋，倦以爲枕，後皆知名。先生尤精專，一事一物未通，求之弗措〔二〕，某字譌，某簡脱，某義疑，必反復研尋，歸之是而後已。載籍以來，莫不鈔纂而原本，粹然一出於經。其考論古今，斷制義理，壹以洙泗、關洛之語爲準程。他人爲之者或先傳而後倦，或色取而行違，惟先生真知實踐，自童至耄，堅確不變，循循然有師匠之道焉，恢恢然有父兄之容焉〔三〕。始而宗族稱之，久而庠序化之，晚而一鄉一國之人尊之。凡里中佳子弟、良士友，多先生口講指畫之餘也。先生終歲杜門，罕與人接，惟質經於陳公師復，評史於鄭公子敬，問《易》於蔡公伯静。有《易藁》、《漢考》、《讀書日記》、《小記》、《深衣問辯》、《杜詩補注》各若干卷。

劉氏自兩翁起家〔四〕，三世登科第者八人，五入館，一持橐，先生獨褰裳掩鼻，視若浼己，饗脱粟如太牢，處陋巷如華榱。舍後有古木鉅石，先生誅茅其顛，杖屨日一登臨。著作公無十金之産、一丘之田，先生安之，寧困不枉道以求亨，寧貧不害仁以爲富。少食於學，晚歲棄去。郡博士俞來致學俸，却不取。太守眉山楊楝於學創尊德堂以舍之，先生不拒亦不留〔五〕。㝛遇禋霈，先生例授京秩，告下，憚先生不敢白。屬纊猶爲諸孫講南軒《孟子》一章。時楊侯使本道，復薦於朝，而先生卒矣。前葬，克忱哭請銘，克莊哭答曰：「禮幼不誄長，吾何敢銘吾季父也夫！」昔子長、孟堅皆自述其先世，克莊常待罪太史，凡當世山林丘園之士皆得以秉筆記載，况吾季父之賢，學醇儒也，節逸民也，銘之不可已也。銘曰：

貴人之所欲兮，譽或損而謗喧；生人之所羡兮，耄有及而智昏。彦回期頤至司空兮，適以辱其門户〔六〕；轅固九十老布衣兮，豈不賢於公孫？於嗟先生，天年之高兮天爵之尊，其人雖亡兮其書則存。

〔一〕執：原無，據四庫本補。

〔二〕措：原作「指」，據四庫本改。

〔三〕然：原作「焉」，據四庫本改。

〔四〕自：原作「白」，據四庫本改。

〔五〕留：原作「昬」，據四庫本改。

〔六〕門户：原倒，據四庫本乙。

陳孺人

余既吊寒齋之廬，同、合哭且拜曰：「先君之葬，丈人幸書之而揭於窐上矣〔一〕，先母未也，敢以請。」

按孺人陳氏，世爲福清人。少警慧，儒釋書多所通〔二〕，古今佳文章皆記誦。父母艱於擇對，年二十七，歸於寒齋。事舅尤孝，辭氣容色之間、寒暑饑飽之節，左右體察，毫髮無違，里之奉親者莫不以寒齋昆弟、孺人妯娌爲法。性儉質，無炫服珍飾，惟於祭祀、賓客極其隆備。寒齋將棄官奉祠〔三〕，告寶章公，公曰：「與若婦謀之。」寒齋以告，孺人曰：「此吾素心也。」議遂決。

其卒以紹定辛卯臘月朔日，年四十六，葬以壬辰二月某日，墓在清遠里翁陂山。二子：曰同，曰合。

昔曾公子固序《列女》，謂後世學問之士狥於外物者，往往以家自累。余味其言而深悲焉，因思老萊、黔婁、冀缺、於陵仲子、龐德公、梁鴻之流〔四〕，皆遯世無悶，抗志不屈，豈特若人之賢哉，其閨梱之内趣向如一〔五〕，雖菽食布被饁耕辟纑采藥賃舂之陋，相安如富貴〔六〕，相敬如賓友。烏虖，此詩人彤管之所詠、劉向屏風之所圖也。孺人之事近之矣。始寒齋嘗語人曰：「士處世行吾志易耳，未知妻子與吾同好否。」既而終身隱約〔七〕，晚被詔書物色，連疏巽避〔八〕，不拜而卒，名全而節高，以孺人相其始，二子成其終也。銘曰：

閨房之秀，山林之友，同、合之母，寒翁之偶。

〔一〕矣：原作「也」，據四庫本改。

〔二〕通：原作「遺」，據四庫本改。

〔三〕棄：原無，據四庫本補。

〔四〕陵：原無，據四庫本補。
〔五〕內：原無，據四庫本補。
〔六〕相：原無，據四庫本補。
〔七〕而：原作「有」，據四庫本改。
〔八〕巽：原作「選」，據四庫本改。

方寧鄉 壬

余友方巖仲十年來以其王父寧鄉大夫君宰上之銘屬余，余思鈍，久不克就。巖仲見輒面命，別去隔江湖嶺海，書督趣無虛歲。余晚蒙恩放還故山，巖仲又來責諾。余矍然起謝曰〔一〕：「寧鄉仁人志士也，巖仲孝子順孫也，余雖眊荒，其敢辭？」

按君家譜，始居陳巖山，至其烏山府君堯遷白杜，傳三世至二金紫公，白杜之方益蕃。長金紫諱峻，生威武軍節度推官元宷，字道輔。節推生隱君金，隱君生南海尉畛，尉生迪功郎應，君皇考也。君諱壬，字若水，擢淳熙丁未第，爲漳州長泰縣主簿。秩滿，關陞從事郎、知潭州寧鄉縣。未上，慶元丙辰正月某日卒，年五十。嘉定壬申五月某日，葬黄垞山。配徐氏，後二十有六年卒，祔焉。一子，伯佑。二女，適進士李雄、吳立義。伯祐、二女、李壻皆已卒。一孫，巖仲也。曾孫，建。

君在長泰，太守朱文公請主學〔二〕，君條上講説、課試、差補等十事，文公令諸邑皆倣此。舊取錢穀於陂塘以廩士〔三〕，君革去，以廢寺田代之。邑有補足鹽，始沿兵興敷借，後以爲常賦，它邑取諸牙儈〔四〕。君言長泰契錢僅當鹽額三之一，餘均之主客丁，民力可哀，文公爲等第寬減。又蠲僧寺子斗錢，罷科茶錢，皆君發之。龍巖彎卒殺人，獄吏抑同行者，誣伏；漳浦有僧斃於佃人〔五〕，鞠驗皆曰服毒。太守司諫鄧公委君閲實〔六〕，卒、佃伏誅，二寃獲伸。初筮，薄俸散施姻舊，至無以具歸裝。與弟申友愛，家人議析先世田廬，既具草，君流涕不忍視而止。以君之行誼志業而僅得中壽卑秩以死〔七〕，前輩風流就盡，後生耳目不接，日遠日忘，非後死者之責乎？

初，道輔幼與伊川同學，至老情好不衰。君亦受業於文公。夫師友之誼大矣，孟喜以改師法見擯，叔孫以不薦弟子獲怨。方程、朱盛時，嘘生吹枯，及其門者多致通顯，獨君祖孫終老常調，以程、朱窮不以程、朱達也。中更黨論、學禁，生徒掃影滅迹，諱稱門人，而君家寶藏程、朱翰墨，以二師傳不以他師名也〔八〕。至於以隱遁疑伊川，以民瘼責文公，有切磋無和隨，其與儆夫子之尚左、慕林宗之墊角巾者異矣〔九〕。烏虖，此固巖仲之家學歟！余文成於淳祐丁未，距君卒五十有二年，葬三十有六年矣。巖仲名之泰，踵世科〔一〇〕，方以薦者改秩。銘曰：

吾家麟臺，交不諂瀆，其狀君行，字字實録。曰君訃傳，深溪窮谷，士有設位，民皆野哭。彼饕殘者，慘於蠆蝮，生歛怨詛，没孰尸祝？君位甚卑，君齡尤促，儒效迂遠，天道還復。白楊欲枯，丹桂載馥，勉哉後人，培之勿覆。

〔一〕起：原無，據四庫本補。
〔二〕請：原作「諸」，據四庫本改。
〔三〕陂：原作「彼」，據四庫本改。
〔四〕僉：原作「兒」，據四庫本改。
〔五〕斃：原作「弊」，據四庫本改。
〔六〕閱：原作「閤」，據四庫本改。
〔七〕卑：原作「畢」，據宋刻本改。
〔八〕不以：原作「不已」，據四庫本改。
〔九〕巾：原無，據四庫本補。
〔一〇〕世：原作「也」，據四庫本改。

方揭陽〔一〕

方氏之先有積善好施聞於里中，曰福平長者，君其玄孫也。曾祖中。祖萬，登紹興庚辰第，監和劑局〔二〕，篤於教子，即家爲一經堂。父逵，所交皆賢儁，累贈中奉大夫。

君與仲氏實學公少同薦於郡，開禧乙丑，實學擢上第，君以濮邸恩授迪功郎，尉香山，有清名。寓公或持節利路，挽君入蜀，以親養辭。令香山，有惠政。舊以横斂爲常賦，丁錢加取三百，醋息白科鉅萬，令乾没之，君痛蠲削，歲失不貲，更有餘力以葺輿梁，增學廩。調循州推官，爲龍川縣〔三〕，銷逃籍，鐫月解。丁中奉憂。紹定庚寅，以薦者改秩知增城縣。慶壽恩，轉通奉郎。丁母林令人憂，服闋，知揭陽縣〔四〕。端平甲午五月壬寅卒，年五十四。孺人趙氏，武翼郎不劬之女。一男，選孫。二女：長適晉江主簿劉强甫，余子也；次適陳機〔五〕。君儼然端凝〔六〕，無所營綜，而雅俗兼通，庶幾定而能應者〔七〕。然歷官僅九考，二邑俱未上，其行事梗概如此。

自君殁，孺人持家誨子〔八〕，有烈婦風。以淳祐丁未十一月壬申葬君於方山陂之原。君與實學皆孝友過人，以中奉之鍾愛季也，盡推先世田廬與之，君遂清貧以死。實學既貴，經紀伯季孀遺甚悉。帥番禺五年，念君猶在淺土〔九〕，每曰葬必吾待。俄而實學終官下，汔不克會葬，悲夫！君諱大輿，字德原〔一〇〕。銘曰：

君之位卑，故君之事微也。然窮者達之基也，家者國之推也。君之分棗而擇梨也，與夫食檗而拔葵也，使其充之〔一一〕，千乘之國可讓而萬鍾之禄可辭也〔一二〕。惜乎，斯人之止於斯也！

〔一〕陽：原作「惕」，據四庫本改。
〔二〕劑：原作「劉」，據四庫本改。
〔三〕川：原作「州」，據四庫本改。
〔四〕陽：原作「揚」，據四庫本改。
〔五〕機：四庫本作「璣」。
〔六〕儼：原無，據四庫本補。
〔七〕幾：原作「機」，據四庫本改。
〔八〕子：原作「之」，據四庫本改。
〔九〕淺：原作「戊」，據宋刻本改。
〔一〇〕德原：四庫本作「德厚」。
〔一一〕其：原作「之」，據四庫本改。
〔一二〕「千」原作「萬」，「而」字原無，據四庫本改、補。

鐵菴方閣學

方氏自長官廷範始居莆〔一〕，六傳至福平長者祐，析居後埭，生隱君中。隱君生萬，登紹興庚辰第，監行在和劑局。和劑生逵，頓挫場屋。中年三子玉立，喜曰：「吾可以隱矣。」後以子貴累贈中奉大夫。配碩人林氏。公其仲子也，諱大琮，字德潤。擢開禧乙丑第，詞賦爲南宮第三人，授南劍州州學教授。以郡先賢學術名節勵後進，飾宮廟，新器服。上官送某士，拒不納。去爲江西漕幕，平大鬭，決險訟，兩造皆服。時幕府多佳士，公與故相文清李公、今閣學直翁徐公尤知名。改秩知將樂縣。公在郡泮已封崇羅先生墓，至是式龜山廬，偕其孫曾歘謁松楸，祀八賢於學。務以禮遜迪民，剽悍革心。丁中奉公憂。知永福縣，適值兵飢，守隘立柵，禁港發廩，日不暇給，然延致士友〔二〕，講論文義亦不輟。丁林碩人憂。二邑皆止一考，然有百年之思。

公自弱冠據高第，著嬂譽，人謂且立致貴顯，而深自晦匿，抑首常調〔三〕。比再服闋，五十餘矣。端平改元，公至在所，丞相鄭公一見如舊，擢監六部門〔四〕，歷司農寺簿，兼提領安邊所。二年，遷太府寺丞〔五〕，蘇民或競圍田，久不決，有張椿年者爲王府攙佃〔六〕，堂帖下所給據。公持不可，曰：「椿年小人，直欲奪百姓飯盌，惡知愛國愛王府哉！必行此，胥吏足矣〔七〕，安用士人？」

三年，擢秘書郎，兼景獻府教授，遷著作郎，兼侍左郎官。除右正言，辭而後受，首疏曰：「雪川之事，向也天地祖宗猶察陛下之不得已，今威福自出矣，而元年御筆有曰：『立嗣之事，難以輕議。』二年御筆有曰：『衛王功茂，深欲保持其家。』一則如待深仇，一則如拊愛子〔八〕。厲精之始，每一札出，萬方傳誦，獨此二札，讀者憮然。」又曰：「秦王子孫蕃盛，今麥飯無主矣；檜死，勒熺致仕〔九〕，今班橐錫第矣。」又曰：「通天地間一氣爾，今盭氣流行〔一〇〕，爲妖星，爲洚水，爲二相不咸，爲諸閫不協，叛卒之變〔一一〕，殿旅之鬨，皆盭氣之流注激射也。若一念之歉横於胸中而不化，則一氣之盭鬱於兩間而不銷。誠能宣明洞達，此歉不留，將見精誠感召，此盭自弭。」别疏：「乞用嘉祐、紹興故事，預選親賢。然故王之寃不雪，它日所屬意者可保乎？權姦之罪不討，它日豈無貪功者乎〔一二〕？」因極論天下大勢〔一三〕：「陛下宜自警曰：炎、興半守而猶牢也，不可當吾世而有金甌破缺之形。必裁抑近屬，必檢柅宦寺〔一四〕，必不貌敬直言，必不漸來小人，必躬行與心聲相應，天不可欺，人不可愚也。又宜責大臣曰：侂、遠雖壞而未潰也，不可至卿等而有舉酒祝杜之歎，必共圖大計，必共保大權。人材朝廷之人材，豈必競相牢寵；公議天下之公議，豈必過爲調護。君不可欺，衆不可蓋也。」適上不御殿，封上之。

踰月入對，上曰：「擢卿言官，論當體國。」公曰：「臣所言無非體國。」出袖疏曰：「今外無把握之力，内爲安意肆志之事；三邊功賞未報，而後宫數十之宣一夕取辦〔一五〕；五閫將佐暴露，而近親雙節之命同日并拜〔一六〕；襄蜀流殍而諸璫進勸未已〔一七〕，江北清野而内庭木妖方興。陛下儻以襄失蜀敗爲恥，必志於復襄保蜀；以荆擾淮危爲憂，必志於固疆埸〔一八〕；以民愁兵怨爲慮〔一九〕，必志於護根本。」又曰：「理亂安危自君心始，格其非者大臣也，救其源者諫臣也。若但曰『誠如聖諭』，曰『非臣等所及』，固恩戀寵，大臣之恥也；前疏則格不下，後疏則又訖了，學淺膽怯，臣實有罪焉。」又言：「陰潦連月，都城雨色有異〔二〇〕。昔河北赤雪〔二一〕，諫官孫甫謂其端起於女寵侈費〔二二〕。赤雪非雨比也〔二三〕，河北非京城比也，臣身忝此官〔二四〕，目覩此變〔二五〕，所憂有甚於甫者。」上嘉納。

遷起居舍人，直前奏事言：「陛下汲汲然責羣臣，曰大言傲誕者有之，肆行欺罔者有之，豈不以兵冗財殫而未有能畫富强之策歟〔二六〕？羣臣又切切然望陛下，曰淮南之封尚稽，輪臺之悔不聞〔二七〕。陛下何不自爲其所易，然後責群臣以所難乎〔二八〕？」兼國史院編修官、實録院檢討官。

嘉熙改元，復直前言：「朱熹嘗謂政、宣大臣如早用楊時諸人，可救一半。今天下之才皆佹、遠斧斤之餘，嘉定以來權魁極力剗鋤，僅存德秀、了翁二人而已。陛下當饋太息，徬徨乏使，而三十年劫火不燼之精英，一爲天所奪〔二九〕，一爲人所沮，豈不大孤人望哉！乞還了翁，以重朝廷。」又曰：「今日獨一言路雖沮不屈，有齊南史相繼之風。然向者清叟去，中使宣留至再，同列留之，給舍留之，侍從經筵之臣留之。曾幾何時，範去，内靳遺留之使，外乏交留之章〔三〇〕，聖意日異〔三一〕，士氣日靡。臣侍清光，抗疏不勇，前愧臣清叟，後愧臣範，惟陛下聽許臣去。」兼權直舍人院。董琳知滁州，公言琳奴才不可臨郡，罷之。京尹與懽以火災乞削奪，公乞俞其請以謝百姓，詔與懽鐫秩〔三二〕。火後求言，有李子道、鄒雲從者上書，御筆並補將仕郎，公封還曰：「昔方仲弓勸章獻立七廟，范亦顔請濮園稱親，章辟光欲出岐王於外，皆爲先朝所斥〔三三〕。今寠人寒士揣摩希合，傷陛下之友睦，反從而官之乎？」卒寢其命。

初，遠相諱言綱常，竄謫相望，世以爲戒。及上親政，復故王爵，召真、魏、洪三公，褒贈前評事胡夢昱，於是稍有續前説者。殿中侍御史蔣峴惡之，疏劾四人而以公爲魁桀，立殿上移時，請置重辟。賴上至仁，僅從薄譴。公退而杜門，謂同志曰：「某諫省第一義聵矣〔三四〕，猶擢記注，掌贊書，侍軒陛年餘〔三五〕，斥去乃峴意，非上意也。」主管紹興府千秋鴻禧觀，俄起知建寧府。中寢四年，除秘閣修撰、福建路轉運判官，固辭。文清李公當國，以書諭上意，公亦以歲荒閩人艱食起視事。首發常平賑糶，自鄉郡始。至建則上四州尤貴糶，委寓士蔡君抗措置糶事〔三六〕，且勉之曰：「昔文公嘗以諸司檄走山谷，所以煩文公者非諸司也，百姓也。」部内有捐粟平糶者，必言其狀於朝。漕計命脉在鹽，公務存大體〔三七〕。福之支邑不鬻筴，私販公行，長溪縣民請抱鹽税，公曰：「俑不可作。」劍人既食州鹽，縣復抑賣，蓮城科夫擔運，永福縱卒搜捕，公悉禁止。

淳祐改元，除集英殿修撰、知廣州、廣東經略安撫。明年至廣，四年陞寶章閣待制〔三八〕、經略安撫使再任。禋霈封莆田縣開國男〔三九〕，食邑三百户。六年，進寶章閣直學士因任。治先風化，不鄙夷其人。以兼司俸盡送三學，按朱氏所定禮，更造冕服、爵俎、樽罍、籩豆、簠簋。得編鐘十於南恩〔四〇〕，鑄足之，取石於英、韶以爲磬。行釋菜者十，鄉飲者三。廣俗過時不嫁曰老女，無媒而合曰捲伴〔四一〕，喪家享客曰尚齋，有不葬而暴屍柩於野者〔四二〕，長大不巾笄者，無男而立女户者，臧獲病死而誣主者，皆曉以理義，束以條約。雖鄙事必究極原本，貫穿禮法，書判多累千言，少亦數百字，廣人珍誦。增摧鋒軍春衣錢。舊水軍出戍借一年糧，公命别給，免借尅。郡計素窘，公簡儉節縮，爲備安四庫，各積緡十萬。先是楊公長孺嘗會州用歲少數萬〔四三〕，至公歲羨十萬。改創清海軍門樓，鉅麗爲諸道冠。城樓櫓，郡苑囿堂榭皆出新意，營繕華好如中州，而民不知役，四庫外羡錢尚十餘萬。公儒者，未嘗行巧取豪奪之政，亦莫知其何以致此也。公初南轅，或曰：「傅長沙者畏卑濕，牧始安者歎瘴癘〔四四〕，人之情也，公此行能鬱鬱久居乎？」公曰〔四五〕：「君言過矣，上付吾方面，不已重乎？」

自公去國，大臣之明揚，近臣之密啓，群臣之造辟，士人之舉幡〔四六〕，皆曰公宜在天子左右，然朝廷每難其代。久而改知隆興府，遣吏士輅新帥。未至，七年五月庚申感微疾，乙丑終於州治，年六十五，積階至朝議大夫。公在鎮五年，晨出治事，午未小憩復出，夜漏上數刻乃休，已病猶自力，屬纊語不及私。官吏軍民如喪親戚，朝野嗟悼，吾黨相吊，皆曰無以繫世道、屬人望矣。遺表聞，贈四官，爲通議大夫。

公娶林氏，侍郎簡肅公栗之孫，能與公同甘苦，先九年卒，贈碩人，葬嘉禾里之仁山。一男，演孫，承務郎。一女，前卒，奉議郎、新知瑞州新昌縣宋應先其壻也。孫男女各一人。公父子無跬步相離，授代有日，命演入京銓注，既發月餘而公捐館。演觸三伏，走萬里扶柩，哀動行路。俚俗客死者不返舍，演獨奉公喪還第。以某年臘月壬寅，與碩人合祔，祭葬皆用古禮。

公少温潤玉立，眉目如畫，晚節清羸特甚，不以宦達爲樂，自號鐵菴。平居問學抑畏，自言四科之目最訥於言〔四七〕，七情之中所少惟怒。一旦立殿陛，與天子、宰相争是非可否，賁育不能奪也。遺文皆精妙可傳，有奏議、外制、雜著若干卷。公性孝友，兄大輿、弟大鏞早卒，經紀孀幼，恩義甚篤。前葬，演奉《家傳》、諫草來曰：「知先人深者惟一二執友，臞軒王公邁既狀其行上之太史矣，銘以累子。」某受讀而有感焉。自昔論諫之臣，泛則人主之意不悟〔四八〕，切則言者之身常危。以本朝數大節目觀之，論濮事獻可最切，攻新法坡公最切〔四九〕，陳瑶華道鄉最切〔五〇〕，排和議澹菴最切。是數君子者，前雖坎壈流落，後皆遇合光顯，烈聖涵養作成之也。端平以後，言綱常者衆矣，公最切。然公未嘗坎壈流落，外使鄉部，帥巨屏，内列法從，陛下涵養作成之也。始某得罪，與公同傳，歷數宰輔皆言峴中傷深，未易解。晚被收召，辭不敢進。及對，上顧問甚寵，因奏公等數人淹留將老矣，惟陛下記省。上不以爲忤，即日出宸翰擢少蓬，俄而侍書帷、攝詞掖矣。以上之於某如此，知其於公無他也。使公無恙，上必引以自近，善類有復合之理，世道有將興之候矣。烏虖，天也！銘曰：

偉哉方公，士之準的。色夷氣温，外若可即。其内方嚴，鐵壁玉尺。入居遺補，出歷方伯。遠有諫草，近有治績。維古人物，莫盛列國。孔氏尚論，指不多屈，曰僑遺愛，曰肸遺直。惟公所立，今之僑、肸，世無左氏，眡此銘筆。

〔一〕廷：原作「延」，據四庫本改。

〔二〕士友：原倒，據四庫本乙。

〔三〕常：原作「長」，據四庫本改。

〔四〕門：原作「文」，據四庫本改。

〔五〕府：原作「守」，據四庫本改。

〔六〕者：原作「老」，據四庫本改。

〔七〕吏：原作「史」，據四庫本改。

〔八〕拊：原作「袝」，據四庫本改。

〔九〕勒熺：原倒，據四庫本乙。

〔一〇〕鹽：原作「監」，據四庫本改。後同。

〔一一〕叛：原作「判」，據四庫本改。

〔一二〕貪：原作「貧」，據四庫本改。

〔一三〕因：原作「固」，據四庫本改。

〔一四〕宦：原作「官」，據宋刻本改。

〔一五〕辦：原作「辨」，據四庫本改。

〔一六〕親：原作「新」，據四庫本改。

〔一七〕諸璫：原作「請當」，據四庫本改。

〔一八〕場：原作「陽」，據四庫本改。

〔一九〕民愁兵怨：原作「民怨兵愁」，據四庫本改。
〔二〇〕雨：原作「兩」，據四庫本改。
〔二一〕赤：原作「七」，據四庫本改。
〔二二〕其：原作「甚」，據四庫本改。
〔二三〕赤：原作「亦」，據四庫本改。
〔二四〕忝：原作「添」，據四庫本改。
〔二五〕覩：原作「視」，據宋刻本改。
〔二六〕强：原作「疆」，據四庫本改。
〔二七〕輪：原作「論」，據四庫本改。
〔二八〕責：原在「難」字下，據四庫本乙。
〔二九〕奪：原作「專」，據四庫本改。
〔三〇〕乏：原作「之」，據四庫本改。
〔三一〕日：原作「曰」，據四庫本改。下句同。
〔三二〕詔與：原作「紹與」，據四庫本改。
〔三三〕朝：原作「廟」，據宋刻本改。
〔三四〕諫：原作「陳」，據四庫本改。

〔三五〕軒：原無，據宋刻本補。
〔三六〕士：原作「事」，據四庫本改。
〔三七〕存：原作「在」，據四庫本改。
〔三八〕待：原作「侍」，據四庫本改。
〔三九〕開：原作「閣」，據四庫本改。
〔四〇〕十：原作「千」，據四庫本改。
〔四一〕捲：原作「倦」，據四庫本改。
〔四二〕葬：原作「喪」，據四庫本改。
〔四三〕孺：原作「儒」，據四庫本改。
〔四四〕瘴：原無，據四庫本補。
〔四五〕公曰：原倒，據四庫本乙。
〔四六〕舉：原作「學」，據四庫本改。
〔四七〕訥：原作「納」，據四庫本改。
〔四八〕悟：原作「寤」，據四庫本改。
〔四九〕攻：原作「次」，據四庫本改。
〔五〇〕鄉：原作「卿」，據四庫本改。

後村先生大全集卷之一百五十二

墓誌銘

劉君方氏

君劉氏，名文禮，字君防，故工部尚書諱樂之孫〔一〕，倉部郎中諱煒叔之子〔二〕，母恭人方氏。以父任注漳州長泰縣主簿，侍倉部守温陵。嘉熙戊戌七月庚寅，卒於州治。孺人方氏，鄉貢進士君采之女，母劉氏。淳祐丙午四月癸未卒於家，年皆三十一〔三〕。男一人，吉翁。君事親孝，刲股和藥，迄起危病，内行雍睦，見稱家庭。倉部之言曰：「兒玉也。」孺人奉姑謹，蚤起晏眠，因得羸疾，孀居介潔，不闚户外。劉宗之評曰：「婦冰雪也。」宜福厚，宜老壽，而脆薄奄忽，州里之人聞而哀之。二家尊老相吉翁治窆，以淳祐戊申正月癸酉合葬於常泰里之久巖。吉翁幼，未能詳考二親之言行，姑書梗概納坎中，以俟其長焉。銘曰：

悲哉其無年也，幸哉其有傳也。

〔一〕渠之孫：原無，據四庫本補。

〔二〕「倉」上原有「縣」字，據四庫本删。

〔三〕年：原作「比」，據四庫本改。

刑部趙郎中

淳祐丙午六月辛丑，永嘉太守趙公以疾卒於州治，喪歸袁之里第。戊申三月己酉，葬於宜春縣修仁鄉長豐山之原。諸孤奉《家傳》使來致治命曰：「必以後村銘我。」乃叙而銘之。

公諱汝鐩，字明翁，濮安懿王七世孫。曾祖士翕，武略大夫。祖不倦，少師〔一〕。父善堅，户部尚書，贈少師。母齊國張夫人〔二〕，忠文公孫女。擢嘉泰壬戌第，主東陽簿，辟崇陵橋道頓遞官。易諸暨簿，帥稼軒辛公羅致幕下。辛性嚴峻〔三〕，公獨從容規益〔四〕。去爲湖南刑獄司幹官，使者悦齋李公尤奬重〔五〕，盜發洞庭，委公討平之。悦齋建閫〔六〕，就兼機幕。虜掠荆門，守將委郡而去，公單馬視關隘，修守備。流徙來輯，始城沙市，塹湖水以濠之。悦齋方爲上功，會歸蜀，但用考舉改秩知臨川縣。訟險財匱，昔號難治，公發摘如神，鉏篰頓清，鞭笞不試，賦版自足。秤提令下，民間疑懼，建陽令闕嶍、樂安令史本〔七〕、新淦令趙崇賢皆坐奉新書不虔鐫徙〔八〕，他人類招徠告訐，簿録富豪，規以免責。公但諄諄戒董〔九〕，無犯令者。臺閫交薦，監鎮江府推貨務。舊注右選，至是改用文臣，公與葉棠俱以邑最被選。秩滿，課羨三十萬〔一○〕，增兩秩，添差臨安倅。屬建皇子府，已圖上矣，公曰講堂宜在左，尹嬰然易圖以進。丁尚書公憂，服闋，領舊職。既而廟堂議曰：「北倅歲入百四十萬〔一一〕，非趙某不可。」改北廳，遷諸軍審計司〔一二〕、軍器監主簿〔一三〕。青、齊内附，公獨拜疏請防後患〔一四〕。邊臣以寶璽獻，加恩中外，公語同列：「當流涕藏之太室，可賀乎〔一五〕？」

知郴州〔一六〕，沙浦、高垓峒猺方結連跳呼〔一七〕，郴六邑殘其半矣〔一八〕。公馳入郡，賊躡而至，公令民入保，嚴扼津隘，白於朝，乞制司兵飛虎軍爲助。賊劫民競渡舟以濟，公命設覆蹙之，賊太半溺死，遂收餘燼攻桂陽八晝夜，官軍苦戰〔一九〕，賊大敗。公合軍民兵窮追，俘馘甚衆。諸司以賊衰議撤戍〔二○〕，公力争得留千人。未幾高垓餘黨復出〔二一〕，我師夾擊，前後破峒七，降柵五十四，縛酋首斬纛下者數十人。公以盜賊起於賦訟之失平，宜章令姚德驥貪殘失衆，逐去之。委僚佐行阡陌，除苛細，賑饑乏，刻催科條式於石，增州學兩廡，補萬石倉耗米三千斛。以討捕功增兩秩，歷湖南憲、漕，去貪戢暴，風行一道。移漕廣東，解總領餉，摧鋒之外〔二二〕，帑有餘財。帥、倉、舶虚席，公佩數印，材力綽然。舶舟至，吏請抽解，公曰：「以俟新使者。」南州場屋寬，以賢書爲市，公獲行賄者黥之，遴選考官，明年合春官程度者倍於常擧。時清獻崔公里居，以書與今觀文相國游公，稱公有乾、淳監司之風。改知安吉州、廣東提刑，皆未上。以刑部郎官召對，言〔二三〕：「今内治痼於玩心，外治溺於幸心。」公去國久〔二四〕，白首爲郎，新貴人無知己者。歸奉崇禧祠。差知温州，瓜熟輒爲有力者所奪〔二五〕，如是者八年。甲辰改紀，申命趣行。適繼乏絶，公曰賦不可增，民不可剥也，稍嚴酒禁，私酤者不便之。勸農當詣某刹〔二六〕，僧以樞府功德院辭，公曰：「延見父老，頃刻事爾，庸何傷？」郡人始猶疑議，久乃信伏，而公以勞屬疾矣。得年七十五，積階中大夫，祥符縣開國男，食邑三百户。令人廬陵羅氏〔二七〕，普州太守全材之女，先十九年卒。子男三人：崇澥，從事郎、新喻主簿；崇淴，承奉郎；崇澢，通仕郎。女二人，適宣教郎、督視行府幹官彭夢瀛，將仕郎曾擬。

初，尚書公倅婺，公猶丱角，從諸生拜吕成公於家塾〔二八〕，歸能誦所聞於吕公者。策名早，閲人多，及接前輩文獻議論，其修身齊家、牧人御衆皆有準繩。常誦朱文公之言：「今人以事事不理爲寬，寬之義豈然哉！」故公之治尤密察。所薦多佳士，吏非甚饕墨者不忍汰〔二九〕。始余以檄留臨川〔三〇〕，後以使事至番禺，於公行事得之聞見。又嘗刺袁，公方遠宦，郡人言公居鄉杜門如處女〔三一〕，終身無一字半語干郡邑〔三二〕，仕於袁者或自到至罷不識公面而去〔三三〕。公行能高一世，言語妙天下，而爲人深厚，耻自矜露。余每嘆當世用公不盡之未足恨，而議者知公未盡之爲可悲也。别墅曰野谷，在城西五里，竹樹茂密，亭館樸素，公樂之不厭，往而忘返。年餘七十，登陟如飛〔三四〕。賦詠外課子孫講學而已〔三五〕。在郡每以定力不固、輕出爲恨。公博記工文〔三六〕，尤深於詩，有《野谷集》行於世。余大病起，視筆硯如仇，聞公葬，作而曰：公四十年故友也，銘公非余而誰？銘曰〔三七〕：

士之生兮遇合難，材或優兮時命慳〔三八〕。瞻前修兮方冊間，進多悔兮退差安〔三九〕。李愿終身兮樂於盤，謝公晚節兮懷東山。野谷之竹修修兮，其泉潺潺。昔如此兮考槃〔四〇〕，今安往兮不還。嗟乎明翁，誠知其如此兮，必不以一笵易兩轓。幸翁詩之可傳，昭余銘之不刊〔四一〕。

〔一〕少：原無，據四庫本補。
〔二〕「張」下原有「氏」字，據四庫本刪。
〔三〕性：原作「姓」，據四庫本改。
〔四〕規益：原無，據四庫本補。
〔五〕齋：原作「齊」，據四庫本改。
〔六〕悦：原作「閲」，據四庫本改。
〔七〕安：原作「定」，據四庫本改。
〔八〕「賢」原作「卧」，「虔」原作「慶」，據四庫本改。
〔九〕諄諄：原作「淳」，據四庫本改、補。
〔一〇〕十：原作「千」，據四庫本改。
〔一一〕北：原作「此」，據四庫本改。

〔一二〕軍：原作「君」，據四庫本改。
〔一三〕監：原作「堅」，據四庫本改。
〔一四〕患：原作「宦」，據四庫本改。
〔一五〕乎：原作「孚」，據四庫本改。
〔一六〕州：原無，據四庫本補。
〔一七〕猺：原作「從」，據四庫本改。
〔一八〕郴：原作「柳」，據四庫本改。
〔一九〕苦戰：原無，據四庫本補。
〔二〇〕衰：原作「襄」，據四庫本改。
〔二一〕復：原作「覆」，據四庫本改。
〔二二〕摧：原作「擢」，據四庫本改。
〔二三〕言：原無，據四庫本補。
〔二四〕去：原作「云」，據四庫本改。
〔二五〕輒：原作「輟」，據四庫本改。
〔二六〕勸農當詣：原作「邵農官請」，據四庫本改。
〔二七〕盧：原作「盧」，據四庫本改。

〔二八〕塾：原作「熟」，據四庫本改。
〔二九〕汰：原作「大」，據四庫本改。
〔三〇〕始：原作「治」，據四庫本改。
〔三一〕杜：原作「社」，據四庫本改。
〔三二〕干：原作「于」，據宋刻本改。
〔三三〕識：原作「議」，據四庫本改。
〔三四〕陟：原作「涉」，據四庫本改。
〔三五〕課：原作「謀」，據四庫本改。
〔三六〕工：原作「公」，據四庫本改。
〔三七〕銘：原作「名」，據四庫本改。
〔三八〕慳：原作「堅」，據四庫本改。
〔三九〕多：原作「身」，據四庫本改。
〔四〇〕槩：原作「概」，據四庫本改。
〔四一〕余：原無，據四庫本補。

潘庭堅

庭堅潘氏，名牥〔一〕，少以字行。所爲文脱去筆墨蹊徑，秀拔精妙。結字有顔筋柳骨，小楷尤工，自其鄉之交游達於海内之士友〔二〕，見之皆擊節曰，庭堅太白、子瞻後身也。及廷試第三，策傳，京師紙貴，向之擊節者更斂衽曰，庭堅子韶、龜齡輩人也。一時名流争願交下風，庭堅亦益進德，鏟奇崛，趨平粹，油然可親。意將大受之也，調鎮南軍節度推官、衢州推官，皆未上，歷浙西茶鹽司幹官，改宣教郎，除太學正，旬日出通判潭州，卒官下，年纔四十三。搢紳逢掖之士聞而悲哀〔三〕，相吊曰：天乎，庭堅之止是也！墓在紫巖之麓，距家十里許。夫人黄氏。二子：初明、仲明。

初，遠相擅國，諱聞綱常，謫真、洪〔四〕，竄胡、魏，以威言者。端平親政，奮發獨斷，雪故王，收人望，返遷客。乙未策士，有「凝天命、固人心」之語，庭堅對曰：「陛下承休上帝，昄德匹夫，何異爲人子孫，身荷父母劬勞之賜，乃指豪奴悍婢爲恩私之地，欲父母無怒不可得也。宜紬荆舒之號，挂秦熺之冠，散鄜塢之藏，以釋天怒。」又曰：「陛下手足之愛，生榮死哀，反不得視士庶人，此如一門之内〔五〕，骨肉之間未能親睦，是以僮僕疾視，鄰里生侮〔六〕。宜厚東海之恩，裂淮南之土，以致人和。」時對者數百人，庭堅語最直。嘉熙丁酉，士民因火災上封，多訟故王寃者，距庭堅奉對時三年矣。會殿中侍御史蔣峴劾方大琮、劉克莊、王邁前倡異論，併誣庭堅姓同逆賊，策語不順，請皆論以漢法。賴天子仁聖，俱獲保全。庭堅以此留落，既而稍進爲學官、通守。人謂其沮抑久，懲創深，非昔日之庭堅矣，至長沙值日食求言，庭堅封上曰：「熙寧初元日食，詔郡縣掩骼，著爲令〔七〕。故王一抔淺土，其爲暴骸亦大矣。臣嘗悲夫流俗之論，辛卯、丁酉之火皆謂故王爲之，何異左氏之誣申生也！夫以無所逃而待烹之申生，而忍以晉畀秦哉！故王得罪於權臣有之矣，於陛下無間言也，豈忍效尤伯有以憂陛下哉〔八〕！請以王禮改葬。」又移書游丞相曰：「天下事當論是非，不當論難易。易而非焉，吾不爲固也；難而是焉，吾往矣。某既以身許吾君〔九〕，不敢愛其死而變其説。公以爲非耶，不敢以爲公累；以爲是耶，願公毋病其難。」游公心善其言，未幾庭堅卒矣。

夫庭堅不以前之一鳴自足，惓惓之忠垂死而未已，固已賢於人矣。至於論申生必不忍以晉畀秦〔一〇〕，故王必不忍爲伯有，其言皆根據義理，不詭於聖賢〔一一〕，一洗淫巫瞽史之陋，則自左氏以來言倫紀者之所未發也。使其老壽，奉前席之問，效潁谷之對〔一二〕，上意其有不寤，天理其有不復者乎？烏虖悲夫！庭堅爲舉世所愛，惟爲一峴所惡。峴亦人也，本善余三人者。余爲玉牒所主簿，峴爲丞，考省試出〔一三〕，夸余曰：「君可酌酒賀我〔一四〕。」余請其故，峴曰：「吾爲國得一士。」問其姓名，則庭堅也。是時峴不特善余三人，亦善庭堅，後擢臺端，希旨論事，得喪戰於胸中，議論變於頃刻，其意不過欲釣取高位爾。然天子察其爲人，終不大用。其鄉人言峴晚殊自悔，前死一兩月，衣冠飲食亡恙，而時時諄諳〔一五〕，若喪志者。余曰峴之譫語久矣。追懷疇昔四人同傳〔一六〕，歲晚惟余獨存，故詳著之〔一七〕。

庭堅初名公筠〔一八〕，以避上嫌名改焉〔一九〕。世爲福州閩縣人。曾祖懷英。祖子儀，修職郎、邵武軍户曹。父鈞伯〔二〇〕，榮州助教。母陳孺人。其卒以淳祐丙午八月癸丑，葬以某年月日。銘曰：

公議如元氣兮，入乎人肝脾；有一時之榮辱兮，有千載之是非。昔在有周兮觀孟津之師，於扣馬之諫兮曰扶而去之。彼八百國之同兮，不能止一士之異〔二一〕。烏虖！此所謂世教兮所謂民彝。猗庭堅兮奮布韋，獻芹曝兮冀有裨。身雖詘兮志則伸，骨可朽兮名永垂。

〔一〕牥：原作「物」，據《宋史》卷四二五《潘牥傳》改。四庫本作「昉」。
〔二〕游：原作「友」，據四庫本改。
〔三〕掖：原作「拆」，據四庫本改。
〔四〕謫：原作「責」，據四庫本改。
〔五〕此如：原倒，據四庫本乙。
〔六〕侮：原作「悔」，據四庫本改。
〔七〕著：原作「着」，據四庫本改。

〔八〕效：原作「効」，據四庫本改。
〔九〕某：原作「其」，據四庫本改。
〔一〇〕至：原作「主」，據四庫本改。
〔一一〕詭：原無，據四庫本補。
〔一二〕潁：原作「頻」，據四庫本改。
〔一三〕省試：原倒，據四庫本乙。
〔一四〕酌：原作「配」，據四庫本改。
〔一五〕時時：原脱一「時」字，據四庫本補。
〔一六〕四：原缺，據四庫本補。
〔一七〕著之：原倒，據四庫本乙。
〔一八〕錡：原作「從」，據宋刻本改。
〔一九〕以：原缺，據四庫本補。
〔二〇〕鈞：原作「鈎」，據四庫本改。
〔二一〕異：原作「義」，據四庫本改。

陳安人

予友尚書郎吳君謀將合祔其母夫人陳氏於先府君贈承議郎諱元度之墓，哭謂予曰：「叔告幼失怙，自孤童至成人，自寒士至郎吏、二千石，非己之能，惟母之教。夫罔極之德莫報，不朽之傳可圖也，敢以宰上之碣累子。」

按陳、吳皆水南著姓，世姻也。夫人父諱景溫，府君舅也。初，府君孤身，從父多子，及群從瓜分先業，府君終無一言。性俶儻疎財。歿纔四十，幼穉盈室，夫人以嚴誓己〔一〕，以儉葺家，誨二子，皆知名。循伯累上春官，叔告少與兄同薦，端平乙未遂冠多士。嫁六女，皆故家，朱璞、陳點、顧樵、余孔璋、柯齊賢、朱師古，婿也。循伯與上三女前卒。孫男三人：起渥〔二〕，淳祐丁未進士；起聞、起家。夫人以子陞朝封安人，得年八十六，卒以戊申三月甲戌，葬以明年閏二月丙辰，墓在國清里之蔡巖，距府君之歿四十有八年，葬二十有三年矣。

夫人靜專惡紛華〔三〕，高簡有識度，言里母之賢者尚焉〔四〕。叔告佐節度府，登館閣，牧臨川，皆奉安輿以行。福唐多甲第名園，然夫人出游之日甚少。在輦下，厭市聲，先歸，故其子不敢久於朝。視其子之進爲未嘗喜〔五〕，及其失臺郎而再予麾也〔六〕，又失麾而畀祠也，俄復召而復尼也，夫人泊然，未嘗以爲戚，故其子能即安於家。若夫人者，可謂賢已。

昔荆公銘錢母之墓，不書其子之首甲科，而以其母榮辱接乎身而不動其心爲賢。錢氏欲稍損益其詞，公毅然不許。嗟夫！立身揚名以顯父母，聖人之格言，人之至情也，公之書法毋乃太嚴乎？按是時錢公方爲太常丞、校理，公所書止是爾。其後爲治平舍人，以封還樞密副使詞頭謫官去〔七〕，爲熙寧諫官，以劾薛向忤旨去。錢公所以顯其親者愈偉，而銘不及書矣，余然後知公待錢公之厚而托錢母之遠也。君謀勉之，余又將執筆以俟。銘曰：

在昔柯夫人，内則著閨闈。堂堂乾道相，確論等華衮。龔林數大老，俱爲秉彤管。吾家太史公，和以《關雎》亂。恭惟慈愛隆，悲哉百年短。孰云變滅速〔八〕，存者千歲遠。烏虖延陵母，奕世有賢媛。未知後村銘，何如中壘傳。

〔一〕己：原作「也」，據四庫本改。
〔二〕涯：原作「涯」，據四庫本改。
〔三〕專：原作「思」，據四庫本改。
〔四〕焉：原作「爲」，據四庫本改。
〔五〕「視」原作「市」，「嘗」原作「尚」，據四庫本改。
〔六〕髦：原作「髦」，據四庫本改。下句同。
〔七〕謫：原作「調」，據四庫本改。

〔八〕云：原作「去」，據四庫本改。

方潛仲

潛仲方氏，名清孫〔一〕，幼敏悟絶出〔二〕。端平甲午，生十七年矣，與父大東、兄澄孫同拔冑解，父子聲價一日喧輦下。明年父擢乙科，潛仲考中春官，以策場小誤報罷，其年入太學。淳祐丁未，兄擢甲科，潛仲公私試每得雋，幾校外優，人謂其成名當不在父兄下。己酉正月戊辰，以疾卒於家，年三十二，凡鄉之交游與四方之朋友皆聞而哀之〔三〕。

初，族叔祖瑞州通守祖同長子監温州雙穗場元善無子〔四〕，欲子潛仲，父兄莫許也。既而通守與潛仲之父皆卒，潛仲卒後元善，事所後父若本生父，待兩家骨肉情義如一。雖少年高才，然性易良，色謙挹，意天之所壅培長養以貴達其身而亢大其宗者，而摧之暴、奪之慘如此。愛潛仲者求諸理而不得其説，則曰才與命不兩值也，福與慧不兼全也。嗚呼，有是夫！才者乃災身之具，而慧者乃賊性之本歟？潛仲自丱角出不經意語輒驚人，程文既工，詩句多警策有味，然未嘗見其苦吟也。楷法尤端勁可寶，然未嘗見其學書也。嗚呼，人積學而不能，君不學而能，豈獨人之所惎，雖造物者固有所不樂於潛仲耶！

娶舶使黄公非熊之女，嘗有一子，不育。兄蒙仲以閏二月壬子祔潛仲於本生父主簿之墓。銘曰：兄掩此坎兮，永抱仲氏之悲；友書此石兮，以慰伯氏之思。

〔一〕名：原作「右」，據四庫本改。

〔二〕悟：原作「悮」，據四庫本改。

〔三〕鄉：原作「卿」，據四庫本改。

〔四〕長子：原缺「子」字，據四庫本補。

臞軒王少卿

紹定之末，上始親政，相舊學，收名士。明年改元端平，王公邁自南外睦宗院教授赴都堂審察。既至，丞相鄭公字公曰：「學官、掌故不足浼吾實之。」俄召試學士院，策以楮幣，公援據古今，考究本末，謂：「國貧楮多，弊始於兵。乾、淳初行楮，數止二千萬，時南北方休息也。開禧挑虜，增至一億四千萬矣。紹定加山東一穽〔一〕，增至二億九千萬矣。議者徒患楮窮而不懲兵禍。姑以今之尺籍校之嘉定，增至二十萬八千有奇，用寡謀之人，試直突之説，能發而不能收，能取而不能守。今無他策，核軍實，窒邊釁，救楮第一義也。」又言：「修内司營繕廣〔二〕，内帑宣索多，厚施緇黄，濫予嬪御，凡此之類未嘗裁撙，徒聞有獻括田榷鹽之議者。向使二事可行，賨、紹之相行之久矣。改絃伊始，奈何取前日所不屑行者而行之乎？」又因椿以及時事，言：「君子之類雖進而其道未行〔三〕，小人之迹雖屏而其心未服。昔章子厚言宰執舉臺諫非故事，以攻馬、呂，是小人而能爲君子之言，安知今無此言乎？司馬光改役法，蔡京爲尹，即日奉行，是小人而能迎君子之意，安知今無若人乎？范純仁以國用不足，欲復青苗，是君子而効小人之尤，其事駸駸見矣。此小人所以不心服，而君子亦不能以自恕也。」時臺端王公遂攻喬樞，或言王公主鄭而援真，又方議履畝收楮，故公之言如此。末言：「執事排闢國拓地之謀是也，而迂正心誠意之言則過矣。」發策者趙公汝談也，讀之聳然，改去「正心誠意」等字，除正字。參與文忠真公時已病，余與門人陳瑢瑞甫問疾，公曰：「實之策好，進德未已。」

公世居興化軍仙遊縣之皂洋。曾大父諱贇，大父諱汝舟〔四〕。父諱鑑，庚戌進士，終於古田主簿，贈朝散郎。母安人傅氏。少有場屋聲，以嘉泰甲子貢於鄉，嘉定丙子再貢，丁丑擢甲科第四人，爲潭州觀察推官。丁内艱。調浙西帥司幹官，所事鄒帥應龍、趙漕汝瑠、袁尹韶皆貴倨，公與亢禮不少屈，俱嚴憚之。俄考廷試，詳定官王元春欲私所親寘高等，公顯摘其謬，元春怒，嗾諫官李知孝誣公在殿廬語聲高，免官。

其教南外也，真公作牧，相從甚驩，每竭忠告以裨郡政。其召至都也，真公典舉，公爲初考，與奪升降必資焉，所取皆老於文學者。入館數月，上又相喬公，或傳舊弼某人復用，公封上曰：

「天下之相不與天下共謀之，是必冥冥之中有爲之地者。且舊弼奸憸刻薄，天下所知，復用則諸君子空於一綱矣。」又言吳知古、陳洵益撓政。踰月輪對，首言：「君不可欺天，臣不可欺君。今危機交急，所倚二相，左曰眷衰宜去，右曰謗興宜去〔五〕。昔有譏趙普者，上責以『鼎鐺有耳』。云眷衰者盍自反，曰吾何爲不能堅上眷如普乎？富弼以宦官宮妾不知名而相，宣麻之日，百僚舉笏。云謗興者盍自反，曰吾何爲不能副人望如弼乎？外若推遜，中實忌猜，互爲比周，交信譏諂，大臣倡，羣臣和，是以從橐經筵有容悅無箴儆，諫官御史言不行身不去，非欺君歟？陛下亦嘗自省惡旨酒果如禹乎？不邇聲色果如湯乎？戚里皆陰興乎？北司皆呂强乎？抑猶未也，非欺天乎？」又曰：「厚權臣而薄同氣，爲欺天之大者，宜絀謚改葬，以回天意。」公由疏遠見天子，空臆無隱，唯諾如家人語，上爲改容。言者彈公論邊事過實，鶴山魏公侍經筵，爲上言惜其去，改秩通判漳州。

詔以禋祀雷雨求言，公又封上曰：「天與寧考之怒久矣。麯蘖致疾，妖冶伐性，初秋踰旬，曠不視事，道路憂疑，此天與寧考之所以怒也。隱、刺覆絕，攸、熺尊寵，綱淪法斁〔六〕，上行下傚，京卒外兵，狂悖迭起，此天與寧考之所以怒也〔七〕。陛下不是之思，方用漢災異免三公故事，環顧在廷，莫知所付，遥相與之。臣恐與之不至，魁柄它有所屬，此世道否泰、君子小人進退之機括也。」臺官李大同言公交結真某、洪某、魏某以收虛譽，削一秩免。蔣峴劾公前疏妄論倫紀，請坐以非所宜言之罪，削二秩。久之，復官通判贛州，改福州、建康府、信州，皆不行。淳祐改紀，通判吉州。右正言江萬里袖疏榻前曰〔八〕：「王某之才可惜，不即召，將有老不及用之歎。」上曰：「當以爲文字官。」有尼之者，遂止。

知邵武軍。在郡，詔以亢旱求言，公驛奏七事，而以撤龍翔宮、立故王後爲先。時鄭公再相，以左曹郎官召，公力辭，除直秘閣廣東提舉。公歎曰：「吾老矣，安能酌貪泉、犯瘴霧乎？」再辭，改侍右郎官。未行，以諫官焦炳炎疏予祠。

先廬既燬，借居城中傳舍，處之夷然，日與諸生故人登臨樂飲〔九〕。一日送客歸，得疾，經夕猶衣冠與門人語，俄奄然而逝，淳祐戊申上巳之翌日也。訃聞，上臨朝悼惜，除司農少卿以華其終，丞相誄之甚哀。積階朝請郎，年六十五。將以明年正月十六日葬於珠嶺之原〔一〇〕。娶安人洪氏。三子：長德胙，以遺澤奏；次德星，爲伯父後；次德琄。二女，長前卒，次適從事郎、監永平監宋應起。

公本以學問詞章發身，而尤練世務。佐二幕，丞兩郡，剖決敏，書判健。易尚書袚戒潭士曰：「此君不可犯。」奪勢家冒占田數百畝以還漳民，至吉、樵，各削州倉斛面，聽民自槩，賑贍水災，樵人德之。然公學可以經世而毫芒未試，文可以華國而終老不售，胸奇腹憤一切發於窮居野處、逆旅行役之間，其抑揚頓挫，開闔變化，各有態度，不主一體。初若不抒思，徐考其機鍵密，首尾貫，音節諧，若他人嘔心肝、擢胃腎而成者，子昂、太白之流也。公素剛直，尤惡諂子，真公每曰：「實之英氣多，和氣少。」〔而〕〔面〕折權貴人不稍假借，於賢者則推下之，後學則接扶之。

開講席，持文衡，士因公成名者甚衆。交遊有過必規，或痛誚責，及其人有急難，則又汲汲營護，不遺餘力。故里中逢掖於公屬纊，弔者盡哀；返柩，送者空巷。公嘗語余：「君銘德潤皆實録，它日無忘余也。」余不敢答。前葬，德祚礱石來告，嗚呼，公言果不祥乎！夫遇不遇天也，知不知人也，昔董生作《士不遇》之賦，而虞翻有世無一人見知之恨。悲乎董生之不幸未若虞翻之不幸也〔一一〕，余於公竊有感焉。

初，端平並拜二揆，朝野知左必去，鄭公所致名勝滿朝，不能助，至有袒右者〔一二〕。公位最卑〔一三〕，獨爲天子言更化以來，却餽而貴近怨，守法而僥倖怨，汰冗而驕卒怨，籍貪而贓吏怨，皆鄭公謀身拙所致，且引唐權戚不樂宋璟，使優人爲旱魃之戲，卒罷璟相，冀以感悟上意。然鄭公迄不可留，而公先逐。方是時，公豈能前知鄭公復相於十年之後哉！及歲丁未，白麻告廷，談者皆曰耀軒升矣〔一四〕，公方且拜疏，申言鄭公有愛君子之心而無主君子之力。杭相李公論公出館，既而悔之。公評近世宰輔，至李必曰賢相。徐尚書清叟與公有違言，公晚應詔〔一五〕，謂徐有人望可用。彼知孝也，大同也，峴也，其裁量公或曰阿黨，或曰忿隘。觀其援鄭公於機穽並興之時，箴鄭公於衮繡遄歸之後，阿黨者能之乎？李、徐言公之失，公譽李、徐之美，忿隘者能之乎？公與人交終始不變，頃鄭公歸鄞十載，公雖貧，歲走一力問安否。鄭公後爲余言，朋友中可保歲寒者，實之一人爾。烏虖！公有區別賢佞之功而受阿黨之名，鄭公累公，公不累鄭也；有兩忘恩怨之意而蒙忿隘之譏，李、徐負公，公不負李、徐也。余懼天下後世有未知公之心者〔一六〕，故著其大節揭之宰上，使過廬而式、下馬而酹者有考焉。銘曰：

昔有信不見察於世兮，忠不見容於朝。血變化而爲碧兮，氣鬱勃而爲潮。悲二子之積憤兮，貫千載而未消。嗟吾友則異是兮，安一生之寂寥。曰性命之相通兮，賦予之相遼。非余命之多忤兮，余性之所招。寓雅言於善謔兮，散牢愁於長謡。悟人間之刺促兮，返物初而超摇。生不嗅腥腐兮，死寧淪於厲妖。爲靈芝於銅池兮〔一七〕，爲矞雲於璇霄。亂曰：往真、魏之倡和兮，嘗迭奏於咸韶；彼李、蔣之喧啾兮，又何以異於蟬蜩？

〔一〕加：原無，據四庫本改。
〔二〕營：原作「營營」，四庫本作「廣營」，亦不妥，兹據《宋史·王邁傳》删一「營」字。
〔三〕雖：原作「難」，據四庫本改。
〔四〕大：原作「夫」，據四庫本改。
〔五〕謗：原作「傍」，據四庫本改。
〔六〕綱：原作「網」，據四庫本改。
〔七〕怒：原作「恕」，據四庫本改。
〔八〕正言：原倒，據四庫本乙。
〔九〕日：原作「曰」，據四庫本改。

〔一〇〕珠：原缺，據四庫本補。

〔一一〕生：原作「乎」，據四庫本改。

〔一二〕祖：原作「祖」，據四庫本改。

〔一三〕卑：原作「早」，據四庫本改。

〔一四〕「者」下原有「也」字，據四庫本删。

〔一五〕詔：原作「認」，據四庫本改。

〔一六〕余：原作「今」，據宋刻本改。

〔一七〕銅：原作「洞」，據四庫本改。

張碩人

碩人諱正因，武功大夫果州團練使諱槩、令人趙氏之女，中奉大夫、南雄使君許公諱經字處常之妻，奉議郎通判漳州鎬、從政郎行在和劑局鈁〔一〕、迪功郎浙西按撫司準備差遣鍾之母〔二〕。以夫官五品封令人，子陞朝，加今封。淳祐丁未五月己未，卒於鍾官舍，年六十九。一女，適紹興府法曹李珪。孫男一人，女三人。明年七月壬申，歸祔於永嘉縣建牙鄉昭奥原使君之阡。張氏之譜曰〔三〕：天寶中丞死守睢陽，其後家焉。傳七世至靖康，樞密統兵勤王，扈從不返，惟子婦祖夫人攜四子得脱，其季遂爲杭人，團練之父也。

碩人世傳忠節，父有詩名，於箴史皆貫通。家居京轂，母生王邸，於禮節尤閑習。少有志操，許君擢丙午第，行媒矣，秀邸亦來求婚，碩人願歸儒家。事姑孝，未嘗自逸也，坐立必侍傍〔四〕，飲膳必經手。姑歿至葬，哀動路人，芝産原上。事夫敬，然不苟順也，俸入必問券旁當得與否，故其夫有廉聲。聞笞箠必顰蹙，曰痛癢均也，故其夫有遺愛。許君嘗佐荊閫，虜至，同舍欲遣其孥〔五〕，碩人曰：「如觀瞻何〔六〕？」衆愧而止。未三十即厭世味，脩禪觀，嘗有聞於清道者、濟書記。暮年數偈融悟透徹，解外膠，見本性，非但世俗人不能道，雖大浮屠、老居士未必能也。常自言「吾死必於父母之邦」〔七〕，又曰「它日眩暈則行」，既而皆然。

三子記碩人言行，千里謁銘，其詞甚哀。追念昔仕豫章，並游英俊使君其一也，視余如兄弟，碩人視山婦如妯娌。每詣使君，户外常有客履，室中略無食器聲，須臾罇俎肴核不戒而具。户庭肅然，鎬方垂髫，已執禮劬書，余以是知碩人之有家法也。余晚逐於朝，交遊皆散，獨鍾載酒追餞；余由閩道過建〔八〕，鎬宰甌寧，亦迂道出城相勞苦，不曰逐客而曰父執。余以是知碩人之有母道也。銘曰：

危不避地，家之所傳。死不怛化，衆以爲禪。豈曰禪哉，儒書則然。女子所立，學者愧焉。其人甚賢，其世必蕃。

〔一〕鈁：原作「訪」，據四庫本改。
〔二〕迪：原作「得」，據四庫本改。
〔三〕譜：原作「講」，據四庫本改。
〔四〕侍：原作「待」，據宋刻本改。
〔五〕拏：原作「拏」，據四庫本改。
〔六〕如：原作「知」，據四庫本改。
〔七〕自：原作「曰」，據四庫本改。
〔八〕間：原作「問」，據四庫本改。

後村先生大全集卷之一百五十三

墓誌銘

魏國

太夫人林氏，世家莆田，唐孝子攢之後，里人號所居曰孝友之家，亦曰義門。曾大父選，大中大夫。大父孝澤，直秘閣、福建轉運副使。父窠，台州教授。母陳氏。

太夫人少孤，與伯姊博誦圖史，尤熟班、馬二書，於忠臣孝子、貞女烈婦言行琅琅成誦。季父吏部公枬嘗曰：「使二女爲男子，吾兄之後其可量乎！」既笄，吏部公以歸於我先君。夫家苦貧，族居共爨，諸叔未婚，兩姑未行，太夫人以齎裝助伏臘婚嫁，雖乏絶無戚容。及先君列侍從，有禄賜，太夫人亦無喜色，盡束儒書，專閱内典。先君疾病，與太夫人訣曰：「尚平之緣未畢，以是累君。」太夫人深悲其言，拊之慈，誨之嚴，男傳家學，女嫁士人。太夫人遂掃一室，終日静坐，得至言妙義於經卷之外，佛者囊山洪、鼓山明、黄山賢皆聞而贊歎。然未嘗遺事也，族有冠婚喪祭，每致其厚；未嘗絶物也，人無親疎長少，壹接以恩〔一〕。其心欲津筏衆生皆成佛，一衆生未成佛不止也；卵翼諸子孫皆成人，一子孫未成人不忘也。食惟菜茹，衣惟練練，器帷陶漆，足不出户者數十寒暑，幽潔如隱君子，剛介如烈丈夫，警悟如老禪客，其精專則苦行比丘不及也。

太夫人及先君時封宜人，嘉定甲申，以子陞朝進太碩人，紹定辛卯進太淑人，癸巳封宜春郡太夫人，端平丙申進文安郡，嘉熙己亥封崇國太夫人，淳祐壬寅進福國，乙巳進魏國。戊申當進齊國，不及拜。遇明禋十，慶壽一，啓湯沐郡國者六，魚軒鸞誥，寵光赫奕。太夫人以太盛爲憂，謙挹滋甚。年齡雖高，禀賦素實，服食惡補助，喜疏利。晚嗜建茗、冰糖。得痹下疾，既止復作，薨於寢，年八十有八，淳祐八年十月己卯日也。子男四人：克莊，朝議大夫、秘閣修撰、福建提刑；克遜，故朝散大夫、直秘閣、主管崇禧觀；克剛，朝奉郎、福建安撫司參議官；克永，業進士。女三人，適方濯、方君采、方孺鐵。濯登第爲廣州觀察推官〔二〕，君采貢於鄉，孺鐵前卒。孫男八人〔三〕：强甫，迪功郎、前晉江主簿；偉甫、埜、明甫、桂、興甫、山甫。偉甫未銓注夭，明甫登仕郎，興甫將仕郎。孫女四人，適承務郎監泉州舶務丁南叟〔四〕、將仕郎陳琰，二在室。曾孫男女各三人。

初，先君歿。克莊甫初筮，二季未仕〔五〕，先緒如綫。太夫人歲晚及見克莊擢少蓬，侍經幄，兼詞掖，二季亦宦達〔六〕，麾節盈門，泊如也。獨聞克莊蒙天子賜第則大喜，日加一餐。不幸克遜病卒，悲戚過甚，眠食寖減，而克莊去國，歸率子弟左右寬釋。及明年除知漳州，又明年除玉牒少卿，皆以親養力辭。朝家察太夫人耋耄，不可遠適，畀鄉節焉。晝繡之榮一瞬，風木之悲千古，天乎痛哉！其年十有二月甲申，合祔於城南先君之墓。於是先君葬三紀矣，追啓壙户，封甃如新。烏虖，天之報善人者，儻在兹乎！太夫人平生不喜矜耀〔七〕，乞銘非先志也，前輩有自表瀧岡之阡者，不肖孤不惟不文亦不敢，姑書歲月於坎，以俟秉彤管者采焉。

〔一〕恩：原作「思」，據翁校本改。
〔二〕濯：原作「擢」，據翁校本改。
〔三〕八人：按此下所列僅七人，考本集卷一六〇《六二弟墓誌銘》，稱「男一人，祐老」，則此處脱「祐老」二字。
〔四〕南：原作「酉」，據翁校本改。
〔五〕季：原作「季季」，據翁校本删。
〔六〕宦：原作「官」，據翁校本改。
〔七〕喜：原作「勝」，據翁校本改。

工部弟

嘉熙改元，予蒙恩守袁。道樵，無競弟作牧，對榻郡齋累夕，語輒達旦。相與嘆曰：「仕所以養親，太夫人薄榮利，安輿跬步，不去鄉井，吾兄弟惟有早退爾。」予至袁未久，坐前論事狂妄斥歸，而無競被召過家，徘徊親膝。太夫人迫造朝，甫至即求外補。諸公勉留曰：「小需爲郎矣。」答曰：「某思親不可忍。」得待次潮州以歸。至潮，避當路嫌，改汀州。未上，除福建提舶，兼泉州，擢知泉州。廟堂以無競仕鄰境，近親闈，起予江東提刑。歲中乞歸養至四五，聞無競亦請祠。後予被召，屢言念母不能行，既對又言立朝不能久，皆不報。於是無競書來，首末自札僅數行，中間累千百言，令輿甫代作，曰：「某自夏涉秋苦胸腹堅痞，醫不能治。身若此，如千萬户何！不去必死官下。」詞甚悲哀。亟白於朝，諸公曰：「是欲脱凋郡者，豈必真病？」余流涕曰：「弟他日未嘗如是，非僞也。」改知袁州，不候代歸。及升堂拜太夫人，疾稍愈。袁復縮戍，無競書又來曰：「久羸未任勞苦，願少休息。」朝論諒其情實，除直秘閣、主管崇禧觀。命下疾革，淳祐丙午臘月乙巳卒於寢，年五十八。卒之三日，余以罪去國，入門遂不及見。烏虖，甘榮宦之味〔一〕，寒早退之盟，既無以振先君子奕世之緒，徒以遺太夫人高年之悲，無競之恨闔棺而未平，余之愧終身而不可湔矣！

無競名克遜，以父任補承務郎，外歷海口鎮、沙縣丞、古田令、僉書鎮南軍幕府、江西安撫司幹官、通判臨安府、知邵武軍、潮州、閩舶、知泉州，内監六部門、太府寺丞、工部郎官，積階至朝散大夫。海口課額高，無競未嘗坐税亭，捕客貨，終日與賓朋賦詠〔二〕，而輸郡送使無闕。或疑其有智巧，久之乃知以監官所得綱例錢鉅萬代輸，遂有清譽。古田歲荒盜起，無競勸分設備，活人勦寇。臺閫以聞，詔增二秩〔三〕。從辟江西〔四〕，事無小大〔五〕，聞必告，過必規。秤提令行，奴有訐主窖鏹者，無競争曰不可以訓。在樵摩拊凋殘，發擿姦伏，威愛並行。下瞿劇盜前殺縣令劉純，軼去，至是就誅，乃興教化以洗汚俗。在潮知鋌頭錢之害，始銀價平，每丁賦錢五百，後銀貴，加至四倍。無競下教蠲之，曰：「即因此乏絶，守得罪不敢恨。」潮人德之。涖琛臺以清，禁官吏强買，明諭賈胡以寬征意，風檣鱗集，舶計驟增。治温陵以嚴，稍繩束豪右而扶植善良，未嘗徇勢，任理而已，不善生財，啬用而已，田里益安静，軍府稍殷實，而無競病矣。

無競精敏而博記，秀美而工文。未冠入太學，課試有聲。既仕，諸老交薦。再登朝，僅平遷，復不值對班，言議風旨曾不槩見〔六〕。然出守三郡皆賜對而行，豫言兵不可開，虜不可挑，以箴端平之失。上曰：「已令收斂。」後六年，復言：「視襄如墮甑，棄蜀如弁髦，此退縮而非收斂也。」以諷嘉熙之用事者。在外府，一日除某人爲少卿，無競怫然語其僚曰：「安能與乳臭紈袴子比肩乎！」遂決去，事見於臺臣論某人之疏。初，丞相鄭公同舍也，李公、喬公同朝也，范公先友也，游公知己也，更迭當國，皆惓惓於無競。然或致之而不能留，或留之而不能久，或終於去位而不能致。非特無競委分賤速化、持論耻詭隨，徐徐而來，汲汲而去，亦太夫人之慈、無競之孝自始至終有不容相釋者。且死，猶以不克終養爲大欠闕〔七〕，嗚呼悲夫！

無競之卒，家人慮驚動太夫人，不敢白。於歸〔八〕，始率叔季及女兄弟、諸子孫曉夕寬譬，如是者年餘。然察太夫人茵席間嘗有淚，言笑頃未嘗不忽然顰蹙也。無競性高潔，掃地焚香，户庭寂然〔九〕。惟嗜法書名畫、奇硯古物〔一〇〕，不吝高價，愛玩至忘寢食。坐是清貧，常窘調度。歲晚稍有禄賜，平逋負而無一日之享。尤工詩，爲水心葉公、南塘趙公所稱。有《西墅集》若干卷。娶宜人方氏。子二人：偉甫，將仕郎〔一一〕，風度玉立，入京銓注，以疾客死，無競鍾愛，以至於病；興甫，將仕郎〔一二〕。孫男在，將仕郎。女一人，適承務郎、新監泉州市舶務丁南叟〔一三〕。孫女一人。淳祐丁未臘月壬午，葬於興化軍莆田縣西山之麓。無競劉氏，先君少師之仲子，母魏國林夫人，其世系詳於先君之誌，不復出云。銘曰：

叔洵美兮服衆芳，明月佩兮雲錦裳。調六轡兮馳康莊，誰脱子輻兮敗子箱。進不欺君兮迹疏而言切，死未忘親兮命短而情長。曩朱輪之聯翩，瞻白雲而徬徨。慨將母之阻修，思乞身而徜徉。蓋知命之有約，涉耳順而未償。嗟世故之可畏，匪人謀之預量。憶塤篪之迭吹，痛人琴之俱亡。曷不使之循孝子之南陔，守先人之東岡！與靈照兮聽夜深之話，同阿奴兮舉冬至之觴。將慟哭而收聲，勿重擾乎高堂。

〔一〕宦：原作「官」，據翁校本改。
〔二〕賦：原作「理」，據翁校本改。
〔三〕秩：原作「秋」，據翁校本改。
〔四〕辟：原作「群」，據翁校本改。

〔五〕無：原作「無無」，據翁校本刪。
〔六〕旨：原作「昔」，據翁校本改。
〔七〕養：原作「爲」，據翁校本改。
〔八〕於：似當作「余」或「予」。
〔九〕寂：原作「叔」，據翁校本改。
〔一〇〕畫：原作「盡」，據翁校本改。
〔一一〕仕：原作「士」，據翁校本改。
〔一二〕將：原作「博」，據翁校本改。
〔一三〕務：原作「勢」，據翁校本改。

古田弟

孟容劉氏，名宬，乾道太史公諱某之孫，習静先生諱某之子，母徐孺人。由鄉賦擢丙戌進士，監慶元府苗米倉、羅源令、坑冶司檢踏官、青田令、湯鎮催煎官。用考舉改宣化郎、知古田縣，道聞習静訃，徒跣馳歸，哀毁過甚，不數月亦卒，淳祐丁未孟春戊申也，年五十三。娶林，繼謝。子男四人：性甫，德甫，二幼。葬於城北之芳林，與習静同山而異隴，戊申三月庚戌也。

孟容才高，人鄞幕，是是而非非，不以擬筆一字假借人，有能名，亦以此媒怨。治青田，豪强斂迹，貧弱吐氣。邑素無積貯，孟容因水災請臺郡，得没官田三百斛，立平糶倉。清苦三年，上下信伏，惟嚚訟不勝者騰口撼摇，猶在鄞也。然鄞之寓貴後爲畿漕，追仇孟容，文致逞憾；青田之寓貴方在禁近，反因此知孟容〔一〕，辟舉交上。人謂非孟容老少之異，亦二貴賢否之分焉〔二〕。余觀同時一叢輩詞學與孟容比肩，皆已拔卑冗，致顯榮，智慧在孟容下風者，往往亦秉機要，據事任，獨孟容齟齬難合。又觀士之與時枘鑿者，或以迂疎，或以高亢，孟容筆精墨妙，爲人所愛，表和裏剛，與物無忤，而又仕賤力微〔三〕，所抑揚與奪不過民間瑣瑣雞蟲得失爾，而人情已有不能堪者。設孟容稍用於時，有大建明、大矯拂，未知世論又何以處孟容哉。噫，使士大夫人人以公論克私意〔四〕，爲當世惜人材，前之憎孟容者必愛之矣〔五〕，毁孟容者必譽之矣。世未嘗無若人，而孟容所遭乃或不然，所謂命耶！初，習静高蹈丘園〔六〕，行誼修潔，年八十餘堅悍未衰〔七〕，及見孟容通籍。人謂將安車以迎，列鼎以養也，而靈椿丹桂，奄忽凋隕，所謂天道果安在耶！

孟容於書口誦手抄〔八〕，靡不該綜。未嘗欲以文章蓋人，偶然游戲翰墨，字在紙上皆絢爛有光怪〔九〕。用筆得《禊帖》意，身後餘手澤書若干種。嗚呼，天禍吾家也夫！前哭孟傳，後哭無競，今又哭孟容也。劉氏自二大父迭中進士魁亞，先君群從六人策名者三〔一〇〕，余曁從十有四人，策名者亦三，居垔最先，志學繼之，孟容殿焉。今踰二紀，未有繼者。余潦倒無成，歲晚召對，天子哀其志氣頽挫，文采衰落，親洒奎畫，賜以科第，其有愧於家世多矣。

昔斛律金覲子孫會射，泣曰：「二子用弓不及我，諸孫又不及父，世衰矣。」夫以弧矢卜盛衰，將家也；以科目驗隆替，儒家也。若淡墨黃甲減於前人，齋郎太祝多於進士，竊意吾祖吾父幽冥之中喟然發斛律公之嘆矣。余誌孟容，所以自警，亦以警吾宗之少雋者。性甫、德甫善繼父志，其以余語勉二幼焉。銘曰：

余聞古人〔一〕，英才是育，髦士是烝。其後反是，烝不必髦，育不必英。世固有之，如泥孝廉，伏獵貳卿。嗚呼孟容，彼所獲者，膜外之榮；彼臭腐矣，余所傳者，身後之名。嗚呼孟容，安歸爾宮，諦受余銘。

〔一〕反：原作「及」，據翁校本改。

〔二〕焉：原作「爲」，據翁校本改。

〔三〕賤：原作「殘」，據翁校本改。

〔四〕人人：原脱一「人」字，據翁校本補。

〔五〕憎：原作「增」，據翁校本改。

〔六〕蹈：原作「踏」，據翁校本改。

〔七〕衰：原作「裏」，據翁校本改。

〔八〕口：原作「曰」，據文意改。

〔九〕怪：原作「惟」，據翁校本改。
〔一〇〕名：原作「命」，據翁校本改。
〔一一〕古：原作「右」，據翁校本改。

陳魯山

魯山少有能賦聲，里中爭傳寫。他士惟工頭場，獨魯山學通倫類，尤長策論。然小試常得雋，大比輒遺材。魯山齒髮方壯，不自沮挫，衆中談論，酒邊感慨，掀髯搖足，若傍無人，顧屑與余游。嘗與鄭子敬、方孚若山行過魯山所居上溪石竹峰下，魯山年四十餘矣，刲羊沽酒止余宿〔一〕，慨然曰：「場屋雖吾棄，幸山林不吾拒。子謂吾結茅深谷，寂寂不堪乎？吾桉有圖書〔二〕，足以授徒，不孤也；園收芋栗足以充饑〔三〕，不窮也。」後三十年余亦歸老，魯山入城必相覓，其談論感慨、掀髯搖足與昔無以異，然顏鬢蒼皤，成一叟矣。魯山終其身不售，而上溪之居愈華，畲愈增，生徒愈盛。與魯山同輩行策名歷仕者，或先夭，或終窶，老壽温飽反不逮魯山〔四〕。蓋其爲人雖苦學工文字〔五〕，至於奮拳成家，亦自以智力，非迂闊坐談者所能致也。淳祐戊申四月庚辰卒於家，年七十二。配王氏，前卒，葬白虹山。明年九月壬辰，以魯山合祔。子男一人，得濟。女二人，長適黄泳之，次適黄裕孫。孫男二人。

興化陳氏以員外公諱德爲始祖，至魯山之考諱師垣，傳十二世矣。其族多膴仕，魯山之友若諸山多聞人〔六〕，魯山内自負有以自樂，未嘗傍人門户。晚遇恩授初品，不足爲魯山書，述其大致而已。魯山諱彌高。銘曰：

惟古昔之交誼，貫窮達而與偕。已致身於雲霄，尚回首於蒿萊。嗟魯山之終隱，實清朝之遺材。惜山深而林密，莫綆汲而轂推。余又退而老矣，奚所施余力哉。托亡友於片石，昭故人之餘哀。

〔一〕封：原作「到」，據翁校本改。
〔二〕梭：原作「按」，據翁校本改。
〔三〕收：原作「牧」，據翁校本改。
〔四〕逮：原作「建」，據翁校本改。
〔五〕苦：原作「若」，據翁校本改。
〔六〕聞：原作「開」，據翁校本改。

方安人

安人，大理少卿方公銓、碩人陳氏之女，太府寺丞劉公煇叔之配。少卿四子三女，安人最幼而鍾愛。既嫁，事皇舅登八座，臨方面，能以禮敬嬪大門，族戚稱其孝。從寺丞宰凋邑〔一〕，牧危郡，能以廉慈相君子，内外知其賢。庚寅禋霈封孺人，辛卯慶典進安人。寺丞方嚮用，不幸歿端平初。安人高潔自守，子婚宦、女擇配〔二〕，恩意如一，無嫡庶之異。夫宅兆、族祭享，豐儉隨宜，得禮制之中。次女前夭，安人葬之冢傍。其介於持身，勤於葺家，嚴於教子，烈丈夫不若也。淳祐己酉某月日卒〔三〕，年五十七。二子：文虎，迪功郎、汀州司理參軍；文豹。二女，長適將仕郎方楷，安人季兄煥章公淙子也〔四〕；次適承務郎方演孫，實學公大琮子也。孫男二人，女一人。以其年十月辛酉合祔於常泰里龍山原寺丞公之阡。

少卿余父執，寺丞余族兄，故文虎來徵余銘。嗚呼，寺丞如圭如璋，而不薦於清廟也夫！安人如山如河，而不宜於象服也夫！銘曰：

男子可書，或甚奇偉，女婦不過，内則而已。劉向、班昭，絶筆久矣，誰録兹銘，以續彤史。

〔一〕寺：原作「事」，據翁校本改。
〔二〕宦：原作「官」，據翁校本改。
〔三〕「某」下原有「年」字，按前即云「淳祐己酉」，其下不應再稱「某年」，故刪。
〔四〕子也：原倒，據翁校本乙。

林公輔

林氏自貞元孝子至今，傳數百年，爲莆名閥。君名友仁，字公輔，秘閣公諱孝澤之曾孫，徽猷公枅之孫，惠州理掾應之之子，母蘇氏。幼機警，口誦手抄，自鞭尤力。既而同學而往往去策名，獨君無成。二祖以清介聞天下，理掾至無卓錐地，君奮拳幹蠱，造華屋，拓新畬，人皆服君能幹無爲有，而不知君分銖積累而然。

爲人長智慮，審籌策，不但善其身、成其家而已。姻族急難，或即君而謀者，君亦爲之盡力。舍後花木分行，列亭榭，合位置。風月佳時，命羣從友朋觴詠其間。飲酣，君輒横篴，拊《漁陽摑》，崽峨起舞。平居會計若甚纖悉，及意所賞好則又揮金如糞土，有貴公子豪邁之風，無窮書生寒窶之態焉。里中雋士，必隆禮腆幣延致家塾〔一〕。子先桂未冠歌鹿鳴於鄉，君頗慰意。淳祐戊申，年六十五矣，病首瘍，以八月朔卒。娶方氏，繼陳氏。一男，先桂也。三女，長適郭嚴，次許嫁薛氏，季尚幼。明年十一月丁酉，與方氏合祔於北山之西原。君本生父諱尚之，理掾弟也。予姑，君本生母也。銘曰：

昔人於履屐占將略焉，於宰肉觀相業焉。以君之才，無他迴旋，而僅施於宗族鄉黨之間。嗚呼，可悲也夫！可悲也夫！

〔一〕幣：原作「弊」，據翁校本改。

武義劉丞

君諱光叔，字景實，贈奉議郎汝霖之曾孫，贈金紫光禄大夫、吳郡通守洵直之孫，隱君果之仲子。少與兄南叔齊名。兄以聲律魁太學，擢進士，調貴池簿，早卒。君兩拔冑解，而見遺於春官，用累舉恩注興寧簿，改大庾簿。舉關陞者三人，再轉爲武義丞。上官交薦，君宦情已闌〔一〕，一日大書廳壁曰：拙，一宜去；老，二宜去。不俟書印曆而行。既歸，掃一室静坐，雖鄰不覿，如是累年，以終其身。

君家金紫，南宫前列，尚書以甲科繼之，秘監、貴池又繼之。當二叔父貴盛，君持身接物謙謹特甚〔二〕。治生不以智巧，儉而已，故於閭里無怨。羣居嘿然，無所論質，忽發一語，衆皆厭伏。

世情於得路者趨附，失勢者簡忽，君獨淡然不變，故於交游耐久。義方尤嚴，每棘闈開，旗鈴及門則喜，否則寢食不怡，故諸子皆力於學。文遠貢於漕，文英貢於鄉，文奎補國子生。淳祐庚戌三月得上氣疾，四月甲辰卒於寢，年六十八。娶林氏，吏部公枅之孫女，先君二十年卒，葬大平山。十二月庚申，以君合祔。子五人：端叔，從事郎、循州理掾，後秘監；次文逵；次文英，後貴池；次文奎、文彬。女三人，長適連山尉林大鼎，次適國子進士方實孫，次爲比丘尼。君内行素履應書法。在武義筋力殊未衰而倦游，忽動蓴鱸之念，徑去不待鍾漏之迫，其見之卓、志之高，固係累寵禄不能決裂者之所愧也。烏虖全矣！前葬，從弟朝奉大夫燧叔狀君之行來徵銘。君長余四歲，大夫長余三歲，皆兄也。銘曰：

其訥也賢於人之辨也，其晦也賢於人之衒也〔三〕，其卑也賢於人之顯也〔四〕，身之嗇宜其後之衍也。

〔一〕宦：原作「官」，據翁校本改。
〔二〕特：原作「持」，據翁校本改。
〔三〕衒：原作「衔」，據翁校本改。
〔四〕於：原無，據翁校本補。

方氏子

方氏子名必敏，年二十一矣，從鄉先生學。學臨官河，暇日凭欄，歲深欄腐，忽覆而溺，適潮至水深，旁無援者，死焉。乃翁以書來曰：「吾子年雖少，然於事極練。學與文雖未就，然先儒意脉，前作機鍵，心通神悟。有過父責之〔一〕，受而不拒也；處約心安之，樂而不愠也。吾夫婦於諸兒中尤憐之。悲乎！死命也，溺死非命也，吾之痛終吾身而未平矣。」又曰：「孰能紓吾哀者〔二〕，其後村翁乎！」走長鬚求埋辭。余言之曰：亦命也。

必敏死以淳祐庚戌臘月甲午，葬以其月庚申。曾大父昣，承事郎。大父巖起，文林郎。父遇，字時父，余外弟也。母黄氏。其葬在大父墓側。銘曰：

衍蹈海兮原沉湘，身放逐兮心憂傷，求而得兮非降殃。嗟之子兮方盛强，翁媪愛之兮置膝傍，下從彭咸兮理不可詳。吾聞古不弔厭溺兮，豈不以其馮河而垂堂。况乃翁兮吟鬢霜，曷不遠師季札兮而自儕乎卜商。兒探環而往往兮，翁安能建鼓而求亡。

〔一〕責：原作「貴」，據翁校本改。
〔二〕哀：原作「衷」，據翁校本改。

徐處士

唐末莆人徐先輩寅以律賦魁天下，與吳融齊名。過汴，朱温怒賦語觸諱〔一〕，俾易之，謝曰：「官可奪，賦不可改。」拂衣徑去，隱於壽溪故居。當牙郎賣國、六臣奉璽之際，挺節不污，終身稱唐進士。傳十世至處士，溪上有先人田廬。處士用志專苦，少負雋聲，人曰是必蚤達；既而頓挫場屋，栖遲衡泌，又曰是必不堪。久之，舍後木老，户外草深，同學兒或去爲貴人，處士掩關讀書〔二〕，自若也。飯蔬飲水，有陋巷之樂焉；行吟坐釣，無華軒之羡焉。嘗侍親疾，因悟藥性，鄉鄰有病，處方輒愈〔三〕。其行修於家信於里〔四〕。

紹定戊子三月某日卒，年六十二。淳祐丁未十二月某日，葬於豐城里大帽山之原。配鄭氏，後十九年卒，至是合窆。二子：端衡，貢於鄉；次宜書。一女，適方好謙。二孫，曰翀曰麟。宜書、好謙皆已卒。

余晚營把茅，在處士所居之側，端衡吾鄰也，來請銘。處士諱士明，字子潛。曾祖安禮，祖測，父廷秀，皆隱約不仕。銘曰：

尚平臺終，古之逸遺。傳無可書，惟簡故奇。多百餘字，少或半之。余銘處士，稍已費辭。後之覽者，有感於斯。

〔一〕觸：原作「傷」，據翁校本改。
〔二〕闕：原作「闢」，據翁校本改。
〔三〕方：原作「力」，據翁校本改。
〔四〕於：原作「千」，據翁校本改。

劉贛州

淳祐庚戌二月壬寅，故贛州牧奉常劉公葬於晉江縣養能里之莊山。前期，二孤縝、繹使來徵銘，屬余哀疢倚廬，羸瘠伏枕，諾之踰年，猶不克爲。余免喪，縝黲服徒步，越境訪予，泣曰：「日月逝矣，必得銘乃歸。」余爲感動。按公諱用行，字聖與。七世祖昌言，掌陳洪進牋奏，首説洪進奉圖籍上職方氏。中太平興國進士第，熙陵有「忠孝奇士」之褒，擢至副樞，事見於《國史》。傳世至海陽令渤，公曾祖也。隱君叔熙，祖也。贈中奉大夫光，考也。母令人曾氏。

公少苦學，雋聲擅鄉校；長客游，文價重京師。當世名流，鮮不交際，貴公延致，擇而後就〔一〕。嘉定戊辰，羣試春官，文忠真公得公對策，謂異日能立殿陛、争是非者。既唱第，歷揚子尉、零陵令、江西漕司幹官，改秩知巴陵縣、通判道州、知桂陽軍，入爲太常寺主簿，出知安慶府。以風聞去，起知真州，不拜。知潮州，除江西提刑、廣東提舉鹽舶，皆不果行。需次袁州，改贛州。以淳祐己酉二月十一日卒於郡治，年八十二。積階至中奉大夫、莆田縣開國男。配令人蔣氏，先公二十七年卒。子縝，文林郎、都大坑冶鑄錢司準備差遣；繹，迪功郎、建寧府司法參軍。女適國子進士趙崇峴。孫男二人：淵珠，將仕郎；次尚幼。孫女一人。

公以儒家起，尤練世務，不爲空言。揚子兵饉之餘，郡委賑荒，暴露者有栖止，餓羸者予粥藥，全活甚衆。盜發境内輒獲，上官欲爲論功〔二〕，辭而止〔三〕。零陵邑小民貧，有老嫗逋畸租數百錢，州符點追。公惻然曰：「彼必斃！」固留之。守怒，黥縣吏，公不爲動。創興縣學，教養有所，薦送有贐。楚俗機寇〔四〕，公捕治其妖妄甚、結集多者〔五〕。先是，縣僚添給，州予其半，縣鑿空補足之，公以節縮餘力給佐官，自無所取。垂去，始仍其舊，曰吾食指少，來者不必皆然。其佐漕幕繼文清李公之後，與鐵庵方公〔六〕、意一徐公爲僚〔七〕，志合道同，一路蒙賴。巴陵女巫怙掖庭勢占孤兒田，公奪田歸之。清獻崔公召歸，道境上，公旅謁。崔公曰：「昔尹零陵者，君耶？」因訪以出處，決策南還。鶴山魏公貶靖州，阻風洞庭，守貳勑僚屬輒往見者、津吏容艤泊者坐之〔八〕。公駕葉舟求見，劇談至夕，明日復往。守怒，欲發其事，公曰：「願襆被以俟。」守愧而止。積例卷所入代輸夏税全料而去。春陵大歉，冬已難食，守慮救荒難繼，公曰：「民命在晷刻，可待來年乎！」乃輟綱運、發義倉以倡，守竭力和之，勸分懇惻，人皆樂從。帥司敷糴釀米，公故不行，幕府訶責，執之愈堅。帥余公嶸語其僚曰：「斯人始至，遺余書有規無頌，心固異之矣。」因屈公佐幕，治法征謀，咨而後行。桂陽蠻犯省地，郡裨將死之，軍校斃者十有七人，巡尉兵、義丁往又失利，密劄調飛虎討捕。帥檄公監軍，力辭，單車馳至賊砦十里許，遂下令班師，遣騎持文榜，許以自新。賊感泣，撤柵遁去。余公檄公攝郡，有旨就畀左符。溪洞環郡者百有六所，蠻傜負固，隅總喜功〔九〕，釁隙易開。公威克愛，寬濟猛，繇是安静。省科役，崇禮遜，熟蠻多遣子弟來學。端平改紀，真、魏交薦，擢寘頌臺，向用矣。適安慶調守，上諭丞相擇廉吏，相曰：「真某、魏某諸臣皆稱劉某廉〔一〇〕。」即日臨遣。陛辭，極論邊事，謂：「以戰爲戰，不若以守爲戰，守固則戰克；以和爲和，不若以戰爲和，戰勝則和堅。」至郡數日，方議繕城池，蒐卒乘，遽報罷。公登時解印，返供帳，却兵隸，募夫肩輿以行。

潮陽命下，喜曰：「吾久去桑梓，此行可過家上冢矣。」南州吏民貪濁鄙野者，皆繩以禮法。貴家攘瀕海民田，民護田，屢相讐殺，公罪貴家〔一一〕，其争遂熄。郡以鰐溪爲固而無城，鹽寇由循、梅杭一葦可至〔一二〕，公伐石包甃，綿亘數里。試闈並於南城，前守遷之北隅，以舊址給豪民，累舉無擢第者。至公返侵地，復舊觀，由是相踵策名。韓祠昔以顛師配，公别爲顛師作留衣庵。提刑矣所以助邊爲名〔一三〕，招徠告訐，誅求贓罰，一路騷動。聞潮民殷實，每啖其舌，盛夏馳數卒，一牒逮七十八人〔一四〕。公坐黄堂，被逮者纍纍泣愬。公蹙然，命掩卒槖，贓賄狼籍，且得其鉗杻暴虐之具，因卒於獄，盡縱牒内人，而抗章自劾，祈削秩罷〔一五〕。言者以體統論公。文清公時在宥府，書來曰：「公不忍民之無辜，寧以身當之，壯矣。」既當軸，起公使江西。有尼之者，家食十年。或言韃將由雲南斡腹，上謀廣西監司，右史黃公自然薦公，宰執以公閩人，道遠不可卒至，俾使廣東。言者疑大臣私公，不知用黃公薦也。章貢之役，三上章告老，不獲請，乃行。年事雖高，聽決强敏〔一六〕，發吏姦，討軍實〔一七〕，雖精悍少年不及，郡人以爲有楊公長孺之風。蠲十縣米三萬七千有奇、錢十五萬二千有奇，釋繫囚二百二十二人，乞住和糴，罷貢布，皆報可。學宮丁祭，衝冒風露，得上氣疾。詰旦有事於濂溪書院，行鄉飲禮，竣事賦詩，經夕猶治事。納謁已，力命浴更衣，憑几榻上，拱手而逝。

公長身美髯，望之山立，即之春温。與人交有情誼，終始不變。涖官無疾聲遽色，至臨事則剛勁自守，必達其志。爲郡清苦，惜公使錢甚於私帑，不以厨傳苞篚悦人。客見公服用樸素，皆起敬。常曰：俸外令甲所不載者，贓也。仕久而資薄，門無輿皁，室無姬妾，短檠蠹簡〔一八〕，夜分乃寢。金壇薄有田廬，蓋令人奩資。晚歸故里，即樞密宅基營小築，後忠孝奇士坊表。賓至側屣，以商搉古今、評論文字爲樂〔一九〕。義方尤嚴，縝以宦業著〔二〇〕，考舉如令〔二一〕，繹以孝謹聞。閩俗喪車不返舍，二孤獨奉公柩歸殯正寢，禮也。公幼苦貧，挈孤身去鄉國，年踰四十決科〔二二〕，始壻於蔣公。余識公未昏宦時〔二三〕，不聞其有家也。既宦達，乃有自言爲公子者，不樂公者從而實之。公立身有本末，無瑕疵，前解桐鄉之麾，後失江右、嶠東之節，言者專以此藉口。嗟乎！非子也，有不必論；果子也，棄之寒冰，逐之中野，起敬起孝，睽者可合；苟爲不然，合者睽矣。子懼不孝，無懼不得立，天下之順理也；不可解於心，無所逃於天地，先民之格言也。古者君臣獄父可訟乎！然公爲厚不爲薄，晚白於朝，命爲從弟孝卿之後，割田畀之，恩義兩得矣。公博覽强記，多所貫通，名章警語，傳者膾炙。有《北山漫游集》十卷〔二四〕。銘曰：

宜給諫兮曷不居雨露之司，宜顧問兮曷不陪旃厦之咨，宜潤色兮曷不鼓雷風之詞！載五車與萬卷兮，僅兩轎而一麾。若耆龐之有待，卒蟠屈而莫施。嗟一丘之蓬藋，翳九尺之鬚眉。亂曰：精爽兮如存，靈明兮不虧。公已乘剛風顥氣而去兮，余何爲而致荒煙野草之悲。

〔一〕揮：原作「澤」，據翁校本改。

〔二〕欲爲：原倒，據翁校本乙。

〔三〕止：原作「上」，據翁校本改。

〔四〕機：疑當作「璣」。

〔五〕甚：原作「某」，據翁校本改。

〔六〕公：原作「叔」，據翁校本改。

〔七〕公：原作「者」，據翁校本改。

〔八〕艤：原作「蟻」，據翁校本改。

〔九〕總：原作「驄」，據翁校本改。

〔一〇〕真：原作「貞」，據翁校本改。

〔一一〕貴：原作「責」，據翁校本改。
〔一二〕鹽：原作「監」，據文意改。
〔一三〕「矣所」二字疑誤，似當爲姓名。
〔一四〕逮：原作「建」，據翁校本改。下同。
〔一五〕祈：原作「旂」，據翁校本改。
〔一六〕敏：原作「斂」，據翁校本改。
〔一七〕實：原作「寶」，據翁校本改。
〔一八〕蠹：原作「橐」，據翁校本改。
〔一九〕推：原作「確」，據翁校本改。
〔二〇〕著：原作「着」，據翁校本改。
〔二一〕令：原作「今」，據翁校本改。
〔二二〕十：原作「子」，據翁校本改。
〔二三〕宦：原作「官」，據翁校本改。下句同。
〔二四〕漫：原作「謾」，據翁校本改。

後村先生大全集卷之一百五十四

墓誌銘

阮安人

始余執親喪既禫矣，王君仲初墨衰越邑踵門而來，曰「吾母待君銘而葬」，詞極悲苦。余謝曰：「君請勤矣，如余哀未釋何，少需即吉爲之。」既而仲初過傍郡，余造朝，數走僕責前諾，詞益悲苦，余不獲以老誖辭。按王、阮，温、福舊族也〔一〕，世姻也。王居長溪，阮居平陽。安人迪功郎延年之孫女，承奉郎世全之配，迪功郎、前擬差荆湖北路制置大使司準備差遣復之母。復，仲初也。

安人幼知孝敬，涉圖史。始嫁，夫家窶，承奉公又傾貲助叔婚學，聘師教子之費尤厚，不足則取諸奩粧，安人不少靳。仲初少遊四方，誨以擇交，故仲初多聞諸前輩之言〔二〕；又勉以行好事，做好人，故仲初早有朋友之譽。仲初未仕，客羅浮郡齋，積敳學金航粟飽親〔三〕。至邑，饑民掠之，家人欲訟於官，安人不可而止。仲初擢戊戌第，爲華亭尉。歲荒，被檄勸分，安人曰：「苟可活民，吾篋笥所有，汝悉持去。」樂善好施，天性然也。承奉公貧而好禮，户外常有不速之賓，觴豆不精潔則訶譴妾媵，安人常以微詞解紛，順適其意，宗戚鄰里、部曲輿隸皆誦其賢。仲初迎二老人就養華亭歲餘，不幸承奉公即世〔四〕，母子質鬻扶舁，僅能返鄉。安人自是家事一不掛口，稟賨而氣和，至老未嘗擇飲食，近藥餌。淳祐九年十一月二十四日，以微疾逝，年八十二。孫男一人，德之，未冠拔胄解。孫女一人。某年月日，葬於渾江之原。

仲初赴荆門軍長林縣主簿時，余以書薦於大使秋壑賈公，安人覽之曰：「他日吾松櫝間得若人數語足矣。」嗟夫，吾衰也久矣，血指之笑，覆瓿之譏，每引筆行墨輒面汗心愧，安人何愛於是文乎！銘曰：

昔從子，今從夫〔五〕，善可書，銘不誣。

〔一〕族：原作「旋」，據翁校本改。
〔二〕輩：原無，據翁校本補。
〔三〕粟：原作「栗」，據翁校本改。
〔四〕即：原作「郎」，據翁校本改。
〔五〕昔從子今從夫：原作「昔從夫今從子」，據翁校本改。

超師

師名宗超，俗姓鄭，世爲莆人。曾大父燮，潮州判官。大父偉，嚴州通守。父昌。母蘇氏，禮侍孫女也。幼爲浮屠學，寶慶初元祝髮，以囊山聞爲師。後得法於黄檗有，住莆之國歡院六年，光孝八年。俄主妙寂，拂衣去。最後坐囊山道場。淳祐壬子秋，若知將終者，語其徒曰：「吾八年於此，蠱敝稍飾〔一〕，逋負漸輕，安得一佳衲傳吾心燈乎〔二〕！」時師年五十三，聞者未信。九月甲申，果示寂，僧臘二十七。蘇母尚存，師烏哺之念至老不衰〔三〕，預爲規吉兆〔四〕，且曰：「他日附吾骨焉〔五〕。」座下弟子二十餘人，將以是月戊戌，用其法荼毗，竟歸於新丘。師所得於聞與有者，其徒能言之，余不能言也；至於將滅度而尚憂其寺，已髡緇而不忘其母，余能知之，其徒未必知之也。銘曰：

昔柳子厚，善言浮屠，其説精詣，以釋貫儒。嗟乎佛性，與人不遠，柳言其深，余言其淺。

〔一〕敝：原作「敞」，據翁校本改。

〔二〕佳：原作「住」，據翁校本改。

〔三〕哺：原作「捕」，據翁校本改。
〔四〕吉：原作「告」，據翁校本改。
〔五〕附：原作「拊」，據翁校本改。

聶令人

聶氏望於晉江，令人諱柔中。曾祖崇〔一〕，武翼郎。祖裕，武顯大夫。父逖，武功大夫、知和州、管內安撫。母恭人蔡氏。既笄，爲開國陳公之配。相賓敬四十九年，開國卒，嫠居十年，從其長子官宗邸。始不欲往〔二〕，既而曰「吾去父母家久矣」，遂行。至則借居聶氏，聚族戚甥姪樂飲。俄而屬疾，以淳祐辛亥閏十月辛巳卒於安撫公之堂寢，昔誕育地也，年七十九。二子：增，朝奉郎、主管南外睦宗院；壁，故從事郎、漳州龍溪丞。二女：長適故吏部郎官鄭逢辰，次許適通判廣州宋應先〔三〕，皆前卒。二孫〔四〕：琰，迪功郎、新英德府真陽尉；巖，擬將仕郎。曾孫女一人。增奉輀車返新第，喪祭皆用家禮。明年十月辛未，合葬於開國公之阡。

自余大父與正獻公善，通家今四世矣。令人不逮事丞相，奉魏國聶夫人甚謹，如子事母，不曰姪從姑也〔五〕。雖席貴盛，衣常澣濯，食或餒敗。順其夫然不廢儆戒，慈其子然不使過於溫飽。閨門之內，動中禮法。旁通老釋，往往成誦。率以中夕露香肅拜〔六〕，至耄愈勤，子若孫皆敬恭，候令人竣事乃敢退。增自解懷安丞，不忍離親，徘徊膝下，二十餘年不調，令人安之，不以仕進督責其子。視猶子圭及鄭倩内爲郎〔七〕、外爲監牧，略無歆羡意；門户或爲人侵侮，亦夷然不校。余觀令人持家誨子，大意合於《詩》《書》之儉、《易》之謙。凡今人之所謂朴野而無華者〔八〕，古之所謂儉也；退懦而無能者，古之所謂謙也。此固人道之所賨、神理之所福歟！銘曰：

守之勿使隳也，培之勿使虧也〔九〕。嗚呼！正獻之家，未可幾也。

〔一〕曾：原作「魯」，據翁校本改。

〔二〕往：原作「仕」，據翁校本改。

〔三〕許：原無，據翁校本補。

〔四〕「二」上原有「有」字，據翁校本删。

〔五〕日：原作「由」，據翁校本改。

〔六〕卒：原作「卒」，據文意改。

〔七〕倩：原作「債」，據文意改。按：「倩」即女婿，「鄭倩」當指上文所云「禮部郎官鄭逢辰」。

〔八〕謂：原無，據翁校本補。

〔九〕培：原作「陪」，據翁校本改。

趙安人

安人名汝偕，系出濮邸〔一〕，南渡徙晉江。太師、和義郡王謚忠靖士珸之曾孫，武功大夫不猜之孫，武節大夫主管台州崇道觀善蘭、恭人聶氏之女，朝奉郎、主管南外睦宗院陳增之室〔二〕。自丞相至開國皆娶於聶，安人聶出也。幼慧悟，長端恪，伯祖父知宗不麐愛之如子〔三〕。及歸宗院，丞相家法素嚴，安人事舅姑謹，以孝稱；處妯娌和，拊兒女慈，待妾媵恕，以賢聞。素羸多疾，崇道久官浙江，甫還里，而安人伏枕，語其夫曰：「聶恭人未葬，吾瞑矣，亟貽書吾翁，勿泥風水家説。」遂卒，淳祐己酉正月某日也，年五十一。二男：長名琰，迪功郎、新英德府真陽尉；次辛孫。二女。辛孫與二女前夭。孫女一人，尚幼。後四年壬子臘月某日〔四〕，葬於南山之原。

初，宗院以二親年高，由岊江丞歸養，不參選於堂者二十一年。蓋學士大夫之意，有非婦人女子所能喻者。禦寇辭粟，家人拊膺；東甫清談，郭氏瀆貨；謝公高卧，夫人托諷。若夫同嗜好，通肝鬲，以靖退爲飴蜜〔五〕、利達爲桎梏，此儒仲、德公夫婦之事也。宗院以貴介、安人以宗姬行之〔六〕，不亦奇特而可録乎！銘曰：

古者婦德，不出中閨。斯銘孰徵，余女琰妻。逝者無還，來者有稽。

〔一〕濮邸：原作「漢郡」，據翁校本改。
〔二〕「院」下原有「壁」字，據翁校本删。
〔三〕如：原作「女」，據翁校本改。
〔四〕「後」下原有「於」字，據翁校本删。
〔五〕蜜：原作「密」，據翁校本改。
〔六〕「安人」上原有「宗」字，據翁校本删。

太學博士吳公

莆小邦而多賢牧，以余耳目所覩記六七公，其人皆儒者，不能俯仰追時好，鈎距探物情，擊斷希名譽，專以理勝勢、誠服譎、仁化暴而已。郡人愛之，有百年之思焉，吳公濟之其一也。公諱炎，其先避五季亂，自蘇遷樵，居於城東八十里之固住。高祖惟復，贈朝議大夫。曾祖仁，祖祐，皆隱君子。父衍，贈朝奉郎。母危安人。少以文鳴鄉校，入太學益知名，尤長於策，士爭誦習。紹熙初元，鄭公僑典舉，得公卷擊節，擢第十。廷試中乙科，授從事郎，教授桂陽軍學。環郡皆傜也，公不鄙夷其人，講切磨濯，絃誦彬彬，旁境有來學者。地遠士貧，或不能偕計吏西上，公積餘廩，裒衆力，置貢士之田焉。秩滿，徑參侍郎選，授南豐丞。會故相余公端禮判潭州，與湖南諸司合薦，謝公源明拜冬卿〔一〕，薦語尤力，詔與掌故。丁危安人憂。嘉泰二年，除户部架閣，爲侍郎王公達所知。四年，除武學諭。開禧改元，遷太學博士，改宣教郎。時權臣擅朝，公不樂官京師，因悼亡請外，添差通判建寧府。前王公適出守，舉郡以聽。詔選禁卒待調發，舊比有犒，吏不即白，卒誶語廷中，衆皆失色。公登時按籍散給，皆肅然無譁。歲旱，民相剽剟，臺府檄公撫諭。周行境內，富者發廩，貧者解力，郡以無事。垂滿，請台州崇道觀以歸。

初，公與章卿良肱同在故府相善，至是其弟良能拜中司，上公自代。俄參政事，問公所欲，公曰：「食議幕之禄足矣。」章公曰：「吾有何辭以白吾兄！」遂需次江陰軍，嘉定二年也。五年陛辭，時更楮法，吏奉新書甚峻，公極論之曰：「民心向背，社稷存亡繫焉。開邊挑虜，曩嘗失其心矣，奈何更持不恤之論，行一切之政！稽令者斥，干令者誅，大吏倡之，小吏之迎合者和之，臣恐人心摇而國隨之矣〔二〕。」别疏言士風饕墨，宜復祖宗治贓吏舊法。又舉公儀休、毛玠事以諷當軸之貪。公素有美譽，衆謂必擢館閣，既對不復留矣。所親任公希夷時在詞掖，先扣對語〔三〕，公拒不答。奏篇出，始大媿伏。

江陰以邑爲郡，歲入尤狹，賴舶税支吾，後改隸嘉興，公請復之。寬征啬用，以其餘力葺郡學貢闈，繕黄田閘，溉田甚廣。民欲建祠立石，下教禁止。詔行殿最法，而公爲浙西郡之最。七年，除知温州。公喜治劇，固請小壘，改興化軍。先教化，崇禮遜。賓興，命樂工按古《鹿鳴》音譜以燕之。創郡學曝書會，士之隸上庠者，公視如同舍。修蘆浦斗門。終更，乞主管建康府崇禧觀。祠滿，改紹興府千秋鴻禧觀。雖老，歲時家祭盥奠必躬。與親朋爲真率集〔四〕，以觴詠琴奕自娱。六月朔謁郡，得疾輿歸，夕終於寢，年六十九，十四年也。官至朝散郎。娶同郡澹軒李先生吕之女，事姑謹，持家肅，前卒。二子：長垠，通直郎、知建寧府甌寧縣；次壯。二孤以明年六月十三日，葬公於固住東臨江之原。

公清介恬静出於天性，少斅學，長宦游〔五〕，所入皆以奉尊老，均兄弟，身無私藏。宅一區，田一廛，足以具饘粥，庇風雨，家無留資。色睟而莊，言簡而遠，若甚和易而有毅然不可犯者。終其身不汲汲進取，歷二郡，自下車一奏記時宰外，比去不再通名。自謂平生無一毫僥倖之心，亦無一毫僥倖之獲，常以此訓其子。公之殁也，李公方子狀其行。後三十年，垠詒書史官劉某曰：「諸老盡矣，君盍銘吾先人乎！」蓋樵有古君子二人焉，吴也，葉也。余昔受廛於吴，納交於葉，今皆亡矣。葉公名武子，字誠之，與吴公出處大致略同。立朝申公、轅固也，故時莫能好；治郡陽城、元結也，故久而見思。葉公及見端平，累召不至，亦稍褒崇矣；惟吴公卒於嘉定之季〔六〕，墓上之題僅曰「宋博士」云爾〔七〕，悲夫！銘曰：

即之如春，叩之造微。德人之容，吉人之辭。及勇於善，賁育莫支。堂堂二疏，落落兩麾。儒林循吏，皆公優爲。今無班、馬，筆之者誰。蘇溪之東，墓檟蔽虧。孝哉垠乎，霜露之思。守余三年，其請愈悲〔八〕。公不喜諛，余肯傳疑？咨爾後人，勿毁兹碑。

〔一〕謝：原作「檄」，據翁校本改。
〔二〕揺：原作「徭」，據翁校本改。
〔三〕扣，原作「和」，據文意改。
〔四〕真：原作「貞」，據翁校本改。
〔五〕宦：原作「官」，據翁校本改。
〔六〕惟：原無，據翁校本補。
〔七〕云：原作「示」，據翁校本改。
〔八〕愈：原作「余」，據翁校本改。

林貢士

林氏舊居朱紫坊，先世仕當靖康、炎、紹間，有抗節死虜庭者，有駡賊死兵變者，有爲柱史而不屈於時宰者。至長樂通守雩始居北郭〔一〕，君曾祖也。祖天覺，父瓘，皆隱君子。君名時，字德成。少善爲賦，與峕齊名。十九亞秋薦，後一舉兄繼之。人謂二林如機、雲入洛矣，既而君五上春官輒不利，兄三薦六上始擢丙戌第。君至老不屑就南廊試。卒以淳祐辛丑九月五日，年五十八，遺言：「窆我於城西北南豐院側，毋厚喪高冢〔二〕。」葬以明年臘月二十二日。君塲屋頓挫，閉關蕭然。配陳孺人，正獻公姪孫女也，與君相安於隱約。君每語家人：「吾家三世積善〔三〕，後必有興者，姑待之。」既卒，孺人勤苦持家，言不出梱，而烝嘗伏臘、男女婚嫁，皆有倫緒。卒以辛亥二月四日，年六十，合祔以壬子臘月二十二日。子一人，慶龍。女一人，適宣教郎鄭垉。孫男女各一人。

余幼與君俱從鄉先生方澤孺，小君三歲，相親狎也。每嘆君一輩行，才名埒君者貴顯爲侍從〔四〕，或起家至二千石，雖素出君下者往往皆擢科第，致宦達；亦有怠於自守而善於自營，遂以資雄者，猶之詭遇，各有獲焉。君藝高而不成一名，行潔而不謀近利，坐一室，書圍之，枕籍螢窗間以死，正射正御而終，身無獲焉。悲夫，命也夫！銘曰：

君之才兮，軼牧之與相如；今無人兮，誦《阿房》與《子虛》。題其馬鬣，曰貢士之墟。

噫，此志士所以有旺（Ⅱ）噪之恨，而主司不得而辭冬烘之責歟〔五〕！

〔一〕雩：翁校本作「雩」，未詳孰是。

〔二〕冡：原作「家」，據翁校本改。

〔三〕三世：原倒，據翁校本乙。

〔四〕埒：原作「將」，據翁校本改。

〔五〕責：原作「貴」，據翁校本改。

胡藤州

公胡氏，諱余潛，字叔昭，世爲台州臨海人。上世諱南仲者，居太平鄉之黄奢，傾家集衆捍劇盜吕師囊之鋒，以身死難，里人哀思之，共窆於治平寺，公曾大父也。妣方氏。大父諱彦直，妣吴氏、任氏。父諱綬，累贈宣教郎，妣安人葉氏。

公襁褓而孤，隨母適余氏〔一〕。束髮以行藝推於鄉，前一輩皆願交，錢相象祖弟兄尤器重〔二〕，迎致家塾最久。既而席下弟子益衆，然應舉猶用余姓，耆舊或告公所自出，公矍然，即日返本宗而更今名，示不忘長育恩也。俄首鄉薦。登辛未第，爲鉛山主簿，守章公良朋羅致之幕。玉山久不治，俾攝令丞，逋賦滯訟〔三〕，刃解冰泮。夏潦夜至，公避之驛樓。向晨，盛服精禱，水去樓板僅寸許，家人皆泣，公不顧。有緣棟攀木號呼者，命納之，曰：「何忍視其先斃！」水退，全活者多。郡走書慰勞，趣還，邑人泣隨數里。後公道玉山，送迎皆然。丁公黼檄公商義役，先授薦書，公自言未有尺寸勞，且永豐任尉賢，又迫滿，巽與之。丁公尋亦薦公〔四〕，去爲會稽丞。諸暨闕令，章公已持倉節，與帥吴公格、憲汪公綱皆曰無如胡君者，至則其邑大治。寓公或强市卑幼産，奪還之。秩且滿，憲已兼帥、倉，辟慶元府長山鹽場，實留幕中。余公鑄繼至，以公廉勤類己，尤見委任。在倉幕七年，多所補益，如社倉、惠民局，積蠹實惠，見之罷行。於是京狀尚欠合穎，鹽司援增羨常乞爲減一削，有司沮格，公亦不願受，徑注餘杭酒庫。尹袁公韶謂人曰：「當爲胡君了茲事。」遂班改知平陽縣，以親嫌改金溪。

閩江盜作，金溪爲盜區矣，所親多勸勿往，公疋馬疾馳，求兵與食於郡，守愧謝曰：「郡不自謀，如邑何？」邑宿兵千六百餘人，日費不貲，常賦已預借至再歲，公慨然告諭諸大家曰：「留貨以資寇，不若贍兵以禦寇〔五〕。然令不敢科抑也，暫貸以紓急，可乎？」衆皆樂輸。又請本錢於郡，權推監酒以佐軍費。內平鬭訟，外接事機，躬視諸隘，激勵隅總。有鄧、富兩社團結義兵共數萬，皆精悍，公抽還官軍，以其廩與義兵，分布防守，遇賊追勦，所向輒捷。招撫流移，以漸復業。始至時紅巾滿野，未兩考，田萊闢，桴鼓稀，撤戍罷榷〔六〕，還本錢於郡，貸於民者理爲新賦。他人寸功必力言於上，丞黃必大、尉曾勳改秩，將校鄧克濟、富梯等初授者數十人，而絕口不自伐。帥李公壽朋、漕趙公彥覃、憲陳公愷、倉黃公炳合辭論公桑洲、飛鳶、沙溪、暖水勦賊之功，暴露經理之勞，不報。夏旱，公禱雨於仁政堂，芝產堂梁，吏民驚異，甘澍果應，士民歌之。比去〔七〕，贏錢尚數百萬，且儲粟三千石備賑荒。公書生不能析利〔八〕，素清儉，無錙銖妄費而已。丁公守廬陵，熟公邑最，會擢桂帥，約諸司同以桂倅辟〔九〕，弗就。復以帥司幹辦公事辟。或謂中書堂記公姓字久矣，奚以南爲，公不答。至桂，海南黎寇、宜州羅蠻弗靖，籌畫尤審。既盪定，以次受賞，公亦不預。諸司委攝外郡，則辭，謂其子曰：「吾起寒畯，仕至外郎，望不及此。」將尋松菊盟矣。

端平初元，辟知藤州，命未下，起居如常，然若忽忽不樂者，一夕端坐，奄然而逝，六月辛卯也。年六十有九，階朝散郎，以子陞朝累贈某官。娶盛氏，贈安人；繼林氏，封太宜人。子二人：太初，朝請郎、秘書郎兼景獻府教授；從龍，某官。女三人：長適某官傅自樸，次適韓轍，次適王挺。公有至性内行，事母極孝。既歸宗，余氏子止一女，公欲爲命繼，倩弗樂。公諭以秋毫無侵〔一〇〕，自買田以助，擇余宗當立者後之〔一一〕。鍾愛女弟，一食必剖。方巖王公居安嘗薦公〔一二〕，云「孝友聞於鄉閭」，人謂實録。公少負俊聲，長有美譽，宜速成蚤達，然登第已四十餘，通籍已六十餘。學高輩流而不得預於禮樂文字之選，材周世務而僅施於簿書米鹽之間，白首一麾，假使臨郡，其惠不過及於古籐斗壘而止。然天於是區區者猶不公畀，謂之何哉！公歷六任十四五考〔一三〕，貧不能歸，仕越偶市屋小〔一四〕，因居焉。其逝也，秘書君適歸應試，訃聞，跣足萬里，哀動行路。將母護柩，反葬於山陰縣承務鄉謝墅之原，乙未十月庚申也。

後十有九年，淳祐辛亥，余典冊府，與秘書同舍。一日過余曰：「先墓之碣未立，非緩也，有待也，敢以累君。」言發涕下。昔文中子叙銅山府君以下，柳子厚誌其先君、先夫人，六一公表瀧岡，皆不屬筆於人，秘書顧謙巽而諉諸僚友乎！銘曰：

仕勿速化，不可以久〔一五〕，禄勿多取，留畀爾後。賢哉胡公，有德之言，不於其躬，於其後昆。英英秘郎，進擢未已，匪天勝人，乃父遺子。

〔一〕適：原作「隨」，據翁校本改。
〔二〕象：原作「家」，據翁校本改。
〔三〕逋：原作「通」，據翁校本改。
〔四〕公：原作「分」，據翁校本改。
〔五〕贍：原作「瞻」，據翁校本改。
〔六〕推：原作「摧」，據翁校本改。
〔七〕比：原作「北」，據翁校本改。
〔八〕析：原作「折」，據翁校本改。
〔九〕辟：原作「碎」，據文意改。
〔一〇〕諭：原作「輸」，據翁校本改。
〔一一〕當：原作「嘗」，據翁校本改。
〔一二〕「王」原作「至」，「嘗」原作「當」，據翁校本改。
〔一三〕公：原作「八」，據翁校本改。
〔一四〕屋小：疑當作「小屋」。
〔一五〕不：翁校本作「乃」。

大理卿丘公

丘氏之先仕齊，永明中爲顯族，五季自湖之烏程徙泉之永春〔一〕，又徙安溪〔二〕。公諱迪嘉，字惠叔。少與弟秉嘉受《春秋》學於鄉先生余公克濟，見推高第，遂冠鄉試。登壬戌第，調永福尉、激賞酒庫，皆未上，改武康尉，先世松楸在焉。公清謹，至不敢與宗人往還。教授潮州，蠲學廳雜費之歛於士者。去，教授融州。芮提刑及言巽興祭酒〔三〕，予既以職剡薦〔四〕，尚未深知公，後聞其節守，喜吾得人矣。

改知侯官縣〔五〕，治尚清嚴，吏攬皆不便公〔六〕，又邑人梁成大在臺，誅賄不獲，嗾同列誣公，鐫罷。知增城縣，捍寇保境，去而見思〔七〕。秩滿入京，要路或有教公介醫僧可留中，公謝不能。部差通判循州，以俸金築城西堤二千餘尺，沮洳患息，循人名曰丘公堤。帥檄攝惠州，積弊蘇醒。知新州，郡亦大治。除提舉廣東市舶，兼常平。舶司例卷取諸番商者，公痛革去。崔丞相喜之，欲刻諸石，公力辭。崔公益喜甚，除提舉常平茶鹽事，以方嚴爲人所憚。罷主管崇禧觀，待次漳州。侍從竹湖李公薦公廉直〔八〕，不畏強禦，召除大理丞，遷駕部郎官。進對，言立治之本不離乎身心。次論士風，上問何以革贓吏，公徐曰：「以身帥之，無不可者。」復罷爲崇禧觀。俄以屯田召，疏八事，而尤諄諄於畏天命、固人心、振紀綱、重節義。改兵部，兼國史院編修官、實録院檢討官，擢軍器監、大理少卿。復罷爲冲佑觀，起家直秘閣廣東運判。公歷琛、庾兩臺，南人素重公清德，喜曰：「賢監司至矣！」惟吏屬之寡謹者、豪右之有過者畏公風稜。

被旨攝帥，清遠縣徒寇以入省地拒官軍爲常，一日猝至殺縣令，其鋒剽鋭四出，前不樂公者因譁言「紅巾滿山海，廣左皆盗區」，欲以撼公去之。公不爲動，益明賞罰，審布置。慮上下羅峒勢合則未易平，乃厚撫上羅以絶下羅之援，擒首惡，俘同黨，餘相繼敗降，盡縱其脅從者。初，清遠戍卒券食苦主將掊剋〔九〕，公令月就州同摧鋒諸軍支給，以絶禍根。遂條上山前官軍民兵勞苦有差，捷書聞，朝廷嘉歎〔一〇〕。或者又謂徭非大寇，公所殺多平民。上獨知之，召對，勸上修身正心，辨天理人欲界限。時議者欲罷廣郡客丁錢，公曰：「湖廣諸屯兵餉繫焉，罷之則不可郡矣。」上顧問慰勞甚寵，每奏稱善。語及財賦，公奏：「郡計素狹，臣以儉爲之，未見其窘。」及徭寇，公奏：「平寇皆陛下威德，臣何力焉？」因言浮論謗傷狀。上札付大臣曰：「丘某對朕詢廣寇，其言皆有始末。寇作之初，或者張皇以重其事；及其平定，又云多殺。若以浮議抑之，緩急何以使人，宜以大卿處之。」大臣乞宣付史館〔一一〕。翌日，上御經筵，以告侍讀趙公以夫，趙公賀曰：「聖天子明見萬里之外矣〔一二〕。」除大理卿，淳祐庚戌春也。爲省試參詳官。

公晚入朝，積中外之望，又有主相之知，少却當列法從，而談者妄疑公必居風憲，竟以此不容罷，以舊職提舉崇禧觀。辛亥十月丁未，以疾卒於寢，年七十三。積階中奉大夫、安溪縣開國男，食邑三百户，賜紫金魚袋。娶楊氏、柯氏，贈令人。男二人：汲古，從事郎、平江軍節度推官；

學古，登仕郎。女一人，後公期年卒，承直郎、辟差兩淮制置司幹辦公事翁官，壻也。孫男二人：孟宻，登仕郎；仲宻，該致仕恩。二孤以寶祐初元二月某日，葬公於南安縣嘉禾里蔡嶺之丘山。公無恙時，過而樂焉，曰：「他日吾歸於此矣。」

公少清羸，尚書楊公炳一見奇之，有宅相之議。或疑其寒，楊公卒與女。性剛峭寡合，不蘄人知，人亦鮮能知公者。持身如玉雪，莅官居鄉無秋毫點黷。時有賈胡銅臭埒國，徧交貴仕，公獨拒其謁，苞篚亦不敢及門。温陵大都會，朱門華屋，鈿車寶馬相望。公未爲廣漕前，僅有弊廬在委巷，出則徒步，一童負衣笈，見者不知其嘗爲郎官使者也。蓋他人仕宦，巧者速化，貪者悖入。公自一尉至九卿，銖積寸累，無券外之獲；自初筮至監牧方面，冰清蘗苦，無俸外之藏〔一三〕。雖甚惎公毁公者，不過病其太剛勁爾，至於清白吏之稱，則怨仇不能改也。嗚呼！功名之際，其難久矣。營平破羌，宣帝知之，魏相主之也；新息失侯，世祖抑之，梁松毁之也。陛下於公，奎畫昭回，布之天下，方之趙、馬，有璽書之奬而無珠犀之疑矣。然毁公者豈止一松哉，卒於天子深知之而不果用，大臣力主之而不能庇〔一四〕，不亦重可悲慨乎！

余繼公爲琛、庾者，覽公遺跡，敬公雅操，二十年間每以告鄭、喬、李、范、游數丞相，曰求奇才則愚不知，求廉吏丘某其人也。二孤來徵銘，余病且耄，氣力不足以伸公之屈，文字不足以垂公之名，姑摭其實而銘之〔一五〕。曾大父某〔一六〕，妣某氏。大父某，妣某氏。父某，以公故贈中散大夫；妣林氏，贈令人。銘曰：

甚哉！世論之險巇也。没其善之大而摭其瑕之微也〔一七〕，惎其事之濟而幸其人之危也。然昔也惟敗事者蒙詆譏也，今也雖成功者亦洗吹也。哀哉，丘公之滯且畸也！公性迕俗，余文背時〔一八〕。嗚呼！千載而下，覽之者無私愛憎，則有公是非矣。悲夫！

〔一〕徙：原作「從」，據文意改。
〔二〕徙：原作「從」，據翁校本改。
〔三〕此句文字有誤。
〔四〕予：原作「子」，據翁校本改。
〔五〕侯：原作「候」，徑改。
〔六〕「攬」原作「攪」，「使」原作「使」，據翁校本改。
〔七〕而：原無，據翁校本補。
〔八〕從：原作「徙」，據翁校本改。
〔九〕掊：原作「接」，據翁校本改。
〔一〇〕歎：原作「歡」，據翁校本改。
〔一一〕付：原作「忖」，據翁校本改。
〔一二〕見：原作「月」，據翁校本改。

〔一三〕藏：原作「償」，據翁校本改。
〔一四〕能：原無，據翁校本補。
〔一五〕摭：原作「撫」，據文意改。
〔一六〕父：原作「公」，據翁校本改。
〔一七〕摭：原作「撫」，據文意改。
〔一八〕背：原作「皆」，據文意改。

鄭德言

莆鄭氏居後埭者皆祖侍御史伯玉。德言諱佀，侍御第五子承議郎叔僑之後，於隱君良爲曾大父，囦爲大父，贈承事郎曾爲父，孺人許氏爲母。初受學於兄慶長，出語，同學皃退三舍；入試，諸老生避一頭。始以潛甫名，取閩廣漕薦，後易今名。貢於浙，遂擢端平乙未第。歷慶元府昌國監，豪右撲酒坊十五所，有不酤飲於坊者輒困苦之。德言白府毁諸坊，聽民自醒〔一〕，使縣郭有物力家各以高下歲認諸坊息錢有差，無物力而開酤者日認有差。昌國行萬户酒，自德言始也。邸第爲豪右奥主，欲沮其議，德言毅然不變，至今行之。辟沿海制置司犒賞酒庫，陳公塏、趙公以夫羅致閫幕。城中貴寓能榮辱禍福人者非一族，德言臨事問理不問勢，未嘗曲筆以徇人，始若忤拂，終皆愜服。改秩知古田縣，未上，趙公建沿江制閫，辟主管機宜文字，治法征謀，悉謀而行，軍府稱治。除户部架閣。數月，以風聞去，差通判泉州。俄以太學博士召，遷國子博士，兼沂靖惠王府教授〔二〕，權樞密院編修官，向用矣。會私試發策論師道〔三〕，大司成疑其侵己，又以風聞去。起瑞州，蒐軍實，修大政，飾先賢祠，繕使客館。溪貫郡市，舊爲浮梁，稍霖潦則病涉，議改造石橋，或曰郡去石遠，德言卒爲之，郡人名曰惠政橋。在郡年餘，帑有羡財。朔望詣州學書院，必進諸生講説。然其爲政常痛繩豪猾，郡有大冶，積爲姦利，德言急捕治，則又以風聞去，主管成都府玉局觀。

淳祐辛亥閏十月辛巳卒於家，年五十六，階止承議郎。前配趙氏，宗姬，繼黄氏，舶使非熊女，皆封孺人。男子策，未冠歌鹿鳴於鄉。初，德言葬趙氏於興教里徑嶺之原，爲三穴〔四〕，至是子策母子以寶祐初元二月己未奉德言合祔，距趙葬七年矣。

德言少苦貧，萬里客游，寄食於人。及稍有俸禄，則又疎財重義〔五〕，嫁孤女，卹窮姻。交道尤篤，其徇友之急而危身靡顧，脱人於難而絶口不言，有可書者。性疎直，聞善則服，有過必規，知德言者愛之，亦以此多迕。未第時，安晚鄭公一見器重，遂客光範。及官甬東，鄭公方幅巾歸第〔六〕，門下客皆散去，惟德言過從益密，論文聯句，宮動商應。鄭公每曰：「從我於寂寞者，惟德言一人耳。」及再相，皆謂德言必有大遇合，鄭公亦以文字官擬之，而内僅爲博士，外亦僅持一麾以終其年，悲夫！

余晚貳奉常，語議郎汪君之林曰：「吾欲有言於丞相，如不揖客何？」汪悵然曰：「使德言若在，必能入卧内以告。」余以是知鄭公之親德言也，又知德言之忠鄭公也。然士欲進説於相，亦豈易哉？自平甫、子開皆不能以頰舌挽廻其兄，況賓客乎？使德言不去，語及時政得失、人物否臧，未知鄭公之樂聞否也，未知德言之終合否也。悲夫！余與德言居同村，里人既號余後村，德言又築室治圃，自號村邊。後德言罷郡，余去國，喜曰：「歸有以娱老矣。」孰謂德言小余九齡，而以宰上之題累皤然之叟乎！銘曰：

士有抱負，患相未知；相知之矣，乃握弗施。杜登庸而滄浪擯〔七〕，富遭遇而徂徠危。匪今獨然，從昔有之。嗟哉德言，吾將尤誰！

〔一〕醒：疑當作「醞」。
〔二〕惠：原無，據翁校本補。
〔三〕私：原無，據翁校本補。
〔四〕穴：原作「冗」，據翁校本改。
〔五〕財：原無，據翁校本補。
〔六〕歸：原無，據翁校本補。
〔七〕杜：原作「社」，據翁校本改。

後村先生大全集卷之一百五十五

墓誌銘

禮部王郎中

寶祐改元五月壬寅，葬尚書郎王公於郡南嘉禾鄉平山之原〔一〕。前葬，二孤謁於前史官劉某曰：「先友如鐵庵方公、臞軒王公皆往矣，題窆上者非公而誰？」予惰荒久，硯塵寸許，念孝子之意不可孤，故人之誼不可忘也，乃叙而銘之。

王氏自司徒公審邽唐光化中牧泉，家焉，傳五世至莆田長官保隆，始爲莆人。又六世至給事中晞亮，給事生長溪尉桂，尉生奉直大夫潤之。奉直五子，公次也，名太冲，字元邃〔二〕，擢嘉定戊辰第，爲潮陽尉、邕州法曹。盗陷鬱林，官軍駐貴州，公白其逗撓，帥下令濟師，盗平。歷湖北、浙東提刑司檢法官，讞議酌大情，不吹求小節目以留獄〔三〕，輕囚無瘐死，辟多末減。丁母鄭恭人、奉直公憂，服闋，擢知吉水縣。問政於楊公長孺，楊公科條以告，公采用之。兵饑，按産敷糴，官不抑價，巨室樂從，鄰艘踵至。攬人舊操縣賦，公籍其長雄者，以衆攬分隸，輸各有差。學嗇素薄，於刑臺陳公塏得田六十有四石以助。政成，邑耆□□君三異、羅君茂良歌之。

公初爲補填數月，考□□□□令，臺郡薦留，詔改秩因任。滿三考，桂師趙公師□□經略司幹辦公事。宜卒據城叛，張提刑琮往捕□□公攝州，叶力夾攻，梟賊全城。又攝邕、賓、容三郡〔四〕，知□州，造城北浮梁。以疾乞仙都觀。知梅州。國用房□□東鈔鹽歲八萬籮外，再收浮鹽十五萬籮〔五〕，公力争之，奏記時相曰：「鈔鹽斤百四十錢，私鹽斤五十錢，一旦使私販依鈔價，鹽子失業，愚恐新興之利不償供億。若謂失之於淮，取之於廣，猶肩背既傷而欲併虧心腹也〔六〕。」吏方奉新書不暇，獨以斗壘小侯抗論撑拄，後詔罷浮鹽。鐵庵帥粤，嘆曰：「梅州一申之助也。」知肇慶府，盗奔出境，軍府稱治。俄以趙提刑師箋疏罷，趙去，楊提刑大異繼之，與鐵庵直公前誣〔七〕。歲餘，除大理寺簿，遷大宗正丞。賈胡蒲姓求婚宗邸，公曰：「歸明徭□乃欲婦宗姬乎〔八〕！婚帖不可得也。」輪對言：「陛下何不以太平責宰相，以讜言責臺諫、侍從，以富强責主兵財者？」次言：「東漢召處士魏仲英，而仲英曰：『後宫廐馬、左右權豪可減去乎〔九〕？』遂不行。今君子屢招而不至，得無有發仲英之嘆者乎？」上問孰爲君子，公奏：「如李韶、徐霖之類。」除考功郎中，有未該員郎希遺澤者，尚書□不與筆，公書紙尾曰：候！奉常定范相宗尹謚，歸□□議，公從其謚而駁其議曰：「普安建邸，本出高宗聖斷，范將順之。且今以此功歸之，恐范公不敢安也。」時安晚鄭公當國，史宅之副樞，公之言如此。

以郎班對，言括田榷契、遣使興利非便。兼禮部郎，俄爲真，尋兼國史院編修官、實録院檢討宜。輪對條四事：一、正資善之名。二、近命二相，奏辭寵，清之避事，獨相、並相，謂宜早決。三、風憲之司，於今尤難，牢籠甚苦〔一〇〕，缶視貢蛇，節帖中休，拳空霜鶻。宜養其氣，以來忠言。四、戚里内滿朝〔一一〕，外接壤，非祖宗家法。次言：「臣頃考太學秋賦，參詳省闈。論體貴精密〔一二〕，今粗疎如括策〔一三〕；策體貴明整，今繁冗如經義〔一四〕；詞賦當字字精粹，今亦引語録，殆類方言。宜以有變之。」上欣納。他日語大臣：「王某所論文體誠是。」士或匿哀求試，縮舉奉對，皆執法不與。

以風聞去，奉崇道祠，需次汀州，以疾卒於寢，淳祐辛亥九月丁亥也。年六十八，官至朝散郎。娶方氏、余氏，俱贈安人。今安人吴氏。二孤：天麟、應麟。四女，迪功郎監惠州石橋場林公琰、進士李某、黄某、林某，其婿也。長女前卒。二孫：儀子、國子〔一五〕。應麟以禋霈、儀子以遺澤，俱補將仕郎。吴安人闔户自誓，子亦嗜學，庶幾公不死者。

公少發憤，截髮讀書，與兄秉哲迭魁鄉試，以聲律擅於一世，老猶流落不偶。予與矐軒以書薦之鄭公，贄卷有「獨員尺舉主〔一六〕，一友我同心」之句〔一七〕，鄭公大喜曰：「今增一舉主矣。」遂開朝蹟。公素清淡〔一八〕，不善豐殖，俸入奉親外與諸弟共之。南歸僅有田廬，歲晚西上〔一九〕，鬻其田以具僕馬〔二〇〕，身後伏臘蕭然，謂公挾貲以進者誤也，惟里人知其不然。予聞之長老，給事公長身方面，高宗器之，曰「南人作北人生」。然一生忤秦丞相，秦死始召。公亦昂藏有祖風，晚遇聖主，與南宫牋奏，預東觀記纂，經帷瑣闥，唾手還氈矣，乃亦不究於用，悲夫！予觀士之用世者，以圓不以方，以密不以疎也。公之郎吏、禮也〔二二〕，一事目可漏必拒，不太方乎？衆憚風憲而含譏玩之意，世重理學而排質俚之弊，不太疎乎？行遠士孤立之意，持一世絶異之論，居衆人必争之官，縱使上有憐才之意，而公自無容身之地矣。悲夫！奏議、表牋、雜著若干卷〔二三〕，皆奇峭有氣骨。惟詩别爲《友我集》，乃公手選。於古書多貫通，晚聞虚齋趙公以夫明《易》，歸作《易爻變義》與趙公説相發明，未成而卒。鐵庵名大琮，臞軒名邁，公友也。銘曰：

嗚呼公乎！無叔文之累兮負子厚之詩，有貢禹之貧兮蒙王陽之疑。紛浮論之喧啾兮，哀細德之險微。四方上下兮將安之，公曷不來兮返故栖。南山之南兮西山之西，荔子丹兮蠔甘，社酒熟兮雞肥。曷不續《九老》之圖兮，而入《八哀》之詩。酹公阡兮永訣，鑱予辭兮孔悲。

〔一〕平山：原倒，據翁校本乙。
〔二〕邃：原作「遂」，據翁校本改。
〔三〕留：原作「㽞」，據翁校本改。
〔四〕容：原作「客」，據翁校本改。
〔五〕十：原作「千」，據文意改。
〔六〕心：原缺，據翁校本補。
〔七〕與：原作「興」，據翁校本改。

〔八〕乎：原作「平」，據翁校本改。
〔九〕權：原作「擢」，據翁校本改。
〔一〇〕甚：原作「其」，據翁校本改。
〔一一〕里：原無，據翁校本補。
〔一二〕密：原作「圖」，據翁校本改。
〔一三〕括策：原倒，據翁校本乙。
〔一四〕繁：原作「繫」，據翁校本改。
〔一五〕子：原作「之」，據翁校本改。
〔一六〕員：原作「負」，據翁校本改。又「尺」字翁校本作「天」。
〔一七〕一友：原作「反」，據翁校本改、補。
〔一八〕淡：原作「談」，據翁校本改。
〔一九〕上：原作「土」，據翁校本改。
〔二〇〕具：原作「其」，據翁校本改。
〔二一〕郎：原作「即」，據翁校本改。
〔二二〕著：原作「着」，據翁校本改。

左藏吴君

丁卯、戊辰間，余從諸生應公試，鵠袍中見一生風度嫻雅如玉雪，揖而問之，曰「吾永福吴丙景南也」。生於丙午，長余一歲，遂定交，試必同案，出必聯轡。既而余先婚宦，君擢丁丑第，就甥館於潮陽。別去二紀，癸卯君來倅莆〔一〕，始再握手相勞苦。向之玉雪者稍蒼黑，惟談論意氣如昔。君去莆，不復相聞。余晚擯田間，君仲子海墨衰來謁，亟出問君安否，海泣曰：「先君以淳祐辛亥十月己丑逝矣，治命以宰上之碑累執丈。海兄沅在潮守墳墓，俾海踵門以請。」余不獲辭。

君初補入已爲學官真西山公所獎拔，然白首仕宦〔二〕，不過主松溪簿、教授貴州、宰安溪、長西浙漕幕、倅莆惠二郡、監左藏西庫，秩止朝散郎而已。蓋君守道任渾，澹然無營。治安溪有遺愛，唐御史璘屢扳君於朝，垂入矣，唐去事寢。爲幾幕稍近矣，坐董秋賦場屋小閧而去。後臺疏劾趙漕，云呇由崇賀矣〔三〕，丙何罪？抵莆適大比，言者猶以君藉口〔四〕。惟在惠陽歲餘，又忤部使者去。安晚鄭丞相，君同舍生也，處以京帑，幾遇合矣，竟以内艱去。得年僅六十六。曾大父傑。大父師勲，贈承事郎。父廷，贈奉直郎。母安人方氏、陳氏。前配柯氏，蚤卒，繼柯氏，俱封安人。六男子：沅、海聯名庚子冑薦，沅受君遺澤，澧、潮、貴、陽皆夭。三女子，修職郎善化主簿趙崇窑、漕貢進士陳衛龍、柯資福，其壻也。資福前卒。孫三人，女孫二人。君永福田廬蕭然，於潮薄有貲産，因葬於崇勝里之竹山，明年四月庚申也。君在日，顧松楸，因念鄉國〔五〕，思弟妹〔六〕，奉陳夫人安輿往來潮、福。君歿，海繼先志，不敢即安於潮。

余惟前世用人或以行藝，或以譽望，或以資格。選於里、射於澤宫、策於天子之庭者爲行藝〔七〕，稱於宗族鄉黨、聞於家邦者爲譽望，合於聲言書判、列於四善二十七最者爲資格。士有其一焉，必甄擢，必通顯，雖左雄、山濤典選，裴垍、崔祐甫當軸，不能廢也。君於三者備矣，然上不爲卿大夫，下不乘一障以死，嗚呼，兹其謂命歟！銘曰：

不騰而上，乃尼而止，君未嘗死，君有美子。

〔一〕莆：原作「甫」，據翁校本改。
〔二〕宦：原作「官」，據翁校本改。
〔三〕云：原作「去」，據文意改。
〔四〕口：原作「曰」，據翁校本改。
〔五〕鄉：原無，據翁校本補。
〔六〕思：原作「恩」，據翁校本改。
〔七〕庭：原作「度」，據翁校本改。

鄭君傅

君傅名巖，少苦學能賦，二十一薦於鄉，二十七再以魁薦。五上春官不售〔一〕，或勸奉對南廊，君傅浩然不屑，益淬礪不少頓挫。淳祐壬子七月丙申得寒熱疾，醫誤投石膏湯〔二〕，暴下而卒，年五十一。明年臘月戊午，葬於尊賢里松門山。娶郭氏，無所字，以弟子孫爲後。既而庶出一遺腹子〔三〕，未晬。鄭氏之先諱守浩者，梁榜登第，牧新州。母弟守約，於君傅爲曾祖。是生撰，爲祖。撰生渭，爲父，母歐陽氏。世清貧，君傅無卓錐，操寸管而已，而內事父持家，外接賓友，上葬再世，下拊弟妹，禮文無缺，恩意甚備。古者造士升俊必以行藝，以君傅修於家者言之，行未完耶？嗚於場屋者觀之，藝未工耶？然鐵硯穿，毛穎禿，取禮部一名如登天。嗚呼！未嘗剖璞刖足而退，人也；猶可奮翼垂翅而死，天也。銘曰：

弘六十餘，乃始奉對，君傅之夭，小弘十歲〔四〕。吾銘斯丘，覽者悲慨。

〔一〕上：原作「十」，據翁校本改。

〔二〕投：原作「服」，據翁校本改。

〔三〕而：原無，據翁校本補。

〔四〕十：原作「千」，據翁校本改。

安撫殿撰趙公

國朝自裕陵後，宗室始有擢進士，至顯官。燕懿王五世孫子晝冠大觀舍選〔一〕，爲建炎法從，忤檜去國，累召不至，居衢之開化，遷西安，與北山程公、簡齋陳公友善，終徽猷閣直學士。徽學生婺州通守伯昂，通守生贈中奉大夫師展，公其次子，諱希瀞，字無垢。母王令人夢異人持幟掃室而生公。少苦學強記，登嘉定丁丑第，歷永豐尉、邵武軍司户、興國軍司理。有告逆旅主人行劫者〔二〕，公辨其誣。或殺營妓六歲兒，株連者衆，公廉知鄰女所爲。時母子同繫，使伴婦陰伺之，得其情，索兒環釧皆在，女伏辜。去爲臨安府録參，有廉平聲。堂除淮西安撫司幹官。嘉熙改元秋，韃暴過濠，倅闕，制置陳公韡檄攝事。或勸緩行，雖戎帥趙勝亦然，公擕十騎直趍，勝大愧。道遇韃追騎，發一矢斃之。越二日至濠，守將王世英驚喜曰：「誰謂文官怯邪！」韃圍安豐，陳公委公督夏皐、趙東軍，亦遣余公玠與公同援豐入壽。圍解，改秩知安慶府懷寧縣，兼通判事。杜公杲建西閫〔三〕，羅致於幕。白事都堂，差主管淮西機宜文字。大酋察罕合兵號八十萬圍合肥，彊弩攢砲數倍攻安豐者〔四〕。杜公登陴指授〔五〕，選屬視砲，衆皆瑟縮，公往無難色。城中出奇兵剿敵，俘殺以萬計。寇去，杜公歸功上介。白事密院、督府，爲督帥言析江淮已非計〔六〕，又析淮爲東西愈誤。欲救淮西，非以江閫兼領不可。又言壽之存亡係豐、濠安危。入都，爲平章喬公、左揆李公言：「城堅而力分，兵多而食少，糧旋糴旋支，楮隨印隨用〔七〕。國貧至此，而豪富擁高貲，士大夫實私帑，非同國休戚之義，宜令各有補助。」除藉田令還幕。朝論欲擢守濠，杜公奏留。遷司農寺簿。公素疑壽將李敏，勸杜公留其子帳下，輒亡去，未幾壽城叛。

淳祐改元，遷太府寺丞，兼淮西制司參議官、淮西提舉。時以武臣帥廬〔八〕，擇儒者佐之，欲通金陵脉絡。爲江閫別公之傑言，安豐宜預備，韃果犯豐。別公謝曰：「今歲言安豐受敵，惟公一人。」力薦之朝，除淮西提舉兼參議，加直秘閣，陞參謀。杜公建江閫，舉自代。呂文德詣闕，攝帥事。軍無宿儲，萬口籍籍，憤呂掊尅〔九〕，公密劾其不法〔一〇〕。奪帥權，移馬司。呂麾下皆在合肥，衆爲公危之，公鎮以静。除工部郎官。韃犯德勝門，公調耿春、鍾實等敗之唐店〔一一〕。王鑑至，詔趣公供職，兼樞密院編修官。自丙申渡淮，至是凡八年。

入對，上喜云：「卿久在淮幕宣勞。」公言：「三邊創殘，上流危急，防江軍無統，把隘舟文具，邊臣祖求錢糧〔一二〕，邀功賞〔一三〕，未有公爾忘私、國而忘家者。」又言浙西軍貧，口券宜全給新楮。上問邊將，多所薦拔。問邊備，乞合江淮，復壽春，不改素論。上令與宰相圖之〔一四〕。公贊廟謨，薦王安。既復壽〔一五〕，韃環而攻之，衆方咎公主議。安死守，援至寇遁，壽城至今屹立。除度支郎官，言殿步軍多終身買閑〔一六〕，京畿帥漕兵擇江湖間卒〔一七〕，昔各自廪，今創從版曹增幫〔一八〕；又百司胥史日繁，邸第戚畹、内諸司使臣、宮觀局務冗職，挂名遥領不一。請置會計録，量出入，議省併。兼檢詳、戎監。俄除檢詳，仍兼。相以憂去，先序進私人以自固，獨不及公。

范、杜並相，邊事多以咨公。輪對言：「韃利野戰，今能罔水行舟，我反不及。既城漼家城、三汊河口，又欲城徐城，皆漢人教之。欲伐其謀，宜睽其心。」又言：「江上戎帥俱戍邊〔一九〕，陪都重鎮乃無大將精卒，何以鎮壓〔二〇〕？」上問：「吕文德何如？」公對：「文德可用，但須駕馭。」除軍器監，仍兼檢詳，兼司農少卿，俄爲真〔二一〕。

以風聞去，提舉建康府崇禧觀，仍舊職江東提舉。視所部旱傷高下發廪有差。以殿中侍御史謝公方叔薦，兼知池州。前公去國，謝公疏也，後知其有方面才，力言於上，人以此多謝公。既視郡印，新造戈船，改蔡隘口。合兩司羨錢糴二萬斛，別樁二十萬緡備賑貸調發，又買田百畝助廪士。在廷諸公交薦，除直顯謨閣、知江州、江西安撫〔二二〕，節制蘄黄安慶軍馬〔二三〕。朝旨和糴三十萬斛，時史宅之典領於内，幕屬欲趣辦希賞〔二四〕，公曰：「奈何竭膏髓以媒其身乎！」撑拄久之，汔減其半。進直龍圖閣〔二五〕。增黄岡守備。韃哨瓜步，掠真陽〔二六〕，獨公所部晏然。訛傳蘄、黄有警，樞府委官來援。公再求罷，不允，所委官竟輟行。俄又有自詭經理山寨者，公曰：「它寨改屬可也，司空山一寨雖屬安慶，距江僅一百里，用溢浦事力，更累政營繕，於今九年，器械糧種皆副闕供億〔二七〕，亦奪付他人乎！」或謂相主此議，公曰：「不得其職而去，與它時敗而去等耳。」力求去，乃召公而以朱伸代之〔二八〕。除大理卿，猶爲廟堂言二闖不當合〔二九〕，但昇距黄遠，只當以九江帥守兼昇閫參謀，就近接應。制置吳公淵果辭，二閫卒不果合，山寨仍屬副閫，公力也。除秘閣修撰、知福州、福建安撫。過家上冢，散金族戚，乃赴鎮。待民平易，有卑抗尊、幼犯長者，不施扑，令以家人禮百拜自贖。有叔姪爭遺珠久不決，命毁珠於庭。惟馭吏不少恕，部内巨猾主民訟、持吏短長者〔三〇〕，皆知姓名，捕治其尤，餘皆掃迹。前帥陳公塏濬内河六百餘丈，公又濬外河，修廣倍焉。舊戰艦有赤馬、白鷂，公更造千石舟，高大倍焉。以積楮百萬緡儲粟平糴。火災，盡焚室，施實惠，數月間公私廬舍復舊。夏秋旱〔三一〕，四郡尤甚，寬租勸分，招販蠲税，累疏牋天，詔航京粟二十萬斛入閩，全活一路。尤溪峒民保聚〔三二〕，命幕僚開曉禍福，即詣帳下謝罪，奏官之。

公素强健〔三三〕，忽得疾，治事閲文書如常，米艘至，尚且區畫賑贍。毉勸省慮嗇神，公不以爲疲，取《圓覺經》繙之，書「静極則覺」四字於几。乞致其事，除右文殿修撰。辛亥閏十月甲戌，卒於府治，年五十八。訃聞，上謂近臣：「趙某究心火旱，遂死於職，可傷也。」娶令人鄭氏，先公十九年卒。一子，與稽，迪功郎、南陵主簿。執喪盡哀，顔色哭泣，觀者感動。四女：長適承奉郎吕泰亨，次適登仕郎楊紹文、鄉貢進士嚴潤老，幼未行。存惟長女，泰亨亦前卒。一孫，孟贄，登仕郎。寶祐改元正月乙酉，與稽葬公於江山縣之松山〔三四〕。

公自脱選十轉至中大夫〔三五〕，八以邊功，二以年勞〔三六〕。自藉令十遷至九卿，皆以勳業自致，不假寸援。性孝友，甲辰禋霈任弟希減〔三七〕，丁未又任兄子與稊。或曰：「如稚子、長孫何？」公曰：「弟姪年長，當先之。」倣范文正公遺意，買田爲義莊，命僧出納，以享先贍族。病中書規約之末，戒子孫謹守勿墜〔三八〕。其持身清苦，服用樸素，飲膳菲薄，門無苞苴，室無粉黛。却江閫迓新中金千星、楮十萬。暫攝合肥，晚鎮長樂，皆積錙鉅萬遺後人。養兵饗士外，巵酒一肉不妄費。及解麾鉞，惟書萬卷自隨，視他貴人獨無厚藏。曩予與公聯事江左，嘗評公曰：「真勤練廉儉人也。」昔典午氏以虛誕饕侈之士當事任〔三九〕，平居不辨馬曹者有之，拄笏觀山者有之，碎珊瑚、探牛心者有之，臨難委師勸進者有之，倒持手板者有之，敗事猶求玉帖鐙者有之，單舸載書畫而走者有之〔四〇〕，其真能爲江表繫衣冠禮樂之脉者，祖、謝、陶、庾數公而已。祖枕戈待旦，謝履屐當任，陶解木儲屑，庾噉薤留白，公大節細行近之。夫事以勤練成，以虛誕壞，財以廉儉聚，以饕侈散，不易之論也，故予於公死生用捨之際，重有慨焉。銘曰：

在昔西京，文武彬彬，雄論卿將，曾不數人。慶曆盛際，西北起塵，□杞之歎，憂形先民〔四一〕。顯允趙公，乘邊十春，攢礮失匕〔四二〕，飛矢及輪。公褐寬博，公膽輪囷。淮江既清，受鉞於閩，知柔知剛，有勇有仁。斂藏英鋭，壹意拊循〔四三〕。謂歸袞繡，謂畫麒麟，天乎奈何，奪此寶臣！維今勳舊〔四四〕，如星向晨，又弱一個，朝野悲辛。長樂之郡，衿佩詵詵，祠公於校，去思如新。金石有壞，銘不可湮。

〔一〕晝：原作「盡」，據翁校本改。

〔二〕劫：原作「創」，據翁校本改。
〔三〕杲：原作「果」，據《宋史》卷四一二《杜杲傳》改。
〔四〕「攢」原作「積」，「倍」字原無，據翁校本改、補。
〔五〕陴：原作「捭」，據翁校本改。
〔六〕析：原作「浙」，據翁校本改。
〔七〕後一「隨」字原無，據翁校本補。
〔八〕盧：原作「蘆」，據翁校本改。
〔九〕掊：原作「剖」，據翁校本改。
〔一〇〕劾：原作「刻」，據翁校本改。
〔一一〕「等」下原有「以」字，據翁校本删。
〔一二〕祖：似當作「但」。
〔一三〕賞：原無，據翁校本補。
〔一四〕圖：原作「國」，據翁校本改。
〔一五〕「既」下原有「不」字，據翁校本删。
〔一六〕買：似當作「置」。
〔一七〕「帥」原作「師」，「江湖間」原作「江開湖」，據文意改。

〔一八〕從：原作「達」，據翁校本改。
〔一九〕上：原無，據翁校本補。
〔二〇〕鎮：原作「慎」，據翁校本改。
〔二一〕真：原作「員」，據翁校本改。
〔二二〕謨：原無，據翁校本補。
〔二三〕軍：原作「單」，據翁校本改。
〔二四〕辦：原作「辨」，據翁校本改。
〔二五〕句末原有「學士」二字，據翁校本刪。
〔二六〕真：原作「貞」，據翁校本改。
〔二七〕種皆：原倒，據翁校本乙。
〔二八〕朱：原作「未」，據翁校本改。又「伸」翁校本作「申」，未詳孰是。
〔二九〕不：原無，據文意補。
〔三〇〕巨：原作「臣」，據翁校本改。
〔三一〕夏秋：原倒，據翁校本乙。
〔三二〕聚：原作「處」，據翁校本改。
〔三三〕健：原作「不鍵」，據翁校本刪改。

〔三四〕穑：原作「積」，據翁校本改。
〔三五〕夫：原作「天」，據翁校本改。
〔三六〕句首原有「助」字，據翁校本删。
〔三七〕弟：原無，據翁校本補。又「希減」不似人名，考《宋史》卷二二一《宗室世系表》七，希瀞僅有一弟，名希漳，另有從弟希淺。以字形相近而言，似當作「淺」，然不官親弟而官從弟，不合情理，更當詳考。
〔三八〕孫：原作「縣」，據翁校本改。
〔三九〕氏：原作「民」，據翁校本改。
〔四〇〕晝：原作「畫」，據翁校本改。
〔四一〕形：原作「刑」，據翁校本改。
〔四二〕失：翁校本作「尖」。
〔四三〕壹：原作「臺」，據翁校本改。
〔四四〕今：原作「令」，據文意改。

陳惠安

頃余按刑江左，檢法官陳君紱護印至境上，始見色謙而和，若無以異於人也，言訥而訒，若不能出於口也。既稍親密，聽其緒論，見善稱揚，若自己出，聞惡蹙頞，未嘗忿嫉。余歎曰：「君吉士也。」及覽牒訴，察其擬筆，傅經而不膠紙上之言，析律而深得法外之意，又歎曰：「君仁人也。」既而君先以薦改秩去。余兩入朝，君終無一字；及去國爲農，君書問無虛歲。余愈愧伏，曰：「君歲寒者也。」俄而君之子以書來訃曰：「琳伯不孝，先君以淳祐壬子十月庚申卒於惠安官舍。且死，曰：『知我者後村翁，汝往謁銘。』」

按長樂陳氏以營田郎官俞爲祖，四傳至見堯，以累舉恩授初品官。生樞，詹榜，終莆田丞。生霆，國子進士，贈承事郎，君考也。妣林孺人，玉堂林卿岊之女兄。君字若晦，未冠而孤，受學於舅氏，知名場屋，連蹇不售。擢寶慶丙戌第，年四十六矣。調興國尉、泰寧簿，家雖栖遲十年〔一〕，始爲韶州司户，兼法曹掾，以廉平稱。攝仁化、樂昌二邑。在樂昌祠濂溪、程、朱於學，士經指授，後多策名。土兵乏食，君自郡航俸米以給。比去，上羨緡於州。再調憲幕，事數使者〔二〕，皆愛君重君。知惠安縣，其治以撫循安静爲主，初若寬緩，然志慮惻怛，邑人信伏，鬭訟稀息。歲旱，君語其僚曰：「邑貧，捨勸糶無他策〔三〕。」乃捐俸以倡，吏民嚮應，得萬楮千緡，自縣市至村澳，各有糴局。東斗門饑民數百保聚，君笞其桀黠者三人，發常平以贍，皆帖然散去。舊例取兩年前賦隸別籍，名縣用錢，君併入都簿。奉養清苦，家無留貲，作成其士，中庚戌第者三人。邑益治，君益臞瘁。九日與其僚登高，歸感微疾，歎曰：「吾去歲本賦歸，以旱不忍去。」至此罨醫却藥，預爲遺令，勉子孫以學發身，以儉持家。自君病，士民爭爲祈禱，既卒，皆罷市巷哭。得年七十二，秩奉議郎，葬某鄉某原，寶祐甲寅四月某日也。孺人李氏，丞相忠定公四世孫，尤賢淑。二子：楙伯，能繼君志；濡伯〔四〕，後從父黄岡令。一女，適進士潘覺先，前卒。一孫，似翁。

君爲選人時，久滯苦貧，然泉牧李公韶以攝局招，廣漕黄公樸以郡掾辟，皆辭不往。嘗與廣州教官林勱約，各掛冠以追榮其親。勱亦静退者。今世號文章家比肩而立，君顧以埋文屬余，甚哉君之迂也！曩予爲清望官，不能扳君於朝，今既退老，成一秃翁，乃欲以無能之詞托君於千萬世，甚哉余之迂也！銘曰：

人疾馳，我徐驅。老銅墨，勤牧芻。縠饑荒〔五〕，芟堇荼。糴估平，菜色腴。微令君，僵路隅。身奄忽，氓欷歔。官雖薄，賢可書。爲此詩，和蔦于〔六〕。

〔一〕雖：似當作「難」。

〔二〕數：原作「教」，據翁校本改。

〔三〕拾：原作「拾」，據翁校本改。
〔四〕伯：原作「泊」，據翁校本改。
〔五〕饉：原作「種」，據翁校本改。
〔六〕薦：原作「薦」，據文意改。

林景大

景大林氏，名演，世居莆之江上。將仕郎繼道，曾大父也，以樂施稱。贈宣教郎夙，大父也。朝散郎、平海軍節度判官兼南外宗簿起初，父也。母李安人，高州使君悦仲之女。宗簿擢乙丑第。景大少苦學，有聲鄉校，秋賦輒不售，抱負鬱鬱無所發，常自感慨。惟宗簿公見其文必曰：「吾兒齒宿而意新〔一〕，尚可勉。」入温陵幕，始以胄子補入，年四十七矣。私試屢捷，聞宗簿公屬疾，棄歸。治命謂日月逝矣，令受遺澤。景大素友愛，巽於猶子棟。服闋，坐學不試則已，試必中。己亥舍試、辛丑壬寅公私皆中，尚虧一簣。甲辰省試，既取矣，以謄録字誤黜〔二〕。歸營一丘，若將老焉。同舍生鄭君玠西上，力挽同載，一戰而捷，陞上舍生赴廷試。景大爲諸生時，屢扣閽上書論天下事，及對，空臆萬言〔三〕，指陳無隱，以此屈居乙科，例得陞甲。教授梧州，不以荒遠鄙夷其士，所以新美作成之者甚至。又條敷鹽、搉契、回易、權攝之類爲民患苦，以告帥、憲，不曰冷官當清談而已。秩滿不俟代，奉求遺書檄去官，槖無南物，僅終扉屨〔四〕。再遊湖南提舉茶鹽司幹官〔五〕，迎吏且及門，得疾。初猶不至甚，及痰盛食鮮，遂以寶祐甲寅正月丁酉卒於寢，年六十九。娶貢士陳君汝陽之女。三男：桷、某、某。一女。桷等以其年四月己未奉柩葬於某里之榷山。景大事父孝，於弟潛、沂及女兄弟有恩〔六〕。棟今爲永嘉法掾〔七〕。

自南渡再興太學，以三舍法造士，行藝考於有司，譽望著於平日〔八〕，蓋有朝解褐而暮爲學官者〔九〕。其後仕進稍艱，文法益密，有司所取或未愜多士之論，平日之譽或不合一時所好，雖有符融、郭泰、歐陽詹之流，亦皆駢肩抑首，參侍郎選而去。然則景大以成均前廊，在集英高等，而老死選調，無怪也。銘曰：

君別號，養吾翁，浩然者，素周充。仕雖晚猶賢速化，數雖盡不與死終。

〔一〕兒：原作「而」，據翁校本改。
〔二〕黜：原作「出」，據翁校本改。
〔三〕臆：原作「憶」，據翁校本改。
〔四〕「終」字似誤，翁校本將其改作空格。
〔五〕「遊」字疑誤，似當作「辟」、「除」一類。
〔六〕於：原作「父」，據文意改。

〔七〕掾：原作「椽」，據翁校本改。
〔八〕著：原作「之」，據翁校本改。
〔九〕蓋：原作「益」，據翁校本改。

趙教授

福清距莆田百餘里，余甥館在焉。間遇其邑士若民，多談縣大夫然否，惟賢趙主簿不容口。自端平罷縣税，簿無兼局，吏卒數輩皆棄去，破廨三間，寂如僧坊，君居之甚安。對客爲清遠之言，若不以事物嬰心者，然歲饑於勸分尤盡力。過軍擾瀕海，君言於帥，宜下令禁約〔一〕。豪右或請歲輸百萬買撲某處蒲魚之利，君言於漕，行此漁業之民皆餒死矣。帥、漕俱納其言。余由是愛君重君，遇當路必誦君賢。人見趣向不同，余力又薄，終不能爲君軒輊。

再轉爲漳州録事參軍。左翼軍捕海寇送郡獄，將貪功，吏納賄，援不分首從法，君争曰：「此可施之山賊，鯨浸中遭掠，逃生無所，有足矜者。」吏猶謂驅率未行當徒，君又讞曰：「此爲驅率者，非爲被驅率者。」傅以脅從罔治之義。臬臺是君議，悉原之。郡以旱禁泄米〔二〕，鄰郡民受庸南歸者各負穀一籠，吏欲拘没，君曰：「彼越境而南，終歲勤動所得，忍扼吭而奪之乎！」白郡還之。民有執某甲盗衣者，吏詰曰：「若衣生絹，此練絹，可執乎？」失者曰：「彼練吾衣矣。」君使拆衣縫，有主名花押，失者乃伏。傍境官户有强佃龍溪縣學釋菜田者〔三〕，郡以委君，君奮筆歸枋。郡人賢録參，猶昔邑人之賢主簿也。性清謹，以簿權丞，有常平附簿錢〔四〕，州倉支軍糧有敖前錢〔五〕，皆却不取。

余與君始會於福清，再見於莆，别數年矣。一日有墨縗通謁者〔六〕，視其刺曰延平鄉貢進士趙琙。既肅入，問其家世，蓋君之子。亟問君起居，愴然曰：「先人去漳，調潮州教授，未上，以壬子九月十八日終於家，年五十八，秩止從政郎。」且袖君季父恬軒先生維所狀君行〔七〕，泫然曰：「先人待君銘而葬。」余爲感動。於是恬軒八十三矣，狀君累三千言，讀之知君一門之雍睦也。自尤溪之莆皆崇岡峻巘，琙觸熱重趼，往返八百餘里而來求銘，又知君諸子之純孝也。

按趙氏世爲尤溪人，高大父元德始由尤溪遷石門。曾大父椿。祖石門居士起。父湘泉先生綱，與恬軒齊名。君諱皐，字則平，以甲午鄉賦擢乙未第，知舉真文忠公稱其賦有古體〔八〕。既仕，竹湖李公、毅齋鄭公、鐵庵方公皆薦君廉退〔九〕。校文於建，太守實齋王公、寓貴意一徐公皆奬君藻鑑〔一〇〕。在漳，章、趙二牧皆薦君改官。徐公晚居廟堂，竟不能扳君於朝，豈執政不足於力耶！抑君命使然耶！初，朱吏部尉尤溪，文公生於尉廨。後克齋石公出宰，即學爲傳心閣以祠周、程，文公記焉。石門於是已知所宗師矣，至於湘泉兄弟白首固窮，守師説不畔，時號尤溪二趙。復齋陳公來守延平，作道南書院，聘梅塢林處士羽爲堂長，湘泉命君往師焉。復齋於諸生中獨稱君清明秀敏，期之甚遠。烏虖！以君之聞於父兄、講於師友者如此，賓師之任、旃厦之選也，而老死於郡文學，惜哉！夫易盡者身也，難磨者志也，有餘者德也，不足者位也，君何恨焉！君前後配皆陳氏，相繼夭。四子：珫貢於鄉，次璞，次福翁、薦翁。女適胡一振，一振前卒。諸孤以甲寅十一月某日，奉三喪合葬於鰲峰之麓，與湘泉塋相望。銘曰：

石門至君，世傳洛學〔一一〕，仰承先儒，俯淑後覺。使借玉階，使侍經幄，可以批九淵之鱗，折五鹿之角。惜其有山澤之癯，無雨露之渥。天道逶迤，儒効迂邈〔一二〕，食其報者，其在珫、璞〔一三〕。

〔一〕禁：原作「築」，據翁校本改。
〔二〕泄：原作「世」，據文意改。
〔三〕官：原作「宮」，據翁校本改。
〔四〕附：原作「祔」，據翁校本改。
〔五〕敖：原作「敷」，據翁校本改。
〔六〕縗：原作「統」，據翁校本改。
〔七〕狀：原作「伏」，據翁校本改。
〔八〕真：原作「貢」，據翁校本改。
〔九〕齋：原無，據翁校本補。

〔一〇〕齋：原作「齊」，據翁校本改。

〔一一〕傳：原無，據翁校本補。

〔一二〕効：原無，據翁校本補。

〔一三〕琺璞：原作「璞瑶」，據翁校本改。

後村先生大全集卷之一百五十六

墓誌銘

雪觀居士

顧夫人名静華，自號雪觀居士，故國子博士杞、孺人林氏之女，山中趙君庚夫字仲白之妻，前國子監簿時願字志仁之母。既笄，歸於仲白，生志仁及二女。年三十四而寡，及見志仁擢甲科第四人，掌宣城書記，迎夫人就養。以嘉熙戊戌四月四日卒於官舍，年五十三。其年臘月十九日，合祔於甘露之阡。

初，博士公詞章名天下，夫人於百家傳記至老佛之書多貫通，古今佳文章悉成誦〔一〕，儒生精博者不能及。落筆辨麗，不費思索，自成文采，士大夫以翰墨自命者無以加也。余先君侍郎、族父尚書與博士同年，每曰：「晉人稱王夫人，惜不使朝士見之〔二〕。如雪觀才慧，非獨閨門之秀，真可論事殿上矣〔三〕。」仲白没，志仁尚總角，夫人忍貧自誓，無不堪之容。延師於塾，程督甚嚴，科舉外教以義理之學。又十四年而志仁成名，其奉大對〔四〕，析理甚精，抗論甚忠，有譽於天下甚蚤。賀客至，夫人亦無甚喜之色。志仁爲大理司直，始脱選，乞上還□□榮二親。詔可其請，贈山中宣教郎、雪觀孺人，異恩也。志仁既采綸言〔五〕，扁其冢舍曰「錫耀堂」，又泣謂余曰：「先母之窆僅書世系、卒葬年月日於坎，銘則未也，敢以請。」余亦泣曰：「夫人吾友之令妻，吾里之貞婦，吾先君、先太夫人之所視猶子者也，敢不敬諾！」然衰病累年，不克爲。余病少間，志仁請益力，語益悲。

余觀古列女才而賢者，蔡琰、班昭二人而已。琰詩高出建安七子，父邕賜書四千卷，世亂書亡，琰追記四百餘篇，手抄送官，悉無繆誤，才則才矣，而好節有媿〔六〕。昭兄固作《漢史》，八《表》、《天文志》未就，昭續成之，其論諫著述〔七〕，世以爲典訓，賢則賢矣，而子穀無聞。能與昭相論難者，夫妹曹豐也，生爲昭撰集遺文者，子婦丁氏也，穀於是媿於其姑，亦愧於其内矣。夫人節全於琰，有禮宗之風；教同於昭〔八〕，食義方之報。志仁之所以植立而顯揚，亦非穀輩之所敢望也。余三十三而銘仲白，六十八而銘夫人。是歲志仁以奉議郎通守泉州，兼南外宗正丞。女長適進士李億，億前卒，次爲尼。孫男若瞻，國子進士。孫女四人。銘曰：

懿哉夫人之爲母也，雋哉志仁之爲子也。然富貴腐鼠也，王侯聚蟻也，夫人之望爾也，蓋在此而不在彼也。夫必敢言如元城也，□□如君倚也〔九〕，能繼二子之賢然後有以濟二母之美也。勉哉志仁之不可以止也！

〔一〕佳：原無，據翁校本補。
〔二〕之：原無，據翁校本補。
〔三〕真：原作「貞」，據翁校本改。
〔四〕大：原作「文」，據翁校本改。
〔五〕綸：原作「論」，據翁校本改。
〔六〕好：似當作「婦」。
〔七〕著：原作「者」，據翁校本改。
〔八〕同：原缺，據翁校本補。
〔九〕「倚」下原有「里」字，據翁校本删。

惠州弟

處和名克剛，先君、先魏國林夫人之第三子。自先大父、叔父歷館閣〔一〕，先君至侍從，處和接奕世文獻。用先君遺表恩入仕，初筮長溪東尉。邑去州數百里，與温接境，盜出没其間。比處和去，桴鼓不驚。再轉潮州推官，先後牧守賴其婉畫。去爲泉州録參，盡心叢棘〔二〕，囚無怨言。素拙身謀，在潮獲常員剡二，至泉又獲其一，處和笑曰：「安從得職剡耶〔三〕！」初，處和丱角時，先君命出拜鄉先達陳公，意若屬之者〔四〕。至是陳公拜秋卿，慨然剡上。太守文忠真公亦曰：「其伯兄久從吾游，合穎非吾責乎！」由承直郎改通直郎，知沙縣。二税銖寸以上州輸，邑計仰鹽而已，牒訴尤繁。處和以勤儉扶積弊，以公恕平兩造，醝餫通，鉅箭稀。桂帥辟通判静江府〔五〕，以親養辭。監左藏西庫，秩滿，擢提轄文思院。會帑吏亡金，同寮三人，其二有奥主，獨坐處和，怡然不辨〔六〕。出倅福州，未上，擢知新州，改循州，皆以親養辭，求爲福建參議官。入幕數月，丁魏國憂。素豐肌美髯〔七〕，及卒哭，羸瘠斑白〔八〕，見者不能認，練祭則皤然一翁矣。

免喪，余以大蓬召，年已高，不欲出，念處和久困，遂行。安晚鄭公當國，迎勞曰：「某再相之初，扳後村自助而不至〔九〕，今已更闌客散矣。」余曰：「遠來有求於丞相爾。」鄭公問何求，余曰：「以愛弟累公。」丞相奏以處和需次知惠州。未幾余先逐，鄭公雖薨，余以黨論廢〔一〇〕，處和欲辭麾乞祠。余曰：「兄弟罪不相及也。」有旨免朝辭趣行，余率子弟餞飲南山，寬作兩年别爾。處和行至海豐，見村民數十百輩纍纍若就逮者，呼問之，則曰：「官點集吾曹爲新使君擔夫。」處和曰：「吾行李不能數篋，安用此！」爲笞縣吏，盡縱去。於時久旱，甘雨傾霔。至郡，反禮例二千緡於公帑〔一一〕，輟未製供帳絹二百疋以造祭服、新旗幟。事提大綱，獄酌大情〔一二〕，不以小慧小察爲能，惟嚴告訐〔一三〕，禁枝蔓，犯者不少恕。歲旱，運廣米平糴，教民乾種。烏龜逕行數十里無人烟，號曰盗區，舊戍久廢，乃築新基，外爲土城，環以塹，請於帥〔一四〕，增摧鋒四十人戍焉。又創惠民局，病者（如）〔知〕有醫藥。以謁學例卷助學，釋菜始有祭器。作豐湖書院，列四齋，前爲夫子殿，後爲先賢祠，以丁鈔例卷買田養士。始至帑庾赤立，人疑不可爲，處和覈滲漏〔一五〕，量出入，削苞篚〔一六〕，省厨傳，自奉如窮書生〔一七〕。或笑其過於清苦，答曰：「吾積至萬緡，則諸邑寬剩錢〔一八〕、醋息錢可罷矣。瘠一身以肥一郡〔一九〕，庸何傷？」寬剩者，取之二税之外；醋息者，取之訟牒。處和方議革此二弊，俄得痹下之疾〔二〇〕，比屋薌燈祈安。蒲節猶與同僚小集，越三日始伏枕，然治事如常，手書兩幅區畫身後不少亂。左右問：「無數字訣後村乎？」曰：「兄老矣，勿攪渠抱〔二一〕。」易簀尚延郡文學至卧内，再捐羡錢千緡增學畜。翌日終於州治，年五十六，寶祐甲寅五月甲申也，秩止朝散郎。始死，官吏士民相吊；將發，空巷哭送。其秋反柩於家。娶趙氏，贈安人，前二十四年卒。二子：埜、桂，皆力學，埜當受遺澤。一女，爲尼。孫男三人，尚幼。十一月壬寅，合葬於北辰阡，遵治命也。

余兄弟少而不夭，惟同事魏國之日長。不幸無競夭，魏國薨，每與二季誦君子三樂之言，相對悲慨。自南來者，聞處和强健則喜，聞郡人稱其廉白則大喜。涉夏疾動，書來猶不言病，而以米艘至郡爲喜〔二二〕。烏虖，處和慮其兄之憂而諱其身之病，緩其身之病而急其郡之饑，語之土木猶當流涕，況天倫之情與郡人之思乎！處和由工轄一閑十年〔二三〕，禄米不繼，其所以能增汾曲數椽，闢郭外二頃者，蓋其性儉約，攻苦食淡，居則亢薄貲爲中産，仕則化凋壘爲富州，其道合於《易》之節、老氏之嗇，豈有他謬巧而然哉！昔周嵩自評伯仁、仲智不如叔泊，王子敬與諸昆詣謝安，客問孰佳，安曰「少者佳」。客請其故，安曰「吉人之辭寡」。余平生以言語文字取禍〔二四〕，無競所至亦以操持擊斷多忤〔二五〕，惟處和謙厚不矜露，坦蕩無喜愠，是固家慶之所鍾而世法之所宜也，而年與位俱出余下〔二六〕，悲夫！雖然，使五筦之人皆知嶺海有廉牧守，處和持此有以見先親於地下矣。若夫世系，見於水心葉公所作再世隧碑，不複出也。銘曰：

親之孝子，兄之順弟，里之善人，國之清吏。汝歸有辭〔二七〕，余銘無愧。

〔一〕「自先」二字原缺，「大」原作「天」，據翁校本補、改。
〔二〕叢：原作「業」，據翁校本改。
〔三〕從：原無，據翁校本補。
〔四〕意：原缺，據翁校本補。
〔五〕辟：原作「避」，據翁校本改。
〔六〕辨：原作「辦」，據翁校本改。
〔七〕肌：原作「飢」，據翁校本改。
〔八〕斑：原作「班」，據翁校本改。
〔九〕扳：原作「板」，據文意改。
〔一〇〕以：原作「至」，據翁校本改。
〔一一〕千：原作「十」，據翁校本改。

〔一二〕大：原無，據翁校本補。
〔一三〕嚴：原無，據翁校本補。
〔一四〕帥：原作「師」，據翁校本改。
〔一五〕「和」下原有「激」字，據翁校本刪。
〔一六〕笸：原作「匪」，據翁校本改。
〔一七〕如：原作「始」，據翁校本改。
〔一八〕錢：原作「鐵」，據文意改。
〔一九〕一郡：原作「邦」，據翁校本改、補。
〔二〇〕瘺：原作「滯」，據翁校本改。
〔二一〕「攬」原作「攪」，「抱」原作「袍」，據翁校本改。
〔二二〕米：原作「來」，據翁校本改。
〔二三〕閑：原作「門」，據翁校本改。
〔二四〕禍：原無，據翁校本補。
〔二五〕競：原作「敬」，據翁校本改。
〔二六〕俱：原作「懼」，據翁校本改。
〔二七〕辭：原缺，據翁校本補。

顧監丞

莆多舊族，顧氏尤著。君謀名孺履，君謀字也。於□□大夫廻爲五世〔一〕，朝請大夫端智爲高祖〔二〕，承節郎□□爲曾祖〔三〕，處士清爲祖〔四〕，贈奉直大夫幼强爲考。□□□公前輩耆儒，席下諸生常數百人。嘉定庚午，與□□□同貢於鄉〔五〕。辛未，君謀擢第，調潮州户掾。未上，丁□□□恭人憂。歷高要主簿、陽江令，丁奉直公憂。爲□□、南平兩縣令〔六〕，用薦者改秩僉書江陰軍判官、廣□□□主管文字、監左藏西庫、知英德府。臺閫交薦，□知瓊州、兼安撫都監〔七〕。召奏事，擢軍器監丞。以風聞□□□武夷山冲佑觀。寶祐甲寅閏六月庚辰以□□，年六十五〔八〕，秩至朝議大夫。娶宜人謝氏，惠安人〔九〕，前二十一年卒。六子：紹午，端平戊戌進士，歷程鄉主簿〔一〇〕，蚤夭；紹庚，新會尉；紹申，後伯父通守，改名介孫，爲番禺主簿；紹甲，將仕郎，貢於漕；紹戊，以遺澤擬登仕郎；紹子，未冠。五女，長適高要主簿林祖德，次適英德府法掾方大年，其三尚幼。孫男二人，孫女三人，外孫六人。諸孤卜以己卯七月朔乙未襄大事於烏石之阡，與宜人合祔，而請銘於余。

君謀傳家庭義方，有場屋俊譽〔一一〕，然性行平實，才力精練，治三邑皆可紀，尤爲南平人所思。緜計幕司京帑，將開朝躋矣，適哭紹午，乞麾而去。至英，飾夫子廟，新試闈，教民陶瓦易茅以辟火災，郡人祠之至今。海南無白米〔一二〕，斛折二十餘千，君謀庸鐫其估，民大悦。先是牧守不能綏靖，召戎激變，縣鎮鄉團蕩爲丘墟。君謀至，開諭黎蜑，責其自新，皆叩頭感泣。俄而西黎、涂白峒覆出，君謀聲其罪，俾東黎率諸峒討之，遂俱屈伏。經略使李公曾伯上其功狀於朝，乞轉兩秩與監司差遣，訓詞云：「爾牧瓊臺，黎氣未帖，一綏懷激勵間，使之覆敗枝拔，投戈請命，晉陞一級，非朕私畀。」李公謂賞未酬勞，乞以身所轉一官畀君謀，不報。劇盜烏流鱗久爲海道患苦〔一三〕，依外國爲窟穴，朝廷名捕莫能獲。君謀設奇畫，擒酋黨數百人，都曹議再增二秩。君謀素善陳公顯伯及余，萬里遺書曰：「某以過海賞當轉元士矣，年高恐死海外，請毋轉秩，生入玉關可乎？」陳公適與余同立螭，相率堂白，遂躳予環之命。君謀入對，頗條時弊，而諫湖寺土木尤切。時余與陳公皆已去，君謀暫留，亦不能久。烏虖，以君謀之賢而外止於二千石，内止於一職事官，悲夫！

余昔待罪廣漕，君謀爲寮，察其持論至平而止〔一四〕，決訟寧恕無已甚，諸人或露才揚己，君謀居其間如不能言，余以是知其存心之厚也。長有過必箴切，人有疵則掩覆，然未嘗漏言，余以是知其謀人之忠也。嘗主瓊筦者皆厚〔一五〕，君謀惟有宅一區，郭外之田僅及中人之産，余又以知其律身之嚴也。與人交耐久，曩余三入也不加密，後余三黜也不少疎。白首還鄉，方將修蘭亭、洛社之故事，君謀又少余三歲，孰謂其先余而蜕乎！君謀晚節酒邊頗以紹子及三女未成立爲憂，余曰：「君學士大夫也，奈何有持姬女指季豹之難？古人有託子於其家臣及其友者，故有存趙孤者，嫁阿鶩者。君不有四丈夫子列膴仕乎？暮子穉女，諸郎之責，非君所當憂也。」君謀爲之一笑。銘曰：

顧侯恂恂，訥不出口，及激而奮，勇過賁、黝。出掃氛祲，海無狂瀾，入諫木天，君爲霽顔〔一六〕。材無不宜，用有未盡，惟銘不磨，可以著信〔一七〕。

〔一〕迴：原作「廼」，據翁校本改。
〔二〕請：原作「謝」，據翁校本改。
〔三〕郎：原缺，據文意補。
〔四〕士：原作「壬」，據翁校本改。
〔五〕貢：原作「責」，據文意改。
〔六〕南：原缺，據後文「尤爲南平人所思」句補。
〔七〕知瓊州：「知瓊」二字原缺，據後文補。
〔八〕年六十五：「年六」二字原缺。按後文云「君謀少余三歲」，劉克莊生於淳熙十四年（一一八七），則顧孺履生於紹熙元年（一一九〇），卒於寶祐二年（一二五四），得年六十五，據補。
〔九〕人：原缺，據翁校本補。
〔一〇〕鄉：原作「卿」，據翁校本改。

〔一一〕俊：原作「後」，據翁校本改。

〔一二〕海：原作「侮」，據翁校本改。

〔一三〕苦：原作「若」，據翁校本改。

〔一四〕止：似當作「正」。

〔一五〕主：原作「謂」，據翁校本改。

〔一六〕君：原無，據翁校本補。

〔一七〕著：原作「者」，據翁校本改。

何君伸

嘉定己卯，余歸自江淮閫幕，里中耆舊尚多，相與飲予於復齋陳公之月樓〔一〕。酒酣，陳公語余曰：「吾近得一詩人。」余曰：「豈江湖社友乎？」陳公曰：「非也。」翌日，余見陳公〔二〕，復問詩人安在〔三〕，君出揖一黑瘦髯□□□□□□□□警策〔四〕。余驚曰：「君讀書多，落筆工，逢掖中未易得見〔五〕，乃着短後衣從事於轅門乎〔六〕！」君曰：「何氏四世於此矣。死靖康勤王之役者，曾大父清也；以戰功宣差步軍□□使者，大父德也；以勇力爲大校者，父華也。某幼嗜詩書〔七〕，大父恐其不武〔八〕，始捐書習馳射擊刺之事，而舊讀皆已根着於心〔九〕，至老不忘，遇感時傷事，憂憤激切，必於詩洩之。自開禧後邊隙開，虎符數調郡國兵，某請行，□□不省。每春秋都試弓馬外，輒陳詩以自見，守將□□王公亟嘉賞而不能用。今僊矣，無能爲也。」余歎曰：「人世有此士而余不知〔一〇〕，蓋天下詩人生於荒遠，厄於□□，與寒蛩俱鳴、與朝露同晞者多矣〔一一〕。」常記君在心□□鍾愛一子，初筮建康總□□曰：「吾擇可與吾兒□□者，莫如君子。」後果以廉稱，至郎官、監司。然君暇日登冶城，訪新亭，意多感慨，吟益悲苦，竟客死建康，嘉定壬午九月五日也，年五十六，陳公痛惜。以紹定辛卯十一月二十日，葬於廣化寺之中峰。配張氏，繼陳氏，以好施稱。君没，余始識謙，察其奉母至孝，事主忠，父子皆志義人也。謙詩視乃翁尤組麗精密。初，陳公諾埋文，及斬板，公不及見矣。後二紀，謙乃以屬余。昔者白石之歌詞鄙而義拙〔一二〕，《五噫》之詠寂寥而簡短，一遇□史，遂傳於世。君詩殆不減飯牛賃舂之作，而余又□□，非子長、蔚宗之比，悲夫！

君初名俊，後改名□□□抑翁。銘曰：

昔徐光，秣馬兒，書柳柱，學頌詩。千載下，君似之，三大字，義取斯。陳公禮，劉僂碑。

〔一〕欽：原缺，據翁校本補。

〔二〕見陳公：原缺，據翁校本補。

〔三〕復：原缺，據翁校本補。

〔四〕警：原缺，據翁校本補。
〔五〕得見：原缺，據翁校本補。
〔六〕乃着：原缺，據翁校本補。
〔七〕幼、詩書：原缺，據翁校本補。
〔八〕恐：原作「請」，據翁校本改。
〔九〕皆已：原無，據翁校本補。
〔一〇〕人世：原缺，據翁校本補。
〔一一〕晞：原缺，據文意補。翁校本作「稀」，形近之誤。
〔一二〕者白：原無，據翁校本補。

楊監税

余少爲靖安主簿，及事江西計使吏部楊公。時幕中有二李〔一〕，國録公名誠之，司直公名燔，賢聞一時。公不以余年幼名微〔二〕，羅而致之二李之間。余後稍自植立〔三〕，皆公發之。公諱楫，字通老，所謂悦堂先生也。初，公□併哭子孫没而生祭者屢矣〔四〕，門館既荒，弓箕靡託，□念昔人存孤之事，誦事吳如事主之言，未嘗不齋□而感慨焉。余後自掖垣斥〔五〕，有新監漳州税務楊君來謁，問其家世，公從子也〔六〕。出一編書，公遺文也〔七〕。余悲喜交集，而君迫上日不少留。及成滿，余方執喪，君來吊廬，自是久不相聞。

余晚自禁林斥〔八〕，有登仕郎楊㙜走僕致函書且奉其乃翁《行狀》來曰：「先人徹殯而葬有日矣，㙜羸瘠不克要絰以請，公幸矜哀而賜之銘。」余悵然曰：君亡矣夫！㙜，君之子也。《行狀》，毗陵陳使君均之文也。狀言楊氏世爲長溪人，族居大姥山下。君曾祖亞，祖昇。父梓，迪功郎，與吏部公同大父。君幼聞吏部緒言，内以族老畏齋溥、外以勉齋黄公榦爲師，淹貫羣書，於《通鑑》尤精熟。中年場屋頓挫，見儕輩多假途侍右選取名第〔九〕，亦俯就焉。抑齋陳公韡，吏部□也，建閫金陵，載之後車。總蔡公範、漕唐公璘皆論薦。至漳，俸外一錢不取，歸裝惟載漳蘭。王侯璞、章侯□任又論薦，然君宦情已闌，遂不復出。朔望帥族子□聽畏齋講四書，仲春祀晦庵、勉齋、悦堂三先生於家，徹俎行鄉飲禮。爲歲儉穀貴，先下其估，救人患難，終無德色也。蓋修於家、行於州里者如此。其手揮七絃，中散之高趣也；探丸起死，中軍之妙解也。詩律尤高，有《得庵集》五卷，多警句〔一〇〕。與族之俊秀爲吟社，遇好風月、佳山水，屐齒印莓苔，歌聲驚樵牧，盡歡而後已。□□□不怛□。寶祐甲寅九月晦日卒於寢，年五十八。明年十月庚子，以治命葬安仁山喜祥彎〔一一〕。配林氏。一子，㙜也。二女，長適進士高榦；次適侍郎陳公昉猶子，未行而夭，返幣陳氏〔一二〕，談者美之。余讀史，愛馬少游、臺佟、尚平之爲人〔一三〕，君庶幾焉〔一四〕。㙜不遠三江九嶺，以銘見託〔一五〕，其父子皆有可書者。銘曰：

一士涉世兮非一端，修而壞之易兮全而歸之難。猗楊君兮老凋槃，官雖卑兮氣則完。使繡裳而跋疐兮不如敗絮之温，五鼎而烹死兮不如一瓢之安〔一六〕。嗚呼！下見吏部兮無怍顔。

〔一〕中：原缺，據翁校本補。

〔二〕不：原缺，據翁校本補。

〔三〕立：原缺，據翁校本補。

〔四〕夭：原作「次」，據翁校本改。

〔五〕斥：原作「斤」，據翁校本改。

〔六〕〔七〕公：原缺，據翁校本補。

〔八〕林：原作「令」，據翁校本改。

〔九〕儕：原作「擠」，「輩多」二字原缺，「侍」原作「恃」，據翁校本改、補。

〔一〇〕警句：原作「驚句」，據文意改。

〔一一〕彎：原作「鸞」，據翁校本改。

〔一二〕幣：原作「弊」，據翁校本改。

〔一三〕佟：原作「修」，據《後漢書·逸民列傳》及翁校本改。

〔一四〕焉：原作「爲」，據翁校本改。

〔一五〕託：原作「記」，據翁校本改。

〔一六〕而烹：原無，據翁校本補。

鄭玶宣教

□樞、觀文殿學士、邠國鄭公起倫魁，事三朝，慶元該□，號名執政。仲子左司忤權相，投散地，端平親擢爲□□士。左司生君〔一〕，名玶，字純甫，治《周官》，旁通他經傳，叩之亹亹不竭，如窮書生也。自國初至南渡，中間政事沿革、世道消長數大節目，皆默識，即之纚纚可聽，如耆老人也〔二〕。君既佩服義方，而大母邠國夫人爲玉山端明汪公之女〔三〕，母恭人又少端明之女也，耳目濡染〔四〕，皆兩家之舊事、諸老之雅言。終其身無珠玉犀象僮僕狗馬之好，架惟陳編，几惟古硯，衣垢屨穿，見者不知爲貴公子。既孤，尤勤儉。君外兄樞密潛齋王公與余書，問君何如，答曰君保家主也。寶祐初元十月己巳，以疾卒於寢，年四十二。初補承務郎，遇璽赦及上龍飛、東朝慶壽，左司以任子恩回授，累轉宣教郎。嘗與姻家臞軒王卿邁有違言，坐微累久不調。臞軒晚而悔之，將銓集矣，而君遽夭〔五〕，命也夫！娶林氏，金紫公悦之孫，貢士時之女。四男：泌以左司遺澤補將仕郎，次淄，次沂，次渭，與二女俱幼。三年十一月壬寅，葬君於松嶺茅洋山之原，泌來謁銘。邠公諱僑，左司諱寅，世係見於國史。銘曰：

盛德百世，古有是言，繇樞至君，偉僅三傳。蘭枯玉折，談者感焉。河流西來，天道左旋。君雖不年，君婦甚賢。君嗣森然，相與勉旃。

〔一〕生：原作「坐」，據文意改。
〔二〕如：原作「君」，據翁校本改。
〔三〕玉：原作「王」，據翁校本改。
〔四〕濡：原作「霈」，據翁校本改。
〔五〕夭：原作「大」，據翁校本改。

丁倩監舶

君名南叟，字山父，給事中丁公之子，母碩人林氏、莊氏。給事爲御史時，余爲樞掾，君尚丱角，拱立親傍執弟子職，貌甚恭也。年甫志學，一銓而捷，藝甚敏也。終日劬書〔一〕，端坐家塾，未嘗識茗枋酒爐，足跡可數也。余弟工部方爲愛女擇配〔二〕，余曰無如丁氏子，遂諧姻好。□以父任受迪功郎、太平州司户參軍。未上，丁外艱，改奏承務郎、監福州海口鎮。未書考，丁内艱，調監泉州市舶務。秩滿，以疾終於寢，寶祐甲寅九月朔也，年三十四。娶劉氏。三男：錫老、及老、長老。初，長老煢然，甫晬，劉氏爲門户計，又命君從兄汝振、南一之子同紹君後，錫、及是也。一女，未笄。

君雖早失怙〔三〕，而被服先訓，内嚴憚莊碩人，外親炙婦翁，粹然有佳子弟之譽。不幸兩家尊老棄去，君寖荒於酒〔四〕，性復疎財，視金帛如糞土。余每規君，飲量增、穀氣少，非衛生之道，又給事清苦成家〔五〕，宜以勤儉繼志，君殊自若。仕踰一紀，未嘗叙年勞，秩止初補。給事有遺表恩，亦不汲汲自列。蓋其氣宇宏豁，規圓闊遠，若將大有成就者。鸞方飛而鎩羽〔六〕，驥方騁而蹶足〔七〕，可悲也夫！明年十月庚寅，祔於□□□下大墓之左。世系見給事公碑。銘曰：

頎然而秀，龐然而厚，不貴不壽，孰尸其咎！在昔臧孫，强諫有後〔八〕，英英夕拜，剴切百奏。先諸賢鳴，宜十世宥，天無不定，將啓其胄。

〔一〕日：原缺，據翁校本補。
〔二〕弟：原缺，據本集卷一五三《工部弟墓誌銘》補。
〔三〕早：原作「皁」，據翁校本改。
〔四〕於：原作「手」，據翁校本改。
〔五〕苦：原無，據翁校本補。
〔六〕羽：原無，據翁校本補。

〔七〕驥方：原無，據翁校本補。

〔八〕有：原缺，據翁校本補。

韓母李氏

李氏自承宣使畊扈從南渡，始爲閩人，居城東城。夫人諱道康。曾大父荀，擢第，終衡州法掾。大父濬。父國材，贈承信郎。兄亮，魁慶元龍飛武舉，牧二州。弟師，武魁絶倫省試。初，伯氏爲夫人擇對，以歸韓君永字昭父，行義推於鄉，自號王陽翁。夫人不以夫貧而事姑孝謹〔一〕，姑每曰〔二〕：「吾何以報婦！」夫耽書外不屑羣碎，夫人益勤生葺家，水菽盡歡。拊庶出女甚慈〔三〕。嫠居二紀，雖貲薄力微，若不能自存，然男畢娶，女有歸。葬叔姒之喪，爲嫁女字幼女。妹喪所天，依夫人以居〔四〕，没賴以葬〔五〕，又收孤甥養之，里人服其賢智。始余以大蓬召，過毘江，約夫人子斗同載〔六〕，夫人勉斗行，曰：「是翁長者，可也。」至都不數月，余逐去朝〔七〕，他貴人争掃榻以延斗〔八〕。斗曰：「吾母命吾從後村翁，翁去余留，可乎？」即日挑包出關，從余至家塾。一日聞夫人體中小不安，雨泣辭去。越壬子□□己卯，夫人年七十八矣，屬疾三日而遂終。斗□□□之歸，不復離膝下。其秋往應漕牒，還道順昌，以夫人年高，預求美櫝載歸。及門，夫人已屬纊，以其木殮，人謂純孝之感，而斗猶以不及侍疾爲大恨。余與斗游，知夫人於六經多能默誦，屬文染翰如學士大夫然。二子：斗、滋。一女，適進士趙某。滋以是歲先夭，夫人傷悼，始衰。男孫四人，女孫二人。

夫人之歿以十一月丁酉，葬以明年某月某日某山某原，斗來請銘。李門閥光顯，韓父子隱約，而夫人安之，視陋巷菜羹如華屋玉食。昔楊樸之妻以其夫之聘召爲憂，种放之母不以其子之授生徒有聲聞爲喜，夫人平生大都有楊妻、种母之風矣〔九〕。斗字孔思。銘曰：

友母之子，銘母之藏。斗也顯榮，自表於岡。

〔一〕夫：原作「大」，據翁校本改。
〔二〕姑：原無，據翁校本補。
〔三〕拊：原作「祔」，據翁校本改。
〔四〕依：原作「休」，據翁校本改。
〔五〕没：原作「汲」，據文意改。
〔六〕載：原作「戴」，據翁校本改。
〔七〕去：原作「午」，據翁校本改。
〔八〕榻：原作「搨」，據翁校本改。
〔九〕大都：似當作「大節」。

林經略

故兵部侍郎簡肅林公在淳熙間號魁壘骨鯁之臣，危言勁氣，視古肅、汲〔一〕。公其仲子，諱行知，字子大。少爲學專苦〔二〕，兩上春官不售，父任爲承務郎，監德清縣尹部犒賞庫〔三〕，有能聲。外艱免喪，辛帥棄疾以醝局屈致，力辭。歷湖北營田司幹辦公事，帥議復搉湖魚之利〔四〕，又欲更酒政，公皆力争而寢。秩滿，奏記時宰，言：「湖北義兵七萬餘人，徒供里胥總首私役，宜修教閲法；紹興初營田歲獲二十四萬斛，今僅及十之一，宜修舊帥葉都丞法。」葉都丞者，夢錫丞相也。授南外睦宗院，以從官執政薦靖退，堂審除太社令〔五〕，遷將作監簿、大理寺丞。嘗鞫僞造楮幣之獄〔六〕，察知一囚之寃，既而獲真犯者，一寺皆驚。火災求言，公疏：「火失其性由讒夫昌、邪勝正所致。朝廷以一人之言改舊章，銓曹以一人之故破定法，污吏自陳而改正，美官夤緣而倖得，濫恩執券以取償〔七〕，此災所由興歟！」

以親老丐外，知漳州。罷屬邑鬻鹽，下車甫三月，郡大治。以内艱歸，終制，朝家以漳人之愛公也〔八〕，復畀右符。陛辭，言：「比歲風俗壞，廉耻喪，膺重任者負國〔九〕，居方面者從逆，縉紳謀身重於謀國，學校圖利甚於圖名，宜操名教以範俗，崇名節以勵世。」留爲司農寺丞。兩浙饋餉滯留，公言：「受輸出省限則費追呼之擾，發綱失春水則有淺涸之患，宜嚴期限。」又言：「浙綱以地近不該賞，郡縣官有援者率規避，而抑差簿尉指使之孤寒者，宜均勞佚。」時朝廷出新楮易舊〔一〇〕，民旋疑惑。公被選行江浙也，州未嘗譴一吏、罪一民，而民間帖然順令。薦無錫宰鄭之楊等十人於朝。知永州，道改提舉湖南常平茶鹽。常峒民或買省地薄産，縣吏抑充保正不伏，格傷捕者，公謂曲在縣吏〔一一〕，以官錢贖回所買地，劾去邑宰，乃定。新化峒豪奉姓者素負固犯法，公察其人頗知書，呼至，送石鼓書院。奉悔前非，還擄掠，公復遣歸峒。□□提點刑獄。永州趙監嶽女死，或訟趙妾易氏實殺之，獄吏謂易減女食致死，以鬬殺律論奏，不聚問讀示。公讞駁以聞，委官別鞫。會公改除轉運判官，永之官吏欲變獄情，公移獄漕臺，抗章自劾。詔下，易果不死。湖南楮幣尚未流通〔一二〕，委官秤提，他路奉行操回〔一三〕，民□有虧一錢而没入其鉅萬貲者〔一四〕。公歎曰：「愛民體國□是一事，士大夫不當歧而二之。」綏寧、衡山事丞挾令肆擾〔一五〕，皆重劾；吏乘時誅求、民設譎欺諞者，皆峻治。猶曰此末也〔一六〕，遂移書廟堂，言：「界未滿而先换，令甫下而旋變，上自失信也；入責錢銀，出用純楮，官輕楮也。盍亦反其本乎！」其持論如此。

以度支郎官召，未至，除直秘閣、知廣州、廣東經略安撫。巽避，不俞。行至臨漳，散遣迎吏，拜疏乞閑。上不能奪，主管冲佑觀，嘉定八年秋也。復辭貼職。後五年，除舊職主管明道宮。公資稟厚，晚尤清健，忽不疾而逝，積階至朝散大夫。其卒以十五年五月十三日，年七十一。葬以其年九月二十三日，墓在福清縣拱辰山。宜人鄭氏，西塘先生介公俠之曾孫〔一七〕，先公十七年卒。二子：長致誠，奉議郎、知泉州惠安縣；致廣，朝奉郎、知肇慶府。三女：長適承直郎、鎮南軍節度推官洪搏，再適宣教郎、大理評事任永年；次適通直郎、知汀州長汀縣黄普；次適某官知某縣鄭揚祖。皆已卒。孫男三人：曰某，曰某，曰某。孫女三人。

公清苦過人，在湖北幕，積例卷市百牛以助營田。晚漕長沙，别儲銅緡十萬以備緩急。簡肅帥湘四年，公亦徧歷諸臺，攝閫事，父子相繼甓潭、衡驛路六百里，湘人德之。所著有《奏議》、《史評》、《通鑑綱條》、《雜著》，藏於家。余觀公平生，有可以乘機會取富貴之時多矣。攻僞學者速化，公未嘗片語少阿時好，故居中無超遷；奉新書者顯擢，公猶寬一分以壽國脉，故久外不復入；爲南伯者必富，公麾去牙纛，挑包而返，故僅足無厚藏。遵大路而不由傍蹊者也，貴元身賤外物者也。余少與公有連，然未識面〔一八〕。歲在庚辰，見公里第，眉目聳秀，紅顴雪髭，質實而凝重，前一輩人也。留語窮日夕，間示余以所箋《詩》數則，多與朱氏《本義》同。余曰：「公亦宗考亭乎？」公曰：「朱公經學妙處，聖人不能易也，况學者乎？」余因叩公：「簡肅素賢朱公，晚有異論，何耶？」公曰：「吾翁有殊眷，朱公負重名，當軸皆禮貌之〔一九〕，内不善也。及翁被夏卿之擢，朱輟臬事而留，俱出獨斷，不由啓擬。當軸愈甚，知二人素剛不相下，翁又新與朱公論《易》撑拄〔二〇〕，遂除朱公爲兵部郎。二人果以不咸皆去，卒如當軸所料。時臺端胡晉臣助朱排翁，相則周益公也。」余觀近世士大夫多以恩怨爲毀譽。其後光皇龍飛，時事一新，簡肅以次對里居，方拜疏以周策免、胡出臺爲惜〔二一〕。向使及見慶元學禁，吾知其必爲朱公作《辨誣》矣。烏虖，亦足以知簡肅之賢也。公不以家學掩師説、私隙廢公論，又足以知公之賢也。念昔辱公傾倒，握手惓惓，若見託以身後者〔一二〕。公殁若干年，肅翁奉故直龍圖閣復齋陳公宓之狀來請銘。公曾祖諱某，某官。祖諱某，贈大中大夫。簡肅公諱某，母某國夫人夏氏，某國夫人聶氏。世居長樂，大中公始遷福清。銘曰：

長樂建安，嘗有異同，及公談經，多取晦翁。紀㦧太丘，歆畔中壘，必如公者，乃曰能子。憯怛褚議〔一三〕，耿介囊封，謀身甚拙，謀國則忠。晚辭閫鉞，歸尋初服，汾曲田廬，洛陽水竹。士欽其高，民懷其仁，竟全此璧，下從先人。凡余所述，皆公提耳，庶幾南董〔一四〕，有考於此。

〔一〕肅汲：似當作「蕭汲」，西漢直臣蕭望之、汲黯也。
〔二〕學：原無，據翁校本補。
〔三〕尹部：似當作「户部」。
〔四〕推：原作「權」，據翁校本改。
〔五〕太社：原作「大杜」，據翁校本改。
〔六〕幣：原作「弊」，據翁校本改。
〔七〕恩：原作「思」，據翁校本改。
〔八〕「朝」下原有「鹽」字，據翁校本删。

〔九〕任：原作「仕」，據翁校本改。
〔一〇〕新：原作「親」，據翁校本改。
〔一一〕句首原有「求」字，據翁校本刪。
〔一二〕幣：原作「弊」，據翁校本改。
〔一三〕操回：似當作「操切」。
〔一四〕民：原作「氏」，徑改。所缺一字似當作「間」。
〔一五〕事：似當作「兩」。
〔一六〕末：原作「未」，據翁校本改。
〔一七〕俠：原缺，徑補。按鄭俠號西塘，謚介。
〔一八〕識：原作「職」，據翁校本改。
〔一九〕禮貌：原倒，據翁校本乙。
〔二〇〕拄：原作「柱」，據翁校本改。
〔二一〕免：原作「兑」，據翁校本改。
〔二二〕「者」字原在句首，據翁校本乙。
〔二三〕怛：原作「恒」，據翁校本改。
〔二四〕董：原作「薰」，據翁校本改。

後村先生大全集卷之一百五十七

墓誌銘

方采伯

莆巨姓推方氏，自端明蔡公貴盛時已與爲昏，至君伯父處士縜與龍圖陳公宓皆婿於參預龔公之家。君幼侍伯父，於隆、乾間事及龔、陳二家文獻，耳目濡染，歷歷記憶。余先君、先夫人鍾愛仲女弟，聞君早惠，許女焉。及館甥，先君不及見矣。君事尊老孝謹，處朋儕謙毖，與伉儷相賓敬，終其身不改度。常以書卷自熏沐，翰墨自陶寫。有園數畝，亭榭草木，蓬窗棐几而墳籍備焉，拳石勺水而仁智寓焉。再薦於鄉，累上春官不售，慨然有罷舉之志。不幸女適劉氏者先夭，余女弟繼没，君既鰥，始親箱篋細碎之事。又不幸玉立之子亦夭，君悲傷慘戚，歡悰益薄。一日語余：「吾老矣，失壯子〔一〕，家惟一孫，未冠，門户緒業之重，吾爲此懼。已自託於縣官矣，它日以懷孫累公〔二〕。」又徧以語親知。余曰：「君方强健，顧諄諄如八九十者，何也？」俄觸午暑訪余，共坐水軒，踰時去。與其友步月夜分而歸，猶問家事乃寢。黎明，家人呼之不應，入户視之〔三〕，溘然逝矣，若暴中風者。寶祐丙辰七月乙未也，年六十。配劉氏，乃吏部侍郎少師公某之女。子男一人，得一，亦薦於鄉。一女，適長泰主簿劉文禮〔四〕，皆前君卒。孫男一人，懷孫也。其年十月庚申，懷孫奉君及劉孺人之喪，乃合葬於延壽溪龜湖之原，君所自卜，手封壙室，務爲堅固不可毁。又謀築精舍，未果。

君蕭散而博雅，於器自先秦至歷代古物，於書自南北金石至竹帛奇蹟，於畫自顧、陸至唐、宋諸名手，皆究極端緒，監定品目，不差毫髮。他人藏者率真贋妍醜參半，君所蓄匜洗錞罍、章草行楷、丹青絹素，物物精妙，皆可寶惜。手自記録付懷曰：「世守之！」其篤好如此。嘗彙累朝宸翰及名臣遺墨十卷，號《墨林帖》，未刊者末二卷爾〔五〕。烏虖，天既靳君一第，使之老壽，與龍眠居士、寶晉公、雲林子周旋於筆硯几席之間，以滿足其冷淡之嗜好，不亦樂乎！而猶不然，何哉！

君名采，字采伯。曾祖潤。祖駛，特奏。父思齊。母趙氏，淳熙郎官伯适之女，奕世俱稱長者。銘曰：

蘧蘧然知其身之蜕也，蹙蹙然憂其孫之穉也。昔余聞之，疑其戲也，今余思之，何其智也。懷也善守之，勿失墮也。

〔一〕失：原無，據翁校本補。

〔二〕孫：原作「也」，據後文改。
〔三〕之：原無，據翁校本補。
〔四〕泰：原作「忝」，據翁校本改。
〔五〕爾：原無，據翁校本補。

仲妹

余上世清貧，先君嫁三女皆布衣，後乃有登第者。貢士方君采字采伯之室，余仲妹也。幼爲二親鍾愛，君亦有至性，異於諸兒。先君病，君禱於佛，乞以身代。不愈，刲股雜羹戴以進〔一〕。俟不愈，君雨泣柴立。及執喪，不茹葷血者三年。其事魏國太夫人，跬步不離左右，寒燠饑飽必問，裼襲調腼必親，里人以爲孝女。既嫁，夫有本生重親，君嚴之如舅姑；有庶生子，君撫之如嫡；有姬妾，君慈之如子。夫喜賓客，君潔罇罍以待；夫購書畫，君脱簪珥以助。若此類不勝書，里人以爲賢婦。魏國晚多疾，君每棄夫家事來侍湯熨，累月半載乃歸。魏國於竺乾之學早有所悟入，名緇老禪望風屈伏，惟君機鋒足以相當，如龐嫗母子然。俄而哭愛女〔二〕，然猶自寬〔三〕。越三年哭魏國，由哀毁致病，以□□□□□練祭前一日卒，乃淳祐己酉十月壬寅也，年五十八。子男一人，得一，貢於鄉。女一人，適長泰主簿劉文禮，皆已卒。孫男一人，懷孫。

初，采伯規新塋於延壽之黿湖，君葬有日矣而采伯暴亡，懷孫卜以十月庚申奉二柩合葬焉。昔人以父母俱存、兄弟無故爲一樂，以家無期功爲盛事。嗟夫！余瀧岡之木已拱，黄臺之瓜屢摘〔四〕，君與無競、處和俱不待六十，非獨逝者不得□□歸長夜之可悲，而存者雖得年〔五〕，□□□□□□□□□非獨爲吾家惜孝女，而又爲方氏惜賢婦。君於贈宣教郎諱炳爲曾大考〔六〕，於著作佐郎諱某爲大考，於吏部侍郎諱彌正爲考，於魏國林夫人爲妣。銘曰：

達也靈照，隱也德曜，鮑宗之賢，曹娥之孝，於是數者，皆可以銘。銘之者誰，白首之兄。

〔一〕股：原作「服」，據翁校本改。
〔二〕女：原無，據翁校本補。
〔三〕然：原無，據翁校本補。
〔四〕瓜：原無，據翁校本補。
〔五〕得：原作「可」，據翁校本改。
〔六〕君：原無，據翁校本補。

林君

林氏居北郭者尤盛。君名崖，字希文，以長樂□□爲曾大父，隱君天覺爲大父，琪爲父。君羣從六七人，皆有俊聲，角立競爽，如漢荀陳、晉王謝家然〔一〕，策於天子之庭、薦於鄉於漕者相踵也。君少美風度，衆中常如玉雪照人，謂必速化騰上者。既而頓挫場屋，亦不甚戚戚，以讀書教子爲樂。暇日與親朋酣觴賦詩，圍棋賭墅，若甚放達，不屑家人生産者。晚稍廣先疇，飾舊廬焉。及羣從凋零略盡，君巋然獨存〔二〕，意造物乘除之理則然。俄以背瘍卒〔三〕，年六十一，以寶祐四年臘月壬申，葬於松嶺茅洋山之原。配泰湖陳氏。男一人，于卿，力於學。女二人，長適方松，次適黄天瑞，皆名族。黄氏女先卒，方氏女二十餘即嫠居，介潔自持，爲里節婦。君雖不遇，然其才施於家、教行於子者如此〔四〕，余□子山甫之婦〔五〕，君外孫也，故于卿以埋文屬余。銘曰：

士要其終，不觀其初，或顯融而誰紀，或隱約而可□。□君平生，其臺孝威、馬少游之徒歟！

〔一〕漢：原作「涣」，據翁校本改。

〔二〕君：原作「名」，據翁校本改。

〔三〕背：原作「皆」，據翁校本改。
〔四〕施於：原倒，據翁校本乙。
〔五〕子：原作于，據翁校本改。

方君薛氏

贈中奉大夫方公逵有三丈夫子：伯揭陽令君大輿〔一〕，仲寶謨閣學士謚忠惠公大琮〔二〕，君其季也，名大鏞，字德録。少與二兄鼎峙，有聲場屋。既而仲貴顯，爲端平賢諫官，伯亦通籍封男，人謂君功名踵相接矣〔三〕，乃□年僅三十九〔四〕，卒以嘉定癸未某月某日，葬以端平甲午某月某日〔五〕。

孺人薛氏，左史公元鼎之孫，婉嫕而□，歸君九年而寡。二女皆幼。二子：紹孫，方晬；貽孫，□□在腹。人謂孺人盛年，非久安澹泊者，而孺人自誓□苦〔六〕。於兒女撫之慈而訓之嚴，子俱力學，冠婚以時。長女蚤殤，次適鄭貢士子簡，前卒。

初，中奉公産薄，而君婦尤清貧，二兄既仕，以汾曲之廬、□□之田異焉。忠惠公宦游，必挈孀幼以俱。孺人少守空閨，寒暑□□，至老不變，有伯姬之絜。深夜一爐，長幼團欒，共圓□□□，有龐媼之達。簪蒿如六珈之飾焉，啜菽如五鼎之奉焉。寶祐乙卯，年五十七矣，以疾卒於寢，某月某日也。明年，紹孫又卒。貽孫將以丁巳某月日葬孺人於豐城里林店溪中奉公墓側，忠惠公所卜也。於是君葬二紀矣，始以孺人合祔。貽孫纍然來請銘，銘曰：

余嘗銘君二兒之阡，世系詳矣，兹碑略焉。

〔一〕大輿：原缺「輿」字，據本集卷一五一《方揭陽墓誌銘》補。

〔二〕琮：原作「悰」，據翁校本改。

〔三〕矣：原無，據翁校本補。

〔四〕乃：原無，據翁校本補。

〔五〕甲：原無，據翁校本補。

〔六〕苦：原作「若」，據翁校本改。

林貴州

余嘗誌外舅林公及沅、容二牧之墓。君名公奕，字養大，沅州之孫、容州之仲子也。母夏宜人。少有聲場屋。璽赦，君自容奉賀表詣闕補官，銓注將樂縣主簿。內艱，調嘉興府酒官。汀郡盜起，從招捕使陳公于山前〔一〕，南劍守黄侯埒辟劍浦縣尉〔二〕。入郡幕，時更新楮，冒利犯法者衆，君兩獲僞造。帥真文忠公上勞，詔改次等合入官。君蹙然曰：「彼誅此賞，寧無愧乎！」及聞諸囚人不死〔三〕，乃安。諸臺檄攝崇安縣，黄侯由劍移建，辟知甌寧縣。建卒失伍，閉城縱燎，邑在郭外，衆欲潰去。君夜坐廳事，召尉寨兵，儆於衆曰：「令在此，無妄動。」由甌寧班引授承事郎，知莆田縣。

初，余外舅守莆有遺愛〔四〕，君猶子也，其治壹用家法。於聽訟扶貧弱，惟恐其爲大姓所□也；於督賦有劑量，未嘗爲急符所使也。然他人行之者卒不見知於上官，惟君縣譜尤爲范侯銘□□，莆人兩賢之。秩滿，調通判泉州。迎吏及門，外艱□□，調通判建寧府。左翼軍餉隸焉，稍乏則紛紜，君□□斡旋，士飽馬騰。比滿，帑有餘積。入都，自嘆曰：「吾貧無貲，孤無援，將奈何！」欲部注建漕主管文字，會前庾使樓公治召入，而余亦忝冊府禁林，樓約余聯名作箋干光範曰：「林某廉吏也，宜少旌異。」丞相奏以君知貴州，君攜家涉湘入嶺，百餘日始至。郡久闕守，顆印之外空空如也。君爲前攝郡者補解泉粟各以數千計〔五〕。在郡一考有半，臺閫綱運如期，官兵禄廪按月，惟守俸未支者凡九月，其急公緩私、先人後己者如此。

以微恙伏枕三日，歿於州治，寶祐乙卯三月十三日也。年七十一，秩止承議郎〔六〕。娶敖氏，繼李氏，俱贈孺人。子男二人〔七〕：誼之、聲之。孫男三人：畊老、野老、畯老。孫女三人。君仕遠禄薄，既卒官下，幾不能返喪。郡人憐之，□代庖者利積俸，不還一錢。二孤質鬻奉柩，舟行二□餘里，至惠，又陸行二千餘里，始達先廬。以丁巳三月丙申〔八〕，與兩孺人合葬於福清縣西山之原，結庵林□，扁曰「樂斯」，君遺命也。

自昔士大夫莫不以擁麾凝香爲樂〔九〕，故有腰纏上揚州、蒲萄博西凉者，彼哉奚足論也〔一〇〕！懷祖求會稽，牧之乞湖州，不曰名勝乎！君世□清苦，尤拙仕進。其拜州也，無他謬巧，特以余二人之薦〔一一〕。鄭丞相命直省官持堂帖來，語之曰：「此官人□□勿使破費。」君剙以瓶楮五十而已。嗟夫！余與樓卿之舉廉也，鄭丞相之調守也，將以厚君也，然而文淵病於壺頭也，子厚卒於龍城也，前之厚君也，適所以災君也，豈非樓卿、鄭丞相及余之咎哉！初，容州早退高尚，晚辭聘召，殁贈直焕章閣。書容州者，以其著云。銘曰：

昔優孟之歌，其辭譃而俚，既不知孫叔，亦厚誣其子。余叙君之家，清德如伯起，雖無遺汝金，乃有貽厥祉〔一二〕。勉哉後之人，可培不可毁。惜余去柱下，筆之補野史。

〔一〕于：原作「子」，據翁校本改。

〔二〕「辟」原作「郡」，「浦」原作「捕」，據翁校本改。

〔三〕不：原缺，據翁校本補。

〔四〕有：原作「看」，據翁校本改。

〔五〕前攝：原倒，據翁校本乙。

〔六〕止：原作「至」，據翁校本改。

〔七〕子：原缺，據翁校本補。
〔八〕月：原缺，據翁校本補。
〔九〕昔：原無，據翁校本補。
〔一〇〕奚：原無，據翁校本補。
〔一一〕二：原作「三」，據翁校本改。
〔一二〕祉：原作「址」，據翁校本改。

馮巽甫

自蜀有狄難，而衣冠名族避地者布滿於荆楚江浙，然南轅者尚少。嘉熙末余使粤，馮君開先來爲連山令〔一〕。視其爵里，嘆曰：天荒地老，蜀珍胡爲至哉！既而聞連山之民與君相安，會余召去，不果薦。後君出嶺僑於莆，始識君面，介而通，和而毅，開口見肺肝，無所回隱，直諒友也。淳祐末余行役〔二〕，又見之於建，自此不復相聞。余歸老數載，足不越户限，君之子卲賢忽來求君埋辭。余驚曰：君客死不及知〔三〕，喪歸不及弔，余之愧不可湔矣，銘其可辭！

按君家譜，本長安人，上世有仕唐季爲綿州彰明令者，遂家於普之安岳，爲郡大姓。有西北二宗，君西宗之後。自始祖接傳至君，登進士第者五十有七人。君以春秋兩貢於鄉，中類省前列，經

□張得一，君學子也〔四〕，時人以方永嘉陳、蔡二公。擢端平乙未丙科，歷長江縣主簿，辟四川總所準遣〔五〕。内艱，□峽，始就連山之辟。經略使以邑小不盡君才，改豐令〔六〕。每坐堂皇，或履阡陌，登進細民與語，如家人□諾然〔七〕，人人獲以其情自通於長官，吏不得舞智。□□邑皆有遺愛。四考解去，爲福建路提舉司幹辦公事〔八〕，用京狀七員改秩，用縣令兩任免須入，僉判鎮江府〔九〕。秩滿，需次户部激賞所主管文字。薄游霅川，因跌傷足，卒於寶祐丙辰二月某日，年七十一，秩止承議郎〔一〇〕。娶趙氏。一男，邵賢也。四女，已嫁者三人，季未行。邵賢將母扶柩，返葬於莆之洗塘山，丁巳二月甲寅也。

君嘗周旋李公某、度公正之間，講朱氏之學甚精。□□慕元、白體，有集若干卷。性薄榮利，拙仕進，世莫□□。辟薦君者，臬使涂公巽揚、經略使劉公伯正、方公三人也；以京狀爲君破白者，劉連州燧叔也，繼之者□□二庾使也，成之者節齋趙公、鳳山李公、清獻鄭公也〔一一〕。微此六七公，則君終老選調矣，然則士之欲遇合於世者，不其難乎！

余晚以大蓬□直禁林，游公久釋□，以書來曰：「他朋友皆能謀身，惟馮巽甫可念。某□□以斯人累君〔一二〕。」巽甫，君字也。余屢推轂君於當路，語不□售，以此慚君，亦以此慚游丞相云。初，君嘗游公盛時不一掃光範門，及歸緑野，乃往叙舊，盡平生歡洽。曾大父喬年，號類溪逸老。大父戊，有《春秋》學，號横舟翁。父□，迪功郎，母何孺人。銘曰：

生於蜀，死於吳，仕於□，葬於莆。昔夫子，思乘桴，亦嘗欲，九夷居。君安之，命矣夫〔一三〕，又何爲，懷故都。

〔一〕馮：原作「開」，據翁校本改。

〔二〕「末」原作「未」，「役」原作「後」，據翁校本改。

〔三〕客：原作「容」，據翁校本改。

〔四〕學：原作「舉」，據翁校本改。

〔五〕總：原作「驄」，據翁校本改。

〔六〕豐令：按南宋廣東無豐縣，疑「豐」上脱「海」字，海豐屬惠州也。

〔七〕人：原缺，據翁校本補。

〔八〕公事：原缺，據宋官制補。

〔九〕府：原缺，徑補。

〔一〇〕承：原缺，據翁校本補。

〔一一〕鄭公也：原缺，據翁校本補。

〔一二〕以：原缺，據翁校本補。

〔一三〕夫：原無，據翁校本補。

林韶州

紹定辛卯，叛將李全犯揚州，恃鋭輕出，爲王師掩擊，殪城下。其妻楊姑，山東劇盗楊安兒之女。安兒首亂山東者，兵敗逃海死，姑勇而黠，其黨奉以爲帥，自於行伍中擇全嫁之。全素健鬬，及歸朝廷〔一〕，全連節旄，姑封小君，名爲忠義，陰貳於韃。駐軍山陽，雖隸制置使戲下，然戕許國，僨劉琸，逐姚翀，殺命士苟夢玉、杜耒〔二〕，當國者不能討，益驕甚〔三〕，全至飾珠翠以求媚於姑，士大夫視山陽如蛇鄉虎落矣。

莆人林君景復既歷廬□尉，調泉州節度推官矣，改授淮安州法曹以往，時論壯之。安晚鄭公時在瑣闥，餞詩有「淮海轅門立奇□，要看左袒爲劉時」之句。至則改淮安令。未幾全叛，既輿尸歸〔四〕，楊姑者懼朝廷必討，遂掃衆，盡俘執南官北去，君亦在其中〔五〕。留落海州三年，膠西半年，青社七年，賊防守苛峻，君挺節無所污。饑餓，并日采梠拾橡而食，或賣卜教小童以自給〔六〕。南北隔絶，家人不知君存歿，母妻以憂卒，賴信庵丞相趙公在淮間，念君陷賊，遣間物色。君素不忘本朝，艱難中肘縣印卧起，屢以帛書報虜機事，人始知君不死。趙公復捐金資召，卒藉其力自拔而歸，庚子四月也。趙公奏曰：「林某十年北地，萬里來歸，縣印猶存，告身如故，乞旌擢以勸盡節者〔七〕。」君强仕游邊，比反國鬢皤然矣，平章喬公、杭相李公議擢君於朝〔八〕，不果，詔改宣義郎，通判海州事，改淮安州，始聞母妻喪，哀動行路，乞解官追服。

起復通判廬州，吕帥文德雖武人，知敬君，奏除參議官兼倅，蓋周旋兩淮者復六年。改湖南安撫司參議官，知南恩州。久旱，郡有疑獄，親鞫得情，讞上之日，大雨。重賞捕劫海者，盜發輒獲，舟行鯨波如枕席然。在郡三載，境内稱治。擢知韶州，陛辭〔九〕，上問在山東幾年及虜中事，公歷歷以實對。上嘉奬，慰勸之曰〔一〇〕：「曲江佳郡〔一一〕。」君頓首言：「地接江西、湖南溪峒，臣願布宣德意拊循之。」詔亦至，君至而兩郡逋緡餫如山〔一二〕，急符交至。君未數月，□□□〔一三〕。人徒見君久仕邊地，意其爲疎宕跅弛者〔一四〕，然君兩牧南州，乃密察細謹如常人，待僚佐均兄弟，視民如子，積勞致病，猶日坐鈴齋治文書。疾棘，怡然曰：「吾不死青齊而終於韶〔一五〕，幸矣，復何憾！」以寶祐四年六月某日卒於州治，積階朝散郎。明年喪歸，以四月某日葬於某山之原。

君痦瘝功名而不汲汲謀身，有慶壽及平解任轉秩賞，皆恥自言。同時陷賊有周子容□主簿者，後君來歸，由右選得朝奉郎。或謂君賞薄〔一六〕，君曰：「命也！」卧病始叙述平生，若乞憐於君父者。經略使馬公天驥言君志節與周子容朝奉事同賞異，其守曲江，清約豈第，乞於遺澤外特加異恩，未報。林氏尤盛於莆，君世居米食〔一七〕。曾祖需，贈奉議郎。祖叢，擢進士，知橫州，號野庵先生。父應辰，贈朝奉郎。君實野庵之□子，朝奉郎早世無嗣，野庵治命以君繼而受祖澤〔一八〕。後君陛朝，贈生母鄭氏安人。前配方氏，今配吳氏，俱封安人。三子：長堅友，前卒；次端友，次益友。三女，進士陳德新、方銑孫，登仕郎鄭孟遠，其婿也。君豪爽磊落〔一九〕，重氣義，輕財如糞土，家無宿舂〔二〇〕，而西北老校退卒依君者不下數十人〔二一〕。遇空乏時，人不堪憂，君高吟長嘯，□若厚祿，故人或致買山錢取酒金，輒散與貧交寒友，明日復盡，身後田廬蕭然。喜爲詩，雖間關兵火、萬死一生中，篇什不廢，晚筆尤老。自號全璧，有集若干卷。余嘗謂愛君之深者信庵也，期君之遠者安晚也，然安晚徒能識之於陷賊之先，信庵不能扳之於既返國之後，何歟！曩余嘗叩信庵：「今習邊事者少如林某，豈不值一淮郡？」公悵然曰：「守邊須奇龐福艾者，此君骨法稍薄，吾使人推其命亦然。寘之中州，乃所以愛之也。」及安晚再相，余曰：「景復其來乎！」然竟淹留恩平不召。蓋愛之深、期之遠者於君僅如此，況靳靳不相知者哉！昔大將軍以李廣數奇，不使當匈奴；相者見班超曰：「君燕頷虎頭，萬里侯相也。」竊意君命類廣，而相不及超歟，嗚呼悲夫！君諱興宗，景復其字也。銘曰：

昔鄴邦光，狨韉荷囊，充也繡裳。一旦倉卒，貪生屈膝，北面臣賊。君秩甚卑，俘執十期，挺身而歸。南人狎玩〔二二〕，北人驚嘆，曰此鐵漢。歲晚憑熊，祲霧墨濃，面有□容。或繪麟閣，或死浪泊，高下厚薄。孰主尸之，彼成此虧，彼合此畸。惟其志節，不可詘折，矧可磨滅！

〔一〕廷：原缺，據翁校本補。

〔二〕杜耒：原作「社來」，據《宋史·李全傳》改。
〔三〕「甚」原與下句「全」互倒，據翁校本乙。
〔四〕輿：原作「舆」，據翁校本改。
〔五〕亦：原作「復」，據翁校本改。
〔六〕責卜：原作「買卜」，據文意改。
〔七〕盡：原無，據翁校本補。
〔八〕「李」字原缺，按嘉熙四年庚子與喬行簡同相者爲李宗勉、史嵩之，此稱「杭相」，則爲李宗勉，宗勉臨安富陽人也。據補。
〔九〕陛：原作「陸」，據翁校本改。
〔一〇〕勸：原作「劝」，據翁校本改。
〔一一〕郡：原作「耶」，據翁校本改。
〔一二〕逋：原作「捕」，據翁校本改。
〔一三〕自「韶亦至」以下數句疑本作：「君至而兩郡逋綱餌如山，急符交至。君至未數月，韶亦治。」
〔一四〕宕：原作「岩」，據翁校本改。
〔一五〕韶：原作「終」，據翁校本改。
〔一六〕賞：原作「當」，據翁校本改。

〔一七〕米食：疑有誤。
〔一八〕野：原無，據翁校本補。
〔一九〕豪：原作「蒙」，據翁校本改。
〔二〇〕宿：原無，據翁校本補。
〔二一〕校：原作「板」，據文意改。「老校退卒」一語本集中凡數見。
〔二二〕狎：原作「押」，據翁校本改。

韓隱君

余友韓斗將改葬其先隱君，泣謂余曰：「昔人有抱嬰以請而得銘者，有幼喪父，既長訪求其平生言行自表於阡者〔一〕。斗士也，不哀切於婦嬰乎？既冠失怙，於父言行皆耳目覩記〔二〕，不詳實於訪求乎？顧今代無韓〔三〕，而末學何敢望歐，使先人之可傳者失傳〔四〕，斗弗子矣，敢以累公〔五〕。」余方苦暈滑，心許之，力未及也。斗責諾之書、徵銘之使纍纍不絕。

按韓氏自固始入閩，居懷安者三世矣。曾祖瓊，祖翼，父昱，皆潛德弗耀。君諱永，字昭父。幼刻苦，受業於鄉先生弘齋鄭公某，後從勉齋黄公榦游〔六〕。其學貫通九流百家而折衷於經，其文掃去六代五季而欲反之古，開門授徒，師道尤嚴。嘗應秋賦，幾入彀矣，考官以策論語觸時忌不敢收。晚益拓落〔七〕，所知有仕長沙拉與同載者，君曰：「賈、馬皆嘗涉湘，吾將游焉。」既至，病痁卧客舍〔八〕，晨起猶繕某詩，其夕卒，紹定辛卯二月某日也，得年六十。斗自懷安徒跣數千里〔九〕，負骨歸家山。

初，君窶甚，李侯亮奇其人，妻以女弟，常分俸資君家有無。子婚嫁，李夫人皆身任，君危坐對卷而已。嘗謁神祠，或遺銀合於香几，君留以待。俄有婦人哭而至曰：「父繫獄，吾丐貸是物以營救，微君，他人負之而走矣。」君旦晝所爲輒筆於簡，夜則露立斗下以白，其實踐如此。李夫人後君二十五年卒。二子：斗、滋，滋已卒。一女，適進士趙與寵。孫男四人，孫女二人。君舊藏不利，寶祐丁巳某月某日改祔於母夫人某氏之墓，在某鄉某里某山之原。

所著有《易説》、《詩精義》，又《書釋疑》、《史斷》未脱稿。古律詩一卷〔一〇〕。昔陳後山固窮，妻子常食於外舅，人賢後山，亦賢郭槩。甚矣，君之似陳，李侯之似郭也。余觀後山猶以諸公之薦入館，君竟老死布衣，窮乃過之。然豐也寒薄無禄，斗也修潔有聞，竊意造物固吝於君者〔一一〕，將留以遺斗也。銘曰：

君有遺墨，字若不多，有志無時，命也奈何！悲哉此言，蓋本臺卿，匪我銘君，乃君自銘。

〔一〕阡：原作「所」，據翁校本改。

〔二〕父：原缺，據翁校本補。
〔三〕韓：原作「幹」，據翁校本改。
〔四〕前一「傳」字原作「俘」，據翁校本改。
〔五〕以：原缺，據翁校本補。
〔六〕勉：原作「劾」，據翁校本改。
〔七〕益：原無，據翁校本補。
〔八〕痁：原作「店」，據翁校本改。
〔九〕千：原作「十」，據翁校本改。
〔一〇〕古：原作「右」，徑改。
〔一一〕固吝：原倒，據翁校本乙。

方君巖仲

初，君大父寧鄉公爲莆修士，爲朱門高弟，秩卑齡促，里人悲哀之，曰是必有後。俄而其子復卒。於是巖仲生甫五月，祖母徐氏、母林氏孀且貧，拊而教之。幼警敏，出語驚同學兒。踰冠拔鄉薦，遂入上庠，中壬辰進士第，歷尤溪縣尉，教授英德府。以考舉通籍，知長溪縣。通判袁州〔一〕，行至順昌縣，卒於傳舍，寶祐二年六月庚午也。秩承議郎，年五十一，多寧鄉公一歲爾。里人復悲哀相吊曰：「是家祖孫宜貴顯，宜老壽，而皆止於是耶！」娶李氏，封孺人。一子，建。孫男女各一人。以五年十月某日葬於棲隱山之原。前葬，建以直院林氏希逸之狀來乞銘。

巖仲初筮，郡檄尉市鉛以造祭器〔二〕，力争曰：「不給直而白科，猶不祭也。」却縣倉餐錢可數百緡以助平糴倉〔三〕，守俾輪郡，又争曰：「俑不可作。」民有扇妖結集者，捕首惡送縣鞫治，立散其衆。曾守宏正延入郡幕，首勸曾寛屬邑，蠲沙縣逋銀四千兩〔四〕。歲饑，帥遣吏羅沙縣，還至水東，饑民截米覆舟，守檄巖仲撫諭，衆千餘人皆退。帥來詰，巖仲奮筆復之曰：「劍亦饑，愚民見米出境而鬨，不足責。」帥不復問。漕使留耕王公伯大、鐵庵方公大琮皆獎重。鐵庵以漕幕招，答曰：「與公同里，又同宗也，敢辭。」因併辭郡幕。還邑，徐守元杰來，以僚招，亦辭。留耕薦語云：「尚友前修，不隨流俗。」徐公則云：「始終清修。」二公皆靳許可者。南轅至番，遇鐵庵已建閫〔五〕，留之，苦辭而去。至英〔六〕，與諸生相浹洽，課試略如中州〔七〕，士習一變。新學宮，祠九賢。鐵庵兼漕，羔雁復至，巖仲累辭而後就，於擬筆燕語有規益，無和隨。鐵庵幕下士徐君明叔、洪君天錫，併巖仲爲三，廣人皆賢之。長溪久不治，留耕時參大政，遂以堂除來綰銅墨。謂悦堂楊公楫、處士楊公復邑前輩也，勉齋黄公榦邑士之師也，並祠焉。汰縣庠冗職，增弟子員。民間愬米價太重，惻然曰：「吾無如州家何〔八〕，姑盡吾力。」取縣家例錢盡蠲之〔九〕，斛失三鐶，契鹽錢亦僅足月解，止毋榷民。下缺。

〔一〕袁州：原作「遠州」，據翁校本改。
〔二〕郡：原作「那」，據翁校本改。
〔三〕糴：原作「糶」，據翁校本改。
〔四〕逋：原作「捕」，據翁校本改。
〔五〕闠：原作「門」，據翁校本改。
〔六〕至：原無，據翁校本補。
〔七〕中：原無，據翁校本補。
〔八〕如：原無，據翁校本補。
〔九〕蠲：原作「蜀」，據文意改。

後村先生大全集卷之一百五十八

墓誌銘

趙克勤吏部

淳祐丙午，予蒙恩召至京師。上總攬權綱，清獻游公當國〔一〕，衆賢聚於朝〔二〕，館閣尤盛，木石尤公長也，予貳也，獲與其英俊並遊。趙公克勤方佐著庭，日有掊擊商論之樂。不旋踵公去，予繼之。辛亥予復召，俄又去。不十年，同舍郎多貴顯，有持鈞樞者，惟公留落外服，終其身不再入以死，悲夫！

公秦王之後，南渡來居外邸〔三〕。曾大父忠訓郎公端。大父彦綵。父礪夫，贈朝奉郎，母林宜人。幼號奇童，擢嘉定庚辰第。謝絶富豪求婚者，鄉先輩黄公以寧爲女擇對，意屬公，遂壻黄氏。爲侯官尉，寓貴欲包尉地以廣其圃，帥欲決西湖閘汎舟，皆持不可。外艱〔四〕，調長溪東尉，盗竄它境。内艱，通前任僅一考，趙公彦侯、李公韶來泉〔五〕，皆器重公〔六〕。會趙公使湖湘，以漕攝帥，辟甘泉酒庫，治法征謀，皆咨而行。項帥寅孫至，辟安撫司幹官。項去，公隨司罷監封椿庫門。

無惰趙公希垩求士於康吏部直〔七〕，康以公對，一見如素交，擢户部架閣，兼（吏部）〔史〕館檢閲。考省試，得策卷，喜曰：「必名世士。」揭曉，則徐君霖也。除太社令〔八〕，陞兼校勘、太常寺簿。輪對以强公室、杜私門爲説，略云：「妃后四星，環拱帝極，間以異服，實干天象，正禮明法，宜反其居。天子之富，古無私藏，九重之貴，禮無私覿，昭德塞違，宜端其本。」次言：「陛下進退忠邪，出於獨斷，孰不鼓舞？夫何臣漢弼死，臣範又死，至臣元杰死，則大異矣。是三臣者，取數於當世甚薄，用力於當世甚厚，受怨於小人甚深。淪没之後，家事蕭然，聞者酸鼻，其存者稀疎如晨星，安知不爲擁厚貲、包禍心者之所姍笑窺伺。」末乞以張魏公浚配享。遷秘書郎。

明年日食正月旦，公封上曰：「昔劉向論日食，以上無繼嗣、政歸一姓爲憂。臣忝屬籍，竊謂國本宜蚤定，世卿宜顯絶。」遷著作佐郎、國史院編修官、實録院檢討官，兼都官郎官〔九〕。是歲丙午，朝野以厄運爲憂，公輪對言：「丙午、丁未之厄，古無是説，議者推原宣、靖致禍之本〔一〇〕，始於治平用王安石之歲、邵雍聞杜鵑之年。治平末至靖康之初，甲子適然一周，午、未遂爲大諱。臣聞《易・繫》曰：『幾者動之微。』又曰：『吉凶悔吝生乎動，吝者自吉而趨凶，悔者自凶而趨吉。』言知而能懼，懼而能悔，則幾之失者可救、數之否者可（享）〔亨〕也。臣謂不惟陛下當懼，大臣公卿百執事皆不可不懼。」其言忠憤激發，上嘉納。改禮部郎官，史職如故。

山相免喪，朝論欲倚宅之以拒其來，遂擢史長。公折柬丞相曰〔一一〕：「諸賢崇長童孺，不正莫甚，一豎揚揚其前，諸老逐逐其後，不知朝廷視史院爲何等官。自古惟聞以正攻邪，未聞以邪攻邪也。」相愧其言。無惰在省闥尤執法，雖大臣啓擬、中批處分者皆封還之，始多聽從，後稍厭倦〔一二〕。又其人清峻，門無雜賓，惟公至清談永日，故嚴憚無惰者亦仄目公。無惰欲決去，公責以宗國之誼而止。劉公應起厚光範，李公昴英滯郎省，始皆善公〔一三〕，劉深相結納，李至呼其子出拜。後游、趙二公内不説，外未有隙也，俄而李拜諫官，首劾公去，劉旁觀而已。嗟夫，諸人之急於去公也，豈有他哉，將以安游公而重其權也，將以孤無惰也。公去數月，無惰出贊督府，然游公亦不能安，以大學士侍經筵，不拜而去，而魁柄改屬，局面一轉，前日之諸賢皆去，卒如公言。

明年起知撫州，竭力航粟以餉諸屯〔一四〕，總所爲停專人。郡逋版曹絹二萬，公積所却例册，節他費，得六十萬緡以償。梟旗軍剽敓者，和糴錢米，兩手交付。民相語曰：「今年不白科矣。」秩滿〔一五〕，差知端州，改廣西提刑，皆以風聞寢。以考功郎官召，復寢。提舉江西常平，禁部内預借。新制令民實産，公謂袁板籍素明，止勿行，袁人德之。樵寇聲振鄰境，公密覘嚴備，四封肅然。又以風聞去，一路嗟惜，而撫民攀卧尤甚於前日。公歸，葺居室，闢便齋，爲小亭，以焚薌聽琴爲樂〔一六〕。除廣東運判，公雅不喜南轅〔一七〕，屬臺闥皆虚，有詔趣行〔一八〕，留其子守舍，曰：「吾且歸矣。」入境，罷潮城覆税，禁白身攝官，黥黠胥，絀污吏，一路懾然。俄得上氣疾，日治事不廢。稍劇〔一九〕，自札四書置夾袋，預治棺衾，奄然而逝，寶祐丁巳閏月九日也。得年五十七，積階朝散大夫。家人發書視之：一與其屬，曰「無功百姓，重費司存」；一與其子，曰

「能爲善士，窮達不足計矣」；一以身事屬其客，一與常卿洪公天錫訣，援坡翁「今生兄弟」之書。經略使、常平使者見書爲慟。建臺纔九十日耳〔二〇〕。一子，若魯，迪功郎、福清主簿，洪公婿也。孫嗣璘，尚幼。若魯未嘗跬步去親〔二一〕，訃至，萬里奔喪，三伏護柩歸於正寢，以其年臘月丙午合祔於普門山黄宜人之墓〔二二〕，松竹參天，公所自卜也。

公未達時，翁壻間自爲師友，又受教於鄉先生忠簡傅公，故問學有源委而議論依名節。其仕與無惰俱進退，上素敬無惰，雖去猶訪人物焉。歲晚召除，皆其密啓，無他謬巧也。公居中補外〔二三〕，咸有可紀，古所謂達材成德，異於世之静言庸違者矣。有《耻（齊）〔齋〕雜藁》、《考亭文抄》、《臨汝講義》各若干卷。公散語條暢，四六温潤。詩尤精詣高雅，蓋深於此事者，然謙厚不以詩名，惟余知之。若魯奉洪公之狀來速銘，予長公十四歲，衰病不出户限，公方與賢哲馳騖於世，孰謂遽舍我而先乎！洪卿，公之親友，所載詳備，余著其大者於誌。公諱時焕，字文晦。始名時敏，字克勤，既易名〔二四〕，猶以舊字行。銘曰：

孰挽之，承明庭，瑞錦窠。孰推之，潦霧中，槃澗阿。杲陽極，一陰生，可若何。百年短，千載長，名不磨。

〔一〕游：原作「遊」，據翁校本改。

〔二〕衆：原作「家」，據翁校本改。

〔三〕邸：原作「郎」，據翁校本改。
〔四〕艱：原作「難」，據翁校本改。
〔五〕句首原有「意」字，據翁校本删。
〔六〕器：原無，據翁校本補。
〔七〕直：翁校本作「植」。
〔八〕除：原作「徐」，據翁校本改。
〔九〕後一「官」字原無，據翁校本補。
〔一〇〕宣：原作「宜」，據翁校本改。
〔一一〕柬：原作「東」，據翁校本改。
〔一二〕後：原作「友」，據翁校本改。
〔一三〕善：原作「喜」，據翁校本改。
〔一四〕餉：原作「嚮」，據文意改。
〔一五〕滿：原作「蒲」，據翁校本改。
〔一六〕焚：原作「楚」，據翁校本改。
〔一七〕雅不：原作「予」，據翁校本改、補。
〔一八〕句首原有「以」字，據翁校本删。

〔一九〕稍：原作「稍稍」，據翁校本删。

〔二〇〕耳：原無，據翁校本補。

〔二一〕親：原作「視」，據翁校本改。

〔二二〕門山：原倒，據翁校本乙。

〔二三〕補：原作「郎」，據翁校本改。

〔二四〕易：原作「訓」，據翁校本改。

方景楫

龍井之方，特盛於莆，景楫尤秀出其宗〔一〕。南渡初諱于寶者，以獻遺書授初品官，曾王父也。淳熙間諱秉白者，號草堂先生，監司舉孝廉，不果召，贈朝散大夫，王父也。諱阜鳴者，以排律賦擅名天下，仕至朝散郎，贈朝議大夫，父也。母田恭人，生母田孺人。

景楫十六魁江東漕薦，俄入太學。荐罹艱棘，免喪，以父遺澤調邕州法曹。未上，浙漕再薦，擢端平乙未第。在邕秩滿，辟循州州學教授。用考舉改秩知福清縣，通判臨安府，改通判汀州，居里需次。寶祐五年八月二十日卒於寢，年六十，秩止承議郎。配蔡氏，繼陳氏，皆封孺人。二男：曰隼，曰興。不幸興先夭，開慶元年八月五日，葬景楫於尊賢里繼善院之東者，陳孺人與隼也。

景楫初筮，讞議盡心，客授教育有法，邑、循士民至今稱之。福清號難治，景楫謁郡，帥陳公塏迎勞曰：「君方子默子耶，誦《四維賦》不脱一字〔二〕。」遂爲知己。郡昔留米四千斛輸縣，廪寨卒外，餘佐經費，後俾輸郡。或謂縣失米愈不可爲〔三〕，盍請復舊乎，景楫笑曰：人將謂我規斛面也〔四〕。始至帑庾如洗，景楫不忍效世吏行霸政，逋常賦者、契（監）〔鹽〕者亦不忍笞朴。久之，民感恩信，相率樂輸，更以治辦稱〔五〕。新縣庠，創經史閣、先賢祠，以燈錢七百緡助養士。有邑最而無奥主，僅得京倅。輦轂衆大之區，魚龍變化之地，視同列或峨豸〔六〕，或擁麾，未嘗動色，或速化，或詭遇，頽然任真，然猶以風聞去。榮辱得喪之際，終無片語見於顔面，杖屨自放於泉石魚鳥間〔七〕，人莫窺其際也。

余觀世之造士不過二途，曰任子、曰進士而已。景楫父之美子，以家世論，國舍虞彼不素定乎；國之儁材，以科目論，號令文章不當仁乎！彼材名不足望景楫萬一者皆優爲之，景楫宜爲而不爲，豈非命哉！初，草堂公余王父友也〔八〕，朝議公余先君子友也，余長景楫十餘歲，故朝議公以景楫屬〔九〕。

〔一〕出其：原倒，據翁校本乙。

〔二〕「四」下原有「詩」字，據翁校本删。

〔三〕「縣」字原無，「米」原作「來」，據翁校本補、改。

〔四〕謂：原作「爲」，據翁校本改。
〔五〕辦：原作「辨」，據翁校本改。
〔六〕豸：原作「象」，據翁校本改。
〔七〕間：原作「閙」，據翁校本改。
〔八〕王：原無，據翁校本補。
〔九〕此下原尚有近千字，詳文意乃述朱熹之孫朱鑑事蹟，今剔出另立一篇，此文尾部（含銘文）之缺則更俟訪求。

朱　鑑〔一〕

丁未策□□曰〔二〕：「充國得先零地，就耕以實之。如士達之議，是欲奪舒民有主之田爾。」果格不行。策浮、光、舒、蘄必危，不旋踵語驗，守將誅，閫臣黜，公亦自劾，有旨諭留。改湖北運判，兼督府隨軍轉運參議官〔三〕。俄除户部郎中，總領湖廣江西京西財賦。軍寵驟增至二十萬，江湖旱荒貴糴，公幹旋有方，調度無闕。閫臣孟珙責生券甚急，公核其虚籍以聞，詔珙自認生券。珙先使客風諭，欲陞公少卿，公笑答云：「閫臣薦總餉〔四〕，不亦異乎！」珙建節鉞，陞宣撫〔五〕，遽以督視自居〔六〕，責總漕苛禮，公不爲屈。珙積憤，索庫本運淮鹽以傾總所〔七〕。公乞休致以避之〔八〕，令赴行在奏事，俄寢前詔。珙力能擠公，臺繼疏上〔九〕，奉親還里，左右娱侍，安退閑之樂而忘進退之拙。主管冲佑觀者再，除考功郎官，以無科第辭。主管鴻禧觀，除尚（佐）〔左〕郎官。

母潘令人壽九十二考終，公毁瘠過甚。服闋，洊請鴻禧祠。以戊申禫澤官從子濬，人以爲難。前參預橘坡徐公、今元樞意一徐公、秋壑賈公更迭汲引，然毁鬲者衆，公宦情亦闌矣〔一〇〕。徐著作霖有時名，初用文公經説擢上第，後改師法，寄聲欲游武夷，公戒精舍主者毋納。預卜佳城，兆域自位置，松檟手封植，甫峻事而屬疾。公邃於《易》，若前知將終者，區畫家事無一語差。寶祐戊午三月十四日終於寢，年六十九，積階至朝議大夫。其年十二月十有五日，葬於南劍州劍浦縣富沙鄉汾常里八仙之原。娶周氏，封恭人，慶元六君子侍郎西麓周公之女，相敬如賓友。男濬，通直郎、知興化軍仙遊縣〔一一〕，有治辦聲〔一二〕，佳公子也，亦健令也。

公與文公皆生於庚戌，文公初得孫喜，書抵龍川陳亮曰：「小孫資禀壯實，他日可望。」告廟則云：「嗣子既亡〔一三〕，次當承緒，異日朝廷察某遺忠〔一四〕，或有恩意，亦令首及。」鍾愛異於諸孫如此。所著奏疏、《詩易遺説》各若干篇〔一五〕，詩文若干卷。濬奉《家傳》、致治命來請銘，余大父著作及接文公議論〔一六〕，余宰建陽，游公諸父群從間最久，故公以宰上之碑見屬。

余觀先朝尤褒録大儒之後，濂溪子燾次對帥蜀，康節孫溥亦至侍從〔一七〕，公季父貴顯侔於燾，而公權位減於溥，蓋有命焉。今天子尤重文公之學，及考亭之門者多致身廊廟，誦考亭之言者亦接武旃厦。公精敏絶人，書一目數行，向使不守邊，不護餉，專以其過庭之異聞、藏壁之家書論於石渠，辨於漢廷，則諸儒必欲歛衽，可以巍冠而講、重席而坐矣。亭障堡戍之煩使，米鹽簿書之群碎，豈無他人，顧以累儒家人乎！朱氏世系見文公自序，韋齋事載國史，文公書垂萬古，言滿天下，其名字官閥世所共知云。銘曰：

張禹、桓榮治一藝，身爲師傅施及嗣。仝也黜傳研孔思，韓子伏云宥十世。文公之書完而粹，融液異同合破碎〔一八〕，直繇濂洛遡洙泗。愚嘗執卷侍丹地，聖學尤得之朱氏。公卿誦習致富貴，士者涉獵掇名第，亦既得之筌蹄棄。嗟哉子明幼是似，一生鞅掌服王事，家學曾不毫芒試，更嘗艱阻困讒恚。材不如公皆顯仕，何哉獨於公責備。以尚書郎題墓隧，下從先人色無愧。

〔一〕此文原與前《方景楫墓誌銘》混爲一篇，據後文所述，知墓主爲朱熹之孫，字子明。又據《宋元學案》卷四九所記，知子明爲朱鑑之字，故別爲一篇。

〔二〕丁：原作「於」，據翁校本改。

〔三〕府：原作「撫」，據翁校本改。

〔四〕餉：原作「鬻」，據文意改。後同。

〔五〕撫：原作「據」，據翁校本改。

〔六〕遽：原無，據翁校本補。

〔七〕「本」下原有「司」字，據翁校本刪。
〔八〕「公乞」原倒，「休致」原倒，據翁校本乙。
〔九〕繼：原作「維」，據翁校本改。
〔一〇〕宦：原作「官」，據翁校本改。
〔一一〕直：原作「宜」，據翁校本改。
〔一二〕辦：原作「辨」，據翁校本改。
〔一三〕亡：原作「忘」，據翁校本改。
〔一四〕某：原作「其」，據翁校本改。
〔一五〕句首原有「共」字，據翁校本刪。
〔一六〕著：原作「者」，據翁校本改。
〔一七〕侍：原作「恃」，據翁校本改。
〔一八〕破碎：原倒，據翁校本乙。

趙孺人

豫章郡進賢縣羅君晉伯之室趙孺人〔一〕，宗室贈中奉大夫不敏之曾孫，朝散郎、通判賀州善時之孫，從政郎、廣西提點刑獄司幹辦公事汝釭之女，母安人艾氏。孺人事舅姑謹，從夫順，訓子嚴，處族戚和。自倫紀廣而推之於輿臺皂隸，自閨門推而放之於州閭鄉黨，大德細行皆合於圖史所載。嫁三十餘年而病，名醫不能瘳。寶祐戊午九月二十日卒，得年五十三。常日不取地理家之説，曰異時無遠葬我。開慶己未閏十月十有五日，窆於茂林之原，距家一里，素志也。五子：一性，進義校尉、監饒州樂平縣税；一得、一正、一理，並登仕郎；同祖，後叔祖宗學博士之子，將仕郎，江西漕貢進士。三女：長幼已卒，仲適登仕郎吴壁。孫男大防、大方、大員。女適臨川陳珽，餘尚幼。

余昔忝博士同寅而不及識晉伯，讀古心江公所記經訓樓，知晉伯佳士也。又讀詩境方公所誌提幹府君墓〔二〕，知孺人名家女也。二公皆余故人，至是江公言晉伯欲徵銘於余之意〔三〕。余反復孺人家傳，重有慨焉。夫妬，常情也；儉，美德也。然妬而流於忮，儉而近於鄙，亦婦女之通患，故夫有自操井臼者，子有履霜卧冰者，客有聞轑釜而去者，婢有擔糞道上者。孺人既嫁，留晉伯妾〔四〕，委以家務，愛側室子甚於己出。夫喜接納，屨滿户外，孺人宿舂以待，傾家而釀，百客之饌〔五〕，不戒而具。奉養狹〔六〕，施予豐，家以節嗇而裕，門以積累而大。於不仁之富，悖入之貨，常掩鼻摇手曰：「毋以是污我。」所居富者化其賢，貧者飲其惠。晚爲諸子造宅授室，厚薄必均，以子舍誦聲爲金石之樂，以諸孫舞綵爲魚龍之戲，可謂大福德人矣。晉伯名晉，孺人名崇玉。銘曰：

其高潔則萊婦也，其悟解則龐嫂也，其義方則孟母也。惡乎聞之？吾得之於古心之老也〔七〕。

〔一〕豫：原作「預」，據文意改。
〔二〕「讀」下原有「書」字，據翁校本删。
〔三〕於：原無，據翁校本補。
〔四〕留：原無，據翁校本補。
〔五〕「百」上原有「者」字，據翁校本删。
〔六〕狹：原作「俠」，據翁校本改。
〔七〕古：原作「吾」，據翁校本改。

弟婦方宜人

宜人方氏，故梅州使君諱次彭之四世孫，晉江令君諱深道之曾孫，海豐令君諱綰之孫，府君諱鎔、夫人林氏之女，余仲弟工部郎中克遜之室。初，余先君與府君少同筆硯，指腹爲婚，故孺人甫笄歸於仲氏。不逮事舅，奉姑魏國四十餘年〔一〕，尤孝勤〔二〕，雖白首執子婦禮不少怠。仲氏拙治生，酷好古，俸錢率以收名書畫，孺人安隱約，甘恬淡〔三〕，未嘗有空乏之嘆。後仲氏三擁州麾，一持琛節，光顯矣，宜人奉養蕭然，不改其舊。嫠居十餘年，卜良人宅兆，畢兒女婚嫁，繕舊第，闢新畬，續一綫之緒，存六尺之孤，勤亦至矣。仲氏子曰瑞、女曰順曰容者，宜人出也。順、瑞早夭。庶生二男：偉甫，將仕郎；興甫，迪功郎、建寧府政和令。宜人幼而鞠育顧復，長而教誨成就，甚於己出。素有德量，撫妾媵以恩，無一毫世俗女婦妬甚之意〔四〕。内而六親，外而一鄉，皆稱其賢。偉甫先夭，興甫獨當門户，宜人屬望之深。方遣安輿迎養，不幸興甫又夭。宜人雖甚曠達，然併失雙珠，悼念始衰。既力疾葬興甫〔五〕，疾遂不愈，以開慶己未二月癸卯卒，年七十。方初，宜人命興甫庶子將仕郎在後偉甫，意興甫盛年，嗣續必蕃，然興甫屢得雄輒失之〔六〕，議以服屬近、昭穆順者爲繼。嗚呼！以仲氏之清修，宜人之賢淑，宜壽其後，宜食其報，而高堂之上，繐幃之内，僅有一男孫方丱〔七〕，三女孫，一未嫁，二尚幼，聞者哀焉。宜人女容，適迪功郎、新浙西安撫司準備差遣林宗焕，侍郎公彬之長子。容爲母鍾愛，跬步不相捨，由病至卒至葬，左右服勤，哀動行路，林倩於追嚴葬送恩義甚篤。以其年閏十一月乙酉，合祔於仲氏西山之阡。銘曰：

幽潔《離騷》之操，鈞壹《鳲鳩》之詩〔八〕，惜哉逝者有彤管之懿，而述者無黄絹之辭，悲夫！

〔一〕奉：原無，據翁校本補。
〔二〕孝勤：似當作「孝謹」。
〔三〕恬：原作「活」，據翁校本改。
〔四〕姤：原作「婿」，據翁校本改。
〔五〕既：原作「伏」，據翁校本改。
〔六〕屢：原作「屨」，據翁校本改。
〔七〕丱：原作「卯」，據翁校本改。
〔八〕壹：原作「臺」，據翁校本改。

明禪師

閩多佳刹，而僧尤盛，一刹虛席，群衲動色，或挾書尺、竭衣盂以求之。有司視勢低昂、貲厚薄而畀焉，先輸貲，後給帖。福曰實封，莆曰助軍。異時大叢林、大尊宿補處，往往皆實封、助軍之僧矣。前莆牧潘公墀厭僧趨競〔一〕，訪予曰：「是中有佳衲子否？」予曰：「佳衲子安肯住院？」潘固請其人，予以祖日、汝明對。久之，以日主九座〔二〕，明主囊山。二僧苦辭，潘手書强致之。會日蜕去，潘代歸，明在囊山年餘，僧俗扣稽，檀施走集，大爲一方尊敬。然常不樂，欲挑包者屢矣。一日留書白郡〔三〕，過門别余，去不可挽。予嘆曰：「吾爲大蓬時，兩乞挂冠，或云相嗔〔四〕，遂不敢復請，師賢於予遠矣。」既别，又寄聲。師小予二歲〔五〕，開慶己未六月某日示寂，其弟子某人等請銘其塔。

師惠安人，俗姓黄，法名汝明，號别南翁。得年七十一，僧臘五十，塔在居仁鋪圓通山〔六〕。少遊方遍參，得雪竇、癡鈍印可。嘗住雲龕李氏教忠院，晚住囊山，於莆、泉接境間，捏空拳創接待院四所〔七〕，而風亭者最盛，終於是刹〔八〕。平生清苦，惟一筇一衲，無輜重突兀，如枯木老幹無枝葉華藻。惟坐道場説法領衆而已，未嘗口錢穀鄙事，有齋施悉送庫堂。茶毗五色，舍利無數。初，予扳師出世，太常少卿蔡公次傳責予曰：「君欲扶一寺，不知壞一僧矣。」師歸，予復蔡書，戲曰：「還君明公。」蔡亦厚師者。銘曰：

師言後村，不學釋氏，然其作用，與佛不異。予笑此言，亦偷古書，《傳》不云乎，暗合孫吴。野田荒草，無以贈别，録師佳話，揭之墓碣。

〔一〕「牧」下原有「守」字，據翁校本删。
〔二〕「日」下原有「住」字，據翁校本删。
〔三〕郡：原作「群」，據翁校本改。
〔四〕嗔：原作「填」，據文意改。

〔五〕師：原作「帥」，據翁校本改。

〔六〕仁：原無，據翁校本補。

〔七〕四：原作「西」，據翁校本改。

〔八〕終：原作「路」，據文意改。

趙孺人

揭陽明府方君諱大輿之室趙夫人諱必善〔一〕，今爲泉人，故判大宗正事諱仲忽岐王謚簡獻之曾孫，知南外宗正事諱士晤和義郡王謚忠靖之孫，贈通議大夫諱不劬之子，母碩人張氏，生母楊氏。嫁時夫家儒素〔二〕，人謂夫人貴種，未必相安。既而婦禮恭，舅姑稱其孝；閫範肅，族戚欽其賢。接物和〔三〕，馭下恕，娣姒安之，臧獲德之，久而鄉里化之。

初，夫無卓錐地，夫人從夫仕番仕粤，銖積寸累，明府始有田廬。夫過五十未得雄〔四〕，夫人爲置妾媵，明府始有子。以明府陞朝恩封孺人。嫠居二十七年，足不履閾，益勤苦攝家〔五〕。或謂尚平之緣未畢，宜益以舅姑祭租，夫人曰：「柰何厚婚嫁而簡墳墓！」娣薛蚤寡，夫人月輟宗姬脂粉錢以助。葬明府於保豐里之方山。及見内外孫男九人，或笄冠，或繈褓，歲時娱侍左右。咸謂夫人福壽未艾也。上巳猶享家廟〔六〕，其夕若爲薄寒所中者，遽委篤，投丹不愈〔七〕。越二日。端坐奄然而終，景定庚申三月壬申也，年七十三。一子，選孫。二女〔八〕，長適通直郎、知泉州惠安縣劉强甫，次適進士陳璣，正獻相君之曾孫，皆孝謹，母教也。孫男三人：泰翁、質翁、材翁，尚幼。以其年三月癸卯合祔於明府之阡，冢舍斂具皆夫人手營綜〔九〕，曰「他日無以是累兒女」。

夫人未嘗讀佛書，然自始至終靈明静定，暗與佛合。余觀世有醇儒者，亦有出入乎釋者，及夫處窮達得喪之際而悲歡異趣〔一〇〕，臨患難死生之變而怖畏改度者多矣，若夫人少不躭榮〔一一〕，老不踰閑〔一二〕，没不怛化，有學士大夫之所愧、大善知識之所難者，豈不賢於人哉！銘曰：

僕家中壘，始傳列女〔一三〕。嗟余小子，文獻忝祖，乃述是銘〔一四〕，續史後補。

〔一〕陽：原作「揚」，據文意改。又「輿」原作「與」，據翁校本改。

〔二〕〔四〕夫：原作「大」，據翁校本改。

〔三〕和：原無，據翁校本補。

〔五〕益：原作「蓋」，據翁校本改。

〔六〕享：原作「亨」，據翁校本改。

〔七〕丹：原作「再」，據翁校本改。

〔八〕二女：原倒，據翁校本乙。

〔九〕家：原作「冢」，徑改。

〔一〇〕歎：原作「觀」，據翁校本改。
〔一一〕人：原無，據翁校本補。
〔一二〕不：原作「手」，據翁校本改。
〔一三〕始：原無，據翁校本補。
〔一四〕「乃」上原有「考」字，據翁校本刪。

方清卿

清卿方氏，名汝一，幼奇逸，落筆皆可傳誦〔一〕。壯悔少作，積研尋之功、深沉之思，著《易論》二十篇，《江東將相論》十篇，《評二漢史贊》若干篇，記序詩詞名《小園僻稿》者數百篇。其文皆探幽抉微，絀哇崇雅。其剖析義理〔二〕，區別賢佞，凛然有不可犯之色。雖鯁峭驚世俗，然辨麗宜場屋。庚子薦於鄉，咸謂平挹上第矣，既報聞，清卿不少沮喪〔三〕，考古著書自娱，固窮力善。謂父鍾愛二女〔四〕，傾家計割田以適顧儒文。顧亦佳士，郡博士虚前廡迎致，不就。一日袖所評班《書》示余，余曰：「范史罕讀者，僕欲稍添注脚，病眊未能，君有意乎？」清卿遂接讀范史，著新評，甫脱藁，病數日而卒，年四十五。清卿於頤堂處士贈承務郎秉俟爲曾大父〔五〕，於迪功郎阜時爲大父〔六〕，於乙未進士南海尉碩子爲父，母鄭孺人。娶陳氏孺〔七〕。孤申父。一女，許嫁鮀氏〔八〕。初，清卿葬父於文賦里祖山狐狸原，舊有廟基，社人託神以争，清卿爲文曉譬，人神退聽。至是以清卿祔焉。卒以寶祐己未五月某日〔九〕，葬以景定二年正月某日。

嗟夫！以清卿之才，使奉對於天子之庭，豈不如劉蕡？使以山人處士徵，豈不如盧鴻、李渤？使及聖人之門，豈不如琴張、曾皙？而浮沉閭巷，枕籍螢雪以死，可哀也夫！清卿家有名荔號郎官紅，以熟時常少〔一〇〕，東致數十顆。嗚呼，今絶筆矣！申父方七歲。來求銘者二季逢熊、夢和〔一一〕，皆負才學。銘曰：

猗嗟清卿，人冕服兮君布韋，人芻豢兮君虀鹽。意者上下馳騁兮鋒穎之太銛，是非褒貶兮衮斧之過嚴。抱千載之耿耿兮，豈其就九泉之厭厭。窆徵予文兮，嗟余舌之久箝〔一二〕。余老避謗墓之誚，君貧無乞米之嫌。尉賢季之恫瘝，發亡友之幽潛。

〔一〕「皆」下原有「不」字，據翁校本删。
〔二〕析：原作「折」，據翁校本改。
〔三〕喪：原作「表」，據翁校本改。
〔四〕謂：原作「爲」，據翁校本改。
〔五〕曾：原作「贈」，據翁校本改。
〔六〕郎：原無，據翁校本補。

〔七〕「𥡴」下疑脱「人」字。
〔八〕鮀氏：按「鮀」字不爲姓氏，據字形當是「鮑」字之誤。
〔九〕某：原無，據翁校本補。
〔一〇〕以熟：原倒，據翁校本乙。
〔一一〕季：原作「李」，據文意改。
〔一二〕「舌」原作「石」，「箝」原作「箱」，據翁校本改。

後村先生大全集卷之一百五十九

墓誌銘

薛潮州

薛氏唐補闕令之之後，名庭輝者，仕江南爲鎮遏使，屯游洋，家焉。傳至梅州太守珩，君曾王父也。至廣東轉運元肅，王父也。至監建寧府合同場，贈朝奉大夫若水，父也。梅州擢紹興壬戌第，爲里耆儒。轉運號時吏師，不究於用。大夫苦學工文〔一〕，而不得年。君諱季良，字傳叟，幼以王父任補將仕郎，歷羅源尉，惠州、德慶府録參，惠州司理，廣州司理。以考舉改宣教郎，知閩縣、南安縣，通判漳州。都堂審察，除登聞檢院，遷司農寺主簿，知潮州。以寶祐丁巳八月終於郡治，年六十。秩朝請郎，歷官惟惠之録、理以王父及母吳宜人憂、閩宰以大母李令人憂，未上。

羅源獲劇盜應賞格，棄不就。古康郡事多出君手〔二〕，守畫諾而已〔三〕。番禺民愬女爲顧主彭選夫婦所戕害〔四〕，獄具欵上矣，府委君審鞫。君察其寃，白府緩獄，使人廉之，女匿舊主李時中家，不死也。置女屏後，呼女母出之曰：「此非若女耶〔五〕！」獄遂即日解。府公怒時中匿女，欲没入其貲，君争曰：「既自首矣〔六〕。」卒原其罪。刑獄使者聞而嘉之，爲合潁焉。叛卒叩城，帥逸去，菊坡崔公登陴指授，委君招諭〔七〕。事平，崔入建鄉閫，上其勞〔八〕，詔減二年磨勘。治南安，守法據理〔九〕，是是而非非，務抑豪右而扶善弱，然歸之於厚，發之中節〔一〇〕，翕然有賢譽。催科聽自來〔一一〕，村落無追胥跡〔一二〕。輸郡及爲舊令填積逋外，餘力尚沛然。郡使大吏來掩縣帑，取鏹八十餘緡、新舊楮萬計以去，君白郡曰：「某無一錢横斂〔一三〕，鏹若干、楮若干，某料二税也，某月版帳也，某不過爲州家預樁爾〔一四〕，今盡取之，是不爲明日計乎！」守愧，曰其詞直，許以後限理豁。漳守方公來解去，君當次攝，力巽添倅，人以爲難〔一五〕，既而堂帖委君〔一六〕。時龍溪境内有嘯聚者，君不復辭，調卒討捕，以計擒首惡，貸餘黨，四封帖然。郡事無大小皆身親，而止幫倅俸，帥、憲交薦，遂召。

輪對，乞脩實德實政以回天意、永天命。次言：「檢、鼓院乃肺石路皷遺意，今民庶以叩閽爲嘗試，州縣視投軌爲具文，遂使達窮之美意〔一七〕，徒滋翼僞之狡謀。臣謂凡進狀宜索案予決〔一八〕，虚者反坐。」及遷農扈，以哭子丐外。去之潮〔一九〕，郡計窘狹，君不忍掊斂，專以廉儉節縮扶持之。窮日之力，汲汲鮮懽，省燕設，罷苞篚。水壞浮梁，撤而新之。鹽使〔君〕疑潮鹽有遺利，議增筴，君抗論曰：「潮鹽既敷之二税矣，可再榷乎〔二〇〕！」事遂寢。下車九閲月，郡稱治，而君積勞致疾，不可爲矣〔二一〕。屬纊至返柩，民皆巷哭郊送。

娶龔氏，參預莊敏公之孫，繼方氏，皆封安人。子男一人〔二二〕，鎬，前君六年卒，無子，君命從姪孫公來後之〔二三〕。猶自冀有子也，然卒無子。既病，呼從弟季湜至潮，屬以後事，立其仲子鎔爲子，受君遺澤。鎔、公來將以是歲臘月甲申〔二四〕，葬君於某里須彌山之原，君無恙時所自卜，旁觀精舍花木成陰矣。君蚤孤〔二五〕，逮事王父母尤孝謹。兩承重，拊愛二弟。仲夫婦没廣右官所，君爲返喪，葬送盡哀。居官持身如雪玉，潮吏呈例卷輒麾去，曰「毋污我」。交鄰之幣悉入官帑，遊謁來者餽以私錢，賓客童僕未嘗出户限，其謹如此。自扁其居曰「廣村」〔二六〕。在朝方向用，遽引去。余勸君少留求近郡，君歸興不可遏〔二七〕。蓋需潮州之次者六年。君治行在《周官》廉能之選，人物在晉人佳子弟之目，大可爲王朝之卿士，小却亦臺閣之彦也，而暫入倏出，一麾不返，豈非實踐有餘、外無表襮，孤立自守，旁無推挽而然歟！詩文皆典實條達〔二八〕，有《千林謾藳》。余遊君三世間最久，鎔、公來以銘請。銘曰：

猗潮牧，凛自持，清白吏，慈惠師。且顯融，宜期頤，擁麾去，或尼之。扶柩歸，復尤誰〔二九〕，古有言，天無知。春陵行，彼人思；汝南評，吾黨悲。

〔一〕「苦」原作「若」，「工」原作「士」，據翁校本改。
〔二〕古康：疑當作「在廣」。
〔三〕守：原無，據翁校本補。
〔四〕害：原作「古」，據翁校本改。

〔五〕非：原無，據翁校本補。
〔六〕「首」下原有「之」字，據翁校本删。
〔七〕招：原作「詔」，據翁校本改。
〔八〕其勞：原倒，據翁校本乙。
〔九〕理：原作「里」，據翁校本改。
〔一〇〕發：原作「法」，據翁校本改。
〔一一〕聽：原作「給」，據翁校本改。
〔一二〕句首原有「由」字，據翁校本删。
〔一三〕斂：原作「欽」，據翁校本改。
〔一四〕椿：原作「舂」，據翁校本改。
〔一五〕人：原作「以入」，據翁校本删改。
〔一六〕既：原無，據翁校本補。
〔一七〕達窮：原倒，據翁校本乙。
〔一八〕索案：原作「案素」，據翁校本改。
〔一九〕之潮：原倒，據翁校本乙。
〔二〇〕榷：原作「權」，據翁校本改。

〔二一〕可：原無，據翁校本補。
〔二二〕一：原作「二」，據翁校本改。
〔二三〕公：原無，據翁校本補。
〔二四〕申：原作「辛」，據翁校本改。
〔二五〕「君」下原有「係」字，據翁校本刪。
〔二六〕扁：原作「遍」，據翁校本改。
〔二七〕遏：原作「謁」，據翁校本改。
〔二八〕條：原無，據翁校本補。
〔二九〕誰：原作「惟」，據翁校本改。

外孫淑女〔一〕

淑女陳氏，正獻公之玄孫。父琰，母劉氏，久未有男子，愛鍾二女。幼者先夭，淑亦得癇疾，已而復常。性淳而慧，曾王母聶令人、王父宗院、王母趙安人尤憐之。至寶祐丁巳，年十三矣，益長好明悟，不類常有病者。父入京調官，每思父必涕洟，得安書必喜。一日侍其母來歸寧，與余語琅琅，覺體中微不佳而歸，信宿口噤而神昏，若舊疾復動者，醫巫拱手。越四日而逝，九月初八日也。父歸不及見，夫婦相對悲泣而已。是歲臘月二十二日，祔葬於石室祖姑墓域，而外祖後村翁銘其坎〔二〕。銘曰：

謂壽而臧〔三〕，乃夭而殤，歸於此岡。

〔一〕女：原作「人」，據翁校本改。
〔二〕祖：原在「村」字下，據翁校本乙。
〔三〕臧：原作「藏」，據文意改。

宋經略

余爲建陽令，獲友其邑中豪傑，而尤所敬愛者曰宋公惠父。時江右峒寇張甚，公奉辟書，慷慨就道，余置酒賦詞祖餞，期之以辛公幼安、王公宣子之事。公果以才業奮，歷中外，當事任，立勳績，名爲世卿者垂二十載，聲望與辛、王二公相頡頏焉。公没且十年，而積善之墓未題，其孤奉故左史李公昴英之狀來曰：「先君交遊盡矣，銘非君誰屬！」

宋氏自唐文貞公傳四世〔一〕，由邢遷睦，又三世孫世卿丞建陽，卒官下，遂爲邑人。曾大父安氏〔二〕。大父華〔三〕。父鞏，以特科終廣州節度推官〔四〕，贈某官。母□氏，贈□人。公少聳秀軒豁，師事考亭高第吳公雉，又徧參楊公方，黄公榦，李公方子，二蔡公淵、沉，孜孜論質，益貫通融液。暨入太學，西山真公德秀衡其文，見謂有源流，出肺腑，公因受學其門。丁丑，南宮奏賦第三，中乙科，調鄞尉。未上，丁外艱。再調信豐簿，帥鄭公性之羅致之幕，多所裨益。秩滿，南安境内三峒首禍，燬兩縣二寨，環雄、贛、南安三郡數百里皆爲盜區。臬司葉宰徵前招安，決意勦除，創節制司準遣闢辟公。時副都統陳世雄擁重兵不進〔五〕，公亟趨山前，先賑六堡饑民，使不從亂，乃提兵三百倡率隅總，破石門寨，俘其酋首。世雄恥之，逼戲下輕進，賊設覆誘之〔六〕，兵將官死者十有二人，世雄走贛。賊得勢，三路震動。公欲用前賑六堡之策，白臬使，數移文倉司。魏倉大有置不問，聞公主議，銜之。公率義丁力戰，破高平寨，擒謝寶崇，降大勝峒曾志，皆渠魁也。三峒平，幕府上功，特改合入官〔七〕。臬去倉攝，挾忿庭辱，公不屈撍，拂衣而去，語人曰：「斯人忍而愎，必召變。」魏怒，劾至再三。不旋踵魏爲卒朱先所戕，閩盜起，詔擢陳公韡爲招捕使。陳公用真公言，檄公與李君華同議軍事。主將王祖忠意公書生，謾與約分路克日會老虎寨。王、李全師從明溪柳楊，公提孤軍從竹洲，且行且戰三百餘里，卒如期會寨下。王驚曰：「君智勇過武將矣。」軍事多咨訪。時凶渠猾酋掎角來援，護軍主將矛盾不咸。公外攘却，内調娛〔八〕，先計後戰，所向克捷。直趨招賢、招德，擒王朝茂，破邵武者也；殺嚴潮，降王從甫。與李君入潭瓦磜〔九〕，百年巢穴一空，惟大酋丘文通挾謀主吳叔夏、劉謙子竄入石城之平固。公與偏將李大聲疾馳平固，執文通、叔夏、謙子以歸。昭德賊酋徐友文謀中道掩奪〔一〇〕，併俘友文以獻，大盜無漏網者。

先是，魏玠疏下，陳公奏雪前誣，復元秩。汀卒囚陳守孝嚴，嬰城負固，陳公檄公與李君圖之。既至，先設備，密寫撫定旗牓。公與李君坐堂下，引郡卒支犒，卒皆挾刃入，李公色動。公雍容如常，命梟七卒，出旗榜貸餘黨，衆無敢譁。辟知長汀縣。舊運閩鹽，踰年始至，吏減斤重，民苦抑配。公請改運於潮，往返僅三月，又下其估出售，公私便之。再考，朝家出二樞臣視師，曾公從龍督江淮〔一一〕，魏公了翁督荆襄，曾公辟公爲屬。未至而曾公薨，魏公兼督江淮，遣書幣趣公，賓主懽甚。每曰〔一二〕：「賴有此客爾。」結局，獨辭贍家發路黄金五十星。

通判邵武軍，攝郡，有遺愛。通判南劍州〔一三〕，不就。杭相李公宗勉擢貳天府，除諸軍料院。浙右饑，米斗萬錢，毗陵調守，相以公應詔。入境問俗，嘆曰：「郡不可爲，我知其説矣〔一四〕。强宗巨室始去籍以避賦，終閉糴以邀利，吾當伐其謀爾〔一五〕。」命吏按訴旱狀，實各户合輸米，禮致其人，勉以濟糶。析人户爲五等〔一六〕，上焉者半濟半糶〔一七〕，次糶而不濟，次濟糶俱免，次半糶半濟，下焉者全濟之。米從官給，衆皆奉令。又累乞蠲放，詔閣半租。明年大旱，禱而雨。比去，餘米麥三千餘斛〔一八〕、鏹二十萬、楮四十萬。擢司農丞，知贛州。當路以要官鈎致，公不答，遽劾免〔一九〕。後要官果有坐附麗斥者。

起知蘄州，道除提點廣東刑獄，名節制摧鋒軍，實不受令，公請緩急得調遣，從之。南吏多不奉法，有留獄數年未詳覆者，公下條約，立期程，閲八月決辟囚二百餘。移節江西，贛民遇農隙率販鹺於閩、粵之境，名曰鹽子，各挾兵械，所過剽掠，州縣單弱，莫敢誰何。公鱗次保伍〔二〇〕，譏其出入〔二一〕，姦無所容。舉行之初，人持異議，事定乃大服。諫省奏乞取宋某所行下浙右以爲法。兼知贛州，盱屬盜竊發，言者歸咎保伍〔二二〕，經筵有爲公辨明者，章格不下。蜀相游公似大拜，以公按刑廣右。循行部内，所至雪寃禁暴，雖惡弱處所，轍迹必至。除直秘閣，移湖南〔二三〕。會陳公以元樞來建大閫，兼制西廣，辟公參謀，以公手疏嶺外事宜繳奏，宸翰：「宋某所陳確實可用，若能悉意助卿保釐南土，旌擢未晚。」鬼國與南丹州争金坑，南丹言韃騎迫境〔二四〕，宜守張皇乞師，公白陳公：「此虜無飛越大理、特磨二國直擣南丹之理〔二五〕。」已而果然。進直寶謨閣，奉使四路，皆司臬事，聽訟清明，決事剛果，撫善良甚恩，臨豪猾甚威。屬部官吏以至窮閻委巷、深山幽谷之民，咸若有一宋提刑之臨其前。

擢直煥章閣、知廣州、廣東經略安撫〔二六〕。持大體，寬小文，威愛相濟。開閫屬兩月〔二七〕，忽感末疾〔二八〕，猶自力視事。學宫釋菜，賓佐請委官攝獻，毅然親往，由此委頓。以淳祐九年三月七日終於州治〔二九〕，年六十四，秩止朝議大夫。明年七月十五日〔三〇〕，葬於崇樂里之張墓窠。娶余氏，繼連氏，皆封□人。三子：國寶，國子鄉貢進士；大□，鄉貢進士；秉孫，正奏名，未廷對〔三一〕，皆力學濟美〔三二〕。二女：長適登仕郎梁新德，次適將仕郎吳子勤。三孫：憲、燾、湘，並將仕郎。

公博記覽，善辭令，然不以浮文妨要，惟據案執筆，一掃千言，沈着痛快，譁健破膽。礪廉隅，峻風裁，然不以己長傲物〔三三〕。雖晚生小技，寸長片善，提奬薦進，寒畯吐氣〔三四〕。每誦諸葛武侯之言曰：「治世以大德，不以小惠。」其趣向如此。性無他嗜，惟喜收異書名帖〔三五〕。祿萬石，位方伯，家無釵澤，厩無馹駿，魚羹飯，敝緼袍，蕭然終身。晚尤謙挹，扁其室曰「自牧」，丞相董公槐記焉。昔張禹、馬融皆起書生，既貴〔三六〕，或後堂陳絲竹管絃，或施絳紗帳，列女樂，其尤鄙者至以金盆濯足，甚哉居養之移人也！惟本朝前輩宋宣獻、李邯鄲好藏書，唐彦猷好硯，歐陽公好金石刻，公似之矣。余既書公大節，又著其細行於末〔三七〕。公諱慈〔三八〕，惠父字也。銘曰：

其儒雅則遵、穀也，其開濟則瑜、肅也，其威名則頗、牧也，其恩信則羊、陸也。敵將扼吾吭而斡吾腹也，上方備邕、宜而憂襄、蜀也〔三九〕，哀哉若人之不淑也，求之之難也而奪之之速也。脱車之輻而踠驥之足也，嗟後之人勿傷其宰上之木也。

〔一〕貞：原作「真」，按唐宰相宋璟謚文貞，據改。

〔二〕安氏：此二字不似男子名，或爲「安民」之誤。

〔三〕「父」下原有「諱」字，據翁校本删。

〔四〕終：原作「路」，據文意改。又「推官」原作「使」，據翁校本改、補。

〔五〕重：原作「軍」，據翁校本改。

〔六〕設：原作「投」，據翁校本改。

〔七〕改合入：原作「授舍人」，據翁校本改。

〔八〕「調」下原有「姦」字，據翁校本刪。

〔九〕潭瓦礫：原作「潭州飛礫」，據《宋史·陳韡傳》刪改。

〔一〇〕徐：原作「餘」，據翁校本改。

〔一一〕曾：原作「魯」，據翁校本改。

〔一二〕每：原作「悔」，據翁校本改。

〔一三〕劍：原作「歛」，據翁校本改。又其上原有「轅」字，據文意刪。

〔一四〕説：原作「晚」，據翁校本改。

〔一五〕伐：原作「代」，據翁校本改。

〔一六〕析：原作「折」，據翁校本改。

〔一七〕後一「半」字原無，據翁校本補。

〔一八〕千：原作「十」，據文意改。

〔一九〕遽：原作「遷」；免：原作「免免」。據翁校本改、刪。

〔二〇〕伍：原作「護」，據翁校本改。

〔二一〕讖：原作「訊」，據翁校本改。

〔二二〕歸：原作「任」，據翁校本改。
〔二三〕移：原作「核」，據文意改。「移湖南」謂自廣西提刑移湖南提刑。宋慈《洗寃集録·自序》結銜爲「新除直祕閣、湖南提刑、充大使行府參議官」，與此合。
〔二四〕「韃」原作「鞭」，「迫」原作「追」，據翁校本改。
〔二五〕理：原作「地」，據翁校本改。
〔二六〕擢：原作「拔」，據翁校本改。又「安」原作「按」，徑改。
〔二七〕月：原無，據翁校本補。
〔二八〕末：原作「未」，據翁校本改。
〔二九〕淳：原作「浮」，據翁校本改。九年：原作「六年」。按：宋慈《洗寃集録自序》作於淳祐七年十二月，時爲湖南提刑，不得六年已卒。據李曾伯《可齋雜稿·静江謝表》及《伏波巖題名》，曾伯以淳祐九年知静江府，同時以宋慈知廣州，則宋慈知廣州在淳祐九年。又據本墓誌，上任兩月而卒，則慈之死亦在九年。因改。
〔三〇〕日：原無，據翁校本補。
〔三一〕廷：原無，據翁校本補。
〔三二〕「學」下原有「美」字，據翁校本删。
〔三三〕以：原無，據翁校本補。

〔三四〕畯：原作「浚」，據翁校本改。
〔三五〕喜：原作「善」，據翁校本改。
〔三六〕貴：原作「愧」，據翁校本改。
〔三七〕又：原作「久」，據翁校本改。
〔三八〕慈：原作「普」，按《洗寃集録自序》自題「宋慈惠父序」，他書亦皆作「慈」，「慈」與「惠」相應。此作「普」，乃形近而誤，今改。
〔三九〕蜀：原作「擢」，據翁校本改。

通守江君

江氏皆祖漢轑陽侯德，世居陳留。至本朝起居公休復居圉城〔一〕，南渡後散居閩、浙，今爲永福人。君諱叔豫，字子順。曾大父鯨。大父宗臣，宣義郎。父伯虎，通判泉州，贈大中大夫，母張碩人。以父任歷宜黄尉、知南海丞、龍溪宰、昭信軍節度判官、通判興化軍、武岡軍、瓊州，行至容州，赴郡集歸，忽呼其子，告以將終〔二〕。召醫〔三〕，未至而卒，辛亥五月晦日也，年六十六，階朝散郎。以某年某月葬於某鄉某里。配安人黄氏，後君五五卒〔四〕。四男：曰定，曰朝，皆前卒；曰焕龍〔五〕，迪功郎、新除益陽尉；曰會龍，丙辰正奏名〔六〕，未廷對而夭。四女，趙必臨、鄭謂老、黄祥鳳、黄某〔七〕，其婿也。孫男五人，孫女一人〔八〕。

君富才思，妙詞翰，然不爲空言，尤練世事。宜黄民貧，所食魚利，官苛征之〔九〕，君督務事，鐫額三分。無何，獲劇盗三十餘人，邑以具獄上之郡，獄吏邀賂沮格，君委之分。秩滿，注邵武法曹而歸。郡上其獄於憲，憲陳公天宜閲實嘉嘆〔一〇〕，力爲保奏，君遂改秩。至南海，帥留公恭委攝番禺，有聲。俄南海亦闕令，其民相率詣臺閫乞還君攝本邑。龍溪一税州催，縣無與焉，及是守奇君才，歸賦於邑。君量地里遠近分甲，帖寬期程，禁吏下鄉，任民自輸，不施笞捶〔一一〕，亦無逋賦者。歲旱，精禱而雨。祠七賢及鄉前輩於學。其赴贛幕也〔一二〕，叛卒方張，人望而畏〔一三〕，君挺身而往，應變出奇，俄皆就擒。郡有兄弟之訟，經内外臺二十餘年未決者，君折以片言，俱感泣而去。莆闕守，君次攝，比歲饑歉，行勸分，禁借糧，境内稱治。帥曹公豳、李公大同、漕王公伯大皆露薦。武崗蠻入省地〔一四〕，守以疲輭不勝任去，君攝左符，嚴保伍，勵隅總，郡以安枕。會尚書趙公以夫、左史陳公顯君薦君才可備緩急，朝家亦憂瓊寇，以君倅瓊。其用於世者止此。有遺藁若干卷。自號愛山翁。

嗟夫！士生平世，束縛於資格尺度之内，雖甚傑異，往往毫芒不試，泯默而死，談者尚致其不逢時之嘆〔一五〕。君負邁往軼群之才，當多事急才之秋，遇合非一時，選拔非一途，詡謀臣〔一六〕，琳記室〔一七〕，君不可運籌乎？平叔户部，巽鹽鐵，君不可治賦乎？質盱眙，慆泗州，君不可乘鄣乎？是區區者而不君畀，顧使之頓挫場屋，三上禮部不一售，奔走道路，老死於司馬長史歟！度外功名既莫之致，併與其券内宜得者而奪之歟〔一八〕！豈人情喜員而君方於事上、宦途尚巧而君拙於諧世而然歟！此余之所以重悲慨也。初，孝宗厲精，求文武士，太中公魁辛丑右科，復擢甲辰進士，臚唱之日，恩數絶異，人謂風雲際會反手間爾，既而不究於用，若留以遺君者，而又不然，何哉！君二子競爽，季秀而不實〔一九〕，前輩所謂冲和之氣在於一枝者〔二〇〕，焕龍當之矣。銘曰：

君豐下兮又長身，若昂昂兮尤恂恂。昔傾蓋兮意氣親〔二一〕，不曰吾通守兮肅恭齊民。忽不見兮三十春，鵬背遠兮馬鬣新，懷舊好兮述斯文。吾聞黄河兮出崑崙〔二二〕，亦云江源兮發於岷，誰食其報兮後之人。

〔一〕「居」下原有「城」字，據翁校本删。
〔二〕終：原作「路」，據文意改。
〔三〕醫：原作「靈」，據文意改。
〔四〕五五：似當作「五年」或「五月」。
〔五〕焕：原作「配」，據翁校本改。
〔六〕正：原作「進」，據翁校本改。
〔七〕黄某：原無，據翁校本補。

〔八〕「人」下原有「而已」二字，據翁校本删。
〔九〕征：原作「政」，據翁校本改。
〔一〇〕憲：原無，據翁校本補。
〔一一〕捶：原作「揺」，據翁校本改。
〔一二〕幕：原無，據翁校本補。
〔一三〕「而」下原有「卒」字，據翁校本删。
〔一四〕入：原無，據翁校本補。
〔一五〕嘆：原作「要」，據翁校本改。
〔一六〕臣：原作「陳」，據翁校本改。
〔一七〕室：原作「窘」，據翁校本改。
〔一八〕其：原無，據翁校本補。
〔一九〕季：原作「李」，據翁校本改。
〔二〇〕謂：原無，據翁校本補。
〔二一〕親：原無，據翁校本補。
〔二二〕出：原無，據翁校本補。

林實甫

實甫少機警，入小學讀書，群兒積歲月未畢一卷者，試廣場遇難題，同人竭心思未有點墨者，惟實甫過目默識，操筆立就。扣之精詣透徹，若久習然；讀之辨麗條達，若冥搜然，里人推讓。去而客江湖，交遊益廣，生徒益衆〔一〕，沾昌黎之賸馥、截孟陽之殘錦者，往往策名發身，而實甫數奇不偶，兩取薦書，試別頭賦擅場，考官疑荊體，避鄉嫌不敢取，實甫未嘗以爲怨。用累舉恩奉對〔二〕，授迪功郎、昭州法曹〔三〕，愛實甫者皆爲稱屈〔四〕。又貢於浙漕，前稱屈者喜曰：「實甫晚成矣。」既而復報罷。憚南轅，改温州比較務。故家子弟多來學，曰良師也；上官不相吏，曰佳友也。秩滿，調嚴州法曹。方需次，監司檄攝劍浦丞。或謂職冷郡貧不宜往，實甫曰：「太守賢，可依。」謂湯公漢也〔五〕。既至，相得甚歡。俄屬疾，湯公躬視湯液。疾甚，具舟送之歸。抵家數日不起，年六十七。娶顧氏。一子，祖武，登仕郎。一女，適進士陳某。孫男女若干人。其卒以寶祐五年四月某日，葬以七年二月某日，在某里某山某原。

實甫工辭令而不得鳴國家之盛，識時務而不得與公卿賢良文學之議，喜功名而不得在賢哲馳騖之列〔六〕，挾其所有，傲睨一世。晚稍折節，趨和易，後生小子不見田光盛壯時。或竊議曰：「是波流茅靡者。」獨余哀實甫内奇崛而外頓挫，寄豪放於談諧〔七〕，齊得喪於觴詠〔八〕。寓言如蒙叟，油油然與之偕如展季，逢人稱好如司馬德操，滑稽玩世則東方先生之流也。余前使粤，後使江左，皆館實甫於塾。當余顯融，未嘗有求〔九〕，及余閑退，不忍畔去。歲晚交舊百不存一，幸而存者散在四方，惟實甫同里社，可折簡而呼、倒屣而迎也，天又奪之，嗚呼，余無復老伴矣！

實甫林氏，名秀發。曾大父積仁，中大夫、秘閣修撰。大父元方，通直郎、通判贛州。父叔夏，號安寮居士。母黄氏。祖武工詞翰，疎爽有父風。銘曰：

人見其温克也，不知其更閲也；見其平夷也，不知其屈折也；見其嘲玩也，不知其鬱積之所洩也〔一〇〕。吾評若人，不羈之才、邁往之傑也。

〔一〕徒：原作「健」，據翁校本改。
〔二〕累：原無，據翁校本補。
〔三〕授：原作「受」，據文意改。
〔四〕「皆」下原有「以」字，據翁校本刪。
〔五〕湯公嘆：按「嘆」字不似人名，當爲「漢」之誤。
〔六〕喜：原作「善」，據翁校本改。
〔七〕寄豪：原作「奇毫」，據翁校本改。
〔八〕喪：原作「表」，據翁校本改。

〔九〕 嘗：原作「當」，據翁校本改。

〔一〇〕「之」下原有「有」字，據翁校本删。

誠少林日九座

余有方外之友二人也，曰德誠者，福清人，姓鄭；曰祖日者，閩縣人，姓陳〔一〕。誠得法於鐵鞭韶師，嘗住邑之嵩山少林、汀之南安巖，輒棄去〔二〕。坐草庵、翁陂庵各三載，又棄去。入浙，憇浄慈〔三〕、蒙堂者六年，以寶祐甲寅季夏朔日示寂，俗壽五十二，僧臘三十七。荼毗有異，浄慈、靈隱、徑山名宿爲作《三不壞偈》者一百六十餘人。骨歸於浄慈之塔，而不壞者歸於翁陂之西隴。

日受業於吉之覺報寺〔四〕，坐夏於衡之福〔五〕。從浮山永師來福清之靈石，殿燬五十年未復〔六〕，日發願力，感動大檀，不三年金碧焕然。往來賢沙、黄檗間，帥趙尚書必愿求僧於余，余以日對，延住靈石者七年。一日踵門來曰：「君强我出，束縛我也。老矣倦矣，請爲我解縛。」余達其意於帥陸尚書德輿，陸公嘆其高致，比之石霜。日辭去，余留之樗庵年餘，莆守潘侯墀延住九座。山寺新燬，日自出募緣〔七〕，以乙卯季秋某日奄逝，壽六十二，僧臘四十六。其徒奉靈骨與誠同穸。

二釋皆余所敬，誠如達摩，不立文字；日如玄奘〔八〕，馱經西來，兼通儒書。余聞道淺不如誠之深也〔九〕，讀書少不如日之博也〔一〇〕。寒齋已矣，留二釋以遺余，方資以待老，今併爲寒齋奪去，余將誰語乎！誠小師宗鏡、日小師宗曇來〔一一〕，請銘於予，銘曰：

瞿曇異人〔一二〕，有大氣魄〔一三〕，入寂之際，尤示奇特。迦葉而下，豈必箇箇，現十八變，化三昧火〔一四〕。傳者之謬，匪佛自説，既崇虚談，亦害寂滅。誠公末着，不隨薪盡，叢林交贊〔一五〕，後村竊哂〔一六〕。誠有三異，日無一異，往從寒翁，了此大事。

〔一〕陳：原作「鄭」，據翁校本改。
〔二〕輒：原作「轍」，據翁校本改。
〔三〕浄慈：原作「浄普」，據翁校本改。下同。
〔四〕報寺：原倒，據翁校本乙。
〔五〕「福」字上或下似有脱字。
〔六〕「年」下原有「來」字，據翁校本删。
〔七〕自：原無，據翁校本補。
〔八〕奘：原缺，據翁校本補。
〔九〕誠：原作「試」，據翁校本改。

〔一〇〕日：原無，據翁校本補。
〔一一〕兩「小」字原皆作「少」，據翁校本改。
〔一二〕瞿雲：原作「瞿雲」，據文意改。
〔一三〕魄：原作「鼻」，據翁校本改。
〔一四〕火：原作「大」，據文意改。
〔一五〕「叢」上原衍「林」字，據翁校本刪。
〔一六〕後：原作「役」，據翁校本改。

周士姪

初，西墅弟屢失子，存者偉甫字少奇、興甫字周士。少奇未銓注客死都城〔一〕，西墅追悼，以至大故。周士獨當門户，父子手澤書皆庋藏，名帖古刻皆巾襲，若善於繼志也〔二〕。父已病，方築室，僅成一樓，周士更造廳事、門巷，豐儉得中，若敏於幹蠱也。父任爲崇安尉，洗手奉職，疎財好客，若士與民皆曰清吏，當路薦關陞者三人〔三〕。建諸邑皆凋敝，政和闕令，選人莫敢注擬者，計使章公鑄以周士才堪理劇。辟命下，或勸勿往，欣然就道。俗傳廳凶宜避，周士曰：「吾爲邑長而捨廳僦舍乎！」居之不疑。遺書欲迎安輿。素强健，前旬月若苦濁濁者，不善補助，餌雞蘇丸以取快〔四〕。上元猶命張燈約客，俄伏枕，兩日而逝，下車二十餘日爾，邑人相吊。訃至〔五〕，母方宜人聚族哀慟〔六〕。子將仕郎在，繼兄後。周士婦蔡氏〔七〕，潮守規甫之女，得男輒夭，自官下攜二幼女護柩來歸〔八〕。蓋少奇年止三十、周士年止三十二。卒以寶祐戊午首春戊辰，葬以其年臘月壬寅，墓在西山之麓，與父同岡異壠。

嗟夫！少奇之夭，猶曰秀美，非老壽相，周士龐厚於兄，美髯豐頤〔九〕，絶肖西墅，而弟兄俱棄盛年而即長夜，謂之何哉！世之尤缺陷者莫痛於無年，莫慘於無嗣，未定之天然也。方宜人將選服屬親而昭穆順者以後周士，天有時而定矣。銘曰：

如綫之宗孰亢，垂白之母孰養，嫠而幼者孰仰？嗟吾不祥，以老哭壯，銘汝父母，又銘汝葬。

〔一〕「死」下原有「者」字，據翁校本删。
〔二〕志：原作「去」，據翁校本改。
〔三〕薦：原作「爲」，據翁校本改。
〔四〕蘇丸：原作「豚」，據翁校本改。
〔五〕訃：原作「訴」，據翁校本改。
〔六〕聚：原作「娶」，據翁校本改。

〔七〕「婦」下原有「豢」字，據翁校本删。
〔八〕下：原無，據翁校本補。
〔九〕頤：原作「頓」，據翁校本改。

宋通判

君宋氏，名應先，字有開〔一〕，故浙東常平使者諱藻之曾孫，贈奉直大夫諱久之孫，故秘閣修撰、廣東經略諱鈞之之仲子〔二〕，母韓碩人，生母莫安人。秘撰牧泉，值璽赦，君持表入賀，補初品官，監德慶府悦城鎮〔三〕。當路諸公曰前帥子也，争致之幕。秩滿，調南劍州理掾〔四〕。以外舅擢爲諫官，乞中嶽廟。俄而外舅解言責，監泉州市舶務。居是職者率與賈胡交賄，君獨玉雪自將。以考舉溢格，自承直郎改通直郎，得邑泉之惠安，改瑞之新昌。聽訟不喜挑抉，平亭之而已；督賦不事箠捶，董戒之而已。民始而玩之，已而信之，久而思之。歲饑，聚道旁棄兒於廢刹，飼以俸米，全活者衆。初，君未有子，遂感吉夢，連獲掌珠。

去而通判廣州，廣有二倅〔五〕，南廳逋軍餉山積，人望而畏。君竭力起八綱，以半年俸補助。需次通判漳州，狹以逋綱〔六〕，爲王人劾免。通判泉州，泉亦二倅，東廳新失牙契，專主軍餉。泉米粟築底，君不幸又當之，遇宣限甲士打請，官吏相顧，危在目睫。君下車僅五十餘日，汲汲鮮懽〔七〕，自輟酒器，又貸金穀於姻家曾氏，增糴以抒禍。積憂畏得疾，清羸骨立，卒不廢曹務。以寶祐戊午十一月某日卒，年四十八，積階朝請郎。娶安人方氏，寶學忠惠公大琮之女，嘗有男子不育，先君十四年卒，葬楓林紫霄峰之下。男三人：曰某，曰某，曰某。生女一人〔八〕，尚幼。其家將以開慶改元九月某日奉君合祔。

君簡默寡言，冲退任運。其脱選以外舅之賢，舉者求君，非君求舉者也。其歷官無奥主之援〔九〕，自不諧世，非世不吾以也。惟意一徐公深知之。平生大致如此。昔景升、本初諸子互相傾奪，君伯氏早世，拊姪有恩。叔弟無後，君兒當立，遜於季弟之子。潘岳以婦家方盛，遂有《哀逝》之作，情則不然。鐵庵翁女宰木皆拱矣〔一〇〕，君終不再婚，其内行亦有過人者。余與君連墻，常聞君書聲，而廣坐中如不能言。親友言君時有賦詠而未嘗輕露一斑，其深厚難測非復一事。前葬，君團兄太社令方公演孫來求銘，銘曰：

君之蓋棺，郡人太息，廉吏止此。及其返柩，里人相弔，善人亡矣。君有實踐，吾無虚美，視銘與誄。

〔一〕開：原作「間」，據翁校本改。
〔二〕東：原無，據翁校本補。
〔三〕悦：原作「晚」，據翁校本改。

〔四〕掾：原作「篆」，據翁校本改。
〔五〕廣：原無，據翁校本補。
〔六〕狹：此字疑誤，或當作「犹」。
〔七〕懽：原作「雁」，據翁校本改。
〔八〕人：原作「又」，據翁校本改。
〔九〕奥：原作「與」，據翁校本改。
〔一〇〕「翁」下原有「以」字，又「皆拱」二字原倒，據翁校本删、乙。

後村先生大全集卷之一百六十

墓誌銘

南窗陳居士

余兒時見龍泉作陳仲石埋辭，愛其高雅如《檀弓》、《穀梁》，條鬯如《荀卿子》，至老誦之不忘。君之考諱志崇，字仲孚，所謂長齋先生者〔一〕，仲石弟也。其先由長溪遷於平陽，與止齋同譜，弟兄皆師友止齋、龍泉，而周旋徐公誼、陳公武、蔡公幼學之間。君幼拱立親側，盡記緒言，止齋愛之，以君仲弟師朴爲子。後諸老與長齋繼凋謝〔二〕，惟徐公巋然獨存，君僦舍城西，踵門卒業，盡得其肘後秘傳。擁書如山，經傳子史百家皆有抄，而不及奉旃厦之咨；酌古御今，鑿鑿可行，而不及摹國家之務；古文韻府，各極其至，而不及給尚方之札，和薰風之吟，徒爲里中逢掖珍重而已。故樞密薛公極素善長齋，以書鈎致，復書謝絶之，終身不屈。

配黄氏，太常寺簿民望之孫〔三〕。君孝於親，黄養舅姑盡敬。君念仲師朴早夭〔四〕，與季太學録中庸相友愛。黄處妯娌尤睦，視夫子白首丘園，事之甚謹，奕世儒素，處之而安。君嘗遇所親宦死瘴鄉，挑包南轅，獲致存没，得疾幾殆。室人交謫，黄慨然曰：「義當然。」昔列子辭粟，其婦拊膺，買臣負薪，而妻決去。君以螢雪四士而教行其家，黄以簪紱貴族而賓敬其夫，嗜好同，趣尚合，有伯鸞、德曜之風。

君名守仁，字成甫，自號南窗居士。卒於嘉熙庚子，年五十三。黄氏後二年卒。子萬福，鄉貢進士；亨祖。孫男女各一人。景定辛酉十月某日，合葬於烏石之原，距家二里。前葬，學録君與萬福請於余曰：「吾家東塘父子皆龍泉所銘，最後銘長齋者，陳君壽老之筆，故居士遺命曰：『必賢而有文者銘我。』」余謹謝曰：「僕非其人也。」二君請不倦，乃書其概於石〔五〕，世系見龍泉誌者不書。銘曰：

猗君之才兮，寡二而少雙。雖修於家兮，曾不施於邦。維古人尚德兮，論定而心降。子魚以太尉而遜管兮，卧龍以岡士而拜龐。君之季若孠兮筆如扛〔六〕，曷不自碑於郟城兮表於瀧。亂曰：千載而下，彼薛生之東閣兮，孰如陶公之南窗。

〔一〕長：原無，據翁校本補。
〔二〕繼：原作「維」，據翁校本改。
〔三〕句首原有「除」字，據翁校本刪。
〔四〕朴：原在「夭」字下，據翁校本乙。

〔五〕概：原作「慨」，據翁校本改。
〔六〕㝵：原作「孕」，據翁校本改。

六二弟

君名克永，字子修，先君、先魏國林夫人之暮子。生七歲而孤，魏國自教之。既入小學，誦詩能了其義，歸爲母兄誦説，若素習者。長益勤苦，即所居西偏闢小齋，空無他物，擁書如山，卧起枕藉之間，發其毫芒於文字，皆有光怪。然郡試輒不利，因慨然罷舉〔一〕，退而求志。同胞叔仲皆宦達，獨余偃蹇，立朝補外，久僅年歲、近或數月則斥去，與君娛侍魏國之日最長，上世手澤數厨，共燈開卷，常聞鐘聲未已。君文邃雅而深自晦匿，常以露才揚己爲恥；性孤潔而尤厚倫紀，不以避兄離母爲高。先君登侍從，淺澤不及君，然君視榮利如惡臭。里中顯人比肩，一無所交際，牧守聞其名而不識其面。余白首仕宦，數爲群兒謗傷〔二〕，後生描畫，君超摇事外而物議翕然宗之〔三〕，非惟愛弟，亦畏友也。

始余與君共爲詩，商榷此事於所謂西齋者二十餘年〔四〕。余得之易，至數千篇，不如君之精善。湯公伯紀見君所作，嘆曰：「是於詩外用工夫者。」林公肅翁亦謂君造五鳳樓手也。其爲名流賞重如此。余晚召還禁近〔五〕，念迫衰殘，告老得歸，而君不余待，入門君蓋棺兼旬矣。天乎，予何罪而至斯極也！自丙午至今，喪魏國，喪三季，又喪伯姊、長妹，皤然八十之叟，以垂盡之光陰，供無涯之憂患，天乎，余何罪而至斯極也！

君生於開禧丁卯，没於景定壬戌閏九月癸巳，年五十六，墓在城南廣恩山，以十一月壬寅與其婦林氏合葬。男一人，祐老，甫九歲。女二人。君讀書會意趣，輒筆於簡，又集録古今文章凡十數鉅帙，藏於家。余常序其詩，既命祐老鋟梓行世，又忍哀掩涕，納銘壙中。銘曰：

人孰不欲貴、不欲壽，然儀、衍富貴而孟氏目以妾婦，廣成老壽而史家辟如糞土。卓哉西齋，佩服寶璐，懷此瓌美，隱於韋布。其氣則全，其名不腐。嗚呼，是爲吾家季子之墓。

〔一〕舉：原與下句「退」字互倒，據翁校本乙。

〔二〕數：原作「教」，據翁校本改。

〔三〕君：原作「若」，據翁校本改。

〔四〕商榷：原作「商確」，徑改。

〔五〕禁：原作「集」，據翁校本改。

弟婦林氏

莆前埭之林皆祖監簿矩。孺人父承務郎傅，母孺人朱，皆里善人。生二十一歲，歸於余季弟西齋劉居士〔一〕。夫之先疇薄，親年高，孺人持家儉，銖寸積累，稍廣新畬，故居士無鄙事之累。奉姑謹，左右娛侍，服勤終身，故魏國有暮年之樂。夫之兄姊尊老若内外子孫百口，待之一以禮節〔二〕，御妾媵尤慈恕。中年得痞疾〔三〕，既愈復作，遂卒。男一人，女二人，尚未笄冠，執喪甚哀，人不知其爲側出。孺人生於嘉泰癸亥〔四〕，卒以景定辛酉五月癸未，年五十九。其年十二月壬辰，葬於城西延陵里廣恩山。居士來徵余銘，道遠莽迫，諾而未銘也。初，居士内有賢助，得專苦於學以成其高。既悼亡，始親群碎，悒悒鮮懽，年餘亦卒。余既諾居士，又作斯銘，併納居士壙中。居士名克永，字子修。銘曰：

閨閫之言，彤管筆焉。孺人之賢，國人曰然。余銘斯阡，他日必傳。

〔一〕季弟：原倒，據文意乙。

〔二〕「一」下原有「日」字，據翁校本删。

〔三〕疾：原無，據翁校本補。

〔四〕泰：原作「太」，據翁校本改。

忠訓陳君宜人李氏

武功大夫、京東招撫司計議官陳澈將葬其二親，泣請於前史官劉某曰：「古今碑板類紀述達官顯人表著見於世者〔一〕，今澈之先親有黔婁生、於陵仲子夫婦之操〔二〕，而迹晦名微，世或未知。君銘里中耆舊多矣，晦能使之顯，微能使之著，澈也礱石以待〔三〕。」余哀澈欲以文字托其親也。

按君父諱孺康，爲鄉先生，鄉袞陳正獻公、參與龔莊敏公皆館之於家〔四〕。君諱國寧，從復齋公講理學，尤工詞翰，與公猶子南恩守塾善，仕所至必同載。君甚貧，然志潔行修，居鄰縣治，足不至偃室者三世。李氏與君相安淡泊。君喜客好施，李傾家不吝。君生於己酉，殁於乙卯五月二十一日，年六十七。李生於甲寅，殁於壬戌四月二十七日，年六十九。初，南恩卜葬栖隱院，規其右一穴以與君，且蓛識之曰〔五〕：「生相從〔六〕，死勿相遠也。」君卒，澈往負土，爲有力者沮撓之，不克葬。既而澈以戰功通顯，秩至正使，贈右忠訓郎。李初封孺人，繼宜人。朝命給栖隱山四十畝以葬，前之沮撓者愧焉。澈以宜人治命別買山於科仙嶺〔七〕，在郡東十三里，奉二柩合祔，景定三年臘月庚午也〔八〕。

生二子：澈長也，場屋頓挫，去南從戎，爲金吾夏侯上客。其解圍定遠，應援上流，澈皆在其間，軍冊檄筆諮焉。自廟堂以至外閫皆器其才，及襄大事也，皆助其費。省符閫檄趣起廬入幕者系路。然猶自力於學〔九〕，嘗以聲律魁兩浙漕薦，其志不止欲萬里建侯也。次灝，亦以邊功爲忠訓郎、招撫使機幕。銘曰：

移孝爲忠，嚴君之教，積慶熹後，善人之報。生老白屋，歿燎黄誥，別營萬家，以廣墓道。

〔一〕今：原作「文」，據翁校本改。
〔二〕仲子：原倒，據翁校本乙。
〔三〕待：原作「侍」，據翁校本改。
〔四〕正：原作「止」，據翁校本改。
〔五〕葩：原作「蒞」，據翁校本改。
〔六〕相：原無，據翁校本補。
〔七〕激：原作「激」，據翁校本改。
〔八〕句首原有「於」字，又「庚午」二字原無，據翁校本删、補。
〔九〕猶：原作「使」，據翁校本改。

宣教郎林君

石塘林氏家世，余前後叙述之詳矣。君諱公永〔一〕，字養平，煥章公之長子，母夏宜人。少尤工場屋之文，然志在事外，未三十已罷舉。余來石塘，猝見君手抄所論著，屬辭辨麗，於經傳子史各有記纂，心惜其才，數扳君出世，君泊然不應。煥章牧容管，璽赦，命君持表入賀，君遜與仲弟公奕，余然後知君天性冲退〔二〕，非矯勵然也〔三〕。蓋五十年間，余出而仕，仕而歸，必道君里，訪問親朋，或前晦後裕，或昔顯今窶，惟君隱約清貧如故。昔人以久幽不改爲賢，君近之矣。扁所居室曰「然軒」，闔户下帷，罕識其面。子式之將宰將樂〔四〕，安輿來迎，黽勉就養，深居一室，縣僚欲展升堂之拜，力辭而止〔五〕，其謹如此。式之滿歸，君喜曰：「吾不復出矣。」後式之通守括蒼，固請侍行，君曰：「吾語汝云何？」式之遂不敢强。君蕭散簡遠而於慈愛最隆〔六〕，煥章公壽過伏生乃卒〔七〕，君亦耳順，執喪毁瘠，哀動鄰里〔八〕。其處姻族，敬長而拊幼〔九〕，家庭之論，月旦之評，翕然宗之。景定辛酉，年七十九矣〔一〇〕，孫甸老早慧而夭，君哭之慟，痰作遂篤。將卒，猶問〔一一〕：「今日金紫公忌，祀事已具否？」語終而逝，八月初十也。娶卓氏〔一二〕，故甫守駿之孫女，以賢淑稱，先君三十一年卒〔一三〕，君葬之於善福里上周山之原。二子奉君合祔，十月十三日也。

君一生栖遁，晚以子陞朝封承事郎，告下，君曰〔一四〕：「君命也。」一裹章服拜受，即庋之高閣〔一五〕。尋以建儲及禋沛轉宣教郎，而卓氏贈孺人。子二人：式之，通直郎、通判潮州軍州事，在廉吏之目；文之，有才子之名。孫男四人：疇老、渭老、甸老、嚳老〔一六〕。孫女四人，長適迪功郎、徽州州學教授陳立翁，次適從事郎、潮州軍事推官劉同祖，次適迪功郎、新漳浦主簿俞震之，其次尚幼。《傳》曰「木水之有本源」，朱子贊荀、陳二家，亦曰「原深木固，莫出匪賢」，此論殆爲君家世發也。銘曰：

昔有何氏，盛於典午，充也驃騎，幼道第五。千載之後，伏誦斯語，君亦第五，幼道之倫。伯猶褐衣，仲已朱輪。不於其身，於其後人。

〔一〕永：原作「水」，據翁校本改。

〔二〕句首原有「然」字，據翁校本删。

〔三〕然：原無，據翁校本補。

〔四〕將樂：「將」字原缺，據翁校本補。

〔五〕止：原作「至」，據翁校本改。

〔六〕「慈」原作「普」，「隆」原作「降」，據翁校本改。

〔七〕焕：原作「涣」，據翁校本改。

〔八〕動：原作「慟」，據翁校本改。
〔九〕幼：原作「物」，據翁校本補。
〔一〇〕矣：原無，據翁校本補。
〔一一〕猶：原作「伏」，據翁校本改。
〔一二〕句首原有「原」字，據翁校本刪。
〔一三〕卒：原缺，據翁校本補。
〔一四〕君曰：原無，據翁校本補。
〔一五〕庋：原作「未」，據翁校本改。
〔一六〕當：原作「營」，據翁校本改。

方教授

方氏居游洋之壽峰者世序尤遠。君諱濯，字儒纓。自高曾至王父皆擢第，考君鎔獨老場屋，然學成行尊，始卜城北新居，號北山翁。母林氏，檢詳公一飛之女〔一〕。君少專苦而敏妙。莆士尚聲律，惟君兼長策論，每一篇出，同儕傳誦，雖前一輩老於文學、深於性理者見之，莫不服其精博也。性端重而直慤，修於家，達於鄉，尊老稱其孝，族戚欽其賢，雖鄙夫細人亦知其爲君子長者也。然再偕計吏，六上春官，端平乙未奉對南廊入中等，授增城簿，明年鎖廳以賦魁漕薦，又明年復以賦魁別頭，唱名賜進士出身。人謂君自此升矣，既而僅歷光澤尉、廣州觀察推官、福州教授，三任九考而已。

君醇儒〔二〕，素不習爲吏，然所至得民和，有士譽。福多士，難爲師，見君發策，皆曰「弟子伏矣」。在番禺，帥鐵庵方公〔三〕、意一徐公，端人也；漕丘卿，清吏也；在福，寓貴抑齋陳公，賢弼也：皆薦改官。所欠一職剡，内爲秩宗、外陳公事者皆莫知君爲何人〔四〕，功虧一簣，終身選調者矣。自客授歸，頗重聽，無復宦情〔五〕，却掃一室，以窮經考古爲樂。手抄《中庸》《大學》《論語解》訓諸孫，以朱氏《集註》爲主，參取衆説，以己見附焉〔六〕。有《易註》、講義、策問、詩文若干卷。先君少師，北山翁執友也，故余伯姊歸於君〔七〕。君自少至耄矻矻坐書案，未嘗問家有無，伯姊躬井臼〔八〕，課耕織，五十年間積累分銖〔九〕，以供伏臘、畢婚嫁〔一〇〕，而君矻矻書案如故，所以能無俯仰而遂閑適者，賢媲之力也〔一一〕。不幸伯姊以寶祐丙辰仲冬十八日卒，君葬之於松嶺瀾湍石之原。子男二人：長榮伯，漕貢進士；次桂仲，後從弟濟。女四人，進士鄭誼甫、内舍生陳文熇、容州文學許君佑、海豐令徐萬金其壻也。孫男六人，曾孫男一人。榮伯等奉君柩合祔於瀾湍之阡。初，伯姊之葬也，君豫爲壙志，自述甚悉。後八年〔一二〕，以景定癸亥三月初九日卒，以其年五月十七日窆。

榮伯哭謂余曰：「吾翁自銘多謙志，盍稍發潛德以慰哀思乎！」余君團弟也，同學兒也，歲晚親朋凋盡，兩翁相對如曉星殘月，奈何其秉斯筆歟！蓋君平生始末類徐仲車〔一三〕，以科目進，一同也；以耳疾退，二同也；仕止文學掾，三同也；徐七十六〔一四〕，君八秩，四同也。然同之中有異焉，熙、豐召徐而不至，崇、觀寵徐以京秩，君獨無料理之者；徐食山陽學奉三十年，君在泮三考爾。壽過於徐而分嗇於徐，悲夫！然君之行誼文字固有不可泯者。其見於君自志者不復出〔一五〕。銘曰：

德齒之論，發於孟氏。君以八十餘之老，居三達尊之二，留手澤書貽其後人。嗚呼巢中之鳳，豈不賢於冢前之麟！

〔一〕檢：原無，據翁校本補。
〔二〕醇儒：原倒，據翁校本乙。
〔三〕「帥」字上原有「之」字，據翁校本刪。
〔四〕君：原無，據翁校本補。
〔五〕官：原作「宫」，據翁校本改。
〔六〕附：原作「材」，據翁校本改。
〔七〕「余」下原有「有」字，據翁校本刪。又「君」字原無，據翁校本補。
〔八〕井：原作「升」，據翁校本改。

〔九〕累：原作「參」，據翁校本改。
〔一〇〕伏：原作「服」，據文意改。
〔一一〕媿：原作「嬔」，據翁校本改。
〔一二〕八：原作「人」，據翁校本改。
〔一三〕仲車：原作「仲居」。按：徐仲車即北宋名士徐積也，《宋史》卷四五九有傳，下文所叙事迹皆與徐積吻合，蓋以音同而訛「車」爲「居」也。今改。
〔一四〕徐：原作「余」，據翁校本改。
〔一五〕「君」下原有「者」字，據翁校本删。

規甫姪

劉氏子規甫一名得吉，儆悟而勤苦，入家塾秀出童稚，試鄉校常占魁亞。自父兄至師友皆期之，曰是必能復曾大父、大父兩麟臺公舊氈者，而時命不偶。嘗失解眊躁〔一〕，其婦翁方君敬子丞潮陽〔二〕，往訪之，得疾暴卒，癸丑十一月四日也，得年三十八。婦方氏與丞公竭力返柩，家徒四壁，三子俱幼，里人皆爲婦危。然婦窶而能勤，故其家不匱；慈而能教，故其子嗜學。新弊廬，墾磽田〔三〕，子冠婚、大宅兆，皆不失時，有烈丈夫所難者。以景定癸亥十一月某日，葬君於華嚴寺三磨之原，距君之歿十一年矣。君，余從弟審淵之長子。審淵名希深，鄉里稱爲善人，余志其藏。母林氏〔四〕。兩麟臺公歷官行事見水心誌。子三人：一龍、一驥、士奇。銘曰：

猗二劉家，世耕紙田，其始若迂〔五〕，徐有獲焉。爾耕甚勤，乃獨不然。爾婦則賢，手營是阡。爾所抄纂〔六〕，手澤尚傳，子又耕之，後必逢年。

〔一〕眊：原作「耗」，據翁校本改。又「躁」似當作「矂」。

〔二〕婦：原作「父」，據翁校本改。

〔三〕壂：原作「懇」，據翁校本改。

〔四〕林：原作「麟」，據翁校本改。

〔五〕迂：原作「污」，據翁校本改。

〔六〕纂：原作「綦」，據翁校本改。

林户録

初，余出小學，從方澤孺先生受業，其高弟爲衆推服者惟二林。君諱峕，字德言，少與弟峕齊名，皆善爲賦，非獨當時傳誦，膾炙至今猶然。甲子峕薦於鄉，丁卯君繼之〔一〕，人謂必賡梨嶺聯飛之句矣，既皆不偶。君至三薦始擢丙戌第〔二〕，其程文尤工後場，以諒闇免奉對，銓注廉州户録。同志之士莫不惜其才之老於頓挫〔三〕，而尤冀其仕之有所遇合也。至廉未久，校藝於賓，歸得疾卒。君生於淳熙己亥，終於紹定戊子十月十七日〔四〕，年五十。配陳氏，止生一女。始君夫婦介其友方廣文濯，以余弟繈褓之子爲嗣，君歿合浦，子方髫齡，孺人鬻簪珥，踰嶺海，護柩挈家而歸〔五〕，以淳祐乙巳臘月十八日葬君於壺山范宅之陽，杜門自誓，閨閫肅然。俄而男女冠笄。余弟常以子繼他姓爲悔〔六〕，數俾所親以情告〔七〕，孺人雖甚慈愛，然弟辭切理順，子竟歸宗。孺人獨與女居〔八〕，志操堅苦，女亦純孝，不忍跬步去親，故久未擇對〔九〕。景定癸亥春，孺人年七十有三矣，得微疾，呼猶子宜處分後事〔一〇〕。女許嫁鄭一桂之弟紹桂。又曰無子養孫，法也，其以宜第三子明孫後户録，告於族老，經有司除祔〔一一〕。少愈，方議館甥，疾復作，遂卒，四月十三日也。明孫承重，以其年七月六日合葬於范宅。

嗚呼，君有卿、雲之才而生無廷臣之薦〔一二〕，没無班書之載，孺人有姬、姜之操而生無湯沐之封，没無彤管之述，銘固不可以已夫！宜，旹子也，必能厚於孤女；鄭，善士也，必能篤於伉儷者〔一三〕。君曾大父雩，通守福唐。大父天覺，父瑾，隱德不仕。母方氏。銘曰：

昔嘗銘，少君墳，越一紀，銘長君。賢紀、諶，才機、雲。幼競爽，蘭菊芬。老未償，膏火勤。賴賢媲，縞帔幂〔一四〕，節尤高，志不分。返瘴茅，窆鄉枌，芼蘋藻，薦蒿焄。古有之，今未聞，千載後，徵余文。

〔一〕繼：原作「惟」，據翁校本改。
〔二〕戌：原作「午」，據翁校本改。
〔三〕惜：原作「識」，據翁校本改。
〔四〕紹定：原作「寶慶」，據本文所述推定。
〔五〕挈：原作「絜」，據翁校本改。
〔六〕「余」字原無，「繼」原作「維」，據翁校本補、改。
〔七〕「親」下原有「之」字，據翁校本删。
〔八〕與：原作「以」，據翁校本改。
〔九〕擇：原作「澤」，據翁校本改。
〔一〇〕猶：原作「伏」，據翁校本改。
〔一一〕除祔：似有誤，翁校本將其改作空格。或當作「除附」，言除彼籍而附此籍也。
〔一二〕卿：原作「鄉」，據翁校本改。
〔一三〕篤：原作「厲」，據翁校本改。
〔一四〕帔：原作「蚊」，據翁校本改。帬：原作「羣」，據文意改。「縞帔帬」者，言衣着儉樸也。

方景絢判官

余少及與里中前一輩方子默、柯東海游，皆喜稱景絢爲人。子默之言曰：「景絢，吾宗英也〔一〕。」東海之言曰：「景絢，吾畏友也。」景絢名武子，世居莆之龍井。兩貢於鄉，文戰頓挫，去游江湖淮浙，所至交其賢雋。慶元丙辰混補，以「周立九府圜法」命題，祭酒高公炳如擢冠諸經〔二〕。天下皆誦君賦，然君博極群書，他文字皆精妙。辰倅葉公謙之愛其才，女焉，館甥於辰。既而中乙未第，歷潮陽尉。某士謁索不厭所欲，適白石黄公景説將漕壓境，士造飛語投諜。漕見君題驛壁詩有「明月照齊州，玉龍樓欲起」之句，倒屣迎揖。君乞辨誣，漕呼投牒者，則已遁。由是重君，與倉、憲迭舉關陞〔三〕。秩滿，謁南銓〔四〕，注循州教授。君嘗校藝於循，發策士不能對，至是口講指授〔五〕，文風一變，梅之衿佩有裹糧越境而來者〔六〕。守欲畀京削，君巽與族人長樂令世京，守高其義。推官徐郯坐假前守薦牘爲帥所發，疑君有力，媒蘖於他司，併免官。詩境方公信孺漕廣右，辟君博白令，改梧州判官，與象州趙法曹俱延致幕下，賓主歡甚。法曹後貴，所謂虚齋者。屬梧闕守，當次攝〔七〕，君辭。憲使曰：「梧凋弊，非方君不可。」詩境不能奪。君至，大蠲弛，痛節縮，補總漕逋綱，支兵吏積俸。適憲行部，出迓，舟中得疾，舁君不起。

君生於紹興己卯，卒於嘉定丁丑四月三日，享年五十九，階至從政郎。配葉氏，繼許氏，賢良

□許公申之曾孫女。葉氏以嘉定戊辰卒潮陽。子男四人：萬成、萬全、萬福、萬石。女一人。全、福并女皆已卒，萬石今名汝玉。君之没也，許氏寡弱，萬成方丱，汝玉未晬。君平生惟一弟定子〔八〕，雖後族父，然與君相依爲命，自潮徒步至梧。君後事蕭然，惟舊書畫、古銅數種〔九〕，賴詩境賻金，愛弟護柩，自西徂東，不能返莆，與葉氏合葬於潮陽縣常勝里白竹山。

初，君祖秉機字樞甫，父凡字公孫，皆有月旦之譽，負霄漢之志，而老死不遇，再世四喪，皆菆西郭〔一〇〕，君以暴露爲隱痛，走四方無寧居。既婚宦，竭旅橐奩貲，還里葬王父母於常太里毛竹山〔一一〕，葬考妣於豐成里高陽山。先是，君季又表夢至菆所〔一二〕，四柩自舉，再世相賀，寤而君捷旗至，一念之烈通於幽明如此。又嫁四妹，皆得所從。吴婿諏於送往事居尤盡力，諏亦善士。君性至孝，見父抄手書輒泣。汝玉襁褓不天，既長，訪父言行，吴婿之子帝允年八十矣〔一三〕，歷歷以告，且出君遺墨數紙。汝玉會粹爲《家傳》，來請銘，且泣曰：「墓師多謂白竹山不利，某弟兄以某年月日改葬於某山之原。」許氏卒於紹定庚寅，併遷焉。

君世清貧，二子遂爲潮人。兄守墳墓，弟糊口四方，賣文以資身，而舉足不忘其親，必別營高燥而後已〔一四〕。昔徂徠躬耕以葬百喪〔一五〕，至曼卿則不能無待麥舟之助。余謂徂徠幸而有可耕之田，曼卿幸而遇高平公父子耳，若汝玉無田可耕，無麥舟之助，而遷祔之舉不愆於素，父子皆巨孝矣。念昔嘗接諸老議論，今墓木皆參天拂雲〔一六〕，余亦齒髮殘禿，見汝玉長身而髯，如見君面。子默名阜鳴〔一七〕，東海名夢得。乃爲銘曰：

始君奏賦，逢掖歆羡。咸曰若人，不日館殿。事乃大繆，霜顛梔面。流落五筦，老未脱選。易簀荒城，埋璧異縣〔一八〕。未晬之孤，耕君破硯。相其伯兄，改卜新窆〔一九〕。重趼求銘〔二〇〕，言發涕泫。國典旌孝，天道福善。謂余不信，質之經傳。

〔一〕英：原作「族」，據翁校本改。
〔二〕諸經：似當作「諸生」。
〔三〕陞：原缺，據翁校本補。
〔四〕「南」下原有「陞」字，據翁校本删。
〔五〕口：原無，據翁校本補。
〔六〕衿：原作「衫」，據翁校本改。
〔七〕攝：原作「揖」，據翁校本改。
〔八〕弟：原作「第」，據翁校本改。
〔九〕穜：原作「枚」，據翁校本改。
〔一〇〕蕞：原作「取」，據翁校本改。
〔一一〕太：原作「夫」，據翁校本改。
〔一二〕又：疑當作「父」，季父名表也。上文云「君平生惟一弟定子」，不得又有一季弟名又表。

〔一三〕「帝允」、「八十」皆疑有誤。
〔一四〕燥：原作「操」，據翁校本改。
〔一五〕葬百喪：原作「喪百葬」，據翁校本乙。
〔一六〕皆：原作「各」，據翁校本改。
〔一七〕子默：原作「子墨」，據翁校本改。
〔一八〕壁：原作「壁」，據翁校本改。
〔一九〕竄：原作「毳」，據文意改。
〔二〇〕跰：原作「研」，據翁校本改。

方甥貢士

方氏子得一字以夫，墨林居士采伯之子。母劉孺人，吏部侍郎少師公之仲女，余之女弟。君幼玉立，劉拊之如己出。長益修潔，處家庭怡然其順也〔一〕，接姻族盎然其和也。未冠薦於鄉。娩朱氏，貢士絳之女，尤淑賢，孝於舅姑。劉孺人卒甫兼旬，朱以毁不起，淳祐己酉某月某日也。君盛年悼亡，久之不忍續絃，以寶祐乙卯七月八日病卒。余諸甥惟君粹美恭謹，無夭法，而年不至三十〔二〕，命也夫！初，乃翁累上春官〔三〕，君亦偕計吏〔四〕，然俱不偶。君未昏〔五〕，有庶子懷孫，采伯自拊育之。凡所藏古書畫鼎匜堪寶玩者甚多〔六〕，遺命懷孫曰：「謹守之。」君歿九年，景定癸亥八月庚申，懷孫奉三親之柩合葬於龜湖之望山。君二親皆余所銘〔七〕，今又銘君，嗟乎，余豈非蒙叟所謂不祥人也！采伯名君采，世系已見前誌。銘曰：

甚美而秀，宜福而壽。始竊意爲外家之宅相，終以銘累耆老之母舅〔八〕，悲夫！

〔一〕庭：原作「廷」，據翁校本改。

〔二〕三：原作「二」，據翁校本改。

〔三〕句首原有「謂」字，據翁校本删。

〔四〕亦偕：原作「皆」，據翁校本改、補。

〔五〕未：原作「朱」，據翁校本改。

〔六〕凡、多：原缺，據翁校本補。

〔七〕二親：原倒，據翁校本乙。

〔八〕終：原作「路」，據翁校本改。

英德趙使君

故英德趙使君將葬〔一〕，其孤良鐔等自撫走書至莆〔二〕，徵銘於余，其詞甚哀，讀之使人感動。余不及識君，然前江西憲、尚書郎劉君居厚〔三〕，余群從也，今諭德、少卿李公〔四〕，余所敬畏也。居厚首薦公才學，李公實狀公之行〔五〕，乃采摭而書之〔六〕。

公諱必健，字自强，宗室商王元份之後。六傳至達州團練使、博陵郡公不器，高祖也。建炎扈蹕省方〔七〕，因家臨川，卒，勅葬郡城南十里，兆域廣袤〔八〕，其後多祔焉〔九〕。保義郎善能，曾祖也。成忠郎汝弼，祖也。贈朝請郎崇遠，父也。母李，生母吳，皆贈宜人。朝請公志槩軒舉〔一〇〕，不屑右階，巷處蕭然。公其第四子，少嗜書，不知世有紛華盛麗之觀〔一一〕。鄉先生危公稹、弟和俱有盛名，士之從者如雲，難疑答問，言人人殊。公在其間初若無異同〔一二〕，徐出一語折衷，衆皆聳伏。二師曰：「吾衣鉢有所付矣〔一三〕。」年十七拔漕薦，嘉定丙子再薦，明年擢進士。丁朝請公憂，窶甚，授徒自給。館於大姓羅氏最久，因從北谷公必元游〔一四〕，日夕講貫切磨，所詣愈高遠。服闋奉對〔一五〕，中乙科，授修職郎、南昌尉。縣富家翁夜逐盗〔一六〕，爲盗所斃，游徼迹捕不獲〔一七〕，執嘗犯盗者鞫之〔一八〕，已伏〔一九〕。府委公閲實，公察其寃，物色，知翁積鏹貫朽而不予家人一錢〔二〇〕，孫某夜穴壁取之，翁持杖奔擊，孫闇中格鬭，誤中翁要害而死。白尹〔二一〕，釋囚，孫竟伏辜，人稱神明。

秩滿，調桂陽軍法曹。自初筮至此，用璽赦、登極、躬射〔二二〕、慶壽恩循承直郎。守委公與理掾督賦，旬課殿最，理掾趣辦〔二三〕，守數稱獎以風厲公〔二四〕。公曰：「遲旬日，郡計未遽不足而民受一分之寬〔二五〕。」守感悟，少緩期會〔二六〕，民爭樂輸，賦入反羨〔二七〕。境內二徭相讎殺〔二八〕，郡下掾屬議，公請諭其酋平之〔二九〕，守不答，檄巡尉逮捕。徭拒〔三〇〕，殺吏卒，執辱尉，守議調飛虎軍及禁軍。公爭曰：「列郡可擅興乎！宜遣土兵扼衝要，内請命於帥府〔三一〕。」守卒調禁軍，徭披猖益甚〔三二〕。余帥嶸劾守挑寇生事，罷之，使參議官劉用行攝郡。公謂劉曰：「徭非真反，畏罪耳，帥府馳尺紙撫之，必聽命。」劉曰：「誰可行者？」公請自行，劉大喜，遣之。初，公攝令平陽，徭素熟其恩信，及是爭逐拜馬首。公開諭禍福，皆投戈散去，一郡解嚴。帥白之朝，乞與改合入官。會帥去〔三三〕，公賞格不行，絶口不自言。

去爲贛之寧都丞，彭守鉉改築外城〔三四〕，公與有勞。時居厚持憲〔三五〕，羅致之幕，兼郡糾曹。民有失其孺子者，踰月父遇諸塗，曰：「水東巫家匿我〔三六〕，將殺以祭鬼。」又指一市人曰：「此匿我者。」府付縣，改左獄，鞫之皆不成。公以孺子抵水東，詰巫家所在，則詞勞〔三七〕。公取果啖，問孺子輒妄對，乃佯設械器恐之，始吐實曰：「我持父錢取質博〔三八〕，輸不敢歸〔三九〕，有鑷工郭者誘我，鬻之城外僧舍。」即逮郭置對，具伏。憲奇其材，疑獄久訟皆諮焉。郡緝闖廣犯椎埋盜敓鼓鑄者〔四〇〕，常魚貫牢户〔四一〕，公平反剖決，數月獄空〔四二〕，州人謂曠百年未見。石城縣屢殘破，一小使臣爲宰，尤貪暴，憲劾去之，以公攝令〔四三〕，罷前令創增之賦，蠲版籍，覈吏奸，民力稍蘇，郡□寖少。憲喜，奏乞就畀銅墨〔四四〕。新守胡某急賦，補解外復責預納，公力争〔四五〕，守怒曰：「獨君能令石城耶〔四六〕！」公不爲動〔四七〕。屬憲、守不咸〔四八〕，憲奉祠去〔四九〕，守掇拾細故爲憲罪〔五〇〕，冀公助己。公曰：「昔蔡挺洩韓、富機事於吕文靖，吾不爲也〔五一〕。」守選他官來代，且改辟。公解印歸，而朝廷可憲奏，寢守辟，守尋亦替去。邑人空巷來迎，恩信浹洽。劇賊陳淮西、羅洞天聚衆出没贛、汀、潮、梅數州，郡檄令合官民兵討之〔五二〕。公議：「此曹散則一夫可擒，聚則大兵難勝，當徐圖之〔五三〕。」乃遣間設計以携其黨〔五四〕，渠帥以次就縛，貸餘黨不問。羅畬峒首黄應德久負固，亦請出謁，公延見享勞之，感泣辭去。已而邵農至其所，應德曰：「吾父來矣。」率妻子部曲羅拜，願附省民，輸王租。迄公去，溪峒無反仄者。縣庠久廢〔五五〕，科詔下，率無一人充貢。公葺夫子殿、講堂，立課試法，是歲偕計吏者三，明年擢第者一〔五六〕。餘力葺縣廨，作兩廡及鼓樓〔五七〕，頒春、宣詔二亭〔五八〕。縣郭依江，始爲浮梁以通往來。逾三考未得代，前胡守除臺察，奏奪公考舉〔五九〕，士民洎諸峒酋長攀卧出境者以千萬計〔六〇〕，相與祠公於學。

淳祐丁未，詔還公考舉以直前誣，改奉議郎、知興國軍永興縣。對境風寒〔六一〕，號爲次邊，科調繁多〔六二〕，田里窮空。公於急符中寓寬意，庭無租瘢〔六三〕，村無吏迹。異時科民稻草實塞，輸送之費百倍〔六四〕，公白制閫，改輸郡之三屯。民兵赴郡月閲，公請歲一詣郡，而月閲責之隅總，民大悅。臺閫交章公車〔六五〕，去通判揚州。今丞相魯公開大幕府於揚，事關安危成敗者以身任之，而郡政民事則集思而廣益焉。公上竭忠規，下通物情，凡經公幕畫處分者，魯公輒稱善〔六六〕，下令府僚啓擬必經公參署乃行。然公謙厚，善藏其用，閫府參佐百餘人與公共事，自始至終無面從背憎者〔六七〕。

垂滿，魯公奏署淮西機宜。虜入寇，其酋孛花擁數萬衆薄城，魯公身督戰〔六八〕，選幕客自隨，公在選中，縛孛花至戲下，虜遁。幕府上功，詔增一秩。魯公乞畀以郡，除德慶府。未上，改全州。以風聞歸，於屋西偏作書樓，映以亭榭，繚以花木，自號石泉居士。時公迫希年〔六九〕，北谷羅公八十餘，猶子運管君一龍、前復守危驂皆六十餘〔七〇〕，所居比鄰，相與修耆英故事，觴咏自適。福山距家百里，公愛其岡阜環合如古銅谷，因卜壽藏其間。

景定庚申，魯公自上流間關百戰，敗虜於藾草坪，又敗之於白鹿磯〔七一〕，走虘必烈，再造王室。既歸□，起公知英德府，有旨趣行，以辛酉七月領太守事。廣郡多荒陋〔七二〕，英不幸有茅錦之名，來者率竭澤而去，郡愈創殘。公推見郡計出入，某賦重害民，某費冗虧公〔七三〕，某例侈傷廉。方條上而釐革之，無幾何疾起臟府〔七四〕，猶自力梘欺弊，拊凋瘵，書判諄諄，具宣聖君賢相仁遠之意。闔城稚耄即郡治爲佛老事三晝夜，爲公祈安。疾甚，整冠端坐，曰：「吾死不爲夭，恨病久，不能少甦英民，有愧何公耳。」何名甫，元符間守英有去思者〔七五〕。語畢而逝，壬戌正月丙戌也。二月戊申，其孤奉柩登舟，送者傾城，哭聲干霄，若悲其私親然。積階至朝奉大夫。

公清麗冲約，自奉如窮書生，無囊橐厚藏、苞苴私覿。居官事當施行，雖臨以權貴風旨不少變。副闕朱公申有田若干畝籍永興，求減稅，終不盡副其所欲〔七六〕，然朱公反因此薦之。至於爲民興除利害，則勇猛堅決〔七七〕，不可回止。尤機警有謀慮〔七八〕，料未然事如蓍龜。吏民有麗法者，必雅責以候其改，甚不得已然後繩之以法，故所至有仁聞，既歿有遺愛。交游雖多，然平生深厚者可屈指，皆當世名士。素工屬詞，雅不追琢時好，而骨力峭拔，居然高勝。南昌時，意一徐公清叟、鐵庵方公大琮、厚齋馮公椅、莆田方公阜鳴參錯幕府，皆折輩行願交。意一與公倡和盈軸。永興時，漕吳公子良得公詩啓，稱其遒密典重。遺文若干卷，藏於家。

公生於紹熙癸丑九月三十日〔七九〕，享年七十。娶陳氏，封安人，贈宜人。公義方素嚴，父子自爲師弟。子五人：良鋅，文林郎、湖北常平司幹官〔八〇〕；良銈，承直郎、淮東安撫大使司幹官，皆前卒；良鐔，修職郎、吉州永豐縣尉；良鏞，迪功郎、饒州安仁尉；良鏟，修職郎、贛州寧都縣東尉。良鋅〔八一〕、良鐔、良銓〔八二〕，乙未進士；良鈺〔八三〕，庚戌上舍。及公存，諸郎皆已策名。三女：長適進士羅大中，次適登仕郎許夢應，次適迪功郎、監安吉州南尋鎮張士可〔八四〕。孫六人：友漢，國子進士；友淳，將仕郎，後提轄左藏庫孟堅，今名由恭；友賜，漕監進士〔八五〕，友澄，國子進士；友泳，以公遺澤補將仕郎；友淀。孫女二：長適登仕郎胡夢華，次幼。諸孤卜以癸亥八月庚申葬公於福山，遵治命也。

公有間、平之美質〔八六〕，政、駿之高才，成名三十年而後脱選。晚乃遇知己當軸，咸謂公自此升矣，而天奪之速，豈非命歟！余觀昔之秉銘筆者多采門生故吏之所記載，雖退之不免諛墓之誚，余誌公阡則異於是。居厚，賢監司也，涇渭明〔八七〕，舉刺公；李公端人也，衮斧嚴，褒貶當。凡余所述〔八八〕，皆本居厚薦書、李公行實，無愧辭矣。居厚名希仁，李公名伯玉。銘曰：

昔英牧，推何公，甫其名，字智翁。坡賢之，見集中〔八九〕，穹壤弊，傳無窮。公遠跨〔九〇〕，何遺蹤〔九一〕，余邈在，坡下風。秉斯筆，有怍容，得之誰，徵斛峰。猗諸郎，如虎龍，發幽潛，慰哀恫。

〔一〕「君」下原有「公」字，據翁校本删。

〔二〕「其」下原有「毋」字，據翁校本删。

〔三〕然：原無，據翁校本補。

〔四〕今：原作「余」，據翁校本改。又「諭德」原作「論德」，徑改。諭德，東宫官名。

〔五〕之：原缺，據翁校本補。

〔六〕采摭：原倒，據翁校本乙。

〔七〕蹕：原作「必」，據翁校本改。

〔八〕衮：原作「襲」，據翁校本改。

〔九〕祔：原作「附」，據翁校本改。

〔一〇〕舉：原作「學」，據翁校本改。
〔一一〕紛：原作「粉」，據翁校本改。
〔一二〕「初」下原有「不」字，據翁校本删。
〔一三〕吾：原無，據翁校本補。
〔一四〕北：原作「此」，據翁校本改。
〔一五〕「奉」下原有「封」字，據翁校本删。
〔一六〕縣：原無，據翁校本補。
〔一七〕徹：原作「撤」，據文意改。
〔一八〕鞫：原作「鞠」，據翁校本改。
〔一九〕已：原作「是」，據翁校本改。
〔二〇〕貫：原作「負」，據翁校本改。
〔二一〕白：原作「百」，據翁校本改。
〔二二〕躬射：似當作「躬謝」。
〔二三〕辦：原作「辨」，據翁校本改。
〔二四〕數：原作「教」，據翁校本改。
〔二五〕遽：原作「據」，據翁校本改。

〔二六〕期：原作「其」，據翁校本改。
〔二七〕羨：原作「嵌」，據文意改。
〔二八〕「相」下原有「從」字，據翁校本删。
〔二九〕請：原無，據翁校本補。
〔三〇〕「徭」下原有「役」字，據翁校本删。
〔三一〕帥：原作「郡」，據翁校本改。
〔三二〕拔：原作「役」，據翁校本改。
〔三三〕會：原作「命」，據翁校本改。
〔三四〕「外」上原有「城」字，據翁校本删。
〔三五〕居厚持憲：原作「居憲持厚」，據文意乙。劉居厚爲江西憲，見本文首末所述。又下句「幕」原無，據翁校本補。
〔三六〕水東：原倒，據翁校本乙。
〔三七〕勞：似當作「窮」。
〔三八〕「質」下原有「於」字，據翁校本删。
〔三九〕輸：原無，據翁校本補。
〔四〇〕緝：原作「挹」，據翁校本改。又「椎」原作「推」，「敚」原作「欲」，并據文意改。

〔四一〕魚貫：原倒，據翁校本乙。
〔四二〕句首原有「獄」字，據翁校本删。
〔四三〕公：原作「見」，據文意改。
〔四四〕畀：原作「界」，據文意改。
〔四五〕公：原作「工」，據翁校本改。
〔四六〕君：原作「居」，據翁校本改。
〔四七〕動：原作「勤」，據翁校本改。
〔四八〕戚：原作「慼」，據翁校本改。
〔四九〕祠去：原作「法」，據翁校本改、補。
〔五〇〕「掇」原作「招」，「罪」上原有「祠」字，據翁校本改、删。
〔五一〕「吾」下原有「亦」字，據翁校本删。
〔五二〕討：原作「訶」，據翁校本改。
〔五三〕之：原在句首，據翁校本乙。
〔五四〕遣：原作「遺」，據翁校本改。
〔五五〕庠：原作「宰」，據翁校本改。
〔五六〕第：原作「茅」，據翁校本改。

〔五七〕廡：原作「廣」，據翁校本改。
〔五八〕宣：原作「宜」，據翁校本改。
〔五九〕奪：原作「事」，據翁校本改。
〔六〇〕泊：原作「泊」，據翁校本改。
〔六一〕寒：原作「塞」，據翁校本改。
〔六二〕多：原作「里」，據翁校本改。
〔六三〕癡：原作「痴」，據翁校本改。
〔六四〕倍：原作「陪」，據翁校本改。
〔六五〕交：原作「文」，據翁校本改。
〔六六〕輒：原作「取」，據翁校本改。
〔六七〕至：原作「之」，據翁校本改。
〔六八〕身：原作「深」，據翁校本改。
〔六九〕迫：原作「追」，據文意改。
〔七〇〕「管」原作「營」，「龍」原作「號」，據翁校本改。
〔七一〕敗：原作「欺」，據翁校本改。
〔七二〕荒：原作「盗」，據翁校本改。

〔七三〕某：原無，據翁校本補。
〔七四〕臓：原作「藏」，據翁校本改。
〔七五〕句首原有「得」字，據翁校本删。
〔七六〕副：原作「賦」，據翁校本改。
〔七七〕「勇」下原有「而」字，據翁校本删。
〔七八〕「慮」及下句「料」，原作「利慮」，據翁校本乙改。
〔七九〕紹熙：原作「紹興」，推前文所述推定。
〔八〇〕常平：原倒，據翁校本乙。
〔八一〕良鋅：按前作「良錊」，二者必有一誤。
〔八二〕良銓：按前作「良鏠」，二者必有一誤。
〔八三〕良鈺：按前作「良鉎」，二者必有一誤。
〔八四〕「監」原作「堅」，「州」下原有「人」字，據翁校本改、删。
〔八五〕監：似當作「薦」或「解」。
〔八六〕平：原作「年」，徑改。指東漢東平王劉蒼。
〔八七〕涇渭：原作「泾謂」，據翁校本改。
〔八八〕凡：原作「及」，據翁校本改。

〔八九〕集：原作「某」，據翁校本改。
〔九〇〕跨：原作「誇」，據翁校本改。
〔九一〕蹤：原作「縱」，據翁校本改。

後村先生大全集卷之一百六十一

墓誌銘

野塘趙處士

余晚起家爲詞臣，趙君慶龍自淮左捧檄入都，請予銘其先君子野塘處士之墓。余已耄昏，又禁中書詔填委〔一〕，諾之而未暇也。既而余告老還山〔二〕，歲中淮左之使再以書至，且齎糧以待，曰必得銘乃歸，余不敢以衰憊辭。

趙氏南渡初自鄭州管城避地信州之玉山縣，居焉。處士諱遂，字景初。於學士公諱督爲五世祖，於龍圖公諱暘爲高王父。學士以吕汲公薦入館，龍圖坐與陳了翁善謫春陵〔三〕，爲靖康右正言。於贈承議郎諱澤爲曾王父，於沅州通守諱涣爲王父，於直秘閣章泉先生諱蕃爲父〔四〕，妣孺人俞氏、邢氏。少傳家學，又負笈千里，南嶽麓，東麗澤，以尋張、吕之緒〔五〕。從岷隱戴公受《春秋》，晚益殫洽〔六〕，尊聞行知，非若世儒書癡傳癖而已。章泉先生高節聞天下，春秋高，堅卧不出〔七〕，然四方之士從者如雲。處士左右承迎，凡可以娛親享賓者，傾家無吝色。先生寢疾，處士已華皓，嘗藥舉扶〔八〕，執喪送終，哀動行路，骨見衣表。朝廷以先生累辭聘召〔九〕，晉直木天，法當澤子。處士嫡長也，嘆曰：「先人逃名，敢因以爲利乎？」力辭。改命承務郎致仕，亦不敢拜也。即所居之側綿蕝數椽，扁曰「野塘書院」〔一〇〕；又爲小圃，扁曰「東囿」。秀巖李公榜其堂曰「企疏」，謂公父子不減二疏。處士落筆語妙，篇什流傳，然未嘗存稿。其自詠有云：「詩乎顛次必於是，酒也須臾不可離。」雜之章泉集中無辨也。爲人内端介而外和易。早交名流，晚殿諸老，清談修謹，獨堅悍不衰。將終，旬浹無所苦，覺體倦，戒家人具浴斂〔一一〕，議喪葬，命易簀，正寢而逝。生於紹興壬午七月十四日，卒於淳祐丙午六月十九日，年八十五。明年丁未二月丙申，葬於招善鄉葉家塢之原。配俞氏，先夫人之姪，徽守湍石先生諱畢之曾孫。三男：長慶曾，迪功郎、泉州德化尉；次慶章〔一二〕，寶慶乙酉貢士，皆前卒；次慶龍，見迪功郎、泰州節制司準備差遣。一女，適起居舍人故韓祥。孫男女各八人。

自古王侯將相多如麻粟，惟逸民高士，雖帝王盛世不過巢、許、夷、齊輩數人，厥後有爲羔雁動色、猨鶴驚恐者，故謝公有小草之侮，藏用有隨駕之嘲，常秩有聽雞之刺，非素隱之難，而終隱之難也。若夫父抗節於前，子繼志於後，余考前載，得三人焉，漢徐穉、晉戴逵、本朝魏野而已。三士所立固高，穉子登，華歆欲見不詣，公府交辟不應〔一三〕，漢末盜賊敬之，不犯其里；逵子勃亦高尚，以散騎常侍徵不至；野子閑與仲先齊名，時人有「父子少微星」之句。非身隱之難，而世隱之難也。以古準今〔一四〕，處士真章泉先生之子矣。銘曰：

子銘季札，不過十字，野塘之銘，稍覺詞費。誰傳逸民，有考於是。

〔一〕填：原作「塡」，據翁校本改。
〔二〕老：原作「耄」，據翁校本改。
〔三〕圖：原作「圓」，據翁校本改。
〔四〕蕃：原作「藩」，據翁校本改。
〔五〕吕：原作「氏」，據翁校本改。
〔六〕殫：原作「單」，據翁校本改。
〔七〕堅卧：原倒，據翁校本乙。
〔八〕扶：原作「秩」，據翁校本改。
〔九〕累：原作「參」，據翁校本改。
〔一〇〕塘：原作「處」，據翁校本改。
〔一一〕戒：原無，據翁校本補。
〔一二〕章：此字原在下句「寶慶」下，據翁校本乙。
〔一三〕句首原有「於」字，又「府」原作「用」，據翁校本删改。
〔一四〕今：原作「余」，據翁校本改。

雷母宜人王氏

宜人王氏，故京西安撫司幹辦公事、贈某官雷君諱某之妻〔一〕，朝奉大夫、直寶謨閣、浙西路提點刑獄宜中之母。生於淳熙丙申正月〔二〕，没於寶祐丁巳八月八日，年八十二。初封孺人，累贈宜人。明年二月丁巳，葬於撫州臨川縣明賢鄉之桐原，距夫墓三里而近〔三〕。四子〔四〕：長安中，前卒；次宏中；次寶謨公；次憲中。一女，適余彥堪。孫男女若干人。葬後七年，寶謨公貽書莆田劉某曰：「吾母平生可紀者衆，不肖孤不勝書，今筆其大者爲《家傳》以請，吾子其論述之，將刻諸宰上，以昭余哀。」

按宜人始祖諱威，北平王諱處直之幼子。廣明初首倡義勦巢復京者，王兄處存也，終義武節度使。子郜弗克紹〔五〕，北平王代領其軍。後爲養子都所篡，威北走契丹，事見《五代史》。既而自北還南，至豫章豐城之城頭里居焉。至乾、淳間〔六〕，益蕃而大，族多名士，以理學參扣諸老、文筆角逐時髦者相望也。宜人曾祖諱昌，祖諱頤。父諱夢顔，字安國，素英邁，與寶謨公大父某官諱某爲筆硯友，故宜人嬪於雷〔七〕。夫家自高曾世□學，無貲産，家朴素，無釵澤。宜人逮事兩世翁姑〔八〕，盡孝極敬，雖井臼箕箒、庖飪紡織皆服其勞〔九〕，無隕獲也〔一〇〕。故夫子得囊螢映雪，不以家衡慮；賢郎得擔簦負笈，不以貧輟學。始雷氏一門皆士服，俄而相踵由鄉賦奉大對〔一一〕，登膴仕，而竇謨公遂爲丁未臚唱第二人。初掌荆南書記〔一二〕，今丞相賈公方建閫，俸外時有臺餽以助親釜〔一三〕，稍裕矣。子通朝籍，禋霈該封，向榮矣。傍觀歆羡，宜人亦無喜容〔一四〕。竇謨公兒時嘗曰：「厨無宿春，盍稍治生乎？」宜人曰：「汝但讀書，此非汝事。」後守南康，一日命工，欲稍治首飾，叱曰：「吾平生不識珠子，死勿以此累我。」用一小木梳四十年，屬纊以二篋命竇謨公啓尋木合内耳環子，曰：「以此殮我。」其歸時物也。篋内惟鐵木藥器數件耳〔一五〕。宜人一生固窮，視里之富者若浼。姻族子弟謹厚者亟稱獎〔一六〕，願其成立；輕俊者輒顰蹙，曰：「吾方憂之，未足喜也。」自七秩後有嗽疾，久寢劇。在南康踰歲，起居甚適，夏五忽呼竇謨公至，曰：「見兒子作太守矣，好歸去休！」竇謨公忍淚曰：「母何爲出此言？」曰：「汝勿哭，我亦不忍棄汝，但死生常理也。」又告家人曰：「須少凉。」涉秋嗽大作，旋愈，然寢不復興。八月六日，問侍疾老婢：「汝何許得肉？」曰：「今日祭社。」驚曰：「凉矣。」微有笑容。竇謨公曰：「母快活耶？」曰：「自然。」又摇手曰：「勿哭，但常思吾言，莫戀好官。」越二日昧爽，終於郡治。

昔《春秋》謂母以子貴，《詩》美容服之盛，孟子辨前士後大夫、前三鼎後五鼎之異。以宜人觀之，子倫魁，生兒不慰意歟？身命婦，象服不委佗歟〔一七〕？禄二千石，肥甘輕暖不足於口體歟〔一八〕？而宜人所以持家奉己，斂首足形與賃春辟纑時不少改度，蓋《春秋》之所貴，詩人之所美，孟子之所異，皆不足以汨其靈臺，有學士大夫之所難者〔一九〕。至於治命一語，凛然有滂母之風矣。初，竇謨公爲諸生，數舉幡論大事，及丹墀空臆空言〔二〇〕，省闥署事十反，氣節愈勁。三立朝，不數月輒去，非戀好官者，而母訓之嚴如此，烏乎，可敬也已！銘曰：

自誌其母，惟柳、歐陽，柳無足云，歐母不亡〔一二〕。夫人家傳，可補彤史，烏呼賢哉，此母此子。

〔一〕辦：原作「辨」，據翁校本改。

〔二〕申：原作「辛」，據翁校本改。

〔三〕墓：原無，據翁校本補。

〔四〕「四」上原有「世」字，據翁校本刪。

〔五〕子：原作「於」，據翁校本改。

〔六〕「淳」下原有「佑」字，據翁校本刪。

〔七〕於：原作「子」，據翁校本改。

〔八〕姑：原作「始」，據翁校本改。

〔九〕「庖」下原有「人」字，據翁校本刪。

〔一〇〕也：原無，據翁校本補。

〔一一〕大：原缺，據翁校本補。

〔一二〕荆：原缺，據翁校本補。

〔一三〕臺：原作「壹」，據翁校本改。

〔一四〕「宜」字原無，「亦」原作「終」，「喜」原作「憂」，據翁校本補、改。

〔一五〕篋：原作「篚」，據翁校本改。

〔一六〕稱：原作「請」，據翁校本改。

〔一七〕歟：原作「矣」，據翁校本改。

〔一八〕甘：原作「耳」，據翁校本改。

〔一九〕士：原無，據翁校本補。

〔二〇〕空言：「空」字似誤。

〔二一〕亡：原作「忘」，據翁校本改。

夫人宗氏

宗夫人，婺之義烏人，開封尹忠簡公之四世孫，衢州通判夔之曾孫，隱君膺之孫〔一〕，平川居士行之之女，贈某大夫東陽王君師伋之妻。幼能誦《内則》，説《語》《孟》，平川君奇之。秋賦適與大夫聯席，愛其秀整，揮翰如飛，出語不凡，女焉。大夫素倜儻，未嘗問家有無，或負笈出遊，夫人服荆練，躬井臼，以儉持家，奉姑謹，事叔妹如姑〔二〕。大夫場屋頓挫，若怫鬱，夫人曰：

「窮達命也〔三〕，家有書種，奚其戚？」時二子已嶷然見頭角矣。大夫遂抗志事外，闢雙桂軒，花竹環列，親朋至則酣觴賦詩。夫人亦好事，酒脯不戒而具。雞鳴趣二子起就學，至鬻假以具束脩。遇盍簪會友則課婢宿春治魚菜，廚烟或夜艾未歇。大夫友婿黄誠之子夢炎早惠，夫人親爲束髮，命幼子與同學，長子切磋之。大夫每見其進必稱獎，夫人喜曰：「三子吾尤見其成。」大夫卒，幼子紹定己丑龍飛進士，長子嘉熙戊戌甲科第五人，黄甥亦擢淳祐庚戌第。

大夫尤篤天倫，伯兄中右科，後調官卒於京，爲稱貸反柩。謂夫人曰：「兄貧，諸孤吾責也。」自是與嫂姪共炊爨者十年，訓從子不異己子〔四〕。幼子初筮炎簿，迎夫人與姆偕，從子守舍者亦計其廪〔五〕。間語二子：「汝伯父與汝父雖異爨，汝父一飯不自飽。吾每見人妯娌間易生猜忌〔六〕，宜體吾平等心。」子婦敬聽，門内雍睦，篋笥無錙銖異蓄，言家法者尚焉。歲時奉嘗拜掃〔七〕，必躬率子孫饋薦。時喜談上世事，曰：「恐後生日遠日忘耳。」或以緩急告，力所可及，無吝色。御下寬，臧獲不識笞罵。

初，大夫從學竹軒馬先生，與孔山喬公同門友善。後長子倡名，孔山爲首相立殿上，退，遣吏賀曰：「當以衣鉢相付。」蓋謂均第五人也。幼子亦通籍。孔山對客目大夫曰〔八〕：「敬叔有子。」或與長子干相君〔九〕，宜可得見禄，乃注管記遠次以歸。二子爲母壽，夫人泫然曰：「吾傷汝父不及見。」明年長子及瓜，一夕暴卒，幼子懼夫人不能堪，夫人曰：「吾雖痛何益！老矣，如汝兄兒女何？」幼子夫婦合詞曰：「昔以兄次子爲某子，某有子，請以爲兄長子之子，且嫁兄女。」夫人曰：「汝兄有托矣。」幼子宰宜興，夫人就養。屬歲荒盜起，子慮貽親憂，夫人曰：「汝勿我憂，饑民飯椀乃汝憂爾。」發運使趙公與𨕖兼臬事，既臬盜，發泉粟賑恤，皆莫敢承。子欲往〔一〇〕，未敢告。夫人速之曰：「汝不親往而誰往？」徧歷盜鄉〔一一〕，實惠周浹，境内按堵。及守毗陵，歡迎系路。夫人曰：「汝爲宰以廉謹稱，治郡當一如治縣。」俄改知臨江，將陛辭，擢主管官告院，以風聞去。夫人曰：「汝父欲策一名不可，汝未五十齒朝任子，疾何如之〔一二〕，盍少安以佚吾老。」子左右娛侍，不敢問鈞者五六年。夫人亦以在家爲樂，伏臘燕集，中外親常數十人。

子起家牧郴州，欲以親老陳情，夫人曰：「朝家選用〔一三〕，非直計汝私，吾雖老，尚堪爲汝行。」子侍潘輿，所過佳山水輒盤礴，夫人喜曰：「吾從汝宦遠下數百里，今周覽八九州，亦一樂也。」抵郴，勉其子勿以荒遠薄淮陽。既而政通人和，訟堂吏舍無事可治，老兵校番直，夫人率令歸休〔一四〕。語人曰：「老眼未嘗見此淳古俗也。」素恬淡，晚尤清健，視明聽聰〔一五〕，步履無蹣跚態。一日語子婦曰：「吾來郴幸無恙，夜眠不佳，夢與汝輩會親戚家庭。覺謂生朝近〔一六〕，因想所及耳，俄膝間有物如珠者數粒走膚理間〔一七〕，殆佛家所謂舍利子者。」室人異之。及生朝上壽，慈顔悅甚，舉觴至釂，蒲節亦如之。子且喜且懼，曰：「吾親飲未嘗濡脣也。」越三日，夫人櫛沐如常，子婦環侍奉笑語，夫人猶御刀尺。昏暮，忽索然燭，曰：「吾去矣，令分明可也。」子倉黄問故〔一八〕，曰：「吾不能生與汝還矣。」終於郡治之正寢，寶祐丙辰五月八日也。郡士民莫不涕泗，譬伍至號慟失聲。

夫人諱惠真，生於乾道癸巳四月二十三日，年八十四，三封至太宜人，累贈□人。以其年十二月庚申，合祔於西峴大夫君之墓。子二人：困金〔一九〕，故從事郎、昭慶軍節度掌書記；次鎔，見朝請大夫、直寶謨閣、知福州、福建安撫〔二〇〕。孫男二人：長瀾，某官；次濤，某官。孫女一人，適某官丁應復。曾孫桂〔二一〕。

余於寶謨公兩同朝，再受廛，寶謨公詒書，奉某官許君子良所狀夫人言行，問銘於余，於是夫人葬八年矣。余惟婦有四行，有三從。夫人亢素族爲華宗，積陰德享陰報，事姑盡敬極孝，訓子以嚴濟慈，一言一語，姻族傳誦，一舉一動，州里楷式，以圖史考之皆合〔二二〕，而又有平川爲之父，有大夫爲之夫，有記室、寶謨公爲之子，所謂四行三從無一憾焉。寶謨公既貴〔二三〕，語及二親必泫然不禁，曰：「吾成名父不及見，吾昔遠宦，使吾母没於楚東荒壘。歲晚授鉞於名都巨屏，朝菌之榮淺，風木之悲深，惟揭先美以詔罔極萬一，少紓予哀。」余不敢以耄老辭，既書於石而系以銘。

銘曰：

夫人門閥侔崔盧〔二四〕，乃翁擇對嬪臞儒。藁砧開卷婦辟纑，下睦妯娌上承姑。老天報以雙明珠，大夫記室不少須。夫人老壽乘潘輿，僅見少公兩輪朱。歲晚鈇鉞填閩都，追懷顧復常欷歔。翁仲可有亦可無，冢傍萬家良區區〔二五〕。古者彤管之所書，率覩其子及其夫。君嘗載筆承明廬，請勒豐碑峴西隅。我次遺事徵諜圖，大夫鹿門翁之徒。夫人壺範玉雪如，萊妻陶母其人歟。實媿非有一字諛，銘之以待後董狐。

〔一〕君：原作「居」，據翁校本改。
〔二〕如姑：原倒，據翁校本乙。
〔三〕命：原缺，據翁校本補。
〔四〕訓：原作「議」，據翁校本改。
〔五〕守：原無，據翁校本補。
〔六〕吾：原無，據翁校本補。忌：原作「恙」，據文意改。
〔七〕當：原作「當」，據翁校本改。
〔八〕目：原作「自」，據翁校本改。
〔九〕與：似當作「以」。
〔一〇〕子：原作「於」，據翁校本改。
〔一一〕偏：原作「偏」，據翁校本改。
〔一二〕疾何如之：原作「可疾行之」，據翁校本改。
〔一三〕用：原作「疾」，據翁校本改。
〔一四〕夫人：原作「大夫」，據翁校本改。
〔一五〕視明聽聰：原作「視聽聽明」，據翁校本乙。

〔一六〕「朝」下原有「廷」字，據翁校本删。
〔一七〕「膝」原作「騰」，「物」下原有一「騰」字，「數粒」原作「素粧」，據翁校本删改。
〔一八〕倉：原作「答」，據翁校本改。
〔一九〕困金：此二字不似人名。下述其弟名「鎔」，字從金傍，疑此二字當合寫。
〔二〇〕直：原作「真」，據文意改。
〔二一〕桂：原無，據翁校本補。
〔二二〕考：原作「孜」，據翁校本改。
〔二三〕既：原作「記」，據翁校本改。
〔二四〕閾：原作「閭」，據翁校本改。
〔二五〕家：原作「卷」，據翁校本改。

山甫生母

余年四十二哭林淑人，哀逝者之賢而夭，遂不再昏。既葬淑人，左右無侍巾櫛者，或言里中有孤女陳氏，本大族，母微，攜以適人，長無所歸，先親魏國爲余納之。事余三十五年〔一〕，警惠而勤力，付之管鑰篋笥，謹守强記，無毫髮遺忘。余麾節歷江東、西以至嶠南，先後四立朝，出處必俱。余終日坐書案治公家事，户内瑣碎，家有無，事緩急，計慮酬酢，一出其手，族戚部曲皆稱其忠智。生三子：長吉女，次衙孫，皆早夭，幼山甫。及見山甫昏宦〔二〕。有男女孫各二人。素強健，因微疾誤服黑錫丹，手足浮腫，三易醫不愈，終於臨安之寓廨，年五十二〔三〕，以辛未臘月二日生〔四〕，壬戌六月二十七日卒，甲子三月二十七日，葬於城西北阮之原。父舉，生母林氏。山甫始以余任爲從事郎、南劍州司户參軍，後余塵侍從，改奏授承務郎。告下，其母殁年餘矣，悲夫！銘曰：

葬汝者汝子也，銘汝者汝主君也，復何憾哉！

〔一〕年：原無，據翁校本補。
〔二〕宦：原作「官」，據翁校本改。
〔三〕二：原作「五」，據翁校本改。
〔四〕「以」下原有「疾」字，據翁校本删。

特奏名林君〔一〕

君林氏，名汝礪，字君用。四世祖將作監簿矩〔二〕，曾王父天倫，王父長樂尉成。父方，受學於艾軒，給事王公晞亮器之，以孫女女焉。生五歲，王夫人卒。甫冠，拔鄉舉。下第之明年，父卒，學益苦，藝益進，而頓挫三十年不偶，辛丑始奉對南廊。歸道富沙，有友婿王卿邁薦於當路，請攝建陽簿，辭不就。自是閉關蕭然，無復當世志，鄰有不見面者，然於姻族冠昏喪祭必與。先塋多崇峻〔三〕，雖老省謁必躬。從兄高歿無子，君以次男秀翁繼，未幾而夭，以姪希徐繼，又夭。君泣下曰：「吾早孤，惟世母從兄焉依，既死，何辭以白？」復爲二姪命繼。

景定壬戌，寅公當廷試，辭君西上，君曰：「此見君第一義，科名前定，謹毋阿時好。」既而寅公以對語直居丙科，堂差教授福州。中秋，寅公書至，君笑語如常〔四〕，越二日庚子，忽語家人曰：「吾大數止此耳。」俄就枕〔五〕，奄然而逝，年七十三。配孺人洪氏，以庚戌仲冬戊戌前卒，年六十六〔六〕。始孺人未嫁，二親同産皆物故，以一女子當門户，爲兄繼絶〔七〕。既嫁，葬舅姑，處族戚，內外整肅，皆應禮法。子一人，寅公也。將以癸亥臘月庚申，奉二柩合葬於陂山之原，以前婦方氏祔於姑右，母命也。孫男一人，榮孫。

前葬，寅公來求銘，其言悲甚，曰：「孝莫大於榮親，寅公再薦於鄉，二老猶無恙，及舍法成〔八〕，母不及見，臚唱歸〔九〕，父又不及見〔一〇〕，此先親之遺恨，不肖孤之至痛也。」余以暮年懲諛墓之請，然於交遊中素重寅公行義〔一一〕，矧仁人孝子顯揚之請，其敢以耄荒爲辭乎？銘曰：

鹿門老公，柴桑隱君，婦各儷美，子皆無聞。猗歟博士，卓立辛勤，蕃詹之孝，融偓之文。手搴丹桂，足梯青雲。謂列鼎於高堂，忽負土於新墳。亂曰〔一二〕：生不得錦衣之歸兮，殁將奉黄誥而焚。

〔一〕特：原作「侍」，據文意改。又「君」原作「名」，據翁校本改。

〔二〕將：原作「傅」，據翁校本改。

〔三〕塋：原作「榮」，據翁校本改。

〔四〕君：原無，據翁校本補。

〔五〕就：原無，據翁校本補。

〔六〕句末原有「歲」字，據翁校本删。

〔七〕爲：原作「焉」，據翁校本改。

〔八〕及：原作「反」，據翁校本改。

〔九〕歸：原無，據翁校本補。

〔一〇〕及：原無，據翁校本補。

〔一一〕「素」下原有「不」字，據翁校本删。

〔一二〕亂：原作「辭」，據翁校本改。

劉安人

前太學博士朱（植）〔埴〕將葬其母夫人，今瑞州牧、尚書郎文君天祥既狀其行〔一〕，而請銘於前史官劉某。按夫人劉氏，世爲廬陵大族。曾祖臯，祖文正，父先朝。夫人既笄，歸於承奉郎朱某，博士父也。承奉固修士，負笈游四方，夫人闔户持家，中外事皆自營綜，不以煩舅姑。姑喜曰：「自新婦入門，吾始暇逸〔二〕。」於滫髓之奉、蘋藻之薦，必勞其勞。姑苦風眩，遇疾動，夫人左右扶掖，不寐達旦。姻族間小不睦，輒以微辭感動，皆言下悔悟聽受。賙其乏絶者而拊其惸弱者。性寬慈，未嘗笞駡臧獲，惟嚴於誨子。

博士幼穎異，夫人益勉勵其進〔三〕。長秀美，論文之友、問字之客常滿坐，夫人截髲脱珥具酒脯無吝色。丙辰，以内舍平校魁南宫詞賦，廷對擢甲科，調昭州教授。歸拜二親，夫人語之曰：「昔汝外祖送汝舅赴龍城法掾〔四〕，云做好官易，做好人難，汝勉之哉。」戊午，博士迎二親問戍，帥留之幕下〔五〕。桂府巖洞奇絶，板輿周覽〔六〕，甚適。俄念歸不可遏，博士預備藥裹，題以甲乙。舟行〔七〕，夫人感微恙，承奉公取乙裹將煮服〔八〕，夢人告曰：「誤矣，當攝甲裹者。始題二裹，以甲乙别陰陽二證，甲陽也，乙陰也。」如言而愈。又嘗苦氣疾〔九〕，醫不能治，有方士謁其舅曰：「服吾藥立愈。」取數粒餌之，神效，亟訪謝其人，不知所往矣。人謂夫人一念孝敬〔一〇〕，陰有隲相之者。

博士庚申秩滿，辛酉當入京，日者言夫人四月有咎，至仲夏乃行。除國子正〔一一〕，還博士，改京秩。以親年喜懼，丐外便養，朝家未許，求助於平舟楊公，楊公爲白丞相，添差袁州通守。歸膝下半載而夫人不起，年七十五，癸亥四月十九日也。始屬疾，語博士：「吾夢至高齋，及返堂上積雪如山，不得歸，非佳兆也。」女孫在傍，教以婉娩，又曰：「今日之死與明日之死一也。」神閑氣定，竟無一語謬，其不怛化如此。其年某月某日，葬於宣化鄉堂福朱山之原〔一二〕。封安人。男一人，埴也。女一人，適進士吳綺。孫男一人，鎬。孫女一人，許適進士羅轟。膏澤鄉之劉代有名人，科名不絶書。辰翁者，夫人從子，尤高才，擢壬戌第。夫人喜曰：「劉氏可益昌矣〔一三〕。」方博士立朝，夫人里居無恙，而博士思慕若不能一朝安。銀緋歸覲，閭里歆艷，然壽觴方循於南陔，束芻已陳於北堂矣，悲夫！使博士不勇去，楊公不從臾，人子終身之悔豈有極哉〔一四〕！噫，所謂孝通神明者歟！

初，博士再擢師儒，瑞牧初入館〔一五〕，其贊書皆余視草。博士國之髦髦也，瑞牧世之端人也，皆余所敬愛。雖於夫人未展升堂之拜，然於夫人之子有同朝之誼。瑞牧之名方重於世，狀夫人累千餘言，余所書皆摭於狀者，而瑞牧謙巽〔一六〕，博士哀疚，以銘屬余。銘曰：

不以夫之隱約爲戚，不以子之顯融爲喜，其義方嚴於父命師教〔一七〕，其治命合於朝聞夕死。韙哉瑞牧，筆無溢美，吾爲斯銘，以補唐史。

〔一〕今：原作「令」，據翁校本改。
〔二〕始：原作「姑」，據翁校本改。
〔三〕益勉：原倒，據翁校本乙。
〔四〕祖：原無，據翁校本補。
〔五〕帥：原作「師」，據翁校本改。
〔六〕周：原作「之」，據翁校本改。
〔七〕行：原作「沿衡求」，據翁校本删改。
〔八〕煮：原作「藥」，據翁校本改。
〔九〕苦：原作「若」，據翁校本改。
〔一〇〕夫：原作「大」，據翁校本改。
〔一一〕除：原作「徐」，據翁校本改。
〔一二〕「於」下原有「之」字，據文意删。
〔一三〕可：原缺，據翁校本補。
〔一四〕極：原作「急」，據翁校本改。
〔一五〕「瑞」上原有「之」字，據翁校本删。

〔一六〕「而」字原無，「巽」原作「冀」，據翁校本改、補。

〔一七〕其：原作「之」，據翁校本改。

鄭甥主學

後埭之鄭，世有顯人。君名子簡。曾大父閲禮，大父孺可，父衡甫。母劉氏，二劉先生之孫，贈正議大夫起世之女，前進士希道、中大夫直秘閣希仁之女弟。君少穎脱群兒中〔一〕，長身美髯，丰度宛如二舅〔二〕。弱冠用族父國子監丞涇甫牒發胄薦〔三〕，既下第，志益苦，藝益進。景定壬戌五上春官矣，君不以垂翅少沮，猶欲蓄鋭奮翼。親朋勉就南廊，入等。以叠游邊，金吾夏侯貴上其勞，傅相賈公啓擬，俾附淮襄舉人例先參選，調漳州龍溪縣主學。過建，趙漕孟傳延入幕，君以追成辭〔四〕。抵漳，一新學制〔五〕。遇課試命題〔六〕，發策皆有義味。鑑裁明，去取嚴，矜佩悦服。學職皆選俊秀，無以賄進，士有不願之郡庠書院而願之縣學者。祠東溪、北溪二先生於學〔七〕，創貢士莊，復縣學田。郡帖權縣兼僉，力辭。美譽流聞，賢士大夫咸曰不意南廊官人自立如此〔八〕。未幾，以微恙卒於官下，癸亥八月二十七日也，年四十六。娶方氏，鐵庵忠惠公大琮之姪女；繼薛氏，潮守季良之姪女；繼趙氏，懷安丞希澹之女。二男：長大有，登仕郎，漕貢進士；次大壯。孫男一人，名應松。以甲子十月初十日，葬於興教里南山考妣墓之右，君所自相攸者也。

君性至孝，母病，再刲股，夢神告曰：「可延一紀。」至期當試南宮，遂輟行，余與鐵庵以此器重之。鐵庵帥番禺，與之同載。鐵庵没，君懷其遇〔九〕，識其言行，誦之終身。而又軒豁通世務〔一〇〕，强敏有吏幹，非高虚捉麈尾、清狂不問馬曹者〔一一〕。而天不假年，其用不究，惜哉！君母及二舅，余群從也，念君聖善將終〔一二〕，以君屬余及秘閣。秘閣既拊其孤，經理其家，而余銘其墓。銘曰：

相與瓜葛，知其純孝，初筮芹藻，聞其善教。其才與年，皆可遠到〔一三〕，曷不顯融，曷不耆耄！然君二雛，挺出英妙，蓄之播之，必食其報。

〔一〕群：原作「郡」，據翁校本改。
〔二〕丰：原作「手」，據翁校本改。
〔三〕胄：原作「渭」，據翁校本改。
〔四〕迫戍：原作「追戍」，據文意改。
〔五〕新：原作「親」，據翁校本改。
〔六〕遇課：原作「過科」，據翁校本改。
〔七〕「祠」原作「詞」，又「東溪」原脱「溪」字，據翁校本改、補。
〔八〕人：原作「入」，據翁校本改。

〔九〕「其」下原有「君」字，據翁校本刪。

〔一〇〕軒：原作「輟」，據翁校本改。

〔一一〕塵：原作「麈」，據翁校本改。

〔一二〕念：原作「余」，據翁校本改。

〔一三〕遠：原無，據翁校本補。

方隱君

出郡城北可十里，其地皆平疇沃野，清泉古木，方氏聚居焉，數百年文獻故家也。上世有與伊川同學者，又有與坡公厚善者，有爲朱、張高第者，一門擢科級爲名卿大夫者，不可悉數。君諱審權，字立之，小金紫公嶠之四世孫，河東轉運公宙之曾孫，贈承事郎珵之孫〔一〕，真窨翁銓之子。少抱奇志，從伯父特魁鎬仕江湖〔二〕，所至交其豪雋〔三〕。及歸，慨然罷舉。家有善和之書、東岡之陂、汾曲之田〔四〕，君曰：「吾讀此耕此足了一生矣。」始者人疑其功名頓挫憤悱而然，既而久幽不改，以至大耄，安之如一日。朋儕或出而仕，或仕而貴，然速化者包奧竈之羞〔五〕，暮行者飲鍾漏之愧，往往得少喪多。惟君超摇事外，有以自樂，弓旌不能致，繒弋不能及〔六〕，其鹿門翁、漢陰丈人之流歟！後進視君猶大父行〔七〕，然君上接而下扶，肩教而善誘〔八〕，士者尊之。歲中不一再入城〔九〕，惟與王卿實之倡和詩〔一〇〕、方秘書蒙仲論文〔一一〕。二君仙去〔一二〕，君益岑寂。余少君七歲，早交下風，後卜溪上埋骨，去君舍百步許，遊釣必俱。今歲余病，數月不至溪，一日山中人報桂花開發，余病少愈，方折簡約君同賞，而訃至矣，悲夫！

君博古通今，父子皆能詩，有《真窖》、《聽蛙》二集，其志業不少概見於世者，皆於詩發之。君生於淳熙庚子三月二十四日，卒於景定甲子九月十七日，得年八十有五。娶朱氏，先十七年卒，君葬之於興教里福平山石櫳之崗。子箕。孫男二人。以其年十一月二十七日，奉君柩合祔。余論次君平生，或曰：「無乃太簡乎？」余曰：「昔臺卿自銘，淵明自傳，寂寥簡短甚矣〔一三〕，然不害其傳。古之所謂傳者，在此不在彼也，余所書近之矣〔一四〕。銘曰：

髮眉老蒼九尺長，毫芒流落萬丈光。杜、韓二語孰可當，樗翁采之銘君藏〔一五〕。

〔一〕珵：原作「程」，據翁校本改。
〔二〕江：原無，據翁校本補。
〔三〕句首原有「之」字，句末原有「才」，并據翁校本删。
〔四〕之：原無，據翁校本補。
〔五〕奥：原無，據翁校本補。
〔六〕繒弋：原作「增戈」，據翁校本改。

〔七〕父：原作「夫」，據翁校本改。
〔八〕而善：原倒，據翁校本乙。
〔九〕城：原作「賊」，據翁校本改。
〔一〇〕詩：原作「四」，據翁校本改。
〔一一〕文：原無，據翁校本補。
〔一二〕二君仙：原無，據翁校本補。
〔一三〕甚：原作「矣」，據翁校本改。
〔一四〕「所」下原有「謂」字，據翁校本删。
〔一五〕君藏：原無，據翁校本補。

程孺人

甘蔗洲〔一〕，福唐大聚落也。清溪古榕，映帶環合，居者二千餘家。程、黄，洲大姓也〔二〕，世爲姻，如古朱、陳。夫人程氏，嬪於黄，爲迪功郎子建之妻，宣教郎、知泉州安溪縣裳之母。事舅姑孝〔三〕，處妯娌和，御臧獲恕，輕財賙急，與鄰曲通假借。夫勤苦，累上春官不售，夫人曰積豐而報嗇，不在身必在子，益勵裳於學，高價收書，厚禮聘師，庖飪必躬〔四〕。夜緝苧麻，教諸女紡織。裳擢庚戌乙科，二親方五十餘，閭里歆艷。裳初筮長泰尉，再調延平録參，皆奉親輿以行。既改秩領民社，夫人久病不欲行，然母子不能相舍，汔就養。抵官病良已，家人相慶。歲餘復病，山縣無醫，裳迎醫於城，丹附迭進不愈，遂卒，年六十七，以子貴恩封孺人。生於某年月日，卒於某年月日，葬於某鄉某山之原〔五〕。子男二人〔六〕：裳，長也；立毅，次也，後於某氏。四女，皆適儒家。孫男二人，孫女一人，俱幼。

余庚申行役道延平，得裳所著□□，異之。平時所賞好之士指不多屈，或辨博，或藻麗，固有可與裳著鞭争先者〔七〕，至於鍛煉精粹〔八〕，言近旨遠，能道人意中事，則皆避裳三舍矣。矧糾郡而監司如湯東澗、宰邑而寄公如徐擇齋，皆稱其宦業不容口。烏虖，有子如裳，夫人可以無憾矣。銘曰：

賢哉夫人裳之母，作銘者誰裳之友，友何人斯後村叟〔九〕。

〔一〕「甘」原作「某」，「洲」原作「州」，據翁校本改。
〔二〕洲：原作「州」，據翁校本改。
〔三〕姑：原無，據翁校本補。
〔四〕庖飪：原無，據翁校本補。
〔五〕原：原無，據翁校本補。

〔六〕二人：原無，據翁校本補。
〔七〕先：原作「光」，據翁校本改。
〔八〕精：原無，據翁校本補。
〔九〕叟：原作「叓」，據翁校本改。

瓊州户録方君

開禧乙丑，余補國子生，時鄉先輩二方君猶在學。長君名其義，字同甫，與其族子阜鳴字子默齊名，皆由鄉賦入太學。二君生於丁丑，與余先君齊年，余敬事之，公私試必聯案，爐亭客舍夜語常達曉。凡故家遺俗逸事，諸老先生舊聞，聽之入人肝脾，長人智識，余終身誦之不忘，非特筆硯間沾丐膏馥而已。然二君文戰輒不成，晚相先後奉南廊對中高等，子默猶至外郎，君僅歷英德府真陽尉〔一〕、梧瓊二州户録，秩止從事郎，士林至今嗟惜。

君遊江□〔二〕，名公卿争下榻。嘗館於金壇王氏〔三〕，實齋閣學受業焉〔四〕。真陽多盗，君至，群偷衰息〔五〕。帥聞之，曰：「是六館知名士，尚作尉乎！」欲羅致，守固請留以自助〔六〕。梧守方侯直孺重君老成〔七〕，郡政必咨。方被劾去，帥使機幕蕭蒙來攝。蕭貴介癡騃，吹求前人事以迎合上官，君辨其不然。蕭忿甚，帥移君於藤以避之，蕭去乃復。後守劉侯煒叔曰：「户録吾父執，何敢相吏！」公退，琴詩相好如賓友。君秩滿，劉侯移守瓊，請於南銓，以君爲瓊户録，曰：「此非所以相處，瓊有機宜一員，無以易君。」力挽同載。渡海財一月，卒於户録官舍，享年七十四，紹定庚寅八月某日也。

君事母極孝，貢士歿，諸昆餬口四方，君侍膝下跬步不離。及補入，太孺人勉君毋庸歸〔八〕，君一日心動，挑包徑歸，入門而丁内艱。喪費悉出君，諸昆歸則墨舍無乏事矣。事兄尤謹，諸姪孤者無以養與不能嫁娶者，皆以身任之。其内行如此。篤好關洛書，詩宗陶、謝，文師蘇氏。娩黄孺人與二丈夫子阜國、阜吉皆前卒。孫男二人：應紹、應發，應發今爲某官。孫女三人〔九〕。初，阜國有雋才，試常占魁亞〔一〇〕，危升舍選。余每謂君生兒如此，足慰人意，君頻蹙不語，叩之則曰：「恐華而不實耳。」指阜吉曰：「吾他日得此兒女。」及卒，鯨波萬里外，卒賴阜吉徒步返柩。其初南轅也，應發甫三歲，與母吴拜辭堂下，君指應發謂吴曰：「汝善視之，長必興我家。」君卒，應發甫八歲，奮孤童，擢甲科，立兩朝爲學官、禮官，皆以論事去。君於子孫壽夭通塞，雖許負、唐舉無以加，余所目覩也。

余晚還朝，應發倅建，奉《家傳》來曰：「知吾祖事者惟子，願刻之宰上。」余諾之，而詞頭山積，未暇也。及懸車還，應發曰：「今可銘乎！」按方氏譜，自固始還游洋之叱石，五世祖廷評遷莆田之輪井。君於贈朝請郎伯用爲曾大父，於朝散郎、南恩守漸爲大父，於鄉貢進士林爲父，母太孺人林氏。初，君葬黄氏孺人於廣化寺之姑嶺，阜吉以君命祔。嗟夫！昔銘子默，余年四十三，今銘君，七十九矣。歲月飄忽，耆舊凋謝，可悲也夫！銘曰：

莆清白吏，曰南恩牧。小閣三間，以遺嗣續。夾漈詩之〔一一〕，流傳鄉國。無産十金，有書千軸。至今膾炙〔一二〕，謂之實録〔一三〕。君少而孤，晝抄夜讀。里選歌鹿〔一四〕，澤宮中鵠。有飄飄氣，無庸庸福。遵海而南，蜕於瘴毒。兩郎玉立，何奪之速！誰主尸之，乃若是酷。吾聞天道，乘除倚伏。是生聞孫，儒級文籙。譬家於田，昔種今熟〔一五〕。驥來大宛，鸎出幽谷。一封骨骾，百士頸縮。歸白松楸，銘筆余屬。念昔橋門，熏炙耆宿。發藥在耳，清暢在目。今一甲子，丹忘穎秃〔一六〕。瞻彼姑嶺，於此埋玉。有碑巋然，覽者必肅。

〔一〕真陽：原作「貢陽」，翁校本改爲「貞陽」，兹據《宋史》卷九〇《地理志》六改。後同。

〔二〕原無空格，據翁校本補。所缺之字疑當作「湖」。

〔三〕金壇：原作「今壇」，據《宋史》卷四一五《王遂傳》改。

〔四〕「學」字原無，「受」原作「授」，據翁校本補、改。

〔五〕衰：原作「裹」，據翁校本改。

〔六〕留：原無，據翁校本補。

〔七〕「俟」原作「侯」，「孺」原作「儒」，據翁校本改。

〔八〕庸：原無，據翁校本補。

〔九〕女：原作「人」，據翁校本改。
〔一〇〕「常」下原有「薦」字，據翁校本刪。
〔一一〕潦：原作「潦」，據翁校本改。
〔一二〕炙：原作「肉」，據翁校本改。
〔一三〕實：原作「寶」，據翁校本改。
〔一四〕鹿：原無，據翁校本補。
〔一五〕種：原無，據翁校本補。
〔一六〕丹：原作「再」，據翁校本改。

後村先生大全集卷之一百六十二

墓誌銘

林德遇

林氏九牧之後，自壽溪徙居郡城之前街五世矣。德遇名子濟，一名逢丁，以字行。曾大父天覺，以隱德號「閉門居士」。大父伯京，與群從處仁、處厚齊名〔一〕，郡博士以前廡延致〔二〕，不能屈，早卒。父稚珪，六歲而孤，又與群從君與、君槩世有能賦稱〔三〕。中年罷舉，及見德輔登乙未第，德遇丁酉、庚子再薦於鄉。以承務郎致仕，累贈承議郎。德遇於學有專苦之功，好深沉之思，其文尤宜於場屋，而老大頓挫。

景定壬戌下第，余與德輔勉就南廊，中第三等，授吉州文學。癸亥禋霈，補迪功郎，授漳州龍巖縣主學。道建，尹漕古心江公欲客之郡齋，以疾辭。漳守卓偯，德遇布衣交，累移文趣上，可留於幕，辭；俾督稅務，辭；俾受秋輸，又辭。適龍江書院山長奉檄校文，族强，德遇亦以北溪講貫、德遇攝事之地〔四〕，樂與士友遊處〔五〕，乃就之。山長歸，改攝漳浦令，辭。上登極，循修職郎。會畬寇復出，屈入節制幕，義不得辭。時州家和糴以餉兵，委視出納。德遇痛革舊弊〔六〕，孔粒之微，官民兩相交付，吏不得一舉手〔七〕，一郡皆服侯委任當才，亦服德遇清介不負知己也。德遇素有瘍疾，屢止屢作，至是復作。常日退食必留郡齋，不相見一日爾，侯命醫投劑，竟不起，咸淳乙丑二月十六日也，年六十一。侯賻以公私帑，使推官余亢宗、主簿龍鎧爲治後事〔八〕，而訃告於德輔〔九〕。德輔告假還里，使長子吉老往扶護，守貳率同僚吏民哭送盡哀〔一〇〕。初，游洋陳氏家惟一女，以配德遇，首爲甥館定嗣，及外舅姑皆歿〔一一〕，又爲其嗣畢娶。陳氏無所字，以德輔子愷老爲子〔一二〕。

余嘗患士有科舉之累，學有所未通，書有所未讀，而擅一生之富貴者。德遇群書皆出入貫穿，諸文皆彊達流麗。余自少至老閱士友多矣，惟德遇、姚元泰、林汝賢不專一藝，叩之不竭，今亡矣。夫德遇著名早，入仕晚，起家貧，得禄薄，人意其汲汲於榮利者。然事長多藥石之言，未嘗希合；持身甚玉雪之潔〔一三〕，不自膏潤。又意其壽禄蕃永而未艾者，乃復不然，何哉！與德遇交游如王卿實之、林侍郎元質、鄭閩清君瑞皆以仙去，存者劉吏部居厚、林中舍肅翁、李儀曹艮翁及余，皆七八十矣。是歲五月甲申，陳氏、愷老奉治命葬於文賦里前柳之原，德輔屬予以銘。德輔，兄也，名拱辰，今爲朝奉郎、通判福州。銘曰：

手抄而讀，躬稼而食。貧不悖人，卑不干澤。胸蟠萬卷，家立四壁。守不能吏，漕不能客。外物糞土，元身圭璧。哀哉若人，才多命嗇。伯氏書來，季將窀穸。君歸於宮，我勒於石。

〔一〕仁：原作「士」，據翁校本改。
〔二〕延致：原倒，據翁校本乙。
〔三〕君與：原無，據翁校本補。
〔四〕德遇攝事：「遇」字似當作「輔」。
〔五〕友：原作「交」，據翁校本改。
〔六〕舊：原作「奮」，據翁校本改。
〔七〕「吏」原作「更」，「舉手」原作「奉乎」，據翁校本改。
〔八〕龍：翁校本作「龔」，未詳孰是。
〔九〕計：原作「計」，據翁校本改。
〔一〇〕「率」原作「卒」，「送」原作「返」，據翁校本改。
〔一一〕及：原無，據翁校本補。
〔一二〕「德」下原有「遇」字，據翁校本刪。
〔一三〕玉雪：原作「王堂」，據翁校本改。

方秘書蒙仲

蒙仲名澄孫，以字行。曾大父庭輝。大父履之，號爲履齋先生。父大東，乙未乙科，授永春主簿卒。母林氏，艾軒族孫女〔一〕。蒙仲入小學，警悟異群兒〔二〕，屬辭落筆，長老皆驚〔三〕，若它日宿習而然者〔四〕。鄉先生、郡文學課試諸生〔五〕，姓名常出千百人上。再拔胄薦〔六〕，中丁未甲科，教授邵武軍學，賓禮耆宿，作成俊秀，一經賞識，後多知名。會學廩贏錢及校官例卷置貢士莊，以待西上者。秩滿入京，余與虛齋趙公方奉詔纂史〔七〕，議辟屬，會余去，不果〔八〕。監激賞所酒庫，有惎而去之者。今丞相魏公開大幕府於維揚〔九〕，以幹官辟。時淮閫號小朝廷，英彦輻凑，然猝有羽書軍冊，衆方環視愕眙〔一〇〕，蒙仲磨盾鼻，濡敗鼓，多萬字，少千言，各有意度。魏公大喜，有「語妙天下」之薦，一府欽其才望，猶强至之客韓、端叔之從坡也。

入爲國子監書庫官，校藝南宮，坐商論去取不能下氣去。添倅南劍州〔一一〕，改泉州。先是，兩倅同餉左翼戍兵，蒙仲慨然曰：「添差猶方外司馬耳！」請於朝，改屬正倅，而水廳遂無一事。會闕守〔一二〕，朝命攝郡兼舶，黥籍胥魁素舞文者〔一三〕。舶至，吏請按視，蒙仲曰：「以待新侯。」爲岷隱戴公〔一四〕、竹湖李公作風月堂，二公皆嘗爲贊倅者。節齋趙公建江閫，辟機幕。擢國子監主簿〔一五〕。趙公移淮閫〔一六〕，改辟議幕。趙號吏師，其臨淮閫，適虜透渡，江氣甚惡，治法征謀悉咨元僚而行〔一七〕。蒙仲亦孜孜爲盡力，通上下情，恤將士疾苦。虜退府罷，蒙仲需次邵武軍。於是魏公衮歸，舊賓客皆彈冠相慶，蒙仲獨奏記，言一生窮薄，幸樵山瓜熟，願爲朝廷拊摩凋瘵，時庚午冬也。

余隨召節謁翹材〔一八〕，魏公問：「蒙仲肯來乎？」余答：「蒙仲欲姑試外庸自見。」有旨趣上。樵歲三易守，公私赤立，專以清苦節縮支吾乏絶，上供卜送使外〔一九〕，又爲前政補逋緡數十萬〔二〇〕。拊柔獷俗，表倡儒行〔二一〕，與其士民相安。未期而報政〔二二〕，以秘書郎召。臺閫上其郡最，詔增一秩，爲朝奉郎。蒙仲在郡，以積勞體力益羸，猶據案治事。郡都試，晨起戒嚴矣〔二三〕，忽中風眩〔二四〕，越三日卒於寢，年四十八。時洪尚書伯魯漕建，以書報蒙仲訃，余馳白魏公〔二五〕，公簡余曰〔二六〕：「蒙仲謝人世間，造物者何奪之速邪！拊祥物瑞事不常有，無可久之理，即今而後，還壺山英靈之氣矣。」其痛惜之如此。

娶鄭氏，蘇州法曹仁甫之女，封孺人。子公權，以遺補將仕郎〔二七〕，妙詞翰，有父風，進而未止者。二女，尚幼。蒙仲卒以辛酉九月己丑，葬以癸亥十一月丙申，墓在白杜路口之原。所著有《綱錦集》、《通鑑表微》。鄉先達如方鐵庵、王臞軒、李儀曹皆折節與之友，與樵守方侯巨山、福唐潘君庭堅尤相賞好。東澗湯公爲銘綱錦堂。余與蒙仲連墻也，通家也，蒙仲諸父余銘者三，又銘潛仲〔二八〕，今又銘蒙仲焉〔二九〕。蓋前作《三經義》者或不喜言《春秋》〔三〇〕，爲程氏學者或未觀《通典》，著《潛書》者或不能通秘閣之六論，吟唐風者或不能道原夫之一聯，蒙仲則不然，經傳皆探索精微，詞藝各根極體要。方英妙時，挾才乘氣，不知者以爲傲。中年磨去鋒鋭〔三一〕，務爲和易謙巽，前之嚴而惎者皆親而狎之矣〔三二〕。遇貧賤布衣交往往解衣揮金，於宗戚有恩意。初陟岵，弟湑孫尚幼，扶携教養，以至成立。蒙仲既爲一世所愛敬，然深自損挹，逢人則曰後村吾師也，故哀其死者多以唁余。余曰：昔也余奇若人，爲吾里有英物也，爲故人有美子也，爲吾徒有畏友也。今也余哀若人，爲朝廷惜髦髦也〔三三〕，爲臺閣惜詞人也〔三四〕，爲東閣惜奇士也。嗟乎蒙仲，吾無所用吾情矣。乃爲銘曰：

余嘗考論，屈、賈二士，芈氏忠賢〔三五〕，漢廷茂異〔三六〕。一值靳、蘭〔三七〕，行吟顑頷；一逢絳、灌，流落遠外。蒙仲出處，則異於是。堂堂魏公，疇昔羅致。凱旋衮歸，麟獲鳳至。蒙仲獨請，一郡自試。若臺若閫，上其郡最。增秩雌堂，然藜中秘。大臣知己，近臣引類〔三八〕，非有讒原，亦無害誼。蓬萊近矣，風引帆退。笙鶴下矣，丹飛竈壞。孰爲之哉，命有所制。何生之難，何奪之易！地下修文，天上作記，以蒙仲觀，容有是事。燕、許之手，沈、謝之思，百年幾見，一夕殄瘁。昔人存殁，乃見交際，死者有知〔三九〕，吾銘無愧。

〔一〕句首原有「係」字，據翁校本删。

〔二〕警：原作「驚」，據翁校本改。

〔三〕驚：原作「警」，據翁校本改。

〔四〕日：原作「生」，據翁校本改。
〔五〕郡：原作「群」，據翁校本改。
〔六〕拔：原作「校」，據翁校本改。
〔七〕趙公方奉詔：原作「趙奉方公詔」，據翁校本乙。
〔八〕不：原無，據翁校本補。
〔九〕「公」字原無，「維」原作「淮」，據翁校本補、改。
〔一〇〕貽：原作「貽」，據翁校本改。
〔一一〕添：原作「滌」，據翁校本改。
〔一二〕句首原有「關」字，據翁校本删。
〔一三〕「胥」字原無，「舞」原作「無」，據翁校本補、改。
〔一四〕「岷」下原有「之」字，據翁校本删。又「戴公」原作「太公」，徑改，岷隱先生戴溪也。
〔一五〕擢：原作「權」，據翁校本改。
〔一六〕淮閫：原作「檄」，據翁校本改。
〔一七〕征：原作「政」，據翁校本改。
〔一八〕翹：原作「翅」，據翁校本改。
〔一九〕卜：翁校本作「定」，似皆不妥。

〔二〇〕補：原無，據翁校本補。
〔二一〕倡：原作「福」，據翁校本改。
〔二二〕期：原作「嘗」，據翁校本改。
〔二三〕晨：原作「最」，據翁校本改。
〔二四〕眩：原作「泫」，據翁校本改。
〔二五〕白：原作「曰」，據翁校本改。
〔二六〕公：原無，據翁校本補。
〔二七〕「補」原作「稿」，「仕」原作「士」，據翁校本改。
〔二八〕銘：原作「錦」，據翁校本改。
〔二九〕「又」下原有「爲」字，據翁校本删。
〔三〇〕言：原作「之」，據翁校本改。
〔三一〕鋒：原作「蠭」，據翁校本改。
〔三二〕狎之：原作「狎去」，據翁校本改。
〔三三〕惜：原作「偕」，據翁校本改。
〔三四〕惜：原作「借」，據翁校本改。
〔三五〕芈氏：原作「芉士」，據文意改。芈，楚國祖先之姓。

〔三六〕句首原有「溪」字，據翁校本刪。
〔三七〕值：原作「考」，據翁校本改。
〔三八〕引類：原無，據翁校本補。
〔三九〕有知：原無，據翁校本補。

徑山佛鑑禪師

師雍氏，名師範，西蜀劍州人，世積善。初，昭慶院老僧王八師道行高，誦《華嚴》不絶口，與師父祖善，淳熙丁酉，無疾化去。已而師生，時謂王師再來。九歲棄小學，投招慶院，院老宿有所詰難，應答如流。十八歲始成僧，將行脚，母何病，師封股以療。既愈，二親乃聽師游方。明年至成都，見堯首座者〔一〕，乃瞎堂高弟，言下有省〔二〕。其秋出峽至荆南，見玉泉儼。明年辭去，見保寧全、金山奇，至四明見秀巖瑞。佛照在焉，曰：「範兄方二十，更二十未可量也。」復至靈隱見松源，净慈見肯堂充，萬壽見無證修，華藏見遯庵演，天堂見息庵觀；若雲巢巖、石溪月，皆聞風欽挹。卒至徑山依破菴先。師雖徧參諸老〔三〕，然始終大精進、大悟入皆得之破庵，以禪門枝派言之，蓋破庵之子〔四〕，密庵之孫，上抵楊岐八世。嘗住四明之清凉，移焦山，移雪竇、育王〔五〕。紹定壬辰秋，奉詔住徑山。師先夢龍君來迎，既而果然。

次年四月，寺燬於火，有旨出内帑俾師葺廢。會恭聖仁烈皇太后上仙，宣召入禁中。祝香罷，賜金襴袈裟，詣慈明殿〔六〕，對几筵演法〔七〕，上垂簾以聽〔八〕。師舉揚奏對，徑直詳華，天顔大悦，賜號佛鑑禪師，又賜齋及金帛，曠典也。師以朝廷錫賚、公卿士庶檀信之資，悉力拮据，不三年寺還舊觀。師旦過時以寺距京百里，中涂靡所次舍，至是即粱渚作大蘭若，且市良田六十畝廪其徒〔九〕，世守之。宸翰書其扁曰「萬年正續之院」。及淳祐辛丑寺再燬於火，衆謂不可復興矣，師曰：「自我興之，自我廢之，不可也。」既而尚方密賚，大檀喜捨，海外日本遣使資助，不數年而寺再成。又於正續之西二百步作庵焉〔一〇〕，藏先後所被奎畫於樓，奉祖師與雍氏香火於東西偏，遇始生及祝髮日，則飯緇流以報劬勞、訓導，宸翰書庵扁曰「圓照」。

淳祐己酉二月，悉以衣盂付衆，暫歸明月庵。三月朔，鳴鼓升堂云：「山僧老且病，無力得與諸人東語西話，今日勉强出來，將從上諸佛祖説不到處一時抖擻與諸人去也〔一一〕。」遂起抖擻，云：「是多少？」衆訝之。翌日疾作，語侍僧云：「時至矣〔一二〕。」十八日，親書遺表，説偈而蜕，葬於圓照庵，世壽七十二，僧臘五十六，自號無準。余不及識師，晚塵侍從，净慈主僧妙倫臨示寂遺余書曰：「佛鑑吾師也，以塔銘累公〔一三〕。」余未及答，聞倫已唱衣〔一四〕，余重倫垂死而不忘其師也，心諾之〔一五〕。既告老歸山中，病不果銘。余友竹溪翁父子及師之徒白雲深、無文璨激發余曰〔一六〕：「劉、柳不銘曹溪乎？」余愧於其言，乃叙而筆之。

昔兜率悦謂張無盡：「公向悦説禪，猶悦向公説文章〔一七〕。」嗚呼，説禪若無盡，庶幾大辨才者，而悦之言如此，今世士大夫未夢見無盡脚後，而自謂得少林骨髓，吾未之信也。余謂師所聞於佛照光及退菴奇、破菴先十數公，皆大善知識〔一八〕，其問答言句不待余下注脚也〔一九〕。至於住天下第一叢林，再遭魔厄，萬瓦灰飛，而露坐草宿不忍去，必復其舊乃止，使之事國必鞠躬盡力。其惓惓梓潼丘墓，雍氏香火〔二〇〕，使不逃儒〔二一〕，必立身揚名。余雖禪不及兜率悦，文章不及無盡、劉、柳，凡師始末皆信實可銘。銘曰〔二二〕：

世有名儒，口吟手披，及坐臯比，士者笑之。師不執卷，面壁而已，及對龍象，竪起拂子。少指顯禪，多大藏經，萬衲諦聽，如醉夢醒。吾聞徑山，人天供養，惟佛日師，十期方丈。無準倍之〔二三〕，今古罕倫，老古錐漢，大德福人。際永穆陵，褒彌天什，帝將遺弓，師乃飛錫。其來非生，其去非仙，不靈山會，即兜率天。正續之西，松檜蒼翠，昔憇於是，今窆於是。參數卜商，謂不稱師，倫也垂命，遺言孔悲。準固作家，倫亦開士，吾大書之，以詔師弟。

〔一〕見：原無，據翁校本補。

〔二〕省：原作「者」，據翁校本改。

〔三〕諸：原無，據翁校本補。

〔四〕之子：原倒，據翁校本乙。

〔五〕雪竇：原作「雪竇」，據《徑山無準禪師行狀》（《無準師範禪師語録》卷六）改。
〔六〕「慈」下原有「聖」字，據翁校本刪。
〔七〕筵：原無，據翁校本補。
〔八〕「上」下原有「乘」字，據翁校本刪。
〔九〕「市」原作「布」，「十」原作「千」，據翁校本改。
〔一〇〕西：原作「田」，據翁校本改。
〔一一〕撤：原作「撒」，據翁校本改。
〔一二〕至：原作「止」，據翁校本改。
〔一三〕累：原作「象」，據翁校本改。
〔一四〕聞：原作「問」，據翁校本改。
〔一五〕諾：原作「諾」，據翁校本改。
〔一六〕璨：原作「餐」，徑改。釋道璨，號無文，有《柳塘外集》存世。
〔一七〕説：原作「悦」，據翁校本改。
〔一八〕善：原作「喜」，據翁校本改。
〔一九〕問：原作「間」，據翁校本改。
〔二〇〕梓：原作「滓」，據翁校本改。

〔二一〕「不」下原有「至」字，據翁校本删。
〔二二〕銘曰：原倒，據翁校本乙。
〔二三〕倍：原無，據翁校本補。

鄭逢原〔一〕

余謝事之明年，鄭貢士南吉將葬其二親〔二〕，來求銘於余。時余已八袠，才盡而思澀，諸人誌銘或健忘失記，或常挂懷抱而累歲不克爲〔三〕，其人往往厭倦不復至。南吉守余數月，不懈益勤，余矍然曰：所諾諸家，其官高卑、人顯晦未暇論，姑以迫葬欲掩諸幽者爲先。

按君名濬甫，字逢原。累世業儒，君尤刻苦，視朋儕工雕篆、挾套括取高第者心輕之〔四〕。講學貫通倫類，屬文根極體要〔五〕，鄉先生方鐵庵、王臞軒皆推重。鐵菴所至與同載，晚客於塾，俾姻族雋秀師焉。嘉熙丁酉拔胄解，余從弟居厚衡文得之。淳祐庚戌擢第，授惠州歸善主簿。居厚守潮〔六〕，拉君南轅，攝揭陽尉、郡博士〔七〕，士民稱之。又攝郡幕〔八〕，有甲乙鬭殺之獄，吏以謀殺坐甲，君辨之曰：「刀出乙家，非甲本意。」卒從鬭論。里人有官於潮考試以殁者，君極力營其後事。歸善縮次，余叔弟處和守惠，移書趨上，余以詩餞之，賓主相得懽甚〔九〕。郡創豐湖書院〔一〇〕，請充山長，君巽與郡博士而自居堂長。忽得痹下疾〔一一〕，既愈復劇，處和爲迎醫外邑〔一二〕，竟不起，淳祐甲寅二月二十九日也，年五十。處和爲治棺衾，哭之哀，率同官賻其歸，殯於某寺。娶李氏，處士應甫之女，後君八年卒，景定壬戌三月二十日也〔一三〕。咸淳乙丑十有二月十五日，合葬於嘉禾里滿黨山之原，以仲子祔。子男三人：南吉，壬子鄉薦〔一四〕；次傳孫，早夭；次似孫。女三人：長適趙時淀，將仕郎；次適陳作霖、陳榕。孫男女各三人。

所著有《經史考》〔一五〕，其自述曰：「鄭玄集六經箋傳，而談經之失無出於玄；馬遷爲史筆巨擘，而記事之失莫甚於遷。我朝諸儒接乎朱、吕氏，理義之學大明，而經史百家，衆説淆亂〔一六〕，未能盡訂而歸一。三禮經傳於古人均田建國之制多闕未講〔一七〕，《綱目》、《大事記》於前史記録加筆削而猶多錯訛。」使天假之年而究其學，豈不可以繼君家夾漈、湘鄉乎！君上世太府卿露由侯官徙莆〔一八〕，號南湖先生，其後徙後埭。君曾大父恪。大父毅，貢於鄉，晚當大對，不就，號鄭畫樹。父度，博學高年，侍郎林公元質受業焉。母黄氏，鄉先生通直郎鼎之女。銘曰〔一九〕：

昔者吾友，議郎苔翁，每嘆叔季，科目□崇。偶□程度，立致顯融；放下黄冊，叩之空空。激哉是言，未敢苟從。多士之生〔二〇〕，各繫其逢。固有寡淺，宜卑而穹；亦有耆碩，宜達而窮。嗟嗟逢原，策螢雪功。先賢難疑，諸儒異同，探索精微，條理始終。萬逢掖間，群雌一雄。此日杲杲，彼天夢夢，不芸香上，夭茆瘴中。吉也苦心，蔚有父風，如參於晳〔二一〕，如時於通〔二二〕。聞諸老儋，天猶張弓，豈昌厥後〔二三〕，遂塞於躬。嗟嗟逢原，歸於其宮，所積者厚，其報必豐。

〔一〕原：原作「言」，據翁校本改。
〔二〕貢：原無，據翁校本補。
〔三〕克：原作「免」，據翁校本改。
〔四〕挾：原作「扶」，據翁校本改。
〔五〕要：原作「安」，據翁校本改。
〔六〕潮：原無，據翁校本補。
〔七〕陽：原作「揚」，據《宋史》卷九〇《地理志》六改。
〔八〕郡：原作「群」，據翁校本改。
〔九〕懽甚：原無，據翁校本補。
〔一〇〕湖：原作「朔」，據翁校本改。
〔一一〕痲：原作「滯」，據文意改。
〔一二〕處：原無，據翁校本補。
〔一三〕二十：原無，據翁校本補。
〔一四〕鄉：原無，據翁校本補。

〔一五〕句首原有「其」字，據翁校本刪。
〔一六〕亂：原作「辭」，據翁校本改。
〔一七〕闕：原作「聞」，據翁校本改。
〔一八〕卿：原作「鄉」，據翁校本改。
〔一九〕銘：原無，據翁校本補。
〔二〇〕多：原作「緊」，據翁校本改。
〔二一〕晳：原作「晢」，據翁校本改。
〔二二〕通：原作「道」，據翁校本改。
〔二三〕後：原無，據翁校本補。

秘書少監饒公

公諱應子，字定夫。饒氏之譜曰：堯後也，堯都冀，其後食菜於冀之平陽，至漢魯陰太守威、漁陽太守斌還臨川。國初自郡徙鄉，且十世，鄉始隸臨川，後改隸崇仁，今爲崇仁人。曾祖美，以孝友稱。祖延年，疏財好施，鶴山魏公書其墓曰長者。父焯，兩貢於鄉，是爲東山先生。

公初受業於黃公義明〔一〕，黃伯仲皆考亭門人；學文於章公節夫，章得之陳公剛，陳得之於止齋、水心。入太學，一時名流争折節願交。由内舍擢紹定五年第，教授岳州，士有自湖南、江西至者〔二〕。帥欲駐兵於學，公拒不納。秩滿，監封椿上庫。一日内侍傳旨，以内帑十七界會子三十萬易十八界〔三〕，公謂財皆天子之財，以小易大則非國體，卒寢前詔。改秩宰新建縣，催科先覈詭逸，三十户爲一甲，寬期示信，邑無逋賦之民，村無詬租之吏。昔都保避役如仇，至是有願充者。豪右誣仇家爲盜，監司下其事，公以其無左驗，力争不得，移疾去。辟光州定城縣，留沿江副閫幕府。邏執陷虜而歸者爲姦細，帥命誅之，公請物色親屬認識〔四〕，竟脱其死。以外艱去。調江西機幕，未上，内艱。服闋，寶祐六年五月除太學録，七月升博士。有援公爲緊官者，力辭。時大全當國，公責之曰：「事欲難成，高位疾顛，丞相今爲怨府，天下之責將四面至矣。」大全怒甚，賴上保全。

開慶元年正月，進國子博士，參詳省試，兼景獻府教授。七月，擢秘書郎，俄兼國史院編修〔五〕、實録院檢討官。輪對曰：「天下之不常而可慮者勢，天下之有常而可恃者理〔六〕。理至大而無對，至實而無妄，至長久而無弊。」玉音嘉納。九月，虜騎偷渡，上選不附大全者爲耳目，因擢監察御史〔七〕，兼説書。公本至誠，持正論，其彈劾皆老姦巨蠹，不捃摭細過〔八〕。時江西、湖南北皆受兵，詔淮兵赴援〔九〕，分命橐臣督之〔一〇〕。公行次江北，手疏淮不可弛備，宜留兵牽制，上從之。或請移蹕，朝堂聚議，公乃奮筆曰：「誰爲此謀，宜斬其人〔一一〕！」又言：「空言常典不足以回天意，薄物細故不足以收人心。」條用君子、愛民命、受人言三説以獻。別疏云：「毋以內降輕名器〔一二〕，毋以宣諭褻紀綱〔一三〕，毋以昏椓之順適厭忠言，毋以肺腑之恩倖屈國法。又言洪天錫有犯無隱，監學小官如徐庚金輩扣（昏）〔閽〕去國，宜旌異。累疏大全及董宋臣等罪。其劾趙時詁、方大猷也，雖宣諭節帖不變〔一四〕。《講義》斥阿諛，《故事》詆進奉，所言皆可以暴之當世，書之信史。故事，臺無長官，其後論列多禀聽於長公。公察，沈炎長也，嘗語同列，近過府者多由此一路，不須矯激。公引涑水公辭副樞之言曰：「自古被這般官職壞了名節不少。」沈大慙。受詞有賂吏求曲筆者，吏曰：「吾公不久去矣，姑少待。」

景定元年四月，遷大理少卿，改秘書少監，仍兼説書。五月，以何夢然疏罷〔一五〕，太學諸生群走關外留行，公曰：「毋重吾罪。」既歸，無一字入修門。景定三年七月丁卯得腹疾，乙巳終於寢，年五十七。娶曾氏，繼娶何月湖尚書之曾孫女〔一六〕，俱封□人。男立，有父風，以遺澤補將仕郎。女長適曾士榮，次適黄時熙，餘三人未笄。孫齊，太學生。以景定五年六月庚申葬於臨川新豐鄉之徐原。所著有《南麓集》三十卷。

公學以考亭爲師〔一七〕，故正大而該體用〔一八〕；文以止齋、水心爲法，故麗密而有□致〔一九〕。氣勁而色和，大廷廣衆，望之儼然山立。未嘗問家之有無，有亦多所推巽。性儉約，惟親知急難則傾貲周恤，莀者葬之〔二〇〕，棄不育者字之，無夫家者嫁之。居里無纖芥撓郡縣，涖官清苦特甚。外若疏略，內文理密察。臨大節謹不輕發〔二一〕，已發不可回止。與朋友論文析理，衮衮不竭，人人心滿意足。對田夫野老〔二二〕，亦與之班荆分席。從公遊者記其言行，自少至老不改度。公方隱約内美修能自重，雖合世裁量公者不過曰德人、曰詞人耳〔二三〕，一旦霆奮蟄，鳳鳴陽，皁囊白簡〔二四〕，凛凛有慶曆歐蔡、建中鄒陳之風。向之裁量公者，然後追恨知公之淺也。以余耳目覩記，士大夫一除緊官，必根着不去，必極其用。沈欲公勿矯激者，何觗排公者後皆至樞輔〔二五〕！然不久亦去，既去議者猶繩之未已，視公得喪所較幾何，而全名高節則有愧於公多矣。余不及與公同朝，而忝交仲氏御史君。御史繼公峨豸〔二六〕，未幾以議論不合去〔二七〕，出處大致略似長公，與二唐相望，皆余所敬畏〔二八〕。御史遺余書曰〔二九〕：「吾兄宰上之碑以屬子。」又曰〔三〇〕：「某立身本末，兄教也。」乃論次而銘之，銘曰：

端人士之盟主兮，公論國之元氣。考列聖之家法兮〔三一〕，景前修之讜議〔三二〕。言乘輿兮抨權貴，上改容兮相待罪。厥後言責異於是〔三三〕，號賢者兮猶嫵媚，或近名兮或擇利。偉饒公兮奮孤士〔三四〕，峨獬角兮住烏寺〔三五〕。長語屬兮相勉勵，勿矯激兮取大位。公曰受帝耳目寄〔三六〕，禍福在前死不避。首擊鶴相兮次董賢〔三七〕，請尸兩覿兮投四裔〔三八〕。淫朋諂子兮繁有徒，盍空窟穴兮窮黨類。在朝在野兮賀國有人〔三九〕，並游英俊兮顧慙且甚。身如葉兮名如山，宜一品兮且百歲〔四〇〕。世猶望兮銀信之召〔四一〕，公遽草兮玉樓之記。前沈後何兮迭居兩地，天夢夢兮胡足恃。彼陽陽兮銜浮榮之青繖〔四二〕，公矯矯兮立清議之赤幡。亂曰：浮榮一瞬兮清議萬世，天之報君子兮與細人異。有繼志兮跨竈之美子，有競爽兮吹箎之賢季。吾爲此銘兮，以俟南董氏〔四三〕。

〔一〕受：原作「授」，據翁校本改。後「湖南北皆受兵」句同。
〔二〕至：原無，據翁校本補。
〔三〕「帑」下原有「千」字，據翁校本删。
〔四〕請：原無，據翁校本補。
〔五〕國史院：原作「國兼史縣」，據翁校本删改。
〔六〕可：原無，據翁校本補。
〔七〕因：原無，據翁校本補。又「擢」下原有「兼」字，據翁校本删。
〔八〕捃：原無，據翁校本補。
〔九〕淮：原作「窪」，據翁校本改。
〔一〇〕橐：原作「蠹」，據翁校本改。
〔一一〕人：原作「父」，據翁校本改。
〔一二〕降：原作「隆」，據翁校本改。
〔一三〕褻：原作「藝」，據翁校本改。
〔一四〕「諭」原作「輸」，「帖」字原無，據翁校本改、補。
〔一五〕罷：原作「羅」，據翁校本改。

〔一六〕「月湖」二字原無，「尚」字下原有「郎」字，據翁校本補、删。
〔一七〕師：原缺，據翁校本補。
〔一八〕故正：原僅一「止」字，據翁校本補、改。
〔一九〕有□致：原作「行有」，據翁校本改。
〔二〇〕蕞：原作「最」，據翁校本改。
〔二一〕輕發：原作「疏忽」，據翁校本改。
〔二二〕田：原作「日」，據翁校本改。
〔二三〕曰詞人：原脱「曰」字，據翁校本補。
〔二四〕簡：原作「蘭」，據翁校本改。
〔二五〕「舦」原作「斛」，「後」原作「復」，據翁校本改。
〔二六〕豸：原作「象」，據翁校本改。
〔二七〕去：原與下句「出」字互倒，據翁校本乙。
〔二八〕「皆」下原有「出」字，據翁校本删。
〔二九〕余：原無，據翁校本補。
〔三〇〕又：原作「文」，據翁校本改。
〔三一〕考：原作「孜」，據翁校本改。

〔三二〕「景」原作「緊」，「前」字原無，據翁校本改、補。
〔三三〕責：原作「貴」，據翁校本改。
〔三四〕兮：原無，據翁校本補。
〔三五〕「角」下原有「弓」字，據翁校本刪。
〔三六〕帝：原作「常」，據翁校本改。
〔三七〕擊：原作「繫」，據翁校本改。
〔三八〕觀：原作「親」，據翁校本改。
〔三九〕「有」字原無，「人」下原有「兮」字，據翁校本刪、補。
〔四〇〕一：原無，據翁校本補。
〔四一〕世：原無，據翁校本補。
〔四二〕陽陽：原脱一「陽」字；繖：原作「繳」。據翁校本補、改。
〔四三〕「以」字原缺，「侯」原作「侯」，據翁校本補、改。

直寶章閣羅公

羅氏世居隆興之進賢。曾大父諱先，以勤儉成家，當建炎初鄉國亂離，多所全活。祖諱俊臣。

武穆岳公討楊么，過師豫章，後軍裨將道斃〔一〕，衆散，亟以便宜招集，歸之行營。武穆壯之，將留置帳下，以親老辭，授保義郎。考諱天祐，急誼好施。歲歉，貸人而焚其券。三世積善，累階中散大夫〔二〕。妣萬氏，贈恭人。

公諱必元〔三〕，字亨甫。初入小學，能兼誦他書，而長借故家書手抄纂〔四〕，遂淹貫精博〔五〕。素有能賦聲，俄改治《春秋》。嘉定丙午賓興，考官陳文得公卷驚異，寘首選。明年登第，授鄂州咸寧縣簿尉〔六〕。漕使正肅吳公柔勝一見賞重，選屬賑荒，公尤盡瘁〔七〕。南渡初襄鄧隨郢鎮撫使陳求道爲劇盜劉忠所執，罵賊不屈，拔舌而死，埋骨蒲圻之興陂。公白計臺，請於朝，義阡立祠〔八〕，率其後嗣祭告。再調撫州録事參軍〔九〕，未上，内艱。服闋，授州崇仁縣丞，郡檄權法曹。曾極坐詩案繫獄〔一〇〕，初編隸廣南，繼改湖南聽讀，吏議甚峻〔一一〕，公奮筆數百言，「朝廷既不深罪詩人，郡當推廣上恩」，守感悟。極得善達貶所，公力也。

秩滿，授都大司檢踏官，改辟福州觀察推官。州倉積弊，公受輸〔一二〕，革高量，削古例，一毫不取。擬筆是是而非非，不以一字迎合上官、阿狗貴介。郡士潘杲伯舊客温陵，爲周氏女〔一三〕，生男錫老，後歸鄉娶林，繼蔡，周攜子以愬官，俾杲伯子錫老而嫁周〔一四〕。杲伯又信蔡之譖，逐錫老。未幾杲伯死，蔡改適，潘弟兄争立後，錫老愬於州。公謂錫老雖見逐於父，謂之非杲伯之子則不可〔一五〕，況杲伯無他子，自當歸紹父業。二十年之訟至此始定。黄檗缺住持，既舉他僧矣，了知者恃多貲，挾西倅謀攘取〔一六〕。公不爲動，倅逮吏臨之甚威，公白諸司，卒寘之罪。□□使陳公韡薦公，云：「律己甚潔，事上敢言，直道而行，人無異議〔一七〕。」文忠真公帥閩，愛其調直，公京狀已溢格，乃以監司科薦〔一八〕。公將去，條十二事以獻，皆切中三山利病，多見采用。俄而真公召赴闕，公適班見。時朝議中興可日月冀，公爲真公言：「以今東南事力贍東南且不足，奈何空之以趨西北！」又言：「露布方馳，隻輪不返〔一九〕，彼或長驅，我難立脚，宜急爲秋高馬肥之備。」又曰〔二〇〕：「大名難居，大望難塞，大病難扶。」真公深然之。已而時事皆如公言。

自承直郎改奉議郎，知饒州餘干縣〔二一〕，舊訟牒日數十百〔二二〕，逋租巨萬〔二三〕，前後宰多傷錦，公至，廷無留訟，水無租癬。得郡急符，反覆開陳，云：「某縱不能如宓子賤，豈不能如陶淵明！」守愧謝。李公性傳來守鄱〔二四〕，迎兄秀巖公即郡齋纂史，檄公入局。范公應麟爲廣西臬，辟公通判容州，不果行。畿漕曾公穎茂辟提領犒賞所主管文字〔二五〕，轉承議郎。潮齧堤岸，迎龍虎嗣天師致闕下，公爲廟堂言：「不修人道而修鬼道，不求之法家拂士而求之方士〔二六〕，非盛世事。」以風聞免〔二七〕，起通判贛州〔二八〕，踐濂溪之後，尊賢懷古，爲君子亭、拙齋，自記之。轉朝奉郎，賜緋〔二九〕。漕江公萬里、憲趙希龍聯銜合薦〔三〇〕，攝郡，平鹽丁嘯聚。時兵餉倚辦倅廳，自增卒員，利源歸於西廳，東倅獨任兵餉。公移書當路，言民命國脉甚切，忤總領意，免去。除行在諸司糧料院，俄被旨督淮西軍馬錢糧，久而後返〔三一〕。初，變客鈔從官賣，價三倍於昔。贛居江西窮處，淮鹽少入贛者，民爭販廣鹽，兩路騷動。公目擊身履，至是獻救弊之策，言格不行。遷司農寺簿。

公歸自淮，輪對言：「清野之説倡，淮皆荒蕪棄擲之土〔三二〕；禁耕之令下，淮皆流離轉徙之民；城守之説拘，淮皆閉關而縱寇之兵〔三三〕。爲今之策，莫若聚重兵以驅哨〔三四〕，招流民使復土。」又言：「更張官賣而鹽鈔之法壞〔三五〕，收奪牙兒而投印之法壞，以五準一而楮券之法壞。理今之財，不必求祖宗立法之外，但當反之於祖宗立法之中。」玉音謂：「清野有利有害。」又曰：「官賣已減價。」公抗論愈切。古心江公薦公可爲緊官，不果用。古心語人：「前輩日遠，斯人豈復易得，虚老可惜。」後爲公從子晉伯記經訓樓云：「君族有尊老，博士公被知人主，將以爲諫諍官，佞柔側目，孤外反甚〔三六〕，使少自降屈，豈庭院深蕪，竟日寂寂，久淹此奇傑哉！」除知徽州。瓜熟，兩爲有力者攙上〔三七〕，恰如也〔三八〕。轉朝散郎，奉崇道祠，除宗學博士，又以風聞免。轉朝請郎。

初，公在閩幕，李君遇居里，朱君景彝丞侯官，公待之簡，有宿憾。酒所之去，李爲之也；宗庠之去，朱爲之也。履齋吴公嘗與公書云：「先正肅公得公於不卑小官之日，丞聞於朝今三十年矣，某中間繼聞於朝，今二十年矣。自是悄不相聞，每惜朝廷用公未盡。」壬子，當國起知汀州，移書勉爲千里一出。公至汀，首祠郡前輩澹軒楊吏部以崇風教。俗易動難安，公欲以詩書之澤新美之，講《大學》明德一章於學。境接漳浦，民以販鹺爲常，毛髮爭輒相屠害。有張三官者，狃近習〔三九〕，漸披猖〔四〇〕，公調兵將，合隅總，殄渠魁，貸脅從，境内以安。郡計仰鹽，州派於縣〔四一〕，縣派於民，公罷敷派〔四二〕，四民方翕然向化。大全素嚴憚公，入臺首及之〔四三〕，詔食崇禧祠。

公年益高，力祈納禄，寶祐丙辰三月，詔守本官致仕。景定癸亥元旦御筆，侍從臺諫各得薦士〔四四〕。從臣以公名聞，詔：「羅某謝事有年，操履可尚，特除直寶章閣〔四五〕，仍致仕。」甲子，鄉人争持酒賦詩詞賀公九十，公喜見眉宇，高歌滿引。咸淳乙丑，以登極恩轉朝奉大夫。雖龐眉皓首，然齒牙無摇落者，飲啖如少壯。是冬初無他苦〔四六〕，但惡食屏藥〔四七〕，如是旬餘。親族候問，公坐起言笑如常時。晨興猶正衣冠，覺氣息寖微，翛然而逝，十月己丑也，年九十一。臨終語孫同祖〔四八〕：「吾父母妻子之喪未嘗用浮屠，勿以是污我。」娶萬氏，封安人，先公十八年卒。子祀，先二十年卒，命從子晉之幼子爲後，名以同祖，蓋公生於淳熙乙未二月乙丑，同祖之生年月日皆同。受公致仕恩，今爲修職郎、信州永豐縣主簿。女二人：長適進士危琛，蟾塘仲子；次適登仕郎吴行簡。曾孫男女各一人。將以某年某月某甲子葬於東菴〔四九〕。公止有田三數頃，老屋二間，仕五十年未曾治第殖産。同祖生，父晉以私錢爲新舊廬，又析産以益之，自是始有以合族交賓。

初，公少師驪塘危公稹、蟾塘危公和，壯爲性理之學，與柴公中守〔五〇〕、歐陽公鎮、馮公曾講切。初筮，上正肅吴公書千言，欲折衷朱陸異同。後見包先生遜，志氣孚而議論合。及爲真公從事，參叩益詳，造詣愈深。遇蒙齋袁公於塗〔五一〕，論格物克己，蒙齋服其簡切。所著《中庸説》二卷、《雜説》五卷、《離騷大義》一卷、《起敬録》一卷、詩文三十卷。進賢自隆興癸未簡世傑擢第，五十年無繼者，至公與萬一薦聯名，後不絶書。羅故家，所産多異才，公創義學，成就者衆，接踵膴仕。

公年四十餘，即故居楊園兩山環合處開元谷，綿蕝草草〔五二〕，族有力者爲創亭榭橋堤，公日遊其間，自號北谷山人。又營東臯爲壽藏，鬭西疇爲南山亭，竹萬竿，蓮萬柄，長夏無暑。晚慕樂天自誌醉吟先生故事〔五三〕，作《北谷山人誌銘》。暇日惟玩周、程、朱、陸之書〔五四〕，杜陵、康節、坡、谷諸詩，倦則命二僮對奕〔五五〕。遇佳風月，必與親朋子姪徜徉谷中〔五六〕。性不嗜酒，而屬客必霑醉。雖老，倚胡牀歌古調，音節豪宕〔五七〕。客談外事，不答；聞朝廷用一君子，行一善政，則屢稱好，否則太息。深居却掃，而後林李公、省身雷公皆舂糧越邑來訪。後學口語筆授、賢士大夫相問訊〔五八〕，不以爵氏，皆曰老先生〔五九〕。

前葬〔六〇〕，同祖奉年譜、先集、省身公所狀言行及公姪孫廣東機宜一龍書〔六一〕，介斛峰禮侍李公，不遠二千里，走僕請余碑之。念昔與蟾塘同官秩陵〔六二〕，聞公德業，後爲真公軍諮，接公言論，凡余所書皆有稽據，無一字虚美。世之仕者多慕速化，公垂四十始策名，六十始宰邑，八十始典州。中間真、吳二公尤知己，然公亦不汲汲趨附〔六三〕。及時改事異，向之速化者萬墳纍纍，公獨享耆頤之壽，懸車後尚高蹈十年，爲三朝遺老。其自誌謙挹特甚，余故表而出之。銘曰：

古於典型人、耆壽儁兮，致其惓惓，或詢猷兮或乞言。是老先生兮有武公之年〔六四〕，曷不使之訓國人兮而箴儆，又曷不遺掌故兮而授傳。秀眉黄髮兮，卧松風而飲澗泉〔六五〕。寶儲之輝兮難上貫乎奎壁，束帛之禮兮乃下賁於丘園。噫〔六六〕！莫長於千載兮莫短於一生，早令而晚繆兮不如後凋之全。懷古心翁之妙語兮，吾取以銘公之阡。曰：通塞隱顯之際，一世不能盡，愛者觀□正論焉，觀士之極致焉。

〔一〕甃：原作「弊」，據翁校本改。
〔二〕階：原作「積」，據文意改。「中散」下原有「郎」字，據翁校本删。
〔三〕公：原無，據翁校本補。
〔四〕而：原無，據翁校本補。
〔五〕博：原作「傳」，據翁校本改。
〔六〕咸：原作「臧」，據翁校本改。
〔七〕公：原無，據翁校本補。
〔八〕義阡立祠：原作「義立祠阡」，據翁校本改。
〔九〕軍：原作「謀」，據翁校本改。
〔一〇〕坐：原作「生」，據翁校本改。
〔一一〕吏議：原作「史卒議何」，據翁校本删改。
〔一二〕輸：原作「輪」，據翁校本改。
〔一三〕爲：似當作「姦」。

〔一四〕周：原無，據翁校本補。
〔一五〕果：原作「果」，據前後文改。
〔一六〕擴：原無，據翁校本補。
〔一七〕人：原無，據翁校本補。
〔一八〕以監：原倒，據翁校本乙。
〔一九〕輪：原作「船」，據翁校本改。
〔二〇〕又：原作「久」，據翁校本改。
〔二一〕餘干：原作「餘年」，據《宋史》卷八八《地理志》四改。
〔二二〕「訟」字原無，「十」原作「千」，據翁校本改、補。
〔二三〕逋租巨萬：原作「逋巨户萬」，據翁校本改。
〔二四〕李公性傳：原作「公往傳」，翁校本「公」前有一「寺」字，皆誤。按下文稱「兄秀巖」者，著名史家李心傳也；又有「來守鄱」語，鄱即饒州，性傳知饒州亦見《宋史》本傳。然則據字形文意，此當爲「李公性傳」無疑。
〔二五〕公：原無，據翁校本補。
〔二六〕拂士：「士」原作「土」，據翁校本改。
〔二七〕免：原作「勉」，據翁校本改。

〔二八〕起：原無，據翁校本補。

〔二九〕「賜」下原有「以」字，據翁校本删。

〔三〇〕希：原無，據翁校本補。

〔三一〕後返：原作「不改」，據翁校本改。

〔三二〕土：原作「士」，據翁校本改。

〔三三〕淮：原作「誰」，據翁校本改。

〔三四〕以：原無，據翁校本補。

〔三五〕賣：原作「價」，據翁校本改。

〔三六〕「孤」下原有「注」字，據翁校本删。

〔三七〕「有」下原有「寂」字，據翁校本删。

〔三八〕怡：原作「治」，據翁校本改。

〔三九〕「狃」下原有「送」字，據翁校本删。

〔四〇〕猖：原作「倡」，據翁校本改。

〔四一〕州：原作「川」，據翁校本改。

〔四二〕敷：原作「之教」，據翁校本删改。

〔四三〕「首」下原有「薦」字，據翁校本删。

〔四四〕各：原作「冬」，據翁校本改。
〔四五〕特：原作「持」，據文意改。
〔四六〕初：原無，據翁校本補。
〔四七〕但：原作「他」，據翁校本改。
〔四八〕同：原缺，據翁校本補。
〔四九〕以：原無，據翁校本補。
〔五〇〕中：原無，據翁校本補。
〔五一〕蒙：原作「家」，據翁校本改。
〔五二〕綿蕝草草：原作「錦蕝山」，據翁校本改。
〔五三〕慕：原無，據翁校本補。
〔五四〕惟：原無，據翁校本補。
〔五五〕奕：原作「變」，據文意改。
〔五六〕「朋」下原有「友」字，據翁校本刪。
〔五七〕宕：原作「右」，據翁校本改。
〔五八〕問：原無，據翁校本補。
〔五九〕生：原無，據翁校本補。

〔六〇〕前葬：原倒，據翁校本乙。

〔六一〕及公：原作「存及」，據翁校本改。

〔六二〕秩陵：似當作「秣陵」。

〔六三〕趨：原作「翅」，據翁校本改。

〔六四〕老：原無，據翁校本補。

〔六五〕澗：原作「簡」，據翁校本改。

〔六六〕噫：原作「意」，據翁校本改。

後村先生大全集卷之一百六十三

墓誌銘

王孺人

王孺人名净慧，福清人。父西應，擢武舉第七人，從軍馬司，卒金陵。素豪舉，久客京華，孺人獨與母居，課臧獲，勤耕織，變貧窶爲豐裕。年二十一，嬪於石塘林君，名公選，字養直。事舅寶章公如父，敬夫子如賓，奉伯母陳孺人如姑〔一〕，里人以爲内則。養直疏財急誼，孺人每贊成之，無倦意。自少至老，米鹽群碎必手抄心計，惟於施予無吝容。長子觀初筮於潮，鐵庵方公帥粤，檄致幕下，觀奉二親以往。養直卒官下，孺人與二子奉柩返葬。觀歷泉之録參、漳之推官，二郡之人皆稱其廉，公車交薦，考舉溢格。孺人喜謂觀曰：「汝通籍當作縣，吾不喜聞敲扑聲〔二〕，奈何？」觀既引見，奏記光範，乞主管南外宗邸，且上宣教一秩，乞贈父承事郎、封母太孺人，綸言甚寵。就養南外，官冷俸薄，至質鬻以供甘旨。秩滿不能入都，從槖或爲丞相言其清貧，待次福建安撫司機宜文字。

孺人少有脾疾，晚更强實。咸淳丙寅春，若體中不豫者，燈夕後猶子有内集，孺人飲食笑語如常，後三日忽感風眩，不語，摇手却藥，索筆書身後事，以二月朔乙丑終於寢，年七十五。二子：觀，通直郎；新，早卒。一孫，堅老。其年十二月壬午，葬於田源之阡，前臨養直墓，後寶章公墓。初，孺人以新祔養直，又卜斯崗爲壽藏，而命觀曰：「它日汝夫婦當祔我。」觀自失怙二十餘年，跬步不去親，中間惟往返班見四閲月。雖仕未通顯，然所至下而士民，上而太守、部使者，皆曰廉吏也，州閭族黨皆曰孝子也。及是觀來乞銘。

悲夫！余年二十三，辱寶章公館甥，一門尊老如太丘、朗陵，象賢如元方、叔慈，其女婦如德曜、道韞，何其盛也！後二十餘年，寶章、焕章皆仙去。又二十年，養直與寒齋夫婦又相繼奄忽，埋辭悉出余手。與余同一輩行惟孺人，熒熒如曙星，今復銘其藏，余年遂八秩矣。銘曰：

三從之中，允有其二。夫隱逸民，子清白吏。四德全備，功言之懿。一點靈明，死生之際。錦誥疏封，彤管無愧。

〔一〕奉：原作「愛」；姑：原作「姊」，據翁校本改。

〔二〕扑：原作「朴」，據翁校本改。

制置杜大卿

景定辛酉十月戊申，前兩淮安撫制置使、知揚州、寶文大卿杜公卒於里第。既葬，弟庶、孤蕃等奉舒公有開所狀公行治問銘於余。余病眊，久不克爲，而庶、蕃之使數至，將命者守余門不去，乃論次而銘之。

公諱庶，字康侯，少師公諱杲之長子，母魯國夫人季氏，生母令人連氏。幼不凡，日記數千言，暇則集鄰曲群兒習戰陣而指麾之。長從少師公歷兵間，益習邊事。少師再守安豐，以順昌在淮北，恐虜取爲家基寨則壽春危，安豐孤，命幕僚沈先庚遷順昌近裏，令公具千艘賫糧楮迓之。抵正陽，虜奄至，公拒戰却之，卒遷順昌，全壽春，公力也。是歲以禋霈補將仕郎。虜薄軍城，技窮引去，公提兵邀其歸路，俘獲甚衆。虜憤前衄，既陷光，再圍安豐，少師創智，爲串樓、排杈木拒守〔二〕。圍及三月，城屢岌岌矣，公父子誓以死守。城中兵十餘項雜居，將士不相下，公調娛其間，遂皆叶力捍禦，虜卒宵遁。余公玠以監簿守招信，部軍來援，問少師曰：「公子安在？」命公見之，余曰：「福盡在是矣。」遺公緡錢十萬。公白少師曰：「却之不如受以遺諸將。」遂大會諸將爲擊毬戲，言監簿捐金相勞苦意，諸將感悦，余益壯之。

二年，東閫今少傅趙公薦公，謂能與其父死守封疆，出蒙犯鋒鏑，入調一將士，乞改秩擢用。

時少師公建淮西帥閫，詔循三資，爲從事郎、安撫司書寫機宜文字，以順昌移治功減職司、常員各一。尋詔改合入官，授承務郎。少師公陞制閫，虜酋察罕擁衆號八十萬圍合肥，胡馬四合，極目無際，壯士望之失色。公内佐機籌，外履行陣，意象自如。某壁虚，某隘危，僚屬憚行者，少師公必命公，未嘗辭，汔全城守。三年，少師公遣公白事廟堂，諸將皆餽白金，曰助上功費，公陽受之。賞典行，歸會諸將曰：「此將軍之功，朝廷之賜，吾何力之有？」悉反所餽。以臨淮捷轉承奉郎，以合肥守禦轉宣義郎，除耤田令，陞兼制置司書寫機宜文字，兼督府幹官。

虜連歲不得志，復謀大入，少師公策虜由信陽、光山以入，命公及幕客監軍，與大將吕公文德、聶斌設伏於其來路。虜入不時遇伏，我師大小二十餘捷。戰於朱臯、白塚，虜大敗，獲酋妻，俘酋馘以千萬計，鎧甲駝馬如之。民有得虜弓馬，小校鄧某殺而奪之，公誅鄧以徇。督府聞之，曰：「以此衆戰，戰必勝矣。」凱還，命將士分左右立，以次行賞，不踰時而徧，人以爲有父風。詔追録暴露入幕前後却虜功〔一〕，累轉朝請郎，除將作監簿，兼制、督幕，轉朝散大夫。少師公久乘邊，力丐歸，以工部尚書召。同時監司或因山寨事與少師有違言，至是入臺修怨，併波及公，奉雲臺祠，通判和州。二年，少師公起建江閫，公兼制司機幕。虜犯真州，詔江閫策應，少師公即日就道，且令公提鋭卒八千入城。獲降者，云虜見認旗，驚曰：「廬州杜相公又在此耶！」遂潰去。

三年，儀真闕守，劄公兼攝，蓋朝廷欲通江淮氣脉。公至郡，大修守備，排杈木殆十萬株，虜不復敢向儀真。四年，少師公以刑書召，公需次興化軍，轉朝請大夫。臺臣希時相意，再波及公，奉鴻禧祠。年勞轉奉直大夫，裡霈封揚子縣開國男，食邑三百户。知邕州〔三〕，改潮州，以風聞寢新命。八年，奉崇道祠。丁少師公憂，十年服闋，再知邕州。言者謂公不可守邕，後自悔其言，反以公爲薦。十一年，轉朝議大夫、淮東制置大使司參議官。公過闕，近臣多言公可用，除將作監丞。殿帥王福爲時相安晚鄭公言：「某昨守安豐，杜監丞爲淮西内機，郡以玉帶貨財爲禮，悉不納。」鄭公益加敬。

十二年三月，遷司農寺丞，知和州。陛辭，先奏曰：「臣有短視之疾，恐敷奏間鹵莽〔四〕，乞赦臣罪。」上曰：「卿近視耶？」一劄略曰：「昔人有天時、地利、人和之論。今秋哨蹂苗，冬哨踐麥，四月維夏，尚回旋於光、黄之境，天時不可幸矣。以輕兵綴孤城，重兵幹心腹，地利不可恃矣。戍兵多烏合，土兵多癃老，列郡僅保空城，原野空於轉徙，間有保聚山寨，又困於搜索括刷，人和不可保矣。今之夷狄與昔異，中國待之者亦當異，苟恃天幸、恃一衣帶水、恃清野而付邊事於不諳歷者之手，未見其可。」玉音嘉納。因及少師公豐、廬之功，且言「當畀卿一節」。公頓首謝。抵郡，江閫潛齋王公檄兼參議官，兼淮西提刑。公謂歷陽形勢勝它郡，獨鎮淮門外壕淺，埂浮水面，增勝門外濠狹，遠砲可及，於是撙節浮費，夷去其埂長一百五十餘丈，次闢濠闊十丈、長二百餘丈。秋霖將敗圍田，公調兵運木石槎草捍之，令曰：「圍不毁有賞〔五〕，不然有重罰。」境内圍田獨全，民不乏食。總所下州和糴，公曰：「州不產米，矧今勞傷，某不敢任此責。」總所委之倅，民患苦之，公力以去就争。糴事寢〔六〕，又大修學宫〔七〕，增學畚。丁生母連令人憂，民遮公借留，公亟去之。在和一年有半，造守禦具，積米麥錢楮如山。喪禮路費皆用俸金，不取之公帑。三年春，盜發郡之建寧，剽甚。建漕、守謀曰：「杜纁衣諳金革事，可恃也。」即以上聞，劄公助本軍討賊寇，遄就擒，公不以爲功。

四年服闋，差知真州。矩堂董公冊免，久軒蔡公輪筆，奏乞趣行，且曰：「杜庶，杜杲之子。」上曰：「庶今安在？」蔡公曰：「昨知和州，今家食。」上曰：「杜某有短視疾。」蔡公恍然，上猶記陛辭奏語也。公謀出處於大使今傅相魏公〔八〕，魏公趣公上，且奏真非兼節不足以重其權，詔兼淮東提刑〔九〕。公再典鄉郡，人以爲榮。始至，見鹽課舟筭皆隸別廳，且郡帑赤立，欲丐去。居旬日，計所入，矍然曰：「是亦足矣。」按月支官兵俸廩，餘力新郡治。憲臺素貧，公苦節置白金器數百兩，積銅鑼十萬。民有避兵江南，歸啓窖藏白黄者，僕訐於官，公杖僕而歸其主，郡人莫不服公之明。坊場津渡舊皆有挾而權攝者，公始選差官屬。江閫裕齋馬公陛學士〔一〇〕，舉公自代。五年，除湖北運判，兼知鄂州，公力辭，就除憲兼守。合肥謀帥，魏公薦濠守應山李公及公，上許用公，擢直秘閣、淮西提刑，兼知廬州、淮西安撫副司公事。去廬十六年，軍民歡迎。

前人造機杼、織紝繒爲洛中餉，公至命撤去。流民聚山寨，采漆蠟，事綠臬以餬口，官低估抑買〔一一〕，公素以爲言，會有黄榜禁止，淮民相慶。肥河自西來，貫城中而東，匯於巢湖，前帥於城西築堤瀦之，以限戎馬〔一二〕，高與城等，曰：「此不費錢糧之十萬兵也。」然水無所洩，巨黿窟焉，連三歲用功而隄三潰，至蕩廬舍，壞城壁。帥猶以爲不可廢，去則請朝旨，令公修復〔一三〕。

公不欲立異，勿葺而已。郡仰酒息商征，公常誦少師公兩語，云「稅聽自來，酒聽自去」，終始服膺。吏以日入之羨歸公，公怪問之，曰：「例也。」命輸之公帑。雖守邊而尤崇風化，子有賤諸母爲妾而不友其弟者杖之，弟之母陵嫡則又杖妾〔一四〕，邊人始知上下之分。朝命敷糴，公固爭得免。六月，除刑部郎。丐祠，不允，陞直寶章閣因任〔一五〕。候吏報虜至，請閉關，公洞開諸門，秉炬以歸還避之人。哨騎近城，提兵迎擊，虜引去。大閫令公潛師擣潁以牽制虜勢〔一六〕，公選將帥廬、濠、豐、壽四州精鋭往，焚其委積。捷聞，增秩爲中奉大夫。虜自東而西，將趨安豐，公調將士邀其惰歸於望仙、白沙城，獲兩捷。

開慶改元，魏公以樞使宣撫京湖，大使節齋趙公來，公丐去，趙公力勉公留。廬人將爲少師公建祠，公曰：「久不祠而今祠，是以吾而祠，它日吾去，安知不撤之乎？」戒勿爲。民固請，公不能禁。陞華文閣因任〔一七〕。虜圍方陽二山寨甚急，公選勇士援之，虜數敗北而遁。偷渡報至，公憂憤曰：「世受國恩，恨不得效死於鄂。」初，工部王公籍並城民田隸軍屯，後大卿呂公照契責之民而量榷其租，旱潦不復蠲減，民困催擾，有相率而逃者。公聞於朝曰：「王工部固失矣，呂大卿亦未爲得也。」時相方生財，下郡以爲歲科，公將去廬，猶爭於朝曰：「始官受其害，次民受其害，終官民俱受其害。乞以田歸主而復其租。」詔從之。

漣之陷也，維揚大震〔一八〕，除公大理少卿、淮東轉運副使、兩淮制置大使司參謀官，俄中批除大理卿、兩淮制置使、知揚州。公在廬繕學宮，造祭器，創合肥館，建三登樓，葺天慶報恩觀。

去日稚耋遮行帳，公夜解維，比曉舟行已遠，廬人又相寬曰：公制置兩淮，去猶不遠也。維揚人聞公來〔一九〕，始奠枕。趙公去亟，公曰：「曩無漣海，淮之安自若，但當鎮以靜爾。」先是警備嚴密，晝夜持杖擊柝衛子城及轅帳，如寇至，公一麾去之。丞相履齋吴公録示御筆云：「使早用杜庶一年，必無漣水之事，卿爲朕勉之。」遂宣諭云：「卿前守合肥，兩淮奠安，今畀全淮，尤籍聲譽。漣水之失，維是前政，興復全委於卿。」贊書略云：「其勉紹先烈，使夷夏皆知西平之有子。」公益感奮。時有一二僨軍之將自漣歸楚，反側不自安，公亟召寘帳下，部伍分隸諸營，他將歸亦補官，士卒能拔身來皆厚待之。嘗調都統李海撓漣，始議遵大路，師行，驟令改出它途至城南，俘獲甚盛。後諜云：「使由大路，遇覆必矣。」以上流未清，御筆調兵應援，曰：「卿世受國恩，想以君父爲念。」又曰：「卿宜以國事爲念，加意選發，以濟事機。」公奉詔津發恐後時。維揚兵僅存萬餘〔二〇〕，而抽摘未已，公奏：「兵不敢不發，維揚萬一疏虞〔二一〕，望朝廷念先臣之功，留一子以奉時祠〔二二〕。」

會上流奏捷，江漢肅清，公以得繼魏公之後爲榮，一遵（肅）〔蕭〕規，治法征謀必視諸政府而後行。邏執異言異服以爲諜者〔二三〕，公察疑似，率從輕典。射陽湖饑民以水毁嘯聚，公命都統施謀帥兵招之，曰：「是皆吾赤子，順從者籍爲兵，必不得已而後誅之〔二四〕。」不數日，得丁壯萬餘隸尺籍，所戮特首惡三數人。維揚培植久，人物盛，軍民錯居，委巷多茅茨，景定初元數有火警。公每輕車至火所，賞醲罰當，應時撲滅。夏四月乙巳，精鋭軍晝遺火，蘆場在傍，晴久蘆燥，東南風惡，火勢若奔馬。公急救章武殿及倉廩軍器，暨回府治，則庫帑堂宇瞬息皆延燎，綆缶力無所施。公欲自投烈焰，將士扶掖，越子城河至西門，亟部分軍馬防制意外，骨肉囊橐俱不暇顧。乳媪挾公一女，不免於難。初，占者謂：熒惑犯斗，斗，揚之分埜，郡其災乎。猶謂融風屢警足當之矣，不謂其烈至此。公亟自劾，宣諭：「宜下日任責〔二五〕，勉圖後效。」公責躬引咎，極力營繕，務以稱塞上意。市民力不給者貸以鏹。比去〔二六〕，官宇民居漸復舊觀。

五月，令赴行在奏事。候代，虜帥從淮安通訊求和，公密以聞，詔令制司處分，而公已歸矣。六月，除直寶文閣知隆興府，兼江西運副。時魏公方歸衮，勉公之任，公曰：「治□無狀，復叨麾節，縱聖恩寬大，獨不愧於心乎！」歸計遂決。七月，新制帥應山李公舟次邗溝，即日解纜，行李枵如，貸於裕齋馬公，始能挈其孥以歸。

公仕宦所至無俸外錢，淮東西閫初建，有公支錢二十萬，悉散之軍民。至揚，迓新儀物未造，命備堂止供一帳，堂以外□曰：「此嚴閫府之體者。」在揚八晦朔，蠲諸務聚增踰□不解酒息三百餘萬緡〔二七〕，沙田屯田租所減亦萬斛。□南貨場懼與商賈争利，推場顆珠寸玉必籍以聞，□送醪醴錢幣易於公帑以報，家法然也。後省繳公□，命鐫一秩，言者復論公火後用錢如泥沙，再鐫一秩。公安時處順，未嘗戚戚，獨於火後侈用之謗，君未能免〔二八〕。言者淮人，言於時土木驟興，百費毛起〔二九〕，皆在平日調度之外，論者不深知而詳考也〔三〇〕。又後來所括責錢物〔三一〕，有將校回易來歸者，償積逋者，諸司之補還久貸者，則有別籍，故與元申燒燬之數異同，致煩有司審覈。賴朝廷清明，其論遂定，而公不及見矣。

初，虜殘臨、瑞二郡，洪、撫諸邑，樵人震恐，公弟庶挈少師公賜器輜重往依公於廣陵，皆羽化於烈焰，其里人言公之歸尚無清獻之琴鶴，安得有伏波之薏苡乎！公雖中廢，然志氣逾壯，歲年未暮，海内猶冀其復用〔三二〕。初未嘗病〔三三〕，一日覺意惡體汗，呼弟及家人至前，已不可爲，蓋棺甫五十一，烏乎悲夫！

杜氏自南渡爲樵川人。公承家是似〔三四〕，事國有勞。侍親疾夜不解帶，與庶相依爲命，通籍共財。歷二閫皆以内幕辟庶，不私其子。繼群從之絶而周其貧者，於姻誼鄉情尤篤。胸次軒豁，不藏宿一事。博覽百家傳記，屬文下筆立就，儷語法平園，少師公簡牘多公代勞，行草逼少師公，觀者不能辨。數以父命堂白，其言邊防軍冊如指諸掌，孔山喬公、杭相李公皆謂杜氏有子。少剛勁，晚趨和平，然不肯屈摺趨時則終始如一。薦牘先及賢勞，有袖書而來者，見公匿不敢出。每言居鄉當如處女，未嘗有毫髮撓郡縣。客至，樽酒論文，終日不倦。雖位望通顯，而敝衣疏食，自奉甚約，惟於好施周給則略無吝色。子男五人：蕃，承務郎、新某官；蟠，承務郎、新某官；審，登仕郎；一尚幼，未名。女六人，長未笄。十二月甲寅，葬於郡南香林寺傍黄坑山，祔高祖正奉公塋域之後。

余論次公平生，竊有感焉。昔西事起，尹師魯最有力，及帥渭，坐貸公使錢左官，韓、范不能援。張定叟紫巖之子，南軒之弟，號名侍從，晚尹京兆，坐府治災免去。公侈用之謗似師魯，融風之厄似定叟，國家文法嚴密，世間議論刻深，隨聲接響，幾於以成敗論人者。使公老壽至今，勛業光前，昔之毁必轉而爲今之譽矣。余嘗銘公王父開府、顯考少師之阡，世系勳閥已論著者不復出。

銘曰：

堂堂少師兮敵愾宣力，英英康侯兮媲美傳嫡。建二閫兮皆底績，纘翁緒兮踐翁迹。變出慮表兮蓍龜莫測，公能拊軍若民兮，不能禳天狗與熒惑。方汲汲以營繕兮奈狺狺之煩嘖，謂璧有瑕兮謂過掩德〔三五〕。朝搏扶之鵬兮暮退飛之鷁〔三六〕，上還茸纛兮退乘下澤〔三七〕。噫！大厦梁棟兮百年培植，奈何斧斤雪之□□兮殘參天之黛色〔三八〕。吾觀周尚父兮漢新息，下逮李唐兮靖若勣〔三九〕，或含兩齒於後車兮，或曳足於土室，年八十扈親征兮，渡鴨渌而駐蹕。少師功成名遂兮首皓白，康侯中擯兮猶兩曜之薄蝕。志逾壯兮頭尚黑，事會之來兮何終極，曷不使之復雁門之踦兮奮澠池之翼。百夫特兮萬人敵〔四〇〕，白日昭昭兮埋此璧。韓銘北平王祖子孫三世兮自歎，昔余亦爲公家兮勒三石。年長韓之二紀兮，文無韓之一筆。世方以成敗論兮，余重爲國家惜。悲夫！

〔一〕「爲」下原有「患」字，據翁校本删。串樓：原作「串摟」。按《元史》卷一五七《郝經傳》：「排槎、串樓，締構重複。」《宋史紀事本末》卷二五：杜杲「又於串樓内立雁翅七層」。據改。

〔二〕虜：原作「膚」，據翁校本改。

〔三〕知：原作「如」，據翁校本改。
〔四〕間：原作「聞」，據翁校本改。
〔五〕有：原作「原」，據翁校本改。
〔六〕「事」下原有「及」字，據翁校本删。
〔七〕又：原無，據翁校本補。
〔八〕今：原作「令」，據翁校本改。
〔九〕「淮東提刑」至後文「留一子以」凡一千二百字，原誤置於後文「猶冀其復」與「用」字之間，據文意移正。參校記二二、三二。
〔一〇〕陛：原作「陞」，據翁校本改。
〔一一〕「抑」下原有「置」字，據翁校本删。
〔一二〕限：原作「隈」，據翁校本改。
〔一三〕修復：原倒，據翁校本乙。
〔一四〕弟：原作「第」，據翁校本改。
〔一五〕「因」下原有「中」字，據翁校本删。
〔一六〕潁：原作「穎」，據文意改。
〔一七〕陛：原作「陞」，據翁校本改。

〔一八〕〔一九〕〔二〇〕〔二一〕維：原作「淮」，據翁校本改。

〔二二〕自前「淮東提刑」至本句「留一子以」原爲錯簡，據文意移正，已見校記九。本句「奉時祠」至後文「猶冀其復」凡八百餘字，原誤置前「詔兼」與「淮東提刑」之間，據文意移正。又「奉時祠」前原有一「子」字，據文意删。參校記三二。

〔二三〕「暹」下原有「報」字，據翁校本删。

〔二四〕後誅之：原作「從誅之乎」，據翁校本删改。

〔二五〕下日：似當作「日下」。

〔二六〕比：原作「北」，據翁校本改。

〔二七〕諸：原作「請」，據翁校本改。

〔二八〕免：原缺，據翁校本補。

〔二九〕毛：原作「耗」，據翁校本改。

〔三〇〕深知：原倒，據翁校本乙。

〔三一〕責：原作「貴」，據翁校本改。

〔三二〕自前「奉時祠」至本句「猶冀其復」凡八百餘字，原爲錯簡，據文意移正，已見校記二二，以錯簡文字太長，仍於此標明。

〔三三〕未：原作「求」，據翁校本改。

〔三四〕是：原無，據翁校本補。似：原無，翁校本置下句「事」字後，玆據翁校本補，據文意乙。
〔三五〕謂過：原缺，據翁校本補。
〔三六〕鷁：原作「鷁」，據翁校本改。
〔三七〕退：原缺，據翁校本補。
〔三八〕斤：翁校本作「擘」；雪：翁校本删去此字。
〔三九〕李：原缺，據翁校本補。
〔四〇〕敵：原作「離」，據翁校本改。

葉寺丞

公葉氏，諱彥昞，字汝潛，世居興化軍仙遊縣之瀨溪，故左僕射兼樞密使、贈少師、謚正簡公顒之曾孫，□州僉判、贈通議大夫元浚之孫，直徽猷閣、將作監、贈宣奉大夫棠之子，母碩人姚氏。少美秀而文，嘉定乙酉拔胄解。丁亥禫霈，以父任補將仕郎，銓注監通州酒税。再調高郵軍法掾，太守裕齋馬公光祖尤器遇。狂卒嬰城以叛，危機交急，公佐馬公密設方略，潛通援師。卒猶桀驁〔一〕，公冒矢石諭禍福，卒相語曰：「我等築城，官有杖我者〔二〕，獨葉法曹識人勞苦。」稍帖然無譁。援師皷行而入，全活一城，公與有力焉。

制使信庵趙公葵、兵部尚書蒙齋袁公甫俱薦於朝，公部注建寧府政和令。邑計舊仰税場丁錢，後省罷，邑始不可爲，更十三令無一善脱。公持一廉，興百廢，創鹽坊，嚴私販，令行禁止。秩滿，垂橐而歸，雖房奩中物亦委質。家大監喜曰：「兒能守正簡公清白訓矣。」丁酉，班改知廣州南海縣。臺閫鼎立，甲可乙否，公裁闊狹，投肯綮，上官皆稱其材敏。又主客户雜居，訟健而刑繁，公平心處之，兩造無翻訴者。縣宅燬於叛卒，公一新之，民不知役。唐經略璘曰：「安得人人如葉南海！」癸卯，再領兩浙漕舉。乙巳，丁大監憂。服闋，除提轄雜買務，遷將作監主簿。輪對言：「儲貳之建當早，儲案之選宜遴，督府結局可喜，邊境撤兵可憂。」玉音云：「師傅須得其人。」又云：「結局在撤戍之後。」再遷司農寺丞，提舉廣南市舶。舊例舟始至有和買，綱既辨有例庫，易點污人，公壹掃去，老胡相率祠公。時京尹趙公與篙提領版曹，俾舶司以户部市舶入銜，公耻扳附。以風聞歸，和李文溪昴英詩云：「一道梅花送行色，來時安得似歸時。」擢知□州，不果行，奉亳州明道祠〔三〕。

丁巳，差知邵武軍〔四〕。自庚寅、辛卯後，建寧、泰寧境内朱口、大田、石岡等處猶結黨負固〔五〕，出没叵測，帥壽樂史公巖之、憲矩山徐公經孫更迭趣公上事。及境，吏以例卷進，公麾去之，曰：「吾豈爲此來耶！」閉閤深念〔六〕，專以除盜爲急。泰寧令張皇其勢〔七〕，公責之曰：「龔遂有言：『欲勝之耶，將安之耶？』知縣審『勝安』二字，當知所處。」然賊部落主名，公廣布耳目，以次勦除，獨石岡寨蕭忠顯者最雄黠，郡人皆謂失今不圖，疽根終在。公指授隅總，擒忠顯械送帥府正典刑，餘貸不問。請於朝，即峒爲寨，戍以兵，樵民始奠枕矣。屬融風延燎郡治，公翦荆棘，新輪奂，規撫鉅麗於昔。葉檢詳米記之〔八〕，略云：「聽事之後爲清心閣，爲紫雲道院，爲燕寢，東爲館若亭者四，西爲亭若榭者亦四，此又昔之所無者。」又曰：「曩寇禍兩載甫定，郡宅三政始備，公甫至而禍本拔，不踰時而舊觀復，可謂善於集事、兼人之能者矣。」郡人祠公於學。朝議方褒治最，以嘖言免歸。未息肩，壽樂建江閫，裕齋建昇閫，争以軍諮屈致，公笑曰：「諸閫皆大老，吾誰適從！」朝家使參淮閫謀議，功名捷徑也，亦辭不行。改奉建康府崇禧觀，宦情愈薄矣。

始，正簡位冠台鼎，里無居第，大監始卜居城北之後塘，中爲寢室，兩傍爲子舍而已，堂廡聽事皆成於公手。户外引泉爲沼，叠石爲山，荷柳蕭森，有濠濮間趣。亭臺花木皆合位置。性憐才下士〔九〕，花朝月夕，坐客常數十，談嘯諧詠，人人盡歡。水陸之珍畢致，家食則鮮菜耳。祖居面南林，自號南林居士。素精悍，嘗苦臂痛，尋愈。丙寅夏五之八日乙夜，公將寢，侍人執燭不謹，炧落籤架，延帷箔，燎堂宇，大老嫗亟取告身篋擲池中，挾公以出，它悉不暇顧。公母弟安溪丞彦時挈木主并先朝錫器，逼烈焰，仆地而死。與公素友愛〔一〇〕，家人匿不以告，陽曰它出。公不食者累日，左右計窮吐實。公號慟不自勝，遷居池館，疾作遂不可爲，以是月癸丑卒，享年六十有七，官至奉直大夫。娶龍圖傅公淇之孫女，繼黄巖趙氏，度支郎官師□之女，前卒，皆贈恭人。子男一人，壽頤，登仕郎，娶南□州録參陳㚒之長女。

公爲人温克醇實，用世才高而養以靖重，落筆語妙而耻於衒鬻。正簡以忠清節爲乾道名宰，大監以治理效爲端平賢岳牧，公接奕世文獻，又以學力輔天資，故以處則譽，居官可紀。未嘗問家有無，而周人之急惟恐後，作成族黨之賢而秀者，資助其孤寡貧弱者，御下不嚴而威，未嘗笞僞臧獲。其卒也，里之縉紳、韋布相吊，自族姻下至輿皂哭者皆哀。先是，公葬趙恭人於縣之善化里烏石山，虚其左，壽頤以其年九月丙午奉公柩合窆。公初屬疾，余與樂卿陳公煒省公卧内，公指壽頤曰：「以是累君。」余曰：「樂卿乃先大監之客，其成持故人稺弟多矣，況朱、陳姻家乎！」余與陳公退，甫信宿，聞公易簀矣，聲鐘矣，悲夫痛哉！壽頤奉陳公狀來問銘。余少與大監友善，後使南海，與公同僚，歲晚懸車故里，與公同巷。公謙抑特甚，每曰後村昔吾先人執友也，今鄰舍翁也，常爲不速之客，亦與真率之集〔二〕。烏呼，今皆已矣！銘曰：

公耻署户部市舶之銜而上節，辭二閫軍諮之辟而歸田。彼節齋也，壽樂也，裕齋也，内有主眷，外秉事權，士趨其門，如蟻慕羶，朝猶沈陸，暮送上天。三大貴人，於公惓惓，公寧株守，不喜茹連。所立卓哉，家法則然。夷考平生，庶幾於全。它美可略，著大節焉。

〔一〕鶩：原作「騖」，據翁校本改。

〔二〕杖：原作「扶」，據翁校本改。

〔三〕亳：原作「毫」，據翁校本改。

〔四〕邵：原作「郡」，據翁校本改。

〔五〕泰寧：原作「大寧」，據下文改，邵武軍屬縣也。
〔六〕閑：原作「閑」，據翁校本改。
〔七〕其：原缺，據翁校本補。
〔八〕米：此字不似人名，翁校本校者以意圈掉，更當詳考。
〔九〕性：原作「惟」，據翁校本改。
〔一〇〕與：原無，據翁校本補。
〔一一〕真：原作「直」，據翁校本改。

黄德遠

余里中有二黄君，縝字德玉，績字德遠，辱與余遊。余常語人，德玉余愛友也，德遠余畏友也。德玉高科，早卒。德遠少與兄齊名，既弱一箇，名愈重，遂爲鄉先生三十年，門人著籙牒以數十百計，凡沾丐德遠毫芒者多策名先登。德遠雖未解褐，然齒宿而德尊，前後牧守禮下之如元夫鉅人，郡博士敬事之而不敢友。表正泮宫甚久，一日若有不樂者，拂袖去。久之，國人大夫固請，乃復就職。

德遠始遊淮浙，徧參諸老，學無常師。中年還里，聞復齋陳公宓、瓜山潘公柄方興洛學，二公師勉齋者，勉齋師文公者，德遠遂北面執禮於二公。與同志十餘人集於復齋家仰止堂，旬日一講，有口義。二公於門人中尤稱陳平甫、黄德遠、顧君度、君立。及二師卒，德遠率同門友築東湖書堂，請田於官，春秋祀焉，讀約聚講如師在時。初，平舟楊公棟即學作尊德堂，以處習静劉公彌邵。習静卒，久無敢居者，後以德遠繼之。涵江書院初賜額，又兼山長，一月三講。晚聞虚齋趙公以夫作《易通》，與之上下其論。虚齋曰：「平生所得益友，惟德遠耳。」夏初得寒熱疾，既而有瘳，俄復委篤，猶勉東湖諸友接扶陳、潘一脉，且語諸子以埋辭屬後村。

德遠生於慶元丙辰十一月十二日，卒於咸淳丙寅八月二十九日，年七十一。先是有星隕於書樓之西，屬纊有雷雨之異。所著有《四書遺説》、《近思録義類》若干卷，於諸子百家有《讀略》、《續略》、《新略》，有《傳習問答略》。每謂遷固史、《新唐書》皆未修之史。嘗借《國史》二百卷，九閲月，手抄讀徹首尾，其專苦如此。不喜作韻語，時有感興，自謂得風人之趣。兩娶皆宋氏，故監丞公藻之孫，沙丞克剛之女。前夫人名德麟，字瑞甫，通九經及《前漢書》，工楷法。嬪德遠十有六年，逮事尊章，皆曰吾門增一孝女。德遠讀書不問生計，客至鷄黍不戒而具。仲元八歲，命賦八韻，日晡未就，笞之，其嚴如此。生於開禧乙丑四月七日，卒於淳祐壬寅四月二十六日，年三十八，德遠葬之於常泰里瀨溪松峰後山之原，丙午冬也。子男五人：仲元，壬子貢士；仲會、仲和、仲固、仲稼。女適劉直上、郭應植、宋怡壽。庶子文翁，後碧溪陳氏，登乙丑第。孫男女三人。仲元等與後夫人奉德遠之匱合葬於瀨溪。黄氏莆著姓，唐御史滔之後，世有異材。德遠曾大父衮，漕舉進士。大父必彰，業儒積善。父汝守，以累舉恩奉對，修職郎致仕。母李氏，封孺人。仲元狀德遠言行三千餘言，新進士鄭獻翁、林楝，德遠高弟也，來致父師治命。嗟夫！古之人開徑必有三益，卜鄰必有二仲，言孤學之陋不如相觀之善也。余長德遠九歲，晚歸鄉里，父行者萬墳壓顛，兄事者曉星殘月，比肩相隨如德遠者指不多屈，今遂捨余而去，無復共語之人矣，豈不悲哉〔一〕！乃摭仲元所述之大者叙而銘之。銘曰：

昔河汾氏，終身田里。雖無事業，見隋唐史。《續經》、《中説》，百世以俟。傳之董、程，付之郊、峙。賢哉德遠，一布衣爾，著書滿屋，講學析理。誰謂君貧，貽厥以此。門有高弟，家有美子。吾銘必傳，君未嘗死。

〔一〕悲：原作「然」，據翁校本改。

後村先生大全集卷之一百六十四

墓誌銘

陳處士黄夫人

余友陳霆谹叔求余銘其母黄夫人之墓，余以耄荒久，菁華竭辭。谹叔求不怠，語益悲，歲晚走長鬚遺余書：「信夕夢偉丈夫責霆曰：『汝爲母乞銘而遺其父，孝子固如是耶？』霆驚悟。」乃論次二親言行，飭長鬚守余門，必得銘乃歸。

君陳氏，名龜朋，字錫公，世爲永福人。曾大父時升。大父宗亮，特科，終南城尉。父泰，隱德不仕。君生於淳熙庚子，其曾祖姑嫁倫魁蕭公國梁，女適鄉先生方君寀，君館之於塾，帥里之經生學子數百人師焉。治《禮記》，改賦，與同袍課試，不魁則亞，惟大比輒遺賢。君稍厭科舉，經自注疏至諸儒疑難問答，史自左、馬、班、范至涑水《治鑑》、蜀李《長編》，皆手校口誦，傍註群疑己見，不足則書紙背，謹楷如一。率雞鳴起，丙夜始就枕。雖病，猶以某冊某卷脱誤、某字未塗改爲恨。疾革，語婦曰：「善視吾子。」又顧霆曰：「好讀書，我窮坐命，非以書故。」言訖而瞑，得年四十三，嘉定十五年五月某日也。君之學雖不見於用，然月旦之評以爲善人。里有忿競，君居其間出一言，皆失所争而去。以某年月日葬君於某鄉某里某山之原。

黄夫人亦邑名族，事舅尤孝，敬夫如賓。既寡，家貧子幼，或云：「人生頃刻耳，何不它求樂處？」夫人曰：「吾已婦陳氏矣，復何言！」益杜門自誓。夜課兒書，常燒松明、葺蘇苧以待之，琅琅成誦乃止。稍長，則聘名師，躬烹炰以爲先生饌。謂其子曰：「汝父辛苦，如耕未收，收必在汝。」後礎叔擢第游宦，至改秩，夫人澹然不色喜，惟聞其南宫奏賦丹山翁公所取，又聞京狀破白抑齋陳公所薦，爲一開顔。礎叔注上杭令，將上，以風聞寢，夫人亦無戚容。久之，今上龍飛，或勉礎叔爲親求仕，母子戀戀不忍捨。咸淳初元，夫人年七十有七矣，猶能穿細針，截大截，人以爲壽者相。夏五感上氣疾，小瘉復劇，遂以閏月十六日卒。二子：霆、霖。霖，宣教郎，前四月卒。夫人哭霖之哀，始衰。一女，嫁某人，早夭。其年八月壬午，礎叔以夫人合祔於父墓。礎叔當以登極慶霈轉陞朝，君與夫人皆當封贈，而未沾恩命，然君夫婦自立有不可泯没者。按古書法，仕者稱爵，隱者稱逸民處士，書君曰處士，書黄曰夫人，蓋實録云。

嗟夫！人之生子，患其不賢且才，賢且才如礎叔，而曾不少遂其顯揚之志，豈文章者固天之所甚吝，才學者固人之所甚惎歟！然礎叔詩可以賡明良喜起之歌，文可以居討論潤色之任，庸詎知屈於暫者不伸於久、齟齬於前者不遇合於後歟！處士夫人之阡，雙誥燎黄，萬家守冢，行有日矣。銘曰：

夫人之藏，賢子自誌，事母日長，記載詳備。處士之没，子方十歲，追述先美，如昨日事。子厚遠矣，谹叔可繼，吾銘斯阡，以詔來裔。

我軒何君

近世爲國家立大功名人惟抑齋陳公，門下士雜遝，其大者爲名卿將〔一〕，小者各扳附尺寸致通顯。歲晚内釋鈞樞〔二〕，外解鈇鉞，余嘗訪焉，門館蕭然，翟廷尉、衛將軍之客皆去，其終始留公門下者惟我軒何君。

君名謙，字光叔，世爲莆人。抑齋守莆，廟論將付以邊事，公求士於復齋陳公可托死生患難者，陳公以君薦，遂與同載。抑齋爲閫招捕使，帥江東西，以元樞兼湖廣大使，晚建鄉閫，君無一日相捨，凡平寇誅叛，奇謀秘計皆預。然事主忠，持身潔，他賓佐部曲或爲人竊議，惟君自兵若民、自士大夫至兒童走卒莫得而疵。及妄校尉皆貴，君絶口不言勞。抑齋强君受武爵，君與人書疏未嘗署銜。抑齋重客如坦翁唐公、謇齋吴公，遂初潘公尤奬重，庸齋趙公、久軒蔡公争論薦，竹溪林公爲書「我軒」扁，帥矩山徐公、古心江公欲辟置〔三〕，不果。君事繼母孝敬，疏財而急義。性孤介，口不言錢，惟嗜詩如飴蜜。余嘗記其父抑翁之阡及跋君吟卷，評君父子之詩詳矣。或誚余多可，余曰：「君論人顯晦，余論詩工拙，後必有知者。」

君素强健，近遺余書趣所作亦齋隧碑，未數日聞君不疾而逝，咸淳丙寅十一月十一日也，得年七十。配張氏。子一，某，承節郎、淮西憲屬，先卒。二孫：志學、志堯，俱業進士。以某年十二月十二日，葬於懷安縣八坐鄉稷下里崇福山之原。仕至成忠郎、監福州作院，不書，非君志也。世系見抑翁碑。銘曰：

觀其當炎炎之際，觀其處寂寂之際，其賢學者之所愧，其詩作者不能廢。

〔一〕者：原作「去」，據翁校本改。

〔二〕「晚」下原有「者」字，據翁校本删。

〔三〕古：原作「右」，據翁校本改。

丁宋傑

宋傑名南一。莆士多能賦而丁氏最盛，曰伯杞字元有，曰伯梅字元作，曰伯桂字元暉，尤擅名，每一篇出，萬口膾炙。後元暉貴顯，爲端平御史，歷給事中。元作早卒。元有内舍奏名矣，未解褐而卒，即宋傑父也。

宋傑幼機警，誦《前漢書》日萬字，給事奇之，曰：「吾家白眉也。」年十三，有聲鄉校，拔寶慶乙酉漕解、端平丙午胄薦。乙未南宮中鵠矣，屬同知舉蔣公重珍以病卒出，監試殿院公王遂代之，易以他卷。逮癸丑春，始奏名別院，廷試，以累舉恩陞丙科，調福州懷安尉。邑人謂宋傑清談書生爾，於吏事未必諳悉，而宋傑燭情僞，摘姦伏，若素官然。公族有僦居以婦墮胎誣屋主者，宋傑辨爲藥胎。民有負逋自經者，子訟債主，宋傑曰：「汝父縊死矣，誰斷其舌？」搜其家，得舌於圊。某家女奴溺死，父訟主家，宋傑曰：「兩手有泥沙，自溺也。」兩造皆伏。然不善事上官，以憲劾去，監南嶽廟。監廣州東莞縣税務，經略謝公子强曰司征非所以浼儒者，將別有所處，宋傑辭去。尉卒捕盜，盜兄以爲辱己，捶弟至死〔一〕，誣失主殺之。宋傑辨失主與盜未嘗交手。篙師晒衣墮水，急下取之，溺死，母訟船主。宋傑視尸，衣果在手，二訟皆息。謝公薦宋傑於朝，會以職事忤上幕，又以憲劾去。貧不能出嶺，嶠南士人率子弟行束修師事焉。漕南谷鄭公協手書以濂泉山長延致。陽巖洪公天錫繼至，嘗與宋傑同漕薦，檄攝海陽丞、州學教授，兼文公、元公兩書院山長〔二〕，又餞以詩云：「向曾預薦君偕我，老更能勤我愧君。」郡守游公義肅尤嚴冷，然待宋傑獨厚。潮士方喜得師，宋傑以悼亡歸，宦意闌矣。

宋傑少時謂功名可立致，已而同袍子多先登躐進，宋傑胸中浩然者蟠屈無所施，稍自放於酒。其文章有氣骨，自在紙上，皆現光怪〔三〕。飲酣耳熱，向人舉揚鋪説，音節忼慨，抑揚蹈厲，神色自得，不知者以爲傲，惟余常哀其頓挫而猶幸其老而壯、窮而堅也。初，實齋與給事同臺，及典舉失宋傑，出院還臺，聞宋傑家塾書聲甚苦，大悔之。別頭考官歐陽起鳴得宋傑賦擊節，始擢第，然其年五十七矣。余觀吾里艾軒、囦山兩貳卿皆策名晚而致身速，意乘除之理則然。惟宋傑仕十餘年，人以材名遇合，宋傑以才名困厄，不改頭銜而死，則有不可解者。然以窮達論人，淺之乎爲丈夫者。黄注夢升一主簿耳，歐陽公銘其墓，反復嗟惜其意氣尚在，文章未衰。穆修伯長一參軍耳，章聖聞其詩名，而尹師魯兄弟師其古文。然則宋傑之所自立者，豈以位卑禄薄而遂泯没哉！

宋傑於所居闢一室，方僅如斗，扁曰斗軒。後有隙地，蒔花灌蔬。丙寅初度，語諸子：「吾今七十，諸父所無，可爲丁氏破荒，死亦何憾！」俄苦上氣疾，預處後事，語諸子善持門户。娶陳氏，以勤儉相君子，前卒。三子：長國老；次壽老，後弟南英；次侑老，後弟監舶南叟。一女，貢士黄仲元、林履孫，其婿也。生以慶元丁巳七月二日，卒以咸淳丙寅十一月六日，葬以咸淳丁卯正月三十日，與陳孺人同穴，墓在惟新里樟林傅簹之原。

宋傑性孤介，少所推下。余嘗交其二父，皆銘其阡。宋傑無恙時，裒給事諫草，將付梓，屬余序之，余病眊未果爲。宋傑且死，命其子來責諾，且曰：「我埋辭併以累此翁。」余既摭實納銘宋傑壙中，又將序諫草以踐前言。其世系已見二父誌。銘曰：

以爲難兮或摶扶而直上，以爲易兮或分寸之莫攀。猗宋傑兮彩翠如孔鸞，盍冲於霄漢兮誰鎩其羽翰。埋斯人於黄壤兮，巨靈瑟縮而不安。吾聞賢有後兮天好還，竭、末生兮謝宗盛，攸、彧出兮荀氏蕃〔四〕。嗟嗟宋傑兮雖賫志於九原，有珠樹之競秀兮必丹桂之高寒。

〔一〕弟：原作「第」，據翁校本改。
〔二〕公丙：原倒，據翁校本乙。
〔三〕怪：原作「惟」，據文意改。
〔四〕彧：原作「或」，據翁校本改。

羅晉伯

進賢羅氏上世有德於里人，其後愈蕃而大。君名晉，字晉伯。曾祖俊傑，祖謂，奕世長者。父應，積善，以耆年授迪功郎。母萬氏，封孺人。君蚤從驪塘、蟾塘二危公稹、和、蒙堂柴公中守、東谷歐陽公鎮學，游鄉校有能賦聲，秋賦輒不售。迪功年寖高，君嘆曰：「吾親老矣，幹蠱非子職乎！」遂罷舉求志，專以訓子娛親爲樂。迪功夫婦命服坐堂上，君率子孫萊衣斕斑拜舞堂下。即所居東偏萬竹中作樓，叢書萬卷，取昌黎詩語扁曰「經訓」。古心江公萬里記之，其文高而雅，其味深而長，稱君薄己厚人，昏夜赴急，場屋不偶，曰以付兒曹。同時耆舊李公義山、雷公宜中皆嘗登臨賦詠。

初，迪功卜居石塘，及君子弟既衆，内外千指，君乃於石塘西南樵峰、雲麓、石溪各爲創宅一區，高深大小一準石塘，几研圖史必均。居鄰從父寶章公必元，寶章命君幼子同祖爲孫，併新寶章公舊宅，又於林壑佳處爲對山閣、清閟堂，躡雲、披錦、臨清等亭。遇好風佳月，以兩鶴導，侍寶章公，從族戚賓客，爲竟日款。宴集必設棋枰爲樂。寶章笑曰：「晉伯與人無競，惟棋力争。」酒酣，倡爲歌詩，客屬和必喜，或詩未成，必鼓旗傍譟，滿座鬨堂。四方士來訪者，皆倒屣下榻無倦色。

咸淳丙寅得脾疾，菊節猶觴客竟席。越三日，語家人：「無他苦，但覺氣息微倦，勿以粥藥强我。」十五日晨興，奄然而逝。里人哭之慟，士友莫不反袂相吊。享年七十一。娶趙氏，前卒。子男五人：一性，承信郎、前饒州樂平縣酒税；一初，登仕郎；一正，登仕郎、湖南漕貢進士；一理，登仕郎、江西漕貢進士；同祖，繼寶章公之子，修職郎、信州永豐縣主簿。一初後公二十日卒，一正前二年卒。女三人，進士楊椝、登仕郎吳璧、進士艾道夫，其婿也。孫男九人：囦夫、大方、大圓、木有〔一〕、陽生、大信、大年、德孫，餘未名。囦夫、陽生，並登仕郎。女七人，進士陳珽、將仕郎趙友澄，其婿也，餘未行。曾孫男女一人〔二〕。明年某月某日，一性等遵治命，葬君於婁山。

前葬〔三〕，一性等奉斛峰李公伯玉狀君言行，問銘於余。昔太史公稱伯夷得孔子而彰，顔回附驥尾而顯。君以疋士不出閭巷，而古心記君之樓千言，謂君據經守古，立於高遠不可浼。斛峰狀公之行千六百，謂君居鄉，富者敬其賢，貧者飲其惠，爲惡者有所憚而不敢發。又云不矯亢以爲高，不詭隨以爲卑，遇事糾結，他人搏手無術者，君迎刃而解，惜其不少見於用。古心大宗師也，斛峰名法從也，君可謂能自附於青雲之表矣。余曩與寶章公同僚，晚銘其阡，又銘君賢配趙夫人之藏，今復銘君。銘曰：

昔蔡中郎，文字崛奇。碑版流傳，價重色絲。惟於林宗，曰無愧辭。豈功名人，有醇有疵。彼高尚者，散髮采薇。終身不鼓，琴無或虧〔四〕。吾銘晉伯，髣髴似之。書樓巋然，貽厥之基。

〔一〕木有：按前後諸人之名，多以「大」字爲排行，此「木」字或爲「大」之誤。

〔二〕「男女」下似脱「各」字。

〔三〕「前」下原有「既」字，據翁校本删。

〔四〕或：原作「成」，據翁校本改。

李艮翁禮部

余兒時聞鄉先生李公伯可主課槐軒，席下傳業者常數百人。時先君官京師，余有子職，不得受籙牒，然先生得余少作，驚異曰：「後必名家。」常參選入都，賀先君曰：「公兒真英物也。」先君每舉其言以厲余。後十餘年，余自江淮闔幕還里，先生方需次樵倅，與里中諸老尋真率之盟，猥自降屈，扳余入社。余以名微齒幼固辭，諸老不相捨，由此日侍杖屨。俄而先生微恙仙去，余與諸老哭之慟。

先生名宗之，伯可字也。昔嘗語余：「某有子少君七歲，其才思亦君流亞，但幼多病，賴藥椀扶持之爾。」因呼君出，俾與余定交，禮部公也。初名鋼，字汝礪。其神氣若王弼、何晏之清，而骨體甚於彦輔、叔寶之羸。及聽其緒言，宫動商應，若張樂於洞庭也；出其論著，玉白花紅，如濯錦於蜀江也。每嘆曰：「他日相遇中原，吾當避君三舍乎！」常相視一笑。後余爲樞掾、省郎，立集英殿下，君始改名丑父，字艮翁，由鄉賦擢乙未第。余每爲安晚、果山兩丞相言公才學非余敢望，君雖由此開朝蹟，然除目屢下，不過留滯學官、館職；他人往往捷出騰上。君力請外補，再入未幾復引去。晚值今太師平章公爰立，素奇君才，稍遷擢。及兼禮部郎官，人皆曰大典冊必屬君手，君請麾不已，出使衡湘。全、邵兩守貪虐，公方劾治，未報，以風聞免官，君處之夷然。歸葺故居，前闢荷蕩爲水榭釣川，花朝月夕與親朋樂飲，若未嘗顯融者，意其壽祉未艾也。君臨發湘中時，微感末疾，既愈矣，俄復作，易醫不能療，遂卒，丁卯夏五戊子日也，年七十四。

所居北亭山，號亭山翁，有文集若干卷。君歷官内爲刑工架閣、太學正、博士、諸王宫教授、太府丞、秘書郎、著作佐郎、著作郎、權禮部郎官，嘗兼沂景獻府教授；外樵川户曹、臨安府節制司準遣、淮浙發運幹官、添倅福州、建寧府，淮閫參議、湖南提舉。積階至朝請大夫。上登寶位，當轉元士而不及拜。

余嘗病世之文人才士浮華有餘而節守不足。時鶴相謀躁進，以君爲安晚上客，又與臺端林公彬之同里，介君游揚於二公間。君惡其人，顯絶之。丁客沈翥欲自結於君，誦君私闈發策，云願北面。君曰：「吾文豈願此曹稱佳！」翥怒，丁已蓄憾。千峰陳公去國，朝無餞者，君留江滸，越宿而歸，丁喻沈嵊言者逐君去。南宮對劄首言：「郡壞於獻羨，邑壞於貪汙。乾、淳之際無貧州，法守明而貪吏少，今州之貧者什六七，縣視州又加倍。昔人云欲備契丹、西夏，當寬河北、關中，願陛下惜襄蜀、淮漢、廣西民力。」又言〔一〕：「瑣瑣膴仕，先朝所無。陛下於所厚者不容薄，於至公者不容私，穹班峻職，名藩要郡，姻戚皆得以才自見，然議者但以爲恩澤侯，挾貴臨民，安得盡如人意，所至以貪暴稱。《大學》一書，深言聚斂之失，力陳義利之辨，陛下之所欲聞〔二〕。奸貪竄殛，此事掃除，御莊撥賜，民力寬裕，臣之所願蓋不止此。」末言：「願陛下以此授之皇太子，以身教之，以心教之。臣聞古無教太子之官，惟師氏居虎門，王世子學焉。」第二劄言：「士習趍於競，民習踰於侈。今游士競於邊功，借補競於權攝，添教、正教競於郡，土著、游學競於京。競之效也。景祐之詔，自品官第宅器用莫不有制。今倡優后飾，輿皂玉食。董賢之第，綈柱錦檻，原氏之阡，重門周閣，侈之極也。競心生則寡廉鮮耻，侈心益則踰禮越義。願陛下明法制，移風俗，自京邑始。」其立朝言議風旨如此〔三〕。初，庸齋趙公茂實高自標致，尤靳許可，惟於君曰：「斯人純粹篤實，君子人也。」東澗湯公伯紀有重名，每嘆君清修雅澹可敬，不獨文字。

君先世會稽人，六世祖思同秦隱君□避地温陵，徙居莆。曾祖德暉，陽江令。祖永年，贈承事郎。父，昭武通守也。君前配林氏，賢而蚤世，以其女弟續絃，皆封恭人。今恭人尤賢而高才，拊育兒女如己出。君讀書外家事不挂口，一付中饋，曰吾有賢配。始，君無卓錐，恭人勤生葺家，厚倫睦族，内外肅然。君郭外之田雖薄，銖累俸餘，夫婦合謀，置膏腴若干斛以贍其宗。又輕貲葬君及前恭人於待賢里迎仙爐峰之原，臘月庚申日也。子濟孫〔四〕，登壬戌第，迪功郎、六安簿；次勤孫，父任迪功郎、安豐尉〔五〕。孫一人，將以遺澤奏。女四人，進士方之巽、林公晉、柯應采、太學生吳澧，其婿也。恭人奉君柩出里門，禮文奢儉得中，顔色哭泣盡哀，故奉常陳卿煒觀而嘆曰：「烈丈夫之才有不及也。」

余行天下取友多矣，或前密後疏，或始合終離，非直交游之難，殆亦有數存焉。若夫自童至耋，和如塤篪，合如符節，中更艱難險阻，生死不相背負，若余與亭山、竹溪三人者，指不多屈。余與肅翁先歸，君至自湘，嘗會於海月堂，劇談數夕，又會於余之樗庵，亦數夕。其至言精論有可以使石點頭、龍出聽者，未知鵝湖會散之後，人間更幾百年有此樂否。嗚呼悲夫！竹溪既狀君之行，余掇取其大者刻之宰上。銘曰：

天生才之甚艱兮，士或以才而爲累。紛瑕瑜之相掩兮，羌純粹之難值。博者玩物以喪志兮，狷者露才而揚己。余謂天下之論兮至聖門而止，使周公之吝驕兮不足觀矣。昔者吾友兮嘗從事於是，外灰寒而木槁兮内黄中而通理。發其毫芒兮皆伏光怪而藏組麗，有《騷》之潔兮無《騷》之怨，有《雅》之思兮無《雅》之刺，温温之和兮謙謙之志。客談彼短兮君掩其耳，士有才善兮叩之不置。使若人兮早居討論潤色之地，中朝典冊兮視先漢夫何媿，奈何使之校亥豕之訛兮飽齏鹽之味。或道以終南之徑兮大風之墜，君義不食舒亶之唾兮耻污劉輿之膩，常跋前而疐後兮連蹇於外。逮景定之再造兮覽輝而至〔六〕，猶忽而來兮倏而逝。及太史氏表郎之拜兮，若淳熙之待吕氏〔七〕，士林方拭目兮，觀三麻與九制。甫襆被而直入兮，忽覽鏡而自喟。謂拔淹君相之仁兮，知足士子之義。矧吾友之皆去兮，吾何爲乎留滯。雖萬牛而莫挽兮，求一麾而自試，衆皆剖符兮君獨攬轡。夫何晨歌《皇華》之詩兮，暮入耆英之會。君已忘鷃鵬變化之大兮，寧校夫雞蟲得失之細！厭醯甕之蚋襲兮，若仙家之蟬蜕。昔三友之鼎峙兮，今兩翁之相對。悲夫！吾銘悽愴，殆有情之癡兮非無從之涕。

〔一〕又言：原無，據翁校本補。
〔二〕欲：原作「飲」，據翁校本改。
〔三〕旨：原作「止」，據翁校本改。
〔四〕子：原作「于」，據翁校本改。
〔五〕父：原無，據翁校本補。
〔六〕輝：原作「揮」，據翁校本改。
〔七〕待：原作「持明招」，據翁校本删改。

吳君謀少卿

端平乙未，理宗皇帝始親政事，攬權綱，策士於廷，於萬鵠袍中擢莆田吳君叔告爲第一。其奏篇以發强密察爲說，上覽而異之。策傳，都城紙貴，自縉紳至韋布皆傳誦之。余時以樞掾立廷下，同列意一徐公奇君丰骨，謂余曰：「小亦侍從。」僉書威武軍節度判官廳公事，郡文學闕，帥欲煩君，恐不屑就，君欣然曰：「某去場屋幾時，而隔絶士子乎！」後學經指教者多所成就。淮西平寇，將士辭府犒薄，幾閧，僚屬莫敢言，君白帥宜稍加厚，肅然無譁。抑齋陳公來謝，君不敢當。戊戌四月，以正字召，進校書郎。秀巖李公薦屬，兼史館校勘。

己亥，兼莊文府教授，遷秘書郎。輪對，首言：「敵國外患，天災地變，乃動心忍性、側身修行之機。今水合未來，遂交口談清野之效〔一〕；裸享偶霽，已動色稱格天之祥〔二〕。大臣意向回隱，朋黨之植根有萌；事機牽掣，琴瑟之膠絃如故。百執事循默容身者多，慷慨許國者少，謂心王室不如附權臣〔三〕，謂遵正道不如赴邪徑。督府毀撤藩籬〔四〕，深處堂奥，辟置多於朝列，供億竭乎利源。帥閫自爲矛盾，私分壑鄰，寇至閉壘自全，寇退邀功告捷。此臣所深懼也。」又言：「邪封曲徑，壓以萬鈞，借曰御筆，奏篇□閣，漫以一字，報曰止依。室垂罄而尚襲承平之用度〔五〕，家四海而猶事舊邸之繕營。今欲救私與欺之弊，亦惟反私而公、轉欺而實而已。」次言流民、和糴二弊，其説謂莫善於行方田之策，莫不善於下清野之令。庚子，差考公試，遷著作佐郎，兼權都官郎官。先是，徐公元杰求便養〔六〕，未報，謁告歸。舟至桐廬，幾溺。卧病久，告滿無爲言者，君白廟堂，徐先一榜，已不當處其右，徐遂有著作、兵部之召。

是歲十月，以親老丐外，知撫州。至郡，聞文清李公薨，拊膺曰：「淳祐改元殆應此矣〔七〕！」督客彈冠，或勸君宜稍親附，君不答。其治以正風教、扶善良爲先。歲於綱運外和糴三十六萬斛，降祠牒科配，君稽簿書，覈隱漏以佐糴本。郡□溪，募舟尤難，舊俾郡胥部運〔八〕，多失陷。君始造官舟，募以貲爲郎者部押。其奉公勤職如此，後言者反以爲罪。秋七月，丐祠，不允。十一月，除刑部郎。

初，言路囑某事，不答；江閫遣牙校督馬芻，倨甚，君不爲動，閫大不平。中外夾攻，寢君新命。部使者郡人也，頗爲辨明，猶貶一秩。至自臨川，奉母夫人八十壽觴，親友畢集，君喜見顔色，曰：「豈不勝於攢眉據案〔九〕、辨和糴、督馬草時耶！」癸卯，復元階，主管崇禧觀。丙午，差知袁州。丁未，召奏事。戊申，丁陳令人憂。庚戌服闋，再除刑部，主管崇道觀。甲寅，知漳州。丙辰，主管冲佑觀。丁巳，知衡州。庚申，改常州，又改嚴州。蓋自江右歸，食祠者三，召者二，予郡者五，皆不果行。

景定辛酉，始召除尚右郎官。君感泣曰：「今不扶老一行，恐終不望清光。」入對，言：「天下萬事，其本在人主之一心。心無兩用，不一於我則二於物。臣嘗竊窺聖德，每繼一大患難則動一大悔悟，遇一大變異則發一大儆懼，真堯舜用心矣。臣不知處安樂無事、時和歲豐之時，悔心懼心常如患難變異時否。向湖廣、淮蜀四面皆敵，今瀘城歸，漣海復，山東版圖再入職方矣；向霖潦饑饉，民粒孔艱，今土膏脉動，農已下秧，麥將新食矣；行都之懋遷者輻湊，輔郡之蕩析者漸復。向之憂於敵、儆於水者得無因是而少怠乎？四凶得無量移乎？《書》所謂『巧言令色』，得無有孔壬者乎〔一〇〕？魏徵所謂樂身之事，得無有切於心者乎？」四月，兼國史院編修官、實録院檢討官。五月，差殿試覆考官。癸亥元日，除大理少卿。累疏丐外，三月除直寶章閣、提舉浙西常平事〔一一〕。時鹽筴改隸他司，或以爲病，君曰：「上使吾舍孔、桑筦榷之利而修耿壽昌常平之法，某敢不奉詔書、謹斂散，爲天子養基本，爲饑民備凶荒？」士挾權貴求辟舉〔一二〕，君曰：「冗員不可增，某人不可舉。」十一月，召奏事。免牘再上，得請，喜甚。南歸，僕馬蕭然，行橐無珍玩奇貨，非若世之貴仕者有交阯之珠犀，隴右之語鳥，日南之名花，牛、李二公之奇石也。甲子春，祠命甫下復寢，亦不再請。乙丑，哭二女孫，哭冢婦，又有悼亡之戚，送葬歸，若感風痰者，猶自力作廟堂書乞休致，呼諸子囑家事不少亂。屬疾僅旬浹，終於正寢，歲除日也，享年七十有三。積階至朝請大夫，上登極，當轉元士，不及拜。

君字君謀，有《秋畦集》若干卷。吳氏世居水之南北，擢第者十數人，仕至二千石者數人。少與兄循伯齊名，同貢於鄉，事兄如父。曾大父翊，成忠郎、建州都作院。大父國寶。父元度，累贈中散大夫。母陳氏，封安人，贈令人。君娶朱氏，前三十五年卒，繼張氏，前三月卒，皆封恭人。

子男三人：起渥，丁未進士，宣教郎；起滬，文林郎、潮州判官；起家，當以遺澤奏補。女一人，適從事郎、連州桂陽簿孫强學，前卒。孫男四人：强老、在老、明老、圭老。孫女二人，長適承奉郎陳君華，次未嫁，皆早逝。以咸淳戊辰閏正月某日合葬於合浦里笏山之原。今建安尹漕斛峰侍郎李公狀君之行詳而實，李公與君魁亞臚傳，知君最深，言：「君治郡，捕蝗、漕粟，汲汲鮮懽。秤提令峻，君行以寬，朝旨黥吏以撼君，君曰：『曩在閩幕，某公至今見仇，某亦人爾，忤都司，忤言者，又忤丞相介弟，不歸何待？』臞軒王公初不相知，後讀君漕闈發策，擊節稱賞。及垓輩受人嗾使，王公斥其名曰：『何物御史，不肖乃爾！』」又言：「實齋王公衡文省闈，以得公爲喜。鶴山魏公取□□□□末章『忠清』二字，大書扁君堂，在先廬之西。鶴山、實齋二公翰墨存焉。仕三十年〔一三〕，中外僅七考。居閑之日，果山、安晚諸老，滄州、梅埜諸賢，非不憐才知己，然除目屢下而中止，薦書或藁而未上。逮景定清明，卿列纔節〔一四〕，將用矣，而前畸於人，後厄於天。」其言反覆曲折，深悲屢嘆，皆身歷耳聞而目見者。嗚呼！可以備南董氏之紀述矣。余與君同里閈，君既擢倫魁，交遊甚廣，及遭陟屺之難，乃以陳夫人埋辭見屬，余以是知君之於余厚也。諸孤本君遺意，以宰上之題爲請。初，意一言君必貴，景定庚申余道建，戲意一云：「公風鑑素高，獨君謀至今留滯，何也？」意一曰：「男子蓋棺事定，後村安知君謀之不貴？」其爲名公器重如此，因記其語以紓余悲。銘曰：

惟哀然之選兮，已尊寵於漢世。迨李唐、皇宋之設科兮，尤重親策之士。以至尊爲座主兮，異有司之校藝。或嘉横浦之忠兮，或喜于湖之字。徒步而封拜兮〔一五〕，十年而兩制。平津不能客兮，薛宣不敢吏。世降俗薄兮與古異，醜者妬兮忮者甚。加獮以屠沽之目兮，誣軾以賈豎之事。昔繅藉爲圭璧兮，今捐棄如菅蒯〔一六〕。或見薪於樵斧兮，遑恤乎鼎味。嗟細德之儉微兮〔一七〕，哀若人之不值。尋洛下之真率兮，忘澤畔之憔悴。雖背違於時好兮，難泯没於公議。亂曰：有義方兮訓子孫，有諫草兮留天地。遺巫咸兮難招，銘有道兮無愧。

〔一〕野：原作「歌」，據翁校本改。

〔二〕稱：原作「籍」，據翁校本改。

〔三〕附：原作「咐」，據翁校本改。

〔四〕撤：原作「撒」，據翁校本改。

〔五〕罄：原作「磬」，據文意改。

〔六〕元：原無，據翁校本補。

〔七〕殆：原作「殆殆」，據翁校本删。

〔八〕俾：原作「碑」，據翁校本改。

〔九〕據：原作「倨」，據翁校本改。

〔一〇〕壬：原作「任」，據翁校本改。

〔一一〕章：原無，據翁校本補。
〔一二〕士：原作「仕」，據翁校本改。
〔一三〕仕：原作「任」，據翁校本改。
〔一四〕卿：原作「鄉」，據文意改。
〔一五〕封拜：原倒，據翁校本乙。
〔一六〕菅：原作「管」，據翁校本改。
〔一七〕儉：翁校本作「險」。

後村先生大全集卷之一百六十五

墓誌銘

劉寶章

公劉氏。《家譜》云：漢景帝子長沙王發，發子蒼之後嗣封者三世，家於安城，後析於廬陵。五世祖以五季間徙居永新。至公大父鑑事親孝，居喪廬墓，行義爲邑人師法。爲大父卜宅於邑之草市，掘地得石，隱隱有十字，云「鄉里稱善人，子孫有興者」，衆異之。禱於仰山之神而生公，神錫之名，故公名洙而字師魯。後公歷官多在兵間，略如尹公。

公幼聰悟，長英邁。既冠，以律賦、古文有聲鄉校。嘉定甲戌，禮闈得雋，以大對語直屈居乙科，調嚴州户掾，攝郡文學，淑艾諸生，舉行鄉飲，守鄭公之悌事必咨焉。某掾故部胥也，挾姦行私，公白發其事，於廣坐折之〔一〕，一郡稱快。嫠有冤獄久未決，奉檄讞問，立得其情。再調藤州教官，桂帥尚書胡公留入幕，公曰分教吾職也，牢辭弗就。時邊事動，蘄、黄之禍尤慘，駕部左公謩被命經理，曰：「此重任也，非得腹心友朋，誰與共濟？」力請於朝，即日報可。公始入淮西幕，時左公嚴火禁，一夕有犯者，公曰：「突煙爾，不若即火所薄懲。」民不復犯。郡罹兵火，莽爲瓦礫，公爲左公區畫營繕，甍連棟接，盡復舊觀。廳堂以主□□主賢勞可任重寄遠，由幕府改秩宰黄岡。邑無孔錢粒粟，公銖寸積累，糴穀數千斛，立社倉，民賴以活。郡以軍需科髮數千斤〔二〕，公曰：「雖盡髡邑民，恐難塞責，不若隨所有以應命。」擢黄之通守，就丞戎監。俄繼左公守，又兼臬事，踰歲爲真。先後贊書有「宣力邊疆，識見裕如」及「軍政邊防，爲費甚夥，一不以累公上」之褒。邊民有互市相仇怨者，公曰不戢且召邊釁，戒勿讎報。終公之世，風塵無警。江閩盜起，調兵於淮，議者多以邊地單弱爲辭，公曰：「如國事何！」立揀精鋭，朝聞夕引，師行有紀，所向克捷。群不逞有焚麻步市掠民財者，獲渠魁四，梟其首，衆潰而去。又有逋卒三百餘謀爲亂，公廉知，命統制官部兵出城巡邏，衆驚曰：「真神明也！」皆鳥獸散。光山黠卒王道斌挾左道，吏魁孟祥爲之黨，據石盤山〔三〕，妄官稱年號，淮民傾貲徼福，公悉擒而殲之。黄城池卑淺，公浚築使之高深。造鐵甲兜鍪各二千，貿易戰馬千餘匹，積錢百萬、米三萬斛，富實爲淮右諸郡最。蓋其自令而倅，自倅而守，自守而臬，始爲左公辟客，終踐左公補處，近世安邊境、立功名未有如公之速者。然公皆以材能自致高位，談者亦謂朝廷選拔至公。余論次公平生行事，以眇然一縫掖而智略輻湊，暗合孫吳，其先事預料〔四〕，投機立發，有古名卿將之風。使假之年而究其用，豈獨淮右賴之！

公生於淳熙癸卯十一月七日，終於庚寅十一月二十八日，得年四十有八，以紹定壬辰十月某日葬於邑西三里塘之原。配蕭，繼齊氏、章氏，皆封宜人，贈淑人。子男二人：槩，故梧州録事，贈通直郎；槃，見朝散郎、知汀州。孫男三人：煒、輝、焯。初，公生二子，槩以謹厚明允，取嘉量之義而字允常；槃以幼志於學，取日新之義而字德常。允常不幸前卒，德常方以才學器業紹公之弓冶，大公之門閭。所交皆當世豪傑，顧以宰上之碑囑之華皓之叟，何歟！

初，余游江淮閫幕，同僚皆一時名士，左公其一焉。余不及識公，而左公談公不容口。公大節磊落而細行尤謹，扁其齋曰「省吾」。所至每以平反奉母一笑。其事長，生則服勤盡瘁，没則喪終盡哀。訃聞之日，詔陞延閣，轉三秩，贊書略云：「麾節煌煌，奄忽危殆，書生之命，良可嘆也。」其惜才之意深矣。公未遇時，夢與坡公游，在齊安，於雪堂絶巔築亭，扁曰「赤壁風月」，他日黄人必有以左公及公侑食坡仙者。德常奉《家傳》來請銘，距葬三十有七年矣，是爲銘。銘曰：

儒者談兵僅一橫槊兮，惜不少試。慨柳仲塗〔五〕、蘇子美、石曼卿、劉季孫之流兮，皆有志而未遂。惟余襄公於廣、王懿敏於并兮，尹河南於渭；張乖崖於益、王襄敏於洮兮，李誠之於桂；鄭亨仲、劉彦冲二賢兮，死守險隘於蜀關之外。皆能立功名於邊兮，垂竹帛於世。前修往矣兮誰其繼！嘉定丙子兮虜初渝誓，余爲閫屬兮身履目擊其事。蹂蘄與黄兮乘久安之弛備，野無寸草兮民無噍類。吾僚如何，李二牧兮皆國髦士，或效死勿去兮或握節而殪。駕部公於此時兮受朝委寄，孤身徇國兮辟公副貳。肉薄登陴兮銖累葺廢，護其地之風寒兮作其人之勇氣。璽書數下兮，奬賓主之劬瘁。奈何鸞翮鎩兮驥足躓，甫駕部之奄忽兮俄延閣之委蜕。惟二郡屹然兮爲天塹之屏蔽，馬不敢飲兮獬不敢吠。上穹不壽若人兮，來者卒享其利。吾秉此筆兮，非特慰公之英嗣，竊意淮人覽之兮，必思召公之遺愛，懷叔子而墮淚。嗚呼悲夫！

〔一〕折：原作「析」，據翁校本改。
〔二〕科髮數千斤：原作「科髠數千人」，據翁校本改。
〔三〕「盤」下原有「石」字，據翁校本刪。
〔四〕其：原作「集」，據翁校本改。
〔五〕慨柳：原缺，據翁校本補。

陳光仲常卿

陳、劉二氏，父祖世聯墻，子弟幼同學。余爲童子時，與君及二兄俱受學於鄉先生方澤儒。余及長公已冠，仲兄與君尚髫髦〔一〕。長君伯有尤英妙，爲澤儒先生器重。余時方抄誦歐、曾、李泰伯、夾漈湘鄉二鄭、艾軒遺文，冥搜苦思，欲與方駕，人皆笑其迂，惟君兄弟與余同好。

君諱煒，字光仲。年甫十二三，識者見其眉宇，曰：「此陳氏白眉也。」未幾，長君蚤世，余哭之慟。仲兄燁亦頓挫場屋，終於韋布。而君未三十擢庚辰丙科〔二〕，調三衢户曹。秩滿，再調延平理掾，未上，改台州推官。杭相李文清公出牧，雅敬重君，事必咨焉。州境旱荒，委君檢放。君所至集隅保田鄰，計畝鞭禾，劑量分數，無錙銖差。他官所申訟牒紛至，惟經君手，衆稱公平。郡有久年不決之囚，臬臺委君檢覆，君密訪耆宿，知死者疇昔瘍生於脛，君曰：「吾得其情矣。」臬臺以其説推鞫，官吏免失入，被誣者獲昭雪。文清大喜，以京秩薦。後爰立，擢公清要，實基於此。

考舉及格，改秩知永福縣。邑多寓貴，緘狀多或數封，君雖爲書判，然未嘗行移，且大書揭示，云某官封至某狀，觀者愧赧，由是齰簡無事目可漏矣。期年，以從兄允脩倅福避嫌，改調吉之太和，以撙節錢爲民代輸本年税役及前年未納者。時建督府，諸郡困於軍需，以苗頭計增斛面〔三〕，縣額不下十萬石。袖告勅詣郡力争，云：「此等斂斂，不可使邑人稱自陳知縣始，寧别措置，以助軍餉。」士民遮留曰：「願出税米預備縣家，無失我好知縣。」君答以「不親行斷不可免，寧去而不可增，從則回縣，不從則去」。郡守江泰之爲備申，果得請而還。邑人祠君於快閣之側，君禁止不能遏，遂計所費而償之。時諸邑争科斂奉承，惟太和境内晏然無擾。

文清公薦於上，以計院召。輪對，言：「鼎足有承君之象，廟堂無任責之人，懦而不能爲，知而不敢爲，靡有所不爲。」指當時大臣而言也。又舉中公力行之語以諷議時政。歲餘，遷國子監簿。未兩月，御筆除監察御史，力辭至再，有「言之甚易，爲之實難」之語。上命弗俞，勉强供職。皂隸請入臺官廨，君嘿嘿不答，及上第一義彈數執政，中外駭愕。有令换疏，君答以「某頭可斷，疏不可換」，飄然出關。繼有太府少卿之命，君不拜而行。淳祐壬寅元日，召奏事，力辭。除廣東轉運判官，入境建臺，潮、惠民訟首吏。君之潮，守暴横，人皆以爲當軸上客，不敢問，君疏罷之。初，君之出臺也，人未知君底蘊，以奏疏求君之意〔四〕，或謂懦不能爲者謂某人某人〔五〕，知不敢爲者謂李文清，靡所不爲者謂山相，疑君主山相者。然「靡所不爲」本非佳語，及劾潮守，人始知君之心。山相果怒，未幾奪漕，一閑十年。

及安晚再相，以舊臺諫例肦予郡之命，起家牧潮。郡計舊取辦科罰，兩造勝者輒賀□□，負者納贖罪錢，君首釐革，民遷善遠罪不敢犯。節浮費，却例卷〔六〕，爲官民户僧寺代輸全年夏税及累載畸零，爲錢二萬三千餘緡。歲暮，復給軍民家千錢。又繕學宮〔七〕，葺庵驛，治城壁，潮人至今稱之。擢知袁州、吉州〔八〕，皆不果行。兩奉祠廩。余庚申召歸禁近，壑公既歸印，問余鄱陽闕守，見大夫誰可使者，余力言君漕廣守潮勞績，壑公亦自知君。余曰：「公以元勳獨相，進擬何患不從。但安晚嘗欲再除君少卿，上云斯人曾論李宗勉，賢相也，不果召。安晚以玉音見告，余曰，君乃李文清所薦，豈有此事，論文清者自是同姓陳震察院〔九〕，乃上誤記其名爾。余請安晚爲辨誣，安晚云上意不順〔一〇〕，凡是渠命未通，只得少待。願壑公記此語，上若再記得舊話，須力爲之辨明，上必感悟。」及進擬，皆如余言，加秘閣以寵其行。然鄱陽吏士來迎，中道爲言者所抑，不果行。壑公又問余：「廣舶卓夢卿苦求祠〔一一〕，孰可代之？」余答云：「前薦陳煒，亦嘗歷察官、卿少，資望與夢卿相同。」未出命間〔一二〕，余去國，後卒以君代卓建琛臺。愍海賈以命易貨、向來互市使者强買乾没之事，毫髮不□，以所積贏餘二萬緡創抵當庫，收其利息爲天時不順之備、綱解水脚之需。

君久於外，上知其清介無附麗，以樂卿召，列於夷夔之選矣，而止或尼之，奉雲臺祠。角巾東路，若未嘗貴顯者。益治圃畦花柳，浚沼種菱芡，即所居之側爲小閣以通圃中〔一三〕，舊亭臺皆粉飾而增廣之。昔筆床、茶竈僅可以葉舟載往舍南舍北小小丘壑耳，今畫橈綵舫可以由溝而達溪、由溪而涉江矣。君人間之味薄，物外之趣深，居鄉不以一事干郡邑，不以一字通權貴。累任嶺海，遇歲荒糴貴，常艎南粟至莆，鄰里鄉黨無親疏厚薄，叩户賑贍〔一四〕，人人蒙惠，爲佛老事祈君福壽者屢書不一書也〔一五〕。前輩有爲族人作義莊者，有身爲相而只作郎中户者，君待兄子如己子，歲晚治命，男析財産受恩澤，女厚奩合巒命士，皆今人之所難。晚好讀《易》及莊、老書。余耄且盲，君健如虎，燈夕猶赴郡宴，明日又攜家人入郭遊覽〔一六〕，偶感微疾，來求歲丹，余奉三粒而勸勿餌。君猶隱几端坐，若無甚苦，奄然委蜕，戊辰正月二十二日也。享年七十有七，積階至朝議大夫。没之日，里巷嘗受惠者相率三百餘人膜拜所謂塔者，至君靈几盡哀而去。

君系出太丘長，上世由固始遷莆，遂聚居烏石山前。曾祖膏，故太府少卿〔一七〕，累贈少傅。祖推，故通直郎、知福州長溪縣事〔一八〕。父松，贈中大夫。母方氏，贈令人。娶□氏，贈恭人，先三十八年卒。子男四人：長㚒，文林郎、南雄州户録；次定孫，朝散郎、軍器監丞、知無爲軍，出繼四明資政樞密長子允修；次至，修職郎、英德府户録；次埜，修職郎、廣州新會主簿。

女三人，長，季早亡，次適朝請郎、知贛州方演孫。孫男三人：鑑，將仕郎；履公、豐公，遺澤未奏。孫女二人：長適葉丞相孫登仕郎壽頤，次未笄。姪寧孫，將仕郎；姪女適修職郎、新泉州晉江縣丞顧介孫。卜阡於烏石山使星亭之側，置冢舍，屋鄰皆甍連棟接〔一九〕，輪奐新美，成一聚落。將以某年某月某日合葬。諸孤既書世系〔二〇〕、歷官及卒葬年月於坎，又奉所著《家傳》來請銘。如君之賢，宜得李北海、蔡中郎碑之，庶可以照四裔而不朽，繼前輩而無愧，余豈其人哉！然發明君與杭相終始之交情，昭揭君與山相齟齬之大節，或附伯夷青雲之傳，不受元規西風之塵，則余於斯文非惟不讓李、蔡，欲駸駸度驊騮前矣。昔人有言「鮑叔知我」，又云「君知我勝我自知」，余意君地下精爽覽之，曰：「此必吾同學兒劉子八十餘之老筆也〔二一〕。」君子孫皆抱負志業，方興而未艾。塈兄弟記君言行無毫髮遺佚〔二二〕，章貢使君狀君尤詳實，皆余所未及者，可以互考。

乃系以銘，銘曰：

叔世人物之生，難求全而責備。或尊寵於朝廷兮，或不容於州里；或家修而廷壞兮，或鄉譽而國毀。猗吾退菴兮則異於是，窮通一念兮用舍一致。其笑談金石之擊撞兮，其氣宇風月之光霽。余嘗觀之於臺閣論建之間兮〔二三〕，又熟察之於閨門倫紀之際。外敬其英邁兮，內服其純粹。及入而對仗兮，凛鵰鶚之獨擊〔二四〕；出而攬轡兮，問狼豺而不避。泛觀時流兮奚啻於累百，歷數前修兮僅有其一二。錄之以補耆舊兮，又以其副上之太史氏。

〔一〕與：原作「於」，據文意改。
〔二〕丙：原作「内」，據文意改。
〔三〕斛面：原作「解而」，據翁校本改。
〔四〕求：原作「本」，據翁校本改。
〔五〕謂某：原作「謂集」，據翁校本改。
〔六〕却：原作「欲」，據文意改。
〔七〕又：原作「文」，據翁校本改。
〔八〕句首原有「思」字，據翁校本删。
〔九〕院：原無，據文意補。「察院」即「監察御史」，陳震爲監察御史，見《淳熙三山志》卷三一所記。
〔一〇〕安：原無，據翁校本補。
〔一一〕苦：原作「若」，據翁校本改。
〔一二〕間：原作「閑」，據文意改。
〔一三〕小：原作「少」，據翁校本改。
〔一四〕賑：原作「賬」，據翁校本改。
〔一五〕祈君：原倒，據文意乙。
〔一六〕入郭：原作「廣」，據翁校本改。

〔一七〕卿：原無，據文意補。
〔一八〕「知」下原有「卿」字，據翁校本删。
〔一九〕屋：原作「渥」，據翁校本改。
〔二〇〕既：原作「記」，據文意改。
〔二一〕兒：原作「見」，據翁校本改。
〔二二〕佚：原作「秩」，據翁校本改。
〔二三〕間：原作「問」，據翁校本改。
〔二四〕鵬鶚：原作「鵬鶚」，據文意改。

去華姪

余叔弟惠州守處和有二子，君長也，小名埜。母趙安人，生母董氏。初從處和游宦四方，及處和專城，君有婦兒矣。父卒官下，由護柩至負土，毁瘠骨立。服闋，以父遺澤改名質甫，字去華。性冲淡，於紛華盛麗閉目不覩。年逾强仕，猶不屑銓集。余勉之一出，咸淳丙寅銓中，調泉州晉江縣主簿，需次九年。或笑其迂，君處之怡然〔一〕。諸公貴人多聞其風而不識其面。未嘗爲高世絶俗之行，治其身而已；未嘗有争名逐利之事，修於家而已。久而宗戚皆曰去華孝友人也，朋友皆曰去華忠信人也，尊老皆曰吾佳子弟也，卑幼皆曰吾賢父兄也，仕者皆曰是不與我争鼎鍾者，隱者皆曰是不與我争薇蕨者，豪右者皆曰是遜畔而無侵於我者，貧細者皆曰是好施而有惠於我者，牧宰皆曰是未嘗懷刺及吾門者，未嘗有一字至訟庭者。去華四十，非有智慧謬巧而無私情，公議翕然稱之，以爲鄉國之善士，此豈聲音笑貌之所能致哉！予耄且盲，三子皆薄宦〔二〕，惟去華與其仲氏達卿在予左右，吐辭則筆之簡牘，舉足則掖之卧起，余恃以爲命〔三〕。一旦屬疾，垂勿藥矣，不信宿間奄然蜕去。余與達卿哭之慟，疇昔之愛敬去華者莫不沾襟反袂，臨其喪而吊其孤焉。

去華生於嘉定庚辰八月乙亥，卒於咸淳戊辰三月己卯，年四十九。葬於是歲八月壬寅，墓在興教里楓林之原，去華未病所自卜也。娶林氏，臨漳郡博士護之女，繼方氏，貢士應辰之季女，皆前卒。男績，十二；纘，方晬。女阿嗣，九歲。達卿事兄如父，拊妹如子，爲去華治家，作饗亭、垂門、華表，略如樗庵規制。既盡力畢窀穸，又爲一女二孤拊育訓誨，有少不安，必廢寢食，視湯液〔四〕，復常乃已。余兩猶子之賢，視史册所書無愧。達卿嘗領胄薦，既罷舉棲遁，更名求志，字達卿云。

嗚呼！昔昌黎公稱兄子老成，集中有祭文而無墓誌，余於去華既酹之，又銘之。去華工詩文，楷法有顔筋柳骨，然皆爲去華餘事。其世系見於水心先生所作二劉碑。銘曰：

旦予讀茅容、徐孺子、元紫芝、陽亢宗言行〔五〕，雖相去千載，常願師友其人。嗚呼，以吾去華之賢，使與漢、唐諸子同時，必有以矯薄俗、還淳風者，而生不與逸民之舉，没不遇良史之筆，其可哀也夫！其可哀也夫！

〔一〕君：原作「名」，據文意改。
〔二〕官：原作「官」，據翁校本改。
〔三〕恃：原作「特」，據翁校本改。
〔四〕湯液：原作「湯掖」，據文意改。
〔五〕旦：原作「且」，據翁校本改。

陳司直

君諱增，字仲能。生二歲，以正獻公遺澤補承務郎。銓中，監臨安府樓店務，歷知福州懷安丞，蓋退而居者二十載，中丁外艱。淳祐庚戌，南宗辟主管睦宗院。丁内艱。寶祐丁巳，主管西外睦宗院。景定癸亥，監行在左藏西庫。咸淳乙丑，今上御極，除將作監主簿。丙寅，遷大理司直，以病卒官下，年六十七，積官至朝請大夫。仕五十年，實歷僅九考。西山真公、鶴山魏公、天目洪公章交薦〔一〕，皆不報。自少至老，不知世有詭遇速化之事。始與節齋陳公叔方同丞三山附郭〔二〕，歲晚陳公與予俱列侍從，予與君姻串，不敢開薦口，陳公屢爲宰物者言君恬退。會新天子尚論近世名宰，宜旌其後，君始開朝蹟。君訥不出口，而胸中腹内鬱積未有所發，使獲一面清光，其所論建豈在復齋下哉！君廉儉謙抑，不類貴介公子。克齋公晚闢子舍於槐潭之側，視舊觀逾儉狹，曰：「以此爲太祝廳足矣。」君因而不改。其於奉先盡敬極孝，遇家祭或忌日，齋供必精虔，粢盛必豐潔。正獻有贍族義莊，君益推廣其意。衣裘雖故敝不忍易，自奉養如一老書生。修身治家主於忠厚，與鄉鄰澆蓏蒸梨，同渠共竈，歡然無間〔三〕，臧獲取其朴愿無機巧者。及是月旦之評，皆曰善人亡矣。君別號習齋，鶴山書其扁。

前葬，琰來請銘。君家世見余所撰克齋寺丞、聶令人埋辭〔四〕。君娶趙氏，封宜人，前十八年卒。戊辰十二月初六日，合祔於常太里碧瀨之原。子男一人，琰，通直郎、前知泉州惠安縣。琰之婦劉孺人，即余女也。銘曰：

惟古世家，非一日積，必有源委。博考前載，臧孫有後，管氏世仕〔五〕。豈無他人，生長富貴，宣驕怙侈。堂堂正獻，道變魯俗，德重晉鄙。乾淳相業，過江以來，一夔足矣。昔紫陽翁，自武夷山，來通德里。正獻忻□，洒掃户庭，下榻倒屣。客之於塾，單傳一燈，受之伋里。格言精論，釋氏所謂，汝得吾髓。中更學禁，改名他師，滔滔皆是。於惟高第，北面終身，至於老死。有書藏山，滄州理學，延和諫紙。逝者如斯，沄沄不返，繼者未起。吾所論次，如傳政、駿，如述郊、時。正獻之孫，復齋之姪〔六〕，克齋之子。

〔一〕薦：原作「車」，據翁校本改。
〔二〕與：原作「興」，據翁校本改。
〔三〕間：原作「聞」，據翁校本改。
〔四〕人：原無，據文意補。
〔五〕仕：原作「任」，據字形及叶韻改。
〔六〕姪：原缺，據陳氏世系補。復齋，陳宓也。

趙通判

君名汝稟，字秀叔，太宗皇帝九世孫。南渡初，曾大父始居於漳之龍溪。君生而穎異，入小學，日誦千言。長工聲律，拔壬午漕薦。該甲申登極恩，補將仕郎。銓中〔一〕，授迪功郎、監廣州清遠縣税。課額視舊倍增，君書生無他謬巧，專持寬征之説爾。慶壽恩，循從事郎。秩滿，注惠州推官。郡經兵燬，公私亦乏〔二〕，君累銖寸起綱運，沛然有餘。三調冶司檢踏官，分司曲江銅課。舊額歲二十一萬，仕者率減削場丁月給，多逃去者。君始按月支給，銅額增羨〔三〕。歲餘，泉枯礦闕，若地愛寶者。君禱於神，忽呈現。未再歲，課累增五十六萬。泉使吳公應龍薦於朝，詔循文林郎。因泉臬兩司互申官屬〔四〕，朝旨下其事於經略司采訪以聞。帥方公大琮謂兩司互劾官屬，皆失之偏，乞將各人別與差遣。通理前任，改注潮州推官。舊例兼竹木稅，負販者苦誅求，君一切蠲弛。郡委受輸，君令民自量槩。郡舊無客館，陳侯圭創大小二驛，工役未畢而召，君以受輸例卷相版築，皆落成。考舉及格，赴辛亥班引，改宣教郎，注泉州惠安宰。始覈學廩，嚴考試。縣樓屋老棟橈，君欲改造，邑人或言其不利，君捐俸倡始。皇華驛僅存瓦礫舊基，君皆撤而新之。事見於吳侍郎燧、徐大監明叔之記。縣田少膏腴而多磽鹵，君爲民築陂以防旱乾，邑人立碑，號曰「趙公坡」。郡守吳昺上其事，轉承議郎，差通判循州。近制省罷，改通判福州。瓜熟，迎吏將至，今上登極，轉朝奉郎，以微疾終於正寢，享年七十有五，咸淳丁卯十月十六日也。

曾祖士糾，皇叔、武德大夫、防禦使；妣夫人王氏。祖不詣，贈中散大夫；妣令人王氏。父善紐，贈朝散郎；妣安人李氏。先是，中散公有五男，君第三子也，中散公念朝散兄無嗣，命君出繼，事後母李尤孝敬。君本生父善旷，以近屬補官，登慶元己未第，官至朝散郎、潮州通判。君娶東湖王右曹之姪女，封安人，前卒。男一人，崇鐵，當受君遺澤。孫男三人：必壅、必壤、必埻。孫女二人，未適。初，君爲王氏卜葬於龍溪縣始安鄉廻塘里烏石山之原，築庵焉，扁曰「南山精舍」，崇鐵將以戊辰十一月某日奉君合祔，從治命也。

君所歷官多金穀鹽鐵繁碎之任，他人類舞智巧以希進求合，惟君常順理勢而筭計見效，故所至不求赫赫名，而遺民多稱思之，諸老爭薦進之。余長息强甫繼君宰惠安者，故崇鐵介强甫來乞銘於余。余既書其平生大略，又系以銘。銘曰：

古鹽鐵吏多慘覈，大者狠噬小蠆螫。君於其間以儒飾，閩廣小試皆底績，治工懷惠邑人惜。君既未享於陽報，象賢必食其陰隲。

〔一〕中：原作「申」，據翁校本改。
〔二〕亦乏：似當作「赤立」。
〔三〕美：原作「美」，據文意改。
〔四〕臬：原作「某」，據文意改。

趙閩宰

君諱時錡，字元鼎，宣祖十世孫。高祖保義郎擴之，食祠於莆，居焉。保義郎公瑾，曾大父也〔一〕。從義郎彥迒，王父也。從事郎、永福丞蕙夫，考也。君少工聲律，三領漕薦，擢淳祐辛丑第，歷象州法曹、容州判官、廣東提刑司檢法官。仕所至有聲，尤爲矩堂董公所知。事數臬使，皆爭出我門下。以考舉及格赴咸淳丁卯春班引，改宣教郎知福州閩縣。次年戊辰赴官，邑人相賀得賢令尹。甫兩月，不疾而逝，余反袂相吊，如悲親戚，閏正月念五日也。

君生於嘉定庚午，卒於咸淳戊辰，享年五十有八。娶林氏。男二人：長若瑀，早亡；次若瑕。女四人，長許嫁擬承務郎劉涣，次未婚，次許嫁水南朱氏，次尚幼。葬於廣化寺羅漢峰之原，以其年臘月丁酉掩坎。

君爲人磊落有志義，素與余善。余嫡孫涣既冠，聞君孟姜年相當，請婚焉。君不宿慮而對曰：「吾女賢〔二〕，宜執君家箕帚。」抵龜莫雁，不俟終日。又曰：「君老矣，不煩逆婦，吾自送女。」將成禮而君訃至，余哭之哀。君雖奄忽而托女之言不絕於口〔三〕，故細君林孺人一遵治命續前好，許以己巳春合巹。君家孀幼來請銘於余，乃拉涕系以銘曰：

其然諾則盟歃也，其官箴則玉雪也，仁哉其惻怛也，悲哉其變滅也。吾特書之，恐武城絃歌之絕也；又屢書之不一書之，補山陰縣譜之缺也。

〔一〕曾：原作「會」，據翁校本改。

〔二〕吾：原缺，據翁校本補。

〔三〕「之」下原有「原」字，據翁校本刪。

秘書少監李公

端平初元，西山先生帥閩〔一〕，聞廷議大舉，憂憤，坐卧不能安，拜疏力争。余忝議幕，先生録副以相示，手自竄定，今藏余家。於時洞齋李公方需績溪次，亦應詔封上曰〔二〕：「荆帥少師，圖上陵寢，淮閫勇鷙，抵掌關河，陛下輕信，兵端遂啓。自丙寅妄動，剜肉醫疾，三十年未合，詎堪再壞！」又言：「南陽之談炙人，虢國之門如市〔三〕，奄人竊弄，女冠闌入，清明之氣如此，旦晝之梏可占。」又言：「廟堂務承順，風憲懷觀望，給舍多回護，德望徘徊未進〔四〕，貪惡不傷毫毛。」皆切當世要務，而諫北事尤若與先生疏暗合。既而先生召拜内相，門下高弟多顯擢，公獨縮銅墨，甘平進。以邑最登朝，論建益廣〔五〕。一遷而爲監察御史，嘉熙己亥春也。余與亡友方公德潤俱爲言官蔣峴排斥〔六〕，屏居田里，每傳時賢奏疏，其間議論精確、貫穿經史者，余二人輒能辨之，曰此洞齋筆也。其論内治，於君子小人、近習女寵、斜封内降，詞嚴氣勁，端、嘉以後能言者不能加也。惟議邊事歸咎首謀，不樂公者類曰：「既罪戰，將主和乎？」一唱百和，聞者皆惑。其冬改秘書少監，俄除職與郡，皆不拜，主管雲臺觀。

越四年甲辰，起知潮州，擢廣東運判。提舶謝蘧侵漕司泥子場錫課，提鹽王鐸違詔書買浮鹽以獻羨〔七〕，公條二司害民狀於朝。移湖南提刑，旋與鐸俱罷，不復出矣。越二年戊申，復以臺疏鐫一秩。會言者論廣東事，是公非鐸，詔復元官予祠。

初，公伯祖樗號渡江名儒，有《詩傳》行世，所謂迂仲《詩》也。公髦逮事，耳目濡染，終身不忘。晚卜新築，闢學詩堂，紬繹手澤〔八〕，由是新義與舊傳並行。宦情世法悉置膜外〔九〕，老不衰，疾不亂。卒年七十一，遺命以先廬遜孤姪成子，以埋文托其友前史官鄭公彝叟。凡公歷官行己、世系卒葬，彝叟敘事有法，紀述甚備。既葬，韶子、詔子、相子來諗予曰：「鄭銘已納於坎矣，吾子亦先友也，獨無以表其阡乎！」余念昔與公同受業於西山之門，先生奬公與陳琀端甫□。己亥之去，非有他咎，直疑公罪戰，必主和、必附督而已。按入洛之役，有詔集議，內則洪公舜俞、趙公履常苦争，外則西山先生極諫，其後李公元善亦有此論。公咎首謀，猶端平封事意也，豈爲督地哉！余讀公奏藁，有曰：「和之啗人，其猶酖乎！」論督帥之職曰〔一〇〕：「援枹忘身可也，斫案勿道和可也，地不可棄，小使不可納也。」其議和戰如此，公不自明而世又未嘗考詳，徒隨聲接響以訾公短，不亦可悲之甚乎！公果附督，彼既相矣，予奪黜陟皆在其手，必當進公以報德，援公以助己，何爲斥數年而不收乎？又何爲一麾刺潮、單傳使粤，不數月而復斥乎？必當與淵、起潛、斗南數子相雄長，何至與鐸、蘧輩角勝負乎〔一一〕？公之改少蓬也，實諫官郭子奇之疏。或勸公互劾，公曰：「此與兒女子奚以異？」一日出小軸示余，內有郭跋語，余退而歎曰：「取魏收文沉江，以李賀詩投溷，世固有之，公於郭翰墨藏諸家，傳諸友，甚德而度矣。」公經學醇宜勸講，文律高宜爲誥，顧齟齬以去，留落以死。昔梁丘賀薦施讎曰：「結髮事師數十年，賀不能及。」退之哭子厚曰：「子之文章，而不用世；乃令吾徒，掌帝之制。」古人於斯文有定價、人物有公論如此，曷嘗衒己之長而没人之善乎！余嘗謂能驅使愚俗者權勢也，能淆亂是非者毁譽也，在彼者也；能流行今古者，文字也，在我者也。在彼者銷歇則在我者暴白矣。公有《詩解》若干卷，雜論著若干卷。如玉韞石，虹貫山川，如劍埋地，氣衝牛斗，此豈權勢之所能泯没、毁譽之所能增損歟！乃述公論事梗槩及往誣本末揭之墓道，以吊吾亡友於地下，且以慰三子者之心。公諱遇，字用之，甲戌進士，秩至朝請大夫，洞齋其自號云。

〔一〕帥閫：原無，據翁校本補。
〔二〕封：原作「對」，據翁校本改。
〔三〕虢：原作「號」，據翁校本改。
〔四〕徘：原作「排」，據翁校本改。
〔五〕益廣：原倒，據翁校本乙。
〔六〕蔣峴：原作「蔣現」，據《宋史》卷四二五《潘牥傳》改。
〔七〕王：原作「主」，據翁校本改。
〔八〕紬：原作「細」，據翁校本改。
〔九〕宦情：原作「官清」，據翁校本改。
〔一〇〕帥：原作「歲」，據翁校本改。
〔一一〕角：原作「負」，據翁校本改。

致政蕭君

余友蕭桂發較藝澤宮中優等，上幸學，累恩霈，咸淳戊辰科詔，監學言君行業，詔以君爲泉州文學掾。鄉評皆謂師儒清於丞參簿尉，近禄優於遠宦，莫不爲君父子喜。一日桂發書來，緘題有異，啓而視之，則以乃翁訃至。既哭翁於寢門之外，急發使吊君。踰月以書告葬請銘，禮也。翁雖耆年，然子槐緑，身牙緋，仕則羔雁交辟，處則猿鶴與遊，平生善擇交而睦鄰，若眉壽無有害者，又莫不爲君悲哀歎息也。蕭氏莆之著姓，其先有仕至郎官開箕裘之傳者，有爲考肯堂者，有累世稱孝者，建聖壽寺以續水部公祝堯之孤忠，醫王祠以紹居士公濟人之美意。余論推其譜牒而知之，嘗與君父子遊者皆有鉅人長德以踵，意度所謂一鄉之善士，非邪？

君曾祖諱掄，故水部郎官，出守容州；妣恭人方氏。祖歡，故迪功郎；妣孺人余氏。考宗永，故迪功郎；妣孺人劉氏。君諱宋珍，字君瞍，承奉郎，賜緋魚袋。娶陳氏，繼林氏，並孺人。男二人：長桂芳，京學免解進士；次桂發，登戊辰龍飛第，迪功郎、泉州教授。女一人，爲尼。孫男四人：長麒，次麟，次巖，次福。孫女二人。君生於己酉十月十日，卒於戊辰□月□日，享年八十〔一〕，葬在柯山之原，以己巳□月□日掩坎。

余常患故家遺俗多積前美而乏後繼，至於碑碣已朽腐而源委愈深遠，歲月有久長而望實愈昭揭，如水部公一族綿綿延延，爲莆名宗，特書而大書非後死者之責乎！銘曰：

林中之趣，同龐居士；墓上之題，肖杜子美。德齒之尊，章服之貴，君未嘗亡，君有英嗣。

〔一〕句首原有「卒」字，據翁校本删。

後村先生大全集卷之一百六十六

行狀

直秘閣林公

曾祖格，故將作監簿〔一〕，贈通議大夫。

祖遹，故龍圖閣直學士，贈少師。

父埏，故奉直大夫，除知沅州，贈金紫光禄大夫〔二〕。

公諱瑑，字景良，世爲福清人。龍學忠節著於朝廷，沅州清德稱於州里。公少入太學，與兄靖安令君璟、今容州使君瓌同中淳熙十一年進士第，而公臚唱第四，場屋以爲盛事。教授鄂州，舊例從州家丐猪羊税錢助養士，公曰：「是不可愧耶〔三〕！」謝不取，節縮浮費，更有餘力增田。差幹辦江西轉運司公事。丁母卓夫人憂，服闋，差幹辦浙西提刑司公事。丁沅州憂，服闋，幹辦兩浙轉運司公事。運使沈公作賓精於吏職，特重公，事非公書擬不下筆。公詳審清介，秉法據理，雖貴勢無敢干以私者。秩滿，得旨待掌故闕，執政面諭欲越次先除，公謝不願。既歸，四年不通問，執政怒，超用他人。久之，除主管吏部架閣文字。

嘉定初元，除國子正，遷武學博士、諸王宮大小學教授。輪對，歷疏廟堂除授、宮掖請謁之弊，且言：「臣待罪班行，更化前後皆所目擊，不知今日立政用人其盡出於公乎，抑猶未免於私乎，其視前日有以異乎，抑無以大相遠乎。臣觀今世自上至下，由内達外，苟可遂私，靡所不至，良由陛下真誠有餘，剛斷不足，名爲更化而實未嘗更化，始欲善治而終不可善治。」別劄言：「民生憔悴極矣，散内帑之儲、省掖廷之費、裁戚畹之横恩濫賞、覈貂璫之營繕應奉以裕民，可乎？」又言：「今日之財不在官，不在民，獨積於贓吏之家，破數十贓吏之家可以活數百萬之民矣。」寧皇嘉納。改國子博士。請外，出知興化軍。世吏所謂擊斷操切之術一不用〔四〕，專以教化拊循爲主。

時楮令初變，愚民坐減落、官吏坐奉行不虔獲罪者衆，前守緣此罷去〔五〕，告訐繁興。公下令曰：「貿易未受價者未爲行用，告者以騙論；已受價則予者受者俱坐罪如詔書。」於是無告楮者。常平使者令民間各以産高下藏楮於家，而委官撞點焉。公曰民未孚也，請爲期，既而屢寬其期。及撞點，又使吏户摘語之，民得以爲備。比去，不刑一人，楮價自增。

郡多名刹，主僧例以貨取，名曰實封；寺偶闕僧，乾没其穀以佐經費，名曰拘椿。惟公與秘監葉公禾不實封，不拘椿，而郡計沛然，催科至寬，縣令不識訶問，細民不識追呼。又取三縣夏税一錢至六十錢户全蠲之，第三至第五等户減半，第一第二等户減三之一，寺院減五之一，以撙節錢代輸。它人蠲租者不過閣畸零爲美觀，惟公於未催之前預爲約束，民被實惠。待吏民以君子長者，未嘗設機械，兩造情僞一覽洞見，書判典嚴，切中隱伏，然其末卒歸於忠厚〔六〕。悖理之事、梗化之民或接乎前，公應之以静，勝之以定，終無忿怒之意。有挾勢懷私而來者，見公容色辭氣，莫不爽然自失而去。郡人愛公如父母，前後太守莫能及。

差知全州，其治如莆。下車甫兩月，除提點廣西刑獄公事，足疾，力辭新命。全人聞公當去，皆嗟惜。一日，有峒傜數輩黧老矣，造廷云云，公使譯其語，曰「好知州難得，願公奏天子勿去」，公慰諭遣之。改知袁州，於是疾愈而袁人將輅公矣。公曰：「辭遠節，得近麾，可乎？」力請祠，主管成都府玉局觀。既滿再任〔七〕，改建康府崇禧觀、紹興府鴻禧觀。公素清約，視榮利如糞土。歷二郡，生業不長尺寸，居室苟完，無廣厦突兀之想，田園僅足，無牙籌筭計之入。宅前籬落略成門徑，舍後花木粗分行列。公處之怡然，萬鍾五鼎不能與易也。

朝廷每欲收用而常患公不可致，今上御極，召赴行在，再辭再不允。公又言：「臣進無補於事功，退無預於世教，直緣拙恙，歸隱山林，衰悴之餘，不任朝謁，惟聖朝哀憐。」上知不可奪，除直秘閣主管亳州明道宫。訓辭曰：「爾端靖老成〔八〕，近俾來歸，而抗章三四，尚親醫藥，其以延閣珍祠〔九〕，遂爾恬養〔一〇〕。夫飭身謹行、爲郡廉平者，朕眷眷如此，彼苛刻躁競之習亦可少愧矣。」明道祠滿，詔再任〔一一〕。公舊患足瘍〔一二〕，時作時愈。紹定二年二月疾動，至秋不愈〔一三〕，食益少〔一四〕，力益乏，然終日默坐無惰容，顧子孫滿堂，無媮語〔一五〕。疾棘，屏粥藥者累日，整襟拱手，神閑意定，奄然而没，九月三十日也，年七十一，積階至朝請大夫。

公登高科，著美譽，而恬淡耻奔走，韜晦無表暴，故策名二十餘年纔爲掌故學官，去國幾二十年始復召，卒不至〔一六〕，故志業不盡見於世。每謂人不可有勢，不可有名。平生不喜爲要官，曰勢之所在；不願交聞人，曰名之所在。其立意如此。公學貫千載，文章典麗條達，顧不肯以文名，手藳皆焚棄，惟廷試策與奏篇偶存。又有《通鑑記纂》若干卷，凡前世大節目、大議論悉著於篇，兼采司馬公、范太史、胡致堂諸家之評，傅以己意。自奉至薄，笥無新衣，庖無盛饌，特喜施予，族戚蒙賴。晚食祠禄，歲取百千别貯之，更五任得千緡，置義田百斛以贍貧宗。公兄弟四人，靖安、海豐二令君先殁，公與容州使君秀眉黄髮逍遥里巷〔一七〕，時人以方二疏。公臨終，家人問所欲言，公曰：「無一事，但恐戚吾兄耳〔一八〕。」

娶宜人黄氏，温陵人，通直郎輕之女。幼孤，隨母聶夫人依兵部侍郎簡肅林公〔一九〕。簡肅爲人勁峭，獨與宜人語多合意，甚奇之。擇配得公，尤相敬如賓。宜人識度高，深達義趣，蔬食素飾，安於淡泊。事舅姑至孝，傾槖奉小姑奩具無吝色。先公二十年卒，葬於清遠里福勝山之原。子男二人：公遇，迪功郎、監潭州南嶽廟；次公選。孫男四人：曰觀，曰同，曰合，曰新。一女，適承議郎、新通判潮州軍事劉克莊。自宜人逝，二子朝夕侍公，出入坐卧，跬步不離側。家廷講肄，意有所合，輒喜曰〔二〇〕：「天下至樂不出閨門之内。」公遇始調寧化尉，不忍去其親，自乞嶽祠，孝謹恬退，其家法然也。

二子將以是年十二月初八日奉公合葬，哭謂克莊曰：「子盍論次先人遺事乎〔一一〕！」克莊亦哭曰：「丈人植立高，望實重，宜屬筆於能言者。」二子曰：「此先人意也。」克莊遂不敢辭。初，公年七十，彌堅悍不衰。自克莊悼亡，公追念賢女，始衰始病。悲夫，尚忍言之！然二十年翁婿，知公深者宜莫如我，狀所述公出處去就言論風旨皆質之當世公論，參以鄉閭聞見，後之君子庶有攷焉。謹狀。

〔一〕監：原作「鹽」，據文意改。
〔二〕以上三代名銜原無，據四庫本補。
〔三〕耶：原作「即」，據四庫本改。
〔四〕切：原作「功」，據四庫本改。
〔五〕緣：原作「沿」，據四庫本改。
〔六〕末：原作「未」，據四庫本改。
〔七〕既：原無，據四庫本補。
〔八〕靖：原作「清」；老成：原缺。據四庫本改、補。
〔九〕珍祠：原缺，據四庫本補。
〔一〇〕遂：原缺，據四庫本補。

〔一一〕任：原缺，據四庫本補。
〔一二〕公舊：原缺，據四庫本補。
〔一三〕不愈：原作「九月」，據四庫本改。
〔一四〕食：原作「氣」，據四庫本改。
〔一五〕無媮：原作「因自」，據四庫本改。
〔一六〕句首原有「雖急」二字，據四庫本刪。
〔一七〕「秀」下原有「髮」字，據宋刻本、翁校本刪。
〔一八〕兄：原缺，據四庫本補。
〔一九〕聶：原缺，據四庫本補。
〔二〇〕輒：原作「報」，據四庫本改。
〔二一〕人：原作「生」，據四庫本改。

寶謨寺丞詩境方公

曾祖淵。

祖憲，文林郎，南恩州陽江令，累贈朝議大夫。

父崧卿，朝請大夫，京西轉運判官，累贈宣奉大夫〔一〕。

公諱信孺〔二〕，字孚若，系出河南，繇淑而下〔三〕，代有聞人。淑自固始還莆田，至金紫公廷範〔四〕，六子皆貴顯，而少監公仁岳之後最蕃，公其八世孫也。生有異質，襁褓中能誦書，九歲落筆屬文。京西公守廬陵，公猶丱角，周丞相、楊誠齋見而驚曰：天才也！以郊恩補將仕郎〔五〕。京西公服闋，授番禺縣尉，諸公争致之幕下，才望傾一府。盜有劫海賈者，公曰鼠子敢爾，自挐舟往。盜方聚沙上分鹵獲，見尉至，皇駭〔六〕，欲趨舟取械，公先使人負盜舟去矣，悉縛上府，不軼一人。秩滿〔七〕，改承務郎。丁嫡母葉碩人憂，服闋，知蕭山縣丞。浙東帥錢公象祖、提刑傅公伯成被旨措置慶元海道，檄公往來區畫，悉有條理。二公亟稱於朝，差兼淮東隨軍轉運屬官，未幾復還蕭山。

先是，權臣首事，既得泗州，謂中原可長驅。及諸將潰歸，虜傾國大入，淮、漢騷動。朝廷悔悟，會虜亦厭兵，駐軍濠州，先遣韓元靚來，和議有萌芽矣。督帥樞密使丘公崈一再令帳下壯士遺虜書，最後陳璧君玉往，皆至濠而返，終莫得其要領。近臣多薦公可專對，有旨赴都堂禀議，開禧三年正月三日也。既至，諭以使事〔八〕，公曰：「多事之秋，不敢以母老辭，但開釁自我，虜問首謀，當何以對？」權臣憮然起謝〔九〕，借公朝奉郎、樞密院檢詳文字，充知樞密院參謀官，持督帥知院張公巖書通問金國行省元帥府。

公馳至濠，虜帥紇石烈子仁在焉，止客於獄，露刃環守〔一〇〕，絶其薪水。官屬或洒涕，公叱曰：「汝淚大辱國家。」虜畫五事要我，公曰：「返俘歸幣可也，縛送首謀，於古無例，稱藩割地，臣子不忍言。」虜慍曰：「不望生還耶？」公曰：「某來時已置死生禍福於度外矣。」論辨甚久，子仁不能難，遂至汴見虜左丞相、都元帥完顔崇浩。虜以「天獄」二字榜傳舍，曰：「此非濠州比。」公曰：「事須商搉（一），何至以威脅人？」崇浩使二省差龐趙者來，持五事如初，且以無故興師咎我。公曰：「本朝不旋踵追悔，所以斂兵約和。」虜曰：「正爲無兵可斂。」公曰：「豈無泗水八千之衆？」虜曰：「縛送事既無例，姑置是。稱藩割地，莫有故事否？」公曰：「惟靖康嘗割三鎮，紹興以東朝之故，暫時屈己，今日顧可引用耶？此事不獨小臣不敢言，行府亦不敢奏。」時逆曦以蜀附虜，龐趙服公雄辨，有「張儀舌在，西蜀唇亡」之誚。公請面見丞相決大事，崇浩者坐幄中，陳兵見公，使人傳諭云：「五事不從，旌旗南指，樓船東下矣。」公欲稍前白事，崇浩曰：「事止此，無可議者。」遽授報書，期公再來決和戰。

四月，公至行在所，詔公通問宣勞，轉三秩。御札令侍從、兩省、臺諫條奏所以報金者（二），衆議還俘獲，罪首謀，增幣五萬如紹興。公再往，龐趙來迎，虜聞曦誅氣頗索，然猶執初詞。公曰：「在本朝諸臣已謂增幣爲卑屈，況名分地界哉？」虜問其故，公曰：「議者以曲直勝負較之，皆云我本朝興兵在去年四月，若貽書誘曦，去年三月也。若雖得滁、濠等州，我不得泗、漣水乎？若夸胥浦橋之勝，我不有鳳凰山之捷乎？若謂我攻宿、壽不下，若圍廬、和、楚竟何得乎？且五事已從其三，猶固執不見聽，不過再交兵耳。楊行密尚能以數州之地自立，況本朝幅員萬里，江東將相豈肯久下人者！」龐趙見公慷慨忠烈，始微露其情曰：「稱藩不從，當以叔爲伯；地亦不必割，歲幣外別致犒軍錢可也。」公揣虜技止此，力執不許，密與龐趙約定數事，如遣使草誓之類。龐趙取公手記爲信，崇浩面授公書。

六月復命，再轉三秩，用王抃例差充通謝國信所參議官，奉國書誓草，及許通謝百萬緡。至汴〔一三〕，虜盡變前説，易二省差領客，龐趙不復來矣。崇浩怒曰：「所畫事未從，何遽以誓書使名來？」面責公不曲折建白，且有誅戮禁錮語，公不爲動。一日使甲士擁公至庭下答狀，公曰：「待行人如此耶？」崇浩遽謝。公歸館，二省差來曰〔一四〕：「此事非犒軍錢可了。」別出畫定事目。公曰：「正緣歲幣不可再增，故以通謝錢代之。今得此復求彼，某有頭璧俱碎而已。」二人曰：「龐趙誤公。」公曰：「丞相誤龐趙。」又曰：「丞相欲留公等。」公曰：「辱命歸亦死，不若死於此。」議不決。會蜀兵取散關，虜益疑講和非廟堂意，且屢詰權臣無書。公猶冀事成，移私覿書帖若權臣遺崇浩者。

九月公還，自劾待罪。朝廷謂公失事體，奪三秩，臨江軍居住〔一五〕。公自春至秋三往返，炎沙烈日，僵屍滿野，公仗節轉仄蟲蛆臭腐間，傔從道斃相屬，公神閑意定自若。始受命，入白太安人曰：「王事不可辭，願勿以兒爲憂。」公知虜内困韃靼〔一六〕，雖黽勉出兵以與我相持，而力屈情見，勢不能久，所求皆拒不予，直欲以口舌弭兵。又每詰首謀，意指權臣，公但以鄧友龍輩爲對。虜恨公不少屈慴，故其議壞於垂成，而王公柟出使矣。公雖貶官，方奉使之日，名滿天下，時年才三十。至臨江以詩酒自娱，江湖士友慕公盛名，多裹糧從之游。

明年和議成，與虜禮幣，函送權臣首（謀），皆公昔持不可者。王公既以功擢用，奏記廟堂云：「方某辨折虜酋於彊項未易告語之時〔一七〕，及枏往，權臣誅矣，事皆勉從矣。方某當其難，枏當其易。每至軍前，虜必問方某安在，且謂暑行者三，不委頓車上已可伏矣。公論所在，敵人亦不能揜〔一八〕。」詔公自便，除通判肇慶府，復奉議郎。峒寇竊發，經略司檄公督捕雄、韶而諸臺辟知新州。未上，有旨令同廖提刑德明措置收捕。就知韶州，首封崇張曲江、余襄公墓。時江、湖屬邑多燬於賊，惟韶境晏然。擒赤水峒賊首戮之，又謀募鄉道擣巢穴，布置已定，朝廷用招降之説而止。轉承議郎，移知臨江軍，以嘗謫居力辭。知道州，郡有不檢士十輩，號十虎，力能使監司，逐太守，公下車立竄首惡。飾濂溪祠，作太史閣，與萊公樓對，尋元次山遺跡表出之。除提點廣西刑獄，閱屬郡滯獄，有踰百十年不決者，有一事株連數十家者，公件畫條析以聞。詔下，一日破械縱數百千人。

始楊公方按部，以風力自任，疑南官例有贓，發摘無虚日，守令竄繫尤衆。公考罪虚實，多奏釋之。單馬行部内，訪民疾苦，荒鎮惡縣無亭驛處，張幕野宿以爲常，足迹未及者惟海外四郡耳。轉朝奉郎，除轉運判官。紹熙間，京西公實持漕節，定鹽法，改客販爲官般，奏罷歲解鄂、靖錢十一萬緡，廣民德之。及公踐世職，父老即永寧寺西廡祠京西公，文人詞客俱有歌詠記述焉〔一九〕。公深知鹽筴利害，操（幹）〔斡〕裁撙，自出新智，漕計沛然，以其餘新學宫，增士廩，創類試院。

又蠲諸郡鹽逋三十六萬緡，曰：「此皆積壓日前官吏失陷之數，蓋有身死家破，子若孫拘係未脱者，（喪）〔椓〕伐國家元氣多矣。吾捐此錢，所以廣聖恩、承先志也。」遇僚屬有恩意，歲舉先孤寒，後貴要，雖小校裨將皆能得其歡心。其有不幸者，公必歸其喪與孥焉。

弭節四年，再攝帥閫，威信行於一方。除提點湖北刑獄，未行，召赴行在奏事。入對，除大理丞。於是邊事復動，除淮西轉運判官。未行，改淮東，兼提刑，兼知真州。始至，視州城曰：「是中惟官寺、營廐、庫廩耳，民旅皆居江下，城誰與守？」請築翼城，圖上，不報。嘗登高覽望，知城西北當風寒，即北山匱水焉，繚以石隄，廣六里，長二十里，決之則西北可爲海。身率畚築，旬日匱成。設醲賞諜虜，覈郡兵，新旗幟金鼓，增弩礮，治藺石渠閘〔二〇〕，深濠壍，高羊馬墻，日不暇給，然賓客觴咏之樂亦不廢。郡人先懲開禧事，多聚保沙上，公攜百口奉太安人居官〔二一〕，淮民復業日衆，鹺酒之利倍增。減官私屋賃直十之三，徙瘞戰骨三十七窖於高阜，軍民感奮。轉朝散郎。虜入盱眙，游騎出没天長、六合間，公乘小車慰拊，令民勿清野。帥司移文報揚州已乘陴〔二二〕，公方就寢，鼻息如雷。通判求檄攜家渡江，公劾其摇動衆心。客曰：「公以死守是也，如壽母何？」公曰：「吾母雖憊，殊有昔人伏劍之風。」制帥尚書李公珏趨揚州督師，公夜乘小舟，掀舞巨浪，會於黄天蕩中〔二三〕，秉炬劇談，謂：「盱眙擁重兵閉壁不出，揚、楚堅坐自保，彼深入不足怪。」又言：「虜頓兵月餘〔二四〕，過城不攻，掠野無獲，方且夕出剽民牛彘，豈復昔日之虜哉？誠得尺寸之柄號召諸將，願身爲士卒先，虜可以一戰而平也。」李公擊節曰：「君言差彊人意。」將檄公督戰，虜拔寨去矣。

山東始内附，公抗言：「豪傑不可以虚名駕馭，奸雄不可以弱勢填壓，宜選有威望重臣，將精兵數萬，開幕府山東，以主制客、重馭輕。磨以歲月，剪荆棘爲沃野，化盗賊爲耕農，不特外包山東，内固江北，而兩河固在吾目中矣。」朝廷未皇也。歸附人李全新立功，公遺以金盌戰袍，舟載麥麨酒壺饟其衆〔二五〕，節制司疑公撓權。公又論劾豪吏，所親多諫止〔二六〕，公正色答曰：「彼以勢，此以理，吾買草履行矣。」既而讒惎交起，詔别與州郡。後省駁奏，公徙家沙上以爲民望，遺饋山東是謂侵官，降三秩免歸。時公家固在城内，未嘗徙也。其後虜薄儀真，守將洩水匱，寇退城全，翼城竟築，山東、河北建節制，鎮撫大使，皆如公言。

公先卜第城南，至是奉母居焉。中堂作複閣，扁以「詩境」。鑿田爲壽湖，中纍海石爲山，環植荷柳，松菊間著茅亭木棧，徜徉其間，若與世相忘者。差主管華州雲臺觀，叙承議郎，寶赦授朝奉郎。祠滿，改建康府崇禧觀。公氣禀素强，初得疾覺大熱，以蜜拌梨橘漿盌飲之〔二七〕，由是胃弱惡食。或勸迎醫旁郡，公曰：「吾貧至此，豈復有人蕿蕢？」卧閣八旬，神情不少衰。病革，賦詩數章，手執如意，顧小吏張武侯像屏間，又輿入太安人卧内，嗚咽問起居。以嘉定壬午臘月二十有六日卒，享年四十六。朝廷嗟惜，轉朝奉大夫、直寶謨閣致仕，人知君相待公之厚而悲公之不及見也。

安人葉氏，丞相正簡公孫女，賢淑有志操。素羸，治公後事，哀瘠不能起，後半月卒。太安人林氏，公生母也，悼念兒婦並亡，閲五月又卒。二子：左鉞，迪功郎、德慶府司法參軍；左繩，文林郎、昌化軍司户兼録參〔二八〕。孫一人。左鉞等將以癸未十一月三日壬寅，奉公及太安人、安人之喪合葬於侯山。公自號紫帽山人，又曰好菴，葬處蓋紫帽之第三峰，而以好菴扁墓廬云。

公美姿容，性疏豁豪爽，幼及交辛稼軒、陳同父諸賢。安公丙素不識公，一見握手如舊交。晚開宣幕，辟公參謀，不就。與李公壁〔二九〕、吳公獵、傅公伯成尤善。公才高，事方横潰衝決，他人莫敢措手，公談笑直前當之。常慕王景略、劉穆之、李文饒爲人，及擯不用，袖手怡然，無欝鬱不平之意。自改秩，終其身不乞年勞服色，淡於榮利如此。人視公若磊落宏放，而公内行極飭，事母盡孝，粥藥必親。太安人苦風痺，常自扶掖卧起，默禱於天，願減筭十年益母壽。事兄如事父，疏姻遠族皆收卹，貧不能喪葬嫁娶者傾橐助之。素不喜治生，視金帛如糞土。出疆時，流民環繞，公以千萬金盡散賜與之。尤好士，所至從者如雲。閉户累年，家無擔石而食客常滿門，蒼頭廬兒多散而之他〔三〇〕，僅存侍妾數人，後亦辭去。歲饑，猶斥賣書畫〔三一〕，煮糜施棺以惠流殍。屬纊，葉安人鬻冠珥乃克殮。

公有山水癖，少游羅浮，一月忘歸。既探禹穴，觀黄河，度桂嶺，浮沅湘，登衡岳而涉洞庭、彭蠡矣，由淮東歸，度暑廬阜，與黄寺丞榦、李司直燔縱遊南北兩山，毫墨淋灕，天下有山水處鑱刻殆徧。道泉，與真公德秀、留公元剛登九日山。距城二十里，而淙瀑泉千丈蜚落雲杪，公見之大喜曰：「此豈減雁蕩、開先〔三二〕，而千百年無人知者。」即募壯夫，平嶮道，通絶巔，築銀河觀，下爲玉虹亭〔三三〕，曰：「吾老於此矣。」匹馬一童，興至即往，一月中大率半宿瀑上。公貫穿群書，爲文未嘗起草，初若不入思，細視皆平夷妥帖，無斧鑿痕。嘗從山陰陸公游問詩，陸公爲大書「詩境」二字。龍泉葉公適靳許可，晚有「文星直莆中」之句〔三四〕，蓋爲公發。陳郎中孔碩見公近作，曰：「漸趨平淡矣。」平淡詩之極致，所謂中庸不可能者。有《南海百咏》、《南冠萃藁》、《南轅拾藁》、《曲江嘯咏》、《九疑漫編》、《桂林丙三集》、《擊缶編》、《好菴游戲集》，皆板行；出嶺後詩文三卷、《壽湖藁》一卷、《通問語録》三卷，藏於家。克莊少小親公〔三五〕，晚受公薦，公退居，克莊亦奉祠，日相從於荒原斷澗之濱。歸自嶺外，公已危惙，尚攬衣起坐相勞苦，因泣下數行訣曰：「以後事累子。」及葬有日，左鉞請狀公之行，克莊曰：「公門生故吏甚多，宜擇所付。」辭既不獲，念公被選使虜，先君爲樞屬，實預其議，淮東事頃游江淮幕府目擊，廣右事聞之桂州父老，故詳著之以俟後之君子焉。謹狀。

〔一〕以上三代名銜原無，據四庫本補。
〔二〕孺：原作「儒」，據四庫本及《宋史·方信孺傳》改。
〔三〕淑：原作「叔」，據下文改。
〔四〕廷：原作「延」，據四庫本改。
〔五〕以：原作「旅」，據四庫本改。

〔六〕皇駭：原作「皆駭」，據四庫本改。
〔七〕秩：原作「秋」，據四庫本改。
〔八〕以：原作「臣」，據四庫本改。
〔九〕懮：原作「爽」，據宋刻本、翁校本改。
〔一〇〕露刃：原作「兵」，據宋刻本、翁校本補、改。
〔一一〕摧：原作「確」，據四庫本改。
〔一二〕金：原作「囊」，據四庫本改。
〔一三〕汴：原作「抃」，據四庫本改。
〔一四〕來曰：原作「求」，據四庫本改、補。
〔一五〕住：原作「佳」，據四庫本改。
〔一六〕公知：原無，據四庫本補。
〔一七〕折：原作「析」，據四庫本改。又「彊項」原作「壃場」，據宋刻本改。
〔一八〕敵：原作「故」，據宋刻本、翁校本改。
〔一九〕文人詞客：原作「文公詞伯」，據四庫本改。
〔二〇〕聞：原作「答」，據四庫本改。
〔二一〕居：原作「君」，據四庫本改。

〔二二〕帥：原作「師」，據四庫本改。
〔二三〕黄：原作「皇」，據四庫本改。
〔二四〕頓：原作「頤」，據四庫本改。
〔二五〕其：原作「具」，據四庫本改。
〔二六〕親多諫：原作「規諫多」，據四庫本改。
〔二七〕蜜：原作「密」，據宋刻本改。
〔二八〕「録参」下原有「軍」字，據四庫本删。
〔二九〕壁：原作「璧」，據宋刻本改。
〔三〇〕而之：原倒，據四庫本乙。
〔三一〕斥：原作「喜」，據四庫本改。責：原作「買」，據文意改。
〔三二〕蕩開：原作「陽關」，據四庫本改。
〔三三〕玉：原作「王」，據四庫本改。
〔三四〕直：原作「真」，據四庫本改。
〔三五〕少小：原作「少時少」，據四庫本删改。

後村先生大全集卷之一百六十七

行狀

龍學竹隱傅公

曾祖裕之，故朝議大夫，贈太子太保；妣廬陵郡夫人錢氏。祖察，故朝散郎、吏部員外郎，贈徽猷閣待制，累贈太師，謚忠肅；妣齊國夫人趙氏。考自得，故朝奉大夫，直秘閣，累贈太傅；妣秦國夫人李氏〔一〕。

公諱伯成，字景初。其先自大名徙鄆，高伯祖獻簡公再徙孟之濟原。至忠肅公死節宣和，中原離隔〔二〕，傅氏流寓泉之晉江，家焉。公幼凝重，不妄嬉笑。方秦丞相擅國，太傅與客擁爐語及時事，公忽指爐灰曰：「是非嘗炎炎者耶！」客皆驚異。年十二，秦國疾革，然臂祈哀。居喪摧毁，齊國拊而教之。公發憤自厲，與兄樞密同卧起，課書至夜半未休，齊國常扣窗語之，曰宿火於某所，有煨芋或餅餌在焉。太傅守莆，參政龔公茂良年尚少，太傅令諸子從游。既而龔公仕於泉，每訪公兄弟蕭寺，視其寢處，憮然曰人不堪其憂；及觀其文，則又欣然，曰咄咄逼人矣。尤爲鄉先生寺丞黄公某所稱。

隆興初元，與樞密聯名擢第，調福州連江尉。試中教官，教授明州。以年未壯不欲以師自居，日與諸生論質往復，後多成材，魁多士、登朝著、居館閣者相望也。秩滿入都，梁丞相謂公曰：「君盍爲祭酒屬，適某拘鄉嫌，聞史太師欲薦君，此可以進擬矣。」公遜謝，乞教授内外宗學。首以《語》、《孟》、《中庸》、《大學》，次以他經子史，立爲次序，俾士誦習，其尤秀異者别創大雅齋居之。以薦者改宣教郎，知福州閩清縣。丁太傅憂，服闋，知連江縣。東湖聚九谿之水，溉田餘二千頃，歲久隄壞，公即下流南港伐石爲新隄三百尺，迄今蒙其利。罷海錯之饋，禁官買之價，以身爲準，寓公宗姓莫敢異者。

連帥、監司相繼上公治行，有旨赴堂審，尋令待院轄闕。於是名在公上者十餘人，留丞相將越次出命，公固辭。踰年始主管官告院，建言遠方陳乞磨勘爲吏邀留〔三〕，中間歲月棄不可用，被受少緩，或妨奏薦，請以馬遞法計程書於告背，俾爲被受日月，士大夫便之至今。除司農寺簿，兩拜疏請光宗過重華宫。除將作監丞。韓侂胄擠趙丞相去國，吕祖儉以上書貶，黨論漸起，公諫寧宗曰：「陛下踐祚之初，忠讜者未褒，狂妄者或譴，小大之臣震惕恐懼。臣願兼聽遠覽，毋使下竊直諫之名，上有罪言之謗。」又奏：「淳熙之末〔四〕，並任兩相，引用人材，各有向背，至於今日，彼此相攻，不極不已。夫天下之勢猶操舟，平則行，偏則側。前日之勢有所偏，今日之勢有所激。激而已甚，臣恐前日之舟偏於左而今日之舟又偏於右也。」前對一日，有折柬諭公行進用矣〔五〕，冀於奏篇少婉其辭。公曰：「此言胡爲至於我哉！」迄上前疏。

以親嫌改太府寺丞。出知漳州，治以律己愛民爲本。推朱文公遺意而遵行之，始創惠民局以革機鬼之俗〔六〕。由郡南門至漳浦，爲橋三十五，治道千二百丈，郡人磨崖、甘棠道傍以紀其惠。工費一出於所却例卷〔七〕。知撫州，未至，除湖北提舉常平茶鹽事。舊以義倉錢佐用度，公曰此豈使者公帑邪，一無所取。梁興者，故隸岳侯軍，官至横行遥刺，死無子，鄂州以户絶法没入之。公爲立後，以其貲分給諸女，軍中感悦。辰守慕容繪以韓侂胄姻援貪恣不法〔八〕，公將按治，有洩其事者，改成都路提點刑獄公事。華容饑，公既易節，猶發廩委寓士董君道隆亟往賑贍，民免流徙。憲治寓於嘉定，地接蠻夷。虚恨部族在峨眉縣羊山大江之南，並江省地尚多土丁耕種，時遭剽掠，而控扼之寨乃在江北，不能援。一日土丁追殺蠻之犯境者七人，制司逮捕甚急，公乃移書曰：「是爲蠻報仇也。」制司就以諉公，於是相要害創寨柵三所以護江南之耕者，蠻不復爲患。雅州不以時支軍士糧，幾爲變，公攝漕事，發本司錢檄鄰郡倅支散，且戮爲首人，然後劾其守臣，因考見郡計匱乏之因，爲請於朝焉。

召對，言：「國家中興，僅有天下之半，而養兵數十萬，民力弊矣；山東、西將相所出之地，皆非我有，人才不如昔也。謂宜勤而撫之，養而用之，以備緩急，而牧養之吏聚斂干進、貪贓營私者，有以傷陛下之民力；議論之臣好惡不公、是非不明者，有以壞陛下之人才。臣願選擇良吏以培固根本，擢用端人以保全士類。」又言：「蜀自行錢引，貫收頭錢三十，紹興初增至三十八，今增至六十四矣，莫若減損其數。或謂所贏二百萬，贍軍之費出焉，非可遽減。臣嘗會一界兑引二千三百餘萬，實收頭錢一百五十三萬，銷折不計者又六七萬〔九〕。今若減半，再歲一兑，總所歲折纔三十四萬。若總計之臣能節浮費，歲認若干，朝廷給度牒以補若干，則當兑之年引價必不至於甚低矣。」上嘉納。除工部郎。時權臣將開邊，語尚秘密，公輪對首言：「天下之勢，譬如乘舟。中興且八十年，外而望之，舟若堅好，歲月既久，罅漏寖多，苟安朝夕，猶懼覆敗，乃欲徼倖圖古人之所難，臣則未之知也。」

行都大火，延及相府，同舍郎相率唁相君，有以爲偶然者，公正色曰：「天意如此，官師相與規警之時也，乃以爲偶然耶！」貪相色動。詔求直言，公陳三事，一曰失民心：「火災之餘，商賈已困，官市民物，乃不與直，前尹曰姑俟有餘，後尹曰非我所市，版曹所當給者亦復展轉歲月，非禦人於國門而奪其貨者乎？」二曰隳軍政：「方今諸將非由材進，例以賄取。臣在蜀道則聞關外之軍以掊尅而幾變〔一〇〕，道建康則聞御前屯駐之兵以掊尅而多死，何以責士卒用命乎？」三曰啓邊釁：「分命重臣，大發錢粟，人情洶洶。臣固知朝廷無輕舉之議，然恐邀功者有包藏之心，恃才者起迎合之意，陛下與大臣不察而遂聽之，則天下岌岌乎殆矣。」於時應詔者鮮，從臣亦未有請對者，公極言朝廷無骨鯁之老，班列習捹婀之俗，一時從臣咸愧其言。除右司郎官。

初，公受李文簡公燾之薦，與其仲子參政壁游素厚〔一一〕，李方直舍人院，公謂李：「邊事至重，外傳將出元樞宣威江淮，有諸？」李曰：「有之。」公曰：「用兵之法，當審彼己，内治不立，何暇外圖？若預此謀〔一二〕，非獨一身一家利害，舍人宜深思所以爲家國計者。」李感悟。既而元樞不果行，兵議亦暫止。一日，貪相爲僧緘訟牒求擬判，公堂白其不可，蘇師旦方承密旨，公屢抑其私請，貴近皆不悦。

除司農卿、湖廣總領。始至，密院咨目具宣上旨〔一三〕，以曹、徐盜發，虜境騷動，令預爲備，襄、鄂戎帥往往遣忠義人出境奪戰馬〔一四〕，殺吏民。公爲廟堂言：「探報未必皆然，爲天下者惟信與義，大義苟未能伸，莫若守信待時。今兵財俱困，而妄動以疑敵〔一五〕，某實憂之。」有刑餘董逵者聚黨跳河，爲虜襲逐，公抗言：「國家既未能滅虜，不宜輕敗盟約，盜由我境，彼則有詞，乞戒將帥毋生事。」繼與江陵帥侍郎劉公甲聯名論之，不報。復爲長書，反覆諫止，而鄧友龍以摇動國是劾公罷矣。後籍權臣家，公書尚存，權臣題「異議」二字於其首。

起家除浙東提點刑獄公事。越多富賈〔一六〕，賄交權要，公犯法。前帥嘗發一鹽商之姦，遽除邊郡。公既攝帥，不爲動，遂竟其獄。時調兵戍邊，所至剽刻，餘姚令至闔户不敢出。公行部適至〔一七〕，捕黥其倡亂者，餘批驛券遣之，自是往來帖然。又鑲手投募，幕府誤涅其手背，其徒譁譟。公呼官吏詰責，叱吏下曰：「黥汝以謝！」譁者少止，猶以誤涅爲言，公笑謂曰：「當改爲方勝取勝之義。」皆欣然，列拜於庭。朝廷方憂海道，命公與制閫協力備禦，公條上便宜數事。除直龍圖閣知慶元府，兼沿海制置。先是團聚民兵以教，海舟無巨細皆拘集，户然一燈以戒夜，公曰：「此徒煩擾，何益？」散民兵還保伍，縱海舟之不及丈尺者，罷然燈，民情大悦。諜告虜抽鄧州兵至賓州，與高麗相犄角，堂帖令遣間探。公言：「鄧州近襄陽，賓州在黄龍府東北，相去遼絶，必虜揚此虚聲，欲使襄陽弛備。況高麗隔巨海萬里之外，虚實難知，但當謹固封守。」或言群臣有異圖，公曰：「彼首興兵端，兵敗方謀身不暇，安有此？」同官有請繕壁壘、寓公有乞統民兵當要害者，公一鎮之以静，後果如所料。

嘉定改元，召對，一論：「前日失於戰，今日失於和。小使雖返，邀求尚多，陛下不獲已〔一八〕，悉從之矣。使和議成，猶可以紓一時之急，否則虚帑藏以資敵人〔一九〕，驅降附以絶來者，非計也。爲今之策雖以和爲主，宜惜日爲戰守之備。」二論：「權臣之初，畏人議己，意所欲爲，天下雖知其非，而舉朝莫不以爲是。及其久也，是非顛倒而不自知，竟以此敗。臣願陛下與二三大臣以前事爲師，以至公爲心，則是非明而利害審矣。」三論：「本朝治效之盛敻絶前古，非獨帝道之隆，亦有内助焉。惟是彤史既廢，罕有紀述，乞命儒學之臣於本傳之外，博采文書所載先后懿美，以爲《后範》。」上皆首肯。

除太府卿，充殿試詳定官，尋除權户部侍郎。貪相貶曲江，詔没其貲，有司併録其行橐。公聞之，曰已甚矣，請給還之。版曹比較之法，率用新錢填舊欠，歲額既紊，殿最非實。又經總制錢額有重輕，催有難易，建、越、鄞常負殿，台、秀常居最，乞會諸郡實發之額，紐計分數增虧而行賞罰焉。朝廷從之。四川總領所乞以金銀收回九十界錢引六百萬，仍令起赴封樁庫，公言蜀自兵興財竭，宜樁留以備緩急。經筵進故事，引夏侯勝燕見宣帝，乞用儒臣出入禁中，應對顧問。初，公自鄞召，鄞人或來見曰：「諫坡之命將出矣。」公曰：「昔聞之梁丞相，臺諫若與廟堂異議，則天下事無一可爲。若使某居言路，事求其是，固不敢立異；倘欲如近世言官穿鼻之爲者，某有去爾。」冀其以此語達廟堂〔二〇〕，而其人不果達也。除左諫議大夫。公謂諫官以拾遺補過爲職，今彈摘細碎，官失其守，莫此爲甚。首論：「更化期年，前弊皆在，此猶大病方瘳，所以致病之由不能盡去，它症或生，莫之能療矣。」又言：「禁中賜予，間或過差，儉於身而侈於人，與不儉一也。願愛惜内帑以佐邊用。」

史丞相彌遠初拜，麻詞有「昆命元龜」之語，倪尚書思方帥閩，以爲不當用，乞貼麻，御史劾倪公罷之。公因對及其事，上曰「倪思過當」者再，公曰：「思固過當，但恐摧抑太過，遂塞言路，乞明詔臺諫侍從竭盡底藴，勿以思爲戒。」高似孫嘗獻侂胄九詩，皆有錫字，公論其有無君之心。丁常任以嘗諫用兵牽復，公言：「常任始結曾覿，後結蘇師旦，前日之議非真知兵之不可用，特受教於師旦耳。」李參政璧謫居撫州，公言：「侂胄之誅，璧與有力，不酬近功，乃追前罪，他日負舋之臣不容以功贖過矣。」公之未爲諫官也，嘗言：「方史公謀韓，若事不遂，其家先破，韓誅而史代之，勢也。諸公要相叶和，共濟國事，若立黨相擠，必有勝負，非國之福。」又勸錢丞相象祖：「安危大事，當以死争，小小差除，何必乖異？」及拜大坡，朝士有善公者來曰：「宜先搖左揆之客〔二一〕。」公答以不敢。章公良能爲中司，以二相不咸，有所左右，公不樂其如此，益堅壁。或致右揆之意，云「旦夕除執政矣」，公嘆曰：「吾豈傾人以爲利，且可以官職餌者哉？」遂力論朋黨之弊曰：「此以此爲善類，孰肯甘於姦黨？彼以彼爲君子，孰肯安於小人？今在朝之士與四方宣力之臣，其進用固非一轍，臣願陛下公聽並觀，不以某人所薦爲賢，某人所引爲不肖，略所從於既往，責實效於方來可也。」又乞催修《后範》。黄侍郎度出知福州，上疏留之。閹人吴回坐與侂胄分盜壽慈宫寶物貶，貲産入安邊所，俄有旨給還其孫俊卿，公争曰：「漢斥石顯，實并妻子徙歸故鄉〔一三〕，俊卿罪人之子孫，不宜侍禁中，貲産宜勿復給。」

疏入，改權吏部侍郎，辭不拜。以集英殿修撰知建寧府，邊民之流徙者、軍伍之逃亡者，賑恤區畫，各得其所。錢楮中半之令既行，復令以三七分支遣，公曰它費猶可，如兵何，乞以一色見鏹給諸軍，又請綱運全解會子，至今行之。蔡聘君元定謫死道州，歸葬建陽，公雪其冤於朝，贈以初品官。陞寶謨閣待制知鎮江府，全活饑民，瘗藏野殍，不可勝數。制司欲移焦山防江軍於圌山石牌，公謂虚此實彼，利害等耳，包港居焦、圌之中，不若以兩寨之兵迭戍焉。制司不能奪。圌山寨兵素與海道爲地，公廉知姓名，會郡都試，捕而鞫之，無一逸去者。獄具，請貸其死，黥隸諸軍。

提刑劉公爚護客至郡，密語公曰：「待制趙公希懌薦公於東宫矣。」公囊在連江，趙公爲郡户掾，雅敬公。既别不相見者數十年，至是莫知所以相薦者。因慨然曰：「吾平生出處有本末，今老矣，越明年當致其事，何以薦爲哉！」請祠至再三，進焕章閣待制提舉太平興國宫，嘉定四年也。八年，召赴行在，再辭不獲。行至莆，拜疏曰：「臣病不能進矣。」除寶謨閣直學士提舉玉隆萬壽宫。十年，告老不獲，提舉鴻慶宫。十二年，復請老，進顯謨閣直學士、通奉大夫致仕。今上御極，陞直學士，落致仕，予祠錫帶。公因辭免力進昭明天常、扶持人極之説曰：「陛下思大舜事親之心，常若於不及；推帝堯睦族之仁，益求其未盡。天下將靡然從之，豈待加惠一二耄耋之臣而後知所勸哉！」疏累上，最後獨拜進職之命，詔進一官允所請。

寶慶改元，御筆：「傅某、楊簡皆先朝耆舊〔一二三〕，朕所簡記，召赴行在，令所在州軍以禮津遣。」尋除寶文閣學士，提舉佑神觀，奉朝請。雖力以老病辭，而愛君憂國之念不少衰。聞評事胡夢昱坐論事貶，蹙然語所親曰：「慶元初，吕祖儉之謫，吾爲小臣，猶嘗抗論，今蒙國恩，叨竊至此，吾而不言，誰當言者？」遂封上曰：「陛下比詔内外大小之臣，有所見聞，極陳毋隱。且命之曰：『言或過直，毋悼後害。』臣欲條世務，少裨萬一，而耄及智昏，莫知所言。忽聞小臣有以上疏削籍投荒者，詔墨方新，遽返初意，孰不驚駭？夫論事而加之竄逐，求言而繼以威怒，傳播天下，豈能人人知所言事，但以謂應詔上封之故，轉相告語，箝口結舌，臣恐陛下不復聞天下事矣。方今内無良吏，田里怨咨，外無名將，邊陲危急，而又廉耻道喪，風俗益偷，賄賂流行，公私俱困，謂宜君臣上下憂邊恤民以弭禍亂。奈何今日某人言事未幾而斥之，明日某人言事未幾而又斥之，甚則如上疏者以共工、驩兜之刑加之矣。昔韓愈論後世人主奉佛運祚短促，憲宗大怒，將抵以死，自崔羣、裴度以至戚里諸貴皆爲愈言，止貶潮州，尋復内徙。今上疏者么麽，非可愈比，然在列之臣無一爲言者，萬一死於瘴癘，陛下與大臣有殺諫者之謗，垂之史冊，有累聖治。臣垂盡之年，與斯人相去若風馬牛之不相及，獨以受恩優異，效其瞽言。」不報。累辭新命，至二年六月，除龍圖閣學士，轉一官，提舉鴻慶宮，復辭。

公年雖高，飲食起居皆無異，獨耳聽差重爾。每稱人之善不啻如己出，語及姦人誤國、小人害君子，詞色俱厲，不少假借。聞朝廷行一善事則喜且悦，寢食有味〔二四〕。或不如意，則憂憤默坐，竟日達旦，卒以此致疾。屬纊，索紙筆自草遺表，始述遭遇，末陳時事，略曰：「在廷鮮骨鯁之士，持論乏忠厚之人，雷霆多震驚之威，雨露少沾濡之澤，殷勤惻怛之意未孚於中外，安静和平之福未集於邦家。遂使既退者雖佚而多憂，苟容者貪榮而競鶩。爲此不已，究將若何！伏願陛下深思王業之至難，不以天位而爲樂，獨觀萬化，博謀羣臣，上言者明辨其是非，獻計者先審其趨向。退諛旌直，進善斥姦。淑慝彰而人知勸懲，上下孚而事無壅蔽。必羣心之聳動，隨上意以作興〔二五〕。内治既修，外虞可弭。臣形神久瘁，藥石罔功，將即夜臺，猶慕尸諫。」草畢，亟命繕寫。時答詔下，盥櫛更衣，將力疾祗拜，因發免櫝、遺表。既衣朝服，覺瞑眩不支，就寢猶口授別親舊書藁，遂不起，八月十二日也，年八十四。詔依前龍圖閣學士、光禄大夫致仕，贈開府儀同三司。

傅氏自獻簡以論諫顯，忠肅以節義著，太傅以高材稱，公襲忠厚之嫡傳，備家庭之全美，而又受學於朱文公，常以君親爲重，利禄爲輕。策名三十年，始登朝列，富貴在前，未嘗少貶以求合。爲都司、總餉，以沮邊議去；爲諫議，又以忤貴近去。自嘉定辛未至寶慶丙戌，杜門却掃者十有五年。晚被聘召，正張禹、孔光顧惜子孫不敢斥言王氏之日也，公方歷疏時宰弊政，極論綱常倫紀，毅然以不貲之軀犯不測之禍，欲以救遷客炎荒之厄，非獨不爲身計，亦不爲子孫計矣。至於遺表詞氣慷慨，神明不亂，豈非洪毅忠壯、鞠躬盡力而死生禍福之變皆不以入其心歟〔二六〕！

公有至性，言及先夫人輒流涕。太傅贈官台司，公捧告墓下，號慟幾絶。歲時薦享，如臨其上，筋力既衰，拜跪猶自力。奏薦先從子，後諸孫。族有零丁孤苦者，皆收字而經紀之。常謂世俗多厚妻黨，若父族之中知親睦者尚有一二，至於母族則不復顧矣，故公於趙、李二家恩意彌篤。平生廉儉，歷官五紀，始營數椽於祖居之右，自爲《上梁文》曰：「田里交懽，尺地倍買鄰之費；子孫可守，一椽皆賦禄之餘。」人以爲實録。小圃植竹千箇，雜以花卉，扁曰「竹隱」，池可泛舟，堂可讀書。幅巾笻杖，與鄰曲親舊徜徉其間〔二七〕，晏如也。

公博極羣書，爲文師外大父雲龕李公，温潤條鬯，晚筆尤健。有文集若干卷，奏議若干卷，手記朝家故實、前輩事迹，曰《耄志》若干卷，藏於家。所薦多知名士，朝廷或未拔擢，有屢薦而不已者。

娶某國夫人、某國夫人，皆王氏，禮部尚書大寶之女。子男三人：某，某官；次某，故某官；次某，某官。女二人，知潯州王彦廣、故通判紹興府連三益，其婿也。孫男六人：某、某。孫女三人，某官、某官其婿也。某年月日，諸孤葬公於南安縣金鷄鄉崇順里蘇嶺之原。門人陳宓已誌其壙，某復摭其言行之大者以告太史氏。謹狀。

〔一〕以上三代名氏原無，據四庫本補。
〔二〕原：原作「元」，據四庫本改。
〔三〕勘：原重一「勘」字，據四庫本删。
〔四〕末：原作「未」，據四庫本改。
〔五〕有：原無，據四庫本補。
〔六〕禨：原作「機」，據宋刻本改。
〔七〕工：宋刻本作「二」。
〔八〕以：原作「像」，據四庫本改。
〔九〕計：原作「至」，據四庫本改。
〔一〇〕捂：原作「梧」，據四庫本改。下同。
〔一一〕壁：原作「璧」，據四庫本及《宋史·李壁傳》改。
〔一二〕若預：原作「君賴」，據四庫本改。
〔一三〕目：原作「日」，據宋刻本、翁校本改。
〔一四〕「戎」上原有「戒」字，據四庫本删。
〔一五〕「以」下原有「爲」字，據四庫本删。
〔一六〕貫：原作「貴」，據四庫本改。

〔一七〕行：原無，據宋刻本補。

〔一八〕「不」上原有「若」字，據四庫本刪。

〔一九〕帑：原作「幣」，據四庫本改。

〔二〇〕達：原作「建」，據四庫本改。

〔二一〕摇：原作「擢」，據四庫本改。

〔二二〕徙：原作「徒」，據四庫本改。

〔二三〕傅：原作「傳」，據四庫本改。

〔二四〕味：原作「咏」，據四庫本改。

〔二五〕「作」下原有「新」字，據四庫本刪。

〔二六〕歟：原無，據四庫本補。

〔二七〕曲：原作「典」，據四庫本改。

後村先生大全集卷之一百六十八

行狀

西山真文忠公

曾祖齊，贈太子太保；妣陳氏，贈咸寧郡夫人。

祖京，贈太子少傅；妣周氏，贈始興郡夫人。

父嵩，贈太子少師；妣吳氏，贈縉雲郡夫人〔一〕。

公諱德秀，字希元，浦城縣遷陽鎮人。四歲受書，立成誦。入小學，夜歸嘗寘書枕旁，燈膏所薰，帳皆墨色。羣兒休浴聚戲，公并取其書卷兼熟之矣。宮師薨，吳夫人力貧躬織衽持家，公得壹意於學。弱冠再貢於鄉，擢慶元己未乙科，調南劍州判官，孜孜職業，不以高弟勝流自居。中開禧乙丑博學宏詞科，閩帥蕭尚書逵羅致幕下。陳相自强家盛暑訟人索僦金，公判其牘曰：「丞相方憂邊思職，顧屑屑及此乎！」時金華李公誠之、莆田陳公宓皆仕於福唐，公與游甚懽。踰歲，以太學正召。嘉定改元，遷博士，爲禮部點檢試卷官。樓公鑰、倪公思方典舉，獨異待公〔二〕。樓公盡告以文獻之傳，且許其致遠；倪公爲言立朝行己本末甚詳，公終身佩服焉。輪對〔三〕，言：「爲國者當示人以難犯，不可示人以易窺。增幣函首〔四〕，虜將闚我。」又言：「慶元以來，柄臣顓制，立爲名字以沮天下之善者有二：曰好異，曰好名。士大夫志於利祿，靡然從之，以慷慨敢言爲賣直，以清修自好爲不情〔五〕。流弊之極，至於北伐舉朝趨和而争之者不數人。今既更化，當先破尚同之習〔六〕。」召試學士院，奏篇言：「古今之變非兵財之足慮，而國勢人心之可憂〔七〕，宜防近習用事，杜小人復進〔八〕，以維持國勢，拯淮民流徙以係屬人心〔九〕。」除秘書省正字，爲御試編排官，兼玉牒檢討官。

遷校書郎，輪對言暴風、雨雹、熒惑、蝗蝻之異，因條上四說：「漢初元、延光間暴風，翼奉以爲左右邪臣、史臣以爲親讒曲直不分之驗。今名雖好忠，實則喜佞，災異所緣而起也。陰氣之精，凝而爲雹，劉向以爲陰脅陽、孔季彦以爲陰乘陽之應。今一二詔旨或從中出〔一〇〕，致異之原，其或在是。熒惑南方，爲禮爲視，禮虧視失則罰見，意者事幾未盡察、邪正未盡知乎！春秋威公五年螽，漢光和元年蝗，說者以爲貪虐取民，蔡邕以爲貪苛所致，意者贓吏尚多、苞苴未戢乎！」兼沂王府教授，每因誦說，迪以正理。

兼學士院權直，遷秘書郎。輪對言：「近畿州縣水災，以類求之，内而女謁近習，外而夷狄盜賊，陰盛陽微之證。更化未幾，俊賢耆艾引去相踵〔一一〕，善良之士寢不自安。寇燄未張，不早撲滅，及其披猖，乃草薙而禽獮之，世豈有斃千萬人於干戈而天不爲之變者？惟開公道，窒旁蹊，以抑小人道長之漸；選良牧，勵戰士，以挫群盜方張之鋭。」又言：「天下有不可泯没之理，萬世猶一日者，公議是也。自昔雖甚無道之世，能使公議不行於天下，不能使公議不存於人心。侂胄用事，能顛倒是非於一時，終不免爲世大僇，何者？公議天道也，侂胄犯之則違天矣。故善爲國者畏公議如畏天，則人佐之，天助之。」遷著作佐郎。始公登朝，同進有相甚者，每譏公以諂時相，獲驟遷，公恬然無競。其人後爲時相所厭，將除公言職，使逐去之，公力辭不就。劉尚書爚聞而歎伏曰：「不過遲作從官十年爾。」

兼禮部郎官，輪對言：「星變，修德行政者本也，禬禳祈請者末也。間者内廷屢蒇醮事〔一二〕，舉末遺本〔一三〕，未足以格天〔一四〕。」又言：「金虜有必亡之勢三，可爲中國憂者二。萬一此虜遂亡，莫或余毒，上恬下嬉，則憂不在敵而在我。設或外夷得志，邀我夾攻，豪傑四起，奉我爲主，從之則有宣和結約之當戒，張覺内附之可懲。如將保固江淮，閉境自守，彼方雲擾，我欲堵安，以此爲謀，尤非易事。議者多謂夷狄之衰乃中國之利，抑不思五單于之争，漢嘗獲其利矣，拓拔氏河南之警，反爲蕭梁之害，何耶？」時余公嶸奉使至涿州〔一五〕，以燕城被圍約回，始知金人有韃靼之擾。除軍器少監，陞（擢）〔權〕直學士院。輪對言：「雷雨損動太廟鴟吻，而避朝損膳，僅舉故事，然猶歷旬浹而後行，逋信宿而遽已。以此動人，猶且不可，況於天乎？」除起居舍人。戚畹封王爵，公適當制，廟堂諭意，令及去凶之事。公不從，而以「建儲爲中宮功，故均慶后族」，且有「亶爲異渥〔一六〕，夐掩前聞」之語〔一七〕。既告廷，復草奏曰：「漢世賢戚無出樊宏、陰興右者。宏之言曰：『富貴盈溢，未有能終。』興亦曰：『富貴有極，人當知止。』二人之言，外族所當監也。」許侍郎奕時兼瑣闥，遂援「覆掩前聞」一語，以爲詞臣之筆如此，是本朝前此所無也。許公竟以此去。戚畹以公名重，屢對客願一識面，公正色拒之。

直前奏事，言：「自頃傅伯成以諫官論事去，蔡幼學以詞臣論事去，鄒應龍、許奕又繼以封駁論事去。人之常情，易媮難勉，彼見數人者非能大有矯拂，已皆不容，故寧默默以自全，不肯譊譊以賈禍。侍從之臣未聞有以己見求對者，集議則閣筆相視，不措一詞。喑嘿如此，豈國之福？」又言：「陛下延納羣臣有禮，然咨詢罕聞玉音，記注所書，寂寥無幾〔一八〕，臣願昕朝賜對，時出聖訓。」又言：「古者大事謀及庶人，而楮幣鹽鈔，更張獨決於廟謨。」又言：「唐憲宗以忠直用李藩，以循默去鄭絪，明主所當法也。當時宰臣裴垍尤獎盡言拾遺。獨孤郁等因遷致謝〔一九〕，垍獨責嚴休復曰：『君異夫二人孜孜獻納者。』休復大慙。大臣所當法也。」又言：「新楮初行，雖有違令估籍之文〔二〇〕，然當籍者必聞於朝，以俟報可〔二一〕，毋得專行。今州縣奉行過當，有一夫坐罪而併籍昆弟之財，有虧陌四錢而没入百萬之貲，至於科富室之錢，拘鹽商之舟，以産高下配民藏楮，皆出於朝廷約束之外。臣閩人也，所謂家産滿千錢，藏券五十，閩中之新令也。夫産滿千錢，田僅百畝，安有餘貲可以市券，往往鬻田宅以應令。凡若此類，宜悉蠲罷〔二二〕。」

兼太常少卿，直前奏事，言：「北虜垂亡，此天命離合之機。國家多事之始，必也君臣上下皆以祈天永命爲心。劉向有言：『祥多者其國安，異衆者其國危。』臣謂不然。祥多而恃，未必不危；異衆而戒，未必不安。今歲以來，二月飛雪，六月積陰，地震水涌，妖星隕流，而況重以震霆之異！昔景祐五年，雷發孟春，下詔求言。陛下自視何如仁宗，冬雪之警，甚於孟春，而求言之詔未頒，宜思所以通下情、召和氣者，此祈天永命之一事也。三代而下，治體純粹莫如我朝，立國不以力勝仁，理財不以利傷義，御民不以權易信，用人不以才勝德〔二三〕，社稷長遠，賴此而已。陛下聖德謙冲，未嘗輕改成憲，竊慮或者患國勢未强而欲振以刑威，患財用未豐而欲益以聚斂，謂誠信不如權譎，謂忠厚不如刻深，有一於兹，皆伐國之斧斨、蠹民之螟螣也。惟陛下察截截之諞言，守悶悶之家法，此祈天永命之二事也。唐制非叛逆不籍其家，今閭巷細民小有詿誤輒没其貲，羣情嚣嚣，不自聊賴，弱者至父子相隨赴井而斃，强者至欲剚刃守臣以自快〔二四〕，宜思所以收人心、解天意者。此祈天永命之三事也。安富卹貧，王者之政，而郡縣往往疾視富民，多方破壞〔二五〕，不盡不止。有餘之家窘於科斂〔二六〕，摧於告訐，皆蒿然有不自存之態〔二七〕。賒貸路窮，貧民益困，願霈然下詔，戒飭有司。此祈天永命之四事也。藝祖立奏案之法，以革藩侯之專殺。范祖禹謂國家以仁繼仁，哀矜於民，率用中典〔二八〕，爲百三十年太平之本。陛下仁恕同符祖宗，臣所欲將順者三：一、自今非重辟毋輕下大理。二、寺官宜參用儒者。三、酌情處斷〔二九〕，所以重帥權，非列城所得用；便宜斬戮，軍興一切之政，非平世所可行。宜制其萌，以杜藩鎮之禍。此祈天永命之五事也。追命居住，視古流放之刑，其在聖朝，未嘗輕用。比緣官吏玩令，間或舉行，舉刺之官或乖審謹，〔接〕〔按〕劾來上，未盡至公，願詔有司，博參物論〔三〇〕，湔滌其可貸者。此祈天永命之六事也。」又言：「蜀居上流，爲東南之首，宜預蓄人材以備緩急。」

時相當國既久，言路徧置私人，耆舊盡去。都司胡、薛之徒始用事，鈔法楮令既行，告訐繁興，吏民坐新書抵罪者衆。公首上是奏，直聲動朝野〔三一〕。立螭數月，數犯顔造膝，天下想聞其風采，故老袁公燮、柴公中行及庶僚之敢言者數人稍稍和之。時相始不樂，都司又切齒，然籍没之産以漸給還，士大夫停廢遷徙者亦稍稍牽復，公發之也。時相患公與左史李公亶數論事〔三二〕，於是二公俱出疆。公爲金國賀登位使，從臣中有以公親老留行者〔三三〕，不聽。至盱眙，留兩月，凡兩淮山川險易、士卒勇怯、守將賢否、邊民疾苦，皆覽觀諏詢，識之於冊，慨然有爲國經理之志。嘗謂苟得自見，平地可使爲至險，曠土可使爲良田，弱卒可使爲精兵，惜不及用也。虜移文止賀使，還朝入對，言邊事有深可慮者三〔三四〕，亟當爲者二，欲移沿江列屯於兩淮，而增募舟師以扼江面，繕城池樓櫓，大修墾田之政〔三五〕。又言：「金韃相持，戰鬭離合不知其幾，而吾俱罔聞知，宜飭邊臣捐金募間。」時朝論方事苟安，謂公張望，乞補外，不允。

直前奏時事，言：「女真徙汴，我憂方深，自立之策無出於用忠賢、修政事、屈群策、收衆心而已〔三六〕。今濟濟周行，號爲多士，然意見小異，已成枘鑿，議論小激〔三七〕，目以譸張。夫平居工文墨，便刀筆，文儒宿望或所不能；至於正色折姦萌，立談斷大事，則又非小有才者所能辨〔三八〕。惟陛下以尊君重朝爲心，合天下正人以自助。南渡駐蹕，何異越棲會稽，而秦檜乃以議和粉飾太平，士大夫豢於錢塘湖山歌舞之娱〔三九〕，無復故都黍離麥秀之歎，此檜之罪所以上通於天而不可贖也〔四〇〕。今危機交急，不同常時，宜罷不急之營繕，略常程之細務，惟大計是圖，則勾踐之功可尋。漢有邊鄙大疑，必使群臣雜議。熙寧議地界，建炎議防秋，或訪舊弼，或令侍從臺諫各上利害。今虜徙而南，宜詔有位皆得盡言〔四一〕，然後博采衆長，按爲定論。國之元氣在於人心，宜選循吏革虐政以收百姓之心，拔用荆淮嘗立功之人以收豪傑之心〔四二〕，已募復散之卒，擇其健者分配戎行，以收忠義之心，蠲科調以收邊甿之心，推恩信以收中原遺黎之心，所謂自立之本也。昔李綱建議，欲保江南，當葺理淮、襄爲家計〔四三〕。孔明駐漢中，陸遜守荆渚，皆付以事權，不從中御。願於近臣中擇二人於荆、淮建立幕府，如吳、蜀任二臣故事，所謂自立之具也。」又言：「虜必邀歲幣，臣竊以爲不可與。」上曰：「不當與。」未幾，對境果來索，從臣劉爚、李珏皆主不與〔四四〕，上曰：「真某之論亦然。」

時相方以爵禄籠天下士，至有聲望舊人折節營進，反爲所薄。公慨然謂劉公爚曰：「吾徒須汲汲引去〔四五〕，使廟堂知世有不肯爲從官之人。」遂力請郡〔四六〕。時相曰：「禁涂在邇〔四七〕，胡爲去也？」公答曰：「老親生長田間，但知太守之樂，不知從官之榮。」除秘閣脩撰、江東轉運副使。時山東亂離，朝廷猶與女真通聘，而士大夫多言五福在吳。公朝辭，論國耻不可忘，鄰盜不可輕〔四八〕，幸安之謀不可恃〔四九〕，導諛之言不可聽，至公之論不可忽。

金陵旱蝗，留守適卧病〔五〇〕，公乞蠲閣二税，大講荒政，約常平使者李公道傳共議〔五一〕。李公至自池陽，合詞乞分所部九郡委三司〔五二〕，公自領太平、廣德，李公宣、池、徽，譙提刑令憲南康、饒、信，而建康以屬帥。會留守殁，總餉攝事〔五三〕，公力從臾之，於是建康奉行如列城。分畫既定，通選一路僚屬，籍人户爲五等，甲乙出米，丙自食，丁糶而戊濟之。朝廷捐米數十萬石〔五四〕，守令以使者切於爲民，躬履阡陌，家至户到，父老歎息，以爲劉樞密荒政之後所未見也。公素與李公志同道合，謂譙卿可與爲善，雖南康三郡區畫精密不逮，然所及亦不少。惟金陵甫講行，新留守至，竟不發粟，而總餉自賑城中户口焉。時廣德旱最甚，公再至其郡，請以撥到百萬倉米萬石救一郡之民，且易糴爲濟，未報。公與守臣魏峴議，以便宜發廩，委教官林庠賑給，而別疏待罪。竣事而還，百姓數千人送公，指道傍叢塚泣謝曰：「此皆嘉定辛未年餓死者，微公我輩相隨入此矣。」

黄、池民旅訟鎮官史彌忠倚勢不法，公令尋醫而去。當涂郡更創大斛，廢司農斛斗不用，公索而毁之。新徽守林琰爲臺諫無廉聲，寧國守張忠恕規匿賑濟米〔五五〕，公兩劾之。忠恕罷，代以陳廣壽，公言宣民遭前守之虐，自李道傳承攝〔五六〕，方有生意，今忠恕甫去，廣壽實來〔五七〕，所謂逐虎逢狼也。廣壽之命遂寢。公雖不容於朝，猶以忠實懇惻爲時相所重，雖積忤未至疏斥，惟都司數人目爲迂儒，試以事必敗。及至江東，益有民譽，小人無所售其喙，遂有「旱傷本輕，監司好名，賑贍太優」之語〔五八〕，時相不能無惑，自此申請遂落落矣。魏峴始與公共發廩，俄爲都司所嗾，劾罷林庠以撼公。公上章自明，朝廷悟，與峴宮觀〔五九〕，庠幹官。都司怒無所洩，徑從省中奏罷徽守詹阜民〔六〇〕，以撼李公道傳，而李召還矣。江東二年，凡下車例冊及臺閫戎司之餽，以至太夫人誕日諸司所奉壽禮〔六一〕，皆不入私橐，專儲之以助賑施。公雖在外，援歐陽公修自禁林出漕河北上疏論兵故事〔六二〕，附奏言：「女真叛遼在政和之四年，其滅遼也，在宣和之七年〔六三〕。今天下之勢無以異於政、宣之時。臣嘗論政、宣致禍，其失有十：京、黼蠱上心，一也；貫、俅壞軍政，二也；簡忽天變，三也；以言爲諱，論水災者貶謫，諫花石者屏斥，四也；老成鴻碩不以姦黨廢則以邪説斥〔六四〕，五也；臺省館殿非奴事奄尹即翼附權臣之人，六也；邊臣掩覆〔六五〕，寇至不知，七也；改鹽鈔法〔六六〕，科免夫鈔〔六七〕，八也；閹腐董師，九也；狥女真之欲，召侮取輕，十也。陛下憂勤恭儉，無愧仁祖之風；而群臣盤樂怠傲〔六八〕，乃有宣、政之習。臣恐後之視今，猶今視昔。又三數年來〔六九〕，謀國者不惟長筭，遂有三誤。虜既播越，猶使吾宋臣子拜犬羊於祖宗殿廷之下〔七〇〕，一也；歲幣不遺是矣，然不正其詞而諉曰漕渠乾涸，二也〔七一〕；上流制閫榜拒流民，來者勦殺，西（川）〔州〕總戎戕程彦暉一家於黑谷山，三也。積此三誤〔七二〕，而吾國之威靈氣燄索然矣。誤於前者不可悔，應於後者猶可爲，願朝廷無再誤而已。昔孫氏、典午氏皆能以江表自立，國家帶甲百萬〔七三〕，江漢爲池，豈下吳、晉？而中外有司忠誠憤激者少〔七四〕，委靡怠惰者多，一聞赤白囊至，相顧失色，不知所爲〔七五〕，少定則又恬然矣。國家平時尊寵士大夫，一旦有急，未見有毅然以勠力王室自任者，此臣之所大懼也。」時議以西掖召還，都司尤忌公者密洩其語，以相鈎致。公曰：「某雖不肖，決不由匪人以進。」乃上此奏〔七六〕。

除右文殿脩撰知泉州。郡以番舶爲命，然商人畏重征，苦官吏和買，至者絶少。公鐫税額，戒官吏毋得買一物，雖諸臺委倅屬市物，必申州始得奉行。是年舶至者十有八，明年二十有四，又明年三十有六，征税之入遂及紹熙舊額〔七七〕。秋苗令民執槩，兩造示姓名，使自詣，然惟王公十朋與公能行之〔七八〕。海賊王子清、趙郎以十八艘横行巨浸〔七九〕，劫晉江縣圍頭灣〔八〇〕，距州僅百餘里。公調左翼軍捕逐〔八一〕，撥發官王大壽力戰無援，與隊將秦淮等六人死之。公爲文以祭，且請贈典於朝〔八二〕，出宿中和堂，討賊彌厲。或言沿江諸港澳民兵可用〔八三〕，而同安管下烈嶼其尤也，公議選官勸諭。寓客竇謨儲公用自請行，得民兵四百、舟三十二，與官軍犄角〔八四〕，併授之(簿)〔薄〕侯處厚曰〔八五〕：「官民一體，有功並論。」逆賊至漳浦境内沙淘洋〔八六〕，敗之，獲大舟四、賊首六，趙郎者在焉，子清逸去。誅群賊於教場，設王大壽位，令其子剖心以祭。磔者三人，誅死者二十餘人，脅從者破械縱去。趙郎自稱直徽猷閣子游孫希郤也，斃於獄，子清尋爲台州杜門巡檢所擒。詔以獲賊功增一秩。公委僚屬徧行海濱，審視形勢，創修沿海諸砦，增屯諸砦水軍，復教定巡邏地分，後皆可行。左翼軍受守臣節制，公所請也。

時相生日，四方爭獻珍異，公大書「開誠心、布公道、集衆思、廣忠益」十二字以餉，且將以書曰：「丞相勤身輔政而中外之心未孚，屈己受言而士大夫之情猶不能以自竭〔八七〕，願因某之言，考武侯之爲，勉其未至，則功業日盛，福禄日臻。」不報。泉多大家，或席貴勢患苦閭里，公嚴繩其僕而雅責其主，皆媿之而不敢(怒)〔怨〕。始至，郡之先達有田訟，聞公語自慊，焚其契不復爭。曾從龍貽書寓里曰：「此人視宰執如小兒，宜謹避之。」傅公伯成方退居，公每詣之必移日〔八八〕，虚心問政，受其規戒。傅公亦以世道期之。

除集英殿脩撰知隆興府、江西安撫。前政積寬，稍矯以嚴，尤留意軍政〔八九〕。常謂夷狄外患，盜賊内憂，皆不可忽，遂條五事〔九〇〕，可爲十一郡長久之利。一、令屬城各倣豫章，於禁軍内圑結其强壯者别爲營，且乞推行之於八路。二、抽江州水軍人船十之三分屯興國之富、池等處，抽鄂州水軍十之三分屯武昌縣。三、繕豫章城。四、總管、鈐轄闕〔九一〕，於統制中選差；州鈐將副則取諸統領以下之知兵者。五、通廣鹽於贛、南安以弭汀、贛鹽子之害。屬稿未上，以吴夫人憂去官。明年，蘄、黄失守，陞武昌縣爲壽昌軍。其後盜起南安，延蔓又三道〔九二〕，竭國力討之，數載始平，人乃伏公先見。公嘗言所歷諸鎮惟江西惠利未有大及吾民〔九三〕，若有遺恨，蓋開府僅數月云。

公性篤孝，吴夫人嘗疾病，公祈天而愈〔九四〕，醮謝之詞有曰〔九五〕：「願損臣算，以延母齡。爐熏之燼未銷，囊藥之功已應。」其除泉守也，告詞以蔡忠惠公褏便親爲比。公至郡，刻蔡公《上壽儀》於石〔九六〕，歲時率家人奉觴爲壽如其儀。州民有母壽百者，爲立壽母坊。及執喪，毁瘠柴立，侍妾盡遣去〔九七〕，給事左右惟老兵蒼頭〔九八〕。飲量舊無算〔九九〕，自此終身飲不過濡口。服闋，除寶謨閣待制知潭州、湖南安撫使〔一〇〇〕。再辭不允，辭次對又不允。赴鎮，詔賜金帶。以廉仁公勤四事勵其僚〔一〇一〕，以周元公、胡文定公父子、朱張二先生學術源流勉其士。長沙自南渡初，民自醞酒而税於官，其法簡便，至劉公珙討郴寇〔一〇二〕，增親兵〔一〇三〕，始量從官賣，稍分醞户之利。辛帥棄疾創飛虎一軍，博求利源，奏改爲摧酤。給事中芮公煇持不可而寢〔一〇四〕，至趙帥善恭又榷焉。曹公彦約修復舊法，至安樞密丙又榷焉。公奏：「自彦約行税法，每歲凈息率不下八萬餘緡，視昔之榷無大相過，而不和糴，不抑配，不搜捕〔一〇五〕，薪水之費、官吏之給〔一〇六〕，皆十去其七，而一定之息踵門而至，何憚不爲？」詔可其奏。潭人歡呼。

舊例，秋苗斛面外有所謂捧撮米者，日增月益，前帥定增爲一斗，既增而捧撮如故〔一〇七〕，每三捧取七升，公併革去之。朝廷歲降度牒和糴，州配之縣，縣配之民，率三四户受一牒，昂其價以市，米每斛比市直僅四之三。公乞免降度牒，不許，則遣人貨於都城而自任其折閲，所糴纔十一。會米貴遽止〔一〇八〕，以他米補其數〔一〇九〕。明年，奏請罷糴。歲春夏，郡民艱食，竭公家之力振贍〔一一〇〕。既而曰：「此淺惠耳〔一一一〕！」郡有折粳錢〔一一二〕，本正苗也，後折錢佐郡用〔一一三〕，闕米則輸本色。合正耗五萬餘石，公别貯之〔一一四〕，名惠民倉，歲歲出糴。倣張公詠成都之法，什伍其民，以相保受。有麗於罪，毁券住糴，保受同之，因養寓教。魏公了翁記焉。又以撙節錢易穀於總所，得八萬石，益以他穀爲九萬伍千石，散於十二縣。置社倉百所，其斂散息耗之法一依朱文公所立條約，且上其事，朝廷皆從之，著爲令。又創慈幼倉，立兩義阡，教諸軍習射，〔日〕〔月〕再按試。前帥以官錢付親兵回易，又撥東西兩莊令軍中自佃。公捐其租息，凡營中病者、死未葬者、孕者、嫁者、娶者，給散有差。定王臺據一郡最高處，向時元夕帥漕張飲其上〔一一五〕，諸營家給一燈竿杪，燦若萬星〔一一六〕，數夕乃止〔一一七〕。公榜罷之。置贍軍典庫。知壽昌軍朱槖建請飛虎軍戍壽昌〔一一八〕，且欲并致其家口，公力爭之，朝廷不能奪。江華縣賊蘇師軍去州十里殺人〔一一九〕，巢穴接賀州，公檄廣西共討平之。武岡守司馬遵不得軍情，卒蔣宗〔籌〕〔等〕倡亂，公劾去遵，使僉判葉莫攝郡事〔一二〇〕，授以方略，亂卒伏誅。

今上登極，召赴行在。未至，除中書舍人，兼侍讀〔一二一〕，改禮部侍郎，兼直學士院，兼修國史、實録院修撰〔一二二〕，辭免不允。以寶慶初元正旦發長沙〔一二三〕，過家，乞郡不允，給告一月。六月辛丑入對，上迎勞曰：「久聞卿名。」公奏三〔創〕〔劄〕，一脩子道、正家道、立君道，略曰：「三綱五常者，扶持宇宙之棟幹，奠安生民之柱石。人而無此，冠裳而禽犢矣；國而無此，中夏而裔夷矣。晉廢三綱而劉、石之變興〔一二四〕，唐廢三綱而羯胡之難作。我朝立國，根本仁義，先正名臣或以爲家法最善〔一二五〕，或以爲大綱甚正。陛下初膺大寶〔一二六〕，不幸處天倫之變，有所未盡，流聞四方，所損非淺。霅川之變，非濟邸本志，前有避匿之迹，後聞討捕之謀，情狀灼然，本末可考〔一二七〕，願詔有司討論雍熙追封秦邸、舍罪恤孤故事〔一二八〕，斟酌而行之。雖濟王未有子息，然興滅繼絶〔一二九〕，在陛下耳。」上曰：「朝廷待濟王可謂至矣。」公奏：「陛下友愛之心可謂無所不至〔一三〇〕，但謂此事處置盡善，臣未敢仰承聖訓。觀舜所以處象，則陛下之不及舜明甚。大抵人主當以二帝三王爲師，秦、漢以下人君舉動不皆合理，難以爲法。」上曰：「是亦一時倉猝。」公奏：「此已往之咎，臣所以言者，欲陛下益進德修業以掩前失。」

二乞收人心，略曰：「太平興國中，秦邸事作，太子太師王溥等議於朝堂者七十有四人，然後有詔裁決，以大事不可輕也〔一三一〕。康定、慶曆簡求西帥〔一三二〕，必取當世第一流，宰相呂夷簡至忘讎薦進，以重任不可輕也。往者霅川之獄，未聞有參聽於槐棘之間者〔一三三〕。又如淮蜀二閫之除〔一三四〕，皆出僉論所期之外，天下之事非一家之私，何惜不與衆共？此收人心之一事也。賞罰適平則人莫得而議，今有功罪同而賞罰異者。朝廷之於天下當如天地之於萬物，栽培傾覆，付之無心，可使一毫私意介其間哉？此收人心之二事也。當乾、淳間，有位於朝，以饋遺及門爲耻；受任於外〔一三五〕，以苞苴入都爲羞。今薰染成風，恬不之怪〔一三六〕，果欲息天下之謗〔一三七〕，莫若反其物，罪其人，則心迹暴白〔一三八〕。此收人心之三事也〔一三九〕。治世氣象，欲其寬裕，不欲其迫蹙〔一四〇〕。曩者以訛言之籍籍，有譏訶之令焉。呵則已過矣，甚至於流竄焉，殺僇焉，都城之民搖手相戒。宜解密網，達下情，此收人心之四事也。」

三言：「朝廷之上，敏銳之士多於老成，政事之才富於經術〔一四一〕。雖嘗以耆艾褒傅伯成、楊簡，以儒學褒柴中行〔一四二〕，以恬退用趙蕃、劉宰，然前之三臣止加異數，未聞聘召，至於亮直敢言如陳宓、徐僑，皆未蒙記録。願處伯成、簡於內祠，置中行於經幄，擢宓、僑於言地。」又奏：「華髮舊德之臣，不獨人主賴其益，朝列新進之士亦有所矜式。伯成、簡皆年逾八十，縱使召之不至，必能因囊封進忠言。」又奏：「長人之官，拊字不聞，叨懫日甚。」上曰：「如何無一廉者〔一四三〕？」又問：「何以革之〔一四四〕？」奏：「此在朝廷用舍黜陟之間〔一四五〕，示人以意〔一四六〕。」上又問：「卿曾見有何廉吏？」以袁守趙篏夫對〔一四七〕。御筆擢篏夫直秘閣，與監司差遣。公手劄謝上〔一四八〕，因言：「崔與之帥蜀，楊長孺帥閩，皆有廉聲，臣一時不能悉數以對，乞廣加咨詢。」

始，公在道〔一四九〕，猶未聞濟邸之訃〔一五〇〕，以書達時相，謂必有寡聞淺見之人托納忠除患之説以誤朝廷者，不可不致察。時相既惡聞其言，至范村，使左史楊邁來見，問所欲言，又遣所親諭以勿及甲申之事，公但唯唯。洎入國門，都人聚觀，皆以手加額，益見忌矣。辭内制者四，從之。上移御清燕，公因進讀，奏：「此高、孝二祖儲神燕閑之地也，仰瞻楹桷，俯視軒墀，當若二祖實臨其上〔一五一〕。」又言：「陛下前所居處密邇東朝，未敢遽當人主之奉也〔一五二〕。今宮閣之儀浸備，以一心而受衆攻，未有不浸淫而蠹蝕者。」上曰：「當察於微芒。」公奏：「惟學敬可存養此心〔一五三〕，惟親近君子可維持此心。蓋理欲相爲消長，篤志於學則聖賢雖遠，常若與之從容游處，天下之樂何以過此〔一五四〕！」上曰：「朕在宮中無他嗜好，止是觀書。」又奏：「古者居喪不處於内，宜防微謹獨，見先帝於羹墻。向者日侍慈明〔一五五〕，今其見有時，宜益隆孝養。」又奏：「先帝視朝常在卯、辰之間，臣侍螭陛二年，實所親見，陛下視朝差晚。」上皆嘉納。

讀《寶訓·睦親門》至涪陵公廷美卒〔一五六〕，具陳其所以然。因奏：「太宗於秦王矜憐憫惻，曲盡其至〔一五七〕，陛下所當法。」又誦太宗聖訓曰：「同氣之親，不忍致於法。」又曰：「以廷美之惡，豈當如此？但骨肉之情有所不忍。觀此則親親之恩不可以有罪廢。」上領之。寧考小祥，詔羣臣服純吉，公争於朝曰：「自漢文短喪，至我朝阜陵獨出宸斷〔一五八〕，衰服三年〔一五九〕，朝衣朝冠皆以大布，三代而下蓋未之有。惜當時輔臣禮官不能併定臣下執喪之禮〔一六〇〕，此千載無窮之憾也。迨紹熙甲寅〔一六一〕，阜陵上賓，從臣羅點等建議，乞令群臣於易月之後〔一六二〕，朝會治事權用公服黑帶，朔望時節朝臨奉慰皆衰服行事，大祥始除。有詔從之。侂胄務反慶元初政，光宗之喪復以小祥從吉。以《會要》諸書考之，群臣禫除從吉，舊制也〔一六三〕，後易以升祔，紹興易以小祥，甲寅易以大祥。二百餘年之間〔一六四〕，其制四變，皆由近而之遠，非自遠而之近也。侂胄變甲寅之制，是自遠而之近，自厚而之薄也，可乎哉？先帝臨御三十年，恩同天地，臣子號慟泣血未足洩哀，帶不以金，鞓不以紅〔一六五〕，佩不以魚，鞍韉不以文繡〔一六六〕，此於群臣何所損、朝儀何所妨？」即詔行在職事官俟大祥從吉，諸路依已降行。

公既屢進鯁言〔一六七〕，上虚心開納。時相以其負人望，有主眷，屢誘怵以禍福，使附己，公不爲動，乃與其黨謀逐公。給舍王暨、盛章繳駁濟邸贈典，且請追議其罪，公始杜門求去〔一六八〕。殿中侍御史莫澤疏語稍見侵，公自請絀責〔一六九〕，章三上，不允。竟以澤疏除焕章閣待制提舉玉隆宫〔一七〇〕，辭，不允。以諫議大夫朱端常疏落職罷祠〔一七一〕，監察御史梁成大疏降三官〔一七二〕。先是，右正言李知孝論公首倡邪説〔一七三〕，以其章鏤榜播告天下。迨成大請加竄責，上曰：「仲尼不爲已甚。」時相雖怒不測〔一七四〕，公竟獲里居，上保全之也〔一七五〕。初，從臣惟魏公了翁、庶僚惟洪考功咨夔、胡評事夢昱與公議論略同〔一七六〕，時相折簡言路曰：「禮侍强辨不已〔一七七〕，洪、魏和之，胡尤無狀。」故論列交上，胡貶象臺，公與洪公皆逐，而魏公亦有靖州之行矣。公歸，脩《西山讀書記》，以六經、《語》、《孟》之言爲主，荀、揚諸子附焉，諸老先生之言爲解經而發者附本經之注〔一七八〕。《甲記》曰性命道德之理、學問知行之要，凡二十有七卷；《乙記》曰人君爲治之本、人臣輔治之法，凡二十有二卷〔一七九〕；《丙記》曰經邦立國之制、臨政治人之方，其書惟兵政一門先成〔一八〇〕；《丁記》曰出處語默之道、辭受取舍之宜，凡二卷。公自退居，究心此書，博覽精思，手抄日數千言，叢藁如山。嘗謂門人曰〔一八一〕：「人君爲治一門，告君之書也，以范《唐鑑》爲法。如有用我，執此以往。」又曰：「他日得達乙覽，死無恨矣。」又曰：「吾兵政一門，古無此書，天下方多事，所以汲汲緝成之。」又取周、程以來諸老先生之文〔一八二〕，摘其關於大體、切於日用者〔一八三〕，彙次成編，名《諸老先生集略》，凡七十有八卷。又以後世文辭多變，欲學者識其源流之正，集録《春秋》内外傳，止唐元和、長慶之文，以明義理、切世用爲主〔一八四〕，否則辭雖工亦不録〔一八五〕。其目有四：曰辭命，曰議論，曰叙事，曰詩賦。名《文章正宗》，凡二十餘卷。盜起汀、邵〔一八六〕，勢蔓延數郡，公雖閑居，爲倉、漕二使者言：「陳倉部韡有文武材，必辦此賊〔一八七〕。」二使者言於朝，其後蕩平閩寇，本公謀起陳公之力也。

紹定辛卯慶壽恩，復寶謨閣待制、玉隆祠〔一八八〕。明年，除徽猷閣待制知泉州，再辭不允。迎者塞洛陽橋，深村百歲之老亦扶杖而出，城中歡聲動地。公曉士民曰：「太守去此十四五年矣，雖泉山一草一木亦時入思。再叨郡寄，衰病本不能出〔一八九〕，念泉人相愛之深，黽勉此來，欲爲此邦興利除害，復還樂土之舊而已。」謂官僚曰：「某前帥長沙，嘗以廉慎公勤勉同官，今所當勉無出於此。」令屬邑各以崇風教、清獄犴、平賦税、禁苛擾四條揭之坐右〔一九〇〕。海寇犯境，遣右翼軍將官具旺破走之。先是，諸邑二税或預借至六七年，永春、德化二邑又燬於寇〔一九一〕。公入境，首禁預借，諸邑有累月不解一錢者，郡計遂赤立不可爲。或咎寛恤太驟，公謂：「民困如此，救之當如解倒懸，吾寧以一身代其苦，不以此爲悔也。」僚屬又鮮能任事，無大小必躬親之，每據桉決訟，自卯至申未已。或勸嗇養精神以當大任，公謂：「郡計凋弊，無力惠此民，僅有政平、訟理二事可勉，苟又不加意，即爲不治之州矣。」

建炎初置南外宗正司〔一九二〕，宗子僅三百餘人，令漕司與本州均任其責，朝廷歲給祠牒五十助焉，乾道間又益三十焉。後屬籍日增，漕司止按舊額〔一九三〕，餘不復問，祠牒亦不復給。紹定末，宗子至二千三百餘人，每歲錢米本州自備十四萬餘緡，而一司官屬與宗學養士尚不與焉。公奏：「郡不可爲矣〔一九四〕，雖有材健之守，智力無所施，不過預借重催，或抑都保代輸，或估籍無罪〔一九五〕。泉民憔悴，爲日已久，惟朝廷哀憐。」詔歲給祠牒六十。會故相死，上始親政，除顯謨閣待制知福州、福建安撫使。明日，詔歲賜泉州祠牒增四十焉。七宮宗子爲佛事以祝聖壽，公喜曰：「温陵庶幾可爲矣。」

以端平初元正月赴鎮，戒屬部無濫刑橫斂，毋狥私黷貨，毋通關節，慎任胥吏〔一九六〕。州倉受輸，斛取縻費錢三百〔一九七〕，公減去六之五。罷市令司，毋得以官價市物〔一九八〕，革閩縣里正督賦之害。建、福、興、泉四郡貴糴，乞回糴百萬倉米十五萬賑糶。不俟報，先發福州常平米均糶下三州，劍州常平米糴建州〔一九九〕，民未及饑，食已沛然。及上可其奏，運吳粟補之。海偷比歲從橫，島嶼之民凜不自保，公預於險要增兵船，給糧械，勵隅總，厥後黠首相踵擒殄。襄閫方與韃將攻滅蔡城，遣吏奉露布，圖上八陵，而江、淮有進取潼關、黄河之議〔二〇〇〕。公憂之，封上曰：「自有載籍以來，與夷狄共事者未嘗無禍，而況移江、淮甲兵以守無用之空城，運江、淮金穀以治不耕之廢壤，富庶之效未期，根本之弊立見，臣之所甚懼也。新元以來，進退用捨多叶物情，正塗方開，善類吐氣，倘能持以堅忍，守以兢畏，姦聲亂色不汩清明，倖臣懿戚不竊威福，廟堂常公而無私，臺諫有直而無枉，則慶曆、元祐之治指日可致。若乃釋樂成之業而冀難必之功，聽可喜之言而忘立至之患〔二〇一〕，此又臣之所甚惜也。願陛下審之重之，毋使臣竊知言之名。」

四月，除權户部尚書，與廟堂書曰：「比者一二言事官之除〔二〇二〕，識者以爲四十年來所未有〔二〇三〕，然正直之士不無矯拂太甚，人情將有所不堪。乘不堪之情以激其不平之忿，則剛勁不如軟熟〔二〇四〕，忤旨不如承順，其意將有時而移矣，可不懼哉〔二〇五〕！昔趙中令有顓權之毁，韓忠獻有跋扈之劾，文潞公有交結之謗〔二〇六〕，三相勳德巍然，曾不以是而少損。若蔡若秦柄國之時，則無此矣。今天下孰不知丞相用心，其何訾議之有〔二〇七〕？萬一草茅山野語言之發或失揀擇，適所以增光德美，又何傷焉？」時諸賢已盡收召，公尚留外服。上見羣臣，屢問公安否，而廟堂寄聲尤密。公謝曰：「前帥半年而去，郡計已費支吾；若某又忽忽而去，此州益瘡痍矣。士大夫行志無分中外，願假歲月，俾得展盡。」力辭，不允。丞相復書曰：「聞公素發私誓濟物，願亟就道，以副中外之望。」六月發三山，邦人競爲綵旗以送，自醮門至舟次，彌望數里不絶。

公歷一節四麾，治以教化爲先，闢貢闈，增學畬。江東祠范忠宣公；長沙新賈傅廟、晉譙王祠；温陵祠朱文公及林公攢、蘇公緘於學，而絀其不當祠者；三山迎聘耆儒，月臨講席。所至必搜訪人物，天下士鮮不及門，其所薦拔後爲名公卿者不可勝數。

再辭新命，不允。九月乙酉入對，上曰：「卿去國十年，每切思賢。」時襄閫代去，江淮出師取三京，王師果潰於洛陽，退守泗州〔二〇八〕。公奏三劄〔二〇九〕，一言：「今中原無主〔二一〇〕，政是上天監觀四方、爲民擇主之時，若能修德格天，天必命陛下爲中原之主，不然則天命將歸之他人。臣向爲先帝陳祈天永命之戒，其説出於召公。然反覆《召誥》一篇綱目〔二一一〕，曰敬德、曰小民而已。傳曰：敬者德之聚。儀狄之酒、南威之色、盤游弋射之娱、禽獸狗馬之玩，有一於此，皆足害敬，其可不戒？此祈天永命之一也。天之視聽因民之視聽〔二一二〕，民心之向背即天心之向背〔二一三〕。權臣之末，貨賂公行，誅求既廣，民不堪命，大盜相挻而起，賴陛下布端平之詔，一洗而新之。然窒賄道而賄進者尚有，懲贓吏而贓多者漏網。江淮軍興，調度騷然，宜戒郡邑掊刻，停邊閫科調〔二一四〕。此祈天永命之二也。《易》曰『天之所助者順，人之所助者信〔二一五〕』。天厭夷德久矣，陛下倘能敬德以迓續休命，中原終爲吾有。若徒以力求之而不反其本〔二一六〕，天意難測，臣實憂之。」二言：「進取有二難。用兵莫急於人才，今舉世所屬曾不數人，一難也。臣嘉定中嘗乞（理治）〔經理〕兩淮，墾田積穀，而權臣視爲迂闊，塞下之備枵然。一旦舉兵，乃漕浙米，由江入淮。汴既久堙〔二一七〕，又須陸運，勞費甚於登天。二難也。夫此二難皆權臣玩愒之罪，非今日措置之失。然承三十年之弊，欲整治之，非十年不能。此正諸葛亮閉關息民之時也，願以收斂靠實爲主。」又言曰：「今日事勢猶以和扁繼庸醫作壞之後，一藥之誤〔二一八〕，代爲庸醫受責矣。兢業戒謹，尤當百倍。」三言：「戰守之論不同，同於爲國。元祐中，廩廩向治〔二一九〕，惟群賢自相矛盾〔二二〇〕，小人得以乘之。願平心商榷，以前事爲戒。」每奏，上必稱善。公言士大夫狃於舊習，上曰：「往往革面而未革心。」公乞選監司郡守，上曰：「聞卿所至視民如子。」公巽謝，又言〔二二一〕：「恢復名義甚正，但故相不曾做得工夫。」上曰：「昨讀卿所上封事，可見忠誠。」

別疏進《大學衍義》曰：「近世大儒朱熹所爲《章句》、《或問》備矣，臣不佞，思所以羽翼是書。首之以帝王爲治之序者，見堯、舜、禹、湯、文、武之爲治，莫不自身心始也；次之以帝王爲學之本者，見堯、舜、禹、湯、文、武之爲學，亦莫不自身心始也。此所謂綱也。首之以明道術、辨人材、審治體、察人情者，致知格物之要也；次之以崇敬畏、戒逸欲者，誠意正心之要也；又次之以謹言動、正威儀者〔二二二〕，修身之要也；又次之以重妃匹、嚴内治、定國本、教戚屬者，齊家之要也。每條之中〔二二三〕，首之以聖賢之典訓，次之以古今之事迹，諸儒有發明之論者録之〔二二四〕，臣愚一得之見亦竊附焉。輒因召對以獻。」因奏：「權臣之時，欺罔成習，講筵官亦然〔二二五〕。臣記一日講官講《易》，輒爲姦言〔二二六〕。臣深不平，欲闢之，又恐紛争傷事體〔二二七〕。退而自咎，若使程頤、朱熹當此〔二二八〕，必與之辯。」上愕然。公奏：「陛下須做致知格物工夫〔二二九〕，於天下義理無不通曉〔二三〇〕，則奸罔之言自不敢進。臣於是時便欲纂集是書，上裨聖學，緣去國不果。閑居八年，方克成書。」上喜甚，曰：「此書便可進入。」《衍義》即《乙記》中人君爲治一門以《唐鑑》爲法者。上又問福建鹽法，公奏：「此致寇之本也。福鹽遡流至劍、邵，又自邵遡流至汀，既雜且貴，所以汀人每私販廣鹽，以其自潮、梅來者頗近〔二三一〕，且潔白而廉故也。販者千百爲群〔二三二〕，皆挾兵械，官不能禁，名曰鹽子〔二三三〕，實與盜無異〔二三四〕。臣叨閩帥，深欲更張，緣事屬漕司，方與漕臣袁甫商榷，而臣與甫皆召還，遂不及爲。」

公自三山過家〔二三五〕，醮於仙遊山，青詞云：「既不敢矯激而近名，亦不敢低徊而徇利。惟厚集精誠，庶幾於感悟；而密陳忠益，冀見之施行。」奏篇既出，或疑其激烈不及前時，公笑曰：「吾老矣，豈更效後生求聲名，直須純意國事〔二三六〕，期於有濟耳。」然至於啓沃經帷，彌縫廟論，則外廷固有不及知者。

乙卯，除翰林學士、知制誥兼侍讀，再辭不允。鞑人遣王檝來通問，公言不可恃此緩於脩備。十月乙亥，進讀《大學章句》，從公請也。上曰：「自此望卿啓迪，毋或有隱。」且問：「鞑使來〔二三七〕，聞外議頗紛紛。」公奏：「兵交〔二三八〕，使在其間。今或欲却絶〔二三九〕，或欲拘留，皆不可行，但當以禮遣之。萬一露遂和之意，却不可信。」己卯，進讀「知至而後意誠」章，公奏：「非待知至方誠其意〔二四〇〕。《大學》必以知爲首者，了然見天下之理此爲善，此爲惡，此爲正，此爲邪，則私意邪念自不敢發。願陛下自今對儒臣論經史，與大臣議政事，若省閱章奏之際，聖意有所未安，不妨反覆論難考究，須見得義理分曉可否〔二四一〕，利害明白，方是格物，方能致知。」上悦曰：「卿所進《衍義》便就今日進讀。」公念進本已入禁中而經筵無別本，即以未辦爲對。俄有内侍捧進本第一、第二帙而前〔二四二〕，上曰：「已在此矣。」公再拜謝。時以比司馬公自讀《通鑑》云。既展卷讀畢，上問：「楮價日低，皆是監司郡守不留意。」公奏：「物少則貴，多則賤，少減印造可也。恐有以嚴刑峻法爲言者，切不可用。」上欣然聽納。

王檝言其國欲和，公謂：「和之一字易於溺人，遠則宣和，近則金虜，皆殷鑑也。檝離穹廬已久，所得韃酋之語在吾國未進兵之前，我既進兵在彼〔二四三〕，豈復更守前説？自古未有受人之兵而不報者。檝與劉溥、鄒仲之諸人之語不無涅合〔二四四〕，惟其間有云韃相移刺楚材曾上平南之策，與王檝議不合；又云李寔獻策韃酋，勸其先謀犯蜀，順流下窺江南，凡此却似實語〔二四五〕。願朝廷於其語之涉虚者勿遽輕信，於其語之近實者深念而亟圖之。」時邊臣尚欲深入，公言是以前日之敗爲未足而又求敗也。又欲羈縻泗、宿、漣、海、亳、蔡、息、唐、鄧諸郡，公言：「新復之疆如的然可守，尚恐虜由他道擣吾腹心，雖能塊守數城，無救於敗，況未必可守乎？」又言：「淮西退師，喪失最多，蒙蔽不言，宜早覈實填補。」甲申，進讀明德、新民二條，因及「『顧諟』二字，古注謂『常目在之』，朱熹深取其説。陛下若知天無時不鑑觀人君〔二四六〕，雖欲一事不敬、一念之邪，自不可得。」又言：「陛下初懲贓吏，戒苞苴，一時悚動，未幾又復玩弛〔二四七〕。未能作新士大夫，何以新民？」韃使久留，公進吳越故事以諷，略曰：「言辭之甘，藏鋒刃於飴蜜也；禮貌之卑，設機穽於康莊也；斂兵遠去，鷙鳥將擊之形也〔二四八〕；委地不爭，芳餌致魚之術也。」上曰：「此説極是。」

十一月癸卯，進讀「格物致知」章，言：「前日輕舉，止見得理之一偏，此物未格、知未至之故也〔二四九〕。今若一向退沮自安，又墮一偏，須知前日不合輕敵，今亦不可畏敵〔二五〇〕。」論「誠意」章，引詩人稱文王之德曰：「『不顯亦臨，無射亦保。』漢成帝臨朝若神，其在宮中則湛於酒色，委政外家，惟陛下法文王而鑑成帝焉。」辛亥，進讀「忿懥」章，引朱氏語。上曰：「如此須如槁木死灰可也。」公曰：「不然。聖人不能無喜怒哀樂，但要因事而發，不可先有此橫在胸中。若都無此四者，則此心遂爲無用之物，釋、老之學也。」論衛莊公、唐明皇曰〔二五一〕：「莊公疏賢妃而昵嬖人〔二五二〕，明皇遠正后而昵艷妃，卒召禍亂，願以二君爲鑑。」上亦動色〔二五三〕。癸丑，進讀「脩身在正其心」章，曰：「前玉音有『槁木死灰』之問，臣退思之，心當如明鏡止水，不當如槁木死灰。鏡明水止，其體靜，可以鑑物，是靜中涵動，體中藏用。人心之妙正如此，若槁木不可生，死灰不可然，是乃無用之物矣。心者所以具衆理，應萬事〔二五四〕，委之無用可乎？」論繼絶世，公條陳古今甚悉，末引漢宣帝《封昌邑王賀詔》曰：「『骨肉之恩，析而不殊』，言雖有離析而無可絶之道〔二五五〕，臣恐同姓近親豈無絶世而不祀者，惟陛下訪問，爲置後焉。」

己未，兼修國史、實録院脩撰〔二五六〕。壬戌進讀，因言：「兵興之後，三陲戍守方嚴，當此大冬隆烈之時，窮閻委巷有饑凍切膚之慘，極邊絶塞有風沙眯目之悲〔二五七〕，願擇良吏賢將以拊綏之〔二五八〕。」癸亥，以己見求對，言：「韃人讎我之深，其思報也必力〔二五九〕，舉兵愈緩則其爲計愈工。我方創艾前事，幸其真有愛我之情，豈不誤哉？願自强以立國，毋自沮以畏敵。」又言：「王檝挾金使例冊自隨，小使敢爾，他日使介果至，何以待之？又聞檝求金翠以媚其妻妾，若從所請，何異故相以侈服遺逆全之妻而冀其不叛也〔二六〇〕？」上笑曰：「此語極是〔二六一〕。」末又奏乞用藝祖、孝宗閲武故事以作士氣〔二六二〕，及遴柬朝士通明詳練者數人分治邊事，凡三邊山川險要、將帥能否、士卒衆寡、糧草虚實，各令討論，廟堂擇而行焉。因言：「先朝内帑專佐軍費，近臺臣李鳴復、郎官鄭寅各論此事〔二六三〕，乞行其言，置局考覈，爲犒師之備〔二六四〕。」

十一月丁丑進讀畢，乞御宸翰諭邊臣飭備，因言神宗留意邊事，夜御燈火作書賜邊臣〔二六五〕。上曰：「高宗、孝宗亦如此。」公奏：「孝宗於民事亦然。臣歷數郡，皆有孝宗親筆石刻，或問麥禾，或問曾無雨雪〔二六六〕，或問街市有無遺棄嬰兒。孝宗一念止在生靈，故勤勤訪問，願陛下以爲法〔二六七〕。」

辛卯進讀《大學》末章，引董仲舒之言曰：「『皇皇求仁義，大夫之意也；皇皇求財利，庶人之意也。』《易》曰：『負且乘，致寇至。』乘車，君子之事也；負擔，小人之事也。居君子之位而爲小人之行，故相彌遠是也〔二六八〕。位冠百司而鬻賣朝廷之官爵，貴極人臣而攘奪平民之貲産，貪風扇於上，汙俗成於下，舉世之人皆就於利。平居則欺君以自售，張禹、孔光之於漢是也；有難則賣國以自全，華歆、陳群之附魏，張文蔚、楊涉輩之從梁是也。甚者不奪不饜，如莽、操之所爲。故《大學》於末章明義利之分，《孟子》於首篇嚴義利之辨。惟明主在上，亟思有以返之。」又奏己見，論致壽之道五：一，無逸則壽；二，親賢則壽；三，以孝奉先則壽；四，仁則壽；五，有德則壽。末言：「仙經萬卷不若誦《無逸》之一篇，道家千言豈如玩『静壽』之兩語。」時近天基節，故公有此疏。

二年元日，太史占風有兵起之兆，公言：「襄、黄、昇、揚，制閫釁隙浸萌〔二六九〕，此大可慮，宜勉以廉、藺、李、郭之事。」又言：「河北州郡非北兵北將不可守〔二七〇〕，宜抽回南兵。」厥後邳、徐諸郡失守〔二七一〕，唐、鄧亦繼叛，卒如公言。丙辰進讀，奏己見言：「風起乾位，月犯太白，皆爲兵象。王嘉有言：『應天以實不以文。』夫無不敬、思無邪，陛下筆之宥坐者也，若敬焉而有以害之〔二七二〕，正焉而有以汩之，雖玉音時發於口，金書日接於目〔二七三〕，非實也。用人聽言，陛下嘗詔之百辟者也，若禮之而所緼不及究，容之而所陳不盡施，雖夔、龍之武日接於庭，鳳凰之鳴日聞於耳〔二七四〕，非實也。惟陛下本之心，脩之身，推之於事，無一非實，而去其所謂文具觀美者。又乞命兩制近臣或兩省都司官二三人看詳端平以來奏議〔二七五〕，掇其要語，各從其類，凡關於君德、帝學者進入禁中，關於朝政、邊防者送三省、密院，繼今臣下章奏悉用此法，陛下與大臣擇焉。」上嘉奬之〔二七六〕，又曰：「近觀卿所上致壽劄子，可見愛君與張九齡同意。」又曰：「士大夫少任責者〔二七七〕。」公曰：「亦是不曾分委之以事。」又問：「有稱職者否？」奏曰〔二七八〕：「詞臣中惟臣衰退，如趙汝談、洪咨夔、吳泳皆稱職。」上曰：「卿真心體國〔二七九〕，朕所嘉歎。」又曰：「煩卿典領文闈，清宿弊〔二八〇〕，收實才。」公巽謝。又曰：「科舉之弊極矣，如傅義挾書，不可不革。」又曰：「致君澤民〔二八一〕，卿之素志，俟典舉畢當大用卿〔二八二〕。」欲退，上留者三。既歸，得旨宣諭：「卿所論張九齡事甚契朕心〔二八三〕，今以御書九齡進金鏡事一軸賜卿。」公奉表謝。

己未，差知禮部貢舉〔二八四〕。公先有劄子論文弊，乞專以醇正質直取士，其涉詭怪者黜之。是歲場屋始嚴，空疏不學者多望風而去，挾書絶少。公旦起必焚香禱天，願得忠良平實之士、豪傑俊異之材。考校必合論策以觀器識。其間有風切時賢者，公批其卷云：「諸賢當爲法受責。」向時知舉皆先立己見定高下去取，惟公使參詳、點檢各自伸其見〔二八五〕，然後徐徐蔽以議論之公，所取多老成實學、困於場屋者〔二八六〕。拆號〔二八六〕，同洪侍郎咨夔、王殿院遂奏事〔二八八〕，乞於科舉之外訪求遺逸。

三月戊戌感疾，謁告。乙巳〔二八九〕，除參知政事，同提舉編修《勅令》、《經武要略》。再辭免不允，詔云：「漢御史大夫吉當封〔二九〇〕，病，上憂之，夏侯勝謂必瘉〔二九一〕，果然，後遂至相。朕之賢卿甚於宣帝之德吉也，卿其親醫藥自厚，且先即舍拜命，少間可就車，朕遣黄門召見卿矣。」

乞祠，御筆再給一月。己丑三乞祠，辛卯除資政殿學士提舉萬壽觀〔二九二〕，兼侍讀。辭，不允。五月甲午疾亟，乞謝事，自中大夫轉一官，守資政殿學士致仕。是夕薨，年五十八。

公氣體素强，然平日勤勞，不能自逸，非窮理著書即憂念世事。晚守泉、福，劬悴滋甚，觸暑趨召，道中刊修《衍義》，雖閉户服藥，舉筆流汗，不以爲疲。禮闈考閲，數覺頭旋〔二九三〕，初不經意，出院賓客雲集，新進士來謁，人人與爲禮。得疾之日，猶對客至暮。三鼓後風眩忽作，病中猶夢與鄭左司寅論楮弊。既而小愈，延講官徐君清叟至卧内，令於上前求去〔二九四〕，上固留之，且屢對大臣、講讀官問公疾今何如，憂見玉色〔二九五〕。丞相數遣人諭上旨，公感上眷遇，故不敢決去。每指心言曰：「天知此心無一點富貴之念。」屬疾兩月日，常冠帶起坐，易簀猶神爽不亂。遺表聞，贈銀青光禄大夫。上震悼輟朝，士大夫無親疏遠近，莫不相弔，都人往往失聲痛惜，如元祐之喪涑水公也。

喪歸，八月壬寅葬於縣南十五里珠林。配建安郡夫人楊氏，太中大夫圭之女〔二九六〕。公方丱角，太中公奇其風骨，許以夫人歸焉。翁婿恩義甚篤，後同擢第。夫人尤賢，先公二十四年卒〔二九七〕。子志道，承事郎、新監南劍州税務。孫某。

公内行卓至，於倫紀最隆，奏薦先弟後子。弟德林，猶子似道、履道，皆公所任也。自豫章歸，未有居室，先築精舍以奉先塋。作睦亭，自記之曰：「凡人所爲，薄於宗族者，以其不知所出之本一也〔二九八〕。誠知其所出之本一，則雖由衰焉而功，由功焉而緦，由緦焉而至於無服之親，譬之巨木百圍〔二九九〕，枝葉雖疏而根幹則一，豈容以異觀哉？」事嫠姊，廩孤甥，里中老病乏絶待公舉爨者常數十人。律己清苦，雖貴無餘貲。自長沙歸，始有粵山新居，又越數年廳廊乃具。建學易齋、共極堂，俱卑樸無華飾〔三〇〇〕。負郭薄産皆出玉堂俸賜，後出藩入從，無所增益。常以廉儉誨子，作《楮衾銘》焉。

公少以文詞獨行中朝〔三〇一〕，所草大詔令温厚爾雅，尤爲樓公鑰賞重。立螭以後，言議出處動關世道，諫書傳四夷，名節暴當世。三十年間，天下莫不以爲社稷之藎臣、道德之宿老。故於其爲學士也〔三〇二〕，惟恐其不秉政；既得政，惟恐其不久於位。皆曰道之將行，斯世之欲平治矣〔三〇三〕，而天遽奪之〔三〇四〕，嗚呼，悲夫！公博極羣書而積勤不已，望臨一代而執謙愈甚。聞人之善，忻悦奬譽，自以爲不及也；聞人不善，顰蹙歎息，猶冀其能改也。故君子宗之，小人亦信服焉。常以「窮理致用」四字勉學者。有新第者請益，公曰：「讀好書、做好人而已。」每謂其徒曰：「一生短，千載長，不欠名位，只欠德業。」公之學本於誠敬，因孟子夜氣之説而知旦晝所爲其本在夜〔三〇五〕，故操存之功於夜尤嚴，必齋必肅，如臨君師，作《夜氣箴》焉。中年猶謂戒謹恐懼之意多而優游泮奐之意少，乙酉退閑，探道專一〔三〇六〕，始覺清通和樂，八牕玲瓏。嘗曰：「天壤之間，横陳錯布，無非至理。雖有道不待窺牖而燦然畢覩，然自學者言之〔三〇七〕，則見山而悟静壽〔三〇八〕，觀水而知有本〔三〇九〕，風雨霜露接乎吾前，則天道至教亦昭昭焉可覩也。」晚集聖賢之語爲心而發者曰《心經》，作贊焉，略曰：「意必之萌，雲捲席徹，子諒之生，春噓物茁。」蓋公之所造至是深遠矣。其記矩堂之言曰：「始吾患隸於己者之不忠也，故立朝不敢不以父事吾君；患長人者之不仁也，故居官不敢不以子視吾民。嘗以掾屬事臺府矣〔三一〇〕，其情不吾察，吾患焉，故爲長吏必思有以通下情；嘗以監司臨所部矣，其令不吾行，吾病焉，故雖帥一道而於使者之命未嘗忽。私居而撓公府，吾嘗不平之，故於其所寓不敢以毫髮干焉；大家而侵細民，吾嘗不直之，故於鄉黨鄰里雖無以厚之，而亦不敢傷之也。」公之直内以方外如此〔三一一〕。

自出身事主，忠國愛民，纏綿固結，不以進退易慮。每謂近代名卿如了翁、漫溪，皆以得喪榮辱爲虚幻，而以齊時及物爲真實。自泉而福，則恨不得盡力以謝泉人；自福造朝，又恨未有以及一路。天子將舉國以聽之矣，而公則曰：諫行言聽，雖爲從臣可也。忘身殉國，終始如一，非至誠而能若是乎？公生後於朱文公〔三一二〕，而自謂受先生罔極之賜，資深守固〔三一三〕，異説不能入。

晚歲論文尤尚義理，本教化，於古今之作視其格言名論多者取焉，若徒華藻而於義無所當者不録也〔三一四〕。所著書外有《西山甲集》若干卷，《對越集》若干卷，《翰林詞草》二卷〔三一五〕，其政事則有《江東救荒録》若干卷，《清源雜志》若干卷〔三一六〕，《星沙雜志》若干卷。公既薨，上思之不置，御筆令有司議謚以聞。於是志道次年譜來曰：「治命也，子必毋辭。」乃剟其關繫於當世安危治亂之大者著之篇〔三一七〕，上之太常。若夫公之嘉言懿行、善政遺愛，蓋有不勝書者，門人高弟散在四方，各有記載云。謹狀。

端平二年十月日，門人朝散郎、樞密院編修官兼侍右郎官劉某狀〔三一八〕。

〔一〕以上三代名氏原無，據宋刻本補。
〔二〕待：原作「侍」，據四庫本改。
〔三〕對：原無，據四庫本補。
〔四〕幣：原作「弊」，據四庫本改。
〔五〕情：原作「清」，據四庫本改。
〔六〕「破」下原有「上」字，據四庫本删。
〔七〕國：原無，據四庫本補。
〔八〕杜：原作「社」，據四庫本改。
〔九〕拯：原作「極」，據四庫本改。
〔一〇〕一：原無，據四庫本補。
〔一一〕去：原作「云」，據四庫本改。
〔一二〕事：原無，據四庫本補。
〔一三〕末：原作「未」，據四庫本改。
〔一四〕格：原作「恪」，據四庫本改。

〔一五〕嶸：原作「爍」；涿：原作「濼」。并據本集卷一四五《龍學余尚書神道碑》改。
〔一六〕且：原作「旦」，據四庫本改。
〔一七〕聞：原作「閒」，據四庫本改。
〔一八〕無：原作「兼」，據四庫本改。
〔一九〕孤：原作「狐」，據四庫本改。
〔二〇〕估：原作「佑」，據四庫本改。
〔二一〕以：原作「巨」，據四庫本改。
〔二二〕蠲：原無，據四庫本補。
〔二三〕才：原作「財」，據四庫本改。
〔二四〕欲：原作「情」，據四庫本改。
〔二五〕多：原缺；壞：原作「壤」。據四庫本補、改。
〔二六〕斂：原作「劍」，據四庫本改。
〔二七〕蒿：原作「嵩」，據四庫本改。
〔二八〕典：原作「興」，據四庫本改。
〔二九〕情：原作「倩」，據四庫本改。
〔三〇〕博：原作「傳」，據四庫本改。

〔三一〕朝：原無，據四庫本補。
〔三二〕臯：原作「臯」，據四庫本改。
〔三三〕從：原作「徒」，據四庫本改。
〔三四〕事：原作「士」，據四庫本改。
〔三五〕大：原作「文」，據四庫本改。
〔三六〕屆：原作「届」，據四庫本改。
〔三七〕激：原作「檄」，據四庫本改。
〔三八〕辦：原作「辯」，據四庫本改。
〔三九〕劵：原作「券」，據四庫本改。
〔四〇〕以：原作「爲」，據四庫本改。
〔四一〕宜：原作「宣」，據四庫本改。
〔四二〕「以」上原有「收」字，據四庫本删。
〔四三〕當：原作「常」，據四庫本改。
〔四四〕珏：原作「班」，據四庫本改。
〔四五〕「須」上原重一「須」字，據四庫本删。
〔四六〕力：原作「立」，據四庫本改。

〔四七〕逦：原作「通」，據宋刻本改。
〔四八〕鄰盜：原作「郡盜」，據宋刻本改。
〔四九〕恃：原作「特」，據四庫本改。
〔五〇〕留：原無，據四庫本補。
〔五一〕道：原作「通」，據四庫本改。
〔五二〕郡：原作「奇」，據四庫本改。
〔五三〕攝：原作「擾」，據四庫本改。
〔五四〕廷：原作「庭」，據四庫本改。
〔五五〕句首原有一「公」字，據四庫本删。
〔五六〕攝：原作「擾」，據四庫本改。
〔五七〕實：原無，據四庫本補。
〔五八〕瞻太優：原作「瞻大擾」，據四庫本改。
〔五九〕宮：原作「官」，據四庫本改。
〔六〇〕徑：原無，據四庫本補。
〔六一〕壽：原無，據四庫本補。
〔六二〕北：原作「比」，據四庫本改。

〔六三〕和：原作「政」，據四庫本改。
〔六四〕說：原作「傍」，據四庫本改。
〔六五〕掩：原作「撩」，據四庫本改。
〔六六〕「法」上原有「渺」字，據四庫本刪。
〔六七〕免：原缺，據四庫本補。
〔六八〕「傲」及下句「乃」原缺，據四庫本補。
〔六九〕年：原缺，據四庫本補。
〔七〇〕犬羊：原作「大羊」，據文意改。
〔七一〕二：原作「一」，據四庫本改。
〔七二〕誤：原作「談」，據四庫本改。
〔七三〕百：原作「者」，據四庫本改。
〔七四〕憤：原作「債」，又句末原有「矣」字，據四庫本改、刪。
〔七五〕不知：原無，據四庫本補。
〔七六〕上：原作「至」，據四庫本改。
〔七七〕紹熙：原缺「紹」，「熙」原作「照」，據四庫本補、改。
〔七八〕朋：原作「明」，據四庫本改。

〔七九〕王：原作「主」；行巨：原缺。據四庫本改、補。

〔八〇〕縣：原作「懸」，據四庫本改。

〔八一〕翼：原無，據四庫本補。

〔八二〕典：原作「與」，據四庫本改。

〔八三〕「言」下原有「没」字，據四庫本删。

〔八四〕與：原作「無」，據四庫本改。

〔八五〕侯：原作「俟」，據四庫本改。

〔八六〕沙：原作「渺」，據四庫本改。

〔八七〕不：原無，據四庫本補。

〔八八〕公：原無，據四庫本補。

〔八九〕「意」下原有「在」字，據四庫本删。

〔九〇〕條：原作「修」，據四庫本改。

〔九一〕闕：原作「關」，據四庫本改。

〔九二〕延：原作「廷」，據四庫本改。

〔九三〕大：原作「火」，據四庫本改。

〔九四〕公：原無，據四庫本補。

〔九五〕詞：原無，據四庫本補。
〔九六〕於石：原作「千五」，據四庫本改。
〔九七〕侍：原作「得」，據四庫本改。
〔九八〕給：原作「結」，據四庫本改。
〔九九〕飲：原作「飯」，據四庫本改。下句同。
〔一〇〇〕潭：原作「渾」，據四庫本改。
〔一〇一〕事：原無，據四庫本補。
〔一〇二〕郴：原作「彬」，據四庫本改。
〔一〇三〕親：四庫本作「新」，似是。
〔一〇四〕給：原作「結」，據四庫本改。
〔一〇五〕捕：原作「補」，據四庫本改。
〔一〇六〕「費」上原有「勞」字，據四庫本删。
〔一〇七〕故：原作「此」，據四庫本改。
〔一〇八〕止：原作「上」，據四庫本改。
〔一〇九〕他：原缺，據四庫本補。
〔一一〇〕竭：原無，據四庫本補。

〔一一一〕耳：原作「其」，據四庫本改。
〔一一二〕粳：原作「梗」，據四庫本改。
〔一一三〕用：原作「周」，據四庫本改。
〔一一四〕别：原作「則」，據四庫本改。
〔一一五〕帥：原作「師」，據四庫本改。
〔一一六〕星：原作「里」，據四庫本改。
〔一一七〕止：原作「至」，據四庫本改。
〔一一八〕請：原作「諧」，據四庫本改。
〔一一九〕華：原作「革」，據四庫本改。
〔一二〇〕僉：原無，據四庫本補。
〔一二一〕侍：原作「傅」，據四庫本改。
〔一二二〕修：原缺，據四庫本補。
〔一二三〕長沙：原無，據四庫本補。
〔一二四〕石：原作「后」，據四庫本改。
〔一二五〕臣：原作「正」，據四庫本改。
〔一二六〕陛：原作「陞」，據四庫本改。後遇此徑改。

〔一二七〕「可」上原有「願」字，據四庫本刪。
〔一二八〕「追」下原有「論」字，據四庫本刪。
〔一二九〕滅：原無，據四庫本補。
〔一三〇〕愛：原作「受」，據四庫本改。
〔一三一〕輕：原作「經」，據四庫本改。
〔一三二〕康定：原無，據四庫本補。
〔一三三〕「聞」字原在「於」下，據四庫本乙。
〔一三四〕蜀：原作「濁」，據四庫本改。
〔一三五〕「任」原在下句「入都」上，據四庫本乙。
〔一三六〕不：原作「下」，據四庫本改。
〔一三七〕之謗：原倒，據四庫本乙。
〔一三八〕白：原無，據四庫本補。
〔一三九〕事也：其下原重此二字，據四庫本刪。
〔一四〇〕不：原作「下」，據四庫本改。
〔一四一〕經：原作「輕」，據四庫本改。
〔一四二〕學：原無，據四庫本補。

〔一四三〕無：原無，據四庫本補。
〔一四四〕革：原無，據四庫本補。
〔一四五〕在、間：原無，據四庫本補。
〔一四六〕意：原無，據四庫本補。
〔一四七〕袁：原作「遠」，據四庫本改。
〔一四八〕劉：原作「創」，據四庫本改。
〔一四九〕在：原無，據四庫本補。
〔一五〇〕邸之：原倒，據四庫本乙。
〔一五一〕「當」下原衍一「墀」字，據四庫本删。
〔一五二〕奉：原作「本」，據四庫本改。
〔一五三〕惟學敬：四庫本作「惟學惟敬」。
〔一五四〕以：原無，據四庫本補。
〔一五五〕明：原作「時」，據四庫本改。
〔一五六〕「讀」原作「續」，「廷」原作「延」，據四庫本改。
〔一五七〕曲：原作「典」，據四庫本改。
〔一五八〕出：原無，據四庫本補。

〔一五九〕衰：原作「哀」，據四庫本改。
〔一六〇〕併：原無，據四庫本補。
〔一六一〕紹：原作「詔」，據四庫本改。
〔一六二〕群：原作「郡」，據四庫本改。
〔一六三〕也：原無，據四庫本補。
〔一六四〕「二」下原衍一「者」字，據四庫本删。
〔一六五〕鞓：原作「鞋」，據四庫本改。
〔一六六〕文：原作「大」，據四庫本改。
〔一六七〕屢進：原無，據四庫本補。
〔一六八〕去：原在下句「莫澤」下，據四庫本乙。
〔一六九〕公：原無，據四庫本補。
〔一七〇〕待：原作「侍」，據四庫本改。
〔一七一〕祠：原作「詞」，據四庫本改。
〔一七二〕大：原無；降：原作「諫」。據四庫本補、改。
〔一七三〕「右」下原有「大」字，據四庫本删。
〔一七四〕測：原作「惻」，據四庫本改。

〔一七五〕也：原無，據四庫本補。
〔一七六〕略：原在下句「時相」之間，據四庫本乙。
〔一七七〕侍：原作「待」，據四庫本改。
〔一七八〕之言：原無，據宋刻本、翁校本補。
〔一七九〕二十：原作「二十」，據四庫本改。
〔一八〇〕門：原作「問」，據四庫本改。
〔一八一〕嘗：原無，據四庫本補。
〔一八二〕「之」下原有「書」字，據四庫本刪。
〔一八三〕切：原作「功」，據四庫本改。
〔一八四〕理：原作「禮」，據四庫本改。
〔一八五〕工：原作「多」，據四庫本改。
〔一八六〕邵：原作「郡」，據四庫本改。
〔一八七〕辨：原作「辦」，據四庫本改。
〔一八八〕待：原作「侍」，據四庫本改。
〔一八九〕本：原無，據四庫本補。
〔一九〇〕犴：原作「刑」，據四庫本改。

〔一九一〕二：原作「一」，據四庫本改。
〔一九二〕炎：原作「交」，據四庫本改。
〔一九三〕額：原無，據四庫本補。
〔一九四〕矣：原作「笑」，據四庫本改。
〔一九五〕估：原作「佑」，據四庫本改。
〔一九六〕慎：原無，據四庫本補。又「任」原作「仕」，據宋刻本、翁校本改。
〔一九七〕「斛」上原有「解」字，據四庫本删。
〔一九八〕「得」字原在「官」下，據四庫本乙。
〔一九九〕州：原在下句「未及」下，據四庫本乙。
〔二〇〇〕取：原在下文「封」字上，據四庫本乙。
〔二〇一〕聽：原作「聰」，據四庫本改。
〔二〇二〕比者一二言：原作「此一二者」，據四庫本改。
〔二〇三〕未：原在下句「不」字下，據四庫本乙。
〔二〇四〕如：原無，據四庫本補。
〔二〇五〕不：原無，據四庫本補。
〔二〇六〕公：原無，據四庫本補。

〔二〇七〕「之」下原有「時」字，據四庫本刪。
〔二〇八〕州：原作「洲」，據四庫本改。
〔二〇九〕公：原無，據四庫本補。
〔二一〇〕「無」下原有「公」字，據四庫本刪。
〔二一一〕反：原作「及」，據四庫本改。
〔二一二〕之：原無，據四庫本補。
〔二一三〕前「向」字原作「尚」，據四庫本改。
〔二一四〕科調：原無，據四庫本補。
〔二一五〕之：原作「而」，據四庫本改。
〔二一六〕反：原作「及」，據四庫本改。
〔二一七〕汴既久堙：原僅「汴絶」二字，下有空格，據四庫本改、補。
〔二一八〕藥：原作「實」，據四庫本改。
〔二一九〕廩廩：原無，據四庫本補。
〔二二〇〕群：原作「郡」，據四庫本改。
〔二二一〕言：原無，據四庫本補。
〔二二二〕以：原無，據四庫本補。

〔二二三〕倏：原作「降」，據四庫本改。
〔二二四〕之：原無，據四庫本補。
〔二二五〕筵：原作「延」，據四庫本改。
〔二二六〕輒爲：原倒，據四庫本乙。
〔二二七〕「紛」下原有「更」字，據四庫本删。
〔二二八〕此：原無，據四庫本補。
〔二二九〕做：原在「物」下，據四庫本乙。
〔二三〇〕天：原作「當」，據四庫本改。
〔二三一〕梅：原作「海」，據四庫本改。
〔二三二〕群：原作「郡」，據四庫本改。
〔二三三〕子：原無，據四庫本補。
〔二三四〕與：原作「弊於」，據四庫本改。
〔二三五〕家：原在後文「青詞」下，據四庫本乙。
〔二三六〕直：原作「真」，據四庫本改。
〔二三七〕來：原作「未」，據四庫本改。
〔二三八〕交：原在後文「今或」上，據四庫本乙。

〔二三九〕欲却：原作「却却」，據四庫本改。
〔二四〇〕待：原作「侍」，據四庫本改。
〔二四一〕曉：原作「時」，據四庫本改。
〔二四二〕侍：原作「使」，據四庫本改。
〔二四三〕既：原無，據四庫本補。
〔二四四〕前「之」字原無，據四庫本補。
〔二四五〕似：原作「以」，據四庫本改。
〔二四六〕知：原在「無」字下，據四庫本乙。
〔二四七〕弛：原作「施」，據四庫本改。
〔二四八〕也：原無，據四庫本補。
〔二四九〕「格」上原有「致」字，據四庫本删。
〔二五〇〕「今若」至「敵今」：原無，據四庫本補。又，原本此處作：「上又曰：『方大宗且留在廣。』既而惟此二人未召，餘皆收。」此節文字與前後文意不叶，顯爲錯簡，故删。
〔二五一〕衛：原作「魏」，據四庫本改。
〔二五二〕疏賢妃：原作「誅賢能」，據四庫本改。
〔二五三〕動：原作「無忤」，據四庫本改。

〔二五四〕應：原在後文「論繼」上，據四庫本乙。
〔二五五〕析：原作「祈」，據四庫本改。
〔二五六〕實：原作「寶」，據四庫本改。
〔二五七〕極邊絶塞：原作「絶邊塞」，又「極」字置於下句「願」字上，又「沙」原作「眇」，據四庫本乙、改。
〔二五八〕綏：原作「緩」，據四庫本改。
〔二五九〕思：原作「恩」，據四庫本改。
〔二六〇〕叛：原作「返」，據四庫本改。
〔二六一〕語：原作「舉」，據四庫本改。
〔二六二〕宗：原作「祖」，據四庫本改。
〔二六三〕「寅」下原有「谷」字，據四庫本删。
〔二六四〕備：原無，據四庫本補。
〔二六五〕作：原作「讀」，據四庫本改。
〔二六六〕「雨」下原有「露」字，據四庫本删。
〔二六七〕以：原無，據四庫本補。
〔二六八〕相：原作「祖」，據四庫本改。

〔二六九〕萌：原作「前」，據四庫本改。
〔二七〇〕河：原作「何」，據四庫本改。
〔二七一〕諸郡：原作「都」，而「諸」字誤置後文「卒如」上，據四庫本改正。
〔二七二〕有：原置下句「正」字下，據四庫本乙。
〔二七三〕目：原作「月」，據四庫本改。
〔二七四〕聞：原作「間」，據四庫本改。
〔二七五〕省：原作「首」，據四庫本改。
〔二七六〕之：原無，據四庫本補。
〔二七七〕責：原作「貴」，據四庫本改。
〔二七八〕奏：原作「泰」，據四庫本改。
〔二七九〕真：原作「直」，據四庫本改。
〔二八〇〕清：原作「新」，據四庫本改。
〔二八一〕民：原作「君」，據四庫本改。
〔二八二〕畢：原無，據四庫本補。
〔二八三〕論：原作「謂」，據四庫本改。
〔二八四〕差：原作「幾」，據四庫本改。

〔二八五〕詳：原無，據四庫本補。
〔二八六〕場屋：原作「名場」，據四庫本改。
〔二八七〕折：原作「析」，據四庫本改。
〔二八八〕侍：原作「待」，據四庫本改。
〔二八九〕「乙」下原有「告」字，據四庫本刪。
〔二九〇〕史：原無，據四庫本及《漢書·丙吉傳》補。又「吉」原作「告」，據上引改。又「封」原無，據上引補。
〔二九一〕夏：原作「史」，據四庫本及《漢書·丙吉傳》改。
〔二九二〕舉：原作「學」，據四庫本改。
〔二九三〕旋：原作「施」，據四庫本改。
〔二九四〕求：原作「來」，據四庫本改。
〔二九五〕憂：原作「愛」；玉：原作「至」。據四庫本改。
〔二九六〕圭：原作「主」，據四庫本改。
〔二九七〕二：原作「三」，據四庫本改。
〔二九八〕一：原無，據四庫本補。
〔二九九〕百：原作「有」，據四庫本改。

〔三〇〇〕俱：原作「供」，據四庫本改。
〔三〇一〕中朝：原倒，據四庫本乙。
〔三〇二〕於其：原倒，據四庫本乙。
〔三〇三〕欲：原作「故」，據四庫本改。
〔三〇四〕「天」下原有「下」字，據四庫本删。
〔三〇五〕說：原作「作」，據四庫本改。
〔三〇六〕探：原作「深」，據四庫本改。
〔三〇七〕之：原無，據四庫本補。
〔三〇八〕「悟」下原有「其」字，據四庫本删。
〔三〇九〕「覩」上原有「則」字，據四庫本删。
〔三一〇〕臺：原作「其」，據四庫本改。
〔三一一〕直內以：原作「以直內」，據宋刻本、翁校本乙。
〔三一二〕生：原作「山」，據四庫本改。
〔三一三〕固：原作「國」，據四庫本改。
〔三一四〕「義」下原有「爲」字，據宋刻本、翁校本删。
〔三一五〕草：原作「章」，據四庫本改。

〔三一六〕志：原作「主」，據四庫本改。

〔三一七〕安危治亂：原無，據四庫本補。

〔三一八〕侍右：原倒，據翁校本乙。

後村先生大全集卷之一百六十九

行狀

樞密鄭公

公諱寀，字載伯，鄭氏。其先自固始遷閩之長溪，六世墳墓在焉。後析長溪之半創福安縣〔一〕，今爲福安人。始宮保以行藝推三舍〔二〕，宮傅以風義聞一鄉，至宮師學博文高，爲鄉先生，後進尊事，有越百里來從遊者〔三〕。初，宮師感異夢而生公，穎悟端凝與常兒異，學不煩教督，文不肯蹈襲〔四〕。家貧，借里中書手抄口誦，遂貫通百家。

紹定己丑，上龍飛策士，公奉對，言人君之心主於一則天下之治定於一，擢甲科第，授文林郎、隆興府觀察推官。侍御史汪剛中郡人也，某刹富僧死，汪利其衣鉢也，先貽書怵府寮。公奮曰：「腕可斷，筆不可曲〔五〕。」客從中都來，言汪怒甚，發必烈，公若不聞者。數日汪死。豐城飢，檄公賑荒，請粟三萬斛與俱，家至户到，多所全活。滿秩〔六〕，調兩浙漕司幹官。蒞職踰月，丁宮師憂，貧無扶護資，鄉人叶力助之，乃克歸葬。免喪，趙公與懽尹京〔七〕，辟觀察判官。富民争繼立，時相陰有所主，數有風旨，公擬筆不少回互。相怒，下其事曹司〔八〕，卒莫能易。除吏部架閣。

淳祐初元，爲省試點檢官，召試館職。時經筵讀仁皇訓典徽章，御書《大學》、《西銘》、《克己銘》、《顔樂銘》賜宰輔〔九〕，學士院以此發策，因及時弊四事〔一〇〕。公對：「三代而下，治莫粹於仁宗而不見求道之迹，道莫粹於今日而反虧爲治之效。蓋道即是仁也，仁即心也，剛健不息其體也，充周不窮其用也。仁宗之心，恭儉寡欲，中正無私，其體立矣；政事歸中書，賞罰不内出，其用行矣。當時大臣杜、富、韓、范又皆爲君而不爲身，爲國而不爲家，爲功名節義而不爲利禄權貴，爲四海困窮而不爲所識窮乏，是以至公感動，和氣融液，天地之閒無塞不流，無止不行，此仁宗之心所以如天也。今日未能立剛健之體以行充周之用，而區區焉一記三銘之相爲賜。以民則貧，以國則匱，以内則肝膽之相隔，以外則手足之不隨，豈非危微之際猶未精一，而二三大臣之所以正救扶持者闕歟！」除正字。時相使其客通殷勤，公不答。輪對言：「危亡之證不可有〔一一〕，危亡之憂不可無。陛下與大臣非不知憂也，未得爲真憂也〔一二〕。何謂真憂？在乎此心之剛而已。子曰：『根也慾，焉得剛！』蓋有欲則不剛，惟剛不屈於欲。天下之壞極矣，私意簸弄非一人，禍胎醞釀非一日，不獨當國者之罪〔一三〕，亦聖心未能無欲而然也。」又乞定國本。公應對詳敏〔一四〕，上傾耳以聽，每奏稱善。翌日，宣諭宰執：「鄭博學老成，頗不詭隨。」相默然，執政游公似、徐公榮叟皆奏〔一五〕：「其人可備内學訓導。」自是相始不樂公矣。

久之，除校書郎〔一六〕，以在職一年改秩，兼國史院編修官〔一七〕、實録院檢討官。上欲擢公諫官，相以史學薦，甚之也。再對，極陳至日雷變之異。又言：「貂璫啓玩好，異服漸假竊，菲食卑宮，雖嘗納諫，掄材伐石，亦切課工，陛下脩身之道未備也。紀綱非不欲嚴，精神豈能獨運，朝廷之實未著也。方劾吏而徙官〔一八〕，當擊姦而忌器，臺諫之公論未伸也。三邊形勢渙散，沿江守戍單弱，疆埸之守禦未可保也。臣恐三百年金甌之業壞於今日矣。」是日口奏多，不可記，上意益親。既退，例納副封，相厲色以待。遷著作佐郎，兼侍右郎官〔一九〕，改兼司封。再請外，不允，遷著作郎。上欲申諫官之命，相云：「小司成見闕人〔二〇〕，宜留以備師儒之選。」俄以公知温州，命出復收。上相以憂歸〔二一〕，麻制起復。公謁告，不聽宣。（布）除右正言兼侍講，力辭。上批：「擢卿言職，出自朕意，益殫忠藎，自結主知。」又面諭：「自卿初對，朕已識卿。」

時上方卜相，游、杜二公以内祠經筵召，公欲贊上決，首言：「具瞻之位，不可久虚。嵩之衰經方新〔二二〕，士庶譏謗未息〔二三〕，陛下雖召歸舊弼，斥去姦朋，方且徘徊四顧，未有所主。夫陰晦者姦之藏，間隙者邪之伺〔二四〕，謹重詳審於中而明白昭晰於外〔二五〕，則相位定而天下服矣〔二六〕。」上用嵩之意未已，公奏乞早命相，絶其覬覦，上以邊事爲辭〔二七〕，公争論移晷。又言三數年來擅國者引用人布滿周行，人材衰少，爲上言當世名勝宜召用者。翌日御筆：「詳卿所奏，雖切事理，退進大臣，豈容輕易〔二八〕！」公再自劾，宣諭：「丞相趣其赴闕〔二九〕，舊弼（賓）〔賓〕之經筵，朕意如此，卿宜體悉。」又使中貴人勉公。安息上問，歷言某人，上曰：「王遂已手足不仁。」公言傳者之誤〔三〇〕。上又曰：「方大〔原〕〔琮〕且留在廣。」既而惟此二人未召，餘皆收用。又言：「公論之在天下，當使之周流，不當使之壅塞；忠賢之生斯世，當使之翕聚，不當使之流落。」除殿中侍御史。於是嵩之所用如項容孫、陳一薦、曾宏迪〔三一〕、葉賁、王瓚、周文虎，所親如戴埴、史旮之、□垌之流，以次論劾，中外肅然。

公既盡所薦十二人者，間因進講言：「去相事當明，使天下咸知聖意〔三二〕。況陛下已疑之，疑則勿用，若使覆出〔三三〕，禍可勝言！」上首肯云：「卿言極當，但彼以憂歸，何罪可加？」公奏：「他勿論，經營起復，罪莫大焉，以此罪之，夫復何辭？」上云：「但拒其來足矣。」嵩之從子璟卿中毒死，都人言毒之者嵩之僕也。公奏：「璟卿嘗訐嵩之〔三四〕，乃殺之以滅口，推此心以往，凡有不便於己者，何所不至哉！」請窮治璟卿死狀。未幾，右史徐元杰暴卒，口鼻流血，衆益譁，公請昭白其事以紓朝野之憤，詔公鞫實。公反覆推究〔三五〕，適閔雨，處具獄〔三六〕，公言：「元杰毒死明甚，然蹤迹詭密，不得主名，乞下有司重賞求賊，不敢以一勘不獲而遂已。」又言：「盜殺唐相武元衡，投紙金吾府縣曰：『毋急我，急我先殺汝。』或告王承宗遺卒張晏所爲，既伏辜矣，後東都留守呂元膺獲真盜，則殺元衡者李師道也。夫遺紙有迹矣〔三七〕，有告之者，不爲無證矣，猶不免於逸盜而殺無辜，況無迹與證，欲於旬日之内就十餘囚煆煉成獄，非臣所能。臣前乞昭明〔三八〕，公言也；今乞求賊，亦公言也。議者謂臣黨惡，臣之心迹可不待辯〔三九〕，惟是不能汔獄，實臣之罪。」章再上，上曰：「卿所論人皆嵩之黨，且每言其短，妄議不必恤。」秋旱，乞停營繕，却貢獻，又彈嵩之罪惡，不報。

除侍御史〔四〇〕。左相范鍾年高策免，公言：「淳熙中王淮爲相八年，僅以祠歸，今鍾除職足矣，又進二秩，鍾不敢安，宜聽其辭。」上既相游公，外廷謂宜並建二相，公奏：「臣豈以並相爲終不可者，必有相須之才、無相反之志而後可。萬一置左之後，人懷異見，各行政事，各用人才，必起紛紜。」游公遂獨相年餘。開府、節度使思正欲班少保嗣沂王貴謙、少保嗣榮王與芮之上，公言：「《臺令》及紹興制，尊長不越於官序，開府不先於少保，乞戒思正毋踰禮法〔四一〕。」因請令講官訓迪諸邸。哨騎大入〔四二〕，淮東閫帥去不候代〔四三〕，公奏令還鎮備禦，代至乃行。中興配享不及張魏公，公追論浚有社稷大功，宜侑食。三學因小忿紛紛未已，公奏：「往者起復姦相，扣閽之書興起一髮之公議，推明萬世之綱常，此是非羞惡之心也〔四四〕。覩宸翰之盼則欣然有喜，聞氣節之舉則慊然不受，陳義甚高，此恭敬辭遜之心也。一旦因鄙褻之争，忘正大之見〔四五〕，移怒有司，徧詣臺省，昔也所爲如彼其壯，今者所爲如彼其卑，臣甚爲學校惜。」士始有不樂者。又言：「士大夫稍有資格才望，不屑爲廣郡，率以處安庸；右科前名自從軍至閤職，不六七年即擁麾；又有汎然召試者，亦部符而去。宜稍重廣郡，選廉能，非右科前名毋輕授閤職，以清其源。」

除左諫議大夫。入謝，上曰：「卿三年言責，議論純正，無所附麗，故擢卿諫長。」公言：「陛下取近親，錫嘉名，聖慮甚遠，宜加意訓導之職，又爲之精選左右，庶有薰陶之益。」又言：

「臣聞陛下退朝之暇，静坐爲常。孔氏之言曰：『戒謹不覩，恐懼不聞。』又曰：『莫見乎隱，莫顯乎微，君子必慎其獨。』」蓋不覩不聞者，此心未與物接之時，於此而戒懼焉，則静無不存矣。隱微者，善惡方萌之機〔四六〕，人所不見之頃，於此而致其謹焉，則動無不察矣。静存而動察，則理明欲盡而體立用行矣。」陞兼侍讀。時政尚寬，有求必予，公言：「權相當國，頗失忠厚，而其下奉承又往往過刻。改絃革弊，孰不鼓舞，然矯枉過正，亦所當察。祖宗成法，粲然甚明，人有所求，至法而止〔四七〕。苟無其法，然後用例，例或未善，已不可行，况又創例，不幾太濫！夫不以公平大正爲心，而專以苟且姑息爲務，安得人人而悦之？悦者寡，不悦者衆，則惠竭而人輕其上矣。然陛下主張乎是，而後大臣維持乎是，請謁未杜於私蹊，僥倖或出於御筆，則聖心猶有偏徇，何以責臣下乎？」

初，嵩之去，言者乞加竄責，既而乞勒致仕。度上意堅，又乞候服闋予祠〔四八〕。至是嵩之外除，百計求復用，公言：「中外之人皆謂，嵩之未至之日，無非再來之期〔四九〕，此縉紳韋布所共憂者。唐德宗猶能用袁高、趙需之言寢盧杞刺史之命，嵩之肺肝，莫逃聖鑑，宜寢職祠，仍與遠竄。」不報，率同列極論，詔嵩之以觀文殿大學士致仕。公憤激，與同列再疏，又不報，乃獨銜密奏：「陛下必欲行大觀文之命，非特劉克莊輩不敢行辭〔五〇〕，而猶豫遷延之間，徒使學校之士相繼舉幡。」兩疏入已二鼓，上批：「嵩之守本官致仕，已降除職指揮更不行。」

虜哨江北，條畫守備甚悉〔五一〕，因奏乞歸田里。上再三云：「未可。且留卿主張臺綱，他日當有異擢〔五二〕。」游丞相□□公言：「陛下穆卜舊勳，徧擢樞輔〔五三〕，葵開督府，韡建帥垣〔五四〕，布置一新，竦動群聽。然事變難防，機會易失，臨事能懼、好謀能成者，二臣之責；而隨宜應變、悉力維持者，廟堂之責也。」上於羣臣中眷公特厚，凡所摹畫，多見嘉奬，他人脣敝舌腐不能感悟者，公雍容一語，上必樂從。言龍翔土木煩擾者多矣，皆報聞，公一奏無數十字，有旨停作。如住櫂契、罷浮鹽，皆公發之。除端明殿學士，同簽書樞密院事〔五五〕，三辭不允。差同提舉編修《武經要略》，封福安縣開國子。公登二府無喜色，未正謝，聞後省有語，亟求去。其夕奏入，詰朝遂行。上知不可留，除職與郡。辭，仍舊職與宮觀。

公以釋重負爲幸，處之怡然。先廬聚族，無所容足，借居烏石山下。歷官禄米與弟妹剖食之，幼孤者必挈以行。及歸，客有爲公憂貧者，公曰：「存而魚羹飯食，没而幅巾深衣，如是足矣。」提舉臨安府洞霄宫，賜衣帶鞍馬，未謝而賜，異恩也。戊申明堂恩〔五六〕，進開國伯。己酉二月庚子疾革，乞執事〔五七〕，猶自草遺表，語弟官曰：「上恩未報與平生學問未做得工夫可恨爾〔五八〕。」薨於正寢，年六十二。（少）〔小〕殮，笥無新衣。除資政殿學士。遺表聞，上咨嗟良久，語經筵官曰：「朕方欲大用之，不料其遽止此，聞其家甚貧，可念。」輟朝一日〔五九〕，贈通奉大夫。

公三娶：阮氏，追封永安郡夫人；范氏，追封通議郡夫人；今薛氏，封和政郡夫人。男一人，斿，承務郎。某年某月某日，葬於某縣某鄉某里。

公踐履醇實，不爲表襮，議論平恕，未嘗刻核。善爲章奏，詞約理盡，臺諫指陳多雅責而無醜詆，常存有餘不盡之意，雖嘗爲公雌黄者無忿懟心〔六〇〕。上前議論，詞氣懇惻，人主信之，學士大夫親焉。惟前之不樂公者，乃謂元杰之怨不申由公德嵩之而然，一啄倡之，百喙和之，世所謂賢者又從而實之。夫掌故給札，甲科人券内物爾，於公何德？公不嘗彈嵩之乎？其言曰：「嵩之粧綴邊功以把握陛下之利柄，布置姦佞以沮格陛下之賢才，以小勤細謹惑陛下之聰明〔六一〕，以淺效微利蠱陛下之心術，崇私殖貨，不知紀極，秉國如此，固天下之所憤怒而切齒也。昔王曾慮丁謂復用，逮其死而後有喜色。曾之存心，天下之公心也，豈爲一身計哉！衣冠之榮悴，宗社之安危，所關者大矣。不然，秦檜再相，專國爲利，蔽欺日深，鉗制日峻，一時流落僅存之賢士大夫幾不免盡殲於其手，豈不監哉！嵩之無謂，檜之才而有謂，檜之心，謂若不死，檜必復來。」論嵩之者多矣，如公此疏，了翁誅章、蔡之筆也，公豈德嵩者乎？元杰之死，寃則寃矣，然倡虛論易，鞫實事難，使議公者與公易地而當審克之任，未知又何以自處乎！公嘗佐陳公韡幕府，其後公先登臺省，陳公乃召。及陳公論三學事偶與公合，談者遂併攻之，謂公黨陳，謂陳公不忿疾史氏。然公本非由陳公進，陳公者，嵩素所媢忌，累召不至，上察之久矣。衆口雖譁，上益不信。

公去西府，御史陳求魯論之曰：「更化以來，某若有力排斥嵩之，白簡猶在。謂陳某陰爲嵩地，既非平論；謂某共爲嵩謀，某豈能保嵩之不念舊惡乎？以疑似之心爲揣摩之説，宜某之不心服也。然其偏歷言路，不問豺狼而問狐狸，此群言之所以不恕也〔六二〕。」前既云排斥嵩之矣，非豺狼而何？所論嵩黨皆給舍、侍從、臺諫、都司也，謂之狐狸可乎？公屢薦徐著作霖，徐論事語多

侵公，遂拂衣去。公奏留之，曰：「奈何以臣故失此賢士！」昔高若訥劾責己之館職，耿南仲仇伏

闕之諸生，凡人之情，自克者鮮〔六三〕。徐於公責之如彼其苛也，公於徐愛之如此其至也，亦足以見公之賢矣。

公弱冠時聞嘉興有輔先生者，爲朱門高弟，負笈往見。先生館之，盡所以聞於文公者傳焉。又謁陳先生於北谿，多所論質。僑浙右二十餘年，與蔣公重珍善〔六四〕，袁公甫、陳公塤皆雅重焉。故理學尤粹密，每於諫書講卷發之。所講《中庸》一篇，上以爲理致透徹，又曰：「卿文字平正明白，議論忠實切至。」平生著述存者惟《性論》、《仁論》、《緝熙講義》、《奏議》若干卷，總曰《北山遺稿》。始余久斥，嵩之去〔六五〕，起家使江左，或曰公嘗密薦。公爲人深厚，未嘗自言。余晚入朝，察公果相知者。旃以《家傳》來，乃詮次之以告太史氏。謹狀。

〔一〕「福安縣」與下句「今爲」原無，據翁校本補。

〔二〕以：原作「少」，據文意改。

〔三〕有：原作「以」，據翁校本改。

〔四〕襲：原作「舊」，據翁校本改。

〔五〕曲：原作「屆」，據翁校本改。

〔六〕秩：原無，據翁校本補。

〔七〕尹京：原倒，據翁校本乙。
〔八〕下其：原倒，據翁校本乙。
〔九〕顔樂銘：「銘」字原缺，據後文「一記三銘」句補。
〔一〇〕因：原作「困」，又「時」下原有「銘」字，據翁校本刪、改。
〔一一〕亡：原作「下」，據翁校本改。
〔一二〕未得：原作「不可」，據翁校本改。
〔一三〕當：原作「常」，據翁校本改。
〔一四〕敏：原作「敵」，據翁校本改。
〔一五〕叟：原作「叓」，據翁校本改。
〔一六〕郎：原無，據文意補。
〔一七〕「國」下原有「郎」字，據翁校本刪。
〔一八〕徙：原作「徒」，據翁校本改。
〔一九〕侍右：原倒，據翁校本乙。
〔二〇〕句首原有「自」字，據翁校本刪。
〔二一〕「上」下原有「意」字，據文意刪。
〔二二〕衰絰：原作「哀經」，據翁校本改。

〔二三〕謗：原作「諫」，據翁校本改。
〔二四〕伺：原作「同」，據翁校本改。
〔二五〕白：原作「自」，據翁校本改。
〔二六〕位：原無，據翁校本補。
〔二七〕上：原無，據翁校本補。
〔二八〕「輕」下原有「移」字，據翁校本删。
〔二九〕其：原作「具」，據翁校本改。
〔三〇〕言：原無，據翁校本補。
〔三一〕宏：原作「寵」，據翁校本改。
〔三二〕〔三三〕使：原缺，據翁校本補。
〔三四〕許：原作「許」，據翁校本改。
〔三五〕推：原無，據翁校本補。
〔三六〕處：似當作「趣」。
〔三七〕遺：原作「遣」，據翁校本改。
〔三八〕前：原作「猶」，據翁校本改。
〔三九〕辯：原作「辮」，據翁校本改。

〔四〇〕史：原無，據翁校本補。
〔四一〕恩：原作「恩」，據翁校本改。
〔四二〕入：原作「人」，據翁校本改。
〔四三〕「帥」原作「師」，「候」原作「侵」，據翁校本改。
〔四四〕羞：原作「差」，據翁校本改。
〔四五〕忘：原作「忌」，據翁校本改。
〔四六〕「之」下原有「時」字，據翁校本删。
〔四七〕止：原作「正」，據翁校本改。
〔四八〕予：原作「于」，據翁校本改。
〔四九〕來：原作「求」，據翁校本改。
〔五〇〕不：原作「非」，據翁校本改。
〔五一〕備：原作「倍」，據翁校本改。
〔五二〕日：原作「有」，據翁校本改。
〔五三〕徧：原作「偏」，據翁校本改。
〔五四〕垣：原作「垣」，據文意改。
〔五五〕簽書：原無，據翁校本補。

〔五六〕恩：原無，據翁校本補。
〔五七〕執：似當作「致」。
〔五八〕工：原作「上」，據翁校本改。
〔五九〕輟：原作「輒」，據翁校本改。
〔六〇〕懟：原作「對」，據翁校本改。
〔六一〕惑：原作「或」，據翁校本改。
〔六二〕恕：原作「怒」，據翁校本改。
〔六三〕鮮：原無，據翁校本補。
〔六四〕珍：原作稱，據翁校本改。
〔六五〕之：原無，據翁校本補。

秘閣東巖趙公

公諱彦侯，字簡叔，宗室秦悼魏王之後，自汴入閩，今爲閩人。少嗜學，未冠薦於胄監。光宗登極，補將仕郎，已而五拔監、漕文解。今上登極，賜進士第，歷常熟主簿、鄂州法曹〔一〕、夔州録參，因留蜀十年。舉員溢格〔二〕，始下瞿塘，改秩知安溪縣。繼陳公宓之後，潔廉豈弟與陳齊名。縣小俸薄，公苦淡過甚，竭力營太夫人旨甘，自食粗糲而已。傅公伯成每言於人曰：「爲陳君廉易，爲趙君廉難。」李公訦薦章亦曰：「貧而廉爲尤難，去如至尤不易。」秩滿，就部注兩浙轉運司主管文字。歲餘，丁文安憂。服除，提轄左藏庫，坐失覺察吏盜金去國。俄予祠。時方挈家抵京，貧不能歸，僑居於霅。起判紹興府，鑑湖久湮，倅廳猶按舊額督租，公削去苛取之例，越人德之。暇日必領客觴詠於禹廟、蘭亭之間〔三〕。知惠州，陛辭，乞令郡邑覈逃絶以定賦入，委邑丞專過割以防走弄。既至，視嶺海如内地，待夷（僚）〔獠〕如吾民，清儉節縮，軍府充實。初，譙樓頽圮，米廩漏濕，公始改作，鉅麗堅壯，遂爲南州偉觀。除西外宗正，下車未幾，改南外，攝郡兼舶。適繼饕殘，化以廉平，泉人大悦。舶琛滿前，吏以例進〔四〕，笞而却之。余嘗和公詩云：「健吏安知元結事，貪夫愧死伯夷風。」人謂之實録。

知饒州，未上，改湖南提刑。屬上親政，精擇舉刺，公首被選，時以爲榮。巡歷吏卒視舊十省八九，民間屈枉皆得自達，郴、全、道、永之民咸曰自馬大同後六十餘年，復見公耳。就除轉運判官，權帥事。江北警報日至，長沙遂爲風寒之地，公鎮以静，雍容如平日。密院責造戰艘，賞以鉅萬，公嚴戢敷配，亦不求科降，而先期辦集，朝論嘉之。公雖綿歷外官，不及與聞時論，然憂國愛民，遇事輒發。其條上便民也，謂盜賊之原在守令，宜加精擇；謂米餫舊至江、鄂而止，糜費以銀，近改撥至襄、郢，又以湖會折銀，部餫者多戕身破家，宜易給見鏹；謂湖湘之地大抵卑濕，春夏漲潦則田與江通，至有抱砧基納有司者，宜檢視蠲豁。皆切於一路休戚。其大者謂楮幣不宜立界限〔五〕，又云：「計畝敷楮，民怨已甚，根本所繫，焉可不思？急迫之政，豈宜再舉？」謂韃勢方强，宜以守備爲經，以和爲權。其策慮悠然深長，不止於一路矣。

久使湖外，屢援禮經引年，不允，令赴行在奏事。公曰老矣，當知止足，乞祠，又不允，給假三月，暫歸故居。季春戊午，天宇開霽，率弟姪子孫行東巖下〔六〕，暮休於寢，稍倦，皆謂山行歸來故爾。中宵，忽與家人曰：「吾逝矣〔七〕。」言訖而絶，其静定如此。享年七十有一，積官至朝議大夫。朝廷未知公卒，有詔除直秘閣，遂不及拜。

公長身偉岸而待人接物極謙厚，標致蕭散而於倫紀忠孝之際至篤。詩律琴趣妙一世，尤工草聖。入仕餘四十年，家無留貲，歲晚歸來〔八〕，猶糴而食。嘗攝潭帥，所入僅五百千，貽書其子曰：「盡以此得一小金徽矣。」小金徽者，唐李勉古琴之號也。平生不汲汲仕進，立身有本末。逆曦之變，公在其間，大節挺然無污。每戒子弟：「仕宦守廉勤，自有見知者，一念欲速，心術先壞矣。」所居蕭寺洗剔，屋後山名曰東巖，與北山陳公孔碩詩文往還最密，遂得其篆扁。有詩五十餘卷，功力微妙，深入詩家閫奥。初，殿撰公守嘉禾，挺身犯難，撫定叛卒，全活杭州一城，不幸罹禍。紹興間雖嘗褒雪，爲文俗吏所軋。西山真公德秀論次其事以遺公曰：「世未有詘於人而不伸於天者，彼媢嫉之人能厄其身於一時，不能使天不昌於其後。」異日自孫及曾接踵科級，奕奕相照於太常名籍中如公者，蓋所謂玉之英瑶而羽之五采者也〔九〕。

公娶永福朱氏〔一〇〕，封宜人。弟兄十三人，多以才業聞於世。子男三人：長瑶夫，宣教郎、知泉州同安縣〔一一〕，甲戌袁榜；環夫，宣義郎、知汀州長汀縣，丙戌王榜；璹夫，將仕郎。女三人：長適新宜州天河縣簿尉蔡應孫，次適新籐州判官杜功綽，一未笄。孫男四人：時淦，將以公遺澤補官；時瀣，漕貢進士；一未名。孫女二人，曾孫女壹人。諸孤卜以四年正月丙寅，葬公於福州懷安縣靈運里桐溪之原。前葬，屬余狀公之行〔一二〕。念公平生可書詎止於此，而余處多出少，有不盡知，姑述梗概，他日尚屢書之。謹狀。

〔一〕法：原作「去」，據文意改。
〔二〕員：原作「貢」，據翁校本改。
〔三〕日：原作「目」，據翁校本改。
〔四〕吏：原作「更」，據翁校本改。
〔五〕幣：原作「弊」，據翁校本改。
〔六〕率：原作「命」，據翁校本改。
〔七〕逝：原作「遊」，據翁校本改。
〔八〕晚：原作「脱」，據文意改。
〔九〕英：原作「美」，據翁校本改。
〔一〇〕永：原作「水」，據翁校本改。

〔一一〕宣：原作「宜」，據翁校本改。
〔一二〕公：原作「元」，據翁校本改。